BASTEI LÜBBE

JASON DARKS SONDERAUSGABEN IM TASCHENBUCH-PROGRAMM:

73 906 Dämonenbrut
73 907 Geister, Zombies und Vampire
73 908 Gegen Tod und Teufel
73 909 Albtraum Atlantis
73 910 Im Bann der Schwarzen Magie
73 911 Vampir-Schrecken
73 912 Monster aus der Schattenwelt
73 913 Hexenspuk und Teufelssaat
73 914 Im Reich des Bösen
73 915 Grauen aus der Hölle
73 916 Sarggeflüster
73 917 Im Haus der Angst
73 918 Todesträume
73 919 Das Spiel der Dämonen
73 920 Schreckenswelten
73 921 Nächte des Wahnsinns
73 922 Werwolf-Grauen
73 923 Grabgespenster
73 924 Liebesgrüße aus dem Jenseits
73 925 Hexensabbat
73 926 Satans Welt
73 927 Jünger der Finsternis
73 928 Zeit des Horrors
73 929 Besuch aus der Dunkelwelt
73 930 Triumph der Weißen Magie
73 931 Symphonie des Blutes
73 932 Herren der Nacht
73 933 Hexenpest
73 934 Komplizen des Satans
73 935 Phantome der Nacht
73 936 Dämonenehre
73 937 Das Satansmysterium
73 938 Die Farbe des Todes
73 939 Hexenträume
73 940 Teufelsdiener – Satansfreunde
73 941 Dunkles Paradies
73 942 Im Zwischenreich der Toten
73 943 Transsylvanische Verschwörung
73 944 Aufstand im Dämonenreich
73 945 Das schwarze Kreuz
73 946 Die stummen Götter

JASON DARK

JOHN SINCLAIR

Allianz der Werwölfe

Acht spannende Grusel-abenteuer

BASTEI LÜBBE

BASTEI LÜBBE TASCHENBUCH
Band 73 947

1. Auflage: März 2004

Vollständige Taschenbuchausgabe

Bastei Lübbe Taschenbücher
ist ein Imprint der
Verlagsgruppe Lübbe

Lektorat: Hans-Ulrich Steffan
Titelbild: Bassols, Barcelona
Umschlaggestaltung: QuadroGrafik, Bensberg
Satz: Wildpanner, München
Druck und Verarbeitung:
AIT SA, Trondheim, Norwegen
Printed in Norway
ISBN 3-404-73947-7

Inhalt

Das Grauen aus dem Bleisarg

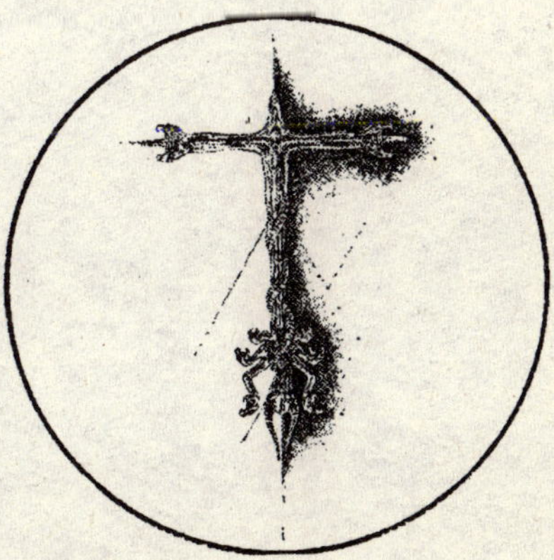

»Sie müssen noch einen Moment warten, Lady, ich bin gleich zurück.« Die Stimme war nur ein Flüstern in der Finsternis, und die Schritte entfernten sich, wurden leiser und verstummten bald völlig.

Lady Thelma Lockhead blieb allein in der Dunkelheit stehen, die sie wie ein dichter Sack umgab.

Bisher hatte es ihr nichts ausgemacht, dem Mann zu vertrauen, nun aber war es für sie gefährlich geworden, denn in den alten Grüften sollte es spuken, wie man ihr versichert hatte. Sie hatte zuerst nicht daran glauben wollen, doch jetzt sah sie es anders.

Spuk in den Grüften! Grauen in den Gräbern! Daran musste sie denken, während sie vergeblich versuchte, in der Dunkelheit etwas zu erkennen.

Da malte sich nichts, aber auch gar nichts ab, und von ihrem Begleiter war auch nichts zu hören.

Lady Thelma gehörte zu den Menschen, die man nicht gerade als überängstlich bezeichnen konnte. Ihr Selbstvertrauen kehrte auch in dieser alten stockdunklen Gruft wieder zurück, und sie ging einige Schritte zur Seite, um sofort erschreckt stehen zu bleiben, denn etwas hatte ihr Gesicht berührt.

Ein Hauch nur, mehr nicht. Wie feine Finger hatte es die Haut gestreichelt, und Lady Thelma schüttelte sich, bevor sie das Fremde zu packen versuchte.

Sie spürte etwas zwischen den Fingern. Dünn, dennoch irgendwie zäh. Das waren Spinnweben!

Lady Thelma schüttelte sich. »Verdammter Mist!«, sagte sie und dachte im nächsten Augenblick anders darüber, denn Spinnweben gehörten eigentlich in eine alte Gruft.

Lady Thelma war vor kurzem sechzig Jahre alt geworden, und sie hatte sich immer sehr gut inmitten einer Männergesellschaft durchs Leben geschlagen. Das wollte sie auch jetzt beibehalten, und da ging es ihr vor allen Dingen um ein Problem.

Die Lady sah nicht ein, dass sie in dieser kalten Gruft so lange wartete, bis es ihrem Führer einfiel, zurückzukehren.

Sie wollte vor der Tür auf ihn warten. Draußen war es zwar kalt, aber Lady Thelma Lockhead hatte sich der Witterung entsprechend angezogen.

In ihrem Club war sie als eine besondere Raucherin bekannt. Während andere Damen höchstens mal eine Zigarette rauchten, griff sie zu härteren Dingen. Lady Thelma qualmte starke Zigarren, deshalb trug sie auch immer ein Feuerzeug bei sich.

Das holte sie hervor, knipste es an und schaute sich im Schein der kleinen Flamme um.

Viel sah sie nicht. Die Reste der Spinnweben hingen als Fragmente von der Decke und glitzerten, wenn sie vom Licht der ruhig brennenden Flamme getroffen wurden. Auf den Bodensteinen lag eine dünne Staubschicht, in der sich deutlich ihre Fußabdrücke abzeichneten, die dort begannen, wo sich auch der Ausgang befand.

Da wollte sie hin.

Lady Thelma hielt sich an die Spuren, erreichte die breite Tür des Totenhauses und drückte die Klinke nach unten. Sie hatte bei ihrem Eintritt festgestellt, dass nicht abgeschlossen worden war.

Jetzt war die Tür zu.

Noch immer hielt sie das Feuerzeug in der linken Hand. Durch ihre Bewegungen begann die Flamme zu zittern. Ihr Widerschein malte Figuren an die Decke und an die Wände, er strich auch über die Tür. Sosehr Lady Thelma an ihr rüttelte, die Tür blieb verschlossen.

»Der hat mich reingelegt!«, flüsterte sie. Ihr kraftloser Finger konnte den Kontakt des Feuerzeugs nicht mehr halten. Die Flamme verlöschte, und Lady Thelma stand wieder in der Finsternis. Selbst durch die Türritze fiel kein Lichtstreifen.

»Reingelegt!«, wiederholte sie. »So ein verfluchter Hundesohn! Er hat es doch geschafft.« Sie schüttelte den Kopf und war mehr wütend als ängstlich.

Gleichzeitig dachte sie darüber nach, wie sie aus dieser verdammten Klemme wieder herauskommen konnte. Noch einmal ging sie jeden Schritt genau durch. Der andere hatte sich von ihr verabschiedet. Er war in die Tiefe der Gruft getaucht, aber nicht zum Ausgang gegangen, um dort zu verschwinden. Dann hätte sie zumindest das Öffnen der Tür vernehmen müssen. Da dies nicht geschehen war und der andere sich dennoch nicht in der Gruft aufhielt, musste es noch einen zweiten Ausgang geben, durch den man die Gruft verlassen konnte.

Den wollte sie suchen und finden!

Lady Thelma überlegte, in welch eine Richtung der Kerl gegangen war. Hatte er sich nach links oder nach rechts gewandt? Sie glaubte, dass er nach links gegangen war, demnach tiefer in die Gruft hinein, dessen Größe Thelma nicht kannte.

Auch sie schlug diesen Weg ein.

Allein schritt sie in die Finsternis hinein. Niemand begleitete sie, dennoch hatte sie einen Gast, der aber nicht zu ertasten oder zu spüren war.

Das Grauen war ihr Gast!

Dieser bedrückende Atem, der innerhalb der alten Gruftmauern lag und dafür sorgte, dass selbst Lady Thelma, die sich sonst vor nichts fürchtete, Angst bekam.

Die Gruft war für sie zu einer Falle geworden. Immer stärker kam ihr der Gedanke. Mit jedem Schritt, den sie zurücklegte, dachte sie weiter darüber nach, und auch das andere Gefühl des Schreckens veränderte sich nicht.

Es blieb, und es wurde auch stärker.

Wie ein schleichendes Gift war es, drang hinein in ihren Kreislauf und putschte ihn in die Höhe. Auf einmal schien die Dunkelheit tausend Arme zu haben, die sich schlangengleich um sie legten und ihren Körper allmählich zusammenpressten.

Im Hals spürte sie das würgende Gefühl. Immer stärker wurde der Vorwurf, dass sie sich überhaupt auf dieses Spiel eingelassen hatte. Aber was tat man nicht alles, wenn man Langeweile hatte, und nicht jeder bekam schließlich den Anblick einer längst verstorbenen Ahnherrin geboten. Das jedenfalls hatte man ihr gesagt.

Die Finsternis reizte. Sie machte Lady Thelma ängstlich und gleichzeitig auch nervös; sie konnte die Dunkelheit nicht mehr ertragen.

Die Lady blieb stehen und holte das Feuerzeug hervor. »Ich werde mir selbst den Weg leuchten!«, flüsterte sie und machte sich Mut. »Es muss einen zweiten Ausgang geben. Dieser Kerl ist nicht durch die normale Eingangstür verschwunden, das kann er mir nicht erzählen! Und ich werde den zweiten Ausgang finden!«

Sie sprach sehr bestimmt und wollte mit diesen Worten auch ihre eigene Angst überbrücken.

Das Gas fand Kontakt zum Funken. Eine Flamme entstand. Bläulich, auch rotgelb schimmernd und mit der Spitze in die Höhe zeigend, wobei sich an der Decke ein Kreis abmalte, dessen Umrisse auch mit dem hellen Grau der Spinnennetze verschmolzen.

Einen Ausgang entdeckte Lady Thelma nicht. Nur Mauerwerk und Fußboden waren zu sehen. Hinzu kam der Staub. Staub in der Luft, Staub am Boden. Es war überhaupt nicht zu vermeiden, dass Lady Thelma ihn einatmete. Sie schmeckte ihn, und dabei bemerkte sie, dass es kein gewöhnlicher Staub war.

Lady Thelma vergaß ihre eigenen Sorgen. Sie glaubte, soeben Metall gegessen zu haben. Ja, das war Blei!

Sie hatte tatsächlich Bleigeschmack auf der Zunge, und das Zeug blieb im Mund kleben!

Blei! Zuerst wollte die Lady noch an eine Täuschung glauben, aber dann war sie sich ganz sicher.

Und plötzlich sah sie den Fall aus einem ganz anderen Licht. Man sagte ihr viel nach, dass sie herrschsüchtig wäre, streitbar, neugierig und auch vermessen, aber niemand, der sie kannte, sprach ihr einen scharfen Verstand ab.

Und den hatte sie.

Verstand und Intellekt.

Dieser Bleigeschmack brachte sie sofort mit den Gründen in Verbindung, die sie in die Gruft geführt hatten. Dieser unbekannte Mann, dem sie dummerweise ihr volles

Vertrauen geschenkt hatte, wollte ihr eine Ahnherrin zeigen, die schon seit über hundert Jahren tot und noch nicht mal richtig verwest war. Sogar die Rose, die man ihr mit ins Grab gelegt hatte, sollte noch erhalten sein.

Zuerst hatte Lady Thelma darüber gelacht und sich später über den Ernst gewundert, mit dem der Mann gesprochen hatte. Obwohl sie schließlich mitgegangen war, hatte er ihre letzten Zweifel nicht ausräumen können, denn die Dinge, die er ihr zeigen wollte, widersprachen den Gesetzen der Natur.

Jetzt dachte sie anders darüber.

Blei konserviert!

Sie hatte schon von Bleikellern gehört, in denen die Toten über eine lange Zeit, auch über Jahrhunderte hinweg nicht verwesten.

Das konnte auch hier durchaus zutreffen!

»Na ja«, murmelte sie, »dann werde ich mich mal auf die Suche begeben. Vielleicht finde ich beides. Den Ausgang und meine liebe Ahnherrin.«

Und sie schritt wieder vor. Wie groß dieses alte Totenhaus war, wusste sie nicht, und ob ihre Ahnherrin in tieferen Gewölben lag, war ihr ebenfalls unbekannt.

Sie jedenfalls würde alles daransetzen, um das Geheimnis zu lüften. Auch ohne den fremden Führer.

Jetzt schaltete sie wieder ihr Feuerzeug an. Rechts und links wurden die Wände erhellt. Sie bekamen ein gespenstisches Muster, das nie ruhig blieb und von einer Seite zur anderen tanzte, sodass ständig neue Figuren entstanden.

Thelma ging den nächsten Schritt, den übernächsten – und schrie auf, weil von einem Augenblick zum anderen alles anders wurde.

Nicht mehr nach vorn ging es, sondern nach unten.

Sie raste in die Tiefe. Ohne es bemerkt zu haben, war sie auf eine Stelle oder einen Stein getreten, der locker im Boden lag und ihrem Gewicht nachgegeben hatte.

An den Stein schloss sich eine alte Rutsche an.

Es ging abwärts, immer schneller, zudem auch leicht in

die Kurve, und Thelma hatte das Gefühl, in der absoluten Finsternis mitten in die Hölle zu rutschen.

Das Feuerzeug hatte sie vor Schreck verloren. Es rutschte mit ihr in die Finsternis. Mit unbeschreiblichen Gefühlen hoffte Lady Thelma auf ein Ende der Rutschpartie.

Auch die Handtasche hing nicht mehr über ihrer Schulter. Sie war auch irgendwo verschwunden und schien schneller gerutscht zu sein, denn Thelma hörte einen klappernden Aufschlag.

Dann war auch sie da.

Mit hoher Geschwindigkeit stürzte sie in das Ziel. Sie jagte dort hinein, wo die Rutsche ihr Ende hatte und sich ein Berg klappernder und hohl klingender Gegenstände befand, den die landende Frau mit ihren Armen durcheinander wirbelte.

Auf den Rücken war sie gefallen, und so blieb sie auch liegen. In den folgenden Sekunden tat sie nichts. Sie lag nur da und wartete, dachte darüber nach, ob sie verletzt worden war, bewegte ihre Arme, auch die Beine, die Hände und die Füße.

Nichts hatte sie abbekommen.

Nur aufstehen konnte sie nicht. Wenn sie sich bewegte, gab die Unterlage nach.

Noch saß der Schrecken zu tief in Lady Thelma, als dass sie herausgefunden hätte, wo sie gelandet war. Irgendetwas musste sie da erwischt haben, eine Idee hatte sie schon, aber sie wollte sehen, ob diese Vermutung auch den Tatsachen entsprach.

Nur die rechte Hand bewegte sie. Dabei rutschte ihr etwas durch die Hand. Sie fasste nach und hielt den im Dunkeln zuerst nicht erkennbaren Gegenstand fest.

Später wusste sie, dass es ein Knochen war.

Sogar ein Menschenknochen!

Bisher hatte die forsche Lady Thelma Lockhead ihre Angst noch ziemlich im Zaum halten können. Der Knochen änderte dies. Die Lady spürte regelrecht Kälte im Nacken und bekam das große Zittern. Da Thelma den rechten Arm sinken ließ, berührte der Knochen noch andere. Ein makabres Klapperkonzert hallte in Thelmas Ohren.

Auch mit der linken Hand schlug sie nach unten und spürte abermals die kalten Knochen zwischen ihren Fingern.

Das machte ihr noch größere Angst. Auf einmal wusste sie auch, wo sie gelandet war.

In einem großen Knochenhaufen, der einen Teil des Bodens um sie herum bedeckte.

Der Bleigeschmack machte ihr zu schaffen, dazu die Knochenmusik!

Thelma wollte hoch.

Sie hielt den Mund offen, stieß Worte hervor, die sie selbst nicht verstand, verfluchte dann sich und die Umstände und stellte fest, dass sie sich nicht hinstellen konnte. Auf einem Berg von Knochen konnte sie auch nicht laufen, deshalb musste sie sich auf Händen und Knien vorwärtsbewegen.

Wie ein Tier ging sie, sank ein, konnte sich wieder fassen, kam in die Höhe und wusste nur, dass sie sich von der Rutsche fort- und in die Dunkelheit hineinbewegte.

Das Klappern der Knochen begleitete sie. Es waren hohle Geräusche, und für sie hörten sie sich an wie das Lachen aus einem fernen Totenreich, mit dem man sie verhöhnen wollte.

»Ich kriege noch das, was ich haben will!«, sagte sie entschlossen und »schwamm« weiter.

Tatsächlich kam sie sich vor wie ein Schwimmer, und sie hatte das Gefühl, kein Mensch mehr zu sein.

Nur mehr eine Maschine, die von der reinen Angst getrieben wurde, wobei sie sich noch immer nicht an das Klappern der Knochen gewöhnen konnte. Den Kopf hielt sie hin und wieder hoch. Irgendwie keimte in ihr die Hoffnung auf, trotz allem noch einen Ausgang zu finden oder vielleicht ein Licht zu sehen, denn die Dunkelheit war auf die Dauer grausam.

Da konnte man auch als Mensch die Lebenskraft verlieren. Es hatte auch keinen Sinn, wenn sie die Rutsche wieder hochkletterte. Der offizielle Eingang zur Gruft war und blieb verschlossen. Sie musste sich eben damit abfinden, eine Gefangene zu sein.

Für immer?

Daran wollte Lady Thelma Lockhead nicht glauben. Nein, nicht für immer. Das Leben war an manchen Tagen verdammt hart mit ihr umgegangen und hatte ihr nicht nur Streicheleinheiten zukommen lassen. Sie hatte immer kämpfen müssen, und sie wollte auch hier nicht aufgeben, sondern weitermachen. Irgendwo gab es Hoffnung, daran glaubte sie fest.

Und sie wühlte sich weiter durch das Meer aus bleichen Gebeinen. Manchmal dachte sie auch an ihr Feuerzeug, das unter Schädeln, blanken Armen oder Beinen begraben lag.

Plötzlich entdeckte sie den Schein.

Ein Licht.

Und das genau vor ihr.

Thelma hielt an. Sie richtete ihre Blicke auf dieses Ziel, denn sie wollte schon jetzt herausfinden, aus welcher Quelle das Licht vielleicht schimmerte.

Es war schwer, eine Entscheidung zu treffen. Eine Kerze war es nicht, eine Glühbirne wohl auch nicht, denn die Farbe stimmte mit beidem nicht überein.

Das Licht zeigte einen violetten Schein, der sich nicht ausbreitete oder zerfaserte. Er blieb auf einen Punkt beschränkt, zitterte auch nicht und wanderte nicht weiter.

»Licht!«, flüsterte sie. »Verdammt, das ist Licht. Ich komme, und ich werde alles sehen …«

Sie fügte noch ein Lachen hinzu und achtete nicht auf das Klappern der Gebeine, als sie sich weiter voranbewegte.

Sie hatte Mut gefasst …

Irgendwie hatte ich das Gefühl, dass es wie früher und die Zeit stehen geblieben war, obwohl das natürlich nicht stimmte. Doch als ich meine Blicke über den perfekt gedeckten Frühstückstisch gleiten ließ, kam die Erinnerung wieder zurück.

An damals, als ich Kind oder Jugendlicher war und noch bei meinen Eltern wohnte. Ich konnte mich immer genau daran erinnern, dass Mutter den Sonntagstisch immer so phantastisch gedeckt hatte, und dies wiederholte sich nun. Zudem liebten unsere Familienmitglieder ein opulentes Frühstück. Wurst, Käse, Schinken, Eier, Konfitüre und vieles mehr sah ich auch hier.

Sogar zwei Kerzen sorgten für Atmosphäre, und der Duft von frischem Kaffee kitzelte meine Nase.

Als ich hinter mir die leisen Schritte hörte, drehte ich mich um. Meine Mutter kam mit zwei Kannen Kaffee. Ich sprang hin und nahm ihr eine Kanne ab. Auf dem Tisch fanden die beiden Kannen noch Platz.

Wir waren allein, und das gefiel meiner Mutter, in deren Gesicht sich dennoch die Schrecken der nahen Vergangenheit abzeichneten, denn sie hatte schlimme Stunden hinter sich, wie wir alle eigentlich.

Sie nahm meine Hände. »John, ich freue mich, dass du noch geblieben bist.«

»Na ja, wenn ich schon mal hier bin.«

Meine Mutter trat auf mich zu und strich mir über die Wange. Das tat gut, auch wenn ich schon dem Kindesalter entwachsen war. »Wie lange willst du denn bleiben?«, fragte sie.

»Das kommt darauf an, ob sich noch etwas ergibt.«

»Schickst du Suko nicht nach London?«

»Nein, wir fahren höchstens zusammen. Außerdem liegt wohl nichts Wichtiges an, ich sprach ja mit Sir James. Den heutigen Tag verbringe ich zumindest bei euch.«

»Und nicht die nächste Woche?«

»Da würde man mich steinigen.«

»Aber du hast doch sicherlich noch Urlaub?«

»Klar.« Ich blinzelte, weil ich vom Sonnenlicht geblendet wurde. »Sag das mal meinem Chef. Der wird mir etwas pusten.«

»Du bist wie dein Vater«, erwiderte Mary Sinclair. »Wie dein Vater. Für den gab es auch nichts anderes.«

»Aber ihr habt euch gut verstanden.«

»Das schon. Na ja, ich freue mich jedenfalls, dass du wenigstens bis morgen bleiben willst.«

Die Freude lag auch auf meiner Seite. Zudem war ich nicht allein geblieben. Nur die Conollys hatten den Weg nach London genommen. Sheila und Bill hatten einen Termin, den sie unbedingt einhalten wollten. Da ging es wohl um eine Ausstellung.

Außerdem hatte ich in Lauder noch einiges zu erledigen, sodass man dieses Bleiben nicht nur als privat bezeichnen konnte.

»Die anderen werden auch gleich kommen«, sagte meine Mutter. »Nimm schon mal Platz, Junge.«

Ich lächelte vergnügt, als ich die Worte hörte. Mum hatte sich tatsächlich nicht geändert. Sie redete noch immer so wie früher und war schrecklich besorgt.

Da sind wohl alle Eltern gleich, egal, wie alt ihre Kinder wurden.

Hinter meiner Mutter lag eine schreckliche Nacht. Auch für uns war es verdammt schlimm geworden, und eine Lösung in unserem Sinne hatte es auch nicht gegeben, denn der Würfel des Unheils befand sich nicht mehr in unserem Besitz, sondern in der Gewalt des Spuks.

Er hatte also sein Ziel erreicht!

Und er hatte einen neuen Helfer gefunden. Akim Samaran, ein Mensch, aber ein Teufel. Gemein, hinterhältig, gnadenlos, der meine Familie und mich mit einem unvorstellbaren Hass verfolgte und dafür sorgen wollte, dass wir alle ausgelöscht wurden.

Fast hätte er es diesmal geschafft, denn ich war durch die Magie des Würfels verkleinert worden und hatte die Größe eines Fingers.

In einem geheimnisvollen Elixier, dessen Zusammensetzung mir unbekannt war, hatte mich Samaran auflösen wollen, sodass nur mein Kopf übrig geblieben wäre.

Fast hätte er es geschafft, wenn nicht der Eiserne Engel und meine Freunde Suko und Bill eingegriffen hätten. So war ich letztendlich noch freigekommen, aber wir hatten zahlen müssen.

Den Würfel, die Flüssigkeit und Akim Samaran gab es nicht mehr. Der Spuk, als Dämon im Hintergrund, hatte dafür gesorgt. Er hatte Samaran einen Platz innerhalb des Würfels verschafft und war mit ihm verschwunden. Wie ein Komet im All.

Suko und mir blieb nichts anderes übrig, als nach Spuren zu suchen.

Da die letzte Nacht sehr aufregend und auch lang geworden war, frühstückten wir erst gegen Mittag. Ich hatte zumindest fünf Stunden schlafen können und wie ein Toter im Bett gelegen.

Keine schlechten Träume, keine quälenden Gedanken – nichts. Nur Schlaf.

Meine Mutter trat hinter mich und legte mir beide Hände auf die Schultern. »Du bist so schweigsam, Junge.«

»Ich denke nach.«

»Und worüber?«

»Na ja, wir haben einiges erlebt, nicht?« Ich hatte meiner Mutter nicht erzählt, was mit mir geschehen war, und die anderen wollten auch den Mund halten, schließlich kannten sie Mary Sinclair, die sich immer so schrecklich viel Sorgen machte.

»Aber das ist doch jetzt vorbei.«

»Ich hoffe es.« Auf dem Stuhl drehte ich mich herum. »Sag mal, Mum, hast du eigentlich noch die beiden Köpfe, die man euch geschickt hat?«

»Nein!«, gab sie als Antwort. »Ich habe sie verbrannt, weil ich sie nicht mehr sehen konnte. Wieso fragst du?«

»Schon gut. Ich hätte sie mir nur gern angesehen. Wahrscheinlich hat man sie dir als Warnung zugesandt. Manche Menschen sind eben schlimm.«

»War es ein Fehler von mir?«

»Glaube ich kaum. Ich werde sowieso gleich noch einmal zum Wohnwagen rausfahren und mich dort umschauen.«

Meine Mutter hatte eine Antwort auf der Zunge, als sie

gestört wurde. Schritte erklangen. Sie kamen die Treppe herab, dann erschienen Suko, Shao und mein Vater.

Die beiden Chinesen gingen vor. Auf ihren Gesichtern lag ein glückliches Lächeln.

»Was ist los?«, fragte ich. »Ihr seht so happy aus.«

»Zunächst einmal guten Morgen!«, rief Shao. »Wir haben auch allen Grund, gut auszusehen, denn wir beide haben so prächtig geschlafen wie seit langem nicht mehr. Einfach herrlich, kann ich nur sagen.«

»Ja, die schottische Luft tut gut«, erklärte mein Vater. »Sie ist etwas Besonderes.« Er kam zu mir und fragte: »Wie geht es dir, John?«

»Ausgezeichnet.« Ich deutete über den Frühstückstisch. »Das erinnert mich an alte Zeiten.«

»Mich auch. Und sonst?«

Ich hob die Schultern. »Weißt du, Dad. Unkraut vergeht nicht. Da bin ich wohl besonders starr und widerstandsfähig.«

»Treib es nur nicht auf die Spitze!«, warnte meine Mutter.

»Das natürlich nicht, aber ich muss meinen Job machen. Das ist doch auch dir klar?«

»Leider.«

Shao hatte die Aufgabe übernommen, den Kaffee einzuschenken. Meine Eltern rahmten mich ein, uns gegenüber saßen Shao und Suko. »Ich habe übrigens mit unserem kleinen Krankenhaus telefoniert, um zu erfahren, wie es Sergeant McDuff geht«, sprach mich mein Vater an.

»Und?«

»Ganz gut. Man hat die Kugel schon entfernt. Jetzt will er schon wieder Bäume ausreißen und tönt herum. Aber sie haben ihm die zäheste Krankenschwester gegeben, die dort arbeitet. Ein richtiger Drachen, sage ich dir. Die wird mit jedem fertig.«

»So, jetzt esst mal«, sagte meine Mutter. Sie legte einen strengen Ton in ihre Stimme. »Fachsimpeln könnt ihr später.«

»Das meine ich auch!«, meldete sich Shao. »Wenn ich so etwas sage, hören sie nicht darauf.«

»Sie müssen viel strenger sein. Ich habe mich …«

»Auch nicht durchsetzen können«, sagte ich, und wir fingen an zu lachen. Danach ließen wir es uns schmecken. Der Kaffee war ausgezeichnet. Er konnte durchaus mit Glendas konkurrieren. Uns schmeckte alles sehr gut. Ich allein aß schon vier Brötchen, ein Hörnchen und ein Ei.

Vier Tassen Kaffee trank ich dazu. Suko verzehrte noch mehr, und meine Mutter freute sich diebisch, dass sie so hungrige Gäste um ihren Frühstückstisch versammelt hatte.

Zwar lachte mich auch das fünfte knusprige Brötchen so herrlich an, aber da musste ich einfach passen. Ich konnte nicht mehr.

»Tut mir Leid, Freunde, aber das packe ich nicht. Kein weiteres Brötchen mehr.«

»Was denn?«, fragte meine Mutter. »Nimm dir ein Beispiel an Suko. Dem schmeckt es noch.«

»Es ist ja so, Mum. Intelligenz trinkt, aber Dummheit frisst. Deshalb hat Suko au …« Mein Freund hatte mich unter dem Tisch getreten und setzte dabei noch sein unschuldigstes Grinsen auf.

»Das war aber nicht fair, Alter«, sagte ich.

»Ich weiß, aber es stand dir zu.«

Meine Mutter wunderte sich über die kleinen Scherze, die wir trieben, sagte aber nichts.

Ich lehnte mich zurück und griff zu den Zigaretten. Eine zur Verdauung musste ich qualmen.

»Hast du die Raucherei noch immer nicht aufgegeben, Junge?«, fragte mich Mutter.

»Eingeschränkt.«

»Wie dein Vater. Der kann ohne Pfeife gar nicht leben.«

»Du gibst mir das Stichwort, liebe Mary!«, erklärte mein alter Herr und holte aus der Jackentasche sein schmales Pfeifenetui hervor. Er hatte den Kopf der Pfeife bereits mit Tabak gefüllt. »Sie schmeckt mir am Morgen besonders gut.«

»Immerhin haben wir schon Mittag«, erklärte Mary Sinclair.

Ich stäubte Asche ab. »Dann wird es Zeit, dass wir uns noch einmal umschauen.«

»Am Wohnmobil?«, fragte mein Dad.

»Ja.«

»Meinst du, dass es da noch Spuren gibt?«

»Ich will es hoffen. Wenn du mitkommen willst, ich habe nichts dagegen.«

»Im Prinzip gern, aber ich habe einen Termin, den ich unbedingt wahrnehmen muss. Wir sehen uns ja am Nachmittag. Du kannst sowieso meinen Wagen haben.«

»Darum wollte ich dich gerade bitten.«

Mein Vater griff in die Tasche und holte die Wagenschlüssel hervor. »Er steht vor der Garage.«

»Aber Sie bleiben doch hier?«, wandte sich meine Mutter an Shao.

»Natürlich. Ich möchte mich auch ein wenig im Dorf umschauen.« Shao deutete zum Fenster. »Es ist heute ein so herrlicher Tag. Sogar die Sonne scheint.«

»Der erste Hauch von Frühling.«

»Und den will ich genießen.«

»Gut, Miss Shao, dann werden wir beide mal den Ort unsicher machen. Lauder wird Ihnen sicherlich gefallen, und Sie werden es gar nicht mehr so toll finden, wieder in London zu wohnen.«

Meine Mutter gab einfach nicht auf. Sie versuchte immer wieder, uns aus London in die schottische Heimat zu locken. Das ließ sich mit meinem Job jedoch nicht vereinbaren.

Ich wandte mich wieder an meinen Vater. »Sag mal, was ist eigentlich mit diesem Hackett passiert, der den Sergeant angeschossen hat und dich auch getötet hätte.«

»Er sitzt.«

»Hat er geredet?«

»Das weiß ich nicht. Erhoffst du dir denn etwas von seinen Aussagen?«

»Immerhin hat er für Samaran gearbeitet. Vielleicht weiß er etwas über seinen Boss.«

»Glaube ich nicht. Samaran wird schlau genug gewesen

sein und ihm nichts gesagt haben. Den schätze ich so ein.«

»Dennoch werde ich auf dem Rückweg an der Polizeistelle vorbeifahren. Ich weiß ja, wo sie liegt.« Sacht schob ich den Stuhl zurück. »Mutter, es hat phantastisch geschmeckt.«

Auch die anderen stimmten mir zu, und meine Mutter bekam bei so viel Lob einen roten Kopf.

Zwei Minuten später hatten Suko und ich uns verabschiedet und das Haus verlassen.

Das Licht blieb, und es erweckte weiterhin die Hoffnung in Lady Thelma. Wenn sie gekonnt hätte, wäre sie gelaufen, so aber hinderte sie das Meer der Gebeine daran.

Hatte es sie zu Beginn starke Überwindung gekostet, sich durch die Knochen zu wühlen, so änderte sich dies nun. Thelma hatte sich daran gewöhnt, ihren Weg auf so ungewöhnliche Art und Weise zu finden, und sie schaufelte bei jeder Vorwärtsbewegung die Knochen zur Seite. Manchmal blieben ihre Finger auch in leeren Augenhöhlen und Nasenlöchern stecken. Dann musste sie sich die Schädel regelrecht von den Fingern schütteln.

An den scharfen Knochenkanten hatte sie sich einige Male die Finger aufgeschnitten, und sie spürte das Blut als Schmierfilm auf ihrer Haut. Wenn diese große Gruft jetzt erleuchtet gewesen wäre, hätte man der Tropfenspur genau folgen können.

Noch immer konnte sie nicht normal laufen, aber sie stellte fest, dass die Gebeine weniger wurden. Manchmal schabten ihre Handflächen nicht mehr über Knochen, sondern über raues Gestein.

Nur noch wenige Meter, dann hatte sie es tatsächlich geschafft. Kein Knochen lag vor ihr, sie konnte sich frei bewegen, auch aufstehen und auf das Licht zugehen.

Kaum stand sie auf den Füßen, als Schwindel sie überkam und sie sich zunächst einmal fangen musste. Der Kreislauf war ein wenig in Unordnung geraten. Durch tiefes Einatmen regulierte sie ihn wieder und ging weiter, wobei sie auf kein weiteres Hindernis mehr stieß.

War das Licht in der Sekunde der Entdeckung noch sehr klein gewesen, so veränderte es sich nun. Und aus der Nähe betrachtet, wirkte es sogar wie eine große Kugellampe, die violett leuchtete.

Der Schein blieb auch nicht auf die Quelle beschränkt. Er breitete sich in vier Richtungen hin aus, sodass er inmitten der Finsternis eine regelrechte Insel schuf.

Aus ihr schälten sich Umrisse hervor.

Thelma wollte es nicht glauben, aber sie hatte sich nicht getäuscht, denn die Umrisse hatten eine ganz bestimmte geometrische Form, die auch ihr bekannt war.

So sah ein Sarg aus!

Als sie dies erkannte, wäre sie am liebsten wieder gegangen, aber sie traute sich nicht, den Weg zurückzulaufen, und so setzte sie sich langsam in Bewegung.

Die Angst hatte zugenommen, obwohl die Finsternis inzwischen gewichen war. Lady Thelma hatte auch erkannt, dass der Sarg kein Oberteil mehr hatte, vor ihr stand eine offene Totenkiste. Die obere Hälfte musste irgendwo anders liegen.

Lady Thelma war sehr aufgeregt, denn der vierte Schritt brachte sie so weit an den Sarg heran, dass sie schon einen Blick hineinwerfen konnte.

Dort lag jemand!

Lady Thelma blieb stehen. Noch sah sie nichts Genaues, weil das Licht, das von der aus dem Sarg hervorstechenden Quelle abgestrahlt wurde, doch sehr diffus wirkte und die Einzelheiten auf eine gewisse Entfernung hin nicht erkennen ließ.

Thelma sah ein schwammiges Etwas im Sarg liegen. Mehr noch nicht.

Ihr so plötzlich verschwundener Begleiter hatte von einer toten Ahnfrau gesprochen.

Lag sie in diesem Sarg?

Daran glaubte Thelma plötzlich, und sie überwand auch

die letzte trennende Distanz. Sehr schnell war sie, und sie wäre fast noch gegen die Sargkante geprallt.

Steif blieb sie stehen – und auch entsetzt, denn ihr nach unten gerichteter Blick war auf eine grauenhafte Gestalt gefallen, die vom roten Licht der Quelle umschmeichelt wurde.

Es war ein Skelett!

Bedeckt mit einem violett schimmernden Umhang, der bis über die knochigen Schultern reichte, die Arme allerdings frei ließ, da sie zu beiden Seiten angewinkelt unter dem Umhang hervorstachen.

Normalerweise hätte auch das Haar verwest sein müssen. Das war hier nicht der Fall, denn wie weißgraue Wolle klebte der Haarrest auf der blanken Schädelplatte, als wäre sie festgeleimt worden.

Und diese Gestalt lag in einem Sarg aus Metall. Da Thelma so dicht dabeistand, nahm sie auch den Geruch wahr, den die offene Totenkiste ausströmte. Es war Bleigestank, und Thelma dachte auch daran, dass Blei gesundheitsschädlich war. Eine verrückte Idee in dieser schaurigen Umgebung.

Den ersten Schrecken hatte die Frau überwunden. Auch wenn ihr Herz noch so kräftig schlug und sich der Schlag nur langsam beruhigen wollte. Das Skelett hätte sie noch als »normal« akzeptiert, aber nicht die seltsame Lichtquelle, die sie nun genauer betrachten konnte.

Es war keine Lampe, sondern eine Rose!

Ihr Stiel klemmte zwischen den beiden zusammengelegten Knochenhänden der im Sarg liegenden Person, ragte gradstielig in die Höhe, hatte dicht unter der Blüte noch einige grüne Blätter und breitete sich erst am Ende des Stiels zu dieser wunderbar gewachsenen Rose aus, die den violetten Schimmer abgab.

Inmitten des Todes eine blühende Blume!

Sollte das ein Zeichen sein? Eine Erklärung für irgendetwas? Vielleicht ein Beweis?

Das wusste Thelma nicht. Sie war auch nicht fähig, sich darüber Gedanken zu machen, denn der Anblick der leuchtenden Blume bannte sie einfach zu stark.

Das Skelett hatte sie vergessen, nur die Blume interessierte sie noch. Sie beugte sich vor und gleichzeitig ein wenig tiefer, um die Blüte in Augenschein nehmen zu können. Jedes einzelne Blatt wollte sie sehen, und das entströmende Licht gab ihr genügend Gelegenheiten dazu.

Die Blüte musste von einem Künstler stammen, so wunderschön war sie gewachsen. Da stimmte jedes Blatt, und die noch zur Hälfte geschlossene Blüte wirkte wie ein mit Geheimnissen gefüllter Kelch.

Lady Thelma Lockhead verstand es nicht, dass gerade diese Blume eine so starke Anziehungskraft auf sie ausübte. Normalerweise hätte es anders sein müssen, wenn sie davon ausging, wer diese Rose zwischen den Händen hielt. Aber das Skelett ließ sie seltsamerweise ziemlich kalt, sie wollte nur die Blüte begutachten.

Vorsichtig streckte sie ihren rechten Arm aus, denn sie wusste, wie zart und empfindlich Rosenblätter waren.

Ein Rosenblatt war ein wenig abgeknickt und eignete sich prima für den Test.

Eine unerklärliche und starke Neugierde hielt die Frau umklammert. Sie wollte herausfinden, ob die Blume echt oder nur eine Lampe war.

Normalerweise gaben echte Blumen ja kein Licht ab, aber darauf konnte sie nicht bauen.

Behutsam rieb sie das Rosenblatt zwischen den Fingern, aber ihr kam es nicht wie ein Rosenblatt vor.

Das war etwas anderes …

»Willkommen bei mir, liebe Thelma!«, vernahm sie plötzlich eine krächzende Frauenstimme. Sie stand wie erstarrt auf dem Fleck, das Rosenblatt noch zwischen den Fingern.

Eine Frauenstimme hatte zu ihr gesprochen!

Da sich außer ihr keine andere Person in der Nähe befand, gab es für Thelma nur eine Erklärung:

Das Skelett hatte gesprochen.

Als ihr das klar geworden war, musste sie erst einmal schlucken und rührte sich auch nicht. Sie war zu einer Statue erstarrt, lauschte dem Klang der Stimme und rechnete damit, sich diese nur eingebildet zu haben.

Das stimmte nicht, denn die Stimme meldete sich ein zweites Mal. »Willst du mich nicht begrüßen, Thelma?«

Die so Angesprochene hatte Mühe, überhaupt Worte zu finden. »Wer, wer bist du?«, hauchte sie schließlich stotternd.

»Kennst du mich nicht?«

»Nein.«

»Hast du mich nicht gesucht?«

Da wusste sie endlich Bescheid. Thelma hatte es sich schon zuvor gedacht, es aber nicht zugeben wollen, und nun sprach zu ihr ein Skelett, das sich als ihre Ahnherrin vorstellte.

Darüber konnte sie sich nur wundern und auch entsetzen, denn als ihr Blick von der Rose weg auf das knöcherne Gesicht fiel, sah sie, dass sich der Unterkiefer bewegte.

»Ich freue mich, dass du gekommen bist, um eine Tote zu besuchen. Lange habe ich warten müssen. Eigentlich zu lange, wie du dir vorstellen kannst. Aber jetzt ist ja alles anders, nicht wahr, kleine Thelma.«

»Vielleicht …«

»Nicht vielleicht, du darfst nicht mehr zweifeln. Du hast mich gesucht und gefunden. Ich will dich als Auserwählte der Familie Lockhead bezeichnen. Du bist die Erste, die den Ruf empfangen hat.«

»Gibt es noch mehr?«

Aus dem Maul des Skeletts strömte ein leises Lachen. »Kennst du deine Familie nicht?«

»Doch«, erwiderte Thelma mit zittriger Stimme.

»Dann ist ja alles klar.«

»Bitte, für mich nicht. Ich komme damit nicht zurecht. Willst du etwa sagen, dass du allen Bescheid gegeben hast?«

»Natürlich.«

»Und wann kommen sie?«

Abermals hörte sie das Lachen. »Das steht noch alles in den Sternen, wie ihr immer sagt.«

Es war für Thelma beinahe unmöglich, die Antwort zu begreifen. Sie hörte sie, sortierte sie auch ein, aber sie kam nicht dazu, daraus irgendwelche Folgeerscheinungen abzulesen. Alles war noch zu vage, hing noch in der Luft, und so wartete sie, bis sich die knöcherne Ahnfrau wieder meldete.

Die menschliche Person schien gestorben zu sein, so regungslos stand sie da und hielt noch immer das Rosenblatt zwischen den Fingern.

Obwohl Thelma in die leeren Augenhöhlen der Knöchernen blickte, wurde sie einfach das Gefühl nicht los, dass sich dort Leben eingenistet hatte. Die Tiefe in den Pupillenschächten war dunkel, dennoch lebte sie und gab es auch ab.

»Weshalb tust du das alles?«, hauchte die Frau. »Nenn mir den Grund. Ich bitte dich!«

»Es ist doch klar, aus welchem Grunde ich dich und die anderen zu mir gerufen habe«, erklang die zischende Antwort. »Weißt du, wie ich gestorben bin?«

»Ja, vielleicht. Man sprach davon, dass du …«

»Wahnsinnig geworden bist!«, vollendete das Skelett. »Man hat mich in den Wahnsinn getrieben. Es war die eigene Familie, die mich hasste, in einen Bleisarg steckte und mich begrub. Ich wurde als Schande angesehen, aber sie alle haben nicht damit gerechnet, dass es stärkere Kräfte als den Tod gibt. Und das werden alle Nachkommen zu spüren bekommen. Die Lockheads sollen das gleiche Schicksal erleiden wie ich. Ihr werdet einen Horror erleben, der seinesgleichen sucht. Die Blume, die man mir als spöttische Grabbeilage hinzugelegt hat, ist nicht verblüht. Ein Zeichen, dass noch Leben in mir steckt. Und dieses Leben wird dafür Sorge tragen, dass anderes vernichtet wird. Jedes Mitglied der Familie Lockhead kommt an die Reihe, Thelma.«

»Auch ich?«

»Du bist sogar die Erste, denn du hast Kontakt mit der Rose gehabt, meine Liebe.« Vielleicht hättest du dich nicht so drängeln sollen, dann wäre dir eine Galgenfrist gewährt worden, so aber sieht alles völlig anders aus. Hast du gehört?«

»Ja.«

»Dann geh jetzt!«

»Wohin?«

»Du wirst den Ausgang finden, den Ausgang finden ...« Das Skelett wiederholte die Antwort, bevor sie durch ein schauriges Lachen abgelöst wurde. Es hallte durch die Gruft, steigerte sich zu einem Inferno, und die zurücktretende Thelma hatte das Gefühl, als würde es sich gleichzeitig in Blitze verwandeln, die in ihren Schädel schlugen.

Sie taumelte nach hinten. Es gelang ihr kaum, sich auf den Beinen zu halten. Aus ihrem weit geöffneten Mund drangen ächzende Laute, der Schädel schien zu einem Karussell zu werden, und noch immer war das satanische Gelächter die Antriebsfeder.

Auf dem Absatz warf sich Thelma herum. Dass sie dabei in die falsche Richtung lief, störte sie nicht. Mit weit ausgebreiteten Armen und lallend rannte sie in die Dunkelheit hinein, sodass es kam, wie es kommen musste. Irgendwann erreichte sie die ersten Ausläufer des Knochenbergs und torkelte voll hinein.

Es gelang ihr nicht mehr, sich auf den Beinen zu halten. An den Knöcheln, wenig später auch an der Wade, verspürte sie einen Druck, als wären die Knochen zu einer gummiartigen Masse geworden, die sich um ihre Beine legte und sie festhielt.

Thelma kam nicht mehr weiter. Etwas riss ihr den Boden unter den Füßen weg, und im nächsten Augenblick verlor sie das Gleichgewicht.

Die Frau kippte nach vorn.

Nicht mal den Schimmer der Knochen sah sie, als sie dem Berg aus Gebeinen entgegenfiel.

Sie hörte nur noch das Krachen und Splittern, schlug um sich, ohne es zu merken, und hatte das Gefühl, von den Gebeinen umschlungen zu werden. Sie rollte sich herum. Ohne dass es ihr richtig bewusst wurde, setzte sie sich hin, griff zwei blanke Knochen und schlug sie im Takt gegeneinander. Dabei begann sie zu singen.

Es waren alte, schwermütige Kinderlieder. Die Gebeine klapperten dazu.

Die erste Rache der Ahnfrau hatte sich erfüllt!

Bei Tageslicht sah der Hohlweg ganz anders aus. Da wirkte er längst nicht mehr so bedrohend wie in der Nacht. Zwar gab es noch Schatten, weil der Durchgang doch ziemlich eng war, doch die störten weder Suko noch mich. Den Wagen meines Vaters, es war ein grüner Rover, hatten wir an der normalen Straße stehen lassen und waren zu Fuß in den Hohlweg hineingegangen, wobei wir jetzt an seinem Ende standen und auf den Wohnwagen starrten.

Er war nicht versiegelt worden, und so hatten wir ungehindert Zugang.

Zwei Stufen kletterten wir hoch, dann standen wir in seinem Innern. Suko und ich schauten uns um.

Eigentlich erinnerte nichts mehr daran, welch ein Drama sich in der vergangenen Nacht innerhalb des Wagens abgespielt hatte. Es gab keinen Geist, keinen Würfel und keine Gegner. Nur die Unordnung bewies, dass hier etwas nicht stimmte.

»Ich glaube ja nicht, dass wir noch großartig etwas finden werden«, erklärte Suko und schaute sich um. Er nahm sich die Seite vor, wo mein Vater, der Sergeant und Hackett gestanden hatten und von dem Helfer Samarans bedroht worden waren.

Mein Ziel war der Tisch.

Noch vor wenigen Stunden war er mir unüberwindbar hoch vorgekommen. Das hatte sich nun geändert. Ich hatte wieder meine normale Größe und stellte fest, dass mir die Tischkante gerade noch bis zur Hüfte reichte.

Nur auf die helle Platte schaute ich. Dort hatten mal der Würfel und auch die beiden mit dieser teuflischen Flüssigkeit gefüllten Reagenzgläser gestanden, deren Durchmesser so groß gewesen war, dass ich als kleiner Mensch hineingepasst hätte.

Kein Glas, keine Flüssigkeit, keine Splitter. Und auch nichts von dem Mann, der tatsächlich Bekanntschaft mit dem teuflischen Elixier gemacht hatte und dabei getötet worden war.

Sein Oberkörper war aufgelöst worden. Zurück blieb allein der Kopf, der auf der Oberfläche schwamm.

Eine furchtbare Sache.

Dieser Kopf war ebenso verschwunden wie alles andere, das uns so sehr bedroht hatte.

Ich stand da und erinnerte mich wieder an die letzten Szenen, bevor ich den Wagen verließ. Akim Samaran war verkleinert worden und in den Würfel eingetaucht, wo sein großer Mentor, der Spuk, bereits auf ihn wartete. Beide waren dann gedankenschnell verschwunden. Selbst der Eiserne Engel hatte dagegen nichts unternehmen können. Auf diese tödliche Flüssigkeit hatte keiner von uns mehr geachtet. Wahrscheinlich war sie ebenfalls in den Sog geraten und fortgeschwemmt worden, einem uns unbekannten Ziel entgegen.

Wir alle waren sehr enttäuscht gewesen, dass sich der Würfel nun in den Händen des Spuks befand. Aber da hatte der Engel dann etwas sehr Seltsames gesagt.

Er hatte uns praktisch beruhigen wollen und gemeint, dass es nicht so schlimm wäre, wenn wir den Würfel nicht besäßen, denn es würde noch einen Weg geben.

Wie der aussah und ob der überhaupt zu finden war, darüber hatte sich unser Freund nicht ausgelassen.

Er war ebenfalls verschwunden.

Und wir standen hier.

Suko drehte sich um. Dabei hob er die Schultern. »Tut mir Leid, John, aber ich glaube, wir sind hier falsch.«

»Da kannst du Recht haben.«

»Und wo sollen wir noch suchen?«

»Im Fahrerhaus.«

»Okay, schauen wir da mal nach.« Mein Freund stieg bereits aus. »Obwohl ich nicht daran glaube, dass Akim Samaran seine Visitenkarte hinterlassen hat.«

Da gab ich Suko Recht.

Die Türen des Fahrerhauses waren nicht abgeschlossen. So betraten wir die Kabine und sahen sofort, dass das Handschuhfach an der linken Seite offenstand.

Ich schaute hinein.

Es war so leer wie meine Brieftasche am Monatsende. Auch auf dem Boden fanden wir nichts, dieser Wagen war aufgeräumt worden.

»Wer hat ihn denn so durchsucht?«, fragte Suko.

»Ich glaube, das waren die Kameraden vom Revier.«

»Dann fragen wir die.«

»Und können gleichzeitig mit Hackett sprechen.«

Suko grinste. »Läuft ja alles wie geschmiert.«

»Nur einen Erfolg haben wir nicht erreicht.«

»Da sagst du was.«

In der Tat ärgerten wir uns. Ich kam mir schon nutzlos vor. Wären meine Eltern nicht gewesen, hätte ich mich wahrscheinlich in den Zug gesetzt und wäre in Richtung London gefahren. So aber wollten wir bis zum nächsten Tag warten.

Durch den Hohlweg schritten wir wieder zurück. Es war ein herrlicher Spätwintertag. Am Himmel stand eine strahlende Sonne, die ihr Licht über das Land ergoss. Sogar den Hohlweg erreichte der Schein.

Wir hatten ihn noch nicht ganz durchschritten, als Suko mich antippte. »Bleib mal stehen.«

Ich stoppte und fragte: »Was ist denn?«

»Bist du schon so alt geworden, dass deine Knochen klappern?«

»Wieso?« Verständnislos schüttelte ich den Kopf.

»Ich habe etwas klappern gehört und glaube nicht, dass ich einer Täuschung erlegen bin.«

»Das ist doch Unsinn.« Ich deutete auf die Wände. »Es wird das Echo unserer Schritte gewesen sein. Zudem heißt diese komische Minischlucht auch Hohlweg, was aber nichts mit deinem Kopf zu tun hat, Partner. Das möchte ich festgehalten haben.«

»Ich danke dir.«

Wir gingen weiter. Über das Klappern machten wir uns

keinerlei Gedanken mehr, erreichten den Rover, und ich öffnete die Türen. Wir wollten schon einsteigen und wieder nach Lauder fahren, als Suko noch einen letzten Blick zurückwarf.

Allerdings nicht die Straße entlang, sondern schräg in die Höhe und den Hügel hoch.

»Da kommt jemand, John.«

Jetzt drehte auch ich mich und sah ebenfalls die Gestalt, die auf der Höhe entlangschritt. Den Hohlweg konnte sie nicht überspringen, der war einfach zu breit. Sie musste entweder an seinem Ende um ihn herumgehen oder den Weg zur Straße finden.

Die Person entschied sich für die letzte Möglichkeit. Obwohl uns die Sonne blendete, hatten wir es erkannt, dass es sich bei ihr um eine Frau handelte. Da der Untergrund manchmal locker war, rollten auch einige kleine Steine in die Tiefe und tickten über die Straße.

»War das dein Klappern?«, fragte ich.

»Nein, das Geräusch, das ich hörte, war ein anderes.«

»Und wie?«

»Klappernder.«

»Hör auf!« Ich schaute zu, wie die Frau aus der Sonne trat und die letzten Meter überwand, wobei sie noch sprang und neben der Fahrbahn stehen blieb. Sie schaute uns an.

»Ob sie mit will?«, fragte Suko.

Ich gab ihm keine Antwort, denn abermals war das Klappern erklungen. Und jetzt erkannten wir den Grund.

Von der Frau ging das Geräusch aus. Sie hielt irgendetwas in den Händen, das sie gegeneinander schlug.

Suko schüttelte den Kopf. »John, die kann doch nicht normal sein. Steht da und klappert.«

»Trotzdem sieht sie mir ziemlich normal aus.« Ich hob die Schultern. »Verdammt, jetzt hält sie uns noch zum Narren.«

Die Frau kam näher, hatte die Arme ausgestreckt und schlug die beiden gelblich weiß schimmernden Gegenstände aneinander, sodass dieses hohle Geräusch erklingen konnte.

Gekleidet war sie völlig normal. Sie trug ein dunkles

Winterkostüm mit einem Fellkragen, den sie hochgestellt hatte, dazu Stiefel, die bis fast zu den Knien reichten.

Dennoch störte mich etwas an ihr. Es war einfach der Schmutz, der auf ihrer Kleidung klebte und so gar nicht zu ihr passen wollte. So wie sie aussah, musste sie sich im Staub oder Dreck gewälzt haben, was ich mir bei dieser Person kaum vorstellen konnte.

Wir blieben stehen, da wir den Eindruck hatten, dass sie etwas wollte.

Sie kam auch näher. Mein Blick glitt in ihr Gesicht. Es hatte einen Ausdruck angenommen, als würde die Frau lächeln oder irgendwie weit entrückt sein.

Da die Distanz zwischen uns geschrumpft war, konnten wir auch erkennen, was sie in den Händen hielt.

Suko sprach es aus. »John, verdammt, das sind ja Knochen!«

Also doch!

Ich leistete meinem Partner insgeheim Abbitte. Er hatte vorhin etwas von klappernden Knochen gesagt, und wenn ich mir die Frau so anschaute, bekam ich auch den Beweis.

Feindlich schien sie uns nicht gesonnen zu sein, für sie waren wir eher Luft, denn sie wich auch nicht zur Seite, als wir dicht vor ihr standen, sondern klapperte weiter mit den gelblich weiß glänzenden Gebeinen. Ich bin kein Arzt und konnte nicht herausfinden, zu welchem Körperteil die Knochen gehörten. Tatsache blieb, dass sie die Knochen besaß.

Suko wurde von ihr gerammt. Er hatte es vorher geahnt, sich fest hingestellt und kippte auch nicht weg. Dafür wurde die Frau nach hinten gedrückt, schwankte noch und blieb schließlich stehen, da ich meine Hand in ihren Rücken gelegt hatte und sie abstützte.

Hatten wir gedacht, sie würde mit ihrer seltsamen Musik aufhören, so sahen wir uns getäuscht.

Die Frau klapperte weiter. Auch als sie vor uns stand,

bewegte sie ihre Hände, die einige kleine Wunden zeigten, und sie schlug mit den Gebeinen den Takt.

Das verstand ich nicht.

Wir blickten in ihr Gesicht. Es war schmal geschnitten, die Haut sah etwas blass aus, und sie passte auch zu ihren Augen, deren Pupillen zwei Kreise bildeten, die auf mich einen unnatürlich starren Eindruck machten.

Mein Blick glitt zu ihrem Mund. Sie hatte schmale Lippen, die zwar aufeinander lagen, dennoch in die Breite gezogen waren, sodass ein Lächeln entstand.

Kein normales, sondern ein törichtes. Ja, das genau war es. Diese Frau lächelte töricht, verloren, unwirklich, fremd und irgendwie unecht.

»John!« Suko sprach sehr leise. Wahrscheinlich wollte er die Frau nicht erschrecken. »Ich glaube, wir haben es hier mit einer Person zu tun, die nicht normal ist.«

»Du meinst geistesgestört?«

Die Frage war mir so herausgerutscht, aber Suko hatte sie richtig verstanden, denn er nickte. »Das genau ist es gewesen, John. Geistesgestört. Mehr möchte ich nicht sagen.«

Wenn ich mir die Person so anschaute, hatte mein Freund genau ins Schwarze getroffen. Diese Frau, die uns da gegenüberstand, war nicht mehr normal.

Ihr Geist musste stark verwirrt sein, anders konnte ich mir das Klappern mit den Gebeinen nicht erklären.

»Wie heißen Sie?«, fragte ich.

Sie lachte nur. Es war mehr ein Kichern, das über ihre schmalen Lippen drang und uns ebenfalls nicht sehr natürlich vorkam. Da steckte schon mehr dahinter.

»Haben Sie wirklich keinen Namen?«

Sie wollte weitergehen und setzte auch ihre beiden Knochenteile wieder in Bewegung, sodass sie abermals mit der klappernden Musik begann, die uns allmählich auf den Wecker fiel.

Suko griff zu. Er bekam sie in der rechten Armbeuge zu fassen und zog sie zurück. Die rechte Hand geriet dabei aus der Richtung, sodass das Gebein ins Leere schlug.

Mein Freund hielt die Frau fest. »Sag mal, John, wo bringen wir sie hin?«

Da hatte ich auch keine Lösung. »Irgendwo muss sie ja hergekommen sein«, murmelte ich und schaute die Straße entlang.

»Wie weit ist es denn zum nächsten Dorf?«, fragte Suko.

»Für einen Fußmarsch zu weit.«

»Dann ist sie sicherlich aus Lauder gekommen, hat einen kleinen Spaziergang gemacht, mit den Knochen geklappert und will jetzt wieder zurück.«

Ich runzelte die Stirn. »Kann ich mir zwar auch schlecht vorstellen, aber wir können sie ja fragen.« Ich schaute der Frau in die glanzlosen Augen. »Wo sind Sie hergekommen?«

Eigentlich hatte ich nicht damit gerechnet, eine Antwort zu bekommen. Sie gab sie mir dennoch. »Aus der Gruft …«

Ich stutzte.

»Gruft haben Sie gesagt?«, fragte Suko.

»Ja, die Totengruft meiner Ahnin. Dort wartet man auf mich. Es ist schön da.«

»Redet die wirr?«, fragte Suko.

Ich hob die Schultern. »Keine Ahnung. Wir werden sie jedenfalls mal mitnehmen.«

»Ja, dafür bin ich auch.«

Gemeinsam verfrachteten wir die Unbekannte in den Rover. Sobald sie die Chance bekam, begann sie wieder mit ihren beiden Gebeinen zu klappern. Für immer wollte ich diese Laute auch nicht hören.

Suko tat das einzig Vernünftige. Er setzte sich zu ihr in den Fond und sorgte auch dafür, dass das Klappern verstummte.

Ich ließ den Motor an. Es war wirklich am besten, wenn wir die Frau nach Lauder auf das Polizeirevier schafften. Wenn sie tatsächlich aus der Stadt kam, war sie dort sicherlich bekannt. In dem Ort kannte jeder jeden.

Bereits nach einer Fahrt von wenigen Metern traf mich die erste Enttäuschung. Die Knochen hatte ihr Suko zwar weggenommen, deshalb wollte die Frau aber nicht auf Musik verzichten. Sie begann leise zu singen.

Es waren Kinderreime, die sie aus einer Gedächtnisschublade hervorgezogen hatte. Im Innenspiegel konnte ich sie erkennen, wenn sie den Kopf im Rhythmus ihres Gesanges bewegte.

Die Entfernung nach Lauder war nicht mehr als ein Katzensprung. Schon fuhren wir an den ersten Gehöften und Häusern vorbei. Alles wirkte sauber, im Licht der spätwinterlichen Sonne glänzte es sogar. In zwei Tagen schrieben wir schon März, dann begann der Frühlingsmonat. Leider nahmen meine Gegner auf Jahreszeiten und auf die Gefühle der Menschen keine Rücksicht.

Lauder gehörte zu den Orten, die sich der bergigen Landschaft auch angepasst hatten. Die Straßen verliefen nur selten normal und geradeaus. Zumeist ging es auf und nieder, und auch die Polizeistation lag, von der Hauptstraße aus gesehen, in einem kleinen Tal. Wir rollten die Fahrbahn hinab, vorbei an einer langen Bruchsteinmauer und fuhren fast auf das Gebäude zu. Zum Haus gehörten auch mehrere Parktaschen, in denen Besucher ihre Wagen abstellen konnten.

Die Frau wollte nicht aussteigen. Suko musste sie schon ziehen. Mit ihr zusammen blieb er neben dem Rover stehen und hielt sie in Höhe ihrer Ellenbogen fest.

Einigen Leuten war etwas aufgefallen. Sie starrten zu uns rüber und bekamen mit, wie Suko die Frau regelrecht vorschieben musste, um sie überhaupt zum Gehen zu bewegen.

Das Revier war in einem älteren, aber sehr gepflegt wirkenden Haus untergebracht. Um es zu betreten, mussten wir zunächst eine kleine Treppe hochsteigen.

Rechts und links davon befanden sich die Revierfenster. Sehr große Gebilde, die an der oberen Seite die Form eines Halbbogens aufwiesen.

Ich betrat das Revier als Erster. Die Beamten hatten nichts zu tun. Eine Putzfrau wachste den Boden ein. Es roch entsprechend. Wer ich war, hatte sich inzwischen herumgesprochen. Zwei Beamte sprangen auf, als sie mich sahen und dabei zuschauten, wie ich die Tür aufhielt, sodass Suko die Frau über die Schwelle drücken konnte.

»Was können wir für Sie beide tun, Sir?«, fragte mich einer der Polizisten, dessen Namensschild auf seinem Revers steckte.

Er hieß Gerald Gunn.

»Ich wollte zunächst fragen, wie es Sergeant McDuff geht?«

»Der tobt schon wieder rum.«

»Dann ist ja alles klar.« Ich drehte mich um und deutete auf die Frau. Sie wurde von Suko festgehalten und starrte dabei ins Leere. »Die haben wir in der Nähe des Hohlweges getroffen«, erklärte ich. »Sie scheint nicht ganz richtig im Kopf zu sein. Jetzt wollte ich Sie fragen, ob Sie die Dame kennen?«

Der Polizist schaute sich die Unbekannte genau an. Nach einer Weile schüttelte er seinen Kopf. »Kenn ich nicht.«

Auch sein Kollege hatte sie noch nie hier gesehen.

»Wirklich nicht?«

»Nein, Sir. Aus Lauder stammt sie jedenfalls nicht.«

»Und dabei wollte sie in diesen Ort«, sagte Suko. »Sie hatte sich sogar ein besonderes Spielzeug mitgebracht. Zwei Gebeine, mit denen sie herumklapperte.«

Gerald Gunn wurde blass. »Wirklich?«

»Ja.«

»Wie kommt sie denn daran?«

»Kann ich Ihnen auch nicht sagen. Jedenfalls hatte sie die beiden Knochen. Wir wissen natürlich nicht, was wir mit ihr anstellen sollen. Deshalb haben wir uns gedacht, dass wir sie so lange bei Ihnen lassen. Haben Sie eine Zelle frei?«

»Ja. Wollen Sie die Frau verhaften?«

»Nein, nur in Schutzhaft nehmen. Außerdem müssen wir noch mit diesem Hackett reden.«

»Ja, das können Sie versuchen, Sir. Dieser Typ zeigt sich uns gegenüber unheimlich verstockt. Vielleicht haben Sie mehr Glück.« Er holte den Schlüssel und verließ den Platz hinter der Barriere.

Wir folgten ihm durch eine schmale Tür in einen noch schmaleren Gang, der in den Zellentrakt führte. Die Beleuchtung war ganz auf Energiesparen eingestellt.

Es gab drei Zellen. Man hatte hier noch altmodische

Gittertüren, sodass ich mir wie im Wilden Westen vorkam. Eine Zelle war belegt. Auf einem Stuhl hockte ein alter Bekannter von mir. Als mich Hackett erkannte, zogen sich seine Augenbrauen zusammen. Danach schaute er zur Seite.

Diese Geste war deutlich genug.

Suko hatte sich um die Frau gekümmert. Als die Zelle offen war, schob er die Unbekannte hinein. Nach zwei Schritten schon blieb sie stehen und drehte sich um.

»Ist was?«, fragte der Chinese.

»Meine Knochen.«

Suko hob die Schultern und griff in die Tasche. Dort hatte er die Gebeine hingesteckt.

»Gib sie ihr«, sagte auch ich. »Unser Freund Hackett wird sich schon an die Musik gewöhnen.«

Suko reichte der Frau die beiden Knochen durch die Gitterstäbe. »Was geschieht denn jetzt mit ihr?«, fragte Gerald Gunn, der fasziniert zuschaute, wie die Person anfing, mit den Knochen zu klappern. Beinahe lässig schlug sie die Gebeine gegeneinander.

»Wir müssen herausfinden, zu wem sie gehört. Dann können wir weitersehen.«

»Kümmern Sie sich um die Sache, Sir?«

»So lange, wie wir Zeit haben.«

»Das hoffe ich doch. Wenn Sie mich brauchen, Sir, ich bin in der Wachtstube.«

»Okay, danke.«

Die Schritte des Mannes verklangen. Jetzt war nur mehr das Klappern der Knochen zu hören.

Auch Hackett hatte es gehört. Er war sogar aufgestanden und stellte sich dicht an die Wand, die beide Zellen trennte. »Was ist denn da los?«, fragte er.

»Sie haben eine Mitgefangene bekommen.«

»Klappert die wirklich mit Knochen?«

»Ja.«

Hackett starrte mich an, als hätte er einen Geisteskranken vor sich. »Das können Sie mir doch nicht erzählen, verdammt!«

»Es ist so.«

Hackett hob die Schultern. »Irgendwann tötet sie mir den Nerv, verdammt!«

»Sie dürfen das nicht so eng sehen«, sagte ich. »Samaran hat Ihnen auch nicht den Nerv getötet.«

»Was soll das denn wieder heißen?« Er war einen Schritt zurückgewichen und stand neben seinem Bett, auf dem einige Magazine lagen, die schon sehr zerlesen aussahen.

»Er ist verschwunden, das wissen Sie, Hackett!«

Der Mann lachte und starrte auf seine verbundene Hand. Dort hatte ihn der Eiserne erwischt. »Ja, das weiß ich, und er hat euch verfluchten Bullen das Nachsehen gegeben.«

»Ihnen aber auch.«

»Ich werde es überleben. Was werfen Sie mir überhaupt vor?«

»Zum Beispiel Kidnapping.«

Er lachte und winkte ab. »Hören Sie doch auf! Dieser kleine Spaziergang war kein Kidnapping. Nein, nein, kommt mir nicht mit diesen Sachen, dann werde ich sauer.«

»Ob Sie schuldig sind oder nicht, das entscheiden die Richter. Und da machen Sie sich auf etwas gefasst.«

Hackett wollte uns eine Erwiderung geben, verschluckte die Worte allerdings, da er den hohl klingenden Geräuschen aus der Nachbarzelle lauschte.

Die hatten an Lautstärke zugenommen. Auch war der Rhythmus schneller geworden. Einzelne Tonfolgen waren kaum zu unterscheiden, sie gingen ineinander über.

»Verdammt, schafft ihr es nicht, dieser Alten da drüben das Maul zu stopfen?«

Suko nickte. »Ich werde ihr die Gebeine wieder abnehmen. Wartet einen Moment.«

Mein Freund verschwand aus unserem Sichtbereich. Plötzlich hörte das Klappern auf. Das geschah mir einfach zu schnell. Suko hatte die Dinger noch gar nicht an sich nehmen können.

Dafür hörte ich ihn schreien.

Sofort fuhr ich herum.

Suko stand auf der Gangwand. Aus der Zelle strahlte ein

grelles, giftgrünes Licht, das auch gegen ihn geworfen wurde und aus seinem Körper einen Schattenriss machte.

Ich sprang hinzu und riss ihn zur Seite. So heftig, dass wir beide stolperten und zu Boden fielen.

In den dumpfen Laut hinein klangen die Schreie. Schrille Laute, die ein Tier ausgestoßen haben musste. Wie von einer Riesenfaust gepackt, wurde die Zellentür aus der Verankerung gerissen, krachte gegen die Wand und blieb dort zitternd und in einer schrägen Haltung stehen.

Noch immer lag das Schreien in der Luft. Unsere unbekannte Frau musste es ausgestoßen haben, und ich wollte es genau wissen. Bei dem Fall war ich praktisch gelandet, stemmte mich jetzt ab, kam in die Höhe und lief auf die Zellentür zu.

Sie wurde von dem grünen Licht umstrahlt, das sein Zentrum in der Zelle hatte.

Ich schaute hinein. Als Sicherheit hatte ich mein Kreuz hervorgerissen und hielt es vor mein Gesicht, sodass ich über die waagerechten Balken hinwegblicken konnte.

In die von grünem Licht erfüllte Zelle starrte ich, gleichzeitig auch auf die Frau, die den Mittelpunkt bildete.

Aber sie sah nicht mehr so aus, wie wir sie gekannt hatten. Radikal hatte sie sich verändert.

Die Unbekannte war zu einem Skelett geworden!

Ich war so überrascht, dass ich überhaupt nichts tat und einfach nur zuschaute. Dieses Skelett schien den Mittelpunkt eines Brennofens zu bilden, so sehr strahlte und leuchtete es.

Auch die Polizisten hatten die Geräusche gehört. Die Tür zum Trakt wurde aufgestoßen, Gerald Gunn erschien schreckensbleich und schaute sich um.

»Weg mit dir!«, brüllte ich so laut, dass er heftig erschrak und sich hastig wieder zurückzog.

Jetzt hatte ich freie Bahn.

Aber das Skelett wollte nicht. Und es bewies mir, wie gefährlich und mächtig es war.

Auf der Stelle drehte es sich wie ein Kreisel. Ich starrte auf einen furiosen Wirbel aus Licht, Knochen und gleißender Helligkeit. Ich hörte die fauchenden Laute, die voller Wut ausgestoßen wurden und mir entgegenklangen, und ich sah, wie das Skelett durch die Mauer zur Nachbarzelle brach, als bestünde das Hindernis nur mehr aus Pappe und nicht aus festem Stein.

Ein weiteres Geräusch mischte sich in das Kreischen des gefährlichen Skeletts. Es war ein lautes Brüllen, wie es nur ein Mensch ausstoßen konnte, der Angst hatte.

Gleichzeitig vernahm ich einen dumpfen Schlag, dem ein Ächzen folgte, dann war es plötzlich still.

Neben mir kam Suko auf die Beine. Er stand da und schüttelte den Kopf, weil er nicht fassen konnte, was ihm da widerfahren war. Er betastete sein Gesicht, schaute auf seine Finger und sprach Worte, die ich nicht verstand. Ich schüttelte ihn durch. »Was hast du?«

»John, das war wie ein Hauch aus der Hölle.«

»Und der ist verschwunden.«

»Richtig.«

Nach Sukos Antwort schaute ich in die Zelle. Dort konnte ich es selbst sehen. Nicht nur eine Wand war zerstört, ein zweites Loch schimmerte ebenfalls. Das Skelett war dafür verantwortlich. Oder die Frau.

Und es hatte sich noch etwas getan.

Auf dem Zellenboden lag Hackett. Er war schwer verletzt und sah aus, als hätte ihn jemand mit Feuer überschüttet. Brandwunden bedeckten sein Gesicht, seine Kleidung war verkohlt, nur mehr Reste hingen noch nach unten.

Es war ruhig geworden. Die beiden Polizisten betraten den Gang und sahen das Chaos.

»Was ist denn hier passiert?«, fragte Gerald Gunn.

Ich hob die Schultern. »Wir hatten es mit einer magischen Entladung zu tun, möchte ich mal sagen.«

»Und wieso?« Er schaute mich so erstaunt an, als wäre ich der Lehrer und er nur ein kleiner Schüler.

»Das kann ich Ihnen auch nicht sagen. Nehmen wir es

beide als eine Tatsache hin. Und eine weitere Tatsache ist der Verletzte in der Zelle. Er braucht schnell einen Arzt.«

»Ja, natürlich.« Gunn schickte seinen Kollegen los, bevor er sich an uns vorbeidrückte und sich die Beschädigungen ansah, die das Skelett hinterlassen hatte.

»Ich hätte ja jetzt fragen können«, flüsterte er, »aber ich traue mich einfach nicht.«

»Kann ich mir vorstellen. Sie würden auch keine Antwort bekommen, Mr Gunn.«

»Es war die Frau, nicht?«

»Das ja.«

Der Polizist wurde bleich und ging so weit vor, bis er in die andere Zelle schauen konnte, wo der Schwerverletzte lag. Im Gesicht wurde Gerald Gunn käsig. »Hört dieser Schrecken denn nie auf?«, fragte er flüsternd.

Da hatte er einen wahren Satz gesprochen. Es war ein Schrecken. Weder Suko noch ich wussten, ob er mit dem des Akim Samaran etwas zu tun gehabt hatte. Vielleicht waren wir auch über einen neuen Fall gestolpert. Wenn ich genauer darüber nachdachte, wurde mir klar, dass sich unser Besuch möglicherweise noch hinziehen konnte. Ich hatte gesehen, wie sich die Frau verwandelte. Und da das hier in der Zelle passiert war, konnte es auch überall passieren, deshalb mussten wir sie fangen.

Hackett stöhnte. Ob er je wieder so aussehen würde wie früher, war fraglich. Ich dachte auch nicht weiter darüber nach, sondern wandte mich noch einmal an Gerald Gunn, um ihn zum Nachdenken anzuregen. »Haben Sie diese Frau tatsächlich noch nicht gesehen?«

Er stand direkt unter der Lampe und wurde von dem Licht bestrahlt. »Nein, Sir, wenn ich es Ihnen sage.«

»Gibt es denn hier so etwas wie eine Gruft oder ein Totenhaus?«, wollte Suko wissen.

»Wie meinen Sie, Sir?«

»So wie wir gefragt haben. Da wurde von einer Gruft gesprochen. Die Frau selbst sagte es uns auf der Fahrt nach Lauder. Sie muss wohl dort gewesen sein und ist vielleicht auch dort so geworden. Zudem muss die Gruft nicht weit von Lauder entfernt liegen. Wir können uns nicht vorstellen, dass sie stundenlang unterwegs gewesen ist und nur mit den Gebeinen geklappert hat.«

Gerald Gunn dachte nach. Er gab sich große Mühe. Ich wollte wissen, ob er überhaupt aus Lauder stammte.

»Nein, aus Glasgow. Ich bin hierher versetzt worden, weil ich es so wollte. In der Stadt gehe ich unter, hier kenne ich mehr, hier ist alles überschaubarer.«

Das stimmte. Dennoch hatte er von dieser Totengruft noch nichts gehört. Ich beschloss, meinen Vater danach zu fragen. Sollte es so eine Gruft geben, würde mein Vater es wissen.

Die aufklingenden Schritte unterbrachen unser Gespräch. Als die Tür aufgestoßen wurde, kam der Arzt. Vom Ansehen kannten wir uns, und er schaute mich für einen Moment mit gerunzelter Stirn an. »Sind Sie nicht der Sohn von Horace F. Sinclair.«

»Das bin ich, Doc.«

»Ich grüße Sie.« Er reichte mir die Hand. »Mein Name ist Murray. Wo liegt der Verletzte?«

»Ich zeige Ihnen den Mann.« Wir gingen in die Zelle, und Murray schüttelte schon nach dem ersten Sichtkontakt den Kopf. »Himmel«, sagte er, »das sieht böse aus.«

Der Doc war ein Mann in den besten Jahren, der dennoch den Großteil seiner Haare bereits eingebüßt hatte. Vielleicht hatte er sich in seinem Job auch zu sehr aufgeregt.

»Lassen Sie einen Wagen rufen«, wandte er sich an Gerald Gunn.

Mir kam eine Idee. Murray gehörte ebenfalls zu den älteren Einwohnern von Lauder, möglicherweise wusste er über das Totenhaus oder die Gruft Bescheid.

»Ach, das meinen Sie.«

»Wieso? Kennen Sie es?«

Noch in der Hocke sitzend winkte er ab. »Klar. Es liegt an unserem alten Bergfriedhof, der nicht mehr genutzt wird. Aber nicht dort, wo damals die Melissa durchgedreht ist, sondern in entgegengesetzter Richtung. Weg vom Fluss.«

»Wissen Sie Einzelheiten?«

»Nein und ja. Die Gruft gehört einer Familie Lockhead.« Der Doc unterbrach sich und zog eine Spritze auf. »Die Lockheads wohnen nicht mehr hier. Sie haben hier auch nur für einige Jahre gelebt, bevor sie in die große Stadt zogen, wie man früher sagte. Ihre Gruft haben Sie allerdings behalten. Man sagt, dass die Gruft der Familie in früheren Zeiten als Versteck gedient hat. Und zwar als Versteck für unliebsame Personen. Alle, die ihnen gefährlich werden konnten, wurden in die Gruft geschleudert. Dabei spielte es keine Rolle, ob sie tot oder lebendig waren. Die Lockheads kannten dabei kein Pardon.«

»Wann war denn das?«, wollte ich wissen.

»Keine Ahnung. Das liegt mindestens hundert Jahre zurück. Wirklich, Mr Sinclair, die Lockheads hatten es in sich.«

»Und weshalb?«

»Es waren Verbrecher. Zwar nicht offiziell, aber man munkelte es. Sie haben große Mengen von Land aufgekauft, wurden immer reicher und gründeten auch Industrien. Irgendwann brach der Clan dann auseinander. Das liegt auch schon achtzig Jahre zurück. Mit dem Beginn des neuen Jahrhunderts kamen sie nicht so zurecht.«

»Gibt es denn noch Erben?«

»Bestimmt. Aber die wohnen nicht mehr hier. Sie haben sich in alle Winde verstreut. Wie gesagt, die Lockheads waren immer etwas Besonderes und für jede Schandtat gut. Die nahmen keine Rücksicht und kannten nur ihre eigene Moral. Man erzählt sich auch, dass es bei einigen Mitgliedern der Familie im Oberstübchen nicht mehr gestimmt haben soll, da muss irgendwie eine Krankheit gewesen sein, und die anderen sollen diese Leute dann lebendig begraben haben.«

»In der Gruft.«

»Ja.« Der Doc drückte sich in die Höhe. »Wenn das alles stimmt, würde ich sie als Knochensammelstelle bezeichnen.« Er schaute auf seinen Patienten. »So, mehr kann ich für ihn nicht tun. Alles andere müssen wir im Krankenhaus machen.« Murray nahm die Tasche hoch. »Sagen Sie, Mr Sinclair, haben Sie hier mit einem Schweißbrenner gewütet?«

»Nein.«

»Und wie kommen die Zerstörungen zustande?«

»Vielleicht war es eine Lockhead.«

»Ach.« Er blickte mich an und schüttelte den Kopf. »Das darf doch nicht wahr sein. Sie wollen tatsächlich behaupten, dass die Zerstörungen durch ein Mitglied der Familie Lockhead zustande gekommen sind?« Er lachte. »Ich glaube nicht. Sie wollen mich auf den Arm nehmen. Andererseits habe ich über Sie genug von Ihrem Vater gehört. Sie scheinen ein Mensch zu sein, der ungewöhnliche Dinge anzieht wie das Licht die Motten. Bleiben Sie noch länger?«

»Wahrscheinlich.«

»Dann werden wir bestimmt noch Überraschungen mit Ihnen erleben, kann ich mir vorstellen.«

Ich lachte. »Wie Sie meinen, Doc.«

Wir verließen den Zellentrakt. Zudem mussten wir auch für die ankommenden Sanitäter Platz schaffen.

Ich rauchte eine Zigarette und dachte über das Gehörte nach. Suko stand neben mir. »Denkst du das Gleiche wie ich?«, fragte er.

»Wahrscheinlich.«

Dann sollten wir uns auf die Socken machen. Mich haben schon immer alte Friedhöfe interessiert.«

»Mich auch«, gab ich zu. »Besonders dann, wenn sie zu dem Ort gehören, in den ich mich mal zurückziehen könnte, wenn ich alt bin.«

»Dann bleib doch jetzt schon hier.«

»Witzbold.«

»Nein, Alter, nur Realist.«

Es gab nicht wenige Menschen, die beide Frauen erstaunt anschauten, wenn sie ihnen entgegenkamen. Eine Chinesin in Lauder gehörte zu den Besonderheiten, und Mary Sinclair konnte sich ein Lächeln nicht verkneifen, wenn sie die Blicke sah.

»Das sind die Leute nicht gewohnt«, sagte auch Shao.

»Nein, bestimmt nicht.«

Sie hatten inzwischen die »City« erreicht. Oder das, was die Bewohner damit bezeichneten. Vom Haus der Sinclairs, das an einem Hang lag, mussten sie den Berg hinab in den Mittelpunkt des Ortes gehen, wo es all das gab, was die Menschen benötigten, um versorgt zu werden oder sich vergnügen zu können.

Geschäfte, Kneipen, Ämter, kleine Einkaufspassagen, die sich sehr harmonisch in das alte Stadtbild einfügten. Auch kleine Plätze, wo Bänke zum Verweilen einluden.

Die kleinen roten Pflastersteine bildeten ein Muster aus großen und kleineren Kreisen.

Shao gefiel der Ort. Hektik herrschte hier kaum. Zumeist waren Frauen unterwegs, und Mary Sinclair kannte hier wohl jede. Gegrüßt wurde sie immer, oft genug blieben sie auch stehen, wenn sie angesprochen wurden, und Shao verdrückte sich dann zumeist, um in den kleinen Geschäften nachzuschauen. Viele Dinge aus dem Kunstgewerbebereich wurden verkauft. Dafür interessierte sich Shao besonders. Für ein paar kleine Figuren legte sie mehr als zwei Pfund hin.

»Die sind wirklich wunderschön«, sagte Mary, die plötzlich hinter ihr stand. »Echt Handarbeit.«

»Ja, sie passen in der Wohnung auf mein kleines Board.« Die beiden Frauen verließen den Laden.

Es hatte sich ein wenig bewölkt, auch war der Wind kälter geworden. Auf den Hängen lag noch Schnee. Wenn der Wind über die hellen Felder fuhr, wirbelte er kleine Flocken zu pulvrigen Wolken in die Höhe und trieb sie vor sich her.

Besorgt schaute Shao zum Himmel. Mit einer geschickten Bewegung wickelte sie den langen Schal enger um ihren Hals. »Es wird doch wohl keinen Schnee mehr geben«, meinte sie.

»Hoffentlich nicht. Wir haben die Nase voll.«

»Wir auch, Mrs Sinclair. Es gab Tage, da ist London im Schnee erstickt, und anschließend kam das Glatteis.«

»Hier müssen wir allerdings mit einem erneuten Schneefall rechnen«, erklärte Mary. »Schottland ist nicht London. Zudem liegen wir hier höher. Allerdings würde ich jetzt eine kleine Pause vorschlagen. Haben Sie Hunger, Shao?«

»Nach dem Frühstück?«

»Wieso nicht? Wir sind gelaufen, und hier gibt es ein nettes Café, das erst im vorigen Herbst eröffnet hat. Es wird Ihnen sicherlich gefallen. Das würde sogar in London auffallen.«

Shao lachte. »Wenn Sie das so sagen, Mrs Sinclair, haben Sie mich überredet.«

»Dann kommen Sie, sonst sind die Plätze besetzt.«

Sie verließen die kleine Passage, gingen einige Schritte und standen schon vor dem Laden, dessen Scheiben bis zur Erde reichten. Sie gestatteten einen vollen Durchblick in den Raum, der bis auf den letzten Tisch besetzt war.

»Da bekommen wir keinen Platz mehr, fürchte ich«, sagte Shao.

»Nicht so voreilig. Wir werden nach oben gehen. Da ist auch noch ein Saal.«

Shao hatte die Auslagen bereits gesehen. »Sind ja tolle Sachen dabei«, sagte sie.

»Das können Sie wohl sagen. Die machen hier alles selbst.«

Mrs Sinclair drückte die Tür auf, und die beiden Frauen betraten den Raum. Freundlich wurden sie vom Personal begrüßt, und als sie nach oben gehen wollten, trat ihnen eine Bedienung in den Weg. »Da ist auch besetzt, Mrs Sinclair.«

»Wie kommt das?«

Das Mädchen hob entschuldigend die Schultern. »Kann ich Ihnen sagen. Eine geschlossene Gesellschaft.«

»Wer feiert denn?«

»Ich weiß nicht, ob man das als Feier bezeichnen kann. Da hat sich eine Familie Lockhead getroffen.«

»Lockhead?« Mary Sinclair wiederholte den Namen und verzog dabei das Gesicht. »Lockhead sagen Sie? Das kommt mir doch so bekannt vor. Hier haben mal Lockheads gewohnt.«

»Davon hörte ich.«

»Und?«

»Jetzt traf sich die Familie. Die müssen von Glasgow und von noch weiter hergekommen sein.«

»Wissen Sie denn den Grund dieses Zusammentreffens?«

»Nein, den weiß ich nicht.«

»Egal, wir werden mal schauen. Vielleicht gibt es noch zwei freie Plätze. Vielen Dank jedenfalls.«

Sie gingen die Wendeltreppe hoch, erreichten den Raum in der ersten Etage und sahen, dass die meisten Tische besetzt waren. Man hatte sie dicht zusammengestellt. Die Leute waren ziemlich ruhig und beachteten die beiden Neuankömmlinge kaum, als diese den Raum durchquerten und an einem kleinen Zweiertisch dicht am Fenster Platz nahmen.

Auch die Bedienung erschien und fragte nach den Wünschen. Shao wollte eigentlich nur eine Tasse Kaffee trinken, Mary Sinclair drängte ihr ein Stück Kuchen auf, das sie auch annahm.

»Sie werden es nicht bereuen, Shao, er ist wirklich über alle Maßen gut.«

»Ich lasse mich überraschen.«

Kuchen und Kaffee kamen sehr schnell. Shao bedankte sich, probierte den Kuchen und verdrehte die Augen, weil er so gut schmeckte.

»Na, habe ich zu viel versprochen?«

»Nein, das haben Sie nicht.«

»Ich wusste es doch. Er ist einmalig. Leider verrät mir der Konditor nicht das Rezept.«

»Das würde ich an seiner Stelle auch nicht.«

»Aber Shao, so kenne ich Sie nicht«, sagte Mary Sinclair bewusst vorwurfsvoll.

Sie schauten durch die große Scheibe. In der Nähe stand ein niedriger Heizkörper, der eine schon bullige Wärme verbreitete. Ihr Blick fiel auf den Marktplatz, wo ein reger Betrieb eingesetzt hatte. Hier verstand man sich noch, man traf sich und redete miteinander.

Wie auch die Lockheads.

Hin und wieder fingen die beiden Frauen Gesprächsfetzen auf. Eigentlich banale Worte, die sich um Familienangelegenheiten drehten. Bis Shao plötzlich einen Satz hörte, der sie aufmerksam werden ließ.

»Und wann besuchen wir die Gruft?«

»Heute noch.«

Die Chinesin runzelte die Stirn. Sie drehte sich um, damit sie auf die Gruppe schauen konnte. Überschlägig kam sie auf ein Dutzend Personen. Männer und Frauen hielten sich in der Anzahl die Waage.

»Aber ich will nicht in diese Totengruft«, sagte eine Blondine ziemlich laut. »Was soll ich da?«

»Hat man dir nicht Bescheid gegeben?«, fragte eine ältere Person.

»Ja.«

»Und du bist gekommen.«

»Sonst säße ich nicht hier, Thelma.«

»Dann wirst du auch mit uns gehen. Das ist ganz einfach. Wir haben es beschlossen, du wirst dich fügen müssen.«

»Und wenn ich nicht will?«

»Hüte dich …«

Die letzte Antwort war zwar leise ausgesprochen worden, sie hatte aber sehr drohend geklungen, sodass in Shao das Misstrauen wuchs. Sie wunderte sich immer mehr über diese Versammlung. Da war eine Familie zusammengekommen, um eine Gruft zu besuchen. Wieso? Was hatte das überhaupt für einen Sinn?

»Haben Sie das auch gehört, Mrs Sinclair?«, fragte die Chinesin.

»Sie meinen diese Gespräche?«

»Davon rede ich.«

Mary Sinclair winkte ab. »Halb so schlimm, meine Liebe. Die haben sich getroffen, um Tote zu ehren.«

»Kennen Sie die Familie?«

»Nicht mehr. Sie haben früher hier gewohnt. Das heißt, vor mehr als ein- oder zweihundert Jahren.«

»Und?«

»Was man heute hört, hat man damals nicht gerade gut über sie gesprochen. Die Familie war auch nicht sehr beliebt. Es hat da einige Unstimmigkeiten gegeben.«

»Mit wem?«

»Untereinander sollen sie sich nicht grün gewesen sein.«

»Und was hat das mit der Gruft zu tun?«

Mary Sinclair runzelte die Stirn. »Es ist bestimmt nichts Schlimmes. Die Lockheads besitzen nahe des alten Friedhofs eine alte Familiengruft. Über ihr steht ein Totenhaus. Das müssen sie erst betreten, um in die Gruft hineinzukommen.«

»Und wer liegt dort begraben?«

»Eine gewisse Dorothy Lockhead. Sie ist schon lange tot. Ich weiß auch nicht genau, wann sie starb …«

»Für eine Person eine solche Gruft?«

Mary Sinclair lachte. »Man merkt Ihnen an, Shao, mit wem Sie zusammenleben. Aus Ihren Worten spricht die Polizei. Aber Sie haben Recht. In der Tat ist es ungewöhnlich, was hier gebaut wurde. Aber die Lockheads waren auch eine außergewöhnliche Familie. Sie lebten oft genug im Streit miteinander. Gerüchte besagen, dass sie sich gegenseitig umgebracht haben sollen, aber das ist nie nachgeprüft worden. Jedenfalls hat man Dorothy Lockhead dort begraben. In den Chroniken steht zu lesen, dass sie dem Irrsinn verfallen gewesen sein soll. Sie war ein noch schwärzeres Schaf als die übrigen Lockheads.«

Shao schüttelte den Kopf und nippte an dem Kaffee, der schon kalt geworden war.

»Was haben Sie denn?«

»Ich wundere mich, dass plötzlich dieser gesamte Clan erscheint und eine dem Wahnsinn verfallene Person besuchen will. Das ist mir einfach ein Rätsel.«

»Mir ebenfalls. Nur, können wir es ändern?«

»Bestimmt nicht.« Shao lächelte fein. »Mich würde es trotzdem interessieren, aus welchem Grunde die Leute ein so plötzliches Interesse an ihren Ahnen zeigen.«

»Fragen Sie die Lockheads!«

Shao lachte auf. »Ich werde mich hüten.«

»Wieso?«

»Nein, nein, in diese Dinge mische ich mich nicht ein.« Sie nahm die fast leere Tasse und drehte sie ein wenig. »Obwohl«, fuhr sie mit nachdenklicher Stimme fort, »mir die ganze Sache schon ein wenig suspekt ist, wenn Sie verstehen.«

Mary Sinclair nahm Shao scharf ins Auge. »Werden Sie den beiden Männern Bescheid geben?«

»Meinen Sie denn, dass die sich für die Sache interessieren?«

»Bestimmt John. Ich kenne doch meinen Sohn. Der würde hinter diesem Besuch sofort etwas vermuten, darauf können Sie sich verlassen.«

»Vielleicht steckt auch mehr dahinter, als wir bisher annehmen konnten.«

Mary Sinclair hob die Schultern. »Leider kenne ich von den Lockheads keinen. Ich hätte sonst ...«

Sie stoppte, denn wie Shao hatte sie das Geräusch vernommen. Es war ein hohles Klappern und deshalb so genau zu hören, weil niemand von der Familie mehr redete.

Shao drehte sich, auch Mary schaute in die Richtung des langen Tisches. Die einzelnen Mitglieder saßen dort steif wie Ladestöcke, reagierten überhaupt nicht und lauschten nur auf das Klappern der beiden seltsamen Gegenstände, die von der Frau namens Thelma in den Händen gehalten wurden.

Shao musste sich recken, um besser sehen zu können. Erst als sie den Stuhl zurückgeschoben hatte, erkannte sie, was diese Thelma festhielt.

Es waren Gebeine!

Zuerst glaubte Shao an eine Täuschung, wischte über die Augen und schaute noch einmal hin.

Sie hatte sich nicht geirrt. Diese Thelma Lockhead hielt tatsächlich Gebeine in den Händen. Sie schlug die beiden gegeneinander und erzeugte somit das klappernde Geräusch.

»Was ist los?«, fragte Mary Sinclair. Sie schaute Shao überrascht und auch irritiert an.

Die Chinesin beugte sich vor, sodass ihre Worte nur von Mrs Sinclair verstanden werden konnten. »Dieses Klappern haben Sie ja gehört. Ich kann es kaum fassen. Es wird von alten Knochen verursacht, die Thelma Lockhead gegeneinander schlägt.«

»Das kann doch nicht sein!«

»Doch, sehen Sie es sich an!«

Mary Sinclair wollte schon aufstehen, um sich zu überzeugen, als ein plötzlicher Ruck durch die Versammelten ging, als hätte jeder von ihnen zur gleichen Zeit den Befehl bekommen.

Dann standen sie auf.

Ebenfalls gleichzeitig und wie von der Schnur gezogen. Das Rücken der Stühle war auf dem weichen Teppichboden so gut wie nicht zu vernehmen. Es geschah alles in einer gespenstischen Lautlosigkeit, nur das Knochenklappern verstummte nicht.

Thelma hatte die Führung übernommen. Sie sprach kein Wort, beachtete Shao und Mary ebenfalls nicht, sondern steuerte die Treppe an, und die anderen folgten ihr geduldig wie eine Herde Schafe.

Der Reihe nach verschwanden sie, und auch ihre Schritte verklangen allmählich.

»Das begreife, wer will, ich nicht«, sagte Shao.

»Stimmt.« Mary Sinclair gab ihr Recht.

»Und was sollen wir tun?«

»Nichts.«

Shao war überrascht. »Ich wundere mich, dass Sie so reden, denn ich werde einfach das Gefühl nicht los, dass hier etwas Unheimliches über die Bühne gelaufen ist. Haben Sie nicht gesehen, wie sich die Leute benahmen? Das war nicht normal, völlig unnatürlich sind sie gegangen, als wären sie nur mehr Marionetten.« Shao senkte die Stimme zu einem Flüstern. »Richtig gespenstisch.«

Mary Sinclair ging auf die Worte der Chinesin nicht ein. »Da unten sind sie.«

Shao schaute durch die Scheibe. In der Tat schritten sie als

Gruppe über den Marktplatz. Thelma Lockhead hatte wieder die Spitze übernommen. Ob sie die Knochen noch in den Händen hielt, war nicht genau zu erkennen. Shao nahm es jedoch an, da sie ihre Arme bewegte.

»Kann man eigentlich zu Fuß bis zu dieser Gruft gehen?«, fragte sie.

»Man kann. Aber es ist ziemlich weit.«

Quer über den Marktplatz schritt die Gruppe. Sie näherte sich dabei den Parkbuchten, wo zwischen anderen Fahrzeugen auch ein Bus stand, der ungefähr die Personenanzahl fasste.

»Sogar einen Bus haben sie sich gemietet«, sagte Mary Sinclair.

»Wundert Sie das?«

»Jetzt nicht mehr.«

Die Fahrertür des Busses wurde aufgestoßen, und ein Mann stieg aus. Er trug dunkle Winterkleidung. Selbst auf die große Entfernung hin war die Blässe in seinem Gesicht festzustellen. Neben der Tür blieb er stehen und hielt sie auf, damit die Lockheads einsteigen konnten. Sie taten es der Reihe nach und sehr diszipliniert.

»Jetzt fahren sie ab!«, flüsterte Mary Sinclair. »Aber sie können nicht bis zum Grab oder zur Gruft.«

Shao hatte verstanden. »Es liegt am Weg, nicht wahr?«

»Genau. Der ist einfach zu steil. Ich war öfter am alten Friedhof, weil wir überlegt hatten, ob wir ihn nicht wieder rekultivieren sollten, aber die Stadtväter waren dagegen. Man sprach sogar davon, das Totenhaus abreißen zu lassen, das Vorhaben ist dann versickert.«

Shao stand auf. »Jedenfalls sollten wir etwas unternehmen, Mrs Sinclair. Dieser Fall ist mehr als ungewöhnlich.«

»Das stimmt. Und was wollen Sie tun?«

Die Chinesin gab noch keine Antwort, da sie dem startenden Wagen nachschaute. Zumindest müssten Suko und John Bescheid wissen. Eine Frau, die mit Gebeinen klappert, ist mehr als ungewöhnlich. Ich würde sagen, außergewöhnlich …«

Mrs Sinclair lächelte schmal. »Ich bin einverstanden. Allmählich habe ich das Gefühl, dass sich mein Sohn an keinem Platz auf der Welt verstecken oder ausruhen kann.«

»Das stimmt. Dämonen sind eben allgegenwärtig.« Shao hatte ihre Jacke schon genommen und half Mary Sinclair dann noch in den Mantel, bevor sie sich den Schal um den Hals schwang.

Unten mussten sie zahlen. Die Rechnung übernahm Mrs Sinclair. Als sie nach draußen kamen, spürten sie sofort den auffrischenden Wind, der über den Marktplatz strich. Es war auch diesiger geworden, und Mary Sinclair deutete zum Himmel.

»Das sieht mir ganz nach Nebel aus«, sagte sie.

»Und kein Schnee?«

»Könnte auch kommen. Zumeist ist es dann Graupel.«

»Sie kennen sich hier aus, Mrs Sinclair. Wo liegt denn das Polizeirevier eigentlich?«

»Ich führe Sie hin. Wir müssen zur Hauptstraße. Dann ist es nicht mehr weit.«

Die beiden Frauen stemmten sich gegen den Wind an. Als sie die Straße erreichten, sahen sie einen Krankenwagen, der mit eingeschaltetem Blaulicht vorbeifuhr.

»Das ist auch selten«, kommentierte Mary.

»Vielleicht ist was passiert.« Shao schleuderte den Schal wieder zurück, den der Wind ihr zur Seite gedrückt hatte.

»Das wird es sein.« Plötzlich lief Mary Sinclair einige Schritte vor. »Da ist ja unser Wagen.« Die Frau blieb am Straßenrand stehen und winkte. Das Zeichen wurde gesehen.

»Deine Mutter«, sagte Suko.

Ich hatte sie ebenfalls entdeckt, fuhr links an den Straßenrand und stoppte sacht.

Auch Shao kam. Die beiden Frauen traten an den Wagen, und wir öffneten die Türen.

Aufatmend ließen sie sich in den Fond fallen. »Zu euch wollten wir«, sagte meine Mutter, als sie die Autotür zuschlug.

Ich drehte mich um. »Wieso?«

»Weil wir etwas sehr Seltsames entdeckt haben.«

»Eine Frau, die mit Gebeinen klappert«, fügte Shao hinzu.

Suko und ich saßen da, wie vom Donner gerührt. Das merkten die Frauen natürlich, und Shao fragte: »Stimmt etwas nicht?«

»Wo hast du sie gesehen?«, wollte Suko wissen. Er drehte sich bei der Frage um.

»In einem Café.«

»Wirklich?«

»Ich war schließlich dabei«, erklärte meine Mutter. »Aber diese Frau hielt sich nicht allein dort auf. Noch zwölf andere Personen waren bei ihr.«

»Und was wollten die?«

»Das wissen wir nicht genau. Auf jeden Fall hatten sie vor, eine Gruft zu besuchen.«

»Also doch«, sagte ich.

Jetzt waren die beiden überrascht. Wir allerdings gaben keine Erklärungen ab, sondern ließen uns berichten, was Shao und meine Mutter erlebt hatten.

Sollte ich es als Fügung, als Schicksal oder als Zufall bezeichnen? Vielleicht traf jeder Begriff zu einem Teil zu, jedenfalls hatte das Geklapper der Knochen die beiden Frauen ziemlich erschreckt. Und auch ihr Vorhaben, dass sie eine so alte Grabstätte besuchen wollten.

»Da muss es doch einen Grund geben«, sagte Shao zum Schluss.

»Den gibt es auch«, bemerkte Suko, »und wir werden ihn herausfinden.«

»Wie?«

»Wir wollten zu diesem Totenhaus oder zu der Gruft fahren. Ihr habt uns aufgehalten.«

»Sag nur.«

Es war an der Zeit, dass wir ebenfalls unsere Erlebnisse berichteten, und die beiden Frauen hörten angespannt und auch mit wachsendem Entsetzen zu, wenigstens meine Mutter, die solche Dinge nicht gewohnt war.

»Das ist ja schrecklich«, flüsterte sie. »Die Frau ist in Wirklichkeit ein Skelett? Ich kann es kaum glauben!«

»Und noch etwas, Mutter. Sie kam mir vor, als wäre sie nicht ganz richtig im Kopf. Ist euch das auch aufgefallen?«

»Nein, John. Auf uns machte sie einen regelrecht beherrschenden Eindruck.«

»Dann muss sie sich nach ihrer Verwandlung verändert haben«, fügte Suko hinzu.

»Das glaube ich auch.«

Mitnehmen konnten und wollten wir die Frauen nicht. Deshalb schlug ich vor, sie eben nach Hause zu fahren.

»Das ist nett, John. Deine alte Mutter hätte sich sonst ein Taxi nehmen müssen.«

Man konnte die Entfernung als einen Katzensprung bezeichnen. Wir rollten den Hang hoch, und ich sah mich gezwungen, die Scheinwerfer einzuschalten, da der Nebel allmählich dichter wurde und bereits die ersten Schleier über die Fahrbahn und zwischen den Häusern trieben.

Auf dem Grundstück meines Vaters wendete ich sofort, ließ die beiden aussteigen und fuhr wieder ab, denn meine Mutter wollte wieder zu großen Ermahnungen ansetzen.

»Das kann sie wohl nie lassen, wie?«, fragte Suko.

Ich hob die Schultern. »Welche Mutter kann das schon …?«

Thelma Lockhead hatte neben dem Mann vorn im Bus ihren Platz gefunden, der den Wagen lenkte und sie auch als Einzelperson in das Totenhaus und damit in die Falle der Gruft geführt hatte.

Sie hegte keinerlei Groll mehr gegen ihn und hatte auch inzwischen seinen Namen erfahren.

Er hieß James und war einmal der Butler einer gewissen Dorothy Lockhead gewesen.

»Dann müssten Sie längst tot sein«, hatte sie gesagt und zur Antwort bekommen: »Vielleicht bin ich das auch.«

Mehr wollte James über seine Person nicht sagen. Zudem musste er sich auf das Fahren konzentrieren.

Die übrigen Mitglieder des Clans verhielten sich ruhig. Zu ruhig für eine Reisegesellschaft. Sie hockten auf ihren Sitzen, starrten nach vorn und schwiegen. Niemand erzählte mehr von Familiengeschichten, keiner sprach von der nahen Zukunft, bei ihnen schien in allen Dingen eine nahtlose Übereinstimmung zu bestehen.

Natürlich war das nicht so.

Den Grund kannten die Fahrgäste nicht, der war nur zwei Menschen bekannt. James und natürlich Thelma Lockhead, die für das unnatürliche Schweigen der Menschen die Verantwortung trug.

Eigentlich lag der wahre Grund an den beiden Gebeinen. Wenn Thelma mit ihnen klapperte und sie in einem bestimmten Rhythmus gegeneinander schlug, ertönte eine Musik, die durchaus eine Macht besaß, um andere Menschen in ihren Bann zu schlagen.

So war es mit der Familie geschehen. Seit dem makabren Knochenklappern hatte keiner von ihnen mehr den Wunsch verspürt, wieder zu verschwinden. Im Gegenteil, jetzt waren sie begierig darauf, endlich an das Ziel zu gelangen.

Nur musste James sehr genau Acht geben. Auf der Straße hatte er noch normal fahren können, später wurde es schwieriger, denn der Wagen rollte über kleine Bergpfade, die für Spaziergänger geeignet waren, nicht aber für Autos oder Busse.

Zu viele Steine lagen auf dem Weg, es gab Querrillen, über die das Fahrzeug hüpfte. Auch Traktorreifen hatten im Erdreich ihre Spuren hinterlassen. Es kam noch etwas hinzu, womit alle wohl nicht gerechnet hatten.

Der Nebel!

Als grauweißes, dickes Gespinst schien er von den Berghängen in die Täler zu fließen, als würde jemand hinter ihm stehen und ihn ständig antreiben.

Längst hatte er den Bus erreicht und ihn mit seinen langen, milchigen Schlieren eingehüllt.

James saß konzentriert am Steuer. Er war ein hagerer Mensch mit einem spitzen Kinn und einer ebenso spitzen

Nase. Hin und wieder zuckten die blassen Lippen, und Thelma, die ihn genau beobachtete, hörte sogar auf, mit den Gebeinen zu klappern.

»Was hast du?«

»Es ist schwer, den Weg zu finden.«

»Du kennst ihn doch.«

»Sicher, nur nicht im Nebel.«

»Dann streng dich an!« Thelma sprach hart. Ein Zeichen, dass sich die Fronten verschoben hatten. Und zwar zu ihren Gunsten. Hatte bei ihrem ersten Besuch James noch das Kommando gehabt, tat er nun, was sie sagte. Auch von ihrer Verwirrtheit war nichts mehr zu spüren. Sie stand voll und ganz unter dem Bann ihrer Ahnherrin und war ihr eine getreue Dienerin.

Selbst markante Zeichen und Orientierungspunkte innerhalb der Landschaft waren verschwunden. Oder nur mehr schemenhaft zu erkennen, wenn man dicht heranfuhr.

Irgendwann war auch für den Bus Schluss. Das erklärte James, als er stoppte.

»Hier geht es nicht mehr weiter.«

»Und wie weit ist es bis zum Friedhof?«

»Nur ein paar Schritte. Die werdet ihr schaffen. Geht nach rechts rüber, ich bleibe hier oder auf dem Gelände.«

»Weshalb?«

»Wenn jemand kommt, bereite ich ihm einen richtigen Empfang. Ich lege mich wieder in mein Grab.«

Er sagte es mit einer so großen Selbstverständlichkeit, dass Thelma es ohne Gegenfrage akzeptierte.

Die anderen zwölf waren sitzen geblieben. Sie ließen Thelma den Vortritt, und sie stand auch auf.

»Es ist alles vorbereitet«, flüsterte James noch. »Die Fackeln brennen. Dorothy kann ihre Rache genießen.«

»Das wird sie auch.« Thelma hob die Arme bis in Brusthöhe und begann wieder mit dem Knochengeklapper. Ein scharfer, beinahe hektischer Rhythmus erfüllte den Bus, der von den Fahrgästen sofort aufgenommen wurde und sie zu einer Reaktion veranlasste.

Sie sprangen alle auf einmal in die Höhe. Als hätte jemand an ihren Köpfen oder Schultern gezogen.

Dabei starrten sie Thelma Lockhead an, die ihren Auftritt genoss. Das Klappern der Knochen wurde leiser, es glich schon einem Streicheln, wie sie die Gebeine berührte und urplötzlich anfing zu reden.

»Wir sind fast da«, sagte sie, »und ihr wisst genau, was dies bedeutet. Ihr werdet sie bald sehen können. Eure Ahnherrin Dorothy Lockhead, der so übel mitgespielt wurde. Gleich könnt ihr erkennen, wie sehr sich die Familie an ihr versündigt hat, denn die Zeiten sind für Dorothy nicht existent. Sie hat sie überstanden. Man gab ihr die Rose mit in den Bleisarg, aber die verblühte nicht. Und solange sie noch blüht, kann auch das Leben der Dorothy Lockhead nicht vergehen. Habt ihr verstanden? Die Rose ist es, die sie am Leben erhält. Aber das alles werdet ihr zu sehen bekommen. Steigt jetzt aus!«

Die Worte waren kaum verklungen, als sich die ersten in Bewegung setzten. Sie schauten sich um, erreichten den Mittelgang zwischen den Sitzen und schritten durch die Tür, die James mittlerweile geöffnet hatte.

Nebelschwaden drangen in den Bus und verteilten sich wie feine, lange Schleier.

Ein richtiges Gruselwetter, das zu dem schrecklichen Vorhaben der beiden Lockhead-Frauen genau passte.

Thelma wartete, bis die Letzte aus ihrem Clan den Bus verlassen hatte. Erst dann stieg auch sie aus.

Sie drehte sich noch einmal um. Von unten her schaute sie in James' unbewegtes Gesicht.

Der Butler grinste sie kalt an.

»Lebst du noch?«, fragte sie leise. »Keine Sorge, ich werde es noch feststellen«, versprach Thelma.

»Grüße Dorothy von mir«, sagte James zum Abschied.

»Mach ich.«

Der Butler schaute ihr nach, wie sie sich zu den anderen gesellte. Um seine Lippen zuckte ein kaltes Grinsen, aber er sagte nichts. Seine Gedanken behielt er für sich.

Thelma hielt noch eine kurze Rede. Sie sprach von einem großen Augenblick, den alle genießen würden. Danach setzte sie sich an die Spitze der Prozession und war schon bald von den dicht gewobenen Nebeltüchern verschluckt worden.

James wartete, bis er die Schritte ebenfalls nicht mehr hörte. Dann sprang er aus dem Wagen. Als er aufkam, konnte er sich kaum auf den Beinen halten. Wie ein Betrunkener taumelte er vor und stützte sich an der Karosserie ab.

Viel weiter hätte er nicht fahren können. Er spürte die Schwäche, die vor allen Dingen seine Beine umschlungen hielt und immer höher kriechen wollte.

Es wurde Zeit für ihn, dass er wieder in die Finsternis zurückkehrte. Helligkeit oder Sonne waren Gift für ihn.

Noch einige Sekunden ruhte er sich aus, schüttelte den Kopf und stieß sich dann ab. Beide Arme breitete er aus, um das Gleichgewicht zu halten. Dabei öffnete er den Mund. Zwei spitze Zähne stachen aus dem Oberkiefer vor.

James war ein Vampir!

Und jeder Vampir benötigt Blut, um überleben zu können. Wie gern hätte er sich auf die Menschen gestürzt und ihnen den kostbaren Lebenssaft ausgesaugt!

Das durfte er aber nicht.

Wenigstens nicht jetzt. Später würde dann alles ganz anders aussehen. Darauf freute er sich schon.

Unter großen Mühen erreichte er schließlich den Friedhof. Den ersten Grabstein sah er dicht vor sich erscheinen. Es war ein alter, hoher »Fels«, der schief im Boden stand und von grauen Schneeflecken umgeben war.

James fiel gegen ihn. Er breitete die Arme aus und umklammerte ihn, wie ein Ertrinkender den rettenden Balken. Eisern hielt er fest, spürte die Schwäche und hatte sein Maul weit aufgerissen.

»Blut!«, röchelte er. »Blut …«

Doch die Menschen waren verschwunden. So blieb dem Vampir nichts anderes übrig, als zu warten.

Zeit verging. Die anderen mussten längst das Totenhaus erreicht haben. Über dem alten Friedhof lag eine gespenstische Stille. Kein Laut war zu hören, als die Nebelschwaden geisterhaft und lang über die Gräber und Grabsteine wehten.

Wirklich kein Geräusch?

Trotz seiner Apathie horchte der Blutsauger plötzlich auf. Er hatte etwas vernommen.

Schritte!

Jemand kam.

Und sicherlich ein Mensch, in dessen Adern das so wichtige Blut floss, nach dem James gierte.

Durch seine Gestalt ging ein Ruck. Verschwunden war die Schwäche. Jetzt musste er nur zuschlagen, und er dachte dabei an seine gefährlichen Waffen, die er versteckt unter der Kleidung trug …

Wäre ich ein Wettergott gewesen, hätte ich den Nebel sicherlich verscheucht. Aber ich war keiner. Und auch Suko hob nur die Schultern, als er trocken bemerkte: »That's life.«

Ja, so war das Leben. Mal gerade, mal hügelig, wie die Strecke, die wir fuhren.

Ich hatte den alten Friedhof selbst noch nicht besucht, nicht mal gesehen, doch ich wusste, wie ich ihn erreichen konnte. Das war schon einiges wert.

Der Rover schaffte die Strecke prima. Auch wenn seine Federung und die Stoßdämpfer über Gebühr strapaziert wurden und die Reifen über manch spitzen Stein rumpelten, den ich wegen des dicken Nebels überhaupt nicht sah.

Mit gefrorenen Pfützen mussten wir auch rechnen, da hier oben nur an bestimmten Stellen Tauwetter eingetreten war. Manchmal rutschten wir über die Eisflächen hinweg, und als das Gelände noch unwegsamer wurde, hielt ich an.

Suko stieg zuerst aus. »Hier ist der Weg auch zu Ende«, sagte er, als ich den Wagenschlag öffnete.

»Sind wir am Friedhof?«

»Ich kann noch nichts erkennen.«

Wenige Yards später wussten wir genau, dass wir unser

Ziel erreicht hatten. Da tauchten, wie längst vergessene und versteinerte Dokumente einer früheren Zeit, die Grabsteine vor uns auf.

Hin und wieder standen sie auf Erdhügeln, manchmal auch auf dem flachen Boden. Dabei bildeten sie Figuren. Kreuze sah ich nur wenige. Das meiste waren Platten.

Auch standen die Steine nicht zu dicht beieinander. Zwischen ihnen befand sich stets genügend Platz. Dort wuchs dann das raue, kräftige Berggras. Oder es waren Schneeflecken zu sehen, die den Boden blassgrau bedeckten.

Auch der Nebel fiel auf den Friedhof. Er kam von den Bergen, drang schräg nach unten, rollte weiter und fand auch genügend Platz, um sich auf dem alten Totenacker zu verteilen. Wenn die Schwaden meine Haut berührten, hatte ich das Gefühl, von feuchten Tüchern umwickelt zu werden, und auf meinem Gesicht sammelten sich die ersten Tropfen.

»Das Totenhaus müsste ja zu sehen sein«, meinte Suko.

»Ja, wenn wir nahe genug dran sind.«

»Weißt du, in welche Richtung wir gehen müssen?«

»Leider nein.«

»Dann wäre es wohl am besten, wenn wir uns trennen«, schlug mein Freund vor.

Damit war ich einverstanden.

Wir sprachen noch einige Dinge ab, und Suko redete darüber, was ihn wunderte. »Ich habe den Bus noch nicht gesehen, auch keine der zwölf Personen.«

Das sah ich gelassener. »Es gibt viele Wege, die nach Rom führen.«

»Willst du Rom mit diesem Friedhof vergleichen?«

»So ungefähr.« Ich schaute auf meine Uhr. »Außerdem sind die bestimmt schon am Ziel.«

»Dann sollten wir uns beeilen.«

»Ja.«

Wir entschlossen uns dazu, einen großen Bogen zu schlagen. Irgendwann würden wir wieder zusammentreffen. Falls einer etwas von dem anderen entdeckte, sollte er sich durch einen Ruf bemerkbar machen. Der Totenacker war nicht so groß, als dass ein Schrei nicht gehört werden konnte.

Suko schlug die rechte Richtung ein, ich nahm die entgegengesetzte. Schon nach wenigen Schritten war von meinem Partner nichts mehr zu sehen. Uns beide hatte die graue Suppe verschluckt wie ein wallendes Meer.

Es ist auch für mich kein erhebendes Gefühl, mich auf einem Friedhof zu bewegen. Ich mochte diese Totenäcker auch am Tage und bei Sonnenschein nicht, in der Nacht oder bei Nebel noch weniger.

Man sieht nichts. Man fühlt sich eingekesselt und von zahlreichen Gegnern umlauert. Da wird jeder Nebelstreifen zu einem würgenden Arm oder einer gefährlichen Schlinge, wenn sie so dicht am Körper oder am Gesicht vorbeistreicht.

Da der Friedhof am Hang lag, war das Gelände dementsprechend. Ich musste ebenfalls schräg laufen und mich der Hanglage anpassen, um nicht abzurutschen oder umzukippen. Hin und wieder hielt ich mich auch an einem Grabstein fest.

Trotz des Nebels bekam ich allmählich einen besseren Überblick. Ich wusste jetzt, wo ich mich befand. Und zwar bewegte ich mich am äußeren Rand des Totenackers entlang. Rechts von mir lagen die alten Gräber. Links stieg das Gelände in die Höhe.

Zu weit wollte ich auch nicht abkommen. Aus diesem Grunde änderte ich die Richtung und näherte mich wieder dem eigentlichen Friedhof. Eine besonders markante Stelle fiel mir auf, da ich einen sehr großen Grabstein entdeckte.

Er stand auf einer Platte und sah aus wie ein in die Höhe gereckter dunkler Arm.

Vor dem Grabstein blieb ich stehen. Nicht weil die Form mich so fasziniert hätte, etwas anderes hatte meine Aufmerksamkeit voll und ganz in Anspruch genommen.

Es war die aufgewühlte Erde dicht vor meinen Füßen. Sie befand sich im rechten Winkel zum Grabstein. Dies ließ darauf schließen, dass jemand versucht hatte, sein Grab zu verlassen oder schon aus ihm herausgeklettert war.

Als ich in die Knie ging und Erde zwischen die Finger nahm, um sie genauer zu untersuchen, bekam ich eine Gänsehaut. Die aufgewühlte Erde war nicht normal.

Das passte einfach nicht auf diesen Totenacker, auch wenn er sehr alt war und in seiner Erde Menschen begraben lagen, von denen nur mehr Asche zurückgeblieben war.

Und jetzt dieser aufgewühlte Boden.

Da war bestimmt jemand hervorgekrochen. Eine andere Möglichkeit kam für mich nicht in Betracht. Ich dachte an die schmutzige Kleidung der Frau und brachte die Person automatisch mit dem aufgebrochenen Grab in Verbindung. Ja, da musste etwas dran sein.

Aber wo steckte dieser Jemand? Hielt er sich vielleicht im Totenhaus verborgen?

Ich kam wieder hoch und drehte mich blitzschnell um.

Der Schatten war plötzlich verschwunden. Er musste hinter mir gelauert haben, und als ich aufstand, war er einfach zur Seite gehuscht.

Weg und fertig ...

Ich starrte in den Nebel. Etwas anderes blieb mir nicht übrig. Zudem wollte ich nicht daran glauben, dass es Suko gewesen war. Vielleicht handelte es sich bei diesem Schatten um die Person, die dem Grab entstiegen war.

Deshalb rechnete ich mit einem Zombie!

Stehen bleiben konnte ich hier auch nicht. Zudem wollte ich auch keinen Rückzug antreten und ging praktisch auf die Gefahr zu. Ich näherte mich dem Punkt, wo ich auch den Schatten gesehen hatte. Wenn er dort noch lauerte, würde ich ihn stellen. Dann sollte er ruhig kommen. Eine geweihte Silberkugel war immer schneller als er.

Die Waffe hatte ich noch nicht gezogen. Die Jacke war dafür geöffnet, und meine rechte Hand bereit, sofort zuzugreifen.

Der Nebel veränderte die Geräusche. Er war wieder dichter geworden. Meine eigenen Schritte kamen mir vor wie das Schleifen von Papier, wenn ich durch das hohe Gras ging.

Manchmal spürte ich auch das kalte Gefühl der Gefahr im Nacken und wurde dann immer sehr vorsichtig.

Noch griff mich niemand an. Auch von Suko hörte und sah ich nichts. Das aufgebrochene Grab lag mittlerweile so weit hinter mir, dass es von den grauen Schleiern längst verdeckt worden war. Dafür erschienen dann, wie von Gardinen umweht, die nächsten Grabsteine.

Es war eine Dreiergruppe. Solche Steine hatte ich auf diesem Friedhof noch nicht zu Gesicht bekommen. Sie standen sehr dicht nebeneinander, waren ziemlich schmal und kamen mir vor wie auf den Kopf gestellte Platten.

Ich ging noch näher heran. Da ich von der Rückseite kam, musste ich um sie herumschreiten, da es mich plötzlich interessierte, wer hier begraben lag.

Es waren Namen eingeritzt. Lesen konnte ich sie nicht, da grünes Moos sie wie ein dicker Saum bedeckte. Um die Namen lesen zu können, musste ich die Schicht erst abkratzen.

Mein Taschenmesser holte ich hervor, klappte es auf und machte mich an die Arbeit.

Schon bald stellte ich fest, dass unter dieser Erde eine Familie lag. Mutter, Vater und Kind. Sie alle drei waren bereits im vorigen Jahrhundert gestorben.

Wieder stemmte ich mich hoch. Da es um mich herum sehr still war, hörte ich auch das leise Geräusch in meinem Rücken. Ein Sirren musste es gewesen sein. Etwas berührte meine Haare, mein Gesicht, auch das Kinn, den Hals – und wurde zugezogen.

Ruckartig ging das, sodass ich keine Chance bekam, die Würgeschlinge zu lösen.

Hinzu kam das Pech meines schlechten Standes. Der nächste Zug oder Ruck beförderte mich so heftig nach hinten, dass ich das Gleichgewicht verlor und rücklings zu Boden fiel. Zum Glück war die Erde weich, auch lagen keine großen Steine im Weg, aber ich war erst einmal außer Gefecht gesetzt, denn atmen konnte ich nicht mehr.

Dafür noch hören.

Es war ein hartes, gemeines Lachen, das überging in ein hämisches Kichern. Schritte näherten sich mir.

Mühsam drehte ich den Kopf nach rechts.

Aus dem grauen Nebel erschien die Gestalt. Sie kam mir vor wie ein Cowboy, der ein Lasso hielt. Wenn ich bei dem Vergleich blieb, musste ich das gefangene Rind sein.

Sehr schnell war er da. Nach jedem Schritt verkürzte er auch das verdammte dünne Seil. Ich sah seine dunkle Kleidung, das hellere Gesicht, den aufgerissenen Mund und wusste plötzlich, wen ich vor mir hatte, denn die beiden spitzen Zähne, das Markenzeichen schlechthin, waren einfach nicht zu übersehen.

Ein Vampir lief auf mich zu!

Suko hatte mehr Glück!

Auch er bewegte sich am Rande des Totenackers entlang, nur eben in eine andere Richtung. Und aus den Schwaden erschien plötzlich ein kantiger Schatten, der in seiner Größe so gar nicht auf den Friedhof und in die Umgebung passen wollte.

Es war der Bus!

Als Suko – ein vorsichtiger Mensch – dies erkannte, blieb er zunächst einmal stehen. Er wollte keine offenen Fallen einrennen und sich vergewissern, dass niemand in der unmittelbaren Nähe des Busses lauerte.

Es war natürlich schwer, den Nebel zu durchdringen, aber der Inspektor hatte Glück.

Kein Mensch war in der unmittelbaren Umgebung, und so bewegte er sich mit behutsam gesetzten Schritten auf das Fahrzeug zu. An der Fahrerseite blieb er stehen.

Kein Kopf schaute über den Rand der Fenster. Die Scheiben waren beschlagen. Tropfenbahnen hatten ihre Spuren hinterlassen, und auch auf dem Metall lag die Feuchtigkeit wie eine zweite Haut.

Suko legte eine Hand auf die Motorhaube. Sie fühlte sich noch warm an. Aus diesem Grunde musste das Fahrzeug erst vor kurzem gestoppt worden sein. Viel Vorsprung konnten die Leute seiner Ansicht nach nicht haben. Der Chinese ging trotzdem auf Nummer sicher, öffnete die Tür und warf einen Blick in den Bus.

Er war leer.

Weder der Fahrer noch ein Fahrgast hielten sich dort auf, und Suko drückte die Tür schnell wieder zu.

Er selbst wusste nicht, wo sich dieses Totenhaus oder die Gruft befand. Aber die Menschen hatten ihm unbewusst eine Hilfe gegeben. Mit so vielen Personen musste man einfach Spuren hinterlassen, und danach suchte der Chinese.

Am Ausstieg fand er sie, und er sah sie auch weiter, denn das harte Gras war vom Druck der Füße nach unten getreten worden, sodass Suko diesen Spuren bequem folgen konnte.

Sie führten vom Bus weg und dabei in eine Richtung, in der Suko seinen Freund John Sinclair nicht finden würde. Auch als sie einen Bogen schlugen, geriet er auf die andere Seite eines flachen Hügels, entdeckte einen schmalen Trampelpfad und auch die sich dort abzeichnenden Abdrücke der Füße.

Suko lächelte scharf. Er brauchte nur mehr diesen Spuren zu folgen, um das Ziel erreichen zu können.

Ihn umgab die Stille des gespenstischen Nebels. Hinzu kam die unheimlich wirkende Umgebung des Friedhofs, die alten Grabsteine, die platten Gräber, die zertretenen Flächen, dazu grauweiße Schneereste, das alles wirkte wie eine tote, menschenfeindliche Landschaft auf einem anderen Stern.

Und das nach allem greifen wollende Gespinst zeichnete sich erst nur verschwommen ab und nahm dann immer deutlichere Konturen an, je mehr sich Suko diesem Monument näherte.

Es war in der Tat ein Totenhaus. Schlicht gebaut in seiner rechteckigen Form. Keine marmornen Säulen, die ein Eingangsdach stützten, wie man es oft in den USA sah. Hier hatte sich nur jemand eine ziemlich einfache Grabstätte schaffen wollen.

Suko blieb vorsichtig.

Es war nicht nötig, da sich keiner der Personen, die er suchte, vor dem Haus aufhielt.

Dennoch kam es Suko vor wie die berühmte Ruhe vor dem Sturm. Sämtliche Fußspuren wiesen in eine Richtung.

Zum Eingang hin!

Suko schritt nicht direkt darauf zu. Er reagierte so, wie er es auch bei der Entdeckung des Busses getan hatte. Einmal ging er um das Totenhaus herum und schaute nach, ob in den Mauern irgendwelche Fensteröffnungen zu sehen waren.

Bis auf das Eingangstor konnte Suko keinen weiteren Durchbruch entdecken. Der Rest des Bauwerks bestand aus glatten Steinen.

Blieb das Tor.

Als Suko es erreichte, drückte er den Kopf vor und legte sein Ohr gegen das Holz.

Weder Stimmen noch Schritte vernahm er. Hinter dem Eingang schien eine tödliche Ruhe zu herrschen, als wäre das Haus menschenleer. Daran wollte Suko nicht glauben, deshalb legte er seine Hand auf die Klinke und drückte das schwere Stück Eisen nach unten.

Die Tür war nicht verschlossen. Sie knarrte ein wenig in den Angeln, als sie der Chinese aufzog und zunächst nur durch den Spalt in das Innere des großen Grabmals schaute.

Mit einer tiefen Dunkelheit hatte er gerechnet und war umso überraschter, als er den dunkelroten Schein der Fackeln sah, die das Innere ausfüllten.

Vier Fackeln waren es genau, die ihr zuckendes Licht verbreiteten und auch die entsprechenden tanzenden Schatten schufen, die geheimnisvoll über die Wände glitten.

Gegenstände sah Suko keine. Dieser Raum hinter der Tür war bis auf die Lichtquellen völlig leer. Er entdeckte auch keinen Sarg, und ihm fiel ein, dass ja von einer Gruft gesprochen worden war.

Grüfte lagen in der Erde.

So musste es auch bei diesem Totenhaus sein. Wahrscheinlich diente die Gruft als Unterbau, und irgendwo musste es demnach einen Einstieg in diese Welt geben.

Den suchte der Inspektor, als er sich vorsichtig in Bewegung setzte und tiefer in das Grabmal hineinschritt.

Das Fackellicht wies ihm den Weg. Die brennenden Stäbe standen sich gegenüber, sodass Suko ihren Flammenkreis durchschritt und auf die dem Eingang gegenüberliegende Wandseite zuschritt.

Bis dorthin kam er nicht, denn im letzten Augenblick sah er die Öffnung im Boden.

Eine Falle.

Suko kniete sich nieder, entdeckte auch die Rutsche und sah sie in einer Tiefe verschwinden, aus der er leise Stimmen vernahm. Männer und Frauen redeten, dazwischen hörte er das Klappern von Knochen, und er wusste genau, dass auch er den Weg nehmen musste, wollte er an sein Ziel gelangen.

Obwohl aus der Tiefe ebenfalls Fackelschein drang, konnte Suko das Ende der Rutsche nicht erkennen, das diese in einem nach links führenden Halbkreis seinem Blick entschwand.

Der Chinese streckte seinen Arm aus und prüfte die Rutschfläche. Sie gefiel ihm nicht, weil sie zu glatt war. Er würde, erst einmal in Fahrt, wohl kaum noch stoppen können und erst am Ziel aufgehalten werden.

Das war das große Risiko!

Suko musste es trotzdem eingehen, wollte er überhaupt einen Erfolg erringen.

Mit den Handballen stützte er sich ab, stemmte sich dabei sogar noch hoch und konnte die Beine ausstrecken. Die Hacken berührten die Rutsche zuerst. Suko gab noch ein wenig nach, saß jetzt mit dem Hinterteil auf der glatten Fläche und ließ los.

Suko wurde plötzlich sehr schnell, geriet auch in die Kurve und bekam direkt nach ihr einen freien Blick.

Was er sah, war ungeheuer.

Gebeine, Menschen, einen Sarg, darin ein Skelett. Gleichzeitig nahm die Geschwindigkeit noch einmal zu. Bevor sich Suko auf die neuen Dinge einstellen konnte, hatte er sein Ziel bereits erreicht. Mit den Füßen zuerst landete er in einem Knochenhaufen. Unter seinem Gewicht zerbrachen oder zersplitterten viele Teile.

Suko sackte ein. Er wusste, dass er sich in einer großen Gefahr befand, und handelte dementsprechend.

So rasch es ging, drehte er sich zur Seite, um sich danach wieder in die Höhe zu stemmen.

Das hätte auch geklappt, wenn der Boden normal hart gewesen wäre. So aber stand der Chinese in dem Knochenhaufen und kämpfte mit dem Gleichgewicht.

Zu viel Mühe.

Das sah auch Thelma Lockhead.

Plötzlich klang ihre Stimme überhaupt nicht mehr wie die einer Geistesgestörten, sondern hart und kalt.

»Packt ihn!«

Vier Männer stürmten los. Und Suko musste sie kommen lassen, denn er schaffte es nicht mehr, seine Pistole zu ziehen. Genau in dem Augenblick, als sie ihn erreichten, musste auch er in den Knochenhaufen fallen.

Die anderen machten es hart.

Sie warfen sich vor und fielen wie eine Welle aus Körpern über dem Inspektor zusammen.

Suko spürte den Druck, der ihn tiefer in den Knochenhaufen versinken ließ.

Aber er gab nicht auf. Was die anderen konnten, schaffte er auch. Plötzlich schossen zwei Körper wieder in die Höhe. Sie rissen noch einige Gebeine mit, die rasch wieder nach unten kippten und den übrigen Knochenhaufen zur gleichen Zeit erreichten wie auch die beiden Männer, die sich Suko mit zwei Karatetritten vom Hals geschafft hatte.

Die anderen beiden schlugen zu.

Leider konnte sich Suko nur mehr auf einen konzentrieren, weil der zweite, ein schwerer und keuchender Kerl, sich mit den Knien auf seinen Arm gesetzt hatte.

Der Faustschlag traf Gegner Nummer eins so hart, dass der Typ zurückgeschleudert wurde und sogar bis gegen die Wand krachte, wo er zusammenbrach.

Und dann erwischte es Suko.

Der Dicke hatte sich einen Knochen geschnappt.

Damit drosch er zu.

Einmal, zweimal …

Suko hörte das Splittern des Knochens. Es war nicht seiner, sondern der zweckentfremdete, und der Chinese hatte das Gefühl, als würde sein Kopf ständig anwachsen.

Dabei sah er die Wellen der Bewusstlosigkeit förmlich auf sich zuschwimmen, aber erst der dritte Hieb schaffte es, den Chinesen in den tiefen Schlaf zu schicken.

Erschöpft hielt der dicke Kerl inne, drehte den Kopf und schaute zu Thelma hinüber.

»So«, sagte diese nur, »so …«

Die verdammte Schlinge schloss gewissermaßen fugendicht, und ich steckte in einer bösen Falle, aus der ich zunächst einmal keine Chance zur Flucht sah, denn mein Gegner, der Blutsauger, schleifte mich noch ein Stück über den Boden, obwohl ich versucht hatte, die Hacken in die Erde zu stemmen.

Ich hatte gegen verdammt starke Dämonen gekämpft. Dabei brauchte ich nur an die Großen Alten zu denken oder an die Mitglieder der Mordliga. Sie alle hatten es nicht geschafft, mich zu erledigen, doch dieser Vampir brachte mich fast bis an den Rand der Verzweiflung.

Ein Mensch braucht zum Atmen Luft.

Und ausgerechnet die fehlte mir.

Dafür grub sich die dünne Schlinge so tief in meinen Hals, dass ich das Gefühl bekam, von einem dünnen Messer- oder Sägeblatt stranguliert zu werden.

Auch an meine Beretta kam ich nicht so schnell heran, weil der Vampir einfach zu flink war. Er musste eine wahnsinnige Gier nach Menschenblut verspüren, denn er stürzte sich auf mich.

Das konnte meine Chance sein.

Bewusstlos war ich nicht. Auch schien der Vampir nur mehr mit Menschen Erfahrungen gesammelt zu haben, die sich bei seinem Auftauchen fast zu Tode erschreckten und er leichtes Spiel bekam.

Das war bei mir nicht der Fall.

Eine Waffe hielt ich noch in der Hand. Es war das kleine Taschenmesser aus der Schweiz. Die Klinge war noch ausgefahren, nur steckte sie jetzt im weichen Boden, da ich meine rechte Hand dementsprechend gedreht hatte.

Man kann einen Vampir durch zahlreiche Waffen erledigen. Sonnenlicht, Kreuze, Eichenpflöcke, nur ein Taschenmesser eignet sich nicht dazu. Aber man kann mit ihm ein Seil durchtrennen, und das musste mir in den nächsten Sekunden gelingen, sonst war ich verloren.

Der Blutsauger lag hechelnd auf mir. Seine tastenden Hände fuhren über meinen Körper und suchten nach einer geeigneten Stelle, um die Zähne in die Kehle oder den Hals schlagen zu können.

Ich gab mich völlig entspannt. Nach wie vor umspannte das Band meinen Hals.

Die Augen hielt ich nur einen Spaltbreit offen. Unscharf erkannte ich das blasse Gesicht des Blutsaugers, hörte weiterhin sein Hecheln, das plötzlich in einen überraschten Laut mündete, als ich beide Beine anzog und dem Blutsauger die Knie in die Magengegend stieß.

Er wurde von mir so weit nach hinten katapultiert, dass er bis gegen einen Grabstein fiel. Zwar ließ er die verdammte Schlinge nicht los, da er sie um sein Handgelenk gewickelt hatte, aber ich bekam trotzdem Zeit.

Mit einem Zug hatte ich die Klinge aus dem Boden gerissen, durchtrennte die Schlinge dicht vor meinem Kinn und nahm anschließend acht Finger zu Hilfe, von denen ich mindestens vier zwischen Schlinge und Hals schieben wollte, um den Druck zu lockern.

Das war nicht einfach. Ich musste den Kopf drehen, spürte auch Blut, und der Vampir kam wieder.

Ich warf mich auf dem Boden von einer Seite zur anderen, die Schlinge lockerte sich ein wenig, aber nicht weit genug. Mit einem plötzlichen Tritt verschaffte ich mir Luft. Mein Gegner hatte das Bein zu spät gesehen und stolperte.

Jetzt ging es mir besser. Nur mehr wenige Sekunden

reichten aus, um die Schlinge so weit zu lockern, dass ich wieder einigermaßen Luft bekam.

Obwohl der Schlingendruck gar nicht mal lange angehalten hatte, war es schwer, einzuatmen. Ich atmete röchelnd und bekam auch etwas von den Schmerzen mit.

Der Vampir geriet in Rage. Er war plötzlich außer sich, als er erkannte, was mit ihm passiert war. Sein ganzer Plan war in die Binsen gegangen, das Opfer hatte sich befreien können, und so etwas stachelte ihn an.

Ich ließ ihn kommen.

Als er sich auf mich stürzen wollte, rollte ich mich gedankenschnell zur Seite, sodass er genau ins Leere fiel und dicht neben mir zu Boden knallte. Diese Chance ließ ich mir natürlich nicht entgehen. Er kam bereits hoch, als ich zu einem Klammergriff in seinen Nacken ansetzte und sein Gesicht in die kalte, feuchte Erde drückte. Zudem rollte ich mich noch auf ihn und stemmte meine Knie in seinen Rücken.

Mit der freien Hand holte ich das Kreuz hervor und warnte ihn auch. »Sei nur friedlich!«

Hoffentlich hatte er mich verstanden. Mir jedenfalls waren die rau gesprochenen Worte fremd vorgekommen, da sich in der Kehle Rost festgesetzt zu haben schien.

Möglicherweise spürte er die Aura des Kreuzes, denn er blieb auf dem Bauch liegen und rührte sich nicht.

Ich glitt zur Seite. Meinen Gegner ließ ich nicht aus den Augen und hielt das Kreuz so, dass er es sehen musste, wenn er plötzlich in die Höhe sprang und mich angreifen wollte.

Das tat er nicht.

Ich konnte aufstehen, und erst als ich auf den Beinen stand, befahl ich ihm, hochzukommen.

»Los, Blutsauger, auf die Füße!«

Sein Sprung war überhaupt keiner. Die Aktion glich einem Taumeln und Hochstemmen. Dieser Blutsauger musste sich mit seinem Angriff auf mich total verausgabt haben.

Dann sah er noch das Kreuz.

Der Schrei brach aus seinem Mund wie ein falsch angesetzter Trompetenstoß. Mein Gegner schüttelte dabei seinen Schädel und zog sich zurück. Selbst mein Ruf konnte ihn nicht stoppen. Erst ein hoher Grabstein bereitete seinem Lauf ein Ende. Er prallte gegen das Hindernis, wurde zur Seite gedrückt, fiel auch und umklammerte den Stein so hart, als wäre er seine letzte Rettung.

In dieser Haltung blieb er auch. Seine Arme hingen wie Schläuche über die obere gebogene Kante, mit dem Kinn berührte er den Stein ebenfalls, und seine Augen waren weit und ängstlich aufgerissen. Dünne Nebelschwaden umtanzten ihn. Dieser Vampir bot tatsächlich ein Bild des Jammers. Alle Kraft war aus seinem Körper verschwunden.

Ich beließ es nicht bei unserer trennenden Distanz, sondern schritt gemächlich auf ihn zu. Dabei veränderte sich die Lage des Kreuzes nicht, er musste auf diesen geweihten Talisman schauen, und er würde vor Angst vergehen, das war mir klar.

»Das Kreuz!«, keuchte er. »Ich hasse es. Nimm es weg, verdammt! Nimm es weg!«

Mein Lächeln fiel kalt aus. »Ich weiß, dass du das Kreuz hasst. Das ist auch Sinn der Sache, aber ich werde es nicht wegnehmen, sondern es dir in deine bleiche Vampirfratze pressen …«

»Nein! Nein!«, heulte er. Die Jaultöne schwangen über den alten Todesacker und wurden vom Nebel aufgesaugt.

Eine gute Armlänge vor ihm stoppte ich meinen Schritt. Ich wollte ihn nicht ausschalten, jetzt noch nicht, denn seine Angst konnte ich für meine Zwecke ausnutzen.

»Wenn ich es etwas vordrücke und dich damit berühre, wirst du vergehen«, versprach ich ihm. »Dann ist alles aus. Du verfaulst, zerfällst zu Staub und wirst vom Regen in die Erde des alten Todesackers eingewaschen …«

Er drückte seinen Oberkörper zurück, ohne allerdings den Kopf auch nach hinten schieben zu können, weil ihm einfach die Kraft fehlte.

»Aber ich lasse mit mir reden, Blutsauger, wenn du mir einige Fragen beantwortest.«

Das hatte er verstanden. Durch eine Pendelbewegung

brachte er seinen Kopf wieder nach vorn und stierte mich aus seinen glanzlosen Augen an. »Eine Möglichkeit?«

»Ja, die biete ich dir.«

»Was verlangst du?«

»Zunächst deinen Namen.«

»Ich heiße James.«

»Gut und weiter. Wie alt bist du?«

»Weit über hundert Jahre.«

»Und du hast hier auf dem Friedhof gelebt?«

»Ja, im Leichenhaus und in der Gruft meiner lieben Herrin Dorothy Lockhead.«

»Die auch schon längst tot ist.«

Er lachte plötzlich, obwohl in seinen Augen die Angst noch blieb. »Sicher, sie ist tot. Für die Menschen ist sie tot. Für mich aber nicht, da lebt sie weiter.«

»Wieso?«

»Die Rose blüht. Es ist die Blume der Rache. Solange sie nicht verblüht ist, steckt auch Leben im Körper meiner Herrin. Man hat ihr Böses angetan, sie lebendig begraben und mich als Grabbeigabe hinzugegeben. Aber sie konnten uns nicht töten, da sie nicht wussten, dass sie und ich einen Bund geschlossen hatten. Wir waren und sind Verbündete der Hölle. Beides Schwarzblüter, beides ...«

»Wer sind die Menschen, die zu ihr wollen?«

»Verwandte ...«

»Sind die nicht längst tot?«

»Nein, das Geschlecht der Lockheads starb nicht aus, obwohl man Schlimmes getan hat, aber Dorothy wird dafür sorgen, dass alle umkommen. Sie sollen so sterben, wie sie gestorben ist. Lebendig in Bleisärgen begraben werden, es ist alles sorgfältig vorbereitet ...« Er hustete erstickt, und ich fand Zeit, ihm die nächste Frage zu stellen.

»Was ist mit der Frau, die mit den Knochen klappert und diese makabre Musik produziert?«

»Das ist eine ganz besondere Frau. Lady Thelma Lockhead. Sie war die Erste, die Dorothys Ruf empfangen hat.«

»Ist sie auch sofort gekommen?«

James, der Vampir, starrte auf das Kreuz, als könnte er daraus die Antwort ablesen. Dann nickte er. »Ja, sie ist gekommen. Ich hab sie sogar erwartet.«

»Wo?«

»Im Totenhaus.«

»Was ist dann geschehen?« Mit meinen Fragen ließ ich keinesfalls locker. Ich hatte das Gefühl, als wollte mich der Vampir hinhalten, denn so ungefährlich, wie sie momentan aussah, war die Umgebung nicht. Innerhalb der grauen Tücher konnten sich zahlreiche Feinde verbergen, ohne von mir wahrgenommen zu werden.

Der Vampir zog sich ein wenig höher. Dabei ächzte er. »Ich habe sie in das Haus gebracht und bin gegangen.«

»Wohin?«

»Auf den Friedhof. Das ist meine Welt, hier halte ich Wache. Man hat mich vor langen Jahren begraben, aber ich war nicht tot, habe nur geschlafen und den Ruf der Lady Dorothy empfangen, um wieder aufzuwachen. Ich habe gelernt, mich unter den Menschen zu bewegen. Immer nur im Winter oder nachts, denn die Sonne schwächt mich. Außerdem brauche ich Blut.«

»Und ich Informationen«, erklärte ich kalt. »Ich will endlich wissen, was mit dieser Thelma geschehen ist. Du hast sie in das Totenhaus geschafft. Was ist dann geschehen?«

»Ich bin wieder gegangen und ließ sie allein. Lady Dorothy wollte sich mit ihr unterhalten.«

»Sie kam zurück und war wahnsinnig. Thelma muss es erwischt haben«, erklärte ich.

»Sie hat nur das getan, was Lady Dorothy von ihr wollte. Die Rose blüht noch. So lange es sie gibt, wird auch Leben in meiner Herrin sein!«, behauptete der Blutsauger.

Das nahm ich ihm ab. Bisher hatten wir von seiner Herrin nur geredet, das musste sich ändern. Ich wollte sie sehen und nach Möglichkeit auch vernichten.

»Gut«, fasste ich zusammen. »Du weißt also Bescheid, hast dich mit einem modernen Leben abgefunden, und ich will es auf eine Probe stellen. Es ist dir gelungen, Lady Thelma in das Totenhaus zu bringen. Was du mit ihr getan hast, kannst du auch mit mir machen. Bring mich hin zu deiner Lady Dorothy.«

Der Vampir starrte mich an, als hätte ich etwas Ungeheures von ihm verlangt. »Das kann ich nicht!«, flüsterte er.

»Aber ich kann dich mit dem Kreuz berühren.«

Ich merkte, dass seine Angst stärker wurde. »Wie soll ich das denn schaffen? Ich bin zu schwach. Viel zu schwach auf den Beinen. So etwas geht nicht, tut mir Leid …«

Ich ging noch näher auf ihn zu. Und damit schockte ich ihn, weil er dachte, ich würde ihm tatsächlich mein Kreuz ins Gesicht drücken. Deshalb ließ er den Grabstein los und wälzte sich auf dem Boden, um sein Gesicht in den feuchten Untergrund zu drücken. Er wollte mein Kreuz nicht sehen. Musste es auf jeden Fall vermeiden.

»Wenn du es nicht freiwillig tust, muss ich dich eben dazu zwingen«, sagte ich und bückte mich. Neben ihm lag das schmale Würgeband wie eine dünne Schlange, und das hatte mich auf die Idee gebracht. An seinem Handgelenk war es festgeknotet. Schmerzen verspürte ein Vampir nicht, es sei denn, man attackierte ihn mit geweihten Waffen.

Bevor er sich noch versah, hatte ich das Band bereits gepackt und hochgezogen. Sein Arm machte die Bewegung mit. Er stand plötzlich schräg und bildete praktisch die Verlängerung des Bandes.

Erst jetzt spürte der Vampir, dass etwas mit ihm geschah. Als er schreiend protestierte, hatte ich bereits die ersten Schritte hinter mich gebracht und ihn mitgeschleift.

So zog ich ihn auch über den Boden. Jetzt war ich der Cowboy und er das Opfer.

Ich hörte ihn fluchen. »Verdammt, wo schaffst du mich hin? Was soll ich …?«

»In das Totenhaus.«

»Du weißt doch nicht, wo es ist.«

Ich lachte auf. »Das wirst du mir schon sagen, wenn es dir erst richtig schlecht geht.«

Er begann zu jammern, doch ich hörte nicht auf ihn. Den

Vampir hinter mir herschleifend, schritt ich über den mit grauen Nebelschleiern bedeckten Totenacker.

Natürlich hätte er die Schlinge auch von seinem Gelenk lösen können, das hätte nur nichts gebracht. Er konnte mir nicht mehr entkommen, und das wusste er auch.

Ich drehte mich zu ihm um.

Auf der Seite lag er. Den Kopf hatte er ebenfalls gedreht. Sein Gesicht war nicht nur alt und grau, sondern auch schmutzig geworden. Die Zunge hing aus seinem Mund hervor wie ein alter Lappen, und in seinen Augen lag ein stumpfer Glanz.

»Du kannst es dir aussuchen«, erklärte ich. »Verhältst du dich kooperativ, ist alles klar, dann dauert es nicht lange, bis wir unser Ziel erreicht haben. Stellst du dich aber gegen mich, hast du zu leiden! Du hast die Wahl.«

»Was willst du denn!«

»Zu ihr!«

»Aber du wirst vernichtet.«

Ich lachte spöttisch. »Kann mir kaum vorstellen, dass du so besorgt um mich bist. Keine Sorge, ich bin auf alte Ladys spezialisiert. Besonders dann, wenn sie schon lange tot sind und trotzdem noch leben wollen. Du hast es in der Hand …«

»Ich führe dich.«

»Das ist nett. Steh auf.« Ich lockerte die Leine und schaute zu, wie er sich hochstemmte. Das Kreuz hielt ich nicht mehr fest, dafür die Beretta, und er schaute in die Mündung.

Als um seine Lippen ein Lächeln zuckte, wusste ich, was er dachte. »Damit du keinem Irrtum unterliegst, mein Freund. Die Waffe ist mit geweihten Silberkugeln geladen, und solche Geschosse sind für einen Vampir tödlich …«

»Ich weiß.«

»Dann richte dich danach.«

Er ging an mir vorbei und schritt vor. Auf die Beretta schielte er ebenfalls. Vielleicht war er skeptisch, nur traute er sich nicht, es auszuprobieren.

»Und jetzt Abmarsch«, erklärte ich. »Aber ein bisschen plötzlich! Jede Verzögerung macht mich ärgerlich, Blutsauger.«

Und er beeilte sich tatsächlich. Trotzdem langte es nur zu einem Stolpern, und dann hielt er sich noch an jedem Grabstein fest.

Ich tat nichts, da ich sah, dass er tatsächlich schwach auf den Beinen war.

Von Suko entdeckte ich nichts. Auch einen Ruf hatte ich nicht vernommen. Sollte er sich vielleicht verlaufen haben? Das konnte ich schlecht glauben, mein Freund hatte die Spürnase eines Wachhundes. Vielleicht war auch etwas Ungewöhnliches vorgefallen, sodass er in der Klemme steckte.

Es standen nicht mehr viele Grabsteine schief und krumm im Boden. Nur hin und wieder noch erschienen sie aus dem Weißgrau des Nebels, und auch das Gelände senkte sich allmählich einem kleinen Tal entgegen. Ich hatte das Gefühl, nicht mehr weit vom Ziel entfernt zu sein.

Dem Blutsauger ging es schlecht. Manchmal fiel er hin, weil er einfach seine Beine nicht hochbekam. Er kroch dann über den Boden, bis ich ihn wieder auftrieb.

Mitleid konnte man mit ihm nicht haben. Dazu war er einfach zu gefährlich. Wenn er eine Chance bekam, an mein Blut zu gelangen, würde er sie sofort nutzen.

Getäuscht hatte er mich nicht, da ich aus dem Grau der Nebelsuppe Umrisse hervortauchen sah.

Das war kein normales Grab, auch kein schief steckender Stein, sondern ein Kasten.

Das Totenhaus.

Rechteckig gebaut, aus dem Boden hochsteigend und an ein Haus mit flachem Dach erinnernd.

Der Vampir war stehen geblieben. In seiner schrägen Haltung deutete er auf das Haus. »Das ist es!«, flüsterte er. »Das ist das Haus, das ich meine. Da liegt sie begraben.«

Ich nickte. »Und wo genau?«

»Geh rein.«

Die Antwort gefiel mir nicht. »Sicher werde ich hineingehen, aber mit dir zusammen.«

Er schaute mich starr an, grinste und nickte schließlich. »Ich bin dabei«, sagte er, »ich bin dabei.«

Von dem Bus sah ich keine Spur. Er war bestimmt irgendwo abgestellt worden, da das Gelände von einem Wagen kaum befahren werden konnte.

Der Blutsauger ging vor. Er schien wieder Kraft gesammelt zu haben, da er sich doch schneller bewegte als kurz zuvor. Und sein Ziel ließ er nicht aus den Augen.

Auf dem letzten Yard stolperte er und fiel gegen die Eingangstür des Totenhauses. Ich hörte einen dumpfen Laut, packte zu und zog den Vampir am Kragen zurück.

»Willst du die anderen warnen?«

Er öffnete den Mund und schüttelte den Kopf. »Nein, ich kann nicht mehr.«

»Aber du kannst doch hinein?«

»Ja.«

»Dann bitte!«

»Soll ich wirklich vorgehen?«

Der Blutsauger wollte Zeit schinden. Deshalb packte ich ihn und schleuderte ihn so, dass er mit dem Gesicht auf die Tür schauen konnte.

»Zieh sie auf!«

»Ja, ja, ja!« Hechelnd stieß er mir die Antwort entgegen. Seine knochige bleiche Hand legte sich auf das dunkle Metall der gebogenen Klinke. Vielleicht wirkte die Klaue deshalb so überdeutlich bleich und blass, weil hier alles dunkel war.

Auf der Tür suchte ich vergeblich nach Zeichen oder Sprüchen. Sie bestand aus sehr stabilem Holz, das ich nicht wurde durchtreten können.

Mit der freien Hand packte ich den Vampir am Nackenkragen. Dabei zog ich den Stoff sehr fest, er sollte schließlich etwas von dem Druck spüren. »Und keine Dummheiten!«

»Nein, nein!«

Sehr schnell zog er die Tür auf. Ich hatte damit gerechnet, dass er vorsichtiger sein würde, und richtete mich ein, in eine Falle zu laufen oder von zahlreichen Gesichtern angestarrt zu werden.

Zum Glück ein Irrtum.

Der Innenraum des Totenhauses war leer, bis auf die vier

Fackeln, die in den Wänden steckten und mit ihrem Glutschein das Rechteck ausfüllten.

Der Vampir war schon hineingehuscht. Ich aber warf noch einen Blick zurück, um nach Suko Ausschau zu halten. Mir passte es nicht, dass sich mein Partner noch irgendwo herumtrieb.

Er war nicht zu sehen.

Dass ich zurückgeschaut hatte, erwies sich als Fehler, denn der Vampir gab nicht auf. Er wollte mich nur erst im Totenhaus haben, das hatte er geschafft.

Ich wurde nur deshalb gewarnt, weil das Licht einer Fackel plötzlich in heftige Bewegung geriet.

Instinktiv sprang ich zur Seite.

Da raste auch schon der brennende Stab auf mich zu!

Der Blutsauger hatte die erste an der rechten Wandseite befestigte Fackel aus der Halterung gerissen und hielt sie mit beiden Händen umklammert, um mehr Wucht hinter seine Schläge legen zu können.

Der Hieb erwischte mich. Zum Glück nicht im Gesicht, nur an der Schulter, aber ich wurde in die Defensive gezwungen und sprang auch noch einige Schritte weiter, wobei mich ein Regen von aufwirbelnden Funken begleitete.

Mit einem Schuss hätte ich alles bereinigen können, aber ich wollte andere Feinde, die sich vielleicht irgendwo in der Nähe aufhielten, nicht warnen. Aus diesem Grund steckte ich die Waffe weg und stellte mich meinem Gegner mit den bloßen Fäusten.

Auch das Kreuz ließ ich vorerst stecken. Zudem tat der Blutsauger nichts, um seine Freunde oder die Lady Dorothy zu warnen. Er war voll und ganz auf mich fixiert.

Und ich ließ ihn kommen.

Eine Fackel riss ich nicht aus der Halterung, ich konzentrierte mich auf seine Schläge.

Sie kamen von zwei Seiten. Einmal schlug er links zu, dann wieder rechts. Wäre er im tatsächlichen Vollbesitz seiner

Kräfte gewesen, hätte er mich hier und da erwischt, so aber war er zu langsam, und der heiße Feuerschein wischte stets dicht an meinem Gesicht vorbei, wobei er wie ein warmer Atem über die Haut tanzte.

Bis an die rechte Wand ließ ich mich zurückdrängen. Rechts von mir brannte eine Fackel. Die andere hielt er fest und rammte sie plötzlich vor, als hätte er einen Speer oder eine Lanze in der Hand.

Gleichzeitig kam er selbst, voll und ganz davon überzeugt, dass er mich auch erwischte.

Ich war wieder schneller.

Der Sidestep brachte mich aus der Gefahrenzone, sodass die Fackeln gegen die Wand knallten. Und zwar an der Stelle, wo ich soeben noch gestanden hatte.

Ein Wirbel aus Funken sprühte in die Höhe, ich hörte den Vampir ächzen und sah auch, wie er in die Knie brach. Er hielt die Fackel noch fest. Es sah so aus, als hätte er sich das Ende des Stiels selbst in den Bauch gestoßen.

Ich war es leid.

Mein wuchtiger Tritt fegte ihm das brennende Holz aus den Händen. Ich hatte so fest zugetreten, dass sich die Fackel in der Luft noch überschlug und irgendwo im Hintergrund des Totenhauses liegen blieb.

Der Vampir wollte verschwinden.

Am Bein hielt ich ihn fest. Er schrie wütend auf, trampelte, drehte sich, ich ließ ihn los, um gleichzeitig wieder auf die Beine zu kommen.

Da hatte ich schon mein Kreuz vorgeholt. Für einen Moment schaute er es noch an. Es musste ihm vorkommen wie der Gruß aus einer anderen Welt und gleichzeitig das Ende, denn ich machte kurzen Prozess.

Meine rechte Faust katapultierte ich nach vorn. Das Kreuz wurde in sein Gesicht gepresst, ich hörte es zischen, sah auch den Rauch und vernahm den dünnen, jaulenden Schmerzensschrei, der mir durch Mark und Bein fuhr.

Dann taumelte er zurück. Die Hände hatte der Blutsauger sinken lassen. Im Fackellicht konnte ich deutlich die

Abdrücke in seiner Visage sehen. Das waren vier Balken, die sich dort eingebrannt hatten, Rauch entließen und die Haut allmählich zerstörten, während der Blutsauger noch weiter nach hinten ging und schließlich meinen Blicken entschwand.

Auf einmal war er weg.

Ich stand da, schüttelte den Kopf, hörte wenig später ein seltsames Geräusch aus der Tiefe und entdeckte schließlich, dass sein Verschwinden nichts mit Zauberei zu tun gehabt hatte, denn der Vampir war einfach durch ein Loch im Boden gerutscht.

Es gab ihn nicht mehr.

Ich blieb so dicht neben der Öffnung stehen, dass meine Fußspitzen mit dem Rand abschlossen.

Mein Blick fiel in die Tiefe.

Einen Schacht oder eine Leiter hätte ich vielleicht erwartet, aber nicht diese geschwungene Rutschbahn, die irgendwo in der unheimlich wirkenden Finsternis der Gruft verschwand und sicherlich bis zu dem geheimnisvollen Sterbeplatz der Lady Dorothy führte.

Wählen konnte ich nicht. Wenn ich den Platz ebenfalls erreichen wollte, musste ich mich auf die Rutschbahn verlassen.

Und das tat ich auch …

Die Wellen waren gekommen, hatten Suko gepackt, und sie waren auch dabei, langsam wieder zu verschwinden.

So jedenfalls hatte Suko das Gefühl. Er glaubte, auf einem Boot zu liegen, und war es leid, über die Wellen zu fahren, deshalb wollte er aussteigen.

Das klappte nicht.

Da gab es eine Kraft, die ihn festhielt, die von unten her an ihm zog und sich auf seinem gesamten Körper verteilt hatte. Suko musste liegen bleiben.

Aber die Wellen meinten es gnädig. Sie verschwanden immer weiter und trieben auch die Finsternis zurück, sodass sich allmählich eine gewisse Helligkeit herauskristallisierte, die eine unnatürliche rote Farbe angenommen hatte.

Suko wollte scharf nachdenken und merkte, wie schwer es ihm fiel.

Langsam nur kam sein Gedankenapparat auf Touren. Suko dachte auch zurück.

Der Weg auf den Friedhof, der Gang zum Totenhaus, die Rutsche, die Knochen, all das kam wieder in ihm hoch, und er sah wieder die zahlreichen Körper vor sich, die sich auf ihn gestürzt hatten.

Dann war der Blackout gekommen.

Und jetzt?

Verdammt, es muss doch eine Lösung geben!, dachte der Chinese und wollte hoch.

Abermals blieb es beim Versuch. Etwas hing an seinem Rücken, das einfach zu schwer für ihn war. Suko wusste nicht, was man mit ihm gemacht hatte, da er im Kreuz keine Augen besaß, aber er stellte fest, dass er auch seine Arme und Beine nicht bewegen konnte. Sie waren mit dem Gegenstand verbunden, der ihn festhielt.

Sosehr er auch nachdachte, ihm fiel keine Lösung ein, dafür konnte er nach vorn schauen.

Das Licht war keine Einbildung. Es stammte von Fackeln, die diese unterirdische, modrig riechende Gruft erhellten. Zudem war er nicht allein. Das Licht traf auch einen offenen Sarg. Wer darin lag, konnte Suko aus seiner Perspektive nicht erkennen, aber er entdeckte den schmalen Gegenstand, der aus der Öffnung etwa in Kopfhöhe hervorstach.

Erst einmal glaubte Suko an eine Täuschung, bis er sicher war, sich nichts eingebildet zu haben.

Aus dem offenen Sarg schaute eine Rose hervor. Und diese Blüte war von den zwölf Personen eingekreist worden, auf deren Fährte sich der Inspektor gesetzt hatte.

Sie umstanden die Blume, schauten sie an und schienen auf etwas zu warten.

Suko wusste nicht, was dies war, aber er hatte Zeit, sich die Gesichter der Menschen anzusehen.

Im flackernden Licht der Fackeln wirkten sie sowieso nicht normal, viel zu unnatürlich, trotzdem fiel dem Inspektor etwas an diesen Menschen auf. Es war der Ausdruck in den Augen. Diese seltsam verdrehten Pupillen waren einfach vorhanden, und daran trug auch kein Licht die Schuld. Der Ausdruck musste einen anderen Grund haben.

Er war flach und dennoch nicht ohne Leben. Ein gefährliches Leben nistete darin. Das Leben von Besessenen.

Ja, das genau war es. Die auf ihn niederstarrenden Augen gehörten besessenen Menschen.

Sie alle standen also unter dem Bann dieser unheimlichen Frau. Obwohl sie Suko nicht sehen konnte, wusste er, dass ihr Platz nur in dem offenen Sarg sein konnte.

Aus der Gruppe löste sich eine Person. Es war eine Frau mit blonden Haaren. So hell, dass die Strähnen schon künstlich gebleicht zu sein schienen. Die Frau trug eine Winterjacke und eine lange Hose. Das untere Drittel ihrer Beine steckte in wadenhohen Schaftstiefeln.

Sie ging sehr langsam auf den Sarg zu, aus dem in diesem Moment eine dumpfe Stimme erklang.

»Kate, du bist die letzte Lockhead, die noch nicht auf mich hört. Das soll sich in den nächsten Sekunden ändern. Deshalb komm her und nimm mit mir die Verbindung auf, die uns gemeinsam in den Kreislauf des Schreckens hineinbringt.«

Da die Frau für einen Moment zögerte, fühlte sich Thelma Lockhead genötigt, einzugreifen.

»Geh schon zu ihr, Kate, geh schon! Mach es wie wir. Komm in die wahre Familie ...«

Und Kate ging. Sie schaute in den Sarg, wo ihre alte Ahnherrin lag und auf sie wartete.

Niemand sagte etwas. Auch Suko war gespannt, und er wunderte sich, als Kate Lockhead die Richtung änderte und auf ihn zukam. Sie brauchte nur zwei Schritte zu gehen, um ihn zu erreichen. »Auch dich wird es erwischen«, sagte sie, »auch dich.«

Suko schaute in ihr vom rötlichen Widerschein umspieltes Gesicht. »Was habt ihr mit mir gemacht?«, fragte er.

Sie lachte. »Wir haben dich festgebunden, und zwar an einem Sargdeckel aus Blei. Davon kommst du allein nicht los, das kann ich dir versprechen!«

»Hör auf zu reden!«, meldete sich Thelma. »Geh endlich zu ihr und schaffe den Kontakt.«

»Ja, ja, sofort!« Kate drehte sich vor Suko in die andere Richtung und näherte sich dem offenen Sarg, in dem ihre längst verstorbene Ahnherrin lag.

Suko war gespannt, was passierte. Sicherlich würde er die magische Lösung des Rätsels in den nächsten Sekunden präsentiert bekommen. Er dachte auch an seine Lage.

An einen Sargdeckel aus Blei hatten sie ihn festgebunden. Den bekam selbst er nicht in die Höhe, obwohl seine Kräfte schon überdurchschnittlich waren.

So etwas war ihm zudem noch nie in seiner gesamten Laufbahn passiert. Das war schon mehr als außergewöhnlich.

Kate Lockhead ging ihren Weg. Sie drehte Suko den Rücken zu und beugte ihren Körper schließlich nach vorn, um gleichzeitig die Hand auszustrecken, denn sie wollte, das war genau zu erkennen, einen Kontakt mit der Rose herstellen.

Ob sie die Blüte ganz umfasste oder nur einen Teil, konnte Suko nicht erkennen, jedenfalls bekam sie Kontakt, und durch ihren Körper lief ein Ruck.

»Ja!«, flüsterte Thelma. »Sie hat es geschafft. Sie war die Letzte, jetzt gehört sie zu uns.«

Kate ging wieder zurück. Fast vorsichtig setzte sie ihre Schritte und blieb stehen, als sie aus dem Sarg heraus angesprochen wurde. »Nun gehörst du zu uns, Kate Lockhead. Du bist die Letzte gewesen und wirst dich fühlen wie die anderen. Merkst du es schon?«

»Ja, ja«, erklärte Kate. Ihre Stimme klang leicht euphorisch. Sie drehte sich, lief weg. Suko sah sie dort verschwinden, wo auch die Rutsche auslief. Und er hörte, nachdem die Schritte verklungen waren, ein bekanntes Geräusch.

Es war das Klappern der Knochen!

Auch Kate hatte sich zwei Gebeine geholt, die sie gegeneinander schlug. Die beiden Knochen in den Händen kam sie näher. Das Klappern wurde lauter und war gleichzeitig ein Zeichen für die anderen, die ebenfalls die Gebeine nahmen und damit anschlugen.

Ein hohl klingendes Geräusch entstand. Bei jedem Schlag wurde es noch verstärkt, sodass es wie ein unheimliches Echo durch die unterirdische Gruft hallte.

Es war eine Musik, die Suko das Fürchten lehren konnte und ihm eine Gänsehaut über den Rücken trieb. Wie gern hätte er etwas getan, stattdessen lag er angebunden auf dem verdammten Sargdeckel und konnte sich so gut wie nicht bewegen.

Die Mitglieder des Lockhead-Clans feierten. Es war ihr Sieg, zu dem ihnen ihre Ahnherrin verholfen hatte, und sie fühlte sich auch genötigt, den Sarg zu verlassen.

Die Knochenmusik blieb nicht ohne Wirkung. Zuerst sah Suko, dass sich die Rose bewegte. Sie stieg empor aus dem offenen Sarg. Für ihn ein Beweis, dass die Person in der bleiernen Totenkiste ihren Arm in die Höhe gedrückt hatte.

Dann war sie selbst zu sehen.

Zuerst nur eine Hand. Wahrscheinlich gelblich oder weiß, aber nun vom roten Schein des Feuers getroffen und wie mit einem leichten Blutanstrich versehen.

Der Hand folgte der Arm. Ebenfalls nur mehr zwei alte Knochen, auch sie leuchteten rötlich. Suko sah ein Stück der Schulter, und er entdeckte plötzlich den Schädel.

Das war für ihn die erste große Überraschung, denn er hatte damit gerechnet, einen blanken Schädel zu sehen, aber der, den er nun zu Gesicht bekam, war mit Haaren bedeckt.

Ein verfilztes Gestrüpp aus Strähnen, die ebenfalls eine rote Farbe bekommen hatten.

Sehr sicher kletterte das lebende Skelett aus dem Sarg. Zwischen seinen Knochenfingern hielt es die Rose, deren Blüte wie ein dicht zusammengewachsener Kelch wirkte.

Nackt war das Skelett nicht. Ein Umhang verdeckte den größten Teil des Körpers. Das Tuch reichte bis dicht über den Boden. Nur die knochigen Füße schauten noch hervor.

Dorothy Lockhead hatte ihre fleischlosen Finger gegeneinander gelegt. Zwischen ihnen steckte die Rose. Für Suko war diese Blume der Beweis des Lebens. Wenn sie nicht mehr war, würde auch das verdammte Skelett vergehen, darauf nahm er jede Wette.

Sie hob beide Hände. Das Zeichen wurde verstanden, denn das Klappern der Gebeine verstummte.

Thelma trat vor. Ihr Gesicht strahlte in einem unnatürlichen Glanz. Dieses Gefühl kam von innen heraus, und Suko konnte sich gut vorstellen, dass die lebende Frau der Toten völlig hörig war.

»Sie will etwas sagen«, erklärte Thelma, »das weiß ich. Deshalb möchte ich, dass ihr ruhig seid.«

Jedes Flüstern verstummte. Eine trügerische Stille legte sich über die Gruft, und nur mehr die blakenden Fackeln erzeugten hin und wieder Geräusche, wenn etwas Pech schmolz und sich die Flammen weiter in das Holz fraßen.

»Ja, ich werde euch etwas sagen, denn die große Stunde meiner Abrechnung ist gekommen. Ich bin aus dem Sarg gestiegen, das beweist, dass es der Familie Lockhead nicht gelungen ist, mich zu töten, obwohl sie es damals vorhatten.« Sie lachte scharf auf und schaute auf ihre Blume. »Ja, sie haben sich mit mir tatsächlich ein Kuckucksei ins Nest gelegt. Ich war immer das schwarze Schaf der Familie. Man hielt mich fern, denn ich war angeblich dem Wahnsinn verfallen. Ich gebe zu, dass ich nicht zu ihnen passte, aber war das ein Grund, mich lebendig zu begraben? Mich in einen bleiernen Sarg zu stecken, mir die Rose in die Hand zu drücken und mich dem Wahnsinn preiszugeben? Nein, das war es nicht wert. Ich sollte in dieser Gruft elendig verrecken, richtig wahnsinnig werden, denn hier unten hörte niemand mein Schreien. Ich habe zu entkommen versucht, denn sie hatten den Deckel nicht richtig geschlossen. Ich bin die Rutsche hochgelaufen und gekrochen, habe mich blutig gekratzt, gefleht, geschrien, sogar gebetet. Erst zu Gott, dann zum Teufel, und der Satan muss es gewesen sein, der ein Einsehen hatte, da er mir einen Besucher schickte. Es war James, der Butler. Er hatte mich immer gemocht. Als ich schon verhungert war, kam er zu mir. Ihm war es gelungen, das Totenhaus zu betreten, denn er wusste ja, wo ich mich befand, und er hatte sich verändert, denn James war zu einem blutsaugenden Vampir geworden. Auch mein Blut nahm er, stärkte sich dadurch und berichtete von einer fernen Rache.«

»Hattest du keine Angst mehr?«, fragte Thelma leise.

»Nein, die hat er mir genommen. Ich wusste ja, dass meine Stunde kommen würde. Und ich wartete. Zu einem Vampir wurde ich nicht. Hin und wieder verspürte ich zwar den Hunger nach Blut, aber ich verfaulte trotzdem. Das Fleisch fiel von meinen Knochen, wurde zu Staub, und nur die Rose blühte weiter. All die langen Jahre, die Jahrzehnte, in denen ich erleben musste, wie grausam die Lockheads waren, denn des Öfteren wurde die Klappe geöffnet. Dann warfen sie die Körper ihrer toten Feinde in die Gruft. Zeitweise war ich nur von Leichen umgeben und konnte zuschauen, wie sie allmählich vergingen. Ich aber blieb, und das Feuer der wilden Rache loderte höher und höher. Und da wusste ich, dass der Tag kommen würde. Auf der Erde gab es Kriege, die Lockheads verloren, aber sie waren nicht totzukriegen. Andere Generationen folgten. Ich geriet in Vergessenheit. Vielleicht wollte man sich nicht mehr an mich erinnern, bis eines Tages James zu mir kam. Auch er überlebte, wie er es damals versprochen hatte. Tief in feuchter Erde und in einem Grab verscharrt. Wir setzten uns zusammen und bereiteten den Plan der Rache vor. Ich bin damals lebendig begraben worden und wollte, dass mit allen Lockheads das Gleiche geschah. Deshalb lockte ich euch her. Ihr kamt in diese Gruft, die Neugierde hat euch getrieben, denn irgendwann hat jeder von euch etwas davon gehört, dass nicht alles in der Familie stimmte. Nun seid ihr da, und nun werdet ihr nie mehr aus dieser Gruft herauskommen. Ihr seid lebendig begraben. Ihr werdet die gleichen Qualen spüren wie auch ich. Ihr werdet schreien, flehen, vor Angst vergehen oder euch darüber freuen, wieder mit mir vereint zu sein. Habt ihr verstanden? Ihr steht unter meinem Bann, denn ihr habt die

Rose angefasst, die für mich Leben bedeutet, aber es ist nicht das Leben, das ihr schon geführt habt. Es ist das Dahinvegetieren in der ewigen Finsternis dieser unheimlichen Todesgruft.«

Es war eine lange Rede gewesen, die das Skelett gehalten hatte. Suko war gespannt darauf, wie die Lockheads reagierten. Irgendetwas mussten sie tun, aber sie standen da und sagten nichts.

Niemand protestierte, keiner schrie, es wurden auch keine Fragen gestellt, sie nahmen es einfach so hin. Wahrscheinlich war ihnen trotz der deutlich gesprochenen Worte nicht mal aufgegangen, in welch einer Gefahr sie sich befanden. Deshalb taten sie auch nichts und starrten Dorothy Lockhead nur an.

Bis auf Thelma. Sie hob beide Arme, schaute auf ihr großes Vorbild und sagte: »Wir danken dir für diese Worte. Wir alle sind Lockheads, und wir alle werden uns deiner würdig erweisen. Ist das versprochen, meine Lieben?«

»Versprochen«, erklang es dumpf.

Das Skelett freute sich. Es lachte und sprach gleichzeitig. »Ja, so habe ich es haben wollen, aber ihr werdet euch schon zurechtfinden. Wenn erst Hunger und Durst kommen, wird auch mein Bann nicht mehr halten, das weiß ich. Dann werdet ihr durchdrehen, euch gegenseitig töten wollen, und ich schaue zu. Ein Clan, der lebendig begraben ist, das hat es noch nie gegeben. Ich weiß nicht, wie lange der Bann anhält. Vielleicht zwei Tage oder drei. Aber ich freue mich schon darauf, dass er eines Tages bricht. Dann kommt meine zweite große Stunde der Rache.«

Damit war für sie das Thema abgeschlossen, und sie wandte sich einem anderen Gegner zu.

Es war Suko.

»Du hast alles gehört?«, fragte sie, als sie auf ihn niederstarrte.

Suko schaute in die leeren Augenhöhlen, und er hatte das Gefühl, dass diese Person ihn trotzdem sehen konnte. Sie war ein magisches Phänomen für ihn.

»Ich gehöre nicht zur Familie«, erklärte Suko.

»Das wissen alle, aber du hast dich an uns gehängt. Und wir wollen keine Zeugen haben.«

Obwohl Sukos Lage mehr als bescheiden war, konnte er sich ein Lachen nicht verkneifen. »Du bist zum Skelett geworden, auch dein Hirn hat etwas abbekommen. Es ist auch nicht mehr vorhanden, wie ich mir vorstellen kann. Die Welt draußen hat sich verändert. Sie ist auch nicht mehr so wie vor zweihundert Jahren. Da hat sich einiges getan, Lady Dorothy …«

»Das weiß ich von James.«

»Vielleicht weißt du etwas. Alles wird er dir nicht erzählt haben, wie ich mir vorstellen kann. Man rollt nicht mehr mit Kutschen dahin. Es gibt Autos, Telefon, Flugzeuge. Heutzutage können Menschen nicht so ohne weiteres verschwinden. Man wird dich und auch die anderen sehr schnell finden und euch rausholen. Ich habe es auch geschafft, euch zu verfolgen. Ihr habt mich nicht gesehen …«

»Ja, du bist allein.«

»Das sieht nur so aus. Es gibt jemanden, der genau Bescheid weiß und der sicherlich hier erscheinen wird …«

»Dann bleibt auch er ein Gefangener.«

»Du kannst es versuchen«, erwiderte Suko mit einem spöttischen Lächeln. »Du kannst es wirklich versuchen.«

Das Skelett schüttelte den knochigen Schädel. »O nein, so einfach ist es nicht. Ich habe Sicherungen eingebaut. Eine davon ist mein Diener James, der Vampir. Sollte sich ein Feind diesem Haus nähern oder über den Friedhof gehen, wird James ihm eine Falle stellen. Die Sucht nach dem Blut steckt in ihm. Er wird froh sein, wenn er es trinken kann, denn er giert danach. Du hast Glück gehabt, andere werden es nicht haben, das kann ich dir versprechen, und ich werde dich in den Familienclan aufnehmen. Du wirst sehr bald spüren, was es heißt, nur mir zu gehören. Schau auf die Rose, sie verblüht nicht. Die Blüte schöpft ihre Kraft aus meiner Anwesenheit, und sie kann meine Wünsche, Befehle und Gedanken auf dich übertragen. Das alles wirst du erleben, wenn du deine Lippen auf die Blütenblätter …«

Suko war nicht mal überrascht. Mit etwas Ähnlichem hatte er gerechnet. Das Teuflische an seiner Lage war, dass man ihm sogar die Waffen gelassen hatte. Nur konnte er an sie leider nicht heran. Die Stricke spannten sich wie Stahlseile um seinen Körper. Es gelang ihm auch nicht, unter ihnen wegzurutschen.

Nur die Füße konnte er ein wenig bewegen, aber damit erreichte er überhaupt nichts.

Nach den letzten Worten der Lady Dorothy kamen die anderen näher. Ihre Füße schleiften über den Boden. Sie bildeten hinter dem gespenstischen Wesen eine dichte Mauer aus Leibern, denn jeder aus dem Clan wollte zuschauen, wie ein Fremder in ihren Kreis aufgenommen wurde.

Die Knöcherne beugte sich vor. Sie tat es sehr langsam, beinahe genussvoll, und sie kostete jede Sekunde aus.

Den dornigen Stiel der Rose hielt sie zwischen ihren skelettierten Händen fest eingeklemmt. Und der Blütenkopf senkte sich allmählich dem Gesicht des Chinesen entgegen.

Bisher hatte Suko keinen Blütengeruch wahrgenommen. Das änderte sich nun, denn ein gewisser Duft erreichte plötzlich seine Nase. Es war ein widerliches Aroma, das sich aus Moder, fauligen Pflanzenteilen und einem schweren, süßlichen Duft zusammensetzte.

Suko empfand dies als widerlich.

Hinter dem Kopf der Rose sah er den breiten, blanken Schädel der knöchernen Gestalt. Sie bot einen widerlichen Anblick, doch als viel schlimmer empfand Suko den Anblick der Rose.

Eine Blume bedeutet Leben, Freude, auch Schönheit.

Hicr nicht.

Zwar gab sie auch ein Leben ab, aber es war ein anderes. Ein untotes, ein grausames, ein nicht normales. Auch Suko würde sich dagegen nicht wehren können, wenn seine Lippen mit nur einem Blütenblatt der Rose Kontakt bekamen.

Alle hörten den Schrei!

Dumpf und gurgelnd hallte er durch das Gewölbe. Von ihnen hatte ihn keiner ausgestoßen. Die Mitglieder des Clans waren selbst geschockt, und die Köpfe fuhren herum, damit jeder in die Richtung schauen konnte, aus der der Schrei aufgeklungen war.

Sein Echo war noch nicht verhallt, als die Anwesenden ein weiteres Geräusch vernahmen.

Das Knacken und Splittern von Knochen. Teile wurden am Ende der Rutsche hochgewirbelt. Bleiche Gebeine, die dem Druck nicht hatten standhalten können und jetzt wieder zu Boden polterten.

Jemand war mit hoher Geschwindigkeit die Rutsche hinuntergeglitten und in dem Knochenberg gelandet. Er wühlte sich nun mit buchstäblich letzter Kraft wieder hervor.

Taumelnd lief er durch den Lichtschein auf die Anwesenden zu. Er hatte die Arme hochgerissen, sein Gesicht war schmerzentstellt, und Suko, der ebenfalls den Kopf gedreht hatte, erkannte genau die Abdrücke in der bleichen Haut.

Sie stammten von einem Kreuz.

Bisher hatte die untote Lady Dorothy stets souverän reagiert und sich auch eingebettet gefühlt im Bewusstsein ihrer Macht. Der Ankömmling allerdings hatte sie aus dem Konzept gebracht, und aus ihrem Maul drang ein leises Stöhnen.

»Das ist er, das ist James …«

Und James wollte kommen. Er sah nur seine Herrin. Sein Gesicht war bereits halb zerstört. Rauch drang aus den Wunden, die das Kreuz hinterlassen hatte, und er riss den Mund weit auf, um etwas zu sagen. Doch die Haut faulte bereits. Unterstützt durch die Mundbewegungen lief dieser Prozess noch stärker ab, sodass sich die ersten Stücke aus seinem Gesicht lösten, zu Boden fielen und dort zu Asche wurden.

Diesen Vampir hatte es voll erwischt.

Es gelang ihm auch nicht mehr, sich auf den Beinen zu halten. Kurz bevor er seine Herrin erreichte, verließen ihn die Kräfte, er brach zusammen.

Er krachte zu Boden. Auf den Knien blieb er noch für einen Moment hocken, bis das Knacken erklang, ein Zeichen, dass auch seine Knochen morsch waren und im nächsten Moment vielleicht schon nachgaben.

Als verfaulendes Bündel blieb er liegen, beobachtet von einem weiblichen Skelett, das wahrscheinlich jetzt merkte, wie sehr sein Plan auf tönernen Füßen stand.

Es bückte sich tiefer, streckte die Knochenhand aus und drückte auf den Körper.

Die letzten Knochen des Brustkastens zerfielen. Nur mehr Asche blieb zurück, und das Skelett schüttelte sich plötzlich, als hätte man Wasser über seinen Knochenkörper gegossen.

Sehr langsam richtete es sich auf. Der Blick seiner eigentlich leeren Augen heftete sich förmlich an der Rutsche fest, denn von dort war der Vampir gekommen.

Sie blieb leer.

Nur vor ihr schimmerte rötlich der Knochenhaufen, als er vom Widerschein der Fackeln getroffen wurde.

Die anderen sagten nichts. Sie hatten zuschauen müssen, wie der Vampir verging, und auch Suko hielt den Mund. Er wollte seine Feinde nicht reizen oder zu unüberlegten Panikhandlungen hinführen.

»Er ist tot!« Dumpf sprach die Lady diese Worte. »Er ist tot, gestorben durch Menschenhand. Das weiß ich. Wer?!«, schrie sie plötzlich. »Wer hat es getan?«

Sie drehte sich dabei, und Suko fühlte sich angesprochen.

»Ich war es nicht«, erklärte er.

»Aber ich!«

Die Stimme klang von der Rutsche her. Plötzlich erschien eine zweite Gestalt und jagte in den Knochenhaufen.

Es war John Sinclair!

Ich hatte mich nicht sofort an die Verfolgung des Vampirs gemacht, da ich nicht wissen konnte, was mich in der Tiefe dieses Totenhauses alles erwartete.

Dass es Feinde waren, davon ging ich aus, und ich hörte auch das mir nicht erklärbare Splittern. Der vergehende Vampir konnte unter Umständen zwischen Knochen gelandet sein, aber das war zweitrangig. Mich interessierte viel mehr, wie die Personen reagierten, die sich in der Tiefe der Gruft befanden.

Zunächst einmal hörte ich nichts von ihnen. Nur das Knacken der Knochen, dann Stöhnlaute, danach eine Frauenstimme.

Obwohl ich sie noch nie gehört hatte, wusste ich, um wen es sich handelte. Das musste einfach Dorothy Lockhead sein, und für mich wurde es Zeit, ihr ebenfalls einen Besuch abzustatten. Abgestützt hatte ich mich bereits, ich brauchte nur mehr die Beine auszustrecken.

Dann ging es bergab.

Ich jagte in die Kurve, bekam mehr Geschwindigkeit, riss auch die Augen auf und wurde sehr schnell von den Ausläufern des Fackelscheins getroffen.

Ich hörte die Stimme dieser »Frau«, auch Sukos Organ, der eine bestimmte Frage nicht beantworten konnte.

Das tat ich, bevor ich in den Knochenhaufen jagte.

Leider hatte ich nicht mehr abstoppen können.

Die Gebeine spritzten in die Höhe, viele von ihnen zerknackten und zersplitterten, und ich hatte auch meine Arme schützend vor das Gesicht gerissen.

Dann war ich durch.

Unter mir spürte ich die harte Erde und ruhte mich keine Sekunde länger aus, das hätte meinen Gegnern Zeit gegeben, sich auf die neue Lage einzustellen.

Ich wühlte mich aus den Gebeinen und Schädeln hervor. Dabei schleuderte ich noch einige Knochen und Schädel zur Seite, die manchmal bis an die Wand flogen und dort mit platzenden Geräuschen zerbrachen, bevor die zersplitterten Stücke zu Boden flogen und dort liegen blieben.

Ich musste dem Skelett wie ein Geist vorgekommen sein, als ich aus den Knochen schnellte und plötzlich auf die Horrorgestalt zuschoss. Sie wollte noch zur Seite weg, das schaffte sie nicht mehr, denn mein Griff war schneller.

Ich bekam den Umhang zu packen und wirbelte die Gestalt herum.

Plötzlich befand sich das Kreuz nur noch eine Handlänge von ihrer Knochenfratze entfernt, und die Gestalt hörte meine geflüsterten Worte. »Keine Bewegung mehr!«

Lady Dorothy stand steif. Nicht mal ein Zittern spürte ich. In meinen Händen schien sich ein Eisblock zu befinden, so kalt waren auch die Knochen.

In den fleischlosen Händen hielt sie nach wie vor den Stiel der Rose. Diese Blume war es, von der ich ebenfalls schon etwas gehört hatte, und ich nahm ihren Duft wahr. Eigentlich war es schon ein widerlicher Gestank, der sich aus dem gesamten Moderduft einer längst vergessenen Zeit zusammensetzte und mir entgegenwehte.

Die Blume war wichtig, aber nicht wichtiger als mein Freund Suko. Wenn ich an dem blanken Schädel vorbeischaute, konnte ich ihn sehen. Er lag am Boden. Man hatte ihn an einen schweren Gegenstand gefesselt, sodass er sich nicht rühren konnte, und dieser Gegenstand erinnerte mich an einen Sargdeckel.

»Gut«, sagte ich zu den blanken Überresten der Lady Dorothy. »Bis jetzt hast du gewonnen, nun aber bin ich an der Reihe. Sag deinen Dienern, sie sollen meinen Freund befreien. Aber schnell!« Ich zischte die Worte durch die Zähne, und der Tonfall meiner Stimme hatte ihnen auch einen genügenden Nachdruck verliehen.

Hinzu kam die Bedrohung durch das Kreuz, dessen Silberhaut im Licht der Fackeln einen rötlichen Schimmer bekommen hatte.

Zum ersten Mal vernahm ich die Stimme der Lady Dorothy aus der Nähe. Sie passte einfach zu dieser Gruft, weil sie sehr dumpf klang, und sie gab meinen Befehl weiter.

»Schneidet ihn los!«

Keiner rührte sich. Bis auf unsere Freundin Thelma, die sich aus dem Kreis löste, einen zögernden Schritt nach vorn ging und den Kopf schüttelte. »Aber das können wir doch nicht machen.«

»Und ob ihr das könnt«, erwiderte ich. »Sie werden ihn nämlich von seinen Fesseln befreien.

»Nein!«

»Doch!«, hielt ich dagegen. »Oder wollen Sie, dass dieses Skelett zerstört wird?«

Sie dachte noch einen Moment über meine Worte nach und hob die Schultern. Es war eine bezeichnende Geste. Im Moment hatten alle aufgegeben, ich hoffte, dass es auch so bleiben würde.

»Und nicht mit dem Messer!«, rief ich noch. Wenn sie nämlich eine Waffe hatte, war es nicht schwer, ein Patt herzustellen. Aber die Gefahr war vorerst nicht gegeben.

Thelma bückte sich und fummelte mit beiden Händen an den Knoten herum. Als sie die ersten beiden gelöst hatte, konnte Suko den Rest der Fesseln von allein sprengen.

Die Stricke peitschten neben ihm zu Boden, und Suko konnte sich in die Höhe stemmen. Er war ziemlich wacklig auf den Beinen. Das lange Liegen hatte seinem Kreislauf nicht besonders gutgetan. Aber er konnte sich halten und schaute sich auch um.

»Bist du okay?«, fragte ich ihn.

»Ja.«

»Dann gib auf die anderen Acht, dass sie keinen Unsinn machen. Ich kümmere mich um meine Freundin hier.«

Suko und ich waren ein hervorragend eingespieltes Team. Da konnte sich einer auf den anderen verlassen. Auch in diesem Fall lief alles glatt. Selbst Thelma unternahm nichts mehr, um die Lage zu ihren Gunsten zu verändern. Ich konnte mich endlich um die Skelettdame kümmern. Ich drückte sie so weit herum, dass sie mit dem Rücken gegen die Wand wies und in den Lichtkreis einer Fackel geriet. Der Schatten dieses Monstrums zeichnete sich ungewöhnlich an den dicken Steinen ab, und auch die Rose stach wie ein dunkler Stab als Schattenriss hervor.

»Das war's dann wohl«, sagte ich. »Jetzt brauche ich nur noch deine verdammte Rose. Gib sie her!«

Dorothy Lockhead zögerte. Ich sah ihr an, dass sie nicht so recht wollte, und sie schüttelte auch ihren alten Knochenschädel.

»Der Vampir fürchtete das Kreuz. Du wirst es auch fürchten, oder soll ich es gegen deinen Schädel rammen, damit er zertrümmert wird?«

»Ich gebe dir die Rose!«

Plötzlich gab sie mir die Antwort, und sie überraschte mich auch damit. Deshalb war ich ziemlich misstrauisch, und dieses Misstrauen wurde auch durch Sukos Bemerkung gestärkt.

»Sei auf der Hut, John. Die Rose ist gefährlich. Sie darf dich auf keinen Fall berühren. Sie ...«

»Aaahhh...« Der Schrei des Skeletts unterbrach meinen Freund, denn die Frau hatte blitzschnell ihre Hände und auch die Rose nach vorn gedrückt. Sie wollte mir den Kelch ins Gesicht schlagen, und ich jagte mit einem gewaltigen Sprung zurück.

Bisher hatte ich Glück gehabt. Jetzt aber verfolgte mich das Pech, da ich auf einen der umherliegenden Knochen trat, dieses Stück ins Rollen geriet und mir quasi ein Bein unter dem Körper wegriss.

Ich konnte mich nicht mehr halten, geriet außer Kontrolle und fiel zu Boden.

Gleichzeitig verwandelte sich das Skelett. Und ich sah das gleiche Monstrum vor mir wie zuvor in der Zelle ...

Suko stand einfach zu weit von seinem Freund entfernt, um effektiv eingreifen zu können. Zudem musste er sich um Thelma Lockhead kümmern, denn sie war die erste Dienerin der Lady Dorothy, und deren Kraft war auch auf den Menschen übergegangen.

Auch Thelma veränderte sich.

Suko hörte den Schrei zur gleichen Zeit. Er sah plötzlich die strahlende Lichtwolke und in deren Zentrum dieses hässlich flammende Skelett stehen, das sich auf ihn stürzen wollte.

Unbewusst halfen ihm die anderen Lockheads. Sie hatten mit dieser Wandlung nicht gerechnet, wollten weg aus der Gefahrenzone und behinderten sich nicht allein gegenseitig, sondern auch das in gleißendes Licht getauchte Skelett der Thelma.

Suko bekam eine gute Chance, so weit zurückzuweichen, dass er aus dem unmittelbaren Bannkreis der Gestalt geriet und seine Beretta ziehen konnte.

Andere rannten gegen ihn, wieder welche aus dem Clan wollten sich verstecken. Die freie Schussbahn war nicht gegeben, sodass Suko warten musste.

Dann hatte er die Chance.

Er feuerte.

Die Kugel setzte er mitten hinein in das grelle Licht. Er hatte die linke Hand noch hochgerissen und so seine Augen geschützt, und er vernahm das wilde Lachen.

Suko ließ die Linke sinken.

Mit Schrecken erkannte er, dass er keinen Erfolg gehabt hatte. Er sah sogar noch die Kugel. Sie steckte in dem Körper und glühte wie ein strahlender Stern.

Aber sie verglühte auch. Dieser Hitze machten geweihte Silberkugeln nichts aus.

Was dann?

Suko dachte an seine Dämonenpeitsche. Sicher, er hätte damit schlagen können, aber würde dieses nicht irdische Feuer nicht auch die Riemen verbrennen?

Einen Beweis dafür hatte er nicht, dennoch bestand die große Gefahr, dass er seine Peitsche verlor.

Jemand sprang ihn von der Seite her an. Es war eine Frau mit blonden Haaren. Sie wollte dem Chinesen die Fingernägel durch das Gesicht ziehen. Suko schleuderte sie von sich, hatte wieder freie Bahn und sah das Skelett jetzt über sich.

Wie ein Stern strahlte es. In der gleißenden Helligkeit waren die Umrisse überdeutlich zu sehen. Nichts Menschliches mehr war an dieser Person. Das Licht umgab sie wie ein Mantel.

»Ich komme!«, schrie sie.

Suko schoss wieder.

Zwei Kugeln sah er noch verglühen, sie konnten dieses Wesen einfach nicht stoppen.

Vielleicht der Stab.

Mit gewaltigen Sätzen jagte Suko zur Seite. Er brauchte jetzt Zeit, um seine stärkste Waffe hervorholen zu können, und er hörte gleichzeitig einen fürchterlichen Schrei.

Der Inspektor stoppte, schaute nach links, zog den Stab hervor, und seine Augen wurden groß ...

Ich war gefallen, lag auf dem Rücken und kam mir so verdammt hilflos vor. Das wusste auch meine Gegnerin. Sie, die im Lichterglanz der Hölle vor mir stand, schaute auf mich herab, und ich sah vor ihrem Totenschädel die Knospe der Rose.

Im Gegensatz zu dem gleißenden Licht erstrahlte sie in einem kräftigen Rot, das mich blendete.

»Schau her!«, schrie sie. »Schau her! Du wirst die Kraft der Teufelsrose zu spüren bekommen. Sie hat mein Leben erhalten, deines aber wird sie nehmen, das verspreche ich dir. Sie ist eine Züchtung des Satans, sie hat mich gerettet, sie wird mich weiterhin begleiten.«

Kaum hatte Dorothy das letzte Wort ausgesprochen, als sie die Rose zum ersten Mal aus den Händen gab.

Die Blume.

Ihr Weg war genau vorgezeichnet, denn sie trudelte genau auf mich zu und konnte mich einfach nicht verfehlen.

Gab es eine Chance?

Ja, das Kreuz!

Die Rose stammte aus der Hölle, das Kreuz nicht. Es bekämpfte das Böse, und ich hielt diesen wertvollen Talisman der fallenden Blume entgegen.

Im nächsten Augenblick trafen sie aufeinander!

Meine linke Hand hatte noch gezuckt. Es war ein Reflex gewesen, um die Rose aufzufangen. Im letzten Augenblick hatte ich die Hand wieder zurückgezogen und stattdessen die rechte in die Höhe gedrückt.

Das Kreuz stoppte die Rose. Es konnte sie natürlich nicht halten, sie rutschte ab, aber da hatte ich mich bereits so gedreht, dass ich mein Kreuz auf die Blume drücken konnte, als sie den Boden berührte.

Der Schrei war schlimm.

Ausgestoßen hatte ihn Dorothy Lockhead, und er wuchs zu einem regelrechten Inferno an, als er in meinen Ohren gellte. Ich wusste nicht, wohin ich zuerst schauen sollte, und entschied mich für die Rose.

Sie verging.

Die Macht des geweihten Kreuzes, vielleicht auch die Weihe der Erzengel zerstörten das, was einmal böses Leben gebracht hatte. Zerdrückt war die Knospe, rechts und links der Kreuzbalken schoben sich die Blätter hervor, die allmählich ihre satte rote Farbe verloren und blass wurden.

Erst weiß, dann grau und schließlich schwarz. Bis sie nur noch verkohlt waren.

Ich richtete mich auf.

Das Skelett schrie nicht mehr, aber ich kam gerade richtig, um zu sehen, wie das Licht verschwand. Ein Vorgang wie bei der Rose, denn auch hier änderte sich die Farbe, da die Helligkeit vom flackernden Fackellicht aufgesaugt zu werden schien.

Das Skelett stand noch.

Es sah aus wie immer, hatte seine Arme rechts und links des Knochenkörpers nach unten sinken lassen, und doch war es irgendwie anders als noch vor einigen Minuten.

Es kam mir schlaff vor, ohne magische Energie, auch ohne Willen. Als ich aufstand, ließ ich es ebenfalls nicht aus den Augen, dennoch traute ich dem Frieden nicht.

Hilfreiche Hände stützten mich. Ich drehte den Kopf und sah Suko hinter mir.

»Das haben wir geschafft!«, flüsterte er. »Auch das andere Licht ist zusammengebrochen.«

»Meinst du?«

»Bestimmt.«

Nein, es war noch nicht zu Ende. Das letzte Drama lag

noch vor uns. Und es spielte sich zwischen den beiden Lockheads ab. Thelma Lockhead war es, die anfing und auf ihre Ahnherrin zulief.

Dabei schleiften ihre Füße über den Boden. Jeder machte ihr Platz, sogar wir traten zur Seite, denn wir ahnten, dass dies eine Sache zwischen den beiden war.

»Dorothy!«, röhrte Thelma. »Dorothy …« Ihr Gang wurde schleppender. Sie war wieder ein Mensch geworden, wirkte aber alt und grau im Gesicht. Wir konnten zuschauen, wie die Haut runzeliger wurde und schrumpfte.

»Die hat es voll erwischt«, flüsterte Suko.

Ich widersprach nicht, wir konnten auch nicht mehr eingreifen. Was es jetzt noch gab, mussten die beiden unter sich ausmachen.

»Ich bin jetzt bei dir«, sagte Thelma. »Ich werde dich … Du hast mich verraten. Ich spüre, wie mein Leben aus dem Körper rinnt, aber ich will nicht so werden wie du. Ich will nicht sterben, nicht für alle Ewigkeiten eingeschlossen sein. Nein!« Sie schüttelte den Kopf, ging weiter, und ihre Ahnherrin tat nichts, um sie aufzuhalten.

Dorothy stand steif auf dem Fleck, schaute ihr entgegen und war ohne Blume.

Noch zwei, drei Schritte, dann mussten die beiden Frauen zusammentreffen. Auch die übrigen Mitglieder des Clans wagten kaum zu atmen. Sie standen da, starrten, staunten, und auf ihren Gesichtern hatten sich der Unglaube und das Nichtbegreifen ausgebreitet.

Durch die Zerstörung der Rose mussten sie aus dem Bann befreit worden sein. Besser hatte es für sie nicht laufen können. Nur eben die eine konnte den Bann nicht abschütteln.

»Du hast uns in die Irre geführt …« Thelma brachte die Worte nur mehr stockend hervor, denn auch ihre Stimme hatte sich verändert. Sie war alt geworden, brüchig und passte zu dem greisenhaften Aussehen, das die Frau mittlerweile angenommen hatte.

Wie eine Hundertjährige kam sie uns vor, aber sie hatte

dennoch die Kraft, die Arme zu heben um sich am Umhang festzuhalten. Was keiner geschafft hatte, brachte sie fertig!

Mit einem wütenden Ruck schleuderte sie den Umhang zur Seite, stützte sich mit den Ellenbogen auf den Knochenschultern des Skeletts ab und brachte mühsam die nächsten Worte hervor.

»Getäuscht hast du uns. Du Verdammte hast uns alle getäuscht und mir das Leben genommen. Ich werde älter, ich werde vergehen oder leben, wie du gelebt hast, aber die Rose ist zerstört, und deshalb will ich auch dich zerstören, Lady Dorothy Lockhead.«

Thelma besaß nur noch ihre Hände als Waffen. Die setzte sie auch ein. Mühsam brachte sie ihre Hände an die Kehle ihrer Ahnherrin. Die Finger klammerten sich eisenhart fest, und es sah so aus, als wollten sie nie mehr loslassen.

Dorothy tat nichts. Sie blieb zuerst stehen und kippte dann steif nach hinten, als der Druck der vor ihr stehenden Person immer stärker wurde.

Gemeinsam krachten sie zu Boden.

Thelma fiel auf ihre Ahnherrin. Sie drückte mit dem vollen Körpergewicht gegen die Knochen, hielt weiterhin den skelettierten Hals umklammert und verging immer mehr.

Das Fleisch und die Haut lösten sich auf. Schon schimmerten auch bei ihr die ersten Knochen durch, und wir alle waren Zeuge, wie sie ebenfalls zu einem Skelett wurde.

Niemand sprach mehr.

Das Grauen hielt unsere Kehlen fest verschlossen. Es weilte als unsichtbarer Gast zwischen uns und sorgte im Verein mit den schwarzmagischen Kräften dafür, dass beide vergingen.

Die Frauen wurden zu Staub.

Während sich auch die Knochengestelle auflösten, hielten sie sich noch umklammert.

Jeder hörte das leise Knacken und Knirschen und auch das rumpelnde Geräusch, als Thelmas Schädel abfiel und noch ein Stück über den Boden rollte.

Dann wurde es still.

Irgendjemand sagte: »Mein Gott, mein Gott, ich will hier raus!«

Und das wollten auch wir …

Suko und ich mussten noch einen Tag in Lauder bleiben. Es hatte sich alles blitzschnell herumgesprochen. Die meisten Menschen waren entsetzt, dass es so etwas in ihrer Nähe überhaupt gegeben hatte, und auch meine Eltern konnten es nicht fassen, als wir bei einem kräftigen Schluck mit ihnen den Fall noch einmal durchgingen.

»Aber jetzt ist der Fluch doch gelöscht?«, fragte meine Mutter.

»Das ist er.«

»Und auch ohne mein Zutun«, meldete sich ein weiterer Gast, der zwischen uns saß.

Es war Sergeant McDuff. Er hatte es im Krankenhaus nicht länger ausgehalten. Man gab ihm Urlaub auf eigene Verantwortung, aber einen Whisky oder auch zwei hatte ihm niemand verboten.

Es wurde spät in der Nacht, dennoch schlief ich nicht besonders. Die letzten erlebten Abenteuer spukten in meinem Kopf herum, und ich dachte besonders intensiv an den Würfel, der sich nun in den Händen des Spuks befand.

Was konnte er nicht alles damit anstellen?

Aber es gab auch Hoffnung. Hatte der Eiserne Engel nicht etwas von einer Überraschung erzählt?

Ich war gespannt, ob er sich nicht irrte.

Irgendwann wurde mein Schlaf ruhiger. Das war auch nötig. Auf mich wartete London, sicherlich auch einige neue Fälle …

ENDE

Albtraum-Comic

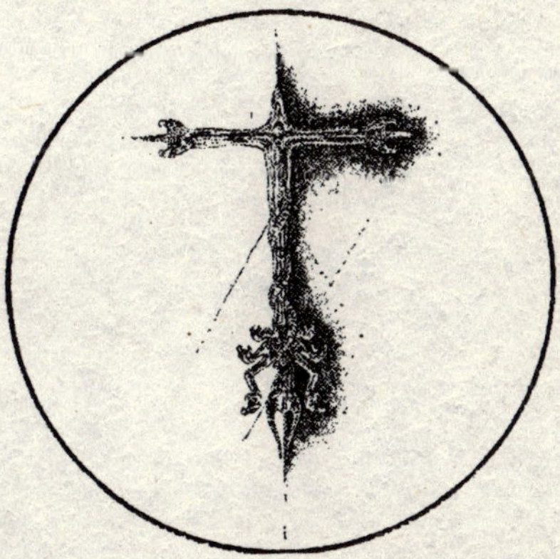

Ein Schauer lief über den Rücken des jungen Mannes, als er auf das schräg gestellte Brett mit dem großen Zeichenblatt starrte. »Das ist super!«, keuchte er. »Das ist so gut, besser kann man es nicht machen. Fast wie echt!«, flüsterte er. »Nein, das ist echt. Das ist so, als würden sie leben. Sie, meine Geschöpfe, meine Monster, meine Phantasiegebilde.«

Er legte den Kopf in den Nacken, begann zu lachen und trat zwei Schritte zurück. Damit geriet er auch außerhalb des Lichtkreises, den die große Lampe auf das Zeichenbrett warf. »Echt!«, flüsterte er wieder. »So echt!« Er konnte es kaum fassen und wischte mit einer fahrigen Handbewegung durch sein braunes Haar, das mal wieder nicht richtig liegen wollte. Harold C. Painter war glücklich. Er hatte es geschafft. Nach all den vergeblichen Versuchen, nach den langen, entbehrungsreichen Jahren war ihm nun ein Meisterwerk gelungen.

Kaum traute er sich, es aus der Nähe zu betrachten. Er wollte sich einfach nicht vorstellen, dass er es war, der diese Zeichnung geschaffen hatte, und so waren seine Schritte auch zögernd, als er wieder auf das Zeichenbrett zuging und in den Lichtkreis der Lampe geriet, in dem sein hageres Gesicht noch bleicher wirkte. Fast jeder Tropfen Schweiß auf seiner Stirn war überdeutlich zu sehen, und er spürte ein Zittern wie nie zuvor in seinem 22-jährigen Leben.

Es war vollbracht. Er, Harold C. Painter, hatte sich endlich durchgebissen, und er wusste auch, dass seine Arbeit mit der Fertigstellung noch nicht beendet war. Im Gegenteil, sie würde erst richtig anfangen, denn die Folgen waren einfach grandios.

Am liebsten hätte er die Cordjacke weggeschleudert, aber in der Bude war es kalt, der Ofen funktionierte nicht. Da er schwitzte, hätte er sich leicht eine Lungenentzündung holen können, und die konnte er nicht gebrauchen.

Als wollte er eine Frau an sich ziehen, so breitete er die Arme aus und stemmte die Handballen auf beide seitlichen Kanten des Zeichenbretts. So blieb er stehen und starrte auf das Blatt.

Es waren zwei Seiten, die einmal ein Comicheft zieren sollten. Noch befanden sie sich in der Rohfassung, waren nicht eingefärbt, aber das würde sich ändern.

Jeweils drei Bilder zeigten die Seiten. Sprechblasen waren nicht vorhanden, die Zeichnungen sprachen für sich. Zusätzlich standen Erklärungen in den größten Boxen. Auch der Text war sein Entwurf, vielleicht würden die Redakteure etwas daran ändern, das war ihm auch egal.

Sechs Bilder, die eine Geschichte erzählten.

Eine schaurige, unheimliche Mär und dabei so realistisch nachempfunden, als wären gewisse Attribute nicht gezeichnet, sondern fotografiert worden.

Das oberste Bild auf der linken Seite bedeckte die Hälfte des Blattes und auch deren gesamte Breite. Es zeigte einen schweigenden nächtlichen Wald mit viel Unterholz. Aus ihm leuchteten mehrere Augenpaare, die einen gefährlichen gelben Raubtierglanz versprühten. Über den Bäumen schwebte noch als flache Scheibe der volle, etwas blass wirkende Mond, dessen Konturen von keiner Wolke getrübt wurden. Einen Wolf hatte er besonders hervorgeholt. Er schlich auf den Betrachter des Bildes zu, hatte sein Maul geöffnet, den Kopf nach links gedreht und starrte auf das, was vor ihm aus der Erde wuchs.

Es war die obere Hälfte eines Totenschädels!

Painter atmete tief und nickte sich selbst zu. Dieses Bild war ihm hervorragend gelungen, ebenso das nächste, links unter dem oberen, das einfach nur Blitze auf einem nachtdunklen Himmel zeigte.

Sie jagten wie hastig hingekritzelte Zickzackpfeile aus den Wolken, und den folgenden Donnerschlag hatte der junge Mann durch das Wort *Broom* gekennzeichnet.

Das Bild daneben zeigte ein altes Schloss. Es stand ebenfalls in der Düsternis, war aber von ihm heller gezeichnet worden, damit es sich auch vor dem dunklen Hintergrund abhob.

Die nächste Seite.

Wieder ein großes Bild, das die Seite zur Hälfte einnahm.

Abermals ein Wald mit gespenstisch anmutenden Bäumen und einer ansonsten leeren Fläche. Das sollte nicht so bleiben, denn Harold C. Painter musste noch etwas hineinmalen.

In der Box links unten hatte er das Gesicht einer wunderschönen dunkelhaarigen Frau geschaffen. Ein kleines Meisterwerk. Die Frau sollte Angst haben. Und Harold war es tatsächlich gelungen, dieses Angstgefühl der Frau ins Gesicht zu »schreiben«. Wer die Frau betrachtete, erlebte ihre Panik mit. Die schockgeweiteten Augen nahmen den Betrachter gefangen.

Ja, das Bild war gut. Painter lobte sich selbst und warf einen Blick auf die letzte Zeichnung.

Er hatte schon immer Fledermäuse geliebt. Es waren Tiere der Nacht, so wie er ein Mensch war, der am liebsten die Dunkelheit hatte, denn tagsüber wurde er durch zu viele Dinge abgelenkt. Erst wenn die Dämmerung hereinbrach, fühlte er sich wohl. Dann gehörten die letzten Stunden des Tages ihm.

Um diese Zeit erwachten auch die Fledermäuse. Er hatte nur eine gezeichnet, die dafür übergroß und so, dass der Betrachter des Bildes den Eindruck haben musste, als würde das Tier haargenau auf ihn zufliegen.

Es war schon gut. Painter rieb seine Hände. Er spürte den Schweiß dazwischen und ließ sich auf den Drehhocker fallen, denn er war noch nicht fertig.

Eine Person fehlte noch.

Die Tiere hatte er gezeichnet, einen düsteren Wald, ein altes Schloss, die ängstliche Frau, die Fledermaus, das Gewitter, eigentlich war das Märchen fertig.

Das Comicmärchen …

So würden wohl alle denken, die seine Zeichnungen einmal zu sehen bekamen. Nur ahnten sie nicht, dass seine Werke etwas ganz Besonderes waren, außergewöhnlich und sehr realistisch.

Ihm gefiel das große Bild auf der rechten Seite immer weniger. Da musste er einfach etwas daran ändern, hinzufügen, ihm ein gewisses Leben einhauchen.

Aber nicht mit noch mehr Landschaft. Er wollte auch keine Gestirne durch die kahlen Stellen zwischen den Baumästen schimmern lassen, das gab ihm alles nicht das, was er brauchte.

Es fehlte der Mensch.

Nur das Frauengesicht reichte ihm nicht. Da musste noch ein Mann hin, jemand, der mit den Wölfen möglicherweise zusammenlebte und sich ihnen auch anpassen konnte.

Wer würde das sein? Wie konnte er aussehen? Über diese beiden Fragen grübelte der Zeichner nach. Bisher war alles an seiner Arbeit einwandfrei gewesen, und auch das letzte Detail sollte so perfekt wie möglich sein.

Painter hatte automatisch zum Federhalter gegriffen. Er zeichnete stets mit Tusche, doch als er die Spitze ansetzte, schüttelte er den Kopf. Nein, so nicht. Er wollte es diesmal anders machen. In dieses Bild aus Schwarz und Weiß musste eine Figur, ein Mensch, der »leben« sollte, der farbig war, der völlig normal und realistisch aussah, Kleidung trug und …

Auf einmal kam es über ihn. Er war von einer wahren Besessenheit erfüllt, als er sich daran begab, seine Vorstellungen zu verwirklichen. Diesmal zeichnete er eine farbige Figur, einen Menschen eben. Und er gelang ihm so gut wie das Übrige.

Vielleicht sogar eine Idee besser …

Über eine Stunde zeichnete er. Vergaß die Zeit und hatte nicht bemerkt, dass sich schon die Nacht dem Ende zuneigte. Er war keine Maschine, er brauchte Schlaf, den wollte er sich holen.

Auch fühlte er, dass sein Rücken schmerzte. Er verzog das Gesicht, als er den Körper durchbeugte, scharf atmete, wieder nach vorn fiel und mit der Stirn das Zeichenblatt berührte.

Irgendwann musste einmal Schluss sein, auch für ihn. Als er den Drehhocker verließ, wäre er fast gefallen, so wenig Kraft steckte noch in seinen Beinen.

Irgendwo stand das Bett. Er fand es wie ein Schlafwandler,

ließ sich nach hinten fallen, schloss die Augen, war im Nu eingeschlafen und begann prompt von seiner Arbeit zu träumen.

Harold C. Painter hatte sein Lebenswerk fertig gestellt. Ein Comic nur, mehr wollte er nicht, aber das musste reichen.

Während draußen allmählich der Tag anbrach, brannte in dem kleinen Künstlerzimmer noch immer die Lampe. Ihr Licht ließ die Bilder nicht schöner erscheinen, sondern düster, irgendwie kalt und auch regelrecht abweisend.

Auch der Mensch. Es war ein Mann. Normal aussehend, blond, ziemlich groß, und er stand inmitten des Waldes. Sein Gesicht zeigte einen gespannten, vielleicht etwas überscharfen Ausdruck. Dazu trugen auch die leicht verengten Augen bei, mit denen der Mann den Betrachter des Bildes anschaute. Zudem hatte seine Haltung etwas Sprungbereites an sich, wie bei einem Raubtier. Die Figur war einfach klassisch gezeichnet, und so echt, als hätte der Zeichner seinen besten Freund abgebildet.

Dabei kannte er den Mann nicht.

Er konnte ihn überhaupt nicht kennen, da dieser erst später geboren werden sollte.

Und doch war er vor seiner Geburt schon als Erwachsener gezeichnet worden.

Und er hatte einen Namen.

Um den nicht zu vergessen, hatte ihn Harold C. Painter in einer Ecke des Bildes in Druckbuchstaben niedergeschrieben.

JOHN SINCLAIR!

Ich schüttelte den Kopf, wechselte mit dem rechten Fuß vom Gas auf das Bremspedal und hielt an. Zum Glück befand ich mich in einer ruhigen Straße, und in der Nacht war hier sowieso nicht viel los. Da fuhren nicht viele Autos.

Weshalb stand ich hier? Wieso hatte ich mich in meinen Wagen gesetzt und war kurz vor Mitternacht, ohne einen Grund zu haben, losgefahren? Das alles wirbelte durch meinen Kopf, wobei es mir nicht gelang, die Gedanken, Vermutungen und Tatsachenentscheidungen in die richtigen Bahnen zu lenken.

Fest stand so viel, dass ich nicht dienstlich unterwegs war. Ich hatte sogar einen völlig normalen Arbeitstag gehabt, einen Tag im Büro, an dem mein Freund Suko und ich einiges aufarbeiten konnten. Wir hatten pünktlich Feierabend gemacht, waren nach Hause gefahren, und dann war es plötzlich über mich gekommen. Wie ein Sturmwind, der mich aus der Lethargie riss. Ich hatte mich in den Wagen gesetzt und war einfach losgefahren.

Und jetzt stand ich hier in der Nähe eines kleinen Parks, starrte nach draußen und sah nasse, dicke Schneeflocken durch die Strahlen der Scheinwerfer fallen und am Boden zu Flecken schmelzen.

Dienstlich war ich jedenfalls nicht unterwegs, und einen anderen Grund konnte ich mir nicht vorstellen.

Ich presste meine Hand gegen die Schläfen. Und doch musste einer vorhanden sein. Man setzte sich nicht so einfach in sein Fahrzeug und fuhr ziellos in der Gegend umher.

»Schon gar nicht bei den Spritpreisen«, murmelte ich und konnte über den kleinen Scherz nicht mal grinsen. Zu groß waren diese Probleme, mit denen ich mich beschäftigte.

Oder waren es auch andere Dinge? Ich dachte an die jüngste Vergangenheit, wo sich Licht und Schatten abgewechselt hatten. Es war meinen Freunden und mir gelungen, Erfolge zu erzielen. Wir hatten Jane Collins wieder in den Kreis der Menschen aufnehmen können, auch wenn sie jetzt mit einem Kunstherz herumlief und sich irgendwo in Frisco aufhielt.

Der große Sieg war uns nicht gelungen, da es der Spuk geschafft hatte, den Würfel an sich zu nehmen. In seinem neuen Helfer Akim Samaran hatte er eine große Stütze gefunden, und ich konnte mich als der Verlierer bezeichnen.

So etwas blieb nicht ohne Folgen. Auch ich war nur ein Mensch, keine Maschine. Irgendwie musste ich ja mal ausflippen, aber gleich so, dass ich hier saß und nicht wusste, weshalb ich an diesen Ort gefahren war?

Ich stellte auch fest, dass es mir schwer fiel, mich zu

erinnern. An den vergangenen Tag im Büro schon, der Abend dagegen schien aus meinem Gedächtnis gestrichen worden zu sein.

Ich wusste überhaupt nicht mehr, was ich noch getan hatte. Zu Hause herumgesessen? Hatte ich ferngesehen oder gelesen? Seltsam, das war alles verschwunden.

Tief holte ich Luft. Dann dachte ich darüber nach, ob es vielleicht einen bestimmten Grund dafür gab, dass ich genau an dieser Stelle, wo ich mich jetzt befand, angehalten hatte? Wenn ja, war er mir entfallen, und mir blieb nichts anderes übrig, als mich mit den Tatsachen abzufinden.

Allmählich nur klärte sich mein Gedächtnis. Weshalb aber hatte ich gerade hier den Bentley angehalten? Wegen des Parks, der links von mir lag. Ich schaute hinüber.

Als dunkle Insel lag er inmitten der City. Manchmal, wenn rechts neben dem Bentley Autos vorbeihuschten, glitten die Lanzen ihrer Scheinwerfer auch über die Büsche und Bäume des Parks, wobei die feuchten Stämme manchmal aufleuchteten, als wären sie mit einer Silberschicht bestrichen worden.

Man tat nichts ohne Grund oder Motiv. Von diesem Leitsatz ging ich aus. Es musste etwas zu bedeuten haben, dass mich der Wagen hierher geführt hatte.

Ich stieg aus.

Schon als ich den Wagenschlag öffnete, peitschten die Flocken von der Seite herbei, trafen mich, und ich spürte sie als nasse Flecken auf meinem Gesicht.

Den Mantel hatte ich nicht mitgenommen und war nur in die Jacke geschlüpft. Deren Kragen stellte ich hoch, schlug die Autotür zu, ging einige Schritte und drehte mich so, dass der Schnee gegen meinen Rücken geweht wurde und ich trotzdem den Rand des Parks noch im Auge behalten konnte.

Nicht weit entfernt leuchteten einige Laternen. Ihr Licht fiel nicht bis in den Park, sodass ich dort Bewegungen nur mehr ahnen konnte. Der Schnee wurde immer dichter. Die Wetterfrösche hatten Recht gehabt. Im März kam der Winter noch einmal dick zurück. Als ob die Menschen von ihm nicht die Nase voll gehabt hätten.

Ich entfernte mich von meinem Wagen. Schlendernd, dennoch gespannt ging ich über den Bürgersteig. Dies hier war keine Gegend, wo über Nacht Autos abgestellt wurden, deshalb war mein Bentley das einzige weit und breit.

Die anderen Wagen fuhren langsam vorbei und stießen immer wieder in den Schneevorhang.

Das nasse Zeug klebte auf meinen Haaren, taute und ließ Wasserbahnen in mein Gesicht rinnen.

Verdächtige Personen entdeckte ich nicht, sosehr ich mich auch bemühte. Ich konnte auch keinen weiteren Grund für mein unmotiviertes Verhalten feststellen.

Mir blieb nichts anderes übrig, als wieder zum Wagen zurückzugehen. »Das ist die Höhe«, fluchte ich. »Wird man mitten in der Nacht rausgerissen, fährt los und …«

Weiter wollte ich nicht denken. Ich war ja nicht herausgerissen worden, sondern freiwillig gefahren.

Oder doch nicht?

Nein, da musste schon ein Zwang dahintergesteckt haben. Wieder im Wagen, lehnte ich mich zurück, schaute gegen die Scheibe und sah nichts mehr, da die Flocken sie völlig bedeckt hielten.

Ich wollte mir gerade eine Zigarette anzünden, als es geschah. Mein Telefon schlug an.

Das Geräusch erschreckte mich so sehr, dass ich zusammenfuhr, erst ungläubig schaute, es kaum fassen wollte und dann den Hörer abnahm. Einen Namen sagte ich nicht.

Die Stimme des anderen hörte ich ebenfalls nicht. Nur ein Keuchen oder Rauschen. »Bist du es, Sinclair?«, fragte der Anrufer nach einer Weile.

»Wer sind Sie denn?«

»Ich habe Sie zuerst gefragt. Los, geben Sie mir eine Antwort!«

»Sehe ich nicht ein. Ich spreche nicht mit Unbekannten.«

Er lachte so, als wäre er nicht mehr Herr seiner Sinne. »Nun, ich will es Ihnen sagen. Ich bin der, der dich schon vor deiner Geburt kannte.« Er verfiel in den plumpen Ton der Anrede.

»Tatsächlich?«

»Ja. Glaubst du mir nicht?«

»Nein.«

»Ich habe dich unter Kontrolle, Sinclair. Ich kann mit dir spielen. Und das werde ich auch.«

»Wieso denn?«

»Das musst du doch bemerkt haben. Hast du dich nicht in deinen Wagen gesetzt und bist einfach losgefahren? So ohne Ziel, durch die Nacht, durch das dunkle London. Vielleicht bist du auf der Suche nach ihnen, ohne es zu wissen.«

»Was soll ich suchen?«

»Meine kleinen Geschöpfe.«

Der Wagen schneite allmählich zu. Ich kam mir schon vor wie in einem Iglu. »Kleine Geschöpfe«, wiederholte ich. »Ich habe immer gedacht, dass es die Gremlins nur im Kino gibt.«

Er wollte den Namen wiederholen, stolperte jedoch über das Wort. Den Begriff Gremlin schien er nie zuvor in seinem Leben gehört zu haben. »Was soll das heißen?«

»Schon gut. Vergessen Sie es, Mister …«

Sein Lachen unterbrach mich. Es klang nicht normal. So anders, so schrill und auch verbissen. »Ich werde dir meinen Namen nicht sagen, aber dennoch einen Hinweis geben. Ich heiße HCP. Hast du gehört? HCP. Das ist mein Name. Und jetzt verabschiede ich mich. Ich wünsche dir noch viel Spaß, angenehme Träume und zahlreiche Überraschungen. Denk immer daran. Meine Geschöpfe sind stets in der Nähe …« Er kicherte so hoch wie ein hysterisches Weib, dann unterbrach er die Verbindung.

Auch ich legte den Hörer auf. War ich geschockt? Nein, eigentlich nur erleichtert, trotzdem von einer gewissen Beklemmung befallen, da ich plötzlich das Gefühl nicht loswurde, an der Leine eines mir unbekannten Mannes zu laufen, der sich HCP nannte.

Ich grübelte über diese Buchstaben nach, ließ alle möglichen Kombinationen durch meinen Kopf gehen, zu einem Erfolg kam ich nicht. Ich kannte keinen HCP.

Er aber mich. Und er musste schon vor meiner Geburt von meiner zukünftigen Existenz gewusst haben.

Vor der Geburt?

Das war normalerweise ein Unding, aber wenn es der andere geschafft hatte, schwarzmagische Kräfte mit in sein Leben einzubeziehen, war dies nicht so unmöglich, wie es auf den ersten Blick hin ausschaute.

Man hielt mich unter Kontrolle. Ließ mich an der langen Leine laufen, und so etwas passte mir nicht. Dieser andere musste in der Tat über Macht und Kraft verfügen, denn es war ihm gelungen, mich dermaßen zu beeinflussen, dass mein abendlicher Rhythmus auseinander gebrochen war.

In der letzten Zeit hatten zahlreiche Fälle in meiner Vergangenheit ihren Ursprung gehabt. Da brauchte ich nur an Akim Samaran zu denken. Sollte dieser HCP möglicherweise von ihm geschickt worden sein? Es fiel mir schwer, dies zu glauben, denn Samaran war ein Typ, der selbst agierte und es nicht so heimlich versuchte. Zudem hatte er das nicht nötig, da er den Würfel besaß. Das heißt, er war in dem Quader eingeschlossen und verschwunden.

HCP war ein anderer.

Und das musste ich herausfinden.

Gremlins kannte er nicht. Aber er hatte von Geschöpfen gesprochen. Da gab es viele Figuren, Menschen und auch Monster. Ich rief mir seine Stimme noch einmal in Erinnerung. Sie hatte für meinen Geschmack nicht normal geklungen, sondern viel zu hoch und schrill, als hätte der andere unter Stress oder Nervosität gestanden.

Mensch, Dämon, normal, verrückt?

Diese Begriffe rasten durch meinen Kopf. Doch wer durfte in einer Zeit wie dieser schon darüber entscheiden, ob jemand normal oder verrückt war? Vielleicht waren heutzutage gerade die Verrückten die Normalen. Ich wollte darüber nicht den Richter spielen.

Außerdem, war ich eigentlich normal?

Nein, auch nicht mehr. Ich hatte mich einfach in meinen Wagen gesetzt und war losgefahren. Ohne ein Ziel zu haben, parkte ich hier noch immer, hatte mit einem Fremden gesprochen, der mich schon kannte, bevor ich noch geboren war.

Das war doch Irrsinn!

Früher hätte ich darüber gelacht. Mittlerweile dachte ich anders über die Phänomene, die im Endeffekt immer etwas mit Magie zu tun hatten. Und Magie war mein Geschäft. Da kannte ich mich aus. Also steckte ich, ohne es zu wollen, wieder einmal in einem gefährlichen Fall. Leider wusste ich nicht, wer mir das eingebrockt hatte und wer mein eigentlicher Gegner mit den Namen HCP war.

Ob ich hier einsam am Straßenrand parkte und über das Problem nachdachte oder mich zu Hause hinsetzte, war egal. Zu Hause hatte ich es bequemer. Ärgerlich war nur, dass mein unbekannter Gegner genau über mich Bescheid wusste und mich auch manipuliert hatte.

So etwas verursachte bei mir Magendrücken.

Ich wollte schon starten, als sich abermals das Autotelefon meldete. Diesmal schrak ich nicht zusammen. Beim dritten Summen nahm ich erst ab.

»Na, Sinclair?«

Es war wieder der Gleiche. Wie hätte es auch anders sein können! »Was wollen Sie jetzt noch?«

»Dich begrüßen.«

»Ach …« Da er nicht antwortete, redete ich weiter. »Haben Sie das nicht schon getan?«

»Auf gewisse Art und Weise schon. Nur wollte ich dich jetzt in meiner Welt begrüßen und dir ein herzliches Willkommen bieten. Wirklich, John Sinclair, herzlich willkommen!« Er lachte wie beim ersten Anruf, bevor er die Verbindung unterbrach.

Ich träumte nicht. Die beiden Anrufe waren echt gewesen. Allmählich gestand ich mir selbst eine gewisse Beklemmung oder ein Unwohlsein ein. Was man da mit mir trieb, gefiel mir überhaupt nicht. Ich kam mir vor wie eine Marionette, die ein mir völlig Fremder an den Fäden laufen ließ.

Er hatte mich bei sich begrüßt.

Welch ein Unsinn!

Einen leichten Stich spürte ich in meiner Brust. Und zwar dort, wo das Kreuz hing. Das machte mich misstrauisch.

Schulterzuckend fügte ich mich in mein Schicksal. Eigentlich war das, was ich getan hatte, blamabel, dennoch hatte ich gute Freunde, denen ich alles erzählen konnte, und ich wollte mit einem von ihnen sprechen.

Es war Suko, mein Kollege, Freund und Nachbar. Mit einem Blick auf die Uhr stellte ich fest, dass wir die Tageswende nicht ganz erreicht hatten. Vielleicht lag Suko noch nicht im Bett. Deshalb wählte ich seine Nummer an.

Erst als ich die letzte Zahl getippt hatte, presste ich den Hörer gegen mein linkes Ohr und musste überrascht feststellen, dass die Leitung tot war.

Das wunderte mich. Man hatte mich doch angerufen. Weshalb bekam ich keine Verbindung mehr?

Ich drückte auf die Gabel und wählte erneut.

Wieder kein Kontakt.

Das war schon seltsam. Mir fiel der zweite Anruf des Unbekannten wieder ein. Sollte dieser Kerl nicht nur mich selbst, sondern auch meine Umgebung manipuliert haben? Er hatte mich begrüßt. Ich hatte es für einen Witz gehalten. Plötzlich dachte ich anders darüber.

Sehen konnte ich nicht viel. Ich hatte mich auch nicht auf die Vorgänge außerhalb des Fahrzeugs konzentriert und wollte dies natürlich nachholen. Bevor ich die Wischer einschaltete, damit sie die Frontscheibe vom Schnee befreiten, schaute ich mich um.

Schon in der Drehung stellte ich fest, dass sich etwas verändert hatte.

Die nicht völlig mit Schnee bedeckten Scheiben gestatteten mir einen relativ guten Blick. Nur sah ich nichts. Nur die Dunkelheit, die wie ein fetter Film über der Straße lag, vorausgesetzt, es war die Straße, in der ich noch stand.

Ich schaltete die Wischer ein.

Zu Beginn hatten sie Mühe, die schweren Schneeschichten von der Scheibe zu putzen. Nach dem dritten Wischer war es ihnen gelungen, meine Sicht wurde besser und war nur mehr durch halbkreisförmige Schmierstreifen getrübt.

Ich öffnete die Augen weit.

Nicht, weil ich so vielleicht besser sehen konnte. Es war einfach die Überraschung, die mich so handeln ließ. Der andere hatte Recht gehabt. Ich befand mich nicht mehr dort, wo ich meinen Wagen abgestellt hatte, sondern woanders.

In einer fremden, düsteren Umgebung, wo alles anders war als auf dieser Londoner Straße.

HCP hatte mich in seinem Reich oder in seiner Welt begrüßt. Und verdammt noch mal, er hatte nicht gelogen …

Zum Glück war ich es gewohnt, mit magischen Phänomenen fertig zu werden und sie auch schnell zu verkraften. Ich schrie nicht, ich sprang nicht wie ein Wilder aus dem Wagen, sondern blieb starr sitzen und schaute in die Dunkelheit.

Nichts war zu sehen.

Kein Umriss, keine Gebäudekontur. Weder Bäume, Sträucher noch Straßen oder Wege.

Nur die Dunkelheit.

Allmählich verdichtete sich das ungute Gefühl. Dabei dachte ich automatisch über die Lösung des Problems nach, und ich wusste auch, was geschehen war.

Man hatte mich entführt!

Kein normales Kidnapping. Ein magisches, ein kaum merkbares. Hätte sich mein Kreuz nicht erwärmt, ich hätte überhaupt nichts davon bemerkt. So aber ging ich davon aus, dass ich mich in einer anderen Dimension oder in einem Zwischenreich befand.

In meinem Hals breitete sich das trockene Gefühl immer stärker aus. Hilflos kam ich mir nicht direkt vor, dennoch wäre es mir lieber gewesen, ich hätte noch in London gestanden.

Was konnte ich tun?

Aussteigen, meine Waffe nehmen, mir die Umgebung anschauen und darauf hoffen, dass sich der Unbekannte zeigte. Schließlich hatte er mich so nett begrüßt. Sicherlich wartete er auf mich, und ich war wirklich gespannt darauf, ihn kennenzulernen.

Ich wollte schon den Wagenschlag aufdrücken, als etwas anderes geschah. Die mich umgebende Stille wurde von einem mir bekannten Geräusch unterbrochen.

Es waren Schritte.

Zuerst vernahm ich sie nur mehr leise und leicht knirschend. Dann steigerte sich das Geräusch. Ich konnte es auch orten und stellte fest, dass Geräusche von rechts kamen und sich der Fahrerseite meines Bentley näherten.

Man wollte zu mir.

Ich bewegte den Kopf. Die Wassertropfen auf meinem Haar lösten sich und rannen mir in den Nacken. Von dort aus kalt über den Rücken. Dass ich so etwas noch spürte, war ein Beweis für mich, ein Mensch zu sein. So ganz hatte mich dieser andere nicht unter seine Kontrolle bekommen.

Die Scheibe war beschlagen. Ich wischte sie in Augenhöhe von innen sauber, um mehr sehen zu können. Die außen klebenden Tropfen verzerrten meine Sichtperspektive ein wenig, aber ich erkannte die beiden Schatten, die sich sogar in der Dunkelheit abhoben und langsam näher schlenderten.

Es waren zwei Männer. So viel konnte ich sehen.

Im Wagen war ich relativ wehrlos. Man konnte ja nie wissen, was die anderen wollten. Aus diesem Grunde öffnete ich die Fahrertür und stieg aus.

Ich wunderte mich über das Klima. Zwar war es kühl, aber ich spürte nicht mehr diese nasse Kälte, die mir in London den Schnee ins Gesicht gepeitscht hatte.

Mit dem Knie drückte ich die Wagentür wieder zu. Mit einem leisen Laut fiel sie ins Schloss.

Den beiden schaute ich entgegen. Die Beretta ließ ich stecken, ich wollte zunächst einmal sehen, mit wem ich es bei den Gestalten überhaupt zu tun hatte.

Mir fiel zuerst das matte Glänzen auf, das in Höhe ihrer Köpfe schimmerte. Was es war, wusste ich nicht, sah es aber Sekunden später, als ich erkannte, dass die beiden Typen Schirmmützen trugen. Wie die Polizisten …

Bald bestätigte sich meine Vermutung.

Es waren Polizisten!

Nun erkannte ich, dass die Dunkelheit nicht so schlimm war, wie ich sie mir zunächst vorgestellt hatte. Es war mehr ein dunkles Grau, das sich in dieser Welt ausgebreitet hatte.

Die Polizisten behielten ihre Richtung bei. Sie waren etwas kleiner als ich. Ihre Uniform ähnelte denen der New Yorker Cops.

Mal sehen, was sie wollten.

Leider hatten sie die Mützen tief in die Stirn gezogen, sodass ich von ihren Gesichtern nicht viel erkennen konnte. Das änderte sich erst, als sie vor mir stehen blieben.

Da hoben sie synchron die Arme. Zuerst hatte ich angenommen, dass sie ihre Waffen hervorholen würden. Ich irrte mich. Sie schoben nur ihre Mützen zurück.

Meine Sicht auf ihre Gesichter war frei.

Ich wollte die Augen schließen, weil ich an eine Halluzination oder an einen bösen Traum glaubte. Das gelang mir nicht. Es war einfach der innere Zwang, der mich dazu brachte, die beiden vor mir stehenden Typen anzuschauen.

Es waren Menschen, wenigstens vom Körper her. Ihre Köpfe konnte man nicht als menschlich bezeichnen.

Ich starrte auf zwei Echsenschädel!

Erst in diesem Augenblick wurde mir bewusst, was der unbekannte Anrufer damit gemeint hatte, als er von seinen Geschöpfen sprach. Zwei davon standen vor mir.

Die Überraschung hatte mich gelähmt, aber nicht meine Gehirntätigkeit ausgeschaltet. Mir war klar, dass ich mich tatsächlich in einer anderen Welt oder Dimension befand, wo diese Geschöpfe, die mir einen so großen Schrecken eingejagt hatten, eigentlich normal waren.

Ich stand noch immer mit dem Rücken gegen meine Bentley-Tür gelehnt und schaute nach vorn.

Echsenschädel!

Zwei ziemlich kleine Augen sah ich, mit tückischem Blick,

und ich erkannte ferner, dass aus den Ärmeln normale Hände hervorschauten.

Es waren halt nur die Schädel so anders.

Wie reagierten diese Geschöpfe oder Monstren? Menschlich vielleicht? Waren sie unter Umständen ebenso arm dran wie ich? Komisch, ich bekam sogar Mitleid mit ihnen.

Und konnten sie auch reden?

Das wollte ich herausfinden. Aus diesem Grunde sprach ich sie auch an. »Wer seid ihr?«

Sie hatten mich gehört. Schnauzen bewegten sich: »Wir sind Polizisten.«

»Das sehe ich. Und wo?«

»In unserer Welt.«

»Hat sie auch einen Namen?«

»Dämonia!«

Ich fiel von einer Überraschung in die andere. Dämonia! Diesen Namen hatte ich noch nie in meinem Leben gehört. Es gab unzählige Jenseitsreiche. Viele Dimensionen. Große, kleine, bewohnte und auch leere, aber keine hatte den Namen Dämonia gehabt.

Das war mir völlig neu.

»Dämonia also«, murmelte ich und sprach die beiden damit gleichzeitig wieder an. »Gibt es hier auch einen Herrscher, einen König vielleicht?«

»Ja.« Sie sprachen wieder synchron. »HCP.«

Abermals hörte ich die Abkürzung. Nahm das denn überhaupt kein Ende mehr? Allmählich wurde ich unruhig. »Wie heißt er wirklich?«

»Das werden wir dir nicht sagen.«

»Und weshalb nicht?« Ich sprach mittlerweile mit den Geschöpfen so, als wären sie normale Menschen.

»Er hat es uns verboten.«

Mehr brauchten sie mir eigentlich nicht über ihn zu sagen. Das konnte ich mir gut vorstellen. Er hatte es ihnen verboten. Wie ich sie einschätzte, würden sie sich daran auch halten.

»Gut, ich möchte ihn trotzdem kennen lernen. Könnt ihr mich zu ihm führen? Befindet er sich in dieser Welt?«

»Nein.«

Sie sprachen mit Stimmen, die zwar menschlich klangen, trotzdem aber abgehackt wirkten, als hätten sie große Mühe, die Worte überhaupt zu formulieren.

»Wo ist er denn?«

»Wir wissen es nicht.«

Allmählich wurde ich unruhig. Diese Welt Dämonia bereitete mir große Sorgen. Sie war eigentlich nicht existent, aber trotzdem vorhanden. Durch keinen mir bekannten oder von mir wahrgenommenen Vorgang hatte ich etwas von einer Zeitreise bemerkt. Ich war praktisch ohne Übergang in Dämonia gelandet.

Jetzt hing ich hier fest.

Natürlich waren die Polizisten nicht gekommen, um sich mir nur zu zeigen. Sie hatten bestimmt einen Auftrag auszuführen, auch in anderen Welten. Waren sie auch noch so fremd, herrschten bestimmte Gesetze. Ich wollte den Grund herausfinden.

»Weshalb seid ihr zu mir gekommen?«

»Wir haben einen Auftrag. Fremde, die nicht in Dämonia hineinpassen, müssen verschwinden. In diesem Reich gibt es nur das Gesetz des Stärkeren, so will es sein Erschaffer. Wer zu schwach ist, muss sterben. Vielleicht bist du an der Reihe.«

»Ah, ihr wollt mich töten?«

»Ja, es muss spannend bleiben.«

Spannend bleiben, hatten sie gesagt. Wie sollte ich das nun wieder auffassen? Allmählich hatte ich das Gefühl, in einer Klapsmühle zu stecken. »Für wen muss es spannend bleiben.«

»Für ihn und alle. Aber wir wollen nicht so viel reden. Es muss weitergehen.«

Diesmal hatte nur mehr der Linke von beiden gesprochen. Er handelte auch, bewegte ruckartig seinen rechten Arm und brachte die Hand in die Nähe seiner Revolverhalfter.

Auch der andere wollte ziehen.

Ich kam mir ein wenig vor wie im Wilden Westen und musste schneller als beide zusammen sein.

Den Linken sprang ich an. Er hatte seinen Revolver nicht

einmal bis zur Hälfte aus der Halfter bekommen, als ihn mein Hieb bereits traf. Nicht in das Echsengesicht bohrte ich meine Faust, weiter unten gelang mir der Treffer, und die Wucht schleuderte ihn auf den Rücken.

Der zweite Polizist hatte schon gezogen. Er befand sich in der Drehbewegung. Aus seinem flachen Krokodilmaul schoss zischend eine ätzende Dampfwolke, die mir entgegentrieb und die gleichzeitig von meiner schnell abgefeuerten Kugel durchstoßen wurde.

Sie traf den Schädel.

Direkt über der wie abgeschlagen wirkenden Schnauze hieb sie ihm zwischen die Augen, ließ ihn torkeln und gleichzeitig nach hinten fallen. Wo der Kopf einmal gewesen war, sah ich den Rauch und konnte mich dem zweiten Geschöpf zuwenden.

Es hätte eigentlich auf dem Rücken liegen müssen. Das war auch der Fall, nur verschwand es allmählich vor meinen Augen, und es löste sich auf eine für mich makabre Art und Weise auf.

Von seinem Oberkörper sah ich bereits nichts mehr. Der Kopf, die Schultern, der größte Teil seiner Arme, auch der Brustkasten, das war alles verschwunden.

Es blieben noch die Beine.

Und die verschwanden auch.

In einem schrägen Winkel glitten sie weg. Beim rechten Bein verschwand mehr als beim linken. Der Oberschenkel, das Knie und auch ein Teil des Schienbeins gerieten zuerst aus meinem Sichtbereich, während von dem anderen Bein noch fast alles vorhanden war.

Ich stand da und staunte. Selbst den Revolver, den das Monstrum trug, sah ich nicht mehr. Er hatte sich ebenfalls aufgelöst. An Wunder glaubte ich nicht, besonders dann nicht, wenn es sich um schwarze Magie handelte. Und die erlebte ich hier in Reinkultur.

Das rechte Bein war nicht mehr da, von dem linken nur noch die Hälfte, aber auch dieser Teil löste sich sehr schnell auf. Diesmal allerdings in einer anderen Richtung.

Von unten nach oben.

Da war von der Hacke nichts mehr zu sehen, da verschwand ein Teil des Fußes, und das alles lief in einem schrägen Winkel ab, manchmal auch verzögert, als hätte jemand einen großen Radiergummi genommen und wäre über den auf dem Boden Liegenden gefahren.

Ich stand da und staunte.

Wie hieß die Welt? Dämonia. Und sie machte ihrem Namen wirklich alle Ehre.

Hier regierte eine Kraft, von der ich nicht wusste, wer sie war, von der ich aber auch nur drei Buchstaben kannte.

HCP!

Was verbarg sich dahinter? Welche Energie, welcher Mensch oder welches Monstrum?

Auch der letzte Zeh war plötzlich nicht mehr zu sehen. Die Stelle, wo der Polizist mit dem Echsenkopf vor einer Minute noch gelegen hatte, war leer.

Und den anderen hatte ich mit meiner Silberkugel erledigt. Demnach funktionierte die Magie der Kugel auch in dieser Welt mit dem seltsamen Namen Dämonia.

Trotzdem wollte ich sie nicht mit den normalen Maßstäben eines anders dimensionierten Dämonenreichs messen. In dieser Welt stimmten die Gesetze der Dämonen überhaupt nicht mehr. Der zweite Polizist hätte die Chance gehabt, auf mich zu schießen. Normalerweise wäre dies auch geschehen. Diese andere Reaktion hatte meine Vermutung völlig über den Haufen geworfen.

Da konnte man nichts machen. Mir blieb nichts anderes übrig, als mich mit den Tatsachen abzufinden.

Ich ging zu dem anderen Polizisten. Grotesk sah er aus, da er noch immer seine Uniform trug. Der Schädel war von meiner Silberkugel zerstört worden. Nicht mal Asche sah ich. Da war überhaupt nichts mehr vorhanden.

Wie weggeputzt!

Ich bückte mich, wollte die Schulter anfassen, als ich das gleiche Phänomen wie bei dem ersten erlebte. Genau dort, wo ich sie hatte berühren wollen, griff ich ins Leere. Selbst die Uniform war nicht mehr vorhanden. Ich fasste blitzschnell weiter, und es gelang mir, das Gelenk an der rechten Hand zu umfassen.

Zwei Sekunden spürte ich zwischen meinen Fingern den Widerstand, dann verschwand die Hand, und ich griff ins Leere.

Ich erhob mich wieder. Mit einem brennenden Blick und mit einer Gänsehaut auf dem gesamten Körper sah ich zu, wie auch dieses Geschöpf allmählich verschwand.

Ich stand wieder allein. Mit der rechten Handfläche wischte ich durch mein Gesicht und über meine Augen. »Das ist doch der reine Wahnsinn«, ächzte ich. »So etwas kann es nicht geben.« Viel hatte ich in meiner Laufbahn erlebt, so etwas wie hier war mir noch nicht vorgekommen.

Wie konnte ich mich darauf einstellen?

Ja, ich musste mich einfach darauf einstellen. Da gab es eine Kraft, die Dämonia beherrschte und manipulierte. Sie sorgte dafür, dass die hier lebenden Geschöpfe zu »Schachfiguren« degradiert wurden. Die Kraft machte mit ihnen, was sie wollte. Ließ sie einfach entstehen und auch wieder verschwinden ...

Mit mir ebenfalls?

Es war kein guter Gedanke, der mich da überfallen hatte. Ich war in dieser Welt gefangen und musste mich den Gesetzen unterordnen.

Es muss spannend bleiben!

Dieser Satz fiel mir wieder ein. Was musste spannend bleiben? Und was war überhaupt spannend?

Ein Buch, ein Film, ein Fernsehspiel? Erlebte ich vielleicht etwas von diesen drei Dingen. Bewegte ich mich noch in der Realität?

Ich drehte den Kopf und schaute dorthin, wo mein Bentley stand. Ja, er war noch vorhanden. Plötzlich kam er mir vor wie ein guter Freund, auf den ich mich als Einzigen verlassen konnte.

Wenn er schon so einsam und verlassen vor mir stand, wollte ich ihn auch benutzen. Ich hatte ja keine Ahnung, wie groß diese seltsame Welt namens Dämonia war. Das war sowieso ein Problem bei diesen anderen Dimensionen. Man konnte sie räumlich kaum erfassen, weil dort nicht die gleichen Gesetze herrschten wie auf der Erde.

Länge, Breite, Höhe, das waren Begriffe, mit denen wir Menschen Räume beschrieben, aber in Dämonenreichen konnte dies alles auf den Kopf gestellt werden. Da brachen Welten zusammen oder dehnten sich aus, und man kam sich als Mensch so ungemein verloren vor.

Ich hatte die Tür nicht abgeschlossen, öffnete den Wagenschlag und wollte mich in das Fahrzeug drücken, als ich das harte und höhnische Lachen vernahm.

Wo es aufgeklungen war, konnte ich nicht feststellen, da es von allen Seiten kam.

Plötzlich brach es ab. Dafür vernahm ich die Stimme. »Willkommen in Dämonia, John Sinclair. Ich freue mich, dass du es geschafft hast, meiner Welt einen Besuch abzustatten. Du wirst die tollsten Dinge erleben. Wie man dir schon sagte, es muss spannend bleiben. Viel Spaß auf deiner weiteren Reise durch meine Welt …«

Damit verstummte die mir unbekannte Person. Ich hatte mich sehr auf die Stimme konzentriert. Jetzt, wo sie nicht mehr aus dem Telefonhörer zu mir gedrungen war, hatte sie sich klarer angehört. Dennoch konnte ich sie nicht identifizieren. Diese Stimme hatte ich noch nie in meinem Leben gehört.

Ich stieg ein und zog den Wagenschlag zu. Man hatte mich empfangen, man wollte, dass ich diese Welt durchforstete. Und den Gefallen wollte ich dem Unbekannten gern tun.

Dämonia wartete auf mich …

Er war in den Jahrzehnten äußerlich gealtert. Sein Haar hatte längst nicht mehr den gesunden braunen Farbton. Es war weißgrau geworden und auch schütter.

Dennoch hatten die Jahre das innere Feuer, das in ihm brannte, nicht löschen können. Die Flamme war nicht mal kleiner gestellt worden. Sie brannte weiter. Vielleicht sogar mit einer größeren Intensität als zuvor.

Und es war ihm gelungen, seine Arbeit zu beenden. Doch niemand hatte sie haben wollen. Die Verlage lehnten ab, er hatte sich die Füße wund gelaufen, traf immer nur auf die Arroganz gewisser Redakteure, die die Zeichen der Zeit nicht erkannten.

Auch an Harold Cecil Painter war dies nicht spurlos vorübergegangen. Zu einer anderen Arbeit konnte er sich nicht durchringen, dazu war er auch nicht fähig, und so war ihm allein das Zeichnen geblieben.

Natürlich musste er leben. Mehr schlecht als recht brachte er die Jahre hinter sich, vergrub sich in einem alten Haus in der Londoner City. Das Haus gehörte einer Frau, die man schon als Greisin bezeichnen konnte und die ein Faible für Bilder hatte. Jeden Monat bekam sie eines von ihm, dafür durfte er frei wohnen.

Das Bild malte er immer in wenigen Stunden. Mehr Mühe gab er sich mit seiner Geschichte, die er endlich fertig gestellt hatte.

Vor ihm lag ein dickes Album. Seite für Seite hatte er bemalt, jedes Detail wunderbar hinbekommen, und seine Schöpfungen, vermischt mit Menschen, die in der Realität lebten, waren zu einem kleinen Kunstwerk geworden. Er selbst hatte das Album binden lassen, und er selbst hatte es auch der schwarzen Magie geweiht.

Sie war seine Zuflucht geworden. Im Laufe seines langen Lebens hatte er darüber immer intensiver nachgedacht, auch über seine Anfänge als Zeichner. Er hatte sich immer gefragt, wieso es sein konnte, dass ihm der Name John Sinclair eingefallen war.

Jahrelang war ihm dies ein Rätsel geblieben, bis er etwas über einen John Sinclair gelesen und sogar ein Bild von ihm in der Zeitung gesehen hatte.

Dann war es schlagartig über ihn gekommen.

Dieser Mann stimmte mit dem in seinem Comic haargenau überein. Es musste ihn demnach eine Art Vorsehung überfallen haben, und genau darüber wollte er mehr wissen.

Es war der Teufel selbst, der sich bei ihm meldete und ihm mitteilte, dass HCP in seinem bisherigen Leben von der Hölle manipuliert und geleitet worden war, ohne dass er es selbst bemerkt hatte.

»Dämonia hast du gezeichnet«, hatte ihm der Höllenfürst gesagt. »Tatsächlich aber ist es meine Erfindung. Ich habe dir die Begabung gegeben. Ich habe dich zu einer Zeitbombe der Hölle gemacht. Jetzt ist die Zeit gekommen, dein Comic wird zur Todesfalle für den, den ich mehr hasse als alles andere in meinem Leben: John Sinclair! Ich konnte seine Geburt nicht verhindern, aber ich habe dir einen Hinweis gegeben. Es existieren Möglichkeiten, um ihn, den Geisterjäger, auszuschalten. Er soll sich darüber wundern, wie viele Gegner noch im Verborgenen schlummern, das kann ich versprechen. Du bist einer von ihnen. Dämonia wartet …«

Nach diesem klärenden Gespräch war Painter zu einem anderen geworden. Da kein Mensch mit ihm etwas zu tun haben wollte, hatte er sich voll und ganz dem Teufel verschrieben.

Was er zum Leben brauchte, bekam er. So konnte er sich voll und ganz auf seine Arbeit konzentrieren und das gewaltige Werk Dämonia schaffen. Eine trotz der guten Zeichnungen an sich tote Geschichte. Dank der Hilfe des Teufels hatte er sie mit Leben füllen können. In einer nicht weltlichen Dimension wurden seine Zeichnungen zu einer grausamen Wahrheit.

Noch immer besaß er sein altes Zeichenbrett. Davon konnte er sich nicht trennen, und es stand neben dem schrägen großen Dachfenster, dessen Fläche einen besonders guten Lichteinfall garantierte.

HCP hatte das Buch aufgeschlagen. Er schaute auf eine Szene, wo zwei Polizisten gemalt worden waren und auf einen silbergrauen Wagen zuschritten.

Einen echten Wagen.

Und das war teuflisch an dieser Sache. Comic und Realität

gingen eine nahezu perfekte Mischung ein. Der Mensch John Sinclair, der sich in einer anderen Dimension bewegte, erlebte seine Abenteuer gleichzeitig innerhalb des Comics und konnte von dessen Erfinder haargenau beobachtet werden. Über dieses Phänomen dachte Painter erst gar nicht näher nach. Er nahm es einfach hin.

Und er freute sich diebisch darüber, wie er die Verlegenheit des John Sinclair bemerkte. Er hatte zweimal mit ihm auf magische Art und Weise gesprochen und ihn schon in Erstaunen versetzt, doch mit jedem Schritt, den Sinclair in diese von Painter geschaffene Welt tat, würde sein Erstaunen oder seine Angst wachsen.

Sinclair sollte erleben, wie Comicfiguren lebendig werden konnten, ohne dass sie als solche erkannt wurden.

Dämonia riss alles an sich!

Was um ihn herum geschah, bemerkte er nicht. Sein Blick war allein auf die Zeichnung gerichtet und auf die Gestalt, die sich zwischen ihnen bewegte.

Sinclair kämpfte auch. Painter sah, wie er einen Polizisten kurzerhand niederschoss. Dieses Echsenwesen hatte ihn angreifen wollen. Der Geisterjäger reagierte richtig.

Ja, so würde die Geschichte weitergehen. Eine Figur war ausgeschaltet, aber HCP wollte dem Geisterjäger noch eine Überraschung bereiten. Als Schöpfer der Figuren konnte er mit ihnen anstellen, was er wollte. Er konnte sie leben, aber auch sterben lassen. Seiner Ansicht nach hatten die Figuren lange genug gelebt, und Sinclair würde die Zeichnungen und den Fortlauf der Geschichte durch eine Aktion sowieso verändern.

Es musste spannend bleiben …

Und es blieb spannend.

Als bestünde der Radiergummi aus Gold, so vorsichtig hob Painter ihn an und balancierte ihn zwischen Daumen und Zeigefinger. Der Gummi war eine Spezialanfertigung. Damit konnte er auch eingefärbte Szenen wegradieren.

Und das tat er. Er radierte über das Papier.

Mit glänzenden Augen schaute er zu, wie der Polizist mit

dem Echsenkopf auf einmal nicht mehr vorhanden war. Sinclair stand daneben, schaute zu und wunderte sich.

Painter lachte glucksend. Für ihn war es das Höchste überhaupt, einen Menschen so an den Rand des Schreckens zu bringen. Eine Erklärung würde Sinclair nicht finden, und es sollte auch noch lange dauern, bis Painter ihm eine lieferte.

Wenn überhaupt ...

Schließlich war es viel besser, die Personen durch Andeutungen zu verunsichern.

Er lachte den Geisterjäger aus. Dabei hatte er sich vorgebeugt und lachte in das Blatt hinein, das wie ein Schalltrichter wirkte, das Gelächter verstärkte und von John Sinclair vernommen wurde. Das sah Painter an dessen Reaktion.

Danach sprach er mit ihm.

Er verhöhnte ihn, und er gab wieder ein wenig von dem großen Geheimnis der Welt Dämonia preis.

Mehr wollte er nicht.

Seinen Hocker besaß er nicht mehr. Dafür einen bequemen Stuhl mit einer gepolsterten Rückenlehne. Da lehnte er sich gegen, atmete tief durch und starrte gegen die hohe Decke des Zimmers.

Achtundsechzig Jahre war er jetzt genau. So lange hatte es bis zum endgültigen Sieg gedauert. Er schüttelte darüber den Kopf, sagte sich gleichzeitig, dass der Teufel eines besonders viel hatte.

Das war Zeit.

Er ließ sich von einem Menschen nichts diktieren. Der Satan war es, der die Dinge selbst in die Hand nahm, sie entweder forcierte oder sie verlangsamte.

In diesem Fall hatte er sehr lange gebraucht.

Den Geisterjäger wollte Harold Cecil Painter zunächst einmal für eine Weile vergessen. Sollte der doch versuchen, sich in Dämonia zurechtzufinden; falls er es nicht schaffte, sollte er krepieren. Erst wenn es wirklich interessant wurde, wollte Painter wieder eingreifen.

Painter rutschte vom Hocker. Seine Knochen waren alt und

müde geworden. Vom langen Sitzen auch steif, und so musste er sich zunächst einmal kräftig recken, um wieder ein wenig Geschmeidigkeit in seine Gelenke zu bekommen. Anders sah es mit seinen Händen aus. All das, was er auf das Papier brachte, war mit Leben erfüllt. Den Fingern hatte das Alter nichts anhaben können. Sie waren nach wie vor sehr geschmeidig.

Die alten Möbel hatte er sich nicht selbst ausgesucht. Sie gehörten der Besitzerin dieses Hauses und waren in den Anfängen des Jahrhunderts hergestellt worden.

Über einer Vitrine hing ein Spiegel. Immer wenn Painter den Raum betrat, konnte er sich in der Fläche sehen. Auch jetzt entdeckte er sich wieder, schaute in sein Gesicht, sah die bleiche, weich gewordene Haut und die Tränensäcke unter den Augen. Sein weißes Haar ließ sich wieder einmal nicht bändigen. Es hing in die Stirn und bedeckte auch die Ohren. Auf der Kopfplatte dagegen war es dünn geworden und zeigte nur mehr einige zusammengewachsene Strähnen.

Fast siebzig Jahre alt hatte er werden müssen, um einen Erfolg zu erzielen. Und den wollte er mit Hilfe seines großen Beschützers auskosten.

Ein Rattern schreckte ihn aus seinen Gedanken. Er kannte das Geräusch. Immer wenn die Besitzerin zu ihm kam, fuhr sie mit dem alten Gitteraufzug hoch.

Wenn es dreimal hintereinander ratterte, wusste Harold, dass der Aufzug sein Ziel erreicht hatte.

Wie immer zählte er mit, und wie immer hörte er das Schleifen, als die Gittertür aufgezogen wurde. Wenig später vernahm er die Schritte.

Mrs Redford hatte die Angewohnheit, nie zu klopfen. Auch jetzt zog sie die Tür einfach auf und krächzte ihr »Guten Morgen, mein Lieber.«

Painter drehte sich um. »Ja, ich grüße Sie.«

Die Frau betrat das Zimmer. Sie ging gekrümmt. Die Gicht machte ihr zu schaffen. Das Haar hielt sie zumeist unter einem Kopftuch versteckt. Wenn sie ausging, streifte sie die Perücke über. Ihr Gesicht war eine verkniffene Mischung aus

Falten und Muskeln. Der gelbliche Ton ihrer Haut ließ auf einen Leberschaden schließen. Daraus machte sie sich aber nichts. Sie musste man erst totschlagen. Freiwillig verschwand sie nicht von dieser Welt.

Dicht vor dem großen schrägen Dachfenster blieb sie stehen und schaute in den grauen Himmel. »Es will einfach nicht …« Sie schüttelte den Kopf. »Aber Ihnen macht das wohl nichts aus, wie?«

»Nein, Mrs Redford.«

Die Frau drehte sich kichernd um. Ihr hagerer Finger deutete auf Painters Brust. »Wissen Sie eigentlich, weshalb ich gekommen bin?«

»Ja, Sie wollen sich die Miete abholen.«

»Richtig. Wir haben die Monatsmitte, und da wird es Zeit, dass Sie Ihren Wohnzins zahlen!«

»Sie wissen doch, dass ich Ihnen nichts schuldig bleibe, Mrs Redford.«

»Beschwören Sie's nicht. Ich habe schon öfter auf meine Miete warten müssen.«

Painter war auf einen Schrank zugegangen. Daneben blieb er gebückt stehen und hob das neue Gemälde hoch, das zuvor an der Schrankecke gelehnt hatte. »Dafür sind die Bilder dann immer besonders gut gewesen.«

»Das rechne ich Ihnen auch hoch an.«

Er legte das Bild auf den ovalen Nussbaumtisch. »Haben Sie eigentlich noch Platz, Mrs Redford?«

Die Frau reagierte bissig. »Sie wollen wohl nicht mehr malen, wie?«

»Das habe ich nicht gesagt.«

»Aber gedacht!«, sagte sie krächzend und drohte mit ihrem mageren Finger. »Sie sind auch nicht mehr der Jüngste, zudem ein armer Schlucker. Verderben Sie es sich nicht mit mir!«

»Wie käme ich dazu?«

»Dann zeigen Sie mir endlich das Bild!«

»Sehr gern, Mrs Redford.« Bisher war das neue Gemälde in ein Tuch eingewickelt gewesen. Jetzt zog er es mit einer heftigen Bewegung ab und schleuderte es zur Seite, wie ein Torero seinen roten Kampfmantel.

»Neiinnnn!« Die Alte schrie und schüttelte sich. »Das ist doch nicht wahr!«

»Wieso?«, fragte Painter scheinheilig.

»Haben Sie das gemalt?«

»Und sogar signiert.«

Die Frau schluchzte auf. »Wie konnten Sie mir das antun? Das ist ungeheuerlich. So etwas kann ich mir nicht aufhängen. Nein, was soll mein Besuch denken, wenn wir Bridge spielen?«

»Mögen Sie den Teufel nicht, Mrs Redford?«, erkundigte sich HCP mit leiser Stimme.

Die Frau öffnete den Mund. »Das soll der Teufel sein?«

»Sehr richtig.«

»Ich kann es nicht glauben. Nein, niemals. Der Teufel sieht anders aus!«

»Wie denn?«

Die Frau begann zu stottern und schnappte nach Luft wie ein Fisch an Land. »Wo ist der Pferdefuß, wo ist der Schwefelrauch, der ihn umgibt ...«

»Das braucht nicht zu sein. Ich habe ihn so gemalt, wie ich ihn sehe. Mit einem fellbedeckten Gesicht, Hörnern, die aus der Stirn wachsen, den breiten Nasenlöchern, dem bösen Mund ...«

»Hören Sie auf! Vernichten Sie das Bild! Ich will es nicht haben. Sie werden mir ein neues malen.«

»Im nächsten Monat.«

Mrs Redford schaute den Maler so scharf an, als wollte sie ihn erdolchen. »Nein, heute noch setzten Sie sich hin. Ich will ein Frühlingsbild haben. Mit vielen Blumen darauf, aber nicht den Teufel!«

»Der Satan ist zeitlos ...«

»Das ist mir egal. Bei ihm lande ich noch früh genug. Vernichten Sie das Bild und zeichnen Sie einen Ersatz.«

»Was ist, wenn ich es nicht tue?«

Die Alte begann schadenfroh und krächzend zu lachen.

»Sie wagen es, mir so etwas zu sagen? Sie sind ein armer Schlucker, der es nicht verstanden hat, aus seinen Talenten Geld zu machen. Sie leben praktisch von meiner Gnade. Wenn ich kein neues Bild bekomme, werfe ich sie raus aus der Wohnung! Verstanden?«

»Sie haben laut genug geredet, Sie Giftnudel!«

Nach dem letzten Wort schnappte Mrs Redford nach Luft. So etwas hatte ihr noch niemand gesagt. Giftnudel. Sie wusste überhaupt nicht, was sie darauf antworten sollte.

Das war ungeheuerlich!

Harold Cecil Painter, der sich voll auf den Teufel verließ, nutzte die Chance. Ehe sich seine Wirtin noch erholt hatte, nahm er das Bild und klemmte es ihr unter den Arm. »Und jetzt verlassen Sie das Zimmer!«, sagte er und schob sie auf die noch offen stehende Tür zu. »Gehen Sie und kommen Sie vorerst nicht wieder! Das Bild hängen Sie sich am besten ins Schlafzimmer, denn Sie passen zum Teufel wie die Faust aufs Auge.«

Um nicht zu stolpern, musste die Frau dem Druck der schiebenden Hände nachkommen.

Sie ging auch. Erst im Flur kam sie wieder zu sich. Painter hatte die Tür geschlossen, stand dahinter, grinste böse und hörte die Alte toben.

»Das werden Sie noch bereuen!«, keifte sie. »Ich lass Sie feuern. Ich komme mit der Polizei zurück. Ich schmeiße Sie raus aus meinem Haus. »Das hat man von seiner jahrelangen Gutmütigkeit. Nichts als diesen verdammten Ärger mit den Kerlen …«

Painters Grinsen wurde breiter. Dieses Weib hatte es gerade nötig, auf die Männer zu schimpfen. Nur drei Jahre war sie verheiratet gewesen, dann war ihr Mann verschwunden. Mitten in der Nacht war er aufgestanden und gegangen. Für immer. Wahrscheinlich lebte er anderswo in Freude und Frieden.

Das Toben der Giftnudel ebbte allmählich ab. Harold hörte ihre Schritte, die sich in Richtung Aufzug bewegten.

Jetzt konnte sie die Zimmertür nicht mehr im Blickfeld

haben. Trotzdem war der Maler vorsichtig, als er sie aufzog und durch den Spalt in den Flur peilte.

Er sah sie vor dem Aufzug stehen. Das Bild hatte sie mitgenommen. Um es zu zerstören, war sie einfach zu geizig. Vielleicht würde sie versuchen, es irgendwo zu verkaufen, wie sie es schon mal mit Bildern getan hatte, die ihr nicht gefielen.

Sie schaute nicht mehr zur Zimmertür zurück. Dafür streckte sie ihren linken Arm aus und bekam den Griff der Fahrstuhltür zu fassen. Ruckartig zog sie das Gitter auf.

Sie sagte noch etwas, machte den ersten Schritt – und schrie ...

Es war ein gellender Schrei der Angst, er rollte durch das Haus, dann wurde er leiser und leiser.

Zusammen mit einem klatschenden Aufprall brach er ab.

Stille senkte sich über das Treppenhaus. Sie hielt wenige Sekunden an, bis sie vom Pfeifen des Malers unterbrochen wurde, als dieser sein Zimmer verließ.

Gemächlich schlenderte er auf den Aufzug zu. Die Tür stand offen. Und offen war auch die Plattform. Sie hing noch in der Verankerung, ansonsten hatte sie eine schiefe Ebene gebildet, über die Mrs Redford gerutscht und in die Tiefe gefallen war.

Zwei Etagen!

Der Maler musste sich bücken und den Kopf schief legen, um sie sehen zu können. Er hatte noch gute Augen, zudem brannte das Licht, und er sah den Körper in einer schiefen Haltung wie am Boden festgeklebt.

Das Bild hielt die Frau noch immer unter den Arm geklemmt. Die bemalte Seite zeigte schräg nach oben. Dabei glaubte HCP zu sehen, dass sich das Gesicht des Teufels zu einem wissenden, satten und gleichzeitig zufriedenen Grinsen verzogen hatte.

Und auch Painter grinste.

An diesem Tage lief wirklich alles optimal ...

Auch jetzt, als ich wieder in meinem Bentley saß, konnte ich noch immer nicht fassen, dass etwas Unwahrscheinliches hinter mir lag. Ich blickte noch einmal durch die Seitenscheibe nach draußen und sah die Stelle auch weiterhin völlig leer.

Ein Spuk war es nicht gewesen, und ich rechnete fest damit, dass diese Welt Dämonia noch einige andere Überraschungen für mich bereithielt. Böse Dinge, die mich wahrscheinlich das Leben kosten konnten. Die beiden Polizisten waren nur der Beginn gewesen.

Ich spekulierte auch über das Phänomen Zeit. Mitten in der Nacht war ich verschwunden. Hier würde die Zeit sicherlich anders ablaufen. Ob schneller oder langsamer, das wusste ich nicht, jedenfalls mit irdischen Maßstäben nicht zu vergleichen.

Zum Glück war die Technik nicht von der Magie besiegt worden. Sie spielte nach wie vor mit, denn der silbergraue Bentley sprang sofort an, als ich den Zündschlüssel drehte.

Auch die Scheinwerfer schickten ihren weißgelben Teppich in die Dunkelheit. Das reichte mir noch nicht. Ich schaltete das Fernlicht ein und entdeckte am Ende der ausufernden Strahlen einen Schatten. Das musste eine Wand oder ein Wald sein. Vielleicht auch ein breites Gemäuer, ich würde es schon früh genug sehen.

Langsam fuhr ich an. Das Gelände war glatt. Es erinnerte an einen normalen Waldboden, wie ich ihn aus der Londoner Umgebung her gewohnt war. Und auch der sich im Fernlicht abzeichnende Wald konnte ebenso gut auf der Erde wachsen.

Steckte ich möglicherweise gar nicht in einer anderen Welt oder Dimension? Hatte mir dieser Unbekannte nur etwas vorgemacht? Einen Wegweiser oder einen anderen Hinweis, der meine Vermutung untermauert hätte, entdeckte ich nicht. Nur die Außenseite des Waldes wurde vom Licht der langen, hellen Lanzen berührt.

Er wirkte gespenstisch. Tot und abgestorben, ohne das satte Grün des späten Frühlings oder des Sommers. Ein kahl wirkendes Gelände, obwohl die Bäume ziemlich dicht beieinander standen, sodass sich ihre Zweige berührten.

Ich sah auch dichtes, sperriges Unterholz. Es hatte sich aus abgefallenen Zweigen und Ästen gebildet. An diesem Wald war eigentlich nichts Besonderes, dennoch wollte ich ihn mir genauer anschauen, lenkte den Wagen nach rechts und schaltete vom Fernlicht um auf die normale Beleuchtung. Der Wagen stand jetzt so, dass seine Lichter in den Wald hineinleuchteten.

Ich stieg aus.

Da ich den Motor ausgeschaltet hatte, umgab mich diese drückende nächtliche Stimme, die nicht ein einziges Mal vom unheimlich klingenden Ruf eines Käuzchens unterbrochen wurde.

Nur meine Schritte vernahm ich, als ich langsam auf den Waldrand zuschritt.

Und dann sah ich etwas.

Links von mir, noch im Restlicht des Scheinwerfers, wuchs es als halbrunder Gegenstand aus dem Boden. Zuerst wusste ich nicht, um was es sich handelte. Ich ging näher, blieb davor stehen, und meine Augen weiteten sich.

Mit einem skelettierten Schädel hatte ich nicht gerechnet! Seine obere Hälfte schaute aus dem Boden. Er musste schon sehr lange hier liegen. Seine Knochen waren total ausgebleicht. Es hatte keinen Sinn, den Menschenschädel auszubuddeln, ich wollte mich um andere Dinge kümmern. Wahrscheinlich lauerten die nächsten Überraschungen im Innern des Waldes.

Zuvor ging ich zu meinem Wagen zurück. Ich öffnete den Kofferraum und auch den Deckel des darin liegenden Einsatzkoffers. Dort befanden sich einige Waffen, die ich noch an mich nehmen wollte.

Ich entschied mich für den Bumerang, steckte auch die Gemme ein, noch ein Ersatzmagazin mit geweihten Silberkugeln und bewaffnete mich noch mit der Eichenbolzen verschießenden Druckluftpistole. So etwas tat ich selten, aber in dieser Welt hatte ich einfach zu wenig Anhaltspunkte und fühlte mich so unwohl, dass ich dafür kaum Worte fand.

Ich schlug die Haube wieder zu und drehte mich dem Wald zu.

Schon hörte ich das Geräusch.

Irgendwo in der Dunkelheit zwischen den Bäumen war es aufgeklungen. Mehr ein Knurren, vermischt mit einem heiseren Fauchen, und auch ein schlürfendes Geifern vernahm ich.

Unbekannt war es mir nicht. Diese Laute hatte ich schon des Öfteren vernommen. Und zwar immer dann, wenn ich gegen Wölfe oder dämonisch beeinflusste Raubtiere kämpfte.

Wölfe, das konnten auch Werwölfe sein.

Um kein Ziel abzugeben, bewegte ich mich nach rechts, sodass ich außerhalb des Lichtscheins geriet. Da blieb ich zunächst einmal stehen und beobachtete den Waldrand.

Wenn es tatsächlich Wölfe waren, so konnten sie vieles. Sich aber nicht lautlos bewegen.

Ich hörte sie gehen!

Das leise Knacken, Knirschen und Brechen zeigte mir an, dass die Tiere durch den Wald schlichen. Es mussten mehrere sein, denn die Geräusche erreichten mich aus verschiedenen Richtungen. Zwar glaubte ich, in der Dunkelheit Bewegungen zu sehen, das war aber nicht sicher. Dafür entdeckte ich die Augen.

Mehrere Paare, die mich anstarrten und wie blasse, gelbliche Halbmonde wirkten, die wie nachgezeichnet in der Luft zu stehen schienen.

Auch solche Augen hatte ich schon bei Werwölfen entdeckt. Ich kannte auch deren dämonische Mentalität. Sie, die Veränderten, konnten es kaum abwarten, bis sich die Finsternis über das Land gelegt hatte. Dann nämlich gingen sie auf Jagd.

Sie suchten sich Menschen aus.

Ich war ein Mensch und rechnete damit, dass sie mich auch angreifen würden.

Aber mit geweihten Silberkugeln ließen sich Werwölfe nicht nur stoppen, auch vernichten.

Deshalb hielt ich die Beretta schussbereit. Wenn sie kamen

und mich angriffen, würde ich schießen. Dann war ich gespannt, ob wieder das Gleiche passierte wie bei den veränderten Polizisten.

Aus den lauter werdenden Geräuschen entnahm ich, dass sich die Tiere in meine Richtung bewegten. Mit ihren Pfoten schoben sie schon das Unterholz zur Seite oder zerdrückten es durch ihr Gewicht.

Schon sah ich den Schatten.

Der Wolf ging auf allen vieren. Er hatte sich nicht aufgerichtet wie ein zum Angriff bereiter Werwolf. Dafür reagierte er wie ein normales Tier. Er ließ den Waldrand hinter sich und geriet sogar in den Bereich der Autoscheinwerfer.

Er blieb stehen.

Es war ein prächtiges Tier. Dunkelbraunes Fell, ein stolzer Kopf, eine etwas langgezogene Schnauze und mit kräftigen Sprungmuskeln ausgestattet.

Wir starrten uns an.

Der Wolf wich meinem Blick nicht aus. Seine Raubtieraugen wirkten dabei so kalt und unpersönlich wie meine Berettamündung. Es war für mich nicht zu erkennen, ob er einem Instinkt folgen oder mich in Ruhe lassen würde.

Auch ich tat nichts. Solange mich dieses Tier nicht angriff, brauchte ich nicht zu schießen.

Es akzeptierte mich. Vielleicht war es der Leitwolf. Jedenfalls schüttelte er sich plötzlich, drehte nahezu träge um und verschwand wieder im Wald.

Ich entspannte mich ein wenig. Auch mein rechter Arm sank nach unten.

Hatte ich schon gewonnen? Erleichtert ließ ich die Luft über meine Lippen fließen und konnte nur mehr warten, was noch geschah.

Gar nichts geschah. Das überraschte mich positiv. Die Wölfe blieben weiterhin im Wald. Ich hörte sie. Manchmal gaben sie Geräusche von sich, die an ein heiseres Bellen erinnerten.

Von meinen Ausflügen in andere Welten oder Dimensionen war ich es gewohnt, dass mir meine Gegner die Initiative aufzwangen. So war es zu Beginn auch hier gewesen, nun aber stand ich allein da und musste zusehen, wie ich weiterkam.

Dass der vor mir liegende Wald von Wölfen bewohnt war, wusste ich jetzt. Ich brauchte ihn also nicht zu durchsuchen. Aber in dieser Welt musste es außer einem Wald auch noch etwas anderes geben. Vielleicht sogar eine Stadt, Hügel, Berge, Täler und Monstren und Geschöpfe, die auf mich lauerten, wie mir die Stimme versprochen hatte.

Hier fand ich sie wohl nicht.

Aber da war noch der bleiche, aus dem Boden ragende Schädel. Sollte er vielleicht eine besondere Eigenschaft besitzen?

Ich ging wieder zu ihm.

Verändert hatte er seine Lage nicht. Nach wie vor schaute er schräg aus dem Boden. Als ich mit dem gekrümmten Finger gegen ihn schlug, vernahm ich ein hohl klingendes Geräusch.

Nichts zu machen …

Meine Beklemmung war allmählich gewichen. Ich begann damit, mich in dieser Welt zurechtzufinden. Ich verspürte auch keine Angst mehr davor, sie zu erforschen.

Wieder mit dem Auto.

Es begann, als ich einsteigen wollte. Ein hoher, pfeifend schriller Laut erreichte mich. Das war kein Wolf, der so geschrien hatte. Ich schaute in die Dunkelheit über mir und sah den Schatten.

Er wirkte mit seinen gewaltigen Schwingen wie ein Teufelsrochen. Das war er nicht, denn wir befanden uns nicht unter Wasser. Eine Fledermaus flog so tief vorbei, dass mich der von ihren Schwingen verursachte Windzug streifte und über mein Gesicht fuhr.

Dann war sie vorbei.

Ich drehte mich noch um, schaute ihr nach, hörte sie noch einmal schrill schreien und stieg wieder in meinen Wagen.

Noch hielten sich die Überraschungen in Grenzen. Das konnte meinetwegen auch so bleiben.

Mit diesem Gefühl startete ich zur nächsten Erkundungsfahrt ...

HCP rieb seine Hände und atmete auf. Dieses zänkische Weib war er los. Und Mrs Redford war genau zum richtigen Zeitpunkt gestorben. Jetzt konnte ihm keiner mehr ins Handwerk pfuschen. Er hatte Ruhe, um seine Arbeiten fortzuführen und zu vollenden.

Natürlich würde es Probleme geben. Schwere sogar, denn Mrs Redford hatte einige Bridge-Tanten gehabt, die ihre Partnerin sicherlich vermissen würden. Zum Glück erst in den nächsten Tagen, wenn sie sich wieder trafen. Bis zum Freitag hatte er Ruhe.

Painter war in den Keller gestiegen. Die Tote, die er aus dem Fahrstuhl befreit hatte, trug er auf der Schulter. Im Keller roch es muffig, und aufrecht stehen konnte Painter nicht, da die Decke zu niedrig war. Einige Winkel und Nischen boten sich als Versteck für die Leiche an.

Er legte sie in die entfernteste Ecke. Noch einmal sah er ihr bleiches Gesicht. Noch im Tod waren die Züge verzerrt und schmerzgezeichnet.

»Das hättest du dir alles sparen können, alte Giftnudel!«, flüsterte er. Painter war davon überzeugt, dass sich der Teufel auf seine Seite gestellt und ihm geholfen hatte. Dass die Plattform des Fahrstuhls nach unten gefallen war, konnte man nicht als Zufall bezeichnen. Dahinter steckte schon die Hand des Satans.

Er ließ die Leiche los. Sofort sank die Tote zusammen. In einer gekrümmten Haltung blieb sie liegen. Mit der rechten Schulter stieß sie dabei gegen die Kellerwand.

Abermals rieb sich der Mann die Hände. »Das war's dann«, kicherte er, drehte sich um und gönnte der Toten keinen Blick mehr. Sie interessierte ihn einfach nicht.

Geduckt schritt er den gleichen Weg zurück. Er nahm auch die Nottreppe bis zu seiner Etage und fühlte sich mit jedem Schritt, den er zurücklegte, glücklicher. Er hatte sich eines

Problems entledigt. Dieses Weib würde ihm nicht mehr gefährlich werden. Zudem gehörte ihm jetzt das Haus. Er konnte schalten und walten, wie er wollte.

Sein Atelier sah er mit anderen Augen. Endlich brauchte er auch nicht die Tür zu schließen. Störungen würde es nicht mehr geben, und er konnte sich intensiv mit dem Fortgang der Comicgeschichte beschäftigen.

Eigentlich war sie ja fertig. Er hatte sie bis zum negativen Ausgang des Finales gebracht, aber der letzte Pfiff fehlte noch. Painter musste sich umstellen, wenn er eine neue Person mit in die Geschichte hineinbrachte. Und diese Person, die ja lebte, sollte all den Horror zu spüren bekommen, den er in seinem Album verewigt hatte.

Vor dem schrägen Zeichenbrett blieb er stehen. Er hatte die Unterlippe vorgeschoben und die Augen verengt, als er auf die Bilder starrte. Bisher war noch nicht viel passiert. Sinclair bewegte sich zwar durch eine düstere Landschaft, musste die Umgebung als Bedrohung empfinden, nur wurde er nicht angegriffen. Die andere Macht hielt sich noch zurück. Seine Geschöpfe wollten nicht so recht.

Das würde sich ändern!

Harold Cecil Painter schaute noch einmal genau hin. Er grinste breit und nahm seinen schmalen Stift an sich. An den Zeichnungen würde er etwas verändern. Er wollte den Schrecken mehr verdeutlichen, und Sinclair musste sich darin wie in einem Netz fangen.

Er zeichnete mit Tusche. Für einen Augenblick war er unschlüssig, wo er beginnen sollte. Eigentlich musste es mit einem richtigen Paukenschlag anfangen.

Sinclair sollte aus dem Zittern nicht mehr herauskommen. Wenn Painter jetzt zeichnete, würde der Teufel seine Hand führen, und das war gut so. Aus toter Materie, aus einfachen Bildern würden lebende Szenen werden, in denen sich die Gefahr verdichtete und schließlich eskalierte.

Plötzlich hatte er den Beginn gefunden.

Es war eine der kleinen Boxen. Eigentlich war in ihr nicht viel zu sehen.

Eine schwarze Wolkenwand, die von mehreren Blitzen gespalten wurde. Dazu der Donner, auch nur mit einem Wort angedeutet.

Ein Comic, der leben sollte, musste anders wirken.

»Na denn!«, flüsterte er, und es klang wie ein Versprechen. »Die Zeit der Ruhe ist für dich vorbei, John Sinclair. Endgültig!«

Und das war sie auch!

Aus dem Nichts erschien der Blitz. Er kam rasant aus der Schwärze und hatte den Himmel in zwei Teile gespalten, bevor er auf mich zujagte.

Ich sah ihn deshalb, weil ich geblendet wurde und auch unwillkürlich auf die Bremse trat.

Für nicht mal die Dauer einer Sekunde wurde die Welt vor mir in ein fahles Licht getaucht, das so wirkte, als bestünde es aus den Körpern leuchtender Geister. Es war schnell wieder verschwunden, dennoch hatte ich noch immer das Gefühl, in eine hellere Umgebung zu schauen, bis der Donner aufklang.

So gewaltig, so laut und dröhnend, wie ich ihn noch nie im Leben gehört hatte.

Das waren schmetternde Schläge, die auf mich niederprasselten, als wollten sie die Erde aufreißen. Der Wagen wurde ebenfalls von den Wellen getroffen. Ich glaubte sogar, dass er zitterte und leicht abheben würde. Das war eine Einbildung, aber der Donnerschlag hatte mich schon erschreckt, denn ich stand und hockte angespannt und geduckt hinter dem Lenkrad. Donner und Blitz waren wie aus dem Nichts gekommen. Nur ein Einzelfall? Oder würde ich jetzt in ein Gewitter hineingeraten, das sich gewaschen hatte? In der Welt Dämonia war eben vieles anders. Da würden auch die Naturereignisse ihre eigenen Gesetze haben.

So saß ich da und wartete auf den nächsten Schlag.

Zuerst erschienen die Blitze. Diesmal waren es mehrere. Sie hatten sich vereinigt, schossen von mehreren Seiten auf mich zu, trafen zusammen und bildeten ein fahles Netz, das sich deutlich von dem dunklen Himmel abhob.

Ein Muster wie gemalt, das diesmal länger in der Luft stand, nachzitterte und auch einen fahlen Schein abgab, der die Umgebung ein wenig erhellte.

Ich hatte mich diesmal nicht so sehr überraschen und ablenken lassen, da ich wissen wollte, wo ich mich befand. Ich wollte einfach nicht daran glauben, dass die Welt Dämonia nur aus einer Ebene und hin und wieder einem dicht wachsenden Wald bestand. Hier konnte es durchaus Dinge geben, die ich auf der Erde nicht erwartete.

Und die gab es.

Noch strahlte der Blitz auf, als ich vor mir kein Gelände mehr sah. Es war plötzlich verschwunden. Ich stand mit der Schnauze des Bentley dicht vor einem Abgrund, der vorhin noch nicht existiert hatte. Kalt rann es meinen Rücken hinab. Ich musste daran denken, wie das von mir vernichtete Wesen verschwunden war.

Ebenso wie der Weg vor mir. Einfach weg, sodass ich nicht weiterkonnte.

Der nächste Donnerschlag riss mich aus meinen Gedanken. Er grollte durch die Nacht, kam mir wie ein Hohnlachen vor, aber ich kümmerte mich nicht darum. Ich schaute in den Rückspiegel. Wenn es schon keine Chance gab, nach vorn wegzufahren, musste ich zurück.

Das ging auch nicht. Zum Glück hatte ich in den Spiegel geschaut, denn hinter mir entstand plötzlich eine Mauer. Hoch, groß und breit. Wie aus dem Nichts kam sie, als hätte sie jemand in die Luft gezeichnet.

Bildete ich sie mir ein, oder gab es sie tatsächlich? Das wollte ich herausfinden, warf den Rückwärtsgang rein und konnte nur mehr eine Handbreit zurückrollen, dann stand der Bentley dicht an der Mauer.

So ging es nicht weiter.

Es blieb der Weg in die Schlucht.

Mittlerweile wurde mir mulmig zumute. Auf meiner Stirn lag der kalte Schweiß. Hier spielte jemand mit mir, den ich nicht kannte, und er trieb ein verdammt grausames Spiel. Diese Welt beherrschte er völlig, und er hatte mich in eine raffinierte Falle gelockt.

Wo sollte ich hin?

Da gab es nur eine Lösung. Ich musste über den Abgrund. Leider konnte der Bentley nicht fliegen. Und ich ebenfalls nicht.

Die Tiefe konnte ich nicht mal schätzen, weil ich den Grund nicht sah. Aber ich entdeckte etwas anderes. An der anderen Seite des Abgrunds flackerte es auf.

Ein unruhiges, nervös wirkendes Licht. Zuerst nur mehr ein kleiner Punkt, der flackerte und einmal während eines Blitzschlags völlig verschwand, sich anschließend vergrößerte und mit seinem Schein die Düsternis erhellte.

Da weder Blitze zuckten noch Donner grollten, konnte ich mich auf das Licht konzentrieren.

Es wuchs.

Und es zeigte mir, dass ich doch eine Chance bekam.

Es war kaum zu fassen, denn ich hatte sie vorhin nicht gesehen, aber jetzt spannte sich über dem Abgrund eine Brücke. Und sie sah ziemlich stabil aus.

Ich hatte das Gebläse eingeschaltet, weil ich die Scheiben freibekommen wollte. Diese Brücke bereitete mir Kopfzerbrechen. Woher war sie gekommen? Die konnte doch nicht aus dem Nichts entstanden sein.

Dennoch war dem so, denn vor meinen Augen wuchs die Brücke allmählich auf mich zu.

Sie wurde länger und länger, schälte sich Stück für Stück aus der Finsternis, wobei sie vom wandernden Licht begleitet wurde. Abermals kam sie mir so vor, als würde sie gerade jetzt in diesen Augenblicken noch gemalt.

Das war zwar kaum möglich, aber ich hatte keinen anderen Vergleich. Ein wenig trocken wurde mir im Hals. Nur mehr einige Yards, dann hatte die Brücke auch meine Seite erreicht.

Und die schaffte es.

Plötzlich hatte sie Kontakt. Direkt vor den Reifen meines

Bentley schloss sie ab. Das Licht der Scheinwerfer fiel auf ihre Bohlen. In der Breite passte sie auch. Ich konnte hinüberfahren.

Mit welch einem Risiko!

Auch wenn ich sicher war, dass die Brücke aus Metall bestand, hatte ich dennoch das Gefühl, mich auf weichem Boden zu bewegen. Ich hatte gesehen, wie sie entstanden war, und ich glaubte daran, dass sie auch ebenso gut wieder verschwinden konnte.

Aber stehen bleiben?

Wie lange musste ich in dieser verdammten Welt Dämonia dann warten? Einen Tag, hundert, tausend?

Es waren verrückte Gedanken, die durch meinen Kopf schossen. Wahrscheinlich nur deshalb, weil ich mich auch in dieser verfluchten Zwangslage befand.

Mein unbekannter Gegner hatte mir zunächst die Lösung mit der Brücke angeboten. Ich entschloss mich, ins kalte Wasser zu springen und den anderen nicht zu enttäuschen.

Ich startete sehr vorsichtig. Ein wenig schlug ich das Lenkrad noch ein, um genau zwischen die beiden Seiten zu gelangen, die das Geländer bildeten.

Von normalem Untergrund rollte ich auf den Metallboden. Er war wesentlich härter, da federte nichts mehr, und ich spürte, wie die Reifen über die einzelnen Platten fuhren, die nicht genau dicht an dicht lagen, sondern Zwischenräume bildeten.

Als Autofahrer soll man entspannt sein. Mir fiel es in diesen Augenblicken schwer, da ich sehr angespannt hinter dem Lenkrad saß und es mit beiden Händen hart festhielt.

Jetzt befanden sich auch die Hinterräder auf der Brücke.

Unter mir gähnte der Abgrund. Ein komisches Gefühl.

Wenn ich dann noch daran dachte, dass die Brücke eventuell zusammenbrach, wurde mir ganz anders. Schon bekam ich wieder leichte Schweißausbrüche. Im Nacken spürte ich ein Ziehen.

Dass die Brücke stabil gebaut war, hatte ich zuvor nur gesehen. Das bekam ich jetzt bestätigt, denn trotz des über sie rollenden Gewichts schwankte sie nicht. Wenn ich in der Spur blieb, konnte ich glatt und auch sicher fahren.

So rollte ich weiter.

Yard für Yard legte ich zurück. Das drückende Gefühl in meinem Magen wich allmählich, zwar fühlte ich mich nicht wohl, aber mir ging es ein wenig besser.

Ich vergaß auch nicht, in die Spiegel zu schauen. Innenspiegel, Rückspiegel, und da sah ich es.

Zuerst glaubte ich an eine Täuschung, weil es so verflucht irreal und unnormal war, aber der Spiegel zeigte mir die grausame Wahrheit.

Die Brücke hinter mir verschwand!

So plötzlich, wie sie entstanden war, geriet sie auch wieder aus meinem Sichtbereich. Es fielen keine Trümmer in die Schlucht, wie es normal gewesen wäre. Nein, die ganze Konstruktion löste sich auf, ohne dass ich irgendeinen Laut hörte.

Wie bei dem Echsenköpfigen. Auch er war verschwunden, als hätte ihn jemand ausradiert.

Dieser für mich nicht erklärbare Vorgang lief mit einer nahezu provozierenden Langsamkeit ab. Er war auch nicht schneller als ich, und ich konnte davon ausgehen, dass er mich nicht erreichte, wenn ich mein Tempo beibehielt.

Gern hätte ich auf das Gaspedal gedrückt. Den Wunsch unterdrückte ich und riss mich zusammen.

Nur mehr so langsam und behutsam wie möglich tastete ich mich voran. Die Räder rollten über die Bohlen, das Metall vibrierte und zitterte noch ein wenig nach. Ich merkte auch die leichten Stöße und schaute hin und wieder in den Spiegel, um das Verschwinden der Brücke weiterhin zu beobachten.

Wäre sie normal gewesen, hätte sie die Belastung überhaupt nicht ausgehalten. Sie wäre in die Tiefe gefallen. Zusammen mit mir in einem gähnenden Loch verschwunden.

Doch sie blieb vor mir. Es wurde mir klar, dass auch die Existenz dieser Brücke eine magische Basis haben musste.

Die Hälfte der Strecke hatte ich ungefähr hinter mich

gebracht. Noch lagen fünfzig Prozent vor mir. Ich war gespannt, ob ich sie auch so sicher schaffen würde.

Rechts und links des Bentley befanden sich die Geländerstreifen so dicht in der Nähe des Wagens, dass ich immer das Gefühl bekam, sie im nächsten Augenblick zu berühren.

Das blieb nicht so, denn plötzlich sah ich an den beiden Geländerseiten die roten Lichter. Auch sie waren plötzlich vorhanden, und sie vermehrten sich sehr schnell.

Es waren Schädel!

Totenschädel.

Gefüllt mit einem rot glühenden Licht, das aus den leeren Augenhöhlen strahlte und die Schädel zu einer makabren Markierung für mich machte. Sie standen in einer bestimmten Reihenfolge, immer dort, wo Querstreben in die Höhe stachen und eine Verbindung mit dem waagerechten Geländer eingingen.

Selbst das rote Licht konnte die Bleichheit der Köpfe nicht vertreiben. Sie begrüßten mich höhnisch. Da das Licht in ihrem Innern flackerte, schienen sie mir zuzublinzeln und sich zu bewegen, und jedes Zittern des Metalls übertrug sich auch auf sie.

Lass dich nur nicht ablenken!, sagte ich mir. *Behalt die Nerven, alter Junge, dann schaffst du es!*

Das war leichter gesagt als getan. Ich musste schon sehr Acht geben, dass ich nicht in Schwierigkeiten geriet und das Lenkrad irgendwie verriss.

Die andere Seite kam immer näher. Und hinter mir fiel die Brücke mit der gleichen Geschwindigkeit zusammen. Als die leuchtenden Totenschädel erreicht wurden, verlöschten auch sie, sodass ich nur mehr vor mir die flackernde Wegmarkierung erkannte.

Die Sekunden dehnten sich endlos. Ich hatte längst eine trockene Kehle bekommen. Meine Gesichtszüge spannten sich immer mehr. Diese Fahrt über die Brücke glich schon einer Folter. Ich konnte mir gut vorstellen, dass mein unbekannter Gegner erst zuschlug, wenn ich es fast geschafft hatte, und mich mitsamt meinem Fahrzeug in die Tiefe riss.

Das tat er nicht.

Meine Hoffnung wuchs, als die Vorderräder bereits den Boden hinter der Brücke berührten und dort auch den nötigen Halt fanden.

Nachdem auch die Hinterräder Kontakt bekommen hatten, drückte ich auf das Gaspedal und fuhr schneller weg. In völliger Sicherheit schließlich trat ich auf die Bremse, ließ mich über das Lenkrad sinken und atmete zunächst einmal scharf aus.

Das war geschafft.

Dass hinter mir die Brücke verschwand, interessierte mich nicht. Ich schaute erst wieder hin, nachdem ich mich einigermaßen erholt hatte.

Und da war von einem Abgrund nichts mehr zu sehen.

Ich kniff die Augen zu, öffnete sie wieder, das Bild blieb, der Spiegel log nicht.

Deshalb stieg ich aus.

Kalte Luft wehte mir entgegen. Sie roch irgendwie rein und klar. Ich dachte an das Gewitter. Es hatte die Luft so verändert. Das Land Dämonia gab mir tatsächlich Rätsel auf, und ein größeres Rätsel war der nicht mehr vorhandene Abgrund.

Kopfschüttelnd blieb ich stehen. So etwas konnte ich einfach nicht fassen. Da spielte jemand mit mir Katz und Maus. Fast schien es so, als hätte der andere meine Gedanken verstanden, denn plötzlich meldete er sich.

Es begann mit einem Lachen.

Nicht dröhnend und triumphierend, sondern kichernd, dennoch laut, schrill und hoch.

»Na, Sinclair, wie ist es?«

Vergeblich suchte ich den Sprecher. Er musste irgendwo im Dunkel über mir lauern, dabei wollte er nicht, dass die Dunkelheit blieb, denn der Himmel erhellte sich.

Er bekam einen grauen Ton. Von Sekunde zu Sekunde erkannte ich ihn besser. Schließlich hatte er eine nebelgraue Farbe angenommen, und die blieb auch.

Das aus dem Himmel fallende schwache Licht fiel ebenfalls über das Land, in dem ich mich befand.

Ich konnte zwar besser sehen, aber nicht viel erkennen. Kein Wald mehr, auch keine Büsche, Hügel oder Täler, nur etwas erkannte ich. In der Ferne entdeckte ich die Umrisse eines alten Hauses. Selbst auf diese Distanz hin sah es aus, als würde es jeden Augenblick zusammenbrechen, so windschief war es gebaut worden.

»Was hast du mit mir vor?« Ich schrie einfach in den grauen Himmel hinein und hoffte auf Antwort.

Der Unbekannte enttäuschte mich nicht. »Noch vieles, Geisterjäger. Ich habe noch viel mit dir vor, nur werde ich es dir nicht verraten, da ich und diese Welt immer für Überraschungen gut sind.«

»Und wem gehört Dämonia?«

»Mir.«

Das wollte ich ihm nicht so ganz abnehmen. »Nicht dem Teufel?«, hakte ich nach.

»Nein, nur mir. Ich bin ihr Erfinder. Ich habe sie erschaffen, obwohl mich jemand dabei unterstützte.«

»Also doch der Teufel!«

»Vielleicht.«

Der Unbekannte konnte erzählen, was er wollte. Diese Sache hier sah mir ganz nach einer Arbeit meines speziellen Freundes Asmodis aus. Bestimmt hatte er seine haarigen Klauen mit im Spiel.

»Was soll ich jetzt tun?«, fragte ich wieder laut.

»Dich verteidigen und Schutz suchen.«

Ich lachte diesmal. »Gegen wen soll ich mich verteidigen, und wo soll ich Schutz suchen?«

»Schutz bekommst du vielleicht in dem kleinen Haus, das du siehst. Und gegen wen du dich schützen musst, wirst du bald erkennen, glaub es mir.«

Wieder lachte mich der andere aus. Ich hatte niemanden entdeckt, wollte jedoch nicht an einen Bluff glauben, da in dieser verfluchten Welt alles möglich war.

Von meinem Wagen hatte ich mich einige Schritte entfernt. Jetzt ging ich wieder zu ihm. Noch immer sah ich nichts, das mir hätte gefährlich werden können.

Bis ich das Knurren hörte.

Augenblicklich blieb ich stehen!

Diese Laute waren mir nicht unbekannt. Ich hatte sie vor meiner Fahrt über die Brücke gehört, aber ich hatte nicht gesehen, dass ich von den Wölfen verfolgt worden war.

Und jetzt befanden sie sich in meiner Nähe!

Wo?

Das Gelände war flach. Deckungen gab es nicht. Da das Licht auch besser geworden war, mussten sie sich vom Erdboden abheben …

Wieder hörte ich das Knurren.

Diesmal wusste ich, aus welcher Richtung es gekommen war. Dort, wo mein Bentley stand, hatten sie sich versteckt. Wahrscheinlich sogar hinter dem Fahrzeug, sodass ich sie nicht erkennen konnte.

Ich zog die Beretta, lief hin und hatte kaum die ersten Schritte getan, als die Wölfe vor mir Reißaus nahmen. Mein Gott, waren die schnell!

Plötzlich glitten die langen, grauen Schatten blitzartig über den Boden, um eins zu werden mit der grauen Düsternis, die über dieser Welt lag.

Es hatte für mich keinen Sinn, sie zu verfolgen. Diese Wölfe machten sowieso mit mir, was sie wollten. Sie waren meine Begleiter, wollten mich kontrollieren, aber nicht schützen.

Werwölfe waren es nicht. Ich brachte sie auch nicht mit Lupina oder Morgana Layton in Verbindung und verwarf den Gedanken, dass sie von Fenris geleitet wurden, ebenfalls.

Die sorgten für ihr eigenes Spiel.

»Dann eben nicht«, sagte ich und überwand die Distanz zu meinem Silbergrauen.

Abgeschlossen hatte ich die Tür nicht, zog sie auf, setzte mich hinter das Steuer und dachte daran, was mir der Unbekannte mitgeteilt hatte.

Eine Zuflucht sollte ich mir suchen.

Ich lachte leise auf. Das war bestimmt keine Zuflucht. Es roch mir eher nach einer Falle, aber eine erkannte Falle ist in der Regel halb so schlimm.

Und völlig waffenlos war ich ja auch nicht …

Wieder startete ich.

Obwohl mein Wagen seine Jahre bereits auf dem Buckel hatte, lief der Motor noch sehr leise. Aus diesem Grund vernahm ich auch das Hecheln hinter mir.

Ich wurde zu »Eis«. Über meinen Rücken krochen unsichtbare Spinnenbeine, und sehr vorsichtig hob ich den Kopf an, um in den Innenspiegel zu schielen.

Da sah ich es.

Die verdammten Wölfe hatten auf mich gelauert. Sie schoben ihre Köpfe über die Rückenlehnen der Vordersitze hinweg, hatten dabei die Schnauzen geöffnet, und ich sah die langen, roten Zungen wie Lappen aus ihren Mäulern hängen.

Begrenzt aber wurden sie von messerscharfen Reißzähnen!

Diesmal wurde es ernst …

Es war ein hechelnder, keuchender Atemzug, der aus dem Munde des Zeichners drang. Seine Augen glänzten. In dem alten Gesicht spiegelte sich plötzlich die Frische der Jugend wider, und er fühlte sich in alte Zeiten zurückversetzt.

Es war alles noch so wie früher. Der Teufel hatte seine schützende Hand über ihn gelegt, und er ließ es zu, dass er mit einem Menschen spielte wie mit einer Figur.

In der rechten Hand hielt er noch immer seinen Stift. In der linken den Spezialradierer, der dafür gesorgt hatte, dass die gezeichnete Brücke sehr schnell wieder verschwand.

Und Sinclair hatte das Nachsehen gehabt.

Harold Cecil Painters Herz hüpfte beinahe vor Freude, als er an die Reaktionen des Geisterjägers dachte. Himmel, hatte er eine Angst, dass es noch schief gehen konnte. Das aber lag allein in der Hand des Malers. Und der wollte den Geisterjäger noch nicht vernichten, denn die große Überraschung sollte Sinclair noch erleben.

Dann würde er durchdrehen, wahnsinnig werden und sich vielleicht selbst erschießen, weil er das Grauen einfach nicht vertragen konnte. Er wollte Sinclair zerbrechen, das hatte er dem Teufel versprechen müssen. Aber zuvor musste der Geisterjäger gequält werden.

Painter hatte nicht vergessen, sich über seinen Feind zu informieren. Er wusste, dass John Sinclair Freunde hatte, die für ihn durchs Feuer gingen. Aber in der Welt Dämonia stand er mutterseelenallein. Da gab es niemanden, der ihm helfen konnte. Sinclair musste sich schon auf sich selbst verlassen.

Und er würde in die tödliche Falle rennen, die er, Painter, sich für ihn ausgedacht hatte.

Die Brücke lag hinter dem Geisterjäger. So war es auch gewollt worden. Painter sah Sinclair aussteigen. Er hatte sich längst an das Phänomen gewöhnt, eine fremde, von ihm nicht erschaffene Person, in seinem Comic sich bewegen zu sehen.

Jetzt konnte er sich Möglichkeiten ausdenken, um Sinclair zu quälen. Da wäre vielleicht ein Käfig gut gewesen, in dem sich Sinclair verfangen konnte.

Painter bewegte bereits seinen Malstift auf das Blatt zu, als er die Hand wieder zurückzog.

Nein, vorerst wollte er den Geisterjäger kämpfen sehen. Man sagte ihm ja Mut und Entschlossenheit nach. Vielleicht konnte Sinclair dies unter Beweis stellen.

Und so zeichnete er eine andere Szene in den Kasten hinein. Schon immer hatte Painter ein Faible für Wölfe gehabt. Dies spielte er nun aus. Während Sinclair noch dastand und überlegte, schuf der Zeichner in Windeseile die Wölfe. Und er setzte sie so, dass sie hinter dem Bentley in Deckung lagen.

Kaum hatte er eine Zeichnung beendet, als die Kraft der höllischen Magie ihr schon Leben einhauchte.

Und Painter machte weiter.

Dann fiel ihm noch ein Gag ein.

Weshalb sollte er die Tiere noch außerhalb des Wagens zeichnen. Im Innern waren sie ebenfalls gut aufgehoben.

Das tat er auch, wobei er sich diebisch darüber freute …

Ich hatte mich schon öfter gegen blutgierige Wölfe zur Wehr setzen müssen, aber nie in der Enge eines Wagens. Da konnte ich einfach nicht der Gewinner sein, vor allen Dingen dann nicht, wenn ich es mit mehreren Gegnern zu tun hatte.

Nein, der Wagen war schlecht.

Also raus!

Dieser Gedanke wurde von mir sofort in die Tat umgesetzt. Bevor die Wölfe noch dazu kamen, ihre Zähne in meinen Nacken zu schlagen, hatte ich bereits den Wagenschlag aufgestoßen und ließ mich aus dem Fahrzeug rollen. Ich kam sicher auf und wollte die Tür wieder zutreten. Das ließen die Wölfe nicht zu.

Das erste Tier befand sich bereits auf dem Vordersitz und stemmte sich gegen die zufallende Wagentür.

Sie schwang wieder auf, der Wolf erschien voll in meinem Blickfeld, denn ich lag jetzt auf dem Rücken. Mit schussbereiter Waffe.

Das Tier sprang.

Streicheln wollte es mich bestimmt nicht, und so handelte ich, wie ich handeln musste. Mein Zeigefinger brauchte nur den Druckpunkt zu überwinden, und das tat ich.

Die geweihte Silberkugel war schneller als der Wolf. Er kam nicht mal dazu, seinen Körper aus dem Wagen zu wuchten, da schlug das Geschoss bereits ein.

Plötzlich wuchtete er seinen Körper in die Höhe. Mit dem Schädel stieß er gegen die obere Türkante. Ich vernahm einen keuchenden Grunzlaut und sah auch die Blutfontäne, die aus seiner Halswunde strömte und vor dem Wagen eine Lache bildete.

Der Körper selbst sackte zusammen. Er wurde so klein, dass er für den zweiten genügend Platz schaffte.

Und der sprang.

Er hatte mich praktisch kalt erwischt. Genau in dem Augenblick, als ich auf die Füße kam, verließ der lange, graue Schatten den Wagen und drang in einem Halbbogen auf mich zu.

Nicht mal einen Fangschuss konnte ich abgeben. Ich warf

mich nur nach hinten und hoffte, dass mich das Tier und vor allen Dingen seine Zähne verfehlten.

Ich war schnell.

Noch schneller als der Wolf, denn er landete nicht auf meinem Oberkörper, sondern erwischte die Beine. Sein böses Knurren zwang mich zu einer schnellen Reaktion.

Ich richtete mich auf, das Gewicht des Wolfes lag auf meinen Beinen, und ich spürte schon die Zähne am Stoff der Hose.

Als ich abdrückte, blendete mich das Mündungsfeuer. Auf diese Distanz konnte ich einfach nicht fehlen, und das Tier wurde von der Silberkugel getroffen. Es warf seinen Kopf in die Höhe, die beiden Kiefer schlugen zusammen, aber zwischen den Zähnen befand sich zum Glück nichts von mir.

Dann kippte die Bestie zur Seite.

Ich federte wieder hoch, wartete auf die anderen Tiere, die jedoch ließen sich nicht blicken.

Der erste Wolfskörper hing noch halb auf dem Sitz und damit im Wagen. Ich packte zu und schleuderte ihn raus. Sein Fell war dicht, fühlte sich aber auch strohig an, sodass ich froh war, als er vor meinen Füßen lag.

Die Überraschungen rissen tatsächlich nicht ab. Bisher jedoch hatte ich mich gut gehalten.

Eines allerdings bereitete mir Sorgen. Wie hatten es die beiden Wölfe geschafft, von mir ungesehen, in den Bentley zu gelangen. Schließlich hatte ich den Wagen nicht aus den Augen gelassen, und die beiden Tiere wären mir aufgefallen.

Diese Tatsache war es, die die Welt Dämonia für mich so unberechenbar und unheimlich machte. Andere Dimensionen und Welten hatte ich genügend kennen und auch begreifen gelernt, nur diese Welt stellte mich, je tiefer ich in sie eindrang, vor immer größere Rätsel.

Wenn das so weiterging, würde ich irgendwann daran verzweifeln. Mein unbekannter Gegner schien Recht zu behalten.

Als ich an ihn dachte, hob ich automatisch wieder den Blick. Suchte ihn, wollte auch seine Stimme hören, diesmal hielt er sich seltsamerweise akustisch zurück.

Kein Fluch, kein Lob. Er wartete ab, was mir wiederum überhaupt nicht gefiel.

Sicherlich heckte er bereits eine neue Gemeinheit aus, mit der er mich quälen wollte. Ob er die Waffe schickte oder andere Geschöpfe, im Prinzip war es gleich, ich musste mich gegen alles verteidigen können, was auf mich zukam.

Darauf konnte und wollte ich auch nicht warten. Ich rief mir seine Worte wieder ins Gedächtnis zurück. Er hatte von einem Haus gesprochen, in dem ich angeblich Schutz finden konnte. Gut, ich wollte hinfahren, um ihn nicht zu enttäuschen.

Sicherheitshalber ging ich um den Bentley herum. Dabei schaute ich auch durch die Scheiben. Noch einmal wollte ich keinen unangemeldeten Besuch bekommen.

Es waren keine Wölfe mehr zu sehen. Auch weiter entfernt hoben sich die Körper nicht von der Oberfläche ab.

Sollte diese fremde, unheimliche Welt Dämonia mich tatsächlich in Ruhe lassen?

Es wäre zu schön gewesen. Sehr vorsichtig und auch ungemein wachsam ging ich auf meinen Silbergrauen zu. Es waren nur wenige Schritte, und ausgerechnet während dieser Augenblicke erwischte es mich wieder.

Es waren glühende Lanzen, die aus dem Dunkelgrau des Himmels nach unten jagten.

Der ersten konnte ich durch einen raschen Sprung entgehen, sodass sie rechts neben mir in den Boden raste. Die zweite Lanze erwischte mich auch nicht, da mein Bocksprung fast zirkusreif war. Der dritten entkam ich ebenfalls, doch an den Bentley und damit an die Flucht kam ich nicht heran.

Diese langen, feurigen Gegenstände sausten wie abgeschossene Pfeile vom Himmel. Sie rahmten mich ein, und ich hatte eingesehen, dass es am besten war, überhaupt nichts zu tun.

So blieb ich stehen.

Steif, den Rücken hart durchgedrückt, innerlich zitternd, in Schweiß gebadet und darauf lauernd, dass ich irgendwann einmal von den Feuerlanzen durchbohrt wurde.

Das geschah nicht. Sie rahmten mich nur ein und bildeten tatsächlich einen rechteckigen Käfig.

Eine letzte Lanze fiel. Ich hörte, wie sie in den Boden hämmerte, dann war es still.

Ich starrte auf die feurigen Stäbe vor mir. Sie waren sehr lang, jedenfalls größer als ich, dabei nicht glatt, weil sie vom Feuer umtanzt wurden. Es waren zitternde kleine Flämmchen, und ich hütete mich, auch nur nach einem Stab zu greifen.

Wahrscheinlich spekulierte nur mein unbekannter Feind darauf, ich jedenfalls wollte mir meine Hände nicht verbrennen.

So wartete ich.

Der Käfig war dicht. In den Raum zwischen den Stäben hätte nicht mal mehr eine schräg gelegte Hand von mir gepasst. So war an einen Ausbruch nicht zu denken.

Nur nach oben hatte ich freie Sicht. Es gab keine waagerecht liegenden Flammenspeere, die über mir ein Dach gebildet hätten. Um das Gitter jedoch zu überspringen, war es zu hoch.

Die Stäbe warfen einen flackernden Schein. Unruhig bewegte er sich über den Boden, erhellte auch die Dunkelheit, schuf allerdings mehr Schatten als Licht, dessen Ränder sich bewegten.

Und das Feuer lockte sie an.

Es waren die Wölfe.

Aus dem Hintergrund näherten sie sich. Da die Flammen ziemlich ruhig flackerten und außer meinem Atem nichts zu hören war, vernahm ich das Klatschen der Pfoten.

Es war ein Rhythmus, der mir das Blut schneller durch die Adern trieb. Ich war gespannt darauf, was die Wölfe unternehmen würden, wenn sie ihre beiden toten Artgenossen sahen.

Zunächst einmal gerieten sie in den äußeren Schein des Feuerkreises. Ihre Gestalten schoben sich schattenhaft hinein, bildeten selbst Schatten, die an den Feuerstangen in die Höhe glitten und diese mit einem dunklen Muster belegten.

Die Tiere knurrten.

Es hörte sich gefährlich an. Ich sah ihre offenen Mäuler, und selbst ihre Gebisse wurden von dem roten Schein erfasst, sodass sie einen leichten Blutanstrich bekamen.

Drei Wölfe zählte ich.

Ich kam wahrscheinlich nicht aus dem Käfig. Aber konnten sie hinein? Daran glaubte ich, Platz genug war jedenfalls. Zudem gehörten die Wölfe in die Welt Dämonia, während ich nur mehr ein Eindringling war und geduldet wurde.

Wie lange?

Darauf wollte ich nicht warten. Ich hatte mich entschlossen, selbst etwas zu unternehmen. Voll bepackt war ich mit Waffen, die wichtigste war das Kreuz.

Weiße gegen schwarze Magie.

Oft genug hatte ich es eingesetzt. Dieser Käfig war existent, der Beherrscher dieser Welt hatte ihn geschaffen, und es musste mir einfach gelingen, ihn zu zerstören.

Ich konnte die Formel rufen und das Kreuz aktivieren. Diesen Trumpf wollte ich mir aufheben. Mein Kreuz verfügte auch über Kräfte, wenn es nicht aktiviert worden war.

Ich peilte die Stangen vor mir an. Den wertvollen Talisman hatte ich bereits hervorgeholt.

Gleichzeitig setzten sich auch die Wölfe in Bewegung. Sie kamen von drei verschiedenen Seiten auf mich zu, und sie störten sich überhaupt nicht daran, dass die flammenden Stäbe sehr dicht vor ihren Augen erschienen. Alles war ihnen egal.

Mir aber nicht …

Ich hörte seine Stimme und auch sein Lachen. »Jetzt komm da mal raus, Sinclair!«, schrie er …

Harold C. Painter hatte seine helle Freude an dem, was er tat. Sein Zeichenstift raste nur so über das Papier. Er malte die Monstren und die Dinge in die tot aussehende, dennoch lebende Welt Dämonia hinein, die seiner Ansicht nach dazu gehörten.

Da waren die Feuerlanzen.

Schon als Kind hatte ihn das Feuer fasziniert. Er hatte Bücher gelesen, die sich um dieses Thema drehten, und er hatte erleben können, was das Feuer alles bringen konnte.

Vernichtung, Zerstörung, aber auch Sieg und Glück. Letzteres sollte es ihm hier geben.

Nur wollte er es nicht mit normalen Flammen versuchen. Sie zu zeichnen wäre ein Leichtes gewesen. Er hätte Sinclair durch die Flammen einkesseln können, es war ihm aber zu billig.

Nein, das musste etwas Besonderes sein.

Noch gab er ihm Ruhe, weil sich Painter zunächst den richtigen Stift für seine Arbeit suchen wollte. Er nahm ihn aus dem Ständer, schaute auf die Spitze, fand sie gut genug und begann zu zeichnen.

Aber wie.

Plötzlich war er nicht mehr zu halten. Er geriet nahezu in eine Zeichenekstase. Der Stift huschte über das Papier. Eine Feuerstange nach der anderen entstand. Kaum war sie auf dem Papier abgebildet worden, machte sie sich selbstständig, denn nun wurde sie von der Magie des Teufels übernommen.

Sie fiel nach unten!

Sinclair aber konnte springen.

Und wie er springen musste! Harold C. Painter wollte kaum glauben, was er sah.

Der Geisterjäger führte einen irren Tanz auf. Er hüpfte förmlich von einem Bein auf das andere, drehte sich, lief zur Seite, dann wieder zurück und versuchte verzweifelt, den aus dem düsteren Himmel fallenden Feuerstangen zu entgehen.

Er schaffte es, nicht durchbohrt zu werden. Nur fielen die Stäbe immer dichter, und Painter malte wie besessen. Selten zuvor in seinem Leben hatte er sich so beeilt. Dabei redete er zu sich selbst, obwohl er im Endeffekt den Geisterjäger meinte.

»Du wirst mir nicht entkommen. Bleib lieber ruhig, sonst

erwischt es dich doch. Aber ich will dich nicht so schnell tot haben. Mehr Qualen sollst du leiden …«

Sinclair musste die Worte gehört haben, oder er war tatsächlich zu dem Entschluss gekommen, sich nicht mehr gegen die fallenden Stäbe zu wehren. Jedenfalls blieb er in einer unnatürlich steifen Haltung stehen und tat nichts mehr.

»Gut, gut!«, hauchte der für Sinclair Unsichtbare. »Jetzt setzen wir dem Ganzen noch die Krone auf. Mal sehen, was meine Wölfe machen, wenn sie den sehen, der zwei von ihnen gekillt hat.«

Kaum hatte er sich mit dem Gedanken beschäftigt, als abermals die unerklärliche Magie der Welt Dämonia eingriff. Im Hintergrund des Bildes sah der Betrachter drei Wölfe erscheinen und allmählich in den Vordergrund hineinlaufen.

Nicht für den Betrachter gedacht, allein für den Mann, der innerhalb des glühenden Stangenkäfigs steckte und trotz der Flammen keine Hitze spürte.

»Und jetzt geht durch den Käfig!« Painter hauchte den Befehl. Er freute sich diebisch über seine Tat. In den Augen leuchtete es. Seine Lippen zuckten ebenso, wie die schlaffe Haut der Wangen sich bewegte. Dieser alte Mann stand unter einer ungeheuren Spannung. Die Steine auf dem Weg zu seinem Lebensziel waren fast alle beiseite geräumt worden. Jetzt galt es nur mehr, richtig zuzupacken.

Und dann …

Plötzlich überschattete ein Ausdruck des Widerwillens Harold C. Painters Gesicht. Was da geschah, gefiel ihm überhaupt nicht. Obwohl er eigentlich nicht viel erkennen konnte, wusste er doch, dass Sinclair nicht so ohne weiteres aufgeben wollte.

Große Furcht zeigte er nicht. Er ließ die Wölfe sogar herankommen, was für Painter wiederum schwer zu begreifen war. Weshalb schoss er nicht auf die Tiere, von denen es mittlerweile zwei geschafft hatten, die Schnauze zwischen den Stäben hindurchzustecken.

Weshalb nicht, verdammt?

Vor Wut stöhnte der Mann auf, und er bekam auch mit, wie

sich sein Gegner auf dem Absatz drehte. Dabei bewegte er zusätzlich seinen rechten Arm. Die Hand holte irgendetwas hervor, das selbst auf diese Entfernung silberfarben glänzte.

Ein Gegenstand, der Angst erzeugte. Jedenfalls bei Painter. Sein Gesicht erinnerte plötzlich an eine erstarrte Gummimaske. Er spürte die Furcht wie einen heißen Strom, begann zu ächzen und musste sich überwinden, um Sinclair anzusprechen.

Er wollte ihn rauslocken.

Und Sinclair ging vor.

Da geschah es. Irgendwo hatte es einen Kontakt gegeben, der eine Verbindung zwischen Painter, Sinclair und dem Flammenkäfig herstellte und voll zurückschlug.

Plötzlich begann Painter zu schreien. Für den Bruchteil einer Sekunde leuchteten seine Zeichnungen in einem weißen Feuer. Er selbst bekam einen Schlag, den er nicht mehr ausgleichen konnte, sodass er vom Stuhl geschleudert wurde und neben dem Zeichenbrett zu Boden fiel.

Seine Knochen waren nicht mehr so geschmeidig wie vor vierzig Jahren. Er prallte schwer auf, Schmerz durchzuckte seine Glieder, und er hatte das Gefühl, keine Luft mehr zu bekommen.

Mühsam wälzte er sich auf die rechte Seite. Er stützte sich dann auf die Ellenbogen der angewinkelten Arme, brachte seinen Oberkörper in eine Schräglage und ließ den Kopf nach hinten sinken.

Es fiel ihm nicht leicht, Luft zu holen. Er hatte das Gefühl, um seine Brust würde ein Ring liegen, der die Knochen immer mehr zusammenpresste.

Aber der Hass und der Wille waren stärker.

»Ich kriege dich noch, Sinclair. Ich kriege dich noch, du Hundesohn, verdammter …«

Das Kreuz hatte mich nicht im Stich gelassen. Voll war ich durchgekommen und hatte es so gegen den Flammenkäfig gehalten, dass die beiden waagerechten Kanten jeweils einen

Stab berührten und gegen dessen Magie mit ihrer Kraft angingen.

Das Gewitter aus Licht und gleißender Helligkeit umhüllte mich wie ein schützender Mantel. Es schützte mich in der Tat vor der Unbill dieser mörderischen Welt, und ich selbst kam mir plötzlich vor wie ein Außenstehender, der trotzdem das Zentrum bildete und eine Umkehrung der Magie in die Wege leitete.

Ich zerstörte den Käfig. Das heißt, mein Kreuz sorgte dafür. Der Widerstand der Stäbe schmolz dahin.

Obwohl ich die Augen noch geschlossen hielt, riskierte ich es und ging einfach vor.

Kein Hindernis stellte sich mir mehr in den Weg.

Ich öffnete auch wieder die Augen, konnte im ersten Moment so gut wie nichts erkennen und sah schließlich die Umrisse meines Wagens, die sich allmählich hervorkristallisierten.

Erst als ich sicher war, dass sich meine Augen auf die normalen Lichtverhältnisse eingestellt hatten, drehte ich mich um und schaute zurück.

Den Käfig gab es nicht mehr.

Das heißt, es waren noch Reste vorhanden sowie die letzten Teile der gefährlichen Wölfe. Sie hatten die Magie meines Kreuzes nicht überstanden und schmolzen zusammen. Dabei vereinigte sich das Feuer der Lanzen mit ihren Körpern und bildete an den heißen Stellen glühende, an den weniger heißen erkaltende Metallklumpen, um die sich auch verschmortes Fell gewickelt hatte.

Das war ihr Ende ...

Ich schluckte den Speichel runter. Noch immer saß dieses trockene Gefühl in meiner Kehle. Als ich mich freigeräuspert hatte, war es zum großen Teil verschwunden.

Ein Lächeln konnte ich mir nicht verkneifen. Es ging mir wieder besser, denn mein unbekannter Gegner hatte es wiederum nicht geschafft, mich auszulöschen.

Allmählich bekam ich Oberwasser. Auch die Furcht vor ihm und dieser Welt namens Dämonia verschwand.

Natürlich fühlte ich mich nicht sehr wohl, aber chancenlos war ich auch nicht. Wahrscheinlich hatte ich durch den Einsatz meines Kreuzes dem Wolfsspuk ein Ende bereitet, und ich war gespannt darauf, was mich als Nächstes erwartete.

In Dämonia war alles möglich. Aus dem Nichts konnte der perfekte Schrecken geschickt werden und sich manifestieren. Wäre ich mein Feind gewesen, hätte ich jetzt nachgehakt.

Er ließ es bleiben.

Wollte er mich vielleicht bewusst zur Ruhe kommen lassen? Davon wollte ich nicht ausgehen. Allein das Haus würde mir noch manche Überraschung mit auf den Weg geben.

Da es für meinen Geschmack zu weit entfernt lag, wollte ich auch den Wagen nehmen. Die Chance, mein Ziel heil zu erreichen, sah ich als ziemlich günstig an. Ich wurde einfach das Gefühl nicht los, dass meine Aktion weitreichender gewesen war, als es den ersten Anschein gehabt hatte. Dieser Typ im Unsichtbaren musste angeschlagen sein.

Ohne dass mich jemand aufhielt, erreichte ich mein Fahrzeug. Es hockte auch kein Wolf in der Fahrgastzelle. Ich hatte mir das Kreuz offen vor die Brust gehängt und startete.

Der Bentley rollte an.

Durch das plötzliche Auftauchen des Abgrunds gewarnt, fuhr ich langsam und vorsichtig. Ich schaute auch in die Spiegel. Dabei konnte ich sehen, wie die vor mir zurückgelassenen Reste aus Wolfskörpern und glühenden Käfigstäben nachglühten.

»Nein, mein Freund«, murmelte ich. »So haben wir nicht gewettet. Es ist nicht so einfach, einen John Sinclair niederzumachen. Das haben schon andere versucht und nicht geschafft.«

Ich schaltete wieder das Fernlicht ein. Herrlich, wie die blau-weiß schimmernden Lichtstrahlen die Düsternis durchbrachen und sich wie gewaltige Arme ausbreiteten, die auch ihr eigentliches Ziel erfassten.

Es war das Haus!

Jetzt, wo es vom Restlicht der hellen Augen erfasst wurde

und einen bleichen Schein bekommen hatte, wirkte es wie eine gespenstische Kulisse aus einem Gruselfilm.

Noch deutlicher als beim ersten Mal konnte ich seine schiefe Bauweise erkennen, auch die kleinen viereckigen Fenster, die nur mehr Höhlen glichen, da das Licht des näher kommenden Wagens von keiner Scheibe reflektiert wurde.

Ich wurde ein wenig wagemutiger und drückte das Gaspedal nach unten. Der Bentley fuhr schneller. Er rumpelte über Unebenheiten hinweg, und auch Querrillen machten ihm nichts aus.

Sehr gut kam ich voran.

Nur erreichte ich keinen Weg und fuhr weiterhin durch das flache, dunkle Gelände, das wie gezeichnet wirkte.

Seltsam. Immer wieder kam ich auf den Begriff *gezeichnet* zurück. War es Zufall? Ich wusste, dass es unerklärliche Dinge gab, ein Freund des Zufalls war ich auch nicht, aber mir war bekannt, dass Tote auch noch in anderen Welten leben konnten.

Zwar nicht körperlich oder stofflich, dafür als Geist und feinstofflich, wie man so schön zu sagen pflegte.

Ich dachte da an den Seher, auch an Tanith und erinnerte mich wieder daran, dass mir beide so manche Hinweise gegeben hatten. Die allerdings direkter, denn sie hatten sich jedes Mal auf telepathischem Wege bei mir gemeldet.

Und das Wort *gezeichnet* war mir stets ohne fremde Hilfe in den Sinn gekommen.

Ich hob die Schultern und ging gleichzeitig mit der Geschwindigkeit herunter, denn das alte windschiefe Haus lag nur ein paar Dutzend Schritte von mir entfernt.

Im Schlendergang näherte ich mich dem Gebäude. Eilig hatte ich es nicht. Jetzt reichte das Abendlicht aus, um die Fassade anzuleuchten.

Sie war tatsächlich sehr alt. Zudem bestand sie aus Holz. Die meisten Latten und Balken hatten sich im Laufe der Zeit verzogen und wirkten wie schief stehende Arme.

Tote Fensterhöhlen präsentierten sich meinen Blicken. Selbst die Rahmen waren nicht mehr alle vorhanden.

An beiden Seiten fielen mehrere kleine Dächer pyramidenförmig ab, sodass ich die Türme sah, die das Haus begrenzten. Ein paar Schindeln sahen aus wie ausgebleichter Schiefer. Sogar einen Schornstein sah ich. Er wurde aber im Augenblick nicht benutzt.

In dem vor mir liegenden Gebäude sollte also eine Überraschung auf mich warten.

Ich schaute mir den Eingang an. Nur drei Schritte davor stand ich und sah einen bogenförmigen Durchlass ohne Tür. Was dahinter lag, konnte ich nicht erkennen, da das Innere des Gebäudes in einer tintigen Schwärze lag.

Noch immer hatte sich mein unbekannter und nicht sichtbarer Feind gemeldet. Eigentlich war es an der Zeit für ihn, denn ich hatte ja mein vorläufig letztes Ziel erreicht.

Und er meldete sich tatsächlich. Auf einmal hörte sich sein Lachen nicht mehr so laut und schallend an. Mehr krächzend, und es kam mir auch irgendwie mühsam vor.

»Da bist du ja endlich«, sagte er keuchend.

»Sicher. Und jetzt?« Als ich keine Antwort bekam, übernahm ich wieder das Wort. »Wie ist es denn mit dir, HCP? Hast du meine Attacke gut überstanden?«

»Das wird dir noch Leid tun, verfluchter Hund! Und zwar sehr bald, glaube es mir.«

Ich konnte mir ein leises Lachen nicht verkneifen. Die Attacke des Kreuzes schien ihn doch mehr mitgenommen zu haben, als er tatsächlich zugeben wollte.

So wuchsen meine Hoffnungen allmählich. Ich fühlte mich auch sicherer, als ich auf das Haus deutete. »Was ist nun? Wo hast du die Überraschung verborgen ...«

Ein schweres Ächzen vernahm ich. »Geh nur rein!«, keuchte der andere. »Geh nur rein.«

»Gern.«

Eine weitere Antwort bekam ich nicht. Dafür hörte ich sein helles Kichern, das durch die Dunkelheit schwang und allmählich verklang.

Ich würde ihm den Gefallen gern tun. Nach dem nächsten Schritt sank meine gute Laune ein wenig zusammen, denn ich starrte in die Finsternis und spürte, dass dort etwas lauerte und mir entgegenwehte.

Eine Gefahr!

Sehen konnte ich sie nicht, fühlen ebenfalls nicht. Sie war mehr ein Hauch, der mir aus dem geheimnisvollen Dunkel entgegenströmte. Sie lauerte im Innern des Hauses, hatte sich dort ausgebreitet und schien einzig und allein auf mich gewartet zu haben.

Wenn ich den Fuß hob und den nächsten Schritt setzte, kam ich über die Schwelle.

Das schaffte ich nicht.

Im nächsten Moment verdichtete sich das Gefühl der Gefahr, ballte sich noch stärker zusammen, und aus dem unheimlichen Dunkel kristallisierte sich etwas hervor, das gegen mich jagte.

Eine riesige Fledermaus!

Harold Cecil Painter fühlte sich, als hätte man ihn durch ein Räderwerk gedreht. Dieser indirekte Angriff hatte ihn regelrecht geschafft, und es war ihm nur mit Mühe gelungen, sich wieder auf den Stuhl zu setzen.

Mit dieser Gegenwehr des Geisterjägers hätte er nicht gerechnet. Er hatte vielmehr angenommen, dass Sinclair durch die vorherigen Ereignisse doch aus dem Rhythmus gebracht worden war und kaum mehr in der Lage sein konnte, sich effektiv zu wehren.

Und doch hatte er es geschafft.

Painter lag auf dem Boden. Er erinnerte sich an die Worte seines großen Mentors, die dieser ihm mal mit auf den Weg gegeben hatte. Er war vor John Sinclair gewarnt worden, denn der Geisterjäger hatte nicht umsonst all die Jahre überlebt.

Der Maler sah ein, dass die Warnung ihre Berechtigung gehabt hatte. An Aufgabe dachte er nicht. War sein Körper auch geschwächt, das Gehirn funktionierte weiterhin, und er gab sich selbst den Befehl, auf die Füße zu kommen.

Das schwere Ächzen begleitete seine mühsame Kletterei. Er hielt sich an der Sitzfläche des Stuhles mit beiden Händen fest und spürte in seinen Schultern das Zittern, als er sich in die Höhe zog. Er blieb kniend und dachte nach.

Leider hatte er den Gegenstand, den Sinclair in der Hand gehalten hatte, nicht genau erkennen können, doch er wusste Bescheid, weil er sich mit der Materie befasst hatte.

Sinclair besaß eine sehr starke Waffe. Der Teufel hatte ihm von dem Kreuz berichtet, das der Geisterjäger sein Eigentum nannte. Und nur diesen Schutz konnte er eingesetzt haben.

Aber reichte es auch aus, wenn er das Haus betrat und sah, was dort geschah?

Krächzend kicherte der Zeichner, als er einen letzten Schwung nahm und sich auf den Stuhl drückte. Nein, das Haus war anders. Es steckte voller Geheimnisse und war gespickt mit einer bösen Überraschung. Wenn der Geisterjäger sie entdeckte, würde er zerbrechen. Dafür war er ein Mensch, dafür hatte er Gefühle.

Painter schaute auf seine Zeichnungen. Etwas tropfte von seiner Stirn auf das Blatt. Es war der Schweiß, der sich gesammelt hatte und nun nach unten fiel.

Mit dem Handrücken wischte er die Feuchtigkeit weg. Noch war alles normal. Sinclair hatte seine Aufforderung nicht vergessen. Er war zu dem Haus gefahren.

Für Sekunden blitzte der Triumph in den Augen des Malers. Endlich hatte er ihn so weit.

Painter konnte nicht anders. Er musste seinen Triumph dem Geisterjäger unter die Nase reiben.

Was dann geschah, nun ja, es gab tausend Möglichkeiten, um zu sterben …

Sie war so schnell, dass ich nicht dazu kam, meine Waffe zu heben, um dem Monstrum eine Kugel zu verpassen. Um wenigstens etwas zu retten, musste ich zurück und mich aus der direkten Gefahrenzone bringen.

Der Eingang war schmaler als die Breite der Schwingen.

Um ihn zu überwinden, musste das Biest die Flügel anlegen, sodass es ein pfeilartiges Aussehen bekam.

Es gab in der Nähe nur den Wagen, den ich als Deckung nehmen konnte.

Ins Haus würde ich nicht mehr so schnell gelangen, da versperrte mir dieses schwarze Monstertier den direkten Zugang.

Dicht hinter dem Eingang stach es fast senkrecht in die Höhe und verschwand mit den langen Schatten der Düsternis. Meine es für einen Moment verfolgende Mündung zeigte ins Leere. Dieses Ungeheuer war raffinierter gewesen, als ich annahm.

An der hinteren Stoßstange hatte ich mich niedergelassen. Jetzt drückte ich mich langsam in die Höhe, und diese Bewegung vollführte mein rechter Arm mit.

Kein Ziel für die geweihten Silberkugeln. Das Monstrum hatte sich verzogen. Würde es zurückkehren oder erst abwarten, bis ich mich in das Haus verzogen hatte?

Es war egal. Das Haus interessierte mich mehr als dieser fliegende Rochen, denn eine direkte Riesenfledermaus war es nicht gewesen, da kannte ich mich aus.

Und so schritt ich zum zweiten Mal auf das Haus zu. Auf diese verwinkelte und verbaute Bude, wo nicht allein die Tür schief war, auch die Innenwände und Fensteröffnungen.

Wer das erschaffen hatte, konnte kein Architekt gewesen sein. Aber er hatte etwas besessen.

Fluidum!

Man bekommt im Laufe der Zeit einen gewissen Sinn für Gefahren und magische Sphären. Hier war es wieder mal der Fall. In diesem Haus steckte mehr, als man ihm von außen her ansah.

Auch in dem Gang, der dicht hinter der Tür begann und den ich betreten hatte. Es zweigten zwar Räume ab, in die schaute ich nur kurz hinein und fand sie alle leer.

Dafür roch ich den Staub, die Feuchtigkeit des Holzes, manchmal auch den Moder.

Das war der typische Geruch von Verfall und allmählicher Verwesung. Irgendwann würde die Bude zusammenkrachen.

Interessanter war schon die Holztreppe, die am Ende des Ganges begann. Ebenfalls schmal und steil. Das Geländer hätte man meiner Ansicht nach weglassen können.

Angeleuchtet wurde sie im unteren Drittel von einer alten Sturmlaterne, die plötzlich in ihrem Innern aufglühte, als hätte jemand rasch noch eine Kerze hineingestellt oder eine Birne eingeschraubt. Das Lampenlicht zeigte mir auch den Staub, der mehr als fingerdick auf dem Boden und den Treppenstufen lag.

Spuren sah ich nicht.

Es war also keiner hochgegangen, ich würde der Erste sein.

Ein ungutes Gefühl beschlich mich. Vor der Treppe blieb ich stehen und warf einen Blick zurück. Die Tür erkannte ich nur schwach. Ihr bogenförmiger oberer Umriss wirkte wie ein letzter Gruß vor einer endgültigen Gefangennahme.

Zwar kam ich mir nicht direkt wie ein Gefangener vor, irgendwie machte mich das Haus trotzdem an. Mein Gegner hatte davon immer gesprochen. Er wollte, dass ich hineinging. Diesen Gefallen hatte ich ihm getan, und auf mich musste auch etwas warten.

Zwar nicht hier in der unteren Etage, es existierten noch mehrere Räume, die ich mir ansehen musste. Trotzdem wartete ich. Es war einfach das Gefühl, es tun zu müssen.

Ich sollte mich nicht getäuscht haben.

Mein unbekannter Gegner zeigte mir wieder einmal, wer Herr in diesem Lande war. Ihm gehörte Dämonia, er konnte damit spielen, es manipulieren und auch die Gegenstände, die es darin gab, gehorchten seinen Befehlen. Ob tot oder lebendig, das spielte keine Rolle.

Diesmal war nicht ich an der Reihe, das Haus selbst hatte er sich vorgenommen.

Weder ein Kratzen, Knarren, Quietschen oder Splittern hörte ich. Dennoch wurde an dem Haus etwas verändert. Es war ein Teil der Wand, die sich links von mir befand.

Sie verschwand.

Lautlos und auf eine unerklärliche und erschreckende Art und Weise. Wie ausradiert! Und ich erinnerte mich wieder an den echsenköpfigen Polizisten, der vor meinen Augen einfach verschwunden war. Auch da hatte ich nichts ändern können.

Die Lücke erweiterte sich. Etwa in Kniehöhe war die untere Grenze erreicht.

Mir gestattete das Loch einen freien Durchblick. Ich schaute hinaus in das dunkelgraue Gelände, sah keinen Horizont und konnte auch nicht unterscheiden, wo der Himmel begann oder die Erde aufhörte.

Nur den fliegenden Rochen sah ich. Diesmal besonders deutlich, denn er hatte sich verändert. Überall an seinen beiden Schwingen befanden sich rote Lichter, die auf mich wie Augen wirkten.

Sie zeichneten seine Gestalt nach, die ich schräg über dem Haus schweben sah, mal deutlicher, wenn sie in das Gelände hineinstachen, wenig später überhaupt nicht, wenn sie aus meinem Blickwinkel verschwand. Dass sie dennoch in der Nähe blieb, bewies mir, wie sehr sie mich unter Kontrolle halten wollte.

War die Lücke vielleicht für diesen fliegenden Rochen geschaffen worden?

Es konnte durchaus sein. Wohler wurde mir bei dem Gedanken nicht, auf einen Kontrolleur wie ihn konnte ich gut und gern verzichten.

Plötzlich vernahm ich die Laute. Es waren seltsame Geräusche, die ich zuerst nicht einordnen konnte.

Es war das Tappen kleiner Pfoten.

Und es kam von oben!

Ich trat einen kleinen Schritt zurück und stieß mit dem Rücken gegen die Wand. Durch die Lücke in meiner Nähe fuhr ein leichter Wind, der auch Kühle mitbrachte und den alten, muffigen Geruch innerhalb des Hauses vertrieb.

An der Stufenfront schaute ich hoch. Die steile Treppe bereitete mir Schwierigkeiten. Ich konnte zwar ihr Ende erkennen, leider nicht viel weiter sehen. Deshalb ahnte ich den dahinter liegenden Gang mehr, als dass ich ihn sah.

Und dort war das leise Tappen erklungen.

Als es verstummte, entdeckte ich den Schatten am Ende der Treppe. Es war ein Kopf, der sich verschob. Langsam überwand er den Kantenwinkel. Innerhalb der dunklen Fläche sah ich zwei Punkte, die grünviolett leuchteten.

Augen.

Katzenaugen!

Das Tier, dessen Pfotentappen ich vernommen hatte, war eine schwarze Katze.

Manche Menschen behaupten, dass sie Unglück bringt. Ich hielt mich da raus, trotz meines Berufs war ich nicht abergläubisch. Dass die Katze dort hockte, musste einen Grund haben, den ich herausfinden wollte. Behutsam überwand ich die ersten Stufen, hielt mich dabei dicht an der Holzwand und stellte fest, dass sich das morsche Holz unter meinen Füßen bog.

Zum Glück brach es nicht. Die Katze merkte natürlich, dass ich etwas von ihr wollte, und zog sich zurück.

So schnell, wie der Kopf aufgetaucht war, verschwand er auch wieder. Abermals vernahm ich das Tappen der kleinen Pfoten, das allerdings sehr schnell verstummte.

Ich ging weiter – und wurde angegriffen!

Dass es so schnell ablaufen würde, damit hatte ich nicht gerechnet. Ich sah einen gekrümmten Schatten, vernahm auch das Fauchen, wie es eben Katzen ausstoßen, dann war das Tier da.

Und wie es über mich herfiel!

Noch im Sprung bewegte es die Vorderpfoten mit den scharfen Krallen und hatte auch das Maul aufgerissen. Für einen Moment sah ich die Zähne. Waren sie vielleicht spitzer als die einer normalen Katze?

Ich konnte mich darum nicht kümmern und musste zurück. Mit einem Sprung nach hinten schaffte ich dies.

Nur würde ich keinem raten, das Gleiche zu versuchen. Man kann Glück haben, ich hatte es nicht und trat auf eine der Stufenkanten. Dabei verlor ich das Gleichgewicht. Mein Vorteil lag darin, dass ich mich schon fast am Ende der Treppe befand, so war der Aufprall nicht mehr so hart.

Auf dem Rücken landete ich und wäre fast noch durch die Lücke in der Mauer gerollt.

Die Katze hatte mich nicht erwischt, weil ich zu schnell gewesen war. Der nächste Sprung brachte sie wieder in meine Nähe, aber sie wollte mich nicht angreifen, huschte vorbei und verschwand mit einem Satz durch die Lücke in der Hauswand.

Ich kam wieder hoch. Schulterzuckend, da ich keinen Sinn in dem plötzlichen Auftauchen der Katze gesehen hatte. Mehr eine Irritation. Als ich das klägliche Miauen hörte, duckte ich mich und schaute durch die Wandlücke nach draußen.

Die Katze hockte nur ein paar Schritte entfernt. Das heißt, es war nur mehr ein halbes Tier, da mir mein Feind wieder einmal bewies, wie er alles in der Welt Dämonia manipulieren konnte.

So auch die Katze.

Schwanz und Unterkörper waren verschwunden. Ich sah noch den Kopf und die dunkle Brust, das weit aufgerissene Maul und die kleine Zunge, dann hörte ich ein letztes Miauen, und von dem Tier war nichts mehr zu sehen.

Weg, verschwunden!

Ich schüttelte den Kopf, weil ich es einfach nicht fassen konnte, obwohl ich es schon öfter erlebt hatte. Wie war so etwas nur möglich? Und ich dachte auch daran, dass mir unter Umständen das Gleiche passieren konnte. Wahrscheinlich würde ich mich nicht mal wehren können, wenn der Unbekannte zu seiner Magie griff.

Ich bekam einen trockenen Hals, als ich darüber nachdachte. Als Realist musste ich einsehen, dass mir noch eine Galgenfrist gewährt wurde. Der andere wollte noch mit einer Überraschung für mich aufwarten. Diese Dinge, wie der Angriff der Katze, waren möglicherweise nicht mehr als eine magische Spielerei.

Also weiter.

Diesmal nahm ich die Treppe nicht so vorsichtig. Verstaucht hatte ich mir bei dem Fall auch nichts. Im Laufe der

Zeit bekommt man so etwas wie eine zweite Haut, Blessuren gehören eben zum Job.

Diesmal hielt mich niemand auf. Mit wenigen Schritten ließ ich die Treppe hinter mir und stand in einem Gang, der große Ähnlichkeit mit dem in der unteren Etage hatte.

Türen sah ich ebenfalls.

Diese waren verschlossen. Direkt über mir hing wieder eine Laterne, die einen sanften, weichen Schein verbreitete und den Gang fast bis zu seinem Ende ausleuchtete.

Außer mir hielt sich niemand auf.

Dafür stand ich unter Beobachtung, da mich mein Gegner wieder ansprach. »Sinclair, du bist da …«

»Das sehe ich.«

»Sogar fast am Ziel«, hörte ich ihn. »Nicht mehr lange, dann wirst du die Überraschung deines Lebens bekommen.«

»Mich kann nichts mehr überraschen«, erwiderte ich. »Wer meinen Job hat, der ist vieles gewohnt.«

»Aber nicht diese Dinge.«

»Ich gebe zu, dass mir die Welt seltsam vorkommt. Dämonia ist außergewöhnlich, da hat der Teufel etwas geschaffen …«

»Nicht der Teufel, Sinclair. Ich war es. Ich habe diese Welt geschaffen. Nach meinen Träumen und den Angaben des Höllenherrschers. Fast ein ganzes Menschenleben habe ich warten müssen. Als junger Mann wusste ich schon, dass ich vom Herrn der Hölle ausgesucht worden war, seinen Willen in die Tat umzusetzen. Nun habe ich es geschafft. In einem Alter, wo andere schon längst Großvater sind.«

»Wir sind uns nie begegnet – oder?«, fragte ich.

»Nein.«

»Wie lautet dein richtiger Name? HCP ist doch nur mehr eine Abkürzung, oder nicht?«

»Ja, es ist die Abkürzung für Harold Cecil Painter. Ich war es, der dich lockte. Ich habe dafür gesorgt, dass du dich in deinen Wagen setzen konntest und mitten in der Nacht weggefahren bist, denn meine Welt wartete auf dich. Dämonia sollte dich aufsaugen, und Dämonia hat dich aufgesaugt …«

»Wo liegt sie?«

»Überall.«

»Das ist Unsinn!«, widersprach ich. »In welcher Dimension kann ich Dämonia finden?«

»In meiner. Ich habe sie erstellt. Sie ist nicht existent. Sie liegt in keiner anderen Dimension, wie du es vielleicht vermutest. Es gibt sie nur auf dem Papier.«

»Wie?«, fragte ich völlig konsterniert.

Ich hörte sein raues, gleichzeitig auch wissendes Lachen. »Ja, Sinclair, Dämonia existiert nur auf dem Papier. Und zwar auf einem besonderen Papier. Dämonia ist ein Comic, ein Albtraum-Comic, John Sinclair. Alles klar?«

Nein, mir war nichts klar. Ich wollte etwas hinzufügen oder fragen. Die Worte blieben mir im Hals stecken. Hatte er Recht? War ich tatsächlich Gefangener in einer Comicwelt?

Unvorstellbar.

Und dennoch, wenn ich darüber nachdachte, konnte das durchaus möglich sein, denn ich dachte wieder daran, wie schnell Gegenstände in dieser Welt verschwinden konnten.

Einfach ausradiert.

Und das musste es auch gewesen sein. Dieser Harold Cecil Painter konnte seine Figuren zeichnen und sie ebenso rasch wieder verschwinden lassen. Nach Lust und Laune. Sie waren seine Geschöpfe und dämonisch belebt durch die Macht des Teufels.

Ein unglaublicher Vorgang, den ich erst mal verkraften musste.

»Na, wie siehst du deine Chancen?«, hörte ich seine höhnische Stimme. »Viel kannst du nicht mehr erwarten.«

»Ich lebe noch.«

»Ja«, erwiderte er lachend. »Von meinen Gnaden, du kleiner Robin Hood. Ich habe lange genug warten müssen, einfach zu lange. Bereits als junger Mann war ich darüber informiert, dass du mir einmal über den Weg laufen würdest, obwohl du noch nicht geboren warst. Als ich anfing, meine Geschichte zu erfinden, war mir bereits bekannt, wer in meine Welt Dämonia hineintreten würde. Der Teufel weiß nicht alles, leider, aber er wusste genau, dass er einmal einen John Sinclair töten sollte. Ich habe gearbeitet und alles überwunden, was sich mir an Schwierigkeiten in den Weg stellte. Kein leichtes Leben liegt hinter mir. Ich habe manches Mal hungern müssen, doch nun stehe ich vor dem großen Erfolg. Ich, Harold Cecil Painter. Meine Bilder, von mir entworfen und gezeichnet, üben die Macht aus, die ich ihnen eingegeben habe. Sie werden dich vernichten, denn ich kann diese Welt zerstören, so wie ich sie erschaffen habe. Ob es sich dabei um einen Abgrund handelt, von mir gezeichnete Figuren, die ein teuflisches Leben besitzen, darin gibt mir der Satan freie Hand. Es hat dich überraschend getroffen, als ich nach dir griff. Ebenso überraschend wird dein Ende sein. Doch zuvor sollst du die Qualen erleben, die ich mir für dich allein ausgedacht habe …«

Es waren die letzten Worte, die er zu mir sprach, denn auf meine weiteren Fragen erhielt ich keine Antwort. Allein blieb ich in der Stille des unheimlichen Hauses zurück und ließ mir seine Erklärungen durch den Kopf gehen.

Es war für mich nicht einfach, die Regeln des teuflischen Spiels zu begreifen. HCP hatte ich noch nie in meinem Leben gesehen, auch nichts von ihm gehört, dennoch hatte er mich bereits vor meiner Geburt »erkannt«. Er hatte also gewusst, dass es irgendwann mal einen Mann namens John Sinclair geben würde.

Und er hasste mich.

Hasste ich ihn auch?

Nein, eigentlich nicht. Irgendwie verspürte ich sogar Mitleid mit diesem Menschen. Er hatte sich da in eine Lage hineinmanövriert, aus der er nicht mehr herauskommen würde. Voll und ganz vertraute er auf den Teufel. Das war ein Fehler.

Wobei sich als Zweites die Frage stellte, ob ich es auch je schaffen konnte, dieser verdammten Welt Dämonia zu entfliehen. Einer gezeichneten und trotzdem existierenden Welt. Das war der blanke Irrsinn, aber eine Tatsache, die sich leider nicht leugnen ließ.

Klar, er beobachtete mich. Im Gegensatz zu mir konnte er alles sehen, was in der Welt, die er erschaffen hatte, ablief. Zudem konnte er die Umgebung manipulieren. Er zeichnete ein, er schuf Dinge aus dem Nichts, die plötzlich zu einem Leben erwachten und sich mir als feindlich in den Weg stellten.

Wie die Katze oder das plötzliche Ausradieren eines Teils der Hauswand. Dies alles hatte ich hinnehmen müssen und musste auch weiter damit rechnen, dass mir Fallen ähnlicher Art gestellt wurden.

Noch ließ er mich in Ruhe.

Ich stand weiterhin im Flur der ersten Etage und dachte darüber nach, wie es weitergehen sollte. Meine Sinne glichen kleinen Sensoren, die alles aufnahmen, was sich in der Nähe abspielte. Die Ruhe gefiel mir überhaupt nicht. Sie war einfach zu trügerisch. Wenn ich meinen Blick nach vorn gleiten ließ und somit auch die Türen erfasste, sah ich diese zwar geschlossen, im Gegensatz zu den Zimmern in der unteren Etage hatte ich allerdings das Gefühl, als würde hinter ihnen irgendetwas lauern.

Jedes Zimmer, jeder Raum konnte mit einem anderen Monster oder mit einer anderen Figur besetzt sein. Harold Cecil Painter brauchte ja nur zu zeichnen.

Die Räume zwischen den einzelnen Türen waren von unterschiedlicher Größe. Mal so schmal wie ich, dann wieder wesentlich breiter. Ich fühlte mit der Hand über das Material.

Es bestand aus Holz und hatte auch eine gewisse Feuchtigkeit gespeichert. Irgendwie kam es mir weich und modrig vor.

An der linken Seite lag die erste Tür. Sie hatte auch eine dunkle Klinke. Die drückte ich nach unten, öffnete die Tür, wollte in das dahinterliegende Zimmer gehen und stoppte abrupt, denn da war nichts. Beim nächsten Schritt wäre ich ins Leere getreten und zu Boden gefallen.

So blieb ich stehen und hielt für einen Moment die Luft an. Im Mund spürte ich das kalte Gefühl. Behutsam schob ich den Kopf vor, schaute in die Tiefe und sah einen Abgrund.

Bodenlos, unheimlich, völlig finster.

Abermals hatte es mein Gegner geschafft, diese, seine Welt zu manipulieren.

Ich atmete tief ein und beruhigte so meinen hämmernden Herzschlag. Mit Überraschungen sparten dieses Haus und diese Welt nicht. Ich trat wieder zurück und zog die Tür zu.

Sah es hinter den anderen auch so aus? Ich ging weiter und merkte in den nächsten Augenblicken etwas von der Veränderung, die das Haus plötzlich überkam.

Da tat sich etwas in der Innenwand.

Zuerst hatte ich das Gefühl, als würde sie anfangen zu schmoren. Es war wieder die linke Seite, die sich bewegte, zusammenzog und auch vibrierte, als würde jemand von außen dagegenschlagen.

Es schlug niemand dagegen, dafür entstanden Umrisse im Holz, als wollte jemand aus dem Material etwas herausschnitzen. Die Umrisse zeigten mir die Konturen zweier Gesichter. Eines war schmaler und kantiger als das zweite.

Sie entstanden innerhalb der Maserung. Wie von Meisterhand gezeichnet. Und der Zeichner war tatsächlich am Werk. Schon nach wenigen Strichen hatte ich gesehen, wen die beiden Gesichter darstellen sollten.

Ich kannte sie beide sogar sehr gut. Denn sie gehörten meinen Freunden Suko und Bill …

Plötzlich saß wieder dieser verdammte Klumpen in meinem Magen. Das Atmen bereitete mir Mühe, und ich spürte auch die Wut, die in mir hochstieg. Nicht genug damit, dass sich HCP um mich kümmerte, nein, er musste auch noch meine Freunde in seine teuflischen Pläne mit hineinziehen. Hatte er das getan, um mich zu schocken? Oder war es ihm gelungen, sie ebenfalls, wie mich, in die Welt Dämonia zu holen?

Antworten auf diese Fragen brannten mir auf der Seele. Zunächst tat ich nichts. Ich schaute weiter zu, wie die Geister entstanden und anschließend die Körper etwa bis zur Hüfte hin gezeichnet wurden. Es waren helle Umrisse, sie hoben sich vom Dunkel des Holzes sehr deutlich ab. Ich konnte jeden Strich verfolgen. Auch die Gesichter waren phantastisch nachgezeichnet worden. Da stimmte jede Falte. Trotz ihrer Starrheit schien Leben in ihnen zu stecken.

Unwahrscheinlich …

Ich stand da und wartete darauf, dass HCP sein Werk beenden würde. Er war sehr gründlich, gab jedem Gesicht und der oberen Hälfte des Körpers noch den letzten Schliff, dann verschwand das Zittern des für mich nicht sichtbaren Malstifts.

Dafür gab er Farbe nach.

Rote Farbe – wie Blut …

Damit füllte er die Umrisse aus, und ich bekam ein Bild des Schreckens von meinen Freunden geliefert. Die Gesichter verzerrten sich. Oft genug verteilte sich das Blut, sodass es nach innen rann und den Zeichnungen einen makabren Touch gab.

Bill und Suko waren nicht so existent wie ich. Wahrscheinlich würden sie es auch nicht werden. Das alles war für meinen Feind nur ein Spiel, um mich nervlich fertig zu machen oder vielleicht auf die große Überraschung vorzubereiten.

Am Anfang hatte ich auch einen Schreck bekommen. Der war jetzt überwunden, sodass ich näher an die Wand herantrat, den rechten Arm ausstreckte und mit dem Zeigefinger die Umrisse des Körpers nachzeichnete. Kaum hatte ich das Holz berührt, spürte ich schon die Feuchtigkeit.

Das Blut oder die Farbe waren echt!

Ich schluckte und schüttelte mich. Was war in dieser verdammten Welt eigentlich nicht möglich? Auf einmal war ich mir gar nicht mehr so sicher, ob Suko und Bill nicht doch in den gefährlichen Kreislauf mit hineingezogen worden waren. Dieser Painter war unberechenbar, er machte das Unmögliche möglich.

Die Gesichter meiner Freunde bewegten sich. Dadurch verteilte sich das Blut noch mehr, nahm von den jetzt fratzenhaften Abbildungen Besitz und lief schräg, senkrecht oder waagrecht über die gezeichneten Gestalten. Zum Teil auch entgegen der Erdanziehungskraft.

So etwas war eben nur in einer dämonischen Welt möglich.

Ich trat wieder einen Schritt zurück und hob die Schultern. So kamen weder HCP noch ich weiter. Da musste einfach etwas anderes geschehen. Ich wollte ihm auch zeigen, dass ich trotz allem nicht so wehrlos war, nahm mein Kreuz und presste es gegen die gezeichneten Gestalten der beiden Freunde.

Es entstanden zischende Geräusche. Plötzlich sonderte die rote Farbe Dampf ab, als würde sie erhitzt. Die gezeichneten Gesichter zerliefen, wurden zu einer klumpigen Masse, und die gesamte Chose rann an der Wand entlang nach unten.

Vorbei war der Spuk …

Mein Ziel war der Gang, vielmehr dessen Tiefe. Aus diesem Grunde ging ich weiter.

Einen Schritt, den zweiten …

Ich erreichte die nächste Tür. Sie lag auf der rechten Seite. Sollte ich nachschauen?

Ja, ich riskierte es, drückte wieder die Klinke und blieb stehen. Das war mein Glück.

Zwar befand sich hinter der Tür kein Abgrund, doch die andere Gefahr war ebenso schlimm.

Von oben her fiel die Axt nach unten. Ich hörte das pfeifende Geräusch, sah einen Blitz, und im nächsten Augenblick war die Waffe verschwunden. Irgendwo in der Tiefe …

Da hätte es mich wieder erwischt. Harold Cecil Painter ließ tatsächlich keinen Trick aus.

Ich trat wieder zurück, schloss die Tür, befand mich weiterhin in einem leeren Gang, aus dem mir keine Gefahr entgegenströmte. Als ich weitergehen wollte, hörte ich das Lachen.

Das Lachen einer Frau …

Zuerst war ich irritiert. HCP traute ich alles zu, jede Täuschung, aber dieses Lachen konnte nicht gezeichnet sein, das war echt, und es stammte tatsächlich von einer Frau.

Ich bewegte mich lautlos weiter. An der linken Seite, hinter der nächsten Tür war es aufgeklungen, pausierte jetzt für wenige Sekunden. Ich hörte ein Knarren oder Quietschen, das entsteht, wenn sich jemand im Bett herumdreht, dann mehrmaliges Lachen.

So gurrend und sinnlich …

Das alles hätte mich nicht gestört, wenn mir dieses Geräusch nicht so bekannt vorgekommen wäre.

Ich kannte das Lachen.

Es gehörte, mein Gott, daran durfte ich überhaupt nicht denken … Ich ging vor und legte meine Hand auf die Klinke. Ich wollte Gewissheit haben, ob ich keiner Täuschung erlegen war.

Ich drückte die Klinke nieder.

Verschlossen!

Im nächsten Augenblick war wieder das Lachen da, dazu die mir so bekannte Stimme, die folgende eindeutige Worte sprach:

»Ja, mein Lieber, tu es …«

Jetzt war ich mir hundertprozentig sicher. Die Frau, die da gesprochen hatte, war eine gute alte Freundin und Bekannte von mir. Gleichzeitig auch meine Sekretärin.

Eben Glenda Perkins …

Sinclair war im Haus, und HCP konnte sich die Hände reiben. Endlich hatte er ihn so weit. Ein Zwischenziel war erreicht. Jetzt ging es weiter, und zwar hinein in das Finale.

Er hatte ihm einige Fallen gestellt oder gezeichnet. Gar nicht mal ungefährlich, wenn er an das Fallbeil dachte, aber damit ließ sich ein Mann wie John Sinclair nicht überwinden. Der Teufel hatte seinen Diener vor dem Geisterjäger gewarnt und ihm erklärt, dass Sinclair mit allen Wassern gewaschen sei.

Es war keine Lüge gewesen. Bisher hatte Sinclair wirklich Mut und Nervenstärke bewiesen. Auch die gezeichneten, blutigen Gestalten seiner Freunde hatten ihn nicht irritieren können. Er war weitergegangen und hatte das Lachen vernommen.

Die Überraschung!

Das Finale, der Schrecken, der absolute Horror, wie immer man es nennen wollte. Jeder Begriff traf darauf zu. Sinclair würde etwas erleben, das unmöglich war und nur in einer Welt wie dieser sein konnte.

Dafür wollte HCP sorgen. Dafür hatte er ein Leben lang gearbeitet, sich jedes Detail genau ausgedacht, und seinen Zeichenstift hielt er bereit.

Die Figuren standen schon lange. Nun brauchte er ihnen nur noch Bewegung einzuhauchen.

Der Odem der Hölle sollte sie durchwehen und Sinclair zeigen, bevor er starb, wie mächtig ein Mann wie HCP war, wenn er Satans Unterstützung in seinem Rücken wusste.

Da war das Gesicht der dunkelhaarigen Frau. Fein geschnitten, ebenmäßig, mit großen, dunklen Augen, einem vollen Mund, der sanft geschwungen war. Zudem besaß die Frau eine ausgezeichnete Figur. Sie war nicht zu mager, sondern genau an den Stellen gepolstert, wo es ein Mann gern hat.

Das alles wusste HCP. Er hatte Zeit genug gehabt, um sich damit zu beschäftigen.

Und er hatte ihr das Leben eingehaucht. Diese Person steckte voller Glut und Leidenschaft. Sie war bereit, John Sinclair zu folgen, das hatte sie schon mehr als einmal bewiesen, und sie würde auch in dieser Geschichte die Hauptrolle übernehmen.

Er blätterte weiter …

Schwer ging sein Atem. Die innere Erregung hielt ihn gepackt. Painter hockte vor seinem Zeichenbrett und hatte die Welt um sich herum vergessen. Ihn interessierten nur sein Comic und der Fortgang der Geschichte, die sich allmählich dem höllischen Ende näherte.

Sein Lächeln war hintergründig und teuflisch zugleich. Er hatte sich alles genau ausgerechnet, schaute auf die nächsten Bilder und sah, dass sich John Sinclair als lebende Person in der Welt Dämonia weiterbewegte. Er konnte praktisch von Bild zu Bild gehen, und er stand bereits vor der Tür.

Dahinter lag ein Zimmer. Und was für eines.

Painter hatte sich große Mühe gegeben, den Raum so zu zeichnen, wie er seinen Vorstellungen entsprach. Sinclair sollte sich wundern, der Schock seines Lebens wartete auf ihn.

»Dann komm mal!«, flüsterte der Zeichner. Er schloss sekundenlang die Augen, stellte sich in seiner Phantasie bereits die tollsten Dinge vor und begab sich wenig später daran, sie durch seinen Zeichenstift in die Tat umzusetzen …

Ich hatte das Lachen gehört. Ich kannte auch die Frau verdammt gut. War sie echt, war das Lachen echt, oder präsentierte man mir hier eine grobe Täuschung?

Das war die große Frage, auf die ich eine Antwort finden musste und mich zunächst einmal nicht traute, die Tür zu öffnen, da die zu hörenden Laute, Stimmen und Geräusche eindeutig waren.

Nicht nur eine Frau redete, auch ein Mann.

Er sprach sehr leise, dennoch war ich sicher, seine Stimme schon mal gehört zu haben.

Aber wo?

Er hätte noch reden müssen, das tat er leider nicht. Dafür hörte ich leise Schritte hinter der Tür. Sie gingen vorbei, und Glenda sprach wohl im Gehen.

»Ich bin gleich wieder da, mein Lieber. Du kannst solange im Bett bleiben.«

Im Bett bleiben, hatte sie gesagt. Verdammt, mit wem trieb sie es eigentlich dort? Was hatte sie sich für einen Kerl ins Bett geholt? Oder war alles Illusion?

Ich wurde immer nervöser. Spannung kroch in mir hoch, attackierte meine Nerven. Im Hals bekam ich die große Trockenheit und musste mich vorsichtig räuspern, um die Kehle freizubekommen.

Bewusst öffnete ich noch nicht die Tür. Ich musste innerlich etwas ruhiger werden, um auch kalt und, wenn möglich, gelassen zu reagieren.

An viele Personen hatte ich gedacht. Dass Glenda ebenfalls in dieser Welt steckte, das konnte ich nicht fassen.

Was lag hinter der Tür. Zumindest gab es dort ein Bett. Ich machte es wie eine neugierige Wirtin, die etwas über ihren Untermieter erfahren will. Ich bückte mich und peilte durch das Schlüsselloch in das Zimmer.

Nur einen Ausschnitt entdeckte ich, leider keine Personen. Im Zimmer brannte Licht. Nicht hell, strahlend, eher dunkel und auch rötlich. Ich dachte an die Worte meiner Sekretärin, sie waren eindeutig genug gewesen, und dieses rötlich schimmernde Licht passte einfach dazu.

Harold Cecil Painter hatte von einer Überraschung gesprochen. Sie war ihm bisher gelungen.

Aber ich wollte alles wissen. Meine Neugierde war angestachelt worden. Jetzt konnte ich einfach keinen Rückzieher mehr machen. So etwas ging mir gegen den Strich.

Und ich hatte das Gefühl, dass sich in diesem Raum mitten in der Welt Dämonia alles entscheiden würde.

Ich hatte schon ein komisches Gefühl, als ich die Klinke berührte, denn ich stand vor dem entscheidenden Schritt.

Dabei konnte ich unter zwei Möglichkeiten wählen.

Sollte ich die Tür mit einem Ruck öffnen und wie ein wild gewordener Stier in den Raum stürmen? Oder sollte ich vorsichtiger sein, möglichst lautlos reagieren und zunächst einmal durch einen entsprechend breiten Spalt in den Raum schauen?

Ich entschied mich für die letzte Möglichkeit.

Die Klinke ließ sich leicht bewegen, als hätte sie gerade erst jemand geölt. Nicht ein Geräusch entstand, als die Klinke nach unten fiel und ihren Druckpunkt erreichte.

Jetzt war die Tür schon offen …

Mein Herz klopfte wieder stärker. Die Spannung steigerte sich ins Unermessliche. Mir gelang es, die Tür zu öffnen, ohne dass ein einziger Laut entstand.

Dafür schuf ich einen Spalt, der eine Sekunde später breit genug war, um hindurchschauen zu können.

Ich blickte in den Raum.

In der Welt Dämonia geriet ich tatsächlich von einer Überraschung in die andere. So eine Einrichtung, so einen Raum hätte ich hier tatsächlich nicht vermutet.

Er erinnerte mich an die Plüschbordells der viktorianischen Zeit, die ich schon des Öfteren auf Bildern gesehen hatte. An den Wänden hingen Seidentapeten, die im Licht der Stehlampen schimmerten. Elektrizität gab es noch nicht. Unter den farbigen Schirmen brannten Dochte, die aus einer Ölschicht hervorstachen.

Der Raum hatte zwei Fenster. Natürlich waren die Scheiben durch Vorhänge verdeckt worden.

Mein Blick fiel geradewegs auf das Bett!

Ein breites Himmelbett mit einem Baldachin darüber, der in der Mitte ein wenig durchhing und aus einem schweren Brokatstoff bestand. An den Seiten hatte das Bett dünne Vorhänge, auch an seinem Fußende. Der Vorhang dort war nicht ganz geschlossen, ich konnte auf das Bett schauen und sah dort eine Gestalt liegen.

Eine Frau war es nicht. Ich erkannte nur das Schimmern der nackten Haut.

Wer da lag, war für mich nicht zu sehen, da musste ich näher heran. Ich ließ mir Zeit und nahm auch die anderen Details des Zimmers zur Kenntnis.

Da stand der Schrank, auf dem Boden lag der Teppich. So dick und flauschig. Die Motive der Wandbilder zeigten allesamt erotische Szenen.

Nackte Menschen, die auf Betten oder Sofas lagen und sich ihrem Vergnügen hingaben.

Ein Sideboard war ebenfalls vorhanden. Es befand sich dicht neben der zweiten Tür, die möglicherweise zu einem Waschraum führte. Da war ich mir nicht sicher. Ich erkannte das Möbelstück und die Tür auch nur, weil ich meine ein wenig weiter aufgezogen hatte.

Und ich hörte die Stimme.

Glenda Perkins redete aus dem Nebenraum. »Darling, ich bin gleich da. Dann werde ich dir den Himmel auf Erden bereiten …«

Der andere brummte nur.

Mir aber hatte es einen Stich gegeben, als ich Glendas Stimme gehört hatte. Das war einfach nicht zu fassen. Meine Sekretärin wollte es mit einem Mann treiben, der …

Ich verbannte die weitere Folgerung aus meinem Hirn und dachte darüber nach, ob es tatsächlich Glenda war oder nur mehr eine gezeichnete Figur, die mir etwas vorspielen würde.

Das musste ich abwarten und sie erst einmal genau anschauen, wenn sie das zweite Zimmer verließ.

Das geschah auch.

Vielleicht ahnte oder wusste sie, dass sie beobachtet wurde, denn sie zog die Tür nicht mit einem Ruck auf, sondern drückte sie beinahe sanft nach außen.

»Jetzt bin ich so weit.« Mit diesen Worten begleitete sie ihr Kommen. Zuerst sah ich nur ihren Schatten, dann kam sie ganz, und mein Herzschlag raste plötzlich wie verrückt.

Glenda sah aus wie … ja, wie sah sie eigentlich aus? Mir fehlte plötzlich der Vergleich. Für mich hatte sie zwar keinen Blick, schaute nur auf das Bett, aber sie war stehen geblieben, sodass ich Zeit bekam, sie genau zu betrachten.

Glenda trug ein rotes Unterkleid. Der Slip schimmerte ebenfalls rötlich und war, wie das kurze Hemdchen, mit schwarzen Rüschen besetzt.

Das i-Tüpfelchen waren zweifelsohne die Strapse.

Das lange, dunkle Haar trug sie offen. Sie hatte sich geschminkt, und ihre Augen glitzerten verheißungsvoll.

War das die Glenda Perkins, die ich kannte? Eine Frau, die sich so produzierte wie ein Freudenmädchen aus viktorianischer Zeit? Für mich war es unbegreiflich, und mich machte dieser Anblick nicht an, er stieß mich sogar regelrecht ab.

Okay, ich hatte mit Glenda schon einige Male geschlafen, aber so war sie mir nie begegnet.

Irgendwie passte es nicht zu ihr, aber was passte in dieser verdammten Welt schon zueinander?

Sie ging noch einen Schritt und dachte nicht daran, einen Blick auf die Tür zu werfen. Bei dieser Bewegung hörte ich das Rascheln und Knistern der Seide. Diese »Musik« passte haargenau in die im Zimmer liegende erotische Atmosphäre.

Ihre Hände hatte sie in die Hüften gestützt. Der Mund verzog sich zu einem lockenden Lächeln. Die glänzenden Augen forderten den auf dem Bett liegenden Mann auf …

»Wie gefalle ich dir, Darling?«

Ich hörte ein leises Lachen, das ich oft gehört hatte, aber im Moment wusste ich nicht, wo ich es hinstecken sollte.

»Du hast mich ja gar nicht angesehen«, beschwerte sich Glenda mit einer Stimme, die im Klang genau zu ihrem Aussehen passte.

Der Mann sagte auch jetzt nichts, aber er bewegte sich. Durch den Vorhangspalt am Fußende konnte ich dies genau erkennen. Er richtete sich auf und drehte dabei seinen Oberkörper zur Seite, sodass ich nur mehr den blanken Rücken sah.

Blonde Haare entdeckte ich ebenfalls …

Es war mir zu wenig, also öffnete ich die Tür noch weiter, ging in das Zimmer hinein und wurde von Glenda überhaupt nicht betrachtet. Sie hatte nur Augen für den Mann im Bett, der sich genau in diesem Augenblick aufrichtete, sodass auch ich ihn sehen konnte.

Ich kam mir vor, als hätte jemand einen Kübel Eiswasser über meinem Kopf ausgeleert.

Den Mann kannte ich verdammt gut. Besser als irgendeine andere Person auf der Welt.

Er war ich selbst!

Hatte Harold Cecil Painter nicht immer von einer Überraschung gesprochen?

Ja, das hatte er, und diese Überraschung war ihm wahrhaftig gelungen. Ich hatte das Gefühl, nicht mehr ich selbst zu sein und irgendwohin zu fliegen. Einfach weg, fort, hinein in das weite All, einzutauchen in fremde Dimensionen, die mich schluckten, fraßen, der Realität entrissen und mich nie mehr wieder loslassen wollten.

Es war grauenhaft.

Im Leben eines Menschen gibt es immer wieder Momente, wo er einer harten Prüfung unterliegt. So etwas kannte ich, das hatte ich schon mehrmals durchgemacht. Ich brauchte nur daran zu denken, als ich den lächelnden Henker identifiziert und erkannt hatte, dass sich Jane Collins unter der Kapuze verbarg.

Diesmal war wieder so ein Moment eingetreten. Ich als nackter Mann auf einem Bett. Glenda angezogen wie die personifizierte Sünde.

Diese Tatsache zu begreifen und unter einen Hut zu bringen war verdammt schwer. Es hätte sich normalerweise die Frage gestellt, wer nun echt war. Der Mann auf dem Bett oder ich.

Der andere konnte es nicht sein, weil ich ja wusste, dass ich der echte John Sinclair war. Dann musste der andere nur mehr eine zum Leben erweckte Comicfigur sein, die sich ebenfalls mit einer lebenden Comicfigur abgeben wollte, um mir ein Spiel zu bieten, das mich an den Rand der Verzweiflung bringen sollte.

Das hatte sich HCP verdammt gut ausgedacht. Sogar super. Ich war geschockt.

Reden konnte ich nicht. Selbst das Atmen fiel mir schwer. In meiner Kehle und im Magen verspürte ich einen harten Druck, der sich weiter ausbreiten wollte und mich auch zum Zittern brachte. Ich sollte der Beobachter einer erotischen Szene werden, die sich der im Unsichtbaren lauernde Feind für mich ausgedacht hatte.

Was konnte ich tun?

Ich überwand mich selbst und sprach Glenda Perkins an. Leise rief ich ihren Namen.

Sie achtete überhaupt nicht auf meine Stimme, da sie nur Augen für den hatte, der auf dem Bett lag. Das Lächeln auf ihren Lippen wurde noch sinnlicher. Sie ging den nächsten Schritt und sprach auch.

»Hallo, John ...«

Es war ein Flüstern, aber es wurde von dem anderen genau

verstanden, denn er richtete sich weiter auf. Die ebenfalls seidene Bettdecke reichte ihm bis an die Hüften. Er liftete sie, rückte ein wenig zur Seite und schuf Glenda Platz.

»Komm nur her!«

Verdammt, das war ich doch, der da gesprochen hatte. Ich erkannte keinen Unterschied im Klang der Stimme. Der redete so wie ich. Ein heller Wahnsinn.

Auf meiner Haut spürte ich den Schweiß. Und er wurde immer mehr, denn ich transpirierte in diesen schrecklichen Minuten sehr stark. Nur flach konnte ich atmen. Auf meiner Brust spürte ich den gewaltigen Druck. Mein Innenleben war völlig durcheinander gewirbelt worden, und Glenda sagte: »Darauf habe ich wieder lange warten müssen.«

Ich ballte meine rechte Hand. In der linken hielt ich noch das Kreuz. Dabei hatte ich das Gefühl, eine Zentnerlast tragen zu müssen. Glenda hatte dem anderen positiv geantwortet.

Weshalb auch nicht? Sie beide wollten es ja, und ich sollte ihrem Treiben zuschauen.

Eine völlig normale Situation, wie sie tagtäglich in gewissen Etablissements ablief, aber hier sah alles anders aus. Da war ich zwischen die Fronten geraten, als existierende Person in eine Welt hineingeraten, die unwirklich und gleichzeitig real war.

Noch hatte sich mein Ebenbild nicht hingelegt. Der Mann schaute zu, wie Glenda an das Bett herantrat und auch den sie störenden Vorhang zur Seite schob.

Ihre Sicht war frei, seine ebenfalls.

Sie schauten sich an.

Ich konnte mir vorstellen, wie bewundernd die Blicke des anderen über ihren gut gebauten Körper glitten, und Glenda stellte sich provozierend hin, indem sie das rechte Bein vorschob, es leicht anwinkelte und damit begann, die Strümpfe auszuziehen.

Sie bewegte sich dabei wie eine professionelle Stripperin. Wie in Zeitlupe rollte sie die Seide nach unten und warf sie gekonnt zur Seite.

Ich stand nicht mehr auf der Schwelle des Zimmers und war zwei Schritte in den Raum hineingegangen. Die anderen mussten mich einfach sehen, aber sie nahmen mich überhaupt nicht zur Kenntnis, denn nicht einmal mit einem Zucken ihrer Augenlider reagierten sie auf meine Anwesenheit.

Wie weit würden sie es noch treiben? Konnte ich ihr widerstehen?

Daran wollte ich nicht glauben. Ich zeigte Nerven. Nur hat jeder Mensch einen Punkt, wo sie zu flattern anfangen. Und bei mir würde es bald so sein, dessen war ich mir sicher.

Es waren nur noch zwei Schritte, die Glenda von der Bettkante trennten. Diese Distanz legte sie innerhalb einer Sekunde zurück. Sie drehte sich dabei lockend herum und nahm auf der Kante Platz. Dort blieb sie für einen Moment sitzen.

Den Kopf hatte sie meinem Ebenbild zugedreht. Nun streckte sie den rechten Arm aus und strich »mir« mit einer liebevoll wirkenden Handbewegung über die Wange.

Mein Ebenbild lächelte.

»Willst du mich ausziehen?«, fragte Glenda.

Ich kochte innerlich. Was spielten mir die beiden da vor? Hatten sie kein Schamgefühl?

»Du kannst es auch selbst …«

»Gern. Einen Moment.« Glenda drehte sich wieder von dem anderen weg, winkelte die Arme an und brachte die Hände nach hinten, um dort dunkle Knöpfe zu öffnen.

Es waren drei an der Zahl.

Ich konnte es genau sehen. Glendas Hände waren sehr geschickt, als hätte sie so etwas schon immer gemacht und fleißig geübt. Der dünne Stoff auf ihrem Rücken teilte sich. Er fiel in zwei Hälften auseinander. Jetzt brauchte sie nur mehr die dünnen Träger über ihre runden Schultern zu streifen.

Sie wollte gerade damit anfangen, als sich der Mann meldete. »Nein, warte, das mache ich.«

»Gern.« Um den anderen zu unterstützen, rückte Glenda näher, und sie ließ sich sogar gegen ihn fallen.

Lachend lag sie neben ihm. Ihr Kopf bewegte sich auf den anderen zu. Ihre Lippen fanden sich, während die Hände des Mannes damit begannen, die Träger über die Schultern zu streifen.

Ich schaute zu und stand dicht vor einer Explosion. Nein, ich konnte nicht mehr länger zusehen. Das war einfach zu viel. Die Szene ging über meine Kraft.

Ich schritt vor.

Der Teppich dämpfte jeden Laut, und ich wunderte mich über die Ruhe in meiner Stimme, als ich sagte: »Jetzt reicht es!«

Meine Worte schwangen noch als Echo nach. Hätte mich jemand in einer so eindeutigen Situation angesprochen, ich wäre hochgeschnellt wie eine Stahlfeder, und eigentlich hatte ich bei den beiden auch damit gerechnet, doch ich hatte mich getäuscht.

Sie blieben liegen.

Nebeneinander, halb aufeinander, und beide schienen dem Klang meiner Stimme zu lauschen. Nichts taten sie, gar nichts, sie blieben liegen, unterbrachen für Sekunden ihr Liebesspiel und setzten es wenig später fort.

Ich hörte das leise Lachen der dunkelhaarigen Glenda, die nichts dagegen hatte, dass mein Ebenbild ihr das Trikot auszog. Im Gegenteil, sie half ihm durch entsprechende Bewegungen sogar noch dabei, sodass ihr Oberkörper im nächsten Augenblick unbedeckt war.

»Schluss habe ich gesagt!« In mir zerplatzte etwas. Ich nahm keinerlei Rücksicht mehr und fetzte den leichten Vorhang des Himmelbetts zur Seite.

Mein Blick war durch nichts mehr getrübt.

Ich sah die beiden liegen. Sie starrten mich an, und auch ich wich ihren Blicken nicht aus.

Es war für mich ein unbeschreibliches Gefühl, in mein eigenes Gesicht zu schauen, obwohl ich nicht vor einem Spiegel stand. Aber der andere sah genauso aus wie ich.

Nichts wies darauf hin, dass er sich verändert hatte. Da stimmte jede Falte in der Haut, das Blaugrau der Augen ebenfalls, sogar mein Haarschnitt war kopiert worden.

Es war einfach nicht zu fassen!

»Hallo, John!« Glenda sprach mich an. Sie lächelte dabei kokett, hob eine Hand und winkte mir sogar noch zu. Dabei bewegte sie ihre Finger, als wollte sie auf dem Klavier spielen. Mir kam ihr Lächeln so falsch vor wie das einer Tigerkatze, die dicht vor der Beute sitzt und zum tödlichen Sprung ansetzt.

In kalten Bahnen rannen die Schweißtropfen über meinen Rücken. Sie sammelten sich am letzten Wirbel. Die Unterwäsche klebte auf meiner Haut. Vor Angst bekam ich Magendrücken, und Glenda Perkins traf keinerlei Anstalten, sich überhaupt von dem anderen zu entfernen.

Sie genoss es …

Das machte mich rasend. Meine freie Hand schoss vor, gleichzeitig ließ ich das Kreuz verschwinden, weil es mich behinderte, und so nahm ich auch noch die Linke, um Glenda in die Höhe und von meinem Ebenbild wegzuzerren. »Du wirst hier rauskommen!«, schrie ich die sich Wehrende an, die versuchte, mir das Knie in den Leib zu rammen.

Ich konnte dem Stoß ausweichen und sie vom Bett schleudern. Noch trug sie das Hemd, doch es war nach unten gerutscht und wurde von ihren Hüften gehalten.

Glenda taumelte zurück, stolperte über ihre eigenen Füße und fiel auf den Teppich.

Ich wollte mich um mein Ebenbild kümmern, als der Mann handelte. Er hatte etwas Zeit gebraucht, um sich mit der neuen Situation abzufinden, nun aber schlug er voll zu.

Mir wurde durch den Hieb die Luft aus den Lungen getrieben. Ich flog zurück, konnte fast spüren, wie sich meine Gesichtsfarbe veränderte und mir der Magen in die Höhe stieg. Vor meinen Augen wallten plötzlich Nebel. Dieser Hieb hatte mich fast geschafft. Gegen die Wand krachte ich und sank dort zusammen.

In Wellen tobte der Schmerz in mir hoch. Gleichzeitig

vermischt mit einem Brechreiz, den ich einfach nicht abstellen konnte, sodass ich würgen musste.

Sinclair II strampelte mit den Füßen das Laken zur Seite und stieg aus dem Bett.

Für mich stand fest, dass er mich angreifen würde. Etwas anderes wäre sinnlos gewesen, denn er folgte den grausamen Gesetzen der Welt Dämonia. Hier regierte die Gewalt, hier überlebte der Stärkere, und das war nun mal er.

Ich wollte mich bewegen und hatte Mühe. Am liebsten hätte ich mich hinfallen lassen, dieser Treffer in den Magen machte mir mehr zu schaffen, als ich zugeben wollte.

Ich sah auch Glenda.

Mehr schattenhaft, aber immerhin. Denn ich konnte erkennen, wie sie auf einen Schrank zulief, dort eine Lade öffnete, sich bückte, den Kopf schüttelte und wieder hochkam.

Dabei streckte sie den rechten Arm schräg aus. Ihre Hand war geöffnet, als wollte sie etwas greifen, das jedoch nicht vorhanden war. Im nächsten Moment war es da.

Obwohl ich Harold Cecil Painter nicht sah, wusste ich genau, dass er es war, der eingriff.

Er zeichnete wieder.

Und er zeichnete so verdammt echt, denn die kurze Lanze mit den beiden nach außen gebogenen Messern war keine Einbildung. Er hatte sie Glenda gegeben.

Und sie fuhr herum.

Blitzschnell wie ein Kämpfer und mit Augen, in denen ein gefährliches Funkeln lag.

Die Comicfigur Glenda Perkins wollte mich töten!

Darüber konnte ich mich noch so aufregen, ich kam an dieser Tatsache einfach nicht vorbei.

Und sie hatte mich in einem abgeschlafften Zustand erwischt.

Mein Blick wechselte, und ich schaute auf meinen zweiten Gegner, diesen nachgemachten John Sinclair.

Der zog sich seltsamerweise zurück. Er hatte sich auch geduckt, sodass mir das zwischen uns stehende Bett die Sicht auf ihn nahm.

Trotz des dicken Teppichs ging Glenda Perkins nicht lautlos. Ihre Füße schleiften dabei über den hohen Flor. Sie sah in ihren kaum als Kleidung zu bezeichnenden dünnen Sachen wie eine kriegerische Amazone aus. Mit beiden Händen umklammerte sie etwa in der Mitte den hölzern wirkenden Schaft der Lanze, die nur gezeichnet, aber dennoch aktionsfähig war. Die beiden nach verschiedenen Seiten gebogenen Messer konnten mir mit Leichtigkeit den Weg ins Jenseits ebnen. Wer es verstand, eine solche Waffe zu führen, war einfach gut.

Und Glenda konnte es.

Sie bewegte die Lanze, während sie näher kam. Von rechts nach links, fast so schnell wie ein Kendo-Kämpfer. Ich hörte jedes Mal das Pfeifen, wenn Schaft und Hörnerklingen die Luft zerschnitten.

Allmählich bekam ich Angst. Die kalte Gänsehaut auf meinem Rücken wollte einfach nicht weichen. Sie hatte sich mit dem Schweiß auf meinem Körper vermischt. Nach jedem Schritt, den Glenda in meine Richtung zurücklegte, drückte sie die Waffe mehr nach unten, sodass ihre übenden Schläge immer schräger angesetzt wurden.

Sie zielte bereits …

Ich presste mich mit dem Rücken gegen die Wand, holte würgend Luft und versuchte verzweifelt, die Folgen des Treffers zu überwinden.

Das war kaum möglich.

So musste ich Glenda kommen lassen.

Ich kämpfte. Zwar bewegte ich mich dabei nicht. Es war mehr ein innerlicher Fight, den ich ausfocht. Zur Seite drückte ich mich und war froh, den Boden zu berühren.

Auf der linken Seite lag ich. Die rechte war frei. Und in der rechten Tasche meiner Jacke steckte auch die schussbereite Beretta.

Sie wollte ich einsetzen.

Schon einige Male hatte mir die Silberkugel geholfen, auch gegen Glenda würde es das Geschoss schaffen.

Leider war es zu spät. Vielleicht war ich auch zu langsam. Jedenfalls hörte ich Glenda schreien und sah sie springen.

Mit ihr kam die verdammte Lanze mit den beiden scharfen Hörnerklingen. Ich spürte den Luftzug, als die beiden gebogenen Messer an meinem Gesicht vorbeiwischten. So dicht, dass die Stoppeln meines Barts fast abrasiert wurden.

Dann hackte eine Klinge direkt neben meinem Gesicht und dicht über dem Boden in die Holzwand.

Zitternd kam sie dort zur Ruhe. Ich hörte Glenda lachen und auch zu meinem für mich nicht sichtbaren Ebenbild sprechen. »Ich hab ihn, John. Verdammt, er ist in meiner Gewalt. Wir können ihn killen!«

Gerade das letzte Wort machte mich an. Es mobilisierte praktisch meine Kampfreserven. So einfach wollte ich es den beiden nicht machen. Nein, die sollten sich wundern.

Körperlich war ich nicht auf der Höhe, doch geistig hatte ich es geschafft, den Schock abzuschütteln. Und ich wollte einfach kein Statist mehr sein. Dass sich die Messer der Lanze so dicht neben meinem Kopf befanden, konnte ich als Vorteil werten.

Mit beiden Händen griff ich zu. Ich packte nicht in die Messer, sondern dicht darüber, denn dort befand sich der Schaft.

Den hielt ich eisern fest.

Er diente mir gleichzeitig als Stütze. Ich geriet wieder in eine sitzende Lage, bekam dadurch mehr Bewegungsfreiheit und zog mit einem gewaltigen Ruck am Schaft der Lanze.

Damit hatte Glenda nicht gerechnet. Sie wollte ihre Waffe auch nicht loslassen und musste deshalb die Folgen tragen. Stolpernd kam sie auf mich zu und lief genau in meinen Tritt, da ich das Bein angewinkelt und sofort wieder nach vorn gestoßen hatte.

Es war ein ähnlicher Treffer, wie ich ihn vorhin hatte einstecken müssen. Diesmal flog Glenda zurück. Sie schrie wütend auf, ihr Gesicht verzerrte sich dabei, und die Wucht riss sie auch von den Beinen. Auf den Rücken krachte sie. Ihre Beine flogen in die Höhe, aber sie war noch nicht ausgeschaltet, auch wenn sie selbst vorerst nicht mehr in die Auseinandersetzung eingreifen wollte.

Dafür schrie sie nach meinem Ebenbild. »John, John! Bring ihn um! Kill du ihn!«

Ich sah von dem anderen zum Glück noch nichts. Zudem hatte ich genug mit mir selbst zu tun. Jetzt durfte ich einfach nicht mehr auf dem Boden hocken bleiben und musste mich in die Höhe stemmen. Das tat ich, als ich meinen rechten Arm ausgestreckt und die flache Hand gegen den Boden gepresst hatte.

So kam ich hoch.

Gebückt blieb ich stehen und konnte auch nichts daran ändern, dass sich das Zimmer mitsamt seiner Einrichtung vor meinen Augen drehte. Zum Glück besaß ich meine Lanze, an deren Schaft ich eine Stütze fand.

Ich atmete keuchend. Meine Lungen schienen zu einem Blasebalg geworden zu sein. Der Schweiß rann über mein Gesicht, das mit einer glänzenden Speckschwarte Ähnlichkeit haben musste.

Trotz meiner lauten Atemgeräusche vernahm ich noch etwas anderes. Es war ein raues, gefährlich klingendes Knurren, das mir nicht unbekannt war.

Die Wölfe hatten sich so bemerkbar gemacht.

Gab es die hier auch?

»Komm endlich, John!« Glenda hetzte mein Ebenbild weiter, und der Mann gehorchte.

Er erschien.

Noch stand zwischen uns das Bett. Die Laute aber waren unter der Liegestatt hervorgedrungen, wie ich jetzt feststellte. Ich hatte mich schon bücken wollen, das war nicht mehr nötig, denn der Körper meines Ebenbildes schob sich hervor.

An der von mir abgewandten Seite kam er, stemmte sich hoch, ich schaute über das Bett hinweg und konnte ihn erkennen.

Ja, das war ich.

Aber nur mehr an den Haaren zu erkennen, denn der gesamte Körper hatte sich verwandelt.

Mein Ebenbild war zu einem gefährlichen, dämonischen Raubtier geworden.

Zu einem Werwolf!

Ich, der Werwolf!

Nicht so unwahrscheinlich oder verrückt, wie man annehmen sollte, denn schon einmal war ich zu einem Werwolf geworden. Das allerdings war lange her. Damals hatte es auch unter anderen Verhältnissen stattgefunden. Hier musste man die Dinge völlig anders sehen.

Das war nicht ich, der sich als Verwandelter zeigte, nur mein durch einen Künstler perfekt gemaltes, dämonisch beeinflusstes Ebenbild, das sich nun in einen Werwolf verwandelt hatte.

Dies zu begreifen, fiel mir leicht, es war trotzdem schwer, die Tatsache zu akzeptieren.

Ich schaute ihn an.

Das Fell auf seinem Körper wuchs bereits so dicht, dass von der Haut nichts mehr zu sehen war. Es bedeckte sie wie ein dicht geknüpfter Teppich. Er zeigte eine graubraune Farbe und schimmerte immer anders, je nachdem, wie sich die Bestie bewegte.

Die Hände waren noch nicht zu Klauen geworden. Sie sahen weiterhin so aus wie meine eigenen, auch durch das dünnere Fell im Gesicht schimmerte noch mein Ebenbild.

Die Pupillen hatten die gleiche Farbe, aber in den Augen las ich den gefährlichen, gnadenlosen Ausdruck der Bestie.

Sie wollte töten!

Weit hatte der Werwolf den Mund aufgerissen. Zu einem Maul war er noch nicht geworden, auch wenn sich die Zähne schon verändert hatten und das Raubtiergebiss zeigten.

Uns trennte die Bettbreite.

Rechts von mir und auch nicht weit von der Tür entfernt, hielt sich Glenda Perkins auf. Sie hatte auch weiterhin unter den Folgen des Tritts zu leiden, denn sie stand gekrümmt und hatte ihre Hände gegen den Bauch gepresst. Obwohl sie ja eigentlich eine Comicfigur war, empfand sie Schmerzen wie ein Mensch.

Nur einen kurzen Blick konnte ich ihr gönnen, denn ich rechnete damit, dass der Werwolf kurzen Prozess machen wollte. Er stand dabei wie unter Strom. Noch immer hörte ich ihn knurren. Dabei bewegten sich seine Hände. Sie öffneten und schlossen sich. Manchmal waren sie Klauen, dann wieder normal und glatt.

Das Funkeln in seinen Augen verstärkte sich.

Es wurde böser …

Und dann sprang er.

Nichts an seiner Haltung hatte diese Aktion angezeigt. Auch kein Ausdruck in den Augen, er handelte einfach und wollte mit einem gewaltigen Sprung über das Bett hinwegsetzen.

Ich wusste ja, wer er war. Mein in einen Werwolf verwandeltes Ebenbild. Dennoch bekam ich kein schlechtes Gewissen, wenn ich daran dachte, dass ich ihn töten würde …

Zeit, die Beretta zu ziehen, blieb mir nicht. Ich musste ihn einfach kommen lassen und sah seine Gestalt über dem Bett immer größer werden. Dabei kam mir das Maul vor wie ein von spitzen Raubtierzähnen bestückter Rachen, aus dem die Zunge lappig schlug und ein Knurren drang, das mir Angst einjagte.

Ich sprang zurück und wuchtete gleichzeitig die Lanze mit den beiden gekrümmten Messern vor. Deren Außenseiten waren gefährlich scharf, sie trennten sogar Papier durch, und sie sollten auch den anderen erwischen.

Er prallte dagegen. Mit beiden Händen schlug er die Stange zur Seite, während er gleichzeitig auf das Bett fiel, sich dort herumwälzte und wieder aufspringen wollte.

Das Himmelbett ächzte unter seinen Bewegungen. Er war verdammt schnell, ich ebenfalls.

Diesmal stieß ich nicht nur zu, ich führte die Waffe auch von einer Seite zur anderen.

Ein Treffer.

Das Geräusch hörte ich nicht, aber ich bekam mit, wie die beiden Messer mit ihren Außenseiten durch das Fell schnitten und es aufrissen.

Die Wunde lief von der Schulter her quer über die Brust und hörte erst in Höhe der Hüfte auf.

Kein Blut schoss hervor. Stattdessen wühlte sich der Werwolf wieder herum, kam auf die Knie, fauchte mich böse an und wollte abermals springen.

Wieder zog ich die Lanze von rechts nach links.

Diesmal hatte ich nach seiner Hand gezielt. Er aber brachte den Kopf blitzschnell nach hinten, und als ich wieder zustoßen wollte und mein Gewicht mit in den Stoß hineinwarf, waren die beiden Messer plötzlich verschwunden.

Wie ausradiert …

Ich konnte meinem Gegner nur mehr das stumpfe Ende der Lanze gegen die Schulter stoßen und ihn herumdrücken. Auf die Seite kippte er dabei, schwang seinen Unterkörper sofort in einem Bogen herum, damit er sich vom Bett rollen konnte.

Ich hatte die nutzlose Waffe fortgeschleudert und verließ mich auf die anderen Dinge.

Wozu hatte ich den Bumerang?

Als sich der Werwolf aufrichtete, hielt ich die silberne Banane bereits in der rechten Hand.

Er stand auf dem Bett verdammt günstig.

Ich schleuderte den Bumerang aus dem Handgelenk und traf ihn.

Ein Hammer!

Nicht am Hals wurde er getroffen, sondern dicht über den Augenbrauen. Die Wucht des Aufpralls riss den Werwolf noch nach hinten, sodass er vom Bett kippte und an der anderen Seite verschwand.

Ich jagte um das Bett herum und hatte das Fußende kaum passiert, als ich die Bescherung erkannte.

Er sah schrecklich aus, eine Beschreibung möchte ich mir ersparen, aber er war vernichtet, und die Kraft, die ihn geschaffen hatte, stellte sich nun gegen ihn.

Der Werwolf löste sich auf.

In Sekundenschnelle ging dies. Sein Erschaffer musste großen Hass und Wut haben, denn nie zuvor hatte ich diesen Vorgang mit einer solchen Geschwindigkeit erlebt.

Ich stand neben der Bestie und schaute zu, wie der Kopf, die Schultern, auch die Arme und schließlich die Hände verschwanden. Nur mehr der Unterkörper war noch vorhanden.

Mit beiden Beinen schlug er auf den mit Teppich belegten Boden. Die Hacken hämmerten, sie erzeugten dumpfe Geräusche, und sie bewegten sich auch noch, als nur mehr seine mit Fell bedeckten Füße zu sehen waren.

Dann waren auch sie nicht mehr zu sehen.

Aus, vorbei. Es gab keinen Werwolf mehr und demnach auch kein Ebenbild von mir.

Ich hatte mich selbst getötet!

So dachte ich im ersten Moment, bis mir einen Augenblick später einfiel, dass ich ja noch lebte.

Und auch Glenda.

Ich sah sie nicht, da sie sich in meinem Rücken aufhielt, dafür hörte ich sie.

Es war ein leises, schmerzerfülltes Wimmern. Ein schrecklicher Verdacht keimte in mir hoch. Mit einer Gänsehaut auf dem Rücken drehte ich mich um und erkannte das Schreckliche.

Glenda war in die fürchterliche Rache des Zeichners geraten, der seine Felle schwimmen sah.

Sie lehnte an der Wand, doch ihr fehlte bereits der rechte Arm …

Weinen und wimmern konnte sie noch. Sie musste Schreckliches erleiden. In ihrem Gesicht zeichneten sich die Qualen ab, die sie verspürte. Der Kopf mit den langen, schwarzen Haaren pendelte von einer Seite zur anderen, als bestünde der Hals aus Gummi.

Es lag auch ein stummes Flehen in ihren Augen, aber konnte ich ihr helfen?

Nein, und so sah ich mit an, wie Glenda allmählich von der Bildfläche verschwand.

Ich erlebte selbst eine Hölle. Es war einfach unfassbar, denn ich konnte mich kaum von dem Gedanken befreien, dass hier kein Mensch, sondern eine erschaffene und dämonisch belebte Figur vor mir stand, der jetzt auch die Schulter an der rechten Seite fehlte, die Hüfte und auch allmählich das rechte Bein verschwand.

Dann war das Gesicht an der Reihe. Die Haut kam mir auf einmal vor wie eine Maske aus Gummi. Ich hörte sie noch ächzen. Glenda schien um Hilfe zu flehen. Sie streckte den linken Arm aus, die Finger bogen sich zusammen, wurden wieder gerade, dann kippte sie um.

So schnell, dass ich sie nicht einmal auffangen konnte. Nur mehr die Hälfte von ihr lag auf dem Boden, und die Comicfigur mit dem so menschlichen Aussehen starb vollends.

Mir tränten die Augen. Der Magen lag doppelt so dick im Leib. Was man mir hier zumutete, war der reine Psychoterror.

Sie war nicht mehr zu retten. Das Haus hatte seine Bewohner verloren. Nur einer stand noch da.

Ich!

Und ich wurde beobachtet, sogar angesprochen, denn Harold Cecil Painter meldete sich.

»Du hast dich gut gehalten, Sinclair, aber das nutzt dir alles nichts. Jetzt bist du an der Reihe. Ich werde diese Welt ausradieren. Sie wird immer kleiner, du kannst dabei zuschauen. Das Haus verschwindet, seine Mauern werden zuerst brüchig, dann wirst du vergeblich versuchen, irgendeine Insel zu finden, auf die du dich retten kannst ...«

Ich hörte ihn und wusste, dass er so verdammt Recht hatte. Aber was sollte ich tun?

Ich sah ihn nicht. Ich konnte ihm nicht gegenübertreten und ihn attackieren.

Ohne es eigentlich bewusst zu merken, war meine linke Hand in die Jackentasche geglitten und hielt das Kreuz umklammert. Ich zog es vorsichtig heraus, und der andere bekam auch Antwort.

»Du bist ebenso feige wie der Teufel und wie alles Gesindel, was in der Hölle entstanden ist. Zeig dich, wenn du Mut hast.«

»Du hörst mich doch«, erwiderte er lachend.

»Das ist mir nicht genug.« Während ich sprach, ging ich schon. Ich wollte dieses verdammte Haus verlassen. Nur musste es mir gelingen, den anderen so weit abzulenken, dass er mich nicht an meinem Vorsatz hinderte. Hoffentlich klappte es.

Aus dem Zimmer kam ich, erreichte den Gang und lief ihn schnell durch bis zur Treppe.

Painter lachte. »Das nutzt dir nichts, Sinclair. Das Haus ist ebenso eine Falle wie die gesamte Welt Dämonia. Ich habe sie erschaffen, mir gehorcht sie, ich kann dir das Leben zur Hölle machen. Auch die letzten Sekunden deiner Existenz.«

Ich hetzte bereits die Treppe hinab. Für einen Moment dachte ich an den verdammten Rochen, den ich gesehen hatte und der draußen sicherlich noch lauern würde.

Durch den unteren Gang lief ich mit hämmernden Schritten und erreichte auch bald die Ausgangstür. In die Kühle stolperte ich hinein, dann vernahm ich wieder die Stimme.

»Gut, Sinclair, du bist draußen. Du hast es geschafft. Was willst du noch?«

Ich war einige Schritte vorgelaufen. Mein Bentley stand unversehrt auf dem Fleck.

»Zeig dich!«, brüllte ich.

»Weshalb?«

»Ich will meinen Gegner und Feind wenigstens sehen, der mich in den Tod schicken will. Ist das zu viel verlangt?«

Da er mit einer Antwort zögerte, bekam ich wieder Hoffnung. Die Zeit ließ ich nicht ungenutzt vorbeigehen, öffnete die Tür und ließ mich in den Silbergrauen fallen.

Als ich den Wagenschlag zuhämmerte, hörte ich ihn wieder. »Ja, Sinclair, den Gefallen tue ich dir noch. Du kannst mein Gesicht sehen. Schau nach vorn, bevor du mitsamt deinem Wagen eingehst und stirbst.«

Ich starrte durch die Scheibe in die von ihm angegebene Richtung. Und ich sah ihn.

Es war der fliegende Rochen, der schräg vor dem Bentley schwebte. Genau auf seiner Fläche zeichnete sich das Gesicht des Mannes ab …

Das also war Harold C. Painter!

Ein alter Mann mit weißen Haaren, einer schlaffen Haut, aber gefährlichen und fanatischen Augen. Und sein Gesicht nahm die Mitte dieses gewaltigen Rochens ein, der so lautlos und mit ausgebreiteten Schwingen durch die Luft segelte.

»Jetzt siehst du mich!«, rief er laut und siegessicher.

»Ja.«

»Und nun?«

Ich stieg aus, ließ den Wagenschlag aber offen und schaute ihm entgegen. Der Rochen segelte näher. Ich sah ihn immer größer werden. Er konnte einem Angst einflößen, denn das Gesicht darin wirkte so unnatürlich und gefährlich, auch wenn es sich dabei um menschliche Züge handelte.

Ich sprach die Formel!

Es war die einzige Möglichkeit, die mir noch blieb. Sie musste gegen den Teufel und seine höllische Kraft ankämpfen, denn dazu waren das Kreuz und sie erschaffen worden.

»Terra pestum teneto – Salus hic maneto!« So schrie ich dem anfliegenden Rochen entgegen und warf mich noch im gleichen Augenblick zurück in den Wagen …

Alles wurde anders!

Ich vernahm noch den gellenden Schrei, spürte die gewaltige Kraft der Erzengel, die mein Kreuz geweiht hatten, und hatte es genau zum rechten Zeitpunkt eingesetzt, denn das Gesicht des Teufelsdieners wurde ebenso zerrissen wie der Rochen.

In den langgezogenen Schrei hinein klang das Brausen. Kräfte zerrten an mir und meinem Fahrzeug. Ich wurde hochgeschleudert, wenigstens hatte ich das Gefühl, und sah plötzlich nichts mehr. Dabei kam ich mir vor, als würde ich im Nichts schweben und dennoch fallen.

Jemand saugte und zog. Der Bentley wurde geschüttelt, ich ebenfalls und fiel nach vorn über das Lenkrad. Mein Kreuz fiel dabei durch die Speichen, doch die Kette verhakte sich an meinen Fingern.

Auch ich war weggetreten. Ich wollte einfach nicht mehr hören oder sehen. Das blieb ein Wunschtraum, denn ein Klopfen schreckte mich hoch. Ich schaute nach rechts und sah neben mir das Gesicht eines Polizisten. Nur die Scheibe trennte uns noch.

Sofort dachte ich an die Echsenköpfigen, stemmte die Tür auf, der Beamte trat zurück und wurde von einem Kollegen sehr genau beobachtet, der neben seinem Streifenwagen stand.

»Sie dürfen hier nicht stehen!«, wurde ich angeblafft. »Was erlauben Sie sich …?«

»Bin ich in London?«, fragte ich und schaute mich ein wenig verwundert um. Da sah ich noch den Park, die Fahrbahn, alles war wie vor meiner Reise nach Dämonia.

»Nein, auf dem Mars, Sie Komiker. Wer sind Sie überhaupt? Bitte, weisen Sie sich aus!«

Das tat ich automatisch und bekam kaum mit, dass die beiden Beamten Haltung annahmen, ich hatte etwas anderes vor. Der Name Harold Cecil Painter war mir nicht entfallen. Dieser Mann musste in London wohnen oder vielleicht gewohnt haben.

Als die Polizisten fuhren, setzte ich mich telefonisch mit der Zentrale in Verbindung.

Die Kollegen von der Nachtschicht versprachen, alles zu tun, um meinem Wunsch nachzukommen. Ich musste mich nur ein wenig in Geduld fassen. Einen Blick auf meine Uhr warf ich.

Genau fünf Minuten nach Mitternacht.

Drei Minuten später wusste ich Bescheid. Painter war nicht mal sehr weit entfernt. Ich fuhr hin, fand ein altes Haus vor und musste die Eingangstür aufbrechen.

Im Keller begann ich.

Dort fand ich die Leiche einer alten Frau, in der oberen Etage, direkt unter dem Dach, das Atelier.

Da sah ich ihn.

Vor einer Zeichenplatte, auf der ein völlig zerfetztes Comicalbum festgeklemmt war, lag er.

Oder das, was einmal Harold C. Painter gewesen war. Ich schaute nur mehr auf einen verbrannten, zusammengeschrumpften Körper. Leise zog ich mich zurück.

Auf dem Flur sah ich ein Telefon. Mir kam eine Idee. Trotz der späten oder frühen Stunde wählte ich Glendas Nummer an.

Sie meldete sich auch, und ihre Stimme klang sehr verschlafen.

»Ich bin es, John.«

»John?«, fragte sie erstaunt. »Was möchtest du denn um diese Zeit?«

»Ach«, erwiderte ich, »eigentlich nichts Besonderes. Ich wollte nur mal deine Stimme hören. Schlaf weiter. Gute Nacht …«

Glendas Reaktion bekam ich am anderen Morgen mit. Sosehr sie mich auch ausschimpfte, mein zufriedenes Lächeln konnte sie nicht von meinen Lippen vertreiben.

Schließlich wusste ich mehr als sie. Und als ich sie fragte, was sie eigentlich von Reizwäsche hielte, hätte sie mich beinahe mit Akten beworfen …

ENDE

Karawane der Dschinns

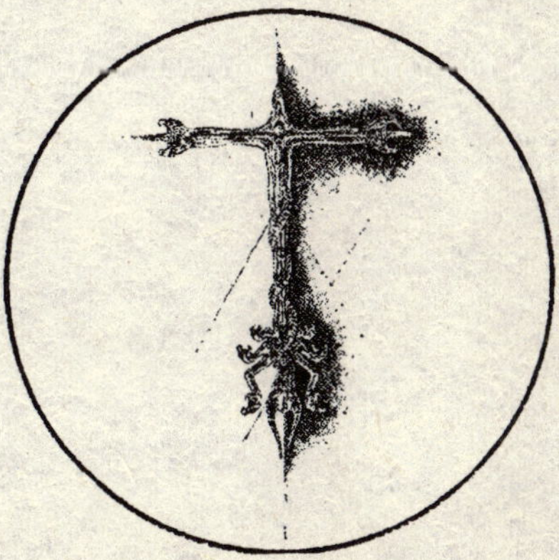

Bei Regen und feuchter Straße soll man Abstand halten! Daran dachte ich an diesem Morgen auch, als ich auf der Fahrt von meiner Wohnung zum Büro war. Die Umleitung musste ich nehmen, weil irgendwo Frostschäden ausgebessert wurden. Es kam zu Staus.

Plötzlich stoppte vor mir ein Lastwagen.

Reaktionsschnell trat ich auf die Bremse. Mit seinen Regenreifen kam der Bentley sofort zum Stehen. Urplötzlich wurden die beiden Türhälften des Lasters aufgestoßen. Ich sah sie wie zwei Flügel auf mich zukommen, doch sie berührten mich nicht. Der Kerl war gleich darauf an der offenen Ladefläche zu sehen. Durch die Frontscheibe des Bentley starrte er mich an und sprang.

Der ist wahnsinnig, dachte ich noch, dann hörte ich schon den dumpfen Klang, als der Typ mit beiden Beinen auf der Motorhaube meines Autos landete.

Okay, der Wagen war alt. Keiner wird jünger, auch ein Auto nicht. Aber das war noch lange kein Grund, das Fahrzeug zu malträtieren. Dagegen hatte ich etwas.

Ich stieß den Wagenschlag an meiner Seite auf und sprang aus dem Fahrzeug.

Der Typ war von der feuchten Motorhaube gerutscht und stand zwischen dem Kühlergrill des Bentley und der Hecktürenklappe des Lastwagens. Schimpfend lief ich auf ihn zu. »Was fällt Ihnen eigentlich ein!«, fuhr ich ihn an. »Sind Sie von allen guten Geistern verlassen?«

Das musste er sein. Ich jedenfalls hätte nach einer solchen Attacke nicht gegrinst. Er tat es, und ich kam mir vor, als würde er mich zudem noch auslachen.

Ich warf keinen Blick auf die Motorhaube, sondern wollte mir den Knaben vornehmen. Ohne Grund tat man so etwas nicht. Und deshalb war auch mein Misstrauen erwacht.

Der Mann war dunkelhaarig, hatte einen braunen Teint, trug einen ebenfalls dunklen Anzug und hielt plötzlich ein Messer in der Hand. Der Griff war in seiner Faust verborgen gewesen, und auf einen Knopfdruck hin schoss die Klinge plötzlich vor.

Fast wäre ich gegen die Spitze gelaufen. Im letzten Augenblick konnte ich stoppen, schielte nach unten und sah den blitzenden Reflex dicht über meiner Gürtelschnalle.

Ich nahm diese Person durchaus ernst. Wer es schaffte, im morgendlichen Berufsverkehr einen Wagen anzuhalten und dessen Fahrer mit dem Messer zu bedrohen, der schaffte noch ganz andere Dinge, und dem würde es wahrscheinlich auch nichts ausmachen, seinem Feind die Messerklinge in den Leib zu stoßen.

Deshalb blieb ich stehen. Mein Blick traf die dunklen Augen des Mannes. Ich erkannte, dass die Brauen ebenso schwarz waren und über der Nasenwurzel schräg aufeinander zuwuchsen.

»Was soll das?«, fragte ich ihn.

»Einsteigen.« Der Kerl deutete mit seiner freien Hand nach links, wo der Wagen mit der offenen Ladetür stand.

Die beiden Hälften waren wieder zugefallen. Allerdings nicht völlig, denn zwischen ihnen klemmte etwas Rundes, das ich sehr genau kannte.

Es war eine Mündung.

Und zwar die einer Maschinenpistole. Zu sagen brauchte der andere nichts mehr, die drohende Mündung sprach für sich. Dennoch wollte ich es ihm nicht zu leicht machen und fragte: »Was soll ich?«

»Einsteigen.«

»In den Lkw?«

»Ja.«

»Und dann?«

Seine dunklen Augen bekamen einen harten Glanz. »Steig ein!«

Nun ja, wenn man so überzeugende Argumente gegen sich hat, bleibt einem wohl nichts anderes übrig. Ich hob die Schultern und drehte mich so, dass ich der Kühlerfront meines Bentley den Rücken zudrehte.

Im Innern des Lkw musste man bemerkt haben, was vor der Ladefläche passierte. Der rechte Türflügel wurde aufgedrückt. Links stand jetzt der Typ mit der MPi.

Ich kletterte auf die Ladefläche. Allmählich hatte ich ein dumpfes Gefühl bekommen. Den Mann, der mich mit dem Messer bedrohte, kannte ich nicht. Noch nie zuvor hatte ich ihn gesehen, aber er musste *mich* kennen, sonst hätte er mich nicht angehalten.

Auf allen vieren verschwand ich im Dunkel der Ladefläche. Dass sich außer mir und dem Messerhelden noch andere Personen dort aufhalten mussten, war mir klar.

Es roch nach Mensch.

Ein besonderer Geruch. Nicht allein den Schweiß nahm ich wahr, auch einen anderen »Duft«: Knoblauch.

Meine Augen brauchten Zeit, um sich an das Dämmerlicht zu gewöhnen, dazu kam es nicht mehr. Ich hörte den Knall, als die Wagentür hinter mir zugeschlagen wurde, vernahm Worte in einer kehlig klingenden Sprache, bevor ich den Hieb in den Nacken bekam, der mich zu Boden streckte.

Ich fiel auf die Knie, spürte in meinem Nacken die Taubheit, die sich bis in den Kopf ausbreitete, und merkte kaum, dass ich mich mit den ausgestreckten Händen abstützte, sodass ich in der knienden Haltung blieb.

Das Denken fiel mir schwer. Trotzdem dachte ich an meinen letzten Fall, wo ich auch auf eine verrückte Art und Weise entführt worden war. Dieses Kidnapping war auch nicht normal und wesentlich risikoreicher als das letzte. Wer das tat, musste ziemlich stark unter Druck stehen.

Ich stand ebenfalls unter Druck, denn etwas Kaltes, Rundes wurde mir in den Nacken gedrückt.

Eine Mündung!

Sie gehörte wahrscheinlich der Maschinenpistole, die ich kurz zuvor zwischen den beiden Türen hatte klemmen sehen. Gleichzeitig wurde ich durchgeschüttelt.

Der Wagen war angefahren.

Da ich kniete, kippte ich nicht um. Noch einmal musste ich einen Ruck ausgleichen, dann verlief die Fahrt normal. Mir kam es vor wie ein Traum. Dass dem nicht so war, bewiesen mir die geflüsterten Worte, der kalte Druck im Nacken und der Knoblauchgestank.

Knoblauch war in. Er hatte schon längst Einzug in die mitteleuropäischen Küchen gehalten. Wer allerdings so intensiv roch, der konnte eigentlich nur zu den Orientalen gehören.

Hatten die mich gepackt?

Vom Typ her konnte der Messerheld gut nach Arabien passen.

Wieder erklang ein Befehl. Er war flüsternd gesprochen worden, aber auch sehr scharf. Er wurde verstanden, denn plötzlich hingen sie wie die Kletten an mir.

Bevor ich mich versah, wurden mir nicht nur die Arme weggezogen, auch die Beine mussten daran glauben. Ich konnte mich nicht mehr halten und fiel flach zu Boden. Dabei hatte ich noch das Pech, mit dem Kinn aufzuschlagen. Ich fluchte über meine eigene Dummheit, weil ich mich hatte überrumpeln lassen.

Sie waren wie wild. Plötzlich knieten sie auf mir. Arme und Beine wurden durch ihre Körpergewichte belastet. Ich konnte mich nicht mehr rühren und erst recht nicht wehren, als flinke Finger mich abtasteten.

Sie suchten etwas.

Die Beretta war ich los, das Kreuz ebenfalls. Sie fassten es an. Demnach waren es keine Dämonen, die mich überrumpelt hatten.

Aber wer steckte dahinter?

Allmählich wurde ich sauer, denn sie behandelten mich wie einen Schinken. Ich wurde herumgerollt, wieder abgetastet und hörte ihre zischenden, jetzt böse klingenden Stimmen.

Die Augen hielt ich weit offen, denn ich wollte in die Dunkelheit hineinschauen und erkannte meine Gegner nur mehr als schattenhafte Gestalten, die sich blitzschnell bewegten, miteinander sprachen und mich dabei anstarrten.

Ihre helleren Gesichter hoben sich ein wenig von dem übrigen Dämmer ab. Dann schaltete jemand eine Taschenlampe ein. Dieser Sadist richtete den Strahl direkt auf mein Gesicht. Voll wurde ich geblendet und musste die Augen schließen.

So blieb ich liegen.

Ich spürte auch kein Gewicht in der rechten Innentasche der Jacke. Dort steckte stets meine Brieftasche mit dem Dienstausweis.

Den hatten sie mir also abgenommen, und sie schienen das Dokument im Licht der Lampe zu lesen, was ich ihren Gesprächen entnehmen konnte. »Ja, er ist es, wir sind keinem Bluff aufgesessen.«

»Aber wo hat er sie?«

»Weiß ich nicht. Ich habe ihn durchsucht.«

»Er muss sie haben, verdammt!«

Sie sprachen jetzt englisch, sodass ich ihre Worte auch verstehen konnte. Obwohl ich die Augen noch immer geschlossen hielt, wollte ich mich bemerkbar machen. »Kann mir einer von Ihnen mal erzählen, um was es überhaupt geht?«

»Du bist ruhig.«

Das war ich nicht. »Sie wissen, was auf die Entführung eines Polizeibeamten steht?«

»Es ist keine Entführung.«

Ich lachte rau. »Was dann?«

»Eine Einladung.«

»Da habe ich schon andere erlebt.«

Ich bekam keine Antwort mehr. Dafür spürte ich wieder den Druck auf der Brust. Das war mit Sicherheit die Mündung der MPi.

Da ich nicht lebensmüde, aber neugierig war, wollte ich unbedingt herausfinden, was man von mir wollte und weshalb man mich entführt hatte. Freiwillig rückte keiner von ihnen damit heraus. Möglicherweise erst am Ziel. Bis dahin beschloss ich, mich in Geduld zu fassen. Dass mir dies nicht leicht fiel, versteht sich von selbst. Es ist auch nicht jedermanns Sache, rücklings auf einer Ladefläche zu liegen und zu warten, wo diese unfreiwillige Reise endet.

Jedenfalls fuhren wir nicht nur über gerade Straßen. Auch in Kurven wurde der Wagen gerissen. Wahrscheinlich befanden wir uns in Soho, denn dort gibt es eben diese engen und kurvenreichen Straßen.

Schließlich hielt der Wagen an. Draußen quietschte etwas. Wahrscheinlich war es ein Tor, das geöffnet wurde. Wenig später fuhr das Fahrzeug wieder an.

Nur einige Yards weit, denn schon wurde es wieder abgebremst. »Bleib so liegen!«, befahl man mir, und ich konnte auf die Schritte achten, die sich der Doppeltür näherten.

Ich öffnete die Augen. Der Lampenstrahl blendete mich nicht mehr. Dafür sah ich durch die offene Tür das graue Licht eines Regentags.

Ich lag zwar auf dem Rücken. Wenn ich den Kopf ein wenig anhob und über meine Zehenspitzen lugte, konnte ich nach draußen schauen, wobei mein Blick auf eine helle Mauer fiel, die wohl einen großen Hof begrenzte.

Das genau musste das Ziel sein.

Nur – wo lag es?

Wir waren nicht sehr weit gefahren. Bis zum Yard Building wäre ich meiner Ansicht nach länger unterwegs gewesen. Demnach mussten wir uns irgendwo in Soho befinden.

Das sah ich als einen Vorteil an. London ist immer gut. In dieser Stadt kenne ich mich aus.

Vier Männer erschienen und blieben neben mir stehen. Zwei von ihnen bückten sich. Sie fassten mich unter und halfen mir auf die Füße.

Schweigend starrten sie mich an. Ich versuchte aus ihren Gesichtern etwas herauszulesen, was mir überhaupt nicht gelang. Sie blieben völlig ausdruckslos. Nur beobachteten sie mich sehr genau. Da sie bewaffnet waren und ich nicht, hatte es keinen Sinn, wenn ich mich wehrte.

An der Ladetür stand ein fünfter. Er sah aus wie der Chef. Gesprochen hatte er mit mir noch kein Wort, gab den anderen jedoch ein Zeichen, und die packten zu.

An den Oberarmen wurde ich gefasst und auf die offene Ausgangstür zugeschleift. Als ich mit dem Anführer auf einer Höhe stand, schüttelte ich die Hände der anderen blitzschnell ab und schaute dem Mann ins Gesicht.

»Sind Sie so etwas wie der Chef?«

»Mein Name ist Al-Acham.«

Das war überraschend für mich. Normalerweise stellten sich mir meine Gegner nicht vor.

»Gut.« Ich nickte. »Sie wissen ja, wer ich bin. Deshalb frage ich Sie, ob …«

»Es ist keine Entführung im eigentlichen Sinne«, klärte er mich auf. »Ich möchte Sie jetzt schon bitten, uns zu verzeihen, Mr Sinclair.«

Mein Grinsen fiel schief aus. »Sie sind gut. Erst kidnappen Sie mich auf eine spektakuläre Art und Weise, dann soll ich Ihnen verzeihen. Finden Sie das nicht ein wenig ungewöhnlich?«

»Das mag Ihnen so vorkommen. Uns nicht.«

Der Mann hatte gut reden. Meinte er es ehrlich? Ich forschte in seinem Gesicht. Die Augen blieben ausdruckslos. Sie waren dunkel wie sein Oberlippenbart. Das Haar wuchs voll auf seinem Kopf. Eine dünne, graue Strähne zierte die Frisur. Mich erinnerte er ein wenig an den Schauspieler Omar Sharif.

»Wenn alles so normal ist, wie Sie vorgeben, dann können Sie mir ja meine Waffen zurückgeben.«

»Was hat man Ihnen genommen?«, fragte er zu meiner Verwunderung.

»Die Pistole und das Kreuz.«

»Wer?«

»Einer von Ihren Figuren.«

»Es sind aufrechte Männer!«, berichtigte er mich. »Und sie kämpfen für eine gute Sache. Das werden auch Sie bald feststellen können, Mr Sinclair.«

»Bisher kam es mir nicht so vor.«

»Gebt ihm zurück, was ihm gehört!«, befahl Al-Acham.

Zuerst nahm ich mein Kreuz entgegen, das von dem Anführer sehr genau angeschaut wurde. Das Magazin meiner Beretta überprüfte ich. Erst als ich sah, dass keine Kugel fehlte, ließ ich die Beretta wieder in der Halfter verschwinden.

»Können wir jetzt gehen?«, wurde ich gefragt.

»Sicher, Mister.« Ich lächelte. »Aber nach Ihnen.«

Al-Acham nickte. Er drehte sich um und sprang von der Ladefläche. Ich konnte es noch immer nicht fassen, was da abgelaufen war. Erst entführte man mich auf eine ungewöhnliche Art und Weise, dann gab man mir meine Waffen zurück, als wäre nichts geschehen.

Was waren das nur für Leute, und was wollten sie von mir?

Die vier anderen blieben hinter mir. Ich spürte ihren Atem im Nacken, so nah waren sie mir auf den Fersen. Als Erster sprang ich nach draußen. Dort stand bereits Al-Acham. Er hatte seine Hände in den Taschen des dunklen Mantels vergraben. Als Orientale musste ihn das Londoner Wetter besonders aufregen.

Es war auch schrecklich. Der Winter wollte sich einfach nicht verabschieden. Mitte März hatten wir schon, und noch immer war es nicht wärmer geworden.

Da rieselte feiner Schnee vom Himmel. Manchmal wurde er von Windböen gepackt und in unsere Gesichter geschleudert, sodass die kleinen Kristalle wie Nadeln stachen.

Ich stand tatsächlich in einem Hof. Von vier Seiten war er abgeschlossen. Die mit Stacheldraht bestückte Mauer war höher als ein normaler Mensch groß. Wenn ich über sie hinwegschauen wollte, musste ich mich auf die Zehenspitzen stellen.

An einer Seite jedoch versperrte mir eine Hauswand den Weg. Sie war grau und glatt. Eine Tür hatte sie, aber kein Fenster. Der Schnee rieselte gegen sie und hatte sich bereits in den sie durchziehenden Ritzen festgesetzt, wie eine Schicht aus weißem Moos.

Al-Acham hatte sich zu mir gesellt. Er deutete auf die Rückfront des Hauses. »Darf ich Sie bitten, mir zu folgen?«

»Und wohin?«

»In den Tempel.«

Ich hatte antworten wollen, mir blieben die Worte im Hals stecken, so überrascht war ich.

»Haben Sie mit etwas anderem gerechnet?«

»Allerdings.«

»Und womit?«

»Eher mit einem Keller, in dem Sie mich für eine Weile schmoren lassen würden.«

»Nicht mit dem Tod?«

»Ich habe es mir abgewöhnt, damit zu spekulieren.«

Al-Acham wischte durch sein Gesicht. »Vielleicht sollten Sie es sich wieder angewöhnen, sobald Sie erlebt haben, was in unserer Kirche vor sich geht.«

Er wollte sich schon abwenden, ich aber hielt ihn an der Schulter fest. »Moment noch, Meister. Erst sprechen Sie von einem Tempel, jetzt von einer Kirche. Das verstehe ich nicht. Was soll das alles?«

»Wir sagen beides.«

»Ach ja? Und wieso?«

»Weil wir Christen sind.«

Ich runzelte die Stirn. Für mich wurden seine Antworten immer verworrener. Tempel, Kirche, Christen, irgendwie hatte ich das Gefühl, als wollte er mich auf den Arm nehmen. Das sagte ich ihm auch und fügte noch etwas hinzu. »Hören Sie, bevor ich Ihnen folge, möchte ich genauere Informationen haben.«

»Das können Sie gern, Mr Sinclair. Wir sind tatsächlich Christen, aber nicht die, die Sie kennen, wenn Sie verstehen. Wir stammen aus Ägypten und sind die arabisch sprechenden christlichen Nachfolger der alten Ägypter. Wissen Sie nun Bescheid?«

»Ja, man nennt Sie auch Kopten.«

»So ist es.«

»Und ich soll Ihnen helfen?«

»Wir werden sehen, ob Sie es können. Eigentlich müssten Sie es.« Er bedachte mich mit einem langen Blick. »Sie sind der Mann, der etwas sehr Wertvolles besitzt.«

»Wie meinen Sie das?«

»Später, Mr Sinclair. Wenn Sie jetzt die Güte hätten und mir folgen würden? Sie können übrigens anrufen und in Ihrem Büro Bescheid geben ...«

Ich war noch nicht fertig. »Hätten Sie mich nicht auch anrufen und herbitten können?«

»Das hätten wir.«

»Weshalb haben Sie es nicht getan?«

»Will ich Ihnen sagen. Sie sollten erleben, dass auch wir über gewisse Machtmittel verfügen und bereit sind, sie auch einzusetzen. Es geht um eine große Sache, die allen Einsatz erfordert. Wir dürfen einfach auf nichts Rücksicht nehmen.«

»Auch nicht auf bestehende Gesetze?«

»Nein.«

»Das geht nicht.«

Er lächelte wissend. »Wenn Sie einmal mit den Tatsachen vertraut gemacht worden sind, werden Sie alles genau erleben können und die Dinge auch mit anderen Augen sehen. Glauben Sie mir, Mr Sinclair, wir haben nicht ohne Grund so reagiert.«

»Es muss ein triftiger Grund sein.«

Er antwortete mir nicht mehr und ging vor. Ich folgte ihm kopfschüttelnd und nachdenklich.

Hinter mir schritten die anderen vier Männer. Ein fünfter, der Fahrer, saß noch im Wagen. Ich sah sein Gesicht, als ich einen Blick über die Schulter warf.

Al-Acham holte aus seiner Manteltasche einen Schlüssel und blieb vor der grau gestrichenen Hintertür stehen. Er bückte sich, suchte das Schloss und öffnete.

Höflich hielt er mir die Tür auf. Ich ließ ihn dennoch vorgehen. Als ich über die Schwelle trat, schwang die Tür schon zu. Sie glitt langsam wieder in ihre alte Stellung.

Mir war als Erstes ein bekannter Geruch in die Nase geströmt. Ich kannte ihn von Kirchenbesuchen an hohen Festtagen her. So roch nur Weihrauch.

Überall war dieser Geruch. Er hatte sich in dem langen klosterähnlichen Gang mit den weißen Wänden ausgebreitet. Es war kaum zu fassen, dass jenseits der Tür ein schmutziger Hinterhof lag, denn ich hatte zusammen mit den anderen eine völlig andere Welt betreten.

Es war die Welt der Erneuerung im geistlichen Sinne. Ein Hort des Friedens, des Gebets und der Gesänge, denn sie vernahm ich wie aus weiter Ferne.

Ein schwermütiger Singsang, irgendwie zu vergleichen mit Chorälen gregorianischer Mönche.

Al-Acham hatte bemerkt, dass ich mich darüber wunderte. Er war stehen geblieben und hatte die Schultern gehoben. »Unsere Gemeindemitglieder versuchen, durch Gebete und Gesänge das Böse zu stoppen. Ob es ihnen gelingt, ist noch fraglich.«

»Als letzten Joker haben Sie dann mich geholt.«

»So ungefähr.«

Ich ging kopfschüttelnd weiter. Vorbei an den schmalen Wandnischen, in denen brennende Kerzen standen. Ihr Lichtschein fiel auf die kleinen ikonenartigen Holzbilder, die allesamt Motive aus dem christlichen Leben der Kopten zeigten oder einfach nur Heiligenfiguren darstellten. Die meisten von ihnen waren gekleidet wie Mönche.

Ich erinnere mich daran, von koptischen Klöstern gelesen zu haben. Sie waren damals bekannt und berühmt gewesen für ihre Strenge und Askese. Ihr Glaubensfundament hatten sie in den Niederschriften des Apostels Marcus gefunden. In den ersten Jahrhunderten nach der Zeitrechnung hatten die Kopten eine sehr große Gemeinde gebildet, die auch zusammenhielt.

Wir waren allein. Unsere vier Begleiter mussten draußen geblieben sein. Das fiel mir erst jetzt auf.

»Wo wollen Sie hin?«, fragte ich Al-Acham.

»Nicht in den Kirchenraum, wir werden in die Gruft steigen.«

Ich runzelte die Stirn. »Und was soll ich da?«

»Jemanden kennen lernen.«

»Darf ich fragen, wen?«

»Ich würde Ihnen jetzt keine Antwort geben, Mr Sinclair. Lassen Sie sich überraschen.«

»Das tue ich schon die ganze Zeit über«, erwiderte ich und wollte dem anderen folgen, als meine Aufmerksamkeit auf ein Bild gelenkt wurde, das in der Nische stand, vor der ich mich aufhielt. Zuerst dachte ich an eine Täuschung, bis ich genauer hinschaute und auch erkannte, dass sich das im Holz abzeichnende Gesicht tatsächlich bewegte.

Es war ein Heiligenbild. Der helle Heiligenschein lag wie ein Kreis um den schmalen Kopf.

Er interessierte mich nicht, vielmehr waren es die groß gemalten Augen, die mich in ihren Bann zogen.

Sie weinten blutige Tränen …

Durch einen Zischlaut machte ich den schon vorgehenden Al-Acham darauf aufmerksam. Er drehte sich um, sah mein Winken und war mit wenigen Schritten bei mir.

»Was ist denn?«

»Schauen Sie sich das Bild an.«

Al-Acham ging noch etwas vor. Er senkte den Kopf und blickte genauer hin. »Ja!«, hauchte er. »Ja, das ist es. Das ist es haargenau. Sie sind bereits unterwegs und versuchen, unseren Abwehrschirm zu zerstören. Es ist wirklich höchste Zeit gewesen, etwas dagegen zu unternehmen, Mr. Sinclair.«

»Weshalb weint er diese Tränen?«

»Er spürte das Grauen.«

»Welches?«

»Jedes Bild besitzt seine Geschichte«, erklärte mir Al-Acham flüsternd und richtete sich dabei auf. »Und jedes hat seine besondere Bedeutung. Sie alle stehen hier zum Schutz, aber das will ich Ihnen nicht alles sagen. Wichtig ist, dass Sie mit mir in die Gruft kommen. Dort erleben Sie es hautnah.«

Ich hob die Schultern. Nur ungern wandte ich mich ab. Die Tränen aus Blut quollen noch immer aus den Augen, rannen an den dünnen Wangen entlang, verließen das Bild und zerrannen auf dem hellen Gestein der Nischenbank, wo sie rote Streifen hinterließen. Nicht ein Geräusch entstand dabei, nur als die ersten Tropfen von der Nische aus nach unten fielen, vernahm ich ein leises Klatschen.

Ich ging langsamer weiter, schaute mir in den folgenden Nischen jedes Bild an, weil ich sehen wollte, ob auch dort blutige Tränen geweint wurden.

Das war nicht der Fall.

Schließlich erreichte ich Al-Acham, der vor einer schmalen Holztür stehen geblieben war.

»Ist das hier der Zugang zur Gruft?«, fragte ich ihn.

»Ja.« Er hatte die Tür schon aufgedrückt. Ich schaute über seine Schulter hinweg, und mein Blick fiel auf eine geschwungene helle Treppe aus Kalksandstein, die in einem nach links schwingenden Bogen in die Tiefe eines Kellers führte.

Selbst hier nahm ich noch den Weihrauchgeruch wahr!

Al-Acham ging vor. Dabei bemühte er sich, die Schritte zu dämpfen. Er wollte wohl die Ruhe in der Gruft nicht stören. Auch ich dämpfte das Geräusch meiner Schritte.

Es war kein elektrisches Licht eingeschaltet worden. Um die Stufen erkennen zu können, reichte der Schein der in eisernen Haltern steckenden Kerzen völlig aus.

Sie befanden sich über uns an der rechten Wand. Immer wenn sie von einem Luftzug gestreift wurden, bewegten sich ihre Flammen und schufen ein zuckendes Muster.

Die Treppe endete direkt in der Gruft. Ein großes unterirdisches Gewölbe mit die Decke stützenden Säulen, flackerndem Kerzenschein und auch zahlreichen Nischen im Hintergrund.

Ich war vor der letzten Stufe stehen geblieben, denn ich wollte die Atmosphäre dieser Gruft in mich aufnehmen. Manchmal besitze ich so etwas wie einen sechsten Sinn für Gefahr.

Hier deutete sich nichts an …

Mich überkam so etwas wie ein ehrfürchtiges Gefühl. Ich hatte den Wunsch, einfach den Mund zu halten, kein Wort zu reden, um die Stille nicht zu stören.

Sie war einfach da. Irgendwie kam es mir vor, als würde sie etwas erzählen.

Von einer langen, schweren Vergangenheit, von einer Last der Unterdrückung und des Kampfes, den die Kopten wegen ihres Glaubens jahrhundertelang getragen hatten.

Das merkte auch Al-Acham. »Sie spüren es auch, nicht wahr?«, fragte er flüsternd.

»So ähnlich …«

»Jeder spürt es.«

»Was ist es denn?« Auch ich hatte meine Stimme gesenkt, weil ich daran glaubte, dass jedes zu laut gesprochene Wort störend wirkte.

»Es ist der Geist des Chamal Gossarah, unseres großen Freundes und Vorbilds.«

»Und wer war dieser Mann?«

»Ein Großer, ein Gerechter. Ein Mönch, den viele verehrten. Er ist schon lange tot, Jahrhunderte, weit über tausend Jahre, aber seine Religion lebt weiter. Er ist für uns der Mann, nach dessen Grundsätzen wir uns richten.«

»Und wo liegt er begraben?«, fragte ich.

Al-Acham lächelte weise und wissend. »Kommen Sie mit, Mr Sinclair. Ich werde Ihnen etwas zeigen.«

Ob ich wollte oder nicht, ich hatte einmal in den sauren Apfel gebissen und konnte jetzt keinen Rückzieher mehr machen. Wir schritten tiefer hinein in das Gewölbe, und nur der Klang unserer Schritte auf dem glatten Boden war zu hören.

Als wir die ersten Stufen passierten, erkannte ich auch, dass sie bemalt worden waren. Auch ihre äußeren Seiten zeigten Motive aus der koptischen Religionslehre. Die Bilder waren nie klar zu erkennen. Gesichter und Gegenstände verschwammen im Schein der Kerzen.

Hier weinten keine Augen blutige Tränen. Diese Atmosphäre wurde von einem großen guten Geist beherrscht.

Meine Gedanken kehrten wieder in die Realität zurück, denn wir hatten unser Ziel fast erreicht.

Al-Acham war stehen geblieben. Er deutete nach vorn auf einen Gegenstand, der ein wenig erhöht auf einer viereckigen Steinplatte stand und trotz seines schlichten Aussehens kostbar wirkte.

Es war ein Sarg!

Eigentlich hätte ich damit rechnen können, denn in einer Gruft standen nun mal Särge. Aber ich war einfach zu sehr abgelenkt worden, aus diesem Grunde zeigte ich mich überrascht.

Al-Acham war neben dem Sarg stehen geblieben. Er hatte die Arme ausgestreckt. Die Hände lagen flach auf dem steinernen Deckel. »Das ist unser wertvollstes Stück.«

»Ist der Sarg leer?«

»Nein, natürlich nicht. In ihm liegt der, um den sich für uns alles dreht und dessen Körper noch fast erhalten ist, weil er mumifiziert wurde. Er ist einer der Gründer und hat in einem der berühmt gewordenen weißen Klöster der Kopten gelebt.«

»Sie haben mir vorhin einen Namen genannt. Kann ich davon ausgehen, dass es diese Person ist, die im Sarg liegt?«

»Das können Sie, Mr Sinclair. In der Tat ist es Chamal Gossarah.«

Ich war skeptisch. »Hier in London? Wäre er nicht besser in seiner Heimat aufgehoben?«

»Wir haben ihn bewusst hergeholt«, erklärte mir Al-Acham. »Er durfte nicht länger in Ägypten bleiben.«

»Gab es einen Grund?«

Er nickte. »Das hat alles auch mit uns beiden zu tun. Die Feinde Chamal Gossarahs sind zurückgekehrt. Er hatte sich damals gegen die Dschinns gestellt, nun ist die Zeit abgelaufen. Ich weiß nicht, wie ich es Ihnen erklären soll. Jedenfalls müssen wir eines tun. Wir werden den Sarg öffnen. Wollen Sie mir dabei helfen?«

»Gern.«

Ich kannte Steinsärge und wusste auch, wie schwer die Deckel oder Steinplatten waren. Ein Mann allein reichte oft genug nicht aus, um sie zu öffnen.

Ob wir an die Ober- oder Unterseite des Sargs getreten waren, konnte ich nicht erkennen. Gemeinsam packten wir zu, hoben den Deckel an, und ich vernahm ein saugendes Geräusch. Wir rückten das Oberteil ein wenig zur Seite.

Gemeinsam stemmten wir uns dagegen. Erst beim zweiten

Anlauf schafften wir es. Das dabei entstehende kratzende Geräusch trieb mir eine Gänsehaut über den Rücken. Schweiß trat auf unsere Stirn. Diese Arbeit strengte sehr an.

Ich roch den Staub. Er musste die Jahrhunderte erlebt haben und wallte in kleinen Wolken hoch.

Der Ägypter und ich keuchten um die Wette. Schließlich lag eine Hälfte des Sarges offen vor unseren Augen.

Ich trat zurück. Mit dem Handrücken wischte ich über meine Stirn und schüttelte den Kopf. »Haben Sie den Sarg schon einmal geöffnet?«

»Nein.«

»Dann ist es für Sie auch eine Premiere?«

»Ja.«

Das Kerzenlicht reichte nicht aus, um den Sarg zu erleuchten. Wir hätten jetzt eine Taschenlampe gebrauchen können. Ich hatte meine dünne Stablampe schon hervorgeholt, als Al-Acham den Kopf schüttelte. »Lassen Sie es. Ich hole einen Kerzenständer.«

»Bitte.«

Er verschwand und kam bald darauf mit einem Standleuchter wieder, in dem drei weiße Kerzen ihr Licht verteilten. Der Ständer bestand aus Gusseisen. Ich half dem Ägypter, ihn so zu drehen, dass das Kerzenlicht auch den offenen Teil des Sargs anleuchtete.

»Alles klar«, keuchte er.

Auf seine Worte hörte ich nicht, denn ich hatte den Blick auch in den Sarg geworfen. Bisher war es mir schwer gefallen, an die Worte des Mannes zu glauben, nun aber sah ich sie bestätigt. Der Sarg war nicht leer. In ihm lag eine Gestalt.

Chamal Gossarah!

War er ein Mensch, eine Mumie, ein Mann oder ein Kind?

Sein Kopf jedenfalls wies auf den Schädel eines Kindes hin. So klein war er. Von der Haut konnte ich kaum sprechen. Diese rötlich glänzende Schicht erinnerte mehr an eine Pelle, die im Laufe der Zeit getrocknet und zusammengeschrumpft war. Dadurch hatten die Knochen irgendwie mehr Platz bekommen, denn sie traten scharf hervor, und die dünne Haut spannte sich von einem Knochenstück zum anderen wie ein straff gezogenes Stück Stoff, wobei sie trotzdem noch ein wirres Faltenmuster zeigte.

Ich schaute auf die Augen. Sie waren vielleicht noch vorhanden, aber sie mussten tief in die Höhlen gerutscht sein, da ich keine Pupillen mehr entdeckte.

Mit der Nase verhielt es sich ähnlich. Das Kinn war ebenfalls kaum vorhanden, nur noch ein winziger Vorsprung, der den unteren Teil der dünnen Haut festhielt.

Wir hatten den Sargdeckel so weit zurückgezogen, dass wir seinen gesamten Körper anschauen konnten, denn er war tatsächlich nicht größer als ein Kind.

Ich schüttelte den Kopf, als ich das kostbare Gewand sah, das der Tote trug. Aus schwerem Stoff bestand es. An den Säumen und am Kragen glitzerten bunte Perlen wie geschliffene Diamanten.

Das Gewand, es musste einmal ein intensives Rot gezeigt haben, war im Laufe der Zeit verblasst. Möglicherweise lag es auch am Schein der Kerzen, dass es so wirkte.

Ich spürte die Berührung des Fingers auf meiner rechten Schulter und kam wieder hoch. Al-Acham wollte mir etwas sagen. Er hatte seine Stimme zu einem Flüstern gesenkt, als er mit der ersten Erklärung herausrückte. »Chamal Gossarah war einer der wenigen Mönche, die sich gegen die grauenhaften Dschinns gestellt haben. Er besaß eine große Macht, denn er vertraute auf die Kraft des Kreuzes.«

»Wie ich!«

Der Ägypter nickte zweimal. »Ja, wie Sie, John Sinclair. Es gab also schon einmal jemanden, der dem Kreuz vertraut hat und damit das Böse zu stoppen versuchte.«

»Er hat es nicht geschafft?«

»Nein, die Dschinns waren stärker. Sie stürmten das Kloster, ohne Chamal Gossarah allerdings zu erwischen. Als andere erfuhren, dass die Dschinns kamen, da vergruben sie ihren Anführer ...«

»War er schon tot?«

»Nein, Mr Sinclair.«

Ich schluckte und hob gleichzeitig die Augenbrauen. »Wollen Sie damit sagen, dass er bei lebendigem Leibe …?«

»Ja, er ist bei vollem Bewusstsein in den Sarg gestiegen und gestorben.«

Das war hart. Ich konnte davon ein Lied singen, denn auch mich hatte man schon in Särge gesteckt. »Hat man ihn denn zuvor noch mumifiziert?«, erkundigte ich mich.

»Erst später, als er schon verstorben war. Und man hat ihm auch die Waffe mitgegeben.«

»Wovon sprechen Sie?«

Al-Acham bückte sich. Im Licht der Kerzen bekam sein Gesicht ein Schattenmuster aus Rot und Schwarz. »Ich werde Ihnen die Waffe zeigen, John Sinclair. Denn sie ist ebenfalls ein Grund dafür, weshalb wir Sie geholt haben.«

»Bitte.« Ich ging ein wenig zur Seite, damit er den nötigen Platz für seine Aktion bekam.

Al-Acham bückte sich noch tiefer. Sein rechter Arm verschwand im Sarg. »Es muss doch hier liegen. Die alten Schriften haben darüber berichtet. Und sie irren sich nie.«

»Vielleicht doch«, murmelte ich.

»Nein, Mr Sinclair, nein! Hier habe ich es. Ja, die Schriften logen nicht!« Der Ägypter kam wieder hoch, drehte sich und legte den Gegenstand, den er gefunden hatte, auf den Sargdeckel.

Es war ein Kreuz, das konnte ich sehen. Um Einzelheiten erkennen zu können, musste ich näher heran, wobei mir Al-Acham bereitwillig Platz schuf. Mehr durch Zufall sah ich sein Lächeln auf den Lippen und wurde vorsichtig.

Und da sah ich es besser.

Und plötzlich hatte ich das Gefühl, im Boden zu versinken. Das Kreuz aus dem Sarg ähnelte in der Form dem meinen aufs Haar …

Auch mein wertvoller Talisman war an den Kanten abgerundet und bildete gleichzeitig einen halbrunden Wulst.

Sogar in der Größe stimmte es, denn ich nahm mein Kreuz, legte die beiden nebeneinander und verglich sie.

Nur etwas war anders. Und zwar zeigte es einen gravierenden Unterschied. Das Kreuz aus dem Sarg zierten keinerlei Zeichen. Es war auf der Oberfläche völlig blank oder glatt.

Ich richtete mich auf. Mein Kreuz hatte ich wieder in die Hand genommen. Als ich Al-Acham ansah, las er mir die Frage bereits von den Augen ab. »Sie wollen wissen, was es bedeutet?«

»Ja ...«

Mit der rechten Hand deutete der Ägypter auf die mumifizierte Gestalt. »Chamal Gossarah war nicht nur ein Mönch, auch ein weit gereister Mann, der sich für viele Dinge interessierte. Besonders für die Zeit, die man heute mit der des Alten Testaments umschreibt. Schließlich hatten wir Ägypter schon zu sehr alten Zeiten eine blühende Hochkultur gehabt, und die wollte Chamal Gossarah durchforschen. Er ist gereist, hat mit anderen Völkern gesprochen, er war zwischen Euphrat und Tigris, er hörte von dem Volke Israel und den Leiden, die dieses Volk hinter sich hat. So erfuhr er ebenfalls von einer babylonischen Gefangenschaft, in der sich das israelitische Volk befunden hatte. Es hatte für diese Menschen immer wieder Hoffnung gegeben. Waren die Feinde auch noch so stark, es gab keinen, der das Volk Israel in die Knie zwingen konnte. Zudem hatten sie einen sehr starken Glauben. Sie glaubten an den Herrn, ihren Gott, und auch an die Worte ihrer Propheten. Ich will Sie Ihnen jetzt nicht der Reihe nach aufzählen, Sie werden sie ebenfalls kennen, Mr Sinclair. Aber ein Prophet war besonders wichtig. Für Sie als auch damals für den Gerechten namens Chamal Gossarah ...«

»Das war Hesekiel«, sagte ich.

»Ich sehe schon, wir verstehen uns. Auch Chamal hatte von diesem Menschen gehört. Man erzählte an den Lagerfeuern von seinen Weissagungen und Kräften. Legenden hatten sich um ihn gerankt. Eine Legende berichtete von einem geheimnisvollen Kreuz, das Hesekiel geschmiedet hatte und mit den

Abwehrwaffen versah, die er damals schon sah. Er hatte Wahrträume über verschiedene Mythologien. Und er vermengte dies mit den Symbolen der alttestamentarischen Lehre und hat als äußeres Zeichen das Symbol des Sieges geschaffen, eben das Kreuz. Obwohl dieser Gegenstand im Alten Testament überhaupt keine Bedeutung hatte und erst später als das Zeichen des Sieges anerkannt wurde. Da hat das Leben über den Tod gesiegt. Das alles wusste Hesekiel bereits. Er hat es vorausgeahnt und entsprechend gehandelt.«

Ich hielt mein Kreuz noch in der Hand. »Dann wissen Sie sicherlich auch, von wem es stammt.«

»Ja, es ist geschaffen worden für den Sohn des Lichts. Das sind Sie, Mr Sinclair. Eine Irreise hat dieses Kreuz hinter sich, bis es endlich der bekommen hat, der es auch haben soll.«

»Nur ist es nicht allmächtig«, sagte ich.

»Das hat der Prophet leider nicht voraussehen können. Die Zeiten haben sich geändert. Die Kräfte des Bösen sind vielfältiger und vielschichtiger, aber im Grunde ist das Kreuz seinen Prinzipien treu geblieben, wenn Sie verstehen.«

»Das habe ich schon oft bemerkt.«

»Sind die Fragen weniger geworden, Mr Sinclair?«

»Nein, eher zahlreicher.«

»Das habe ich mir gedacht.« Er lächelte. »Bitte, fragen Sie. Noch ist es Zeit.«

»Chamal Gossarah hat lange Zeit nach Hesekiel gelebt?« Es war mehr feststellend als fragend gesagt.

»Das ist klar.«

»Wie konnte er genau die Form meines Kreuzes wissen? Hat man es ihm gesagt? Gab es Aufzeichnungen?«

Da hob der Ägypter die Schultern. »Ich weiß es leider nicht. Es ist im Dunkel der Zeiten verschwunden. Die Dschinns haben auch das Kloster zerstört, in dem Chamal lebte. Sie brannten es nieder. Viel ist zerstört worden, sodass wir heute leider auf Vermutungen angewiesen sind. Tatsache ist dieses Kreuz, und eine Tatsache ist ferner, dass er das gleiche Kreuz haben wollte sie Sie, Mr Sinclair.«

»Weshalb?«

»Um den Terror der Dschinns zu stoppen. Er wusste damals, dass er das Kreuz dazu benötigte. Wie das genau geschehen sollte, ist mir bis zum heutigen Tage unklar.«

Ich blickte allmählich durch. Nun wusste ich sehr genau, weshalb man mich entführt hatte. Ich sollte demnach die Aufgaben Chamal Gossarahs übernehmen. Sein Kreuz hatte es nicht geschafft, meines würde es schaffen, vorausgesetzt, Chamal hatte sich nicht geirrt – und dass es die Dschinns auch noch gab.

»Sie denken nach, Mr Sinclair?«

»Ja, ich weiß allmählich, weshalb Sie mich geholt haben.«

»Es geht um die Dschinns.«

»Hier in London?«

Er nickte. »Die Anzeichen sind vorhanden. Die Karawane der Dschinns ist dazu verflucht, so lange durch die Zeiten zu ziehen, bis es einem gelingt, sie zu stoppen. Wir Kopten hoffen stark, dass Sie es sein werden, Mr Sinclair.«

»Das weiß ich mittlerweile auch. Haben Sie die Dschinns eigentlich schon gesehen?«

»Ja.«

»Und? Gab es Tote, Verletzte …?«

»Nein, ich sah die Karawane nur für den Augenblick. Sie versuchte, die Zeiten zu durchbrechen. Sie bewegte sich am Schnittpunkt der Dimensionen entlang, wo sich das Diesseits und das Jenseits treffen. Bisher haben uns die Dschinns in Ruhe gelassen, aber sie verfolgen noch immer den Plan, Chamal Gossarah zu zerstören.«

»Er ist doch tot.«

»Für uns ja, aber nicht in ihrem Sinne. Sie würden seine Asche nehmen und sie über die Wüste verstreuen. Erst wenn das geschehen ist, können sie zufrieden sein.«

Ich warf einen Blick auf den offenen Sarg und sah auch das Gesicht des mumifizierten Menschen. Ich dachte an die blutenden Augen auf dem Heiligenbild. Die Zeit schien tatsächlich reif zu sein für eine Rückkehr der Karawane.

»Wenn ich Ihre Worte richtig interpretiere, hat Ihnen die Mumie gewissermaßen als Lockvogel gedient, nicht wahr?«

»So ist es.«

»Meinen Sie, dass die Dschinns darauf reinfallen werden?«

»Das hoffe ich sehr, Mr Sinclair. Wir müssen Ihnen die Falle stellen und sie locken. Auch mir ist es nicht leicht gefallen, den Sarg nach London zu schaffen. Aber hier haben wir ihn besser unter Kontrolle. Die Grabstätten in meinem Heimatland werden leider immer häufiger von Plünderern heimgesucht. Sie wissen, dass wir Kopten in Ägypten eine Minderheit bilden, zwar geschäftlich erfolgreich sind, aber über keine Lobby verfügen. Deshalb achtet man auch nicht so streng darauf, wenn unsere alten Kulturstätten ›besucht‹ werden.«

Ich enthielt mich einer Antwort. Al-Acham wusste über die Verhältnisse in seinem Heimatland besser Bescheid. Er stand vor mir und strich mit zwei Fingern über seinen Oberlippenbart. »Werden Sie uns trotz allem helfen, Mr Sinclair?«

»Das steht fest. Sie haben mein Interesse geweckt. Mich interessiert alles, was mit meinem Kreuz und dessen Herkunft in Verbindung steht.«

»Dann darf ich Ihnen schon jetzt herzlich danken.«

Ich winkte ab. »Danken Sie nicht jetzt schon. Noch haben wir nichts erreicht. Mir sind die Dschinns nicht einmal zu Gesicht gekommen, und ich frage mich, wo ich sie finden kann. Nur hier?«

»Das wäre schön«, erwiderte der Mann.

»Wie meinen Sie das?«

»Dann wären sie auf einen Punkt konzentriert. Ich bin davon überzeugt, dass sie keine Rücksicht nehmen und versuchen werden, London zu überfallen.«

»Ohne Grund?«

»Die Dschinns mit den goldenen Krummschwertern haben den Auftrag bekommen, ihre verderbliche Religion auf der ganzen Welt zu verbreiten, um allein dem Scheitan dienlich zu sein.«

Scheitan war der Ausdruck für Teufel. Der Kreis schloss sich also wieder.

»Aber ich habe das Kreuz.«

»Das stimmt. Vielleicht werden Sie auch ihr Zielpunkt sein. Nur müssen Sie vorerst einen anderen töten. Chamal Gossarah darf nicht als Mumie weiterleben.«

»Gibt es unter den Dschinns einen Anführer?«

Al-Acham nickte. »Ja, der existiert. Er hört auf den Namen Abu Ben Kolc.«

»Den Namen werde ich mir merken. Vielleicht begegnet er mir mal.« Ich hob mein Kreuz. »Okay, bisher haben wir nur theoretisiert. Gibt es eine konkrete Spur zu dieser geheimnisvollen Karawane? Ich möchte nicht gern warten, bis irgendwelche Opfer gefunden werden.«

»Leider gibt es diese Spur nicht. Nur einige geheimnisvolle Hinweise. Vielleicht kann ich Ihnen einen Tipp oder Rat geben. Halten Sie hier am Sarg Wache, bis sich etwas ereignet.«

»Wie lange kann das dauern?«

»Da bin ich überfragt.«

»Was meinen Sie, was mein Chef dazu sagt!«

»Das kann ich mir vorstellen, aber Sie können ihn gern von hier aus anrufen, damit ...«

»Pst!«, zischte ich, denn mir war etwas aufgefallen. Jemand musste in der Nähe sein. Noch war er unsichtbar, aber es gab ihn, denn die Kerzenflammen spürten den fremden Einfluss ebenfalls.

Obwohl wir selbst keinen Luftzug an unseren Gesichtern spürten, begannen die Flammen zu flackern.

»Sehen Sie!«, hauchte ich.

Der Ägypter schaute hin. Er ging einen Schritt zurück. Bleich war er plötzlich geworden. Er duckte sich ein wenig und schaute sich vorsichtig um. »Ich glaube, dass wir nicht mehr lange zu warten brauchen!«, raunte er. »Sie sind da.«

Mein Kreuz spürte es auch.

Zum ersten Mal »meldete« es sich. In der Mitte des Kreuzes hatten sich die beiden ineinander geschobenen Dreiecke mit dem Kreis darum befunden. Ich erinnerte mich auch an die geheimnisvollen Zeichen, die an den Rändern der Dreiecke gestanden hatten. Was sie bedeuteten, hatte ich nie herausfinden können, weil es Lilith, der Großen Mutter, gelungen war, alle Zeichen und auch die Dreiecke sowie den Kreis zu löschen. Aber unter den jetzt verschwundenen Zeichen war noch ein weiterer Kreis eingraviert.

Ein uraltes ägyptisches Henkelkreuz. Es hatte nur drei normale Enden. Das Oberteil bildete eine ovale Schlinge, und genau das Kreuz leuchtete plötzlich auf.

Noch nie hatte ich dies erlebt und war dementsprechend überrascht. Es war ein intensives, dennoch unnatürliches, türkisfarbenes Leuchten, das uns entgegenstrahlte.

Eine Mischung aus Grün und Blau.

Erwärmt hatte sich mein Talisman dabei nicht. Ich fühlte extra nach, es war die normale Kühle des Silbers, die ich unter meiner Fingerspitze spürte.

Al-Acham war außer sich. »Sie sind da!«, keuchte er. »Das ist das Zeichen.«

»Und wo?« Die Frage hatte ich automatisch gestellt. Von dem Ägypter bekam ich keine Antwort, aber mein Kreuz reagierte.

Das Zeichen, das Henkelkreuz, strahlte plötzlich ab. Es war ein türkisfarbener Lichtbogen, der von ihm ausging und schräg auf die Decke der Gruft zufuhr.

Denn dort war sein Ziel.

Aus dem Nichts holte er es. Es ging blitzschnell. Wir beide hörten das Fauchen, als hätte jemand einen mit Benzin getränkten Lappen angezündet. Im nächsten Moment waberte und puffte schon die dunkelrote Feuerwolke an der Decke auf und riss aus dem Unsichtbaren eine Gestalt hervor, auf die ich gewartet hatte.

»Das ist der Dschinn!«, schrie Al-Acham.

Ja, er musste es sein, und er wirkte im ersten Augenblick sogar lächerlich auf mich. Ich erinnerte mich an die orientalischen Märchen, die ich gelesen hatte. Da saßen oft Geister auf irgendwelchen Sitzkissen oder fliegenden Teppichen.

Und dieser Geist hockte tatsächlich auf einem solchen

Gegenstand. Ob es ein Sitzkissen oder ein fliegender Teppich war, konnte ich nicht genau erkennen, mich interessierte mehr die Gestalt, die nicht größer als ein Zwerg war, einen im Verhältnis zum Körper zu großen Kopf besaß und bis auf einen Lendenschurz von undefinierbarer Farbe fast nackt war, sodass ich die türkisfarbene Haut deutlich sah.

Besonders interessierte mich der Kopf. Seine ungewöhnliche Größe war mir schon beim ersten Hinsehen aufgefallen. Dennoch wirkte er irgendwie gedrungen, denn in seiner oberen Hälfte war er dicker als in der unteren. Die Gesichtsform war rund wie ein Apfel. Seine Züge zeigten einen alten, gleichzeitig bösen und auch verkniffenen Ausdruck. Die hohe Stirn zeigte ein Muster von Falten, so stellte ich mir eigentlich einen Giftzwerg vor.

Zum Lachen war diese in der Luft und direkt unter der Decke schwebende Gestalt trotzdem nicht, denn die rechte Hand umklammerte ein Krummschwert, dessen Klinge matt golden schimmerte. Das war eine gefährlich aussehende Waffe, die schon die Breite einer Machete aufwies. Wer von ihr erwischt wurde, konnte mit dem Leben abschließen.

»Er sitzt auf seinem Sattel«, flüsterte Al-Acham.

»Welcher Sattel?«

»Er gehört einem Kamel …«

Das Tier selbst war allerdings nicht zu sehen. Darauf war ich auch nicht scharf. Ich dachte darüber laut nach, wie es möglich gewesen war, dass er so plötzlich erschien.

»Ihr Kreuz, Mr Sinclair. Es hat ihn gelockt.«

So ähnlich hatte ich auch schon gedacht. Nur hockte der Dschinn weiterhin an der Decke, beobachtete uns mit bösen Blicken und tat ansonsten überhaupt nichts.

Ich hielt meine strahlende Waffe fest und ließ den kleinen Teufel nicht aus den Augen. »Was will er?«, hauchte ich. »Weshalb kommt er nicht her?«

»Vielleicht hat er einen bestimmten Auftrag bekommen. Er soll nur schauen …«

»Dann ist das nicht dieser Abu Ben Kolc?«

»Nein, der sieht anders aus.«

Noch immer hatte sich unser dämonischer Gast nicht von der Stelle bewegt. Das aber änderte sich blitzartig. Wieder puffte um ihn herum eine Wolke auf, die ihn ansaugte und verschwinden ließ.

Aber er hinterließ einen Gruß.

Das war seine Klinge.

Wuchtig schleuderte er sie nach unten, und das mörderische Krummschwert zielte dabei auf meinen Körper …

Vergangenheit

Die Ebene war weit, fast unendlich, der Wind fuhr in heißen Wellen über sie hinweg und brachte die mörderische Hitze der Wüste mit. Auch jetzt, wo sich der Tag allmählich neigte, hatte die Kraft der Sonne kaum nachgelassen. Als gewaltiger glühender Ball stand sie über den Kuppen der Wanderdünen und schickte die sengende Glut auf das so verlassen wirkende Land, das sie immer mehr ausglühte.

An dieser Stelle der Erde schien die Ewigkeit zu einer Wahrheit werden zu wollen.

Menschen sah man nicht. Wenn welche das Land durchzogen, waren es die Karawanen der Beduinen und Wanderer, die ihre abgesteckten Wege von Wasserloch zu Wasserloch ritten.

Doch so tot, wie das Land aussah, war es nicht. Es existierte Leben in ihm. Die weißen, von der Sonne völlig ausgedörrten Lehmmauern des Klosters lagen im Schutz eines hohen Hügels, der zur Nordseite hin sogar einen Schatten warf. Und auch der Innenhof des Klosters war an manchen Stunden schattig. Hinzu kam ein frisches Grün von Palmen und Dattelbäumen, das überhaupt nicht in die Einöde hineinpassen wollte. Doch die Mönche, die das Kloster bewohnten, hatten mit einem sicheren Blick erkannt, dass es an dieser Stelle Wasser unter dem Wüstenboden gab. So hatten sie gegraben und tatsächlich einen Brunnen entdeckt, der sie mit der so wertvollen Flüssigkeit versorgte. Er war stets abgedeckt, sodass auch ein Sandsturm ihn nicht zuschütten konnte.

Die Mönche lebten bereits lange Jahre hinter den Klostermauern, beteten, arbeiteten und forschten. Sie hatten den kleinen Garten angelegt, in dem das wuchs, was für ihre Ernährung wichtig war und für das körperliche Wohl sorgte.

Es war auch die Zeit, als Muselmanen das Land durchstreiften. Sie hatten den Auftrag bekommen, mit Feuer und Schwert diejenigen zu ihrem Glauben zu bekehren, die sie antrafen.

Viele Menschen waren unter den Schwertern der Krieger gefallen. Es waren auch koptische Mönche dabei gewesen, aber das einsame Wüstenkloster hatten die Horden bisher noch nicht entdeckt.

Dennoch lebten die Mönche nicht in Ruhe und Zufriedenheit. Ihr Anführer, Chamal Gossarah, hatte es sich zur Aufgabe gemacht, die bösen Geister zu bekämpfen. Er wusste, dass es viele Dinge gab, die er seinen Brüdern nicht mitteilen konnte, und deshalb war er im Kloster zu einem Einsiedler geworden. Nach seiner langen Wanderung hatte er viel über das Kreuz erfahren. Er wusste jetzt ganz genau, dass es existierte. Doch es war nicht für ihn bestimmt. Jemand hatte von einem Sohn des Lichts berichtet, der in ferner Zeit erscheinen würde und das Kreuz an sich nehmen wollte.

Damit musste sich der Mönch zufrieden geben, so schwer es ihm auch fiel. Doch er wollte ein ähnliches Kreuz besitzen und hatte in der Schmiede des Klosters damit begonnen, es herzustellen. Es sollte ihn und die anderen vor den Mächten des Scheitans beschützen und auch vor den gefährlichen Geistern, den Dschinns, die ihm dienten.

Diese Dschinns kannten keine Gnade. Sie waren unterwegs, denn sie hatten die Zeichen der Zeit genau erkannt. Manche von ihnen verbündeten sich mit den Muselmanen und ließen sich von ihnen anbeten. Kriege tobten, Menschen starben, ihr Blut versickerte im Wüstensand. Es waren Zeichen des großen Chaos, auf das alle hofften.

Und der Sand schwieg.

Aber Chamal Gossarah wusste genau Bescheid. Er hatte während seiner langen, intensiven und geistesabwesenden

Sitzungen Einblicke in eine Welt bekommen, die ihn das Fürchten lehrte. So wusste er auch, dass andere Kräfte davon erfahren hatten, welche Aufgabe sein weiteres Leben bestimmen sollte.

Sie fürchteten das Kreuz!

Das echte noch mehr als das, das er nachbilden sollte, und Chamal wusste auch, dass die Dschinns nicht zögern würden, dem Kloster einen blutigen Besuch abzustatten.

Gerechte sollten sterben, um den Ungerechten den Weg zu ebnen. Sie waren innerhalb des weißen Klosters nicht mehr sicher, und das hatte Chamal seinen Brüdern gesagt.

Er bat sie auch, aufzubrechen und die Mauern zu verlassen, weil sie keinen Schutz mehr gaben.

»Das werden wir nicht.« So hatten sie widersprochen und ihm noch einmal ihre Treue geschworen.

Chamal konnte ihnen keinen Vorwurf machen, er hätte wahrscheinlich nicht anders gehandelt, und so war ihm nichts anderes übrig geblieben, als seinen letzten Wunsch auszusprechen.

»Begrabt mich bei lebendigem Leib ...«

Niemand widersprach, keiner zeigte seine Gefühle, im Gegenteil, man machte sich an die Arbeit und fertigte damals schon eine letzte Ruhestätte an, die starke Ähnlichkeit mit den Särgen späterer Zeiten aufwies. In sie wurde Chamal Gossarah hineingelegt. Sie sprachen letzte Gebete und schauten dabei auf sein Kreuz, das nicht fertig geworden war. Es lag zwischen seinen Händen.

»Es wird mich vor dem Bösen schützen«, hatte er immer wieder gesagt. »Niemand kann es überwinden. So wie die Propheten sagten, wird es eintreffen. Schon bald werde ich mit ihnen zusammen sein und auf euch hinabschauen. Deshalb möchte ich noch einmal darum bitten, dass ihr das Kloster verlasst.«

Sie gingen nicht. Stattdessen nahmen sie den Sargdeckel hoch und stellten ihn auf das Unterteil, sodass beide Hälften fugendicht schlossen.

Dann gingen sie.

Nach drei Tagen erst kamen sie zurück.

Wieder öffneten sie den Sarg.

Vor ihnen lag ein Toter. Sein Gesicht war verzerrt, bläulich angelaufen, das Kreuz aber befand sich zwischen seinen starren Händen. Er musste einen schrecklichen Todeskampf hinter sich gehabt haben, aber er sollte für die Nachwelt erhalten bleiben, deshalb salbte man den toten Körper, entnahm ihm die Eingeweide, wickelte ihn in Tücher und wendete die überlieferten Techniken der Mumifizierung an.

Schließlich waren sie fertig und legten den Körper wieder zurück in den Sarg.

Dann vergaßen sie ihn. Aber nicht die Worte des Toten, denn er hatte sie vor den Dschinns gewarnt.

Die Mönche schickten Späher aus, die bewegungslos in der prallen Sonne auf den Hügeln hockten und in das vor Hitze flirrende Land hineinschauten. Zeit war für sie relativ geworden. Sie wussten, dass sich auch bei ihnen die Uhr des Schicksals nicht zurückdrehen ließ.

Und sie warteten nicht vergebens.

Das Böse kam.

Die auf den Hügeln sitzenden Späher entdeckten es zuerst. Es war die Stunde, wo der heiße Glutball der Sonne allmählich seine Farbe wechselte. Hatte er zuvor in einem Weißgelb gestrahlt, so wurde er allmählich dunkler.

Die Sonne sank tiefer und färbte den Himmel rot. Er sah aus, als würde er brennen.

Gleichzeitig fielen die Strahlen auch auf das noch von der Hitze erfüllte Land, tauchten es in den dunkelroten Schein, sodass die Wüste wie von einer dünnen Blutspur überzogen aussah.

Die Karawane schien geradewegs aus der Sonne hervorzureiten. Nur wer so gute Augen wie die Späher hatte, konnte sie sehen.

Sie sahen die Gestalten zwischen den Hügeln und den von den Hufen der Kamele aufgewirbelten Sand.

Da wussten sie Bescheid.

So rasch wie möglich liefen die Späher zurück und

erstatteten Bericht. Die übrigen Mönche nahmen die Worte ihrer Brüder mit unbewegten Gesichtern entgegen.

Sie sagten nicht einmal etwas, nickten nur, und hinter den Klostermauern machte man sich bereit zum Sterben.

Inzwischen näherte sich die unheilvolle Karawane ihrem Ziel. Hatten die zahlreichen Gestalten beim ersten Sichtkontakt noch wie ein zusammenhängender Pulk gewirkt, hätte ein Beobachter nun Genaueres sehen können.

Auseinander gezogen war die Reiterschar, und sie zählte sieben Kamele mit sieben wüsten Gestalten auf ihren Rücken.

Es waren die Bösen, die aus dem heißen Höllenfeuer Entlassenen, die der Scheitan persönlich ausgeschickt hatte, um Unruhe zu stiften. Er hatte die Dschinns erschaffen und jeden Einzelnen mit einer übermenschlichen Stärke ausgerüstet. In den Geschichten, die abends an den Lagerfeuern erzählt wurden, kannte man die Dschinns bereits. Man fürchtete sie und ihre Wanderungen durch die Zeiten, aber noch war es ihnen nicht gelungen, den Schnittpunkt zu überwinden und auf die Erde zu kommen.

Bis jemand das Kreuz nachbilden wollte. Und vor dem Kreuz fürchteten sie sich, denn es sollte, so sprach man flüsternd, ein Kreuz geben, das stärker war als alles andere.

Die Dschinns hatten es nicht gefunden, aber die Spur hatte sie zu dem Mann geführt, der mehr wusste.

Er lebte hinter den schützenden Mauern eines der weißen Klöster, wie sie genannt wurden.

Endlich hatten sie eine Spur. Lange genug waren sie auf der Suche gewesen, und so konnte sie auch nichts und niemand davon abhalten, dem Kloster einen blutigen Besuch abzustatten.

Und blutig würde er werden, das stand für sie fest. Niemand sollte überleben und von ihren Taten berichten können. Sie kannten die Mönche, sie wussten davon, dass sie lieber starben, als sich und ihren Glauben zu verraten.

Und so hatten sie auch ihre gefährlichen Waffen mitgebracht. Die Krummschwerter, die schon so verheerende

Blutbäder angerichtet hatten und magischen Gesetzen gehorchten.

An der Spitze der Karawane ritt Abu Ben Kolc. Er war vom Fürsten der Finsternis als Anführer auserwählt worden, und so gab er sich auch. Aufrecht hockte er im steifen Sattel seines Reittieres. Während die anderen Gestalten, die eine Reihe hinter ihm gebildet hatten, mit den nackten Oberkörpern ritten, hatte er sich eine lange, schwarzgraue Kutte umgehängt, die Kapuze über den Kopf gestülpt, sodass nur mehr sein Gesicht zu erkennen war. Dies wiederum zeigte sich im Gegensatz zu den runden Köpfen seiner gefährlichen Dschinns lang, hager, verkniffen und bösartig. Die Haut wirkte dabei wie brüchiges Leinen, in den heller schimmernden Augen gloste ein Hauch, der Angst verbreiten konnte, wenn der Anführer jemanden anschaute.

Sie ritten zwischen den Sandhügeln. Jetzt, wo der erste Abendwind aufgekommen war, waren lange Sandschleier in die Höhe geworfen worden und fielen manchmal wie aus Körnern bestehende dünne Decken über die Reiter.

Das alles hielt sie nicht ab, sich ihrem Ziel in einem gleichbleibenden Ritt zu nähern.

Sie erreichten die letzten Hügel.

Die Dschinns rechneten damit, entdeckt worden zu sein. Das hielt sie nicht davon ab, auf die Klostermauern zuzureiten, und schon sehr bald sahen sie die Festung vor sich.

Das weiße Kloster lag in der letzten Glut einer allmählich versinkenden Wüstensonne. Rote Schatten hatten sich schleierartig über die Mauern gelegt und gaben ihnen ein völlig anderes Aussehen. Die Stille war bedrückend. Noch hatte das kleine Tal die Hitze des Tages gespeichert. Erst bei Dunkelheit würde sie die Wärme wieder abgeben, um der Kälte Platz zu schaffen.

Die Dschinns näherten sich dem Eingang. Er bestand aus einem breiten Tor, das durch einen Balken von innen verriegelt werden konnte. Es war auch verschlossen, aber die Dschinns nutzten die Kraft der Schattenwelt aus und schleuderten ihre Schwerter gegen das Holz.

Goldene Klingen wirbelten durch die Luft und trafen todsicher.

Das Holz zersplitterte, breite Risse entstanden. Kleine Feuer loderten plötzlich auf, und wenig später kippte das Tor dem Innenhof des Klosters entgegen.

Die Reiter hatten freie Bahn.

Zuerst ritt Abu Ben Kolc an. Seine Gestalt schaukelte im Takt der Kamelbewegungen. Er sah so aus, als würde er jeden Augenblick aus dem Sattel fallen. Dies täuschte sehr. Abu Ben Kolc, eine Ausgeburt der Finsternis, war ein hervorragender Reiter.

Er war der Erste, und er war es auch, der die Stimmen hörte. Das mussten die Mönche sein, aber sie sprachen nicht miteinander, sie sangen zusammen ihr abendliches Gebet.

Der Gesang war dort aufgeklungen, wo sich die größte der Unterkünfte befand.

Die Kirche!

Mit dem sicheren Instinkt eines in der Hölle Geschaffenen, bemerkte Abu Ben Kolc die gefährliche Strömung. Die Mönche wussten, dass es auch für Dschinns nicht gerade gut war, wenn sie die heiligen Räume der Kopten betraten. Sie starben zwar nicht, aber sie fühlten sich nicht wohl. Deshalb wollten sie es anders versuchen, denn aufgegeben hatte noch keiner von ihnen.

Abu Ben Kolc hob seinen mageren Arm und versammelte seine sieben Reiter um sich.

Auch er trug ein Schwert. Es war besonders lang, die Klinge glänzte auch heller und schimmerte nun im Licht der immer weiter sinkenden Sonne, die ihre Strahlen fast waagerecht über das Land schickte.

Er deutete auf das Haus.

Die Dschinns verstanden den Befehl.

Und sie ritten an!

Plötzlich hatten sie es eilig. Die Hufe ihrer Kamele erzeugten auf dem Boden ein trommelndes Geräusch. Staub und Sand wallten zu einem Vorhang hoch, der die Angreifer begleitete.

Eine mörderische, dem Reich der Finsternis entwichene Horde jagte auf die Mauern der Kirche zu. Kein Schrei wurde ausgestoßen, nur das dumpfe Trommeln der Hufe war zu hören.

Die goldenen Klingen blitzten wie Spiegel, wenn sie geschwungen wurden und aus den wallenden Wolken erschienen.

Dann schlugen sie zu.

Und waren die Mauern auch noch so stark, der geballten Kraft dieser acht Schwerter konnten sie nichts entgegensetzen. Die mit magischer Kraft aufgeladenen Klingen hieben die harten Mauern entzwei, als bestünden sie aus Nilschilf.

Dann brach die Decke.

Ein gewaltiges Krachen rollte über den Innenhof des Klosters. Donnernd wetterte das Echo zwischen den Wänden, und es verschluckte die Todesschreie der unter der zusammenbrechenden Steinlast sterbenden Menschen.

Nicht alle wurden unter den Trümmern begraben. Einigen Mönchen gelang es, den Massen zu entkommen.

Darauf hatten die grausamen Dschinns gewartet.

Sie sahen die fliehenden Gestalten aus dem Staubschleier hervortauchen. Einige umklammerten ihre Kreuze wie letzte Rettungsanker, warfen sich auf die Knie und wurden dennoch erwischt.

Wieder fegten die Krummschwerter durch die Luft. Schreie erklangen abermals und erstickten, wenn Menschen, tödlich getroffen, zusammenbrachen. Ihr Blut versickerte im Sand des Klosterhofes, und es gab keinen, der entkam.

Einer wollte es versuchen. Ein junger koptischer Mönch erreichte soeben die Mauer, wo er ausgerechnet den Anführer der Horde vor sich auftauchen sah.

Abu Ben Kolc schlug gnadenlos zu. Er köpfte den Ärmsten, riss dessen Reittier hart herum und hob das Schwert in die Höhe, zum Zeichen des Sieges.

Es lebte keiner mehr. Die teuflische Horde hatte ihre schreckliche Bluttat geleistet und ihr Ziel erreicht.

Langsam ritt Abu Ben Kolc durch die Trümmer. Jeden

Toten schaute er sich an, und er stieß einen wütenden Schrei aus, als er erkannte, dass der Mönch, den er gesucht hatte, sich nicht unter den Getöteten befand.

Sie durchsuchten das Kloster.

Jeden Raum nahmen sie sich vor, aber sie entdeckten den Eingang zur Gruft nicht.

So blieb ihnen ausgerechnet der verborgen, dem ihr eigentlicher Besuch gegolten hatte. Und auch das Kreuz hatten sie weder gefunden noch vernichten können.

Tote ließen sie zurück, als sie von den Trümmern des Klosters wegritten und wieder in die Wüste eintauchten.

Die Karawane der Dschinns war unterwegs. Sie hatte ihren Auftrag nicht erfüllen können, aber die Reiter wussten genau, dass ein Ende noch nicht erreicht war.

Sie, die Dschinns, hatten eine relative Unsterblichkeit bekommen. Die Zeit konnte ihnen nichts anhaben.

Irgendwann würden sie zurückkehren. Nicht morgen, nicht übermorgen, sondern erst in einer vielleicht sehr fernen Zukunft.

Mit diesem Gedanken entfernten sie sich von dem zerstörten Kloster. Und es sah so aus, als würden sie direkt in den dunkelrot gewordenen Glutball der Sonne hineinreiten …

Wenn ich mein Leben retten wollte, musste ich innerhalb der nächsten Sekunden reagieren.

Mit dieser Attacke hatte ich nicht gerechnet, aber ich war ja von Al-Acham gewarnt worden.

Auch jetzt schrie er.

Ich schleuderte meinen Körper nach rechts. Dabei geriet ich in die gefährliche Nähe einer Säule, prallte zum Glück nicht dagegen, sondern kam eine Handbreit von ihr entfernt auf.

Ich hörte ein Klirren.

Im Herumdrehen nahm ich innerhalb eines Sekundenbruchteils auf, was geschehen war.

Das Schwert hatte seine Zielrichtung beibehalten, war

gegen den Steinboden geschlagen und wieder abgeprallt, sodass es in einer schrägen Linie über den Sarg huschte, hinter dem der Ägypter Deckung gefunden hatte. Soeben noch konnte er den Kopf einziehen.

Ich stützte mich an der Säule ab, als ich aufstand. Gespannt verfolgte ich den Weg der Waffe.

Sie jagte der Deckung entgegen, klirrte aber nicht davor, sondern wurde plötzlich gestoppt, um sich einen Moment später schnell zu drehen. Dabei wurde sie zu einem goldenen Kreisel, der Reflexe und Schatten warf, die sogar bis auf den Sarg fielen und ihn mit einem zuckenden Muster bedeckten.

Auch Al-Acham war wieder hochgekommen. Er blieb aber noch in der Hocke, schaute erst mich an, dann das Schwert und presste seine Hand gegen den Mund.

Ob er eine Waffe trug, wusste ich nicht. Sicherheitshalber gab ich ihm den Rat, zu verschwinden.

»Nein, ich bleibe.«

»Und das Schwert?«

»Ich weiß auch nicht?«

Zum Glück ließ ich mich von seiner Unsicherheit nicht anstecken. Ich war nur sauer, dass mein Wagen so weit entfernt stand. Den Bumerang hätte ich gut gebrauchen können. Seine Kraft und weißmagische Stärke hätten die Klinge bestimmt gestoppt.

Die Klinge ließ ich nicht aus dem Auge. Weshalb drehte sie an der Decke noch ihre blitzenden Kreise wie ein Propeller? Von allein bestimmt nicht, das musste einen Grund haben.

Ich bemerkte, dass der Ägypter seine Stellung wechseln wollte. Das gefiel mir überhaupt nicht. »Bleiben Sie um Himmels willen dort hocken!«, zischte ich ihm zu.

»Weshalb?«

»Vielleicht wartet dieses verdammte Schwert nur auf eine Bewegung von einem von uns.«

»Ja, das kann sein. Aber ewig will ich hier auch nicht hocken. Verstehen Sie?«

»Brauchen Sie auch nicht.«

»Dann stoppen Sie es doch!«

Das hätte mir auch meine Großmutter sagen können. Wie sollte ich das Schwert zur Ruhe bringen? Überhaupt, so etwas hatte ich noch nicht erlebt. Normalerweise steckte die Magie in der Person, die eine Waffe trug. Ausnahmen gab es immer, ich brauchte da nur an Kara zu denken. Hier aber hatte sich alles auf die Waffe konzentriert.

Ich holte die Beretta hervor. Das Ziellicht war zwar nicht besonders, aber wenn ich Glück hatte, konnte es mir durchaus gelingen, die Waffe da oben zu erwischen.

Ich streckte den rechten Arm aus, stützte das Gelenk mit meiner linken Hand ab und zielte sehr genau.

Ich musste geradewegs in den sich drehenden, wirbelnden und goldfarbenen Kreisel hineinhalten, beseelt von der Hoffnung, dass meine Magie stärker war als das Schwert.

Gerade als ich abdrücken wollte, reagierte die Waffe. Im Bruchteil einer Sekunde stoppte sie ihre Drehbewegungen und stand für einen Moment still. Jetzt bot sie mir ein Ziel; ich war einfach zu überrascht, um es wahrnehmen zu können.

Im nächsten Moment befand sich das gefährliche Schwert schon wieder auf dem Weg.

Diesmal zielte es nicht direkt auf mich, sondern jagte in einer rasenden Geschwindigkeit, die nur als Reflex wahrnehmbar war, auf den Sarg zu und auf den hinter der steinernen Totenkiste in Deckung liegenden Al-Acham.

»Kopf weg!« Mehr konnte ich für ihn nicht tun. Zum Glück sah ich den dunklen Scheitel verschwinden.

Aber das Schwert war auch nicht auf ihn gezielt, wie ich weiterhin erkennen konnte.

Es wollte in den Sarg.

Und das geschah.

Plötzlich sah ich einen großen Teil der Klinge verschwinden und hörte einen dumpfen Laut, als die Waffe in ihr Ziel eingeschlagen war. Sie schaute noch zur Hälfte aus dem Sarg hervor. Ich sah sie sogar zittern und wusste auch, was passiert war.

Die Klinge hatte die mumifizierte Leiche getroffen.

Ich kam hoch.

Zur gleichen Zeit hob sich auch der Ägypter auf die Beine. Er stand näher am Ort des Geschehens als ich, senkte den Kopf und schaute sich das an, was passiert war.

Trotz des Fackellichts sah ich ihn bleich werden. Sein Gesicht zuckte, die Lippen bewegten sich, er redete Worte in seiner Muttersprache und wankte so weit zurück, bis er gegen eine Säule stieß und erst dort zur Ruhe kam.

Helfen konnte ich nicht mehr. Dementsprechend ließ ich mir Zeit, als ich näher herantrat. Meine Sohlen schleiften über den Boden, ich erreichte den Sarg und blieb so dicht neben ihm stehen, dass ich mit den Hosenbeinen gegen den Stein stieß.

Dann erst senkte ich den Blick.

Das Schwert, gefüllt mit seiner magischen Energie, hatte einen wahren Volltreffer gelandet. Die Wucht hatte es tief in die Brust der Mumie getrieben. In einer Schräghaltung ragte es aus dem Körper, als könnte es sich nicht entscheiden, ob es kippen wollte oder nicht.

Ich sah in das Gesicht der Mumie. Die Aufprallwucht des Schwertes hatte Chamal Gossarahs Leiche zur rechten Seite gedrückt. Am Profil erkannte ich, dass sich die Züge nicht verändert hatten. Dieser Chamal war gestorben, und er war auch kein Zombie, dem die Klinge zum zweiten Mal den Tod gebracht hatte.

Weshalb aber hatte die Waffe auf ihn gezielt und nicht auf mich? Das schien nicht ohne Grund geschehen zu sein, auch wenn ich mir im Augenblick keinen vorstellen konnte.

Ich sah, wie der Ägypter aus seiner Deckung hochkroch. Sein Blick flackerte, er war sehr unruhig und wischte sich über die Augen.

»Kommen Sie näher!«, forderte ich ihn auf.

Al-Acham ging vorsichtig. Er schluckte, stieß pfeifend den Atem aus, hob die Schultern und krächzte sich den Rachen frei. »Es hat ihn erwischt.«

»Ja.« Er nickte. »Die Dschinns geben nicht auf.«

»Weshalb nicht?«

Er hob die Schultern. »Sie wollten ihn zerstören. Das haben sie damals nicht geschafft.«

»Wann war das denn ungefähr?«

»So genau kann ich es nicht sagen. Es liegt eineinhalbtausend Jahre zurück.«

»Also fünfhundert Jahre nach der Zeitwende«, murmelte ich und rieb mein Kinn. Das konnte hinkommen. Da hatte es zahlreiche Kopten in Ägypten gegeben. Sie hatten sich irgendwann einmal von der normalen Kirche getrennt und ihre eigene Glaubensgemeinschaft beibehalten, bis die Moslems kamen und die Kopten gnadenlos verfolgten.

War jetzt das Ziel der Dschinns erreicht?

»Woran denken Sie?«, fragte mich der Ägypter.

»Ich möchte gern wissen«, erwiderte ich nach einem langen Atemzug, »ob die Dschinns damit ihr Ziel erreicht haben!«

»Nein!«

Die Antwort klang so bestimmt, dass ich überrascht aufschaute. »Wie kommen Sie darauf?«

»Ganz einfach. Chamal Gossarah war die Spitze des Eisberges. Der eigentliche Eisberg aber sind wir. Die Dschinns haben die Menschen getötet, die im Kloster lebten. Sie wollten Chamal. Er war für sie nicht greifbar, deshalb nahmen sie sich die anderen vor. Jetzt ist er greifbar gewesen, wir haben nichts verhindern können, und sie werden sich auch nicht geändert haben, sondern auch uns vernichten. Schließlich war er einer der Anführer unserer Glaubensgemeinschaft.«

»Da gebe ich Ihnen Recht. Mich wundert, dass die Klinge in einen toten Körper geschlagen ist. Wäre Chamal ein Zombie gewesen, hätte ich das noch begreifen können, so aber geht es über meinen Horizont.«

»Möglicherweise hat das Schwert Chamal gar nicht treffen sollen, sondern ein anderes Ziel.«

»Und das wäre?«

»Schauen Sie sich das Kreuz an.«

Verflixt, weshalb hatte ich selbst nicht daran gedacht?

Natürlich, das konnte es sein. Chamal besaß noch sein Kreuz, das Ähnlichkeit mit dem meinigen aufwies.

Ich beugte mich über den Sarg und stellte fest, dass die gebogene Klinge das Kreuz nicht berührt hatte. Eine Daumenbreite von dem wertvollen Stück entfernt war sie in den Körper gejagt.

Hatte dieses Schwert überhaupt die Kraft, das Kreuz zu zerstören? Ich wollte es ausprobieren und nahm den kostbaren Gegenstand an mich. Er war schwerer als mein Kreuz. Als es auf meiner Handfläche lag, wurde sie nach unten gedrückt.

»Was haben Sie vor?«, fragte der Ägypter.

»Ich will nur sehen, ob das koptische Kreuz die Kraft hat, um das Schwert zu zerstören.«

Chamal ging einen Schritt zurück. »Das ist natürlich nicht ohne Risiko, Mr Sinclair.«

»Weiß ich selbst.« Verhindern ließ sich meine Aktion nicht mehr. Ich brachte das Kruzifix in die Nähe der Klinge und stand dabei selbst wie auf dem Sprung. Falls etwas passierte, wollte ich so rasch wie möglich wieder Deckung finden. Zudem vertraute ich meinem Kreuz, das offen vor der Brust hing.

Im nächsten Augenblick berührten sich das Kreuz des Kopten und die leicht golden glänzende Schwertklinge.

Der Schrei war tierisch!

Nicht ich hatte ihn ausgestoßen, sondern der Tote. Er drang aus dem Sarg, hallte durch die Gruft, die Echos schmetterten zwischen den Wänden, ich zuckte zurück und sah Chamals erschrecktes Gesicht.

Zum Glück stand ich weiter vom Sarg entfernt, da sich in seinem Innern die nächsten Ereignisse abspielten. Das Schwert zitterte auf einmal, begann sich zu drehen und löste sich im nächsten Augenblick aus dem Körper der Mumie.

Mit starrem Blick verfolgte ich die seltsam torkelnden Bewegungen, mit denen es der Decke entgegenschwebte, und ich vernahm abermals den gellenden Schrei.

Diesmal hatte ich genau aufgepasst. Nicht aus dem Sarg

war er gedrungen, sondern aus der Klinge. Als würde in ihr der Geist eines Menschen stecken. Oder eines Dschinns.

Dann kippte das Krummschwert. Zwischen dem Sarg und mir landete es am Boden, blieb liegen und entließ einen Moment später seine unheimliche Magie.

Die plötzlich hochpuffende Wolke war pechschwarz, stank widerlich und sah auch fettig aus. Sie stieg in die Höhe, und ich entdeckte in ihr eine zwergenhafte, türkisfarbene Gestalt.

Das war der Dschinn!

Und er wurde vernichtet. Schwert und Geist hatten eine Einheit gebildet. Durch die Kraft des koptischen Kreuzes war diese Einheit zerrissen worden, und jetzt starben beide.

Am Fußende des Steinsargs sank die Fettwolke zusammen und breitete sich lachenartig aus.

Ich stand als Beobachter daneben, und mir fiel auf, dass sich der gasförmige Zustand verändert hatte. Als ich mich bückte und über den Boden fasste, hinterließ die Spitze meines Zeigefingers einen helleren Strich inmitten eines fetten Schmiers.

»Wie Öl!«, flüsterte ich.

Al-Acham hatte die Worte gehört und war zu mir gekommen. Auch er probierte. »Ja, Sie haben Recht. Das Zeug fühlt sich tatsächlich so an. Es kann eine Ölspur sein.«

»Wie ist das möglich?«

»Da kann ich Ihnen keine Antwort geben, Mr Sinclair. Eins steht fest. Sie haben einen der Dschinns vernichtet.«

»Nein, das Kreuz.«

Die gebückte Haltung war mir einfach zu unbequem. Ich kam wieder in die Höhe und schaute sehr nachdenklich auf das, was vor meinen Fußspitzen lag. Mit der Fußspitze rührte ich noch einmal darin herum.

Es gab keinen Zweifel. Der gefährliche, mordgierige Dschinn hatte sich tatsächlich zu einer fettigen Schmiermasse aufgelöst, die nun den Boden bedeckte.

Ich schüttelte den Kopf. Überraschungen erlebte man immer wieder. Auch ich in meinem Job, wo ich schließlich an verdammt viele Dinge schon gewöhnt war.

»Wollen Sie das Kreuz haben?«, fragte ich, einem plötzlichen Impuls folgend, den Ägypter.

Er hob die Hände und wehrte ab. »Nein, das Kreuz ist Ihre Waffe. Ich kann es nicht annehmen.«

»Unsinn. Ich habe mein Kreuz.«

»Sie müssen es behalten.«

»Wir werden sehen.« Einen letzten Blick warf ich auf den Sarg. Ich hatte keine Lust mehr, noch länger in der Gruft herumzustehen, denn gemütlich war es hier unten nicht.

Al-Acham hatte bemerkt, mit welchen Gedanken ich mich beschäftigte. »Wollen Sie gehen?«

»Ja.«

»Und die Mumie?«

»Können wir hier lassen«, erklärte ich. »Sie bringt uns nichts mehr. Ich habe jetzt das Kreuz und bin praktisch zu einem Angriffspunkt für die Karawane der Dschinns geworden.«

»Wie kommen Sie darauf? Auf Karawane?«

Ich lachte. »Fiel mir gerade ein. Wissen Sie, für einen Moment hatte ich tatsächlich geglaubt, es hier mit einem Phänomen zu tun zu haben, aber jetzt bin ich beruhigt. Auch die Dschinns sind nicht unschlagbar.«

»Der war allein«, bemerkte Al-Acham.

»Wie meinen Sie das?«

»Denken Sie mal nach. Wenn mehrere zusammen auftauchen, sieht die Sache schon schlimmer aus.«

»Lassen wir sie erst mal ihre Wunden lecken. Und kommen wir auch zu anderen Dingen. Wo befinde ich mich eigentlich?«

»In Soho. Hier steht auch unsere Kirche. Wir haben Sie auf das Grundstück geschafft.«

Ich kenne London zwar ganz gut, aber von einer koptischen Kirche hatte ich bisher noch nichts gehört. Man lernt eben nie aus.

»Darf ich vorgehen?«, fragte Al-Acham.

»Sicher, Sie kennen sich ja aus.«

»Danke.«

Wenig später hatten wir die Gruft verlassen. Die großen Probleme aber waren geblieben.

Im Kamin brannte ein Feuer. Der Widerschein gelbroter Flammenzungen malte sich auch an der mit Holz getäfelten Decke ab und zeichnete dort sein zuckendes Muster. Auf dem Boden lagen wertvolle Teppiche, die Möbel zeigten ebenfalls Stil, und die Bilder an den Wänden erzählten in ihren Motiven von einer langen koptischen Leidensgeschichte.

Sessel oder Sofas entdeckte ich nicht, nur Sitzkissen, und auf einem dieser Kissen hatte ich meinen Platz gefunden. Der Raum gefiel mir. Die Einrichtung und das Feuer machten ihn gemütlich, und er gehörte ebenfalls zur Kirche der Kopten.

Auf meinen Oberschenkeln stand ein Telefon. Zum Glück hatte ich im Büro angerufen, denn dort rotierte man. Sir James hatte schon eine Großfahndung einleiten wollen. Ich konnte ihn beruhigen, redete über den neuen Fall und bat ihn, mir doch Suko zu schicken.

»Reicht nicht einer?«

»Nein, Sir. Wenn es stimmt, was ich vermute, müssen wir verdammt auf der Hut sein.«

»Gut, ich sage dem Inspektor Bescheid. Er ist gerade dabei, die Aktion abzublasen und auch die Zeugen nach Hause zu schicken, die den Überfall auf Sie gesehen haben.«

»Ich würde sagen, dass es eine etwas ungewöhnliche Einladung war. Mir ist nichts passiert. Allerdings hätte ich gern meinen Wagen.«

»Er wurde schon zu uns hin abgeschleppt, wegen einer genauen Untersuchung.«

»Dann kann Suko ja mit dem Bentley kommen, Sir.«

»Ich werde es ihm ausrichten.«

»Danke.«

Es war gesagt worden, was gesagt werden musste. Deshalb legte ich auf. Allein befand ich mich nicht in dem Aufenthaltsraum. Al-Acham hatte mich begleitet.

»Ich danke Ihnen«, sagte er.

Mein Lächeln fiel fragend aus. »Wofür?«

»Dass Sie keine weiteren Maßnahmen gegen uns ergreifen.«

Aus der linken Jackentasche holte ich meine Zigarettenschachtel hervor. Al-Acham war schneller. Er reichte mir seine. »Probieren Sie die mal. Eine Zigarette aus echten Orienttabaken.«

Die Packung war hellblau. Ich hatte sie schon mal in einem Geschäft gesehen, aber noch keinen Glimmstängel dieser Sorte geraucht. Deshalb probierte ich die oval gedrehten Stäbchen.

Die Zigarette schmeckte anders, aber nicht schlecht. Dennoch würde ich mich an diese filterlose Marke nicht gewöhnen können.

Wie eine kleine Wolke stand der Rauch zwischen uns beiden. Der Ägypter nickte gedankenschwer. »Einen haben wir«, murmelte er. »Bleibt noch der gefährliche Rest.«

»Mit wie vielen Dschinns müssen wir rechnen?«

»Die Legende spricht von sieben plus Abu Ben Kolc.«

»Einen können wir abziehen.«

»Bleiben leider immer noch genug.«

»Das stimmt. Wobei sich ferner die Frage stellt, wo wir sie erwischen können?«

Al-Acham stand auf, begann leise zu lachen und ging durch den großen Raum. Er verschränkte die Arme auf dem Rücken, schüttelte den Kopf, während ich ihn beobachtete.

»Das ist alles so verdammt kompliziert«, sagte er. »Die Dschinns werden sich nicht mehr in unserer Dimension aufhalten. Davon bin ich fest überzeugt, Mr Sinclair.«

»Das glaube ich auch. Nur müssen sie, wenn sie etwas erreichen wollen, irgendwann wieder hervorkommen.«

Der Ägypter blieb stehen. »Das ist richtig.« Scharf und auch fragend schaute er auf mich. »Aber wo?«

Ich hob die Schultern. »Sorry, damit bin ich überfragt. Müssten Sie das nicht besser wissen?«

»Nein.«

»Wieso nicht?«

»Weil diese türkisfarbenen Teufel einfach unberechenbar sind, Mr. Sinclair. Das ist grausam. Sie erscheinen urplötzlich und an Orten, wo wir nicht mit rechnen.«

»Das heißt überall?«

»So ist es.«

Ermutigend war seine Antwort nicht gewesen. Wenn diese Wesen ihren vor langer Zeit angefangenen Rachefeldzug fortführen wollten, konnte es zu einem Chaos kommen. Ich brauchte nur an die gefährlichen Schwerter zu denken, die bestimmt keinerlei Rücksicht auf Unschuldige nahmen, wenn sie geschleudert wurden. Zudem konnten die Waffen von ihren Besitzern getrennt werden!

Auf meiner Handfläche spürte ich die Feuchtigkeit. Sie rann auch über meinen Rücken, der Hals wurde trocken. Ich hörte die Stimme des Ägypters.

»Nun, Mr Sinclair? Ist Ihnen einiges klar geworden?«

»Ja.«

»Rechnen wir mit dem Schlimmsten.«

Ich versuchte, einen Funken der Hoffnung zu finden. »Nein, so will ich es nicht sehen. Was haben normale Menschen mit diesen Dschinns zu tun? Welchen Grund sollten die dämonischen Wesen haben, sie umzubringen? Keinen. Ich bin derjenige oder Sie und Ihre Freunde.«

»Wenn sie sich daran halten würden ...«

»Auch Dämonen unterliegen gewissen Gesetzen. Das ist so, das war früher auch so. Daran haben auch die fortlaufenden Zeiten nichts geändert. Glauben Sie mir.«

»Das möchte ich gern. Dennoch bin ich skeptischer. Die Schriften sprechen von der ungeheuren Grausamkeit dieser Wesen. Sie nehmen keine Rücksicht. Auf nichts und niemanden.«

Ich drückte die Zigarette aus. Letzte Funken flogen in die Höhe. »Es müsste uns gelingen, den Anführer dingfest zu machen. Dann sähe die Sache anders aus.«

»Da haben Sie Recht. Nur wird Abu Ben Kolc dies auch wissen und sich entsprechend vorsehen.«

»Kennen Sie ihn?«, fragte ich.

»Nein, das ist nicht möglich …«

Ich schüttelte den Kopf. »So meine ich das nicht. Steht in den Überlieferungen etwas über ihn? Zum Beispiel eine Beschreibung seiner Person? Ist er ebenfalls ein zwergenähnliches Wesen wie die übrigen Dschinns?«

»Das ist er nicht. Ich habe in den Schriften gelesen, dass er anders aussehen muss.«

»Und wie?«

»Sie dürfen das nicht so wörtlich nehmen. Man spricht da von einer großen dunklen Gestalt, die eine Kontrolle über die Dschinns ausübt. Abu Ben Kolc soll am gefährlichsten sein.«

»Vielleicht hält er sich auch feige zurück.«

»Wie kommen Sie darauf, Mr Sinclair?«

Ich winkte ab. »Erfahrung, mein Lieber. Alles nur Erfahrungswerte.«

Er lächelte gequält. »Sie sind natürlich der Fachmann. Ich sehe das ein wenig anders.«

Ich wechselte das Thema. »Dschinns sind Geister«, sagte ich. »Und Geister kann man beschwören.«

»Sie wollen die Dschinns aus ihrer Welt hervorlocken?«

»So ist es.«

»Können Sie das denn?« Al-Acham hatte wieder Platz genommen.

»Wenn Sie mir helfen.«

Er winkte ab. »Hören Sie, Mr Sinclair. Ich bin nur ein kleiner Botschaftsangestellter. Ich kenne mich in Paragraphen und Gesetzen aus, aber bei der Beschwörung von Geistern muss ich leider passen. Damit habe ich mich nie beschäftigt.«

»Und die anderen Männer?«

»Auch nicht. Sie haben normale Berufe, leben hier in London, sind Geschäftsleute oder Handwerker. Als Gemeinsamkeit haben wir unseren koptischen Glauben.«

»Kein Geisterbeschwörer darunter?«

»Nein.«

Ich musste ihm glauben, auch wenn es mir schwer fiel. Anschließend verfiel ich in dumpfes Nachdenken. Das sah alles nicht gut aus. Ich hockte hier, wusste von einer Gefahr und war gezwungen, darauf zu warten, dass etwas geschah. Gern hätte ich den Fall forciert und die Beschwörung selbst in die Hand genommen, aber man kann nicht alles. Die orientalische Magie ist und war für mich ein fremdes Gebiet. Ein weißer Fleck auf der Landkarte des Bösen. Ich kam damit einfach nicht zurecht und hätte mir erst Wissen aneignen müssen, um etwas zu erreichen.

Okay, ich hatte mein Kreuz. Auch das der Kopten stellte eine Gefahr für die Dschinns dar, aber war es absolut tödlich?

Diese Frage konnte ich nicht mit einem sicheren Ja beantworten. Es blieb mir nichts anderes übrig, als auf die neuen Ereignisse zu warten oder darauf zu hoffen, dass uns trotz allem noch eine Chance geboten wurde.

Es klopfte.

Al-Acham stand auf. Er bat um Eintritt.

Einer der Männer, die mich mit entführt hatten, betrat den Raum. Hinter ihm erkannte ich meinen Freund und Kollegen Suko, der meinen Einsatzkoffer trug.

»John!«, rief er, kam auf mich zu, schlug mir auf die Schultern und schaute mich prüfend an. »Du machst vielleicht Sachen, Mensch! Bringst den halben Yard auf Trab.«

»Dafür muss ich mich entschuldigen«, sagte Al-Acham und verbeugte sich, während der andere Mann die Tür hinter sich schloss. »Es hat mir auch Leid getan, aber ich sah eben keine andere Chance, Ihren Kollegen auf die Dringlichkeit des Falles hinzuweisen.«

»Seien Sie froh, dass John Sinclair für Sie gesprochen hat. Unser Chef, Sir James, war auf zweihundert.«

»Ich werde mich noch schriftlich bei ihm entschuldigen.«

»Das ist nicht mein Bier.« Suko wechselte das Thema und wandte sich an mich. »Was ist eigentlich geschehen?«

Er bekam von mir einen stichwortartigen Bericht.

»Mann«, sagte er und rieb seinen Nacken. »Da kann ja etwas auf uns zurollen.«

»Und wie.«

»Den Koffer habe ich jedenfalls mitgebracht. Vielleicht

gelingt es dir, die Dschinns mit dem Bumerang aus der Luft zu pflücken.«

Mein Freund hatte den Einsatzkoffer auf ein Sitzkissen gelegt. Ich ging hin und öffnete die Schlösser. Der Deckel schwang in die Höhe. Auch Al-Acham war an mich herangetreten. Zusammen mit mir schaute er sich den Inhalt des Koffers an.

Ich holte den Bumerang hervor. Staunend wurde er betrachtet. »Der sieht ja toll aus«, flüsterte er. »Haben Sie ihn herstellen lassen oder gefunden?«

»Keins von beidem«, erwiderte ich, ohne auf Einzelheiten einzugehen. Es brauchte ihn nicht zu interessieren, dass der Bumerang aus den letzten Seiten des Buchs der grausamen Träume entstanden war. Bisher hatte ich ihn nur einsetzen können, ohne allerdings mehr über ihn zu wissen. Vielleicht gelang es mir mal, an das Buch der grausamen Träume wieder heranzukommen. Dann würde ich bestimmt mehr über diese Waffe erfahren.

Ich steckte ihn zwischen Gürtel und Körper. Das war zwar unbequem, aber so etwas musste ich eben in Kauf nehmen.

Al-Acham schaute noch immer in den Koffer. Er wollte schauen, was es noch an Waffen gab.

Viel war es nicht. Eine Ersatzberetta, die Eichenbolzen verschießende Druckluftpistole, magische Kreide und ein ovaler flacher Stein, der grüngrau schimmerte und auch ein Motiv besaß. Es zeigte eine Schlange, die sich selbst in den Schwanz biss.

Damit wurde der Kreislauf der Welt oder des Lebens überhaupt dokumentiert. Der Anfang und das Ende. Irgendwo gehörten beide wieder zusammen. Dann schloss sich der Kreislauf.

Wir hörten ihn schneller atmen.

»Was haben Sie?«, fragte ich.

»Meine Güte, das ist eine Gnostische Gemme!«

»Ja.«

Er schaute mich groß an. »Mehr sagen Sie nicht dazu, Mr Sinclair?«

»Nein, wie sollte …?« Plötzlich wurden meine Augen groß. Verdammt, der Mann hatte mich auf eine Idee gebracht.

Die Gemme war es! Sie stammte aus dem Orient, sogar aus Ägypten. Ich hatte sie wenig eingesetzt. Zuletzt gegen das gewaltige Ölmonster, und da hatte sie hervorragend reagiert. Die Gemme musste aus der Zeit stammen, in der auch Chamal Gossarah gelebt hatte. Da war nämlich auch die Sekte der Gnostiker entstanden, die ihre Heimat im kleinasiatischen Raum gefunden hatten.

»Sie überlegen, Mr Sinclair?«, fragte mich der Ägypter.

»Ja, und ich mache mir gleichzeitig auch Vorwürfe, dass ich nicht früher an sie gedacht hatte.« Mit diesen Worten griff ich in den offenen Koffer und nahm die Gemme an mich. Sie war zudem noch an einer Lederschnur befestigt, sodass ich sie mir umhängen konnte.

»Kann ich sie mal anfassen?«, fragte Al-Acham.

»Bitte.« Ich legte sie ihm in die offene Handfläche. Er ging einen Schritt zurück, seine Mundwinkel zuckten dabei, seine Augen bekamen einen düsteren Glanz, und er nickte.

»Was haben Sie?«

»Nichts, nichts«, sagte er schnell und gab sie mir zurück. »Sie ist heidnisch, nicht?«

»So heidnisch wie die Gnostiker. Sie haben sich ja vom Christentum abgespalten.«

»Ich weiß«, presste er hervor.

»Gnostiker sind nicht die Freunde der Kopten gewesen«, sagte ich.

»Da haben Sie Recht, Mr. Sinclair.«

»Das hat nichts mit unserem Fall zu tun«, erklärte ich. »Könnte ich durch die Gnostische Gemme etwas gegen unsere Feinde erreichen? Sie damit beschwören?«

»Das müssten Sie versuchen.«

»Wenn Sie mir helfen.«

»Es ist fraglich, ob ich das kann. Wie ich schon erwähnte. Gnostiker und Kopten haben sich nie verstanden. Wir waren praktisch Feinde. Deshalb möchte ich mich damit nicht belasten, wenn Sie verstehen.«

»Im Prinzip schon. Nur sollte man bei dieser Gefahr über den eigenen Schatten springen.«

»Versuchen Sie es.«

»Und Sie sind nicht dabei?«, erkundigte sich Suko.

»Nein, ich kann es nicht.« Er verzog das Gesicht und wand sich wie ein Wurm. »Ich kann Ihnen gern die alten Schriften überlassen, wo auch Beschwörungsformeln der Gnostiker verewigt sind. Wir haben einige Bücher retten können. Das heißt, Mönche haben sich die Arbeit gemacht und die Berichte, die auf alten Steintafeln verewigt waren, übersetzt.«

»Was war das?«, wollte ich wissen. »Ich habe bisher nur von irgendwelchen Gebeten gehört.«

»Die gab es auch. Doch schon damals existierte der Unterschied zwischen Gut und Böse. Das wussten auch unsere Vorfahren, und sie handelten entsprechend. Sie haben ebenfalls versucht, den Kreislauf der Welt oder die Unterschiede zwischen Gut und Böse zu begreifen. Die Natur war damals noch stärker als heute. Aus ihr haben sie die Kraft der alten Beschwörungen und Formeln genommen.«

Die Erklärung befriedigte uns beide nicht, denn auch Suko schüttelte den Kopf.

»Es ist alles sehr vage«, meinte er.

»Mehr kann ich Ihnen auch nicht sagen. Versuchen Sie es. Nehmen Sie die Gemme und vielleicht auch das Koptenkreuz. Ich hole Ihnen jetzt die alte Schrift.«

»Danke.«

Der Ägypter verschwand. Suko schaute auf die Tür, die Al-Acham hinter sich geschlossen hatte. Das nachdenkliche Gesicht meines Freundes veranlasste mich zu einer Frage.

»Was hast du?«

»Mir gefällt seine Reaktion nicht.«

»Wieso?«

»Er ist richtig nervös geworden.«

»Stimmt.«

»Mehr sagst du nicht dazu?«

»Was soll ich noch alles sagen? Vielleicht will er nicht an die Vergangenheit erinnert werden. Möglicherweise steigt ihm das Ganze auch über den Kopf. Wichtig ist nur, dass es uns gelingt, die Dschinns zu beschwören und ihre Karawane damit zurückzuhalten. Wenn die über London herfallen, nicht auszudenken.«

»Du willst sie also konzentrieren?«

»Ja. Und zwar hier.«

»Und wenn sie tatsächlich aus dem anderen Reich geholt werden können. Was machst du dann?«

»Werden wir sie uns vornehmen. Aber richtig, das kann ich dir versprechen. Du musst nur auf die verdammten Krummschwerter Acht geben. Diese Dschinns sind mit ihren Waffen eine Verbindung eingegangen. Als ich gegen das Schwert kämpfte, war die Klinge vom Geist des Wesens durchdrungen. Beide bildeten eine Einheit.«

»Wenn du das sagst, muss es so sein.« Suko wechselte das Thema. »Wo ist eigentlich das Koptenkreuz?«

Ich hatte es auf einen kleinen Tisch gelegt und zeigte es Suko. Mein Freund bekam große Augen. »Verflixt, das hat ja die gleiche Form wie das von dir.«

»Ja.«

»Und wie ist das möglich?«

»Dieser Chamal Gossarah, der Schmied des Kreuzes, wusste bereits von meinem. Und er wollte ein ähnliches Kreuz nachbauen. Hesekiel hat ja einige hundert Jahre früher gelebt, aber die Herstellung des Kreuzes in der babylonischen Gefangenschaft muss so etwas Eklatantes gewesen sein, dass es sich schon im Altertum herumgesprochen hatte. Wer weiß heute schon, welche Geschichten man sich an den Lagerfeuern erzählte?«

»Babylon ist gut«, murmelte Suko. »Denk mal an deinen Dolch, der noch immer verschwunden ist.«

»Hör nur auf!« Ich winkte ab.

»Willst du ihn nicht mehr?«

»Doch, und ich bin sicher, dass ich ihn auch wieder zurückbekomme. Wie auch den Würfel des Unheils.«

»Dann reiß ihn dem Spuk mal aus den Klauen.«

Das Thema schlossen wir ab, denn Al-Acham kehrte

zurück. Er trug ein dickes Buch unter dem Arm. Neu war es nicht mehr. Der alte Ledereinband sah schon sehr mitgenommen aus. Das Buch legte der Ägypter auf einen kleinen Tisch.

»So, das ist es.«

Ich schaute mir das Werk an. »Hat es keinen Titel?« Auf der Vorderseite und dem Buchrücken hatte ich nichts davon entdeckt.

»Nein.«

»Weshalb nicht?«, fragte Suko.

Al-Acham hob die Schultern. »Es tut mir Leid, da kann ich Ihnen keine Auskunft geben.«

Ich winkte ab. »Schon gut, ist auch unwichtig. Wollen Sie während der Beschwörung bei uns bleiben?«

Heftig wehrte er ab. »Nein, das ist allein Ihre Sache.«

Ich gab mich locker. »Weshalb reagieren Sie so ungewöhnlich scharf?«

»Sie müssen wissen, dass ich etwas gegen Gnostiker habe. Das liegt in der tiefsten Vergangenheit begründet.«

»Dann wären das Koptenkreuz und die Gemme sich auch feindlich gesonnen.«

»Möglicherweise.«

»Und wir gerieten zwischen die Fronten?«, vermutete Suko.

»Damit müssen wir leider rechnen. Noch können Sie es sich überlegen, Gentlemen.«

»Nein!« Mit diesem Wort beendete ich die fruchtlose Diskussion. Der Ägypter wünschte uns noch viel Glück, bevor er das Zimmer verließ.

»Überzeugt hat der mich weiterhin nicht«, sagte Suko und schaute mich fragend an.

Ich enthielt mich eines Kommentars. »Machen wir uns an die Arbeit«, sagte ich stattdessen …

Beverly Hills Cop hieß der Film, und er hatte in den Staaten einen sagenhaften Siegeszug angetreten. Eddie Murphy, der dunkelhäutige Hauptdarsteller, hatte alle Register seines

Könnens gezogen und dem Streifen zu einem großen Kassenerfolg verholfen.

Aber nicht nur in den Staaten, auch in Europa. Nach den GHOSTBUSTERS nun der irre Cop, der im vornehmen Beverly Hills alles auf den Kopf stellte.

Die Vorstellungen in den Londoner Kinos waren schon an den frühen Nachmittagen ausverkauft, und da zahlreiche Kopien existierten, hatten auch kleinere Kinos die Chance, den Film zu spielen.

So auch eines in Soho. Es war eingerahmt von Bars, Sex-Shops, Imbissen und Absteigen. An diesem trüben Mittag sahen auch die Sex-Paläste trostlos aus. Die Wolken lagen tief über den Dächern der Häuser. Manchmal rieselte aus der bleigrauen Masse ein minutenlanger Schneewirbel.

Frühling wollte es einfach nicht werden.

Das störte diejenigen, die sich den Film anschauen wollten, nicht. Die kleine Vorhalle des Kinos war gefüllt. Zudem rauchgeschwängert, denn fast jeder qualmte.

Es roch nach Zigaretten und Schweiß. Noch hatte der Besitzer seinen Kinoraum nicht geöffnet. Jemand hatte den Schlüssel verlegt, den der Mann wütend suchte. Schließlich hatte er ihn gefunden, drängte sich durch den Pulk der Wartenden, schloss auf und musste sich an die Wand drücken, um von dem Strom der in den Kinosaal eilenden Besucher nicht mitgerissen zu werden.

Über den Andrang beschwerte er sich nicht. Seiner Ansicht nach konnte jede Vorstellung so gut besucht werden.

Fünf Minuten später ging es los. Zuerst mit der üblichen Reklame. Es folgte eine Vorschau, und dann kam der Film.

Die Gespräche verstummten. Schon wenig später waren erste Lacher zu hören. Eddie Murphy riss selbst den müdesten Penner vom Sitz, wenn er richtig loslegte.

Das zumeist jugendliche Publikum amüsierte sich köstlich und starrte auf die sich schnell bewegenden Bilder.

Alles lief normal. Auch für den Vorführer, der seine Kabine verlassen hatte, an der Kasse saß, einen Tee trank und an einem Glimmstängel nuckelte.

Durch einen Türspalt zog die kühle Luft, und der Mann fror selbst in seinem dicken Pullover.

Auf der Wand lief der Film weiter. Starke Szenen wurden gezeigt, das Publikum war begeistert, bis zu dem Augenblick, wo sich urplötzlich alles änderte.

Auf einmal waren die Bilder der fortlaufenden Handlung verschwunden. Es war auch keine Leinwand in ihrer Naturfarbe weiß zu sehen, sondern in einer gelblichen Fülle, die alles bis in den letzten Winkel ausfüllte.

Einige Sekunden brauchten die Zuschauer, um ihre Überraschung zu überwinden.

Dann erfolgten die ersten Beschwerden. »He, verdammt, was soll das?«, rief ein junger Bursche in der dritten Reihe.

Sein Freund begann auf den Fingern zu pfeifen. Andere stimmten in das Konzert mit ein.

»Wir wollen den Eddie sehen!«, schrie ein Mädchen und kicherte danach verschämt.

Eine Gruppe von vier Punkern stand auf. Ihre Schreie begleiteten sie mit einem wütenden Klatschen. Ungefähr zehn Sekunden dauerte der Lärm, der in einen wahren Trampelsturm mündete und plötzlich abbrach, da sich auf der Leinwand etwas tat.

Ein Flimmern war zu sehen. Schwarze und weiße Streifen lockerten das gelbe Bild auf, zuckten hin und her und verschwanden urplötzlich, um den Bildern Platz zu schaffen.

Aber nicht für die Szenen aus Beverly Hills Cop und Eddie Murphy.

Stattdessen präsentierte sich dem Betrachter eine weite, leere und unheimlich wirkende Wüstenlandschaft. Über ihr stand als brennender Ball eine heiße Sonne, die ihre sengenden Strahlen auf die Hügel und in die Täler schickte.

Ein leeres, ein ödes Land, unermesslich weit und menschenfeindlich. Dennoch waren Menschen zu sehen.

Im Hintergrund erschienen sie. Zuerst sehr klein, sodass die Zuschauer sie nicht auseinander halten konnten. Einige Besucher hatten noch nicht wieder ihre Plätze eingenommen und mussten sich dementsprechende Beschwerden anhören.

»Los, hinsetzen! Ihr seid nicht aus Glas, verdammt!«

Widerspruchslos setzten sich die Leute und schauten weiter zu.

Es war ein anderer Film, es musste ein anderer Film sein, aber keiner der Zuschauer beschwerte sich. Sie saßen da wie Puppen, schauten auf die Leinwand und schienen von der Fläche regelrecht hypnotisiert zu sein.

Da bahnte sich etwas an …

Reiter näherten sich dem vorderen Rand der Leinwand. Jetzt konnten sie schon erkannt werden, wie auch die kleinen Sandwolken, die ihre Kamele aufwirbelten.

Niemand beschwerte sich mehr. Obwohl auf der Leinwand nur eine anreitende Karawane zu sehen war, empfanden die Besucher ein Gefühl der Spannung und Erwartung, wie sie es noch nie erlebt hatten.

Allmählich schälten sich auch die Reiter hervor. Sie hockten in den Spezialsätteln, schaukelten im Rhythmus des Laufs und hatten ihre Blicke starr geradeaus gerichtet.

Die türkisfarbene Haut war mehr als ungewöhnlich. Ebenso wie die Schwerter mit den krummen, golden glänzenden Klingen, die aus den Fäusten in die heiße Luft stachen, hin und wieder von Sonnenstrahlen berührt wurden und aufglänzten.

Es waren sechs Reiter, die sich auf der Leinwand bewegten und immer deutlicher hervortraten.

Einzelheiten waren zu erkennen. Die Zuschauer merkten, dass etwas nicht stimmte. Obwohl die Figuren auf ihren Kamelen hockten und eigentlich nur im Film zu sehen waren, strömte von ihnen eine Gefahr aus, die gerade von schwachnervigen Zuschauern genau registriert wurde.

Jemand stöhnte auf.

Es war eine Zuschauerin in der vierten Reihe. Man konnte sie als sensible Person bezeichnen, denn sie spürte die fremde Kraft, die sich im Kinosaal ausgebreitet hatte.

Die Kraft war da und hatte sich glockenartig über dem Zuschauerraum ausgebreitet.

Es war ruhig geworden.

Fast totenstill …

Blasse Gesichter mit großen, weit geöffneten Augen starrten auf die Bilder. Der erste Reiter hatte sein Ziel erreicht. In einer Großaufnahme war er für einen Augenblick zu sehen. Ein jeder erkannte sein böses Gesicht. Obwohl es einen menschlichen Ausdruck hatte, strahlte es doch eine so große Kälte und Gnadenlosigkeit aus, dass einige der Zuschauer fröstelten.

»Das ist furchtbar«, hauchte jemand.

Er hatte Recht, und es sollte noch furchtbarer werden, denn eine uralte schwarze Magie hatte es geschafft, die Kontrolle zu übernehmen. Davon allerdings ahnten die Besucher nichts.

Die sechs Reiter bauten sich in einer Reihe auf.

Noch taten sie nichts. Unbeweglich hockten sie in dieser Kampfformation auf den Sätteln und starrten ins Publikum.

Es gab wohl keinen mehr unter den Zuschauern, der von diesem Anblick kalt gelassen wurde. Ein jeder spürte die Blicke auf sich gerichtet, sodass ein Gefühl aufkam, selbst alles zu erleben und nicht auf die Leinwand und auf einen Film zu schauen.

Böse, abschätzende und wissende Blicke wurden den Zuschauern entgegengebracht. Alles wirkte so echt, so wahr. Manche hatten den Eindruck, als käme der heiße Wüstenwind von der Leinwand herüber und würde ihre Gesichter streicheln.

Ein unheimliches Bild …

In das urplötzlich Bewegung geriet.

Einen Befehl hatte niemand gegeben, aber die sechs Reiter bewegten gedankenschnell ihre Arme, deren Hände auch die Krummschwerter hielten. Sie wuchteten sie in die Höhe. Die Klingen vollführten kreisende und stechende Bewegungen. Das lief gedankenschnell ab. Aus den Waffen wurden goldene Kreise, die sich immer schneller drehten und so aussahen, als würden sie an den Händen der türkisfarbenen Gestalten festkleben.

Nur für die Dauer eines Atemzuges. Plötzlich lösten sich

die Krummschwerter aus den Fäusten und rasten in den Zuschauerraum hinein.

Die Ersten schrien auf.

Manche blieben auch nur starr sitzen. Sie dachten an einen der in Mode gekommenen 3-D-Filme. Leider war es das nicht. Die geschleuderten Krummschwerter waren verdammt echt …

Und sie fegten aus der Leinwand wie Geschosse!

Etwas blitzte vor dem großen Rechteck. Es war ein helles, gleißendes Licht, noch stärker als die im Hintergrund zu erkennende Sonne, und genau dieses Licht schien auch die sechs kleinen Gestalten aufgesaugt zu haben, denn sie verschwanden wie ein Spuk.

Leer und weiß blieb die Fläche zurück.

Aber die Schwerter waren da.

Raketenartig und in einem nie im Voraus zu berechnenden Kurs jagten sie durch den Zuschauerraum und verbreiteten unter den Besuchern eine panische Angst.

Es war eine beklemmende, eine stille Furcht. Niemand lief schreiend davon. Die Leute blieben sitzen, sie duckten sich, schützten ihre Köpfe mit den Händen, während über ihnen, dicht unter der Decke ein wahnsinniges Schauspiel ablief.

Die goldenen Krummschwerter führten einen Tanz auf, als würden sie von einem nur für sie sichtbaren Dirigenten geleitet.

Sie bewegten sich vor und zurück, änderten dann die Formation, bildeten einen Kreis, aus dem anschließend ein Sechseck wurde, und wenn sie mit den Spitzen gegeneinander stießen, erklang jedes Mal ein helles Geräusch, das an das dünne Bimmeln einer Glocke erinnerte.

Dann fegten sie wieder zurück, stellten sich auf die Spitze, wirbelten um sich selbst, drehten dabei Kreise, bildeten neue Figuren, drückten sich auseinander und flogen in verschiedene Richtungen davon.

Wie gefährliche Blitze wirkten sie, als sie über den Köpfen

der Besucher herjagten, gegen die Wände flitzten, sie aber nicht berührten, sondern dicht davor umdrehten, sich mit einer Rolle überschlugen und einen anderen Weg nahmen.

Zuerst sah es aus, als wollten sie sich sammeln. Sehr schnell stellte sich dies als Täuschung heraus, denn die Schwerter bekamen eine andere Richtung und jagten mit pfeifenden Geräuschen schräg in die Tiefe.

Genau auf die Besucher zu.

Blitzartig waren sie da. Der Vergleich des Überfalls musste einfach verwendet werden, und Augenblicke später floss Blut.

Einen Jungen, der seinen Kopf zu weit vorgestreckt hatte, erwischte es zuerst.

Er wurde nicht getötet, aber ein Schwert erschien plötzlich vor seinem Gesicht, und die Spitze rasierte über die Haut an seinem Ohr, wobei sie eine klaffende Wunde hinterließ.

Dann war sie weg.

Der Junge fiel nach rechts. Er begann zu schreien. Sein Kopf lag auf den Oberschenkeln eines Mädchens, das automatisch seine Finger in die Haare wühlte und feststellen musste, wie blutig die Hände plötzlich geworden waren, als es sie anschaute.

Das Mädchen begann zu schreien. Es richtete den Oberkörper auf, Panik entstellte das Gesicht, und im selben Augenblick waren zwei Schwerter da.

Von vorn jagten sie heran. Den Klingen konnte die Zuschauerin ausweichen, sie sah sogar deren flache Seiten und glaubte, die Gesichter der türkishäutigen Wesen darin zu erkennen.

Im nächsten Augenblick brach sie zusammen. Auch sie blutete, aber sie merkte nichts mehr davon, denn der Schmerz in ihren Schultern hatte sie bewusstlos werden lassen.

Zum Glück war sie nicht gestorben.

Und die Krummschwerter tanzten weiter. Sie wirbelten, sie drehten sich, sie kamen immer aus verschiedenen Richtungen und jagten hautnah über die Körper der Besucher hinweg.

Manche Zuschauer hatten sich zwischen die einzelnen Sitze geklemmt. Der Platz war nicht groß, so lagen sie aufeinander, ihre Körper und die Gesichter zusammengepresst. Manche Lippen murmelten Worte, die aus einem Gebet entstammten.

Dieses Grauen machte sie sprachlos.

Sekunden nur hatte der unheimliche Spuk bisher gedauert. Den meisten kam es vor, als wären Stunden vergangen. Die Angst relativierte eben die Zeit, und die Krummschwerter machten weiter.

Sie brachten das Chaos, sie steigerten die Furcht, und sie kamen in regelrechten Wellenlinien.

Einmal waren sie oben, dann wieder unten im Tal. Auf Menschen nahmen sie keine Rücksicht, denn wer zu neugierig war, bezahlte dies mit einer bösen Verletzung.

Immer dann, wenn Schreie oder Stöhnen aufklang, wussten die anderen, dass es einen von ihnen erwischt hatte.

Die Schwerter jagten nicht lautlos durch den Kinosaal. Das Pfeifen begleitete sie, mal hohl, wenn eines nur ankam, sonst rauschend, wenn sich drei zu einer Gruppe gefunden hatten.

Jeder Schrecken, mag er noch so schlimm sein, hat einmal ein Ende. Auch dieser hier.

Noch einmal formierten sich die Waffen und jagten mit einer elementaren Wucht durch den Raum. Sie hatten jetzt den Höhepunkt erreicht und starteten aus sechs verschiedenen Richtungen schräg in die Tiefe auf den Pulk der sich duckenden Zuschauer zu.

Die Besucher schrien nicht mal. Sie saßen starr und lauschten dem hohlen Pfeifen der mörderischen Waffen, die einfach nicht zu stoppen waren.

Auch jetzt hatten die Besucher Glück. Nur Haare gingen verloren, abrasiert von den scharfen Schneiden.

Dann waren sie weg.

Ihre geballte Kraft richtete sich gegen den Ausgang.

Und sie schlugen durch.

Es gab nur wenige Zeugen, da sich die meisten Menschen geduckt hatten. Die Schwerter hämmerten in die

Ausgangstür. Im Nu entstand eine Feuerlohe, dann war die Tür zerschmolzen, und die goldenen Waffen hatten freie Bahn.

Sie rasten in den Gang.

Und sie wurden noch schneller, tauchten wie goldene Streifen im Vorraum auf, wo der Besitzer des Kinos sich gebückt hatte und einen Karton mit Süßigkeiten hochhob.

Er hätte in seiner geduckten Haltung bleiben sollen. So aber kam das Grauen über ihn.

Er wollte noch schreien. Das hätte ihm auch nichts geholfen, die Waffen waren einfach zu schnell. Als Pulk sah er sie vor sich auftauchen, der Karton rutschte aus seinen Händen, die Süßigkeiten rollten hervor, das bekam der Mann nicht mehr mit.

Drei Krummschwerter erwischten ihn zur gleichen Zeit.

Blutüberströmt sank er zusammen. Ihm war nicht mehr zu helfen, und die Schwerter jagten weiter.

Sie sausten durch den offenen Eingang und stachen hinaus in den kühlen Tag. Und das mitten im Londoner Vergnügungsviertel …

Wir hatten das Buch aufgeschlagen, saßen nebeneinander und wollten anfangen zu lesen.

Es blieb beim Versuch, denn keiner von uns kannte die Sprache, keiner konnte deren Schrift entziffern. Auch Suko schüttelte den Kopf.

»Das war wohl nichts«, sagte er.

»Leider.« Dass ich sauer war, merkte man mir an. Aufgeben wollte ich auch nicht und blätterte weiter. Die Seiten waren sehr eng beschrieben. Jeder Buchstabe wirkte wie gemalt und gestochen scharf.

»Dein ägyptischer Freund«, meinte Suko, »müsste das lesen können.«

»Aber er wollte nicht.«

»Eben.«

»Wie meinst du das?«

»Vielleicht hat er sich bewusst nicht die Zeit genommen. Ist ja alles möglich.«

»Was hast du gegen ihn?«

Suko grinste breit. »Ich mag ihn nicht. Weiß auch nicht, wie das kommt, das hat man ja manchmal. Man sieht einen Menschen, ist ihm sympathisch oder auch nicht. Bei mir war es eben so.«

»Ansonsten hast du nichts gegen ihn?«

»Meinst du dienstlich?«

»So ungefähr.«

»Nein, bin mir aber nicht sicher.« Er deutete auf das Buch. »Am besten legst du es zur Seite.«

Ich schüttelte den Kopf. »Noch nicht. Erst will ich es ganz durchblättern.«

»Glaubst du, dabei die Sprache zu lernen?«

»Auch nicht. Aber manche Bücher zeigen auch Bilder. Vielleicht entdecken wir eines, das uns weiterhilft. Eine Zeichnung, die eine Beschwörung andeutet oder Ähnliches. Ist alles schon da gewesen.«

»Dann mach mal.« Suko stand auf und wanderte im Raum umher. Vor einem der großen Fenster blieb er stehen, schob eine Gardine zur Seite und schaute nach draußen.

»Es schneit schon wieder.«

Ich hörte nicht auf ihn. Mich interessierte einzig und allein das Buch, das ich auf meine Oberschenkel gelegt hatte.

Auf den ersten dreißig Seiten hatte ich nichts gefunden. Nur eben die enge Schrift. Kein Bild, auf das ich so gehofft hatte. Das jedoch entdeckte ich einige Seiten später.

Plötzlich stutzte ich.

Das Bild zeigte ein Kreuz. Aber nicht das, was so aussah wie meines oder das koptische, sondern das mir bekannte und auf meinem Originalkreuz abgebildete Henkelkreuz.

Ein altes heidnisches Symbol, das mit einer ebenfalls heidnisch anmutenden Waffe in Verbindung gebracht wurde.

Mit einer Gnostischen Gemme!

Das Henkelkreuz lag auf dem Gemmenstein, und der Zeichner hatte das Strahlen durch einige dünne Striche angedeutet, die sich über den beiden Gegenständen verliefen.

Die Zeichnung nahm nur die Hälfte der Seite ein. Unter ihr stand ein fett geschriebener Text.

Eine Beschwörung?

Ich versuchte, die Worte zu lesen. Dabei sprach ich sie nicht aus, sondern las still und stellte fest, dass es mir schwer fiel, die Ansammlung von Vokalen und Konsonanten in die richtige Reihenfolge zu bringen und sie auch exakt zu formulieren.

»Ich glaube, John, dass es keinen Sinn hat«, sagte der Inspektor zu mir. Er hatte seine Wanderung unterbrochen, stand da und hob die Schultern.

»Komm mal her und sieh dir das an.«

»Hast du was gefunden?«

Als Antwort winkte ich mit dem Zeigefinger und hatte tatsächlich Sukos Neugierde geweckt, denn er trat zu mir und blieb so stehen, dass er auf das Buch schauen konnte.

»Fällt dir etwas auf?«, fragte ich.

»Ja. Das sind die Gemme und ein Henkelkreuz.«

»Richtig, Alter. Beide zusammen sind eine Verbindung eingegangen, wie durch die Striche zu erkennen ist.«

»Das glaubst du!«

»Nein, ich weiß es. Ich bin davon fest überzeugt. Es kann nicht anders sein. Weshalb hätte sich der Zeichner denn die Mühe machen sollen?«

»Was weiß ich …«

Ich schlug meinem Freund gegen die Hüfte. »Mit dir ist heute nichts anzufangen. Was hast du?«

Der Inspektor gab sich unbehaglich. »Mir gefällt das alles nicht. Es ist nicht allein dieser Tag, überhaupt unsere ganze Lage. Ich komme mir an der Nase herumgeführt vor. Früher haben wir von Sir James einen Fall bekommen, gingen ihm nach, und die Sache war erledigt. Heute ist alles so komisch, so unnormal.«

»Nein, wir haben uns entwickelt. Auch die Zeit ist nicht stehen geblieben …«

Das Telefon unterbrach meine Ausführungen. Wir schraken zusammen, als es läutete.

Suko stand, er hob ab und sagte: »Verbinden Sie.« Dann hörte er nur zu, und seine Gesichtszüge nahmen härtere Formen an. Er sprach nichts, auch ich wartete ab und hörte zum Schluss nur einen Satz. »Wir werden unser Bestes tun, Sir.«

»Das war der Alte, nicht wahr?«, fragte ich, als Suko aufgelegt hatte.

»Ja, John. Und es ist das eingetreten, was ich geahnt habe. Nicht hier hätten wir sein sollen, sondern ein Stück entfernt.« Er lief zum Fenster und schaute hinaus.

»Was ist denn los?«

Suko drehte sich um. »Man hat die goldenen Schwerter in London gesehen. Sie sind aus einem Kino herausgejagt. Es hat mehrere Verletzte gegeben und auch einen Toten …

Ich stand da und wusste nicht, was ich Suko erwidern sollte. Hatte *er* nun Recht oder ich? Uns fehlte einfach der letzte Beweis.

Tief atmete ich ein, stöhnte auch auf und wusste nicht, was ich unternehmen sollte.

»Wir müssen etwas tun, John. Du kannst wählen. Bleibst du bei diesem Versuch der Beschwörung, oder kommst du mit mir nach draußen?«

»Wo willst du denn hin?«

»Mir die Schwerter anschauen. Wir befinden uns hier in Soho. Im Gegensatz zu dir habe ich zwar keines gesehen, aber ich kann mir vorstellen, dass sie …«

»Schon gut, Suko. Du kannst nach draußen gehen. Es ist vielleicht besser, wenn einer dort die Stellung hält.«

»Dann bleibst du hier?«

»Ja.«

Er nickte, bevor er die Schultern hob. »Na ja, wie du meinst, John. Ich würde mich freuen, wenn wir beide Recht hätten. Ich bin auf dem Grundstück und schaue mich dort um.«

»Was machst du, wenn die Schwerter kommen?«

»Dann fange ich sie auf«, erwiderte Suko sarkastisch, bevor er zur Tür ging und das ihm nachgerufene »Viel Glück dabei!« nicht mehr hörte.

Ich blieb zurück. Meine Gedanken drehten sich noch um das eben Gehörte. Mich wunderte dabei nur, dass keiner meiner Entführer gekommen war, um Meldung zu erstatten, und wir von dem Vorfall erst durch einen Anruf unseres Chefs erfahren hatten.

Wie dem auch sei, dieser Fall war mehr als undurchsichtig. Mittlerweile glaubte ich auch daran, dass uns Al-Achum nicht die ganze Wahrheit erzählt hatte.

Was war für mich wichtig?

Drei Dinge.

Das Buch, die Gnostische Gemme und mein Kreuz. Alle drei nahm ich an mich.

Die Gemme legte ich auf den flachen Tisch, darauf mein Kreuz, und zwar so, dass das auf dem unteren Balken sich befindliche Henkelkreuz Kontakt mit der Gemme bekam.

Jetzt brauchte ich nur noch die Formeln, die unter dem Bild standen, laut und deutlich auszusprechen.

Davor hatte ich ein wenig Furcht, denn ich wurde das Gefühl nicht los, an elementaren Dingen zu rütteln …

Sechs golden glänzende Krummschwerter waren aus dem Kino gerast und hineingejagt in den trüben Tag, wo sie sich wie glänzende Kometenstreifen in den bleigrauen Wolkenbergen verteilten.

Es hatte Zeugen gegeben. Menschen, die vor dem Kino auf dem Gehsteig gestanden hatten und aus ihrer Langeweile aufgeschreckt wurden, als sie die hellen Streifen sahen.

Sie waren blitzschnell.

Kaum mit den Blicken zu verfolgen. Himmelsstürmend, sich drehend und Kreise bildend. Wie von Wellenhügeln- oder -tälern getragen, kreisten sie über den Dächern.

Zunächst wurden die Schwerter noch staunend beobachtet.

Keiner konnte etwas mit ihrer Existenz anfangen. Vielleicht hielten einige es für einen guten Reklamegag, bis zu dem Zeitpunkt, als die Panik in Form einer menschlichen Woge aus dem Eingang des Kinos strömte.

Plötzlich wurden auch andere wach, denn die angsterfüllten Zuschauer überfielen den engen Platz vor dem Kino, und ihre Schreie gellten durch die Straßenschluchten.

Irgendwann erklangen die schrillen Klänge einer Bobbypfeife. Vom Straßenende her näherte sich ein Beamter mit weit ausholenden Schritten. Er sah die Besucher vor dem Kino stehen und erkannte wenig später auch die Verletzten, die sogar am Boden lagen und sich die blutenden Wunden hielten. Bis zum Ausgang hatten sie es geschafft, jetzt erwischte sie der Schock voll. Gleichzeitig trieben dünne Rauchschwaden aus dem Kinofoyer. Einer der Bobbys, ein baumlanger Kerl, verschaffte sich mit den Ellenbogen Platz und drängte sich so weit in den Eingang hinein, dass er die flammende Tür erkennen konnte.

Und er sah auch den Toten.

Daneben stand der Vorführer in einer erstarrten Pose. Erst als ihn der Bobby an der Schulter rüttelte, erwachte er aus seiner Haltung. »Er ist tot!«, schrie er. »Verdammt, man hat ihn einfach gekillt. Er ist tot!«

Die Flammen fanden weitere Nahrung, denn aufgehängte Plakate sind nicht feuerfest. Im Gegensatz zu dem gelegten Teppichboden, der auch durch glühende Zigarettenreste nicht entflammt werden konnte.

»Sie müssen hier raus!« Der Polizist machte kurzen Prozess und riss den Vorführer einfach mit.

Willenlos ließ er alles über sich ergehen. Als die beiden Männer das Freie erreichten, hörten sie bereits die Sirenen der herbeieilenden Polizeifahrzeuge.

Auf der Straße hatte es ein Durcheinander gegeben. Einige Wagen hatten stoppen müssen. Rechts und links war kein Durchkommen, ein Polizeiwagen rollte über den Gehsteig. Bevor er noch bremste, schnappte der aus dem Kino kommende Polizist die Worte der Besucher auf.

Immer wieder sprachen sie von Schwertern mit goldenen Klingen, die aus der Leinwand gekommen waren.

Der Bobby schnappte sich einen bebrillten jungen Mann mit Igelfrisur. Am Ärmel der Parkajacke zog er ihn herum. »Was ist denn überhaupt geschehen? Wieso reden Sie eigentlich von Schwertern?«

»Da waren welche!«

»Wo?«

Der Mann wollte antworten und etwas erklären. Ein anderer kam ihm zuvor. »Verdammt, da sind sie ja!«, brüllte er. Sein Arm schnellte schräg in die Höhe. »Da, da oben ...«

Er hatte so laut geredet, dass nicht allein der Polizist, auch andere in die Höhe blickten und erkennen konnten, was sich dort abspielte.

Die sechs Schwerter waren deutlich zu erkennen. Innerhalb der gewaltigen Wolkenberge blitzte ihr Schein, wenn sie sich heftig bewegten und durch den Nebel rasten.

Es war ein unheimliches Schauspiel. Fast wie in einer Disco, in der das Laserlicht irre Figuren in die Luft zeichnete und deren Gestalt von einem Augenblick zum anderen wechselte.

Nur war das echt.

»Da sind die verdammten Killerschwerter!«, schrie ein Mädchen und schlug die Hände vor das Gesicht.

Sie waren es tatsächlich, und sie kamen blitzschnell zurück. Und zwar in einer breiten Linie, die sich wenig später zu einem Halbkreis formierte. Dabei schien es, als würden sie über die verschieden hohen Dächer der Häuser hinweghüpfen, sich danach für einen Moment orientieren, um anschließend den ersten Angriff zu starten.

Sie jagten in die Straßenschlucht. Zum Glück kamen sie von einer Seite, dennoch stieg die Panik in den Menschen hoch, denn der Anblick der Schwerter trieb sie in die Flucht.

Die Schreie aus zahlreichen Kehlen hörten sich an wie einer, und er brandete gegen den Himmel.

Deshalb übertönte er auch das hohle Pfeifen der Waffen, das ihr Kommen begleitete.

Noch tiefer sackten sie. Plötzlich erreichten sie die Kopfhöhe der Menschen.

Um nicht vernichtet zu werden, mussten die Flüchtenden zu Boden. Das taten sie auch, denn es waren die Polizisten, die hier den Überblick behielten und die entsprechenden Befehle schrien.

Sie wurden glücklicherweise befolgt. Keiner blieb mehr auf den Beinen. Alle warfen sich zu Boden. Ihre Schreie verstummten, sie fielen übereinander, und jetzt erst vernahmen sie das hohle Pfeifen der Schwerter.

Sehr dicht wischten sie über ihre Köpfe hinweg. Dabei drehten sich drei von ihnen wie die Arme eines Schnitzelwerks. Wer sich ihnen jetzt in den Weg gestellt hätte, wäre zerstückelt worden.

Zum Glück trafen sie kein Ziel, sodass sie die gesamte Straße entlangrasen konnten.

Selbst die normalen Wagen verschonten sie, kratzten nur hin und wieder über die Autodächer, sodass die in den Fahrzeugen sitzenden Fahrer mit dem Schrecken davonkamen. So manch blasses Gesicht tauchte weg, wenn die Schwerter erschienen.

Aber es stand auch ein kleiner Lastwagen da!

Und der war höher als die übrigen Pkw!

Der Fahrer hatte seinen Wagen nicht verlassen. Mit seiner Haltung erinnerte er an eine Statue. Sein Gesicht verschwamm hinter der Scheibe. Schrecken spiegelte sich darin.

Die gefährlichen Krummschwerter kamen näher. Sie zogen ihre Reihe auseinander, sodass auch die normal fliegenden von den sich drehenden Waffen nicht mehr berührt werden konnten.

Und einer dieser goldenen »Propeller« hatte sich ausgerechnet den Lastwagen ausgesucht.

Mit einer mörderischen Geschwindigkeit raste er heran, ein wirbelndes Etwas, das über die Kühlerschnauze hinwegwirbelte und die Scheibe traf.

Jetzt hätte der Mann eigentlich wegtauchen müssen.

Er tat es nicht.

Plötzlich sah er den Splitterregen vor sich. Er spürte noch die scharfen Einschläge in der Haut, riss die Arme hoch und erlitt im nächsten Moment entsetzliche Schmerzen.

Die Schmerzen begleiteten ihn in den Tod.

Das goldene Schwert aber wirbelte weiter. Rotierend bahnte es sich so seinen Weg. Selbst das Metall der Ladefläche konnte diesen Gegenstand nicht stoppen, und auch die Ladung selbst wurde zerstückelt.

Es waren zum Glück keine umweltschädlichen Güter, die sich in den Verpackungen befanden, sondern Dosenobst.

Das Krummschwert säbelte hindurch, zerstörte Kartons, Holz, das Blech der Büchsen und zerquetschte Pfirsiche und Erdbeeren zu einem Brei.

Dann war es durch.

Die anderen fünf Schwerter hatten das Ende der Straße bereits erreicht, stiegen wieder in die Luft, hüpften über Hausdächer hinweg und verschwanden in der nächsten Straßenschlucht.

Auch hier jagten sie raketenartig durch, trieben die Menschen zu Boden, verletzten fünf von ihnen und zerhackten zwei Laternen. Schaufensterscheiben wurden ebenfalls zerstört.

Die Zuschauer lagen in den Hausnischen und Eingängen. Mit vor Schreck geweiteten Augen schauten sie dem Grauen hinterher, ohne es fassen zu können.

Als Zeugen bekamen sie mit, dass die unheimliche Reise der Schwerter nicht nur ein Chaos bei Mensch, Autos und Technik verursachte, sondern auch ein Ziel hatte.

Sie stiegen wieder in den grauen Himmel, als sie in die Höhe eines mit noch winterlich kahlen Bäumen bewachsenen Parks gerieten. Leise pfeifend stiegen sie den Gipfeln entgegen und darüber hinweg, sodass sie bald nicht mehr zu sehen waren.

Erst jetzt trauten sich die Menschen aus den Deckungen hervor. Sie hörten das Jammern der Verletzten, schauten sich fragend an, und niemand wusste eine Antwort.

Bis auf einen Sektenjünger, der sich mitten auf die Straße

stellte und seinen Kopf in den Nacken gedrückt hatte. »Der große Guru wird uns strafen. Er wird uns vernichten. Das hier war der Anfang vom Ende …«

Seltsamerweise widersprach niemand …

Wie immer herrschte in der Gruft das tiefe Schweigen. Hier lag der Tote, der Mensch, der sich vor langer Zeit das Leben genommen hatte und mumifiziert worden war. In den Tiefen des Kellers sollte er ewige Ruhe finden, doch das Auftauchen der Dschinns hatte dies zunichte gemacht.

Das alles bekam Chamal Gossarah nicht mehr mit. Er war tot, er blieb tot. Aber nicht die Gestalt, die sich auf lautlosen Sohlen der Gruft näherte. Sie hatte nicht den normalen Eingang genommen, sondern einen versteckten, der unter der Erde herführte. In einer nicht von Kerzenschein beleuchteten Nische befand sich eine Geheimtür, die sacht aufgestoßen wurde.

Die Gestalt betrat die Gruft, ging zwei Schritte, bewegte den Kopf und schaute sich um.

Nichts Verdächtiges war zu sehen.

Das Nicken der Gestalt deutete an, wie zufrieden sie mit diesem Ergebnis war. Deshalb gab sie sich auch weiterhin keine Mühe, lautlos aufzutreten.

Man würde sie hier nicht entdecken.

Unheimlich sah die Gestalt aus. Ein wahres Monstrum in einer langen, dunklen Kutte, deren Kapuze sie über den Kopf gezogen hatte, sodass nur mehr das düstere Gesicht zu sehen war.

Ein Betrachter hätte den Eindruck haben können, in kein Gesicht zu schauen, sondern in die Abgründe einer in der Hölle hergestellten Maske. Aber es lebte. Hin und wieder bewegten sich die helleren Augen, dann zuckte auch die Haut oder klaffte ein Spalt im unteren Drittel, und zwar dort, wo sich der Mund oder das Maul befanden.

Die Gestalt schlich durch die Gruft. Dem offenen Sarg gönnte sie keinen Blick.

Sie hatte ihre Runde bereits beendet, und wer von den hier Anwesenden hätte schon auf den Gedanken kommen können, um wen es sich bei dieser Gestalt tatsächlich handelte?

Sie gehörte eigentlich nicht in diese Gruft, sondern zu den anderen, den gefährlichen Dschinns.

Schließlich war sie es, die ebenfalls das Zwischenreich verlassen hatte und schon lange unter denen weilte, die sie hasste.

Jetzt hatte sie wieder ihre wahre Gestalt angenommen. Denn sie war Abu Ben Kolc!

In den vergangenen Minuten hatte sie ihre Runde gedreht und für grausame Überraschungen gesorgt. Wie es geschrieben stand, denn niemand durfte die Rache der Dschinns stören. Und auch das Kreuz musste vernichtet werden. Beim ersten Versuch hatte es nicht geklappt. Beim zweiten Mal durfte es nicht überleben, und gleichzeitig musste ein gefährlicher Gegner mit ausgeschaltet werden.

John Sinclair!

Um den anderen, den Chinesen, würde sich jetzt Abu Ben Kolc kümmern. Suko hatte den Raum verlassen, das wusste die Gestalt genau.

Der Chinese sollte ihn auch nie wieder betreten.

Mit diesen mörderischen Gedanken machte er sich auf den Weg, um die Treppenstufen zu nehmen.

Als er die Hälfte hinter sich gelassen hatte, verschwand seine rechte Hand in einer Gewandfalte. Als sie wieder zum Vorschein kam, hielt sie ein langes Krummschwert umklammert.

Auch dessen Klinge schimmerte golden.

Nur mit einem Unterschied zu den anderen Schwertern der Dschinns.

Sie war noch von einem dünnen Film aus Blut überzogen …

Wohl fühlte ich mich nicht gerade in meiner Haut und hätte Suko auch gern als Unterstützung bei mir gehabt, aber er war ja nicht zu belehren gewesen. So blieb mir nichts anderes übrig, als die Beschwörung selbst durchzuführen.

Ich wusste, dass ich mich damit auf ein gefährlich dünnes Stück Eis begab, aber ich sah einfach keine andere Möglichkeit, zu einem wirkungsvollen Erfolg zu gelangen.

Orientalische Magie!

Für mich war es ein Buch mit sieben Siegeln, denn ich konnte mich als einen Laien bezeichnen, was gerade diesen Teil der Magie anging. Damit hatte ich bisher wenig zu tun gehabt. Die Fälle konnte ich an einer Hand abzählen.

Noch einmal rückte ich die beiden wichtigen Gegenstände zurecht. Mein Kreuz hatte einen ziemlich guten Kontakt zur Gemme bekommen. Das Henkelkreuz konnte ich nicht sehen. Es hatte ungefähr dort einen Kontakt gefunden, wo sich auch der Mittelpunkt der sich in den Schwanz beißenden Schlange befand.

Ich drückte die Seite des Buchs noch einmal fest. Ein Fehler durfte mir jetzt nicht unterlaufen. Das Buch lag direkt neben den beiden anderen Dingen.

Von Suko hatte ich weder etwas gehört noch gesehen. Auch die eigentlichen Bewohner dieses Hauses statteten mir keinen Besuch ab, so war die mich umgebende Ruhe schon als unnatürlich zu bezeichnen.

Ich begann mit der Beschwörung. Es fiel mir verdammt schwer, die Worte auszusprechen. Es war ja nicht allein mit dem Ablesen getan, wahrscheinlich musste man bestimmte Buchstaben oder Silben auch stärker betonen oder leiser aussprechen.

Die arabische Sprache war schon kompliziert.

»Cheloganus akimanaja Hlacht etwisanocho …« Himmel, das waren Worte, die ich noch nie gehört hatte. Ich kam mir selbst wie ein Fremder vor, so hatte meine eigene Stimme noch nie geklungen. Aufgeben wollte ich trotzdem nicht. Aus diesem Grunde sprach ich auch weiter, bemühte mich. Jeder einzelne Buchstabe musste fast von mir erarbeitet werden.

Ich geriet ins Schwitzen. Während ich laut las, schielte ich ab und zu auf mein Kreuz. Wie ein flacher Kuchen drang die

Gnostische Gemme unter dem senkrechten Balken des Kreuzes zu beiden Seiten hervor. Ihre Oberfläche sah auch weiterhin graugrün aus. Kein Zeichen von Veränderung.

So bemühte ich mich weiter.

Schritt für Schritt, Wort für Wort geriet ich tiefer hinein in die magische Beschwörungsformel. Ich stellte fest, dass sich einige Worte wiederholten. Sie mussten eine besondere Bedeutung haben.

Je mehr ich las, umso sicherer wurde ich, auch wenn ich hin und wieder stockte.

Etwa die Hälfte der Beschwörungsformel hatte ich bereits gesprochen, als ich eine erste Reaktion spürte.

Weder die Gemme noch das Kreuz reagierten sichtbar, es geschah etwas anderes.

In dem großen Raum veränderte sich die Luft. Zwar konnte ich noch atmen, aber ich wurde einfach das Gefühl nicht los, eine gewisse Kälte zu spüren, die wie ein Hauch über meine Haut strich.

Sie erfasste nicht allein mein Gesicht oder die Hände, auch der Rücken wurde nicht verschont. Das Frösteln hinterließ bei mir ein unangenehmes Gefühl, und ich glaubte sogar, dass es im Zimmer auch dunkler geworden war.

Ein graues Schattenfeld legte sich blass und wie ein kaum zu erkennender Streifen über den Raum.

Ich sprach weiter.

Um die Vorgänge kümmerte ich mich nicht. Einen Anfang hatte es gegeben, ich wartete auf die Fortsetzung.

Sie kam.

Die Gemme war es, die plötzlich zitterte. Sie bewegte sich leicht von einer Seite auf die andere. Dabei rutschte sie, und diese Bewegung übertrug sich auf das Kreuz.

Ich sprach die nächsten Worte. »Elemchora uch samgraniis belembtin achamel …«

Noch eine Reihe, dann hatte ich es geschafft.

Ich vernahm die Geräusche, die die Gnostische Gemme verursachte, als die Platte glitt und es aus eigener Kraft schaffte, das Kreuz von ihrer Oberfläche zu stoßen.

Jetzt lag es frei.

Und es glühte.

Nicht die Zeichen der Erzengel, wie ich es gewohnt war, nein, genau an der Stelle, wo sich das altägyptische Henkelkreuz im Silber abzeichnete, strahlte es auf.

In einem kräftigen, tiefen Gold, als wollte es mir beweisen, wie direkt der Kontakt zu den Dschinns hergestellt worden war.

Und noch etwas hatte sich verändert.

Die Schlange auf der Gemme. Im Gegensatz zum Henkelkreuz war sie pechschwarz geworden. Ihre Umrisse wirkten wie verbranntes Öl, die Aschereste hinterlassen hatten.

Es war ein Spiel mit dem Feuer, aber noch hatte ich es unter Kontrolle und sprach die letzten Worte.

»Sionichel agura wentrukich assramma …« Schluss – Ende!

Ich lehnte mich zurück, atmete tief ein und fühlte mich nicht so wohl, denn die letzten Minuten hatten mich stark mitgenommen. Aber ich konnte einen Erfolg buchen.

Kreuz und Gemme waren durch meine beschwörenden Worte beeinflusst worden und spielten ihre Kraft aus.

Besonders das Kreuz. Weiße Magie strahlte es ab. Es war stärker als die Kraft der Gemme, deren Schlange noch immer die verkohlte Schwärze zeigte. Unter Umständen hatte ich durch diese Art der Beschwörung das eine mit dem anderen zerstört.

Möglich war alles.

Für einen Moment ließ ich die magischen Gegenstände außer Acht und konzentrierte mich auf die im Zimmer vorherrschende Atmosphäre. Während ich sprach, hatte sie sich verändert! Etwas Böses war aus dem Unsichtbaren gekommen, hatte einen Hauch oder Ring hinterlassen, auf den ich mich konzentrierte.

Ja, er war da. Das fühlte ich einfach wie Wassertropfen zwischen den Fingerspitzen.

Und wie sah der Erfolg aus? War es mir nicht gelungen, die Dschinns zu beschwören? Bisher hatte ich nichts davon bemerkt. Auch wenn Kreuz und Gemme zwei verschiedene Paar Schuhe waren, in diesem Fall mussten sie einfach zusammenhalten.

Ich fasste die Gemme an. Den Stein kannte ich lange genug. Ich hatte seine Härte gefühlt, auch jetzt war er hart, dennoch auch irgendwie weich, doch zerquetschen konnte ich ihn nicht. Und das Kreuz hatte sich ebenfalls nicht aufgeheizt. Nur das kleine Henkelkreuz strahlte seine durch die gesprochenen Formeln erweckte Magie ab.

Es musste die anderen locken. Dschinns waren wie alle dämonischen Wesen. Wenn jemand die entsprechenden Formeln kannte, mussten sie den schwarzen Gesetzen gehorchen. Sogar der Teufel würde sein Reich verlassen, wenn er gezwungen wurde.

Wo steckten die Dschinns?

Bisher hatte ich auf dem Kissen gesessen. Nun drückte ich mich hoch, machte ein paar Schritte und hatte das Gefühl, einen geringen Widerstand zu spüren, als ich quer durch das Zimmer zum Fenster ging.

Es war ziemlich groß. Ich bekam eine gute Aussicht in den Garten des Grundstücks. Herrlicher alter Baumbestand. Dahinter sah ich eine Mauer und jenseits von ihr die Dächer zahlreicher Häuser unterschiedlicher Höhe. Mir fiel wieder ein, dass wir uns mitten in London, in Soho befanden, und nicht in einem orientalischen Märchen. Ein grauer Märzhimmel lag dicht über den Dächern. Sir James hatte von fliegenden Schwertern gesprochen. Noch waren sie für mich nicht zu sehen, wobei ich fest daran glaubte, dass die Beschwörung sie irgendwie erwischt haben musste.

Und sie kamen.

Auf einmal sah ich sie über den Kronen der Bäume. Sie leuchteten golden, aber es waren keine Kometen, sondern gefährliche Waffen, von denen sich einige während des Flugs so schnell wie Propeller drehten.

Rasch zählte ich nach.

Auf die Zahl sechs kam ich.

Also wieder ohne den Anführer, diesen Abu Ben Kolc. Das

wunderte mich. Wenn ich diese Dschinns schon bekämpfte, wollte ich auch ihren Anführer bekommen.

Und sie rasten näher.

Ich sah sie schnell werden und sich dabei auch ihr neues Ziel suchen.

Das Haus!

Nicht nur das. Ihre Formation veränderte sich dermaßen, dass alle sechs Schwerter sich auf ein Ziel konzentrierten: die beiden Fenster.

Hinter einem stand ich.

Da ich nicht lebensmüde sein wollte, sprang ich zurück und fand sogar eine Deckung zwischen zwei Regalen. Ich war im letzten Augenblick gesprungen, denn die Scheiben zersplitterten unter dem plötzlichen Druck der Schwerter. In einem Wirbel aus Glaskrümeln jagten sie in das große Zimmer hinein, und ich befand mich plötzlich in akuter Lebensgefahr …

Suko hatte den Raum verlassen und spürte gleichzeitig so etwas wie ein schlechtes Gewissen oder ungutes Gefühl in seinem Innern. War es richtig gewesen, den Freund allein zu lassen?

John brauchte keine Amme. Sie waren beide erwachsen und diesmal auch verschiedener Meinung. Suko ging davon aus, dass sich der Geisterjäger auf dem falschen Weg befand. Er rechnete mit anderen Überraschungen, wobei er noch keine Vorstellung davon hatte, wie sie aussehen konnten. Jedenfalls nicht fröhlich.

Dieser Fall war gefährlich, barg eine ungeheure magische Brisanz. Die Art und Weise, wie John Sinclair entführt worden war, wies schon darauf hin. Wer stoppte schon den Wagen eines Polizeibeamten mitten im morgendlichen Berufsverkehr?

Ein Wahnsinniger oder ein Genie? Wobei beides bei diesen Leuten stets dicht zusammenlag.

Suko war sehr schnell gekommen, und er hatte sich den

Weg, der ihn zu seinem Ziel führte, genau gemerkt. Deshalb kam er auch jetzt ohne große Hilfe aus.

Vergessen hatte er auch nicht die Blicke der Männer, die ihn empfangen hatten. Sie waren düster gewesen, nicht mal feindlich oder aggressiv, eher abschätzend und auch gleichgültig. Diese waren sich ihrer Stellung bewusst, sie sahen sich als unangreifbar an, und das wollte Suko jetzt herausfinden. Er konnte sich vorstellen, dass jeder von ihnen mit der schwarzen Magie in Verbindung stand.

Und auch dieser Al-Acham, von dem Sukos Freund John angeblich so viel hielt.

Etwas fiel dem Chinesen besonders auf. Das war bei seiner Ankunft nicht gewesen.

Die Stille ...

Okay, in einem Haus konnte es ruhig sein, aber doch nicht so still wie hier, denn der Chinese hörte überhaupt keine anderen Geräusche, nur die eigenen Schritte.

Die koptischen Ägypter hatten sich hier eine kleine Oase gebaut. Dazu gehörte die Kirche, die Gruft, von der John berichtet hatte, und das Haus, durch das John schritt.

Kirche, Gruft und Haus mussten durch Gänge miteinander in Verbindung stehen, sodass Suko davon ausging, die anderen auch in der Kirche oder in der Gruft zu finden.

Noch schritt er durch einen langen Gang mit mahagonigetäfelten Wänden. Alles wirkte sehr vornehm, auch die kleinen Messinglampen.

Eine große Doppeltür fiel Suko auf. Er hatte sie bei seiner Ankunft nicht gesehen, da sie genau an der gegenüberliegenden Seite lag. Auf der Tür war ein koptisches Kreuz abgebildet. Es hatte sogar zwei Querbalken, der untere war kleiner als der obere, und das Kreuz erinnerte Suko in seiner Form eher an das aus der orthodoxen Lehre.

Als er wenige Schritte vor der Tür stoppte, fiel ihm der Geruch auf, der Ähnlichkeit mit ätzendem Schwefeldampf hatte. Und Suko sah, dass sich die feinen Rauchschwaden genau dort gebildet hatten, wo sich die Umrisse des Kreuzes befanden.

Da war etwas passiert.

In der Tat hatte irgendeine gegensätzliche und feindliche Kraft an dem Kreuz manipuliert und es teilweise zerstört. Die Umrisse waren noch zu erkennen. Die Schutzfunktion schien ihm jedoch genommen worden zu sein.

Suko ging wieder zurück. Dabei schüttelte er den Kopf und nickte im nächsten Augenblick, denn er sah seinen Verdacht erhärtet. Noch kam er sich vor wie neben einem Mosaik stehend, in dem zahlreiche Steine fehlten, die er noch sammeln musste, um sie anschließend zu einem vollständigen Bild zusammenzusetzen.

Wer hatte das Kreuz zerstört?

Waren die Dschinns bereits in dieses Refugium eingedrungen und hatten die Kontrolle übernommen? Wenn ja, musste ihnen dies wirklich lautlos gelungen sein. Suko und John war jedenfalls nichts aufgefallen.

Der Inspektor rechnete damit, hinter der Tür den Kirchenraum zu finden. Er öffnete und sah seine Vermutung bestätigt. Es war der große Saal, in dem die Kopten ihre Messen abhielten, aber er war leer.

Ein prächtiger Altar bildete den Abschluss eines Ganges, der von zwei Bankreihen flankiert wurde.

Die Leere fiel Suko auf.

Nicht allein, dass niemand der hier lebenden Menschen in dem tempelartigen Gebäude gewesen wäre, es war eine andere Leere, eine gewisse Kälte, so, als wäre etwas entweiht worden.

Entweiht war genau der richtige Ausdruck.

Das gefiel dem Chinesen überhaupt nicht. Sein Verdacht wuchs. Er wusste nun, dass er von nicht sichtbaren Feinden umgeben war. Dass sie hier auf ihn lauerten und auch schon zugeschlagen hatten.

Hatte es Sinn, die Kirche zu durchsuchen?

Ja, möglicherweise fand er eine Spur oder einen Hinweis, der ihn weiterbrachte.

Und so ließ Suko die Tür hinter sich, betrat den Gang und schritt ihn langsam entlang.

Auch er versuchte, so wenig Geräusche wie möglich zu machen. Unter seinen Füßen zerknirschten hin und wieder kleinere Steine, und er hielt seinen Blick geradeaus gerichtet.

Jetzt war der Altar besser zu erkennen. Er lag praktisch in einem kleinen erkerähnlichen Anbau, der an seinem Ende mit einem Rundbogen geschmückt war. Mehrere Fenster unterbrachen das Mauerwerk. Sie wirkten wie überlange Finger, und durch ihre bunten Scheiben sickerte das graue Tageslicht, das den Altar traf.

So prächtig, wie Suko ihn bei seinem Eintritt in Erinnerung gehabt hatte, zeigte er sich in Wirklichkeit nicht. Der Inspektor sah ein koptisches Kreuz, das schief stand und ebenfalls wie verkohlt wirkte. Auch die Heiligenfiguren standen nicht mehr dort, wo sie eigentlich hingehört hätten. Sie lagen auf der Steinplatte und sahen aus, als bestünden sie aus dunkler Asche.

Hier hatte jemand den Tempel entweiht!

Suko konnte einfach zu keiner anderen Schlussfolgerung kommen. Die Dschinns mussten es geschafft haben. Aber was war mit den hier lebenden Menschen geschehen?

Suko erinnerte sich daran, vier Männer gesehen zu haben. Al-Acham nicht mitgerechnet.

Er schaute nicht allein auf den Altar, sondern jetzt auch in die Bankreihen hinein. Bisher waren sie leer gewesen, das änderte sich, als er zwei Schritte vorging und nach rechts schaute.

Er sah den Körper auf dem Boden zwischen zwei Bankreihen liegen. Verkrümmt und bewegungslos.

Eine Schocksekunde gab es für Suko nicht. Sofort drückte er sich in die enge Bankreihe hinein, ging einige Schritte und sah schon das Blut, das sich zu einer Lache ausgebreitet hatte.

Suko packte zu. Dabei achtete er darauf, nicht in die Lache zu treten. Er wusste, dass dem Mann nicht mehr zu helfen war, dennoch wollte er wissen, wie er gestorben war, dann konnte er Rückschlüsse auf die Mordwaffe ziehen.

Suko schüttelte den Kopf, als er die Brust des Mannes sah.

Dieser Kerl war voll erwischt worden. Nicht von einer Kugel, sondern einem anderen Mordgegenstand.

Der Inspektor hatte die Dschinns zwar noch nicht gesehen und nur von ihnen gehört, aber er wusste sehr genau, welche Waffen sie besaßen. Die Wunde konnte durchaus von einem Krummschwert stammen, das jemand in die Brust des Mannes geschlagen hatte.

Eine furchtbare Art zu sterben!

Suko schluckte und schüttelte sich. Er hatte die Hände zu Fäusten geballt, sein Hals war trocken, und er dachte daran, dass der Mann ausgerechnet in diesem kirchenartigen Tempel gestorben war. Ein Beweis, dass auch er keinen Schutz mehr bot.

Suko richtete sich wieder auf. Deprimierende Gedanken quälten ihn. Er dachte wieder an die Stille, die er so deutlich gespürt hatte. Ein Toter war von ihm gefunden worden. Vier Männer außer Al-Acham hatte er gesehen.

Wo steckten die anderen drei?

Diese Frage beschäftigte ihn sehr. So machte er sich auch auf die Suche, aber zwischen den Bänken fand er keinen weiteren Toten mehr.

Blieb der Altar. Suko wollte sichergehen, deshalb nahm er auch ihn in Augenschein.

Er sah die verbrannten Gegenstände, die verwelkten Blumen und nahm abermals diesen widerlich ätzenden Geruch auf, der alles umweht hatte. An der Vorderseite schritt er den Altar ab, erreichte sein Ende und wollte schon kehrtmachen, als er den Fuß entdeckte.

Er schaute ein Stück an der Rückseite hervor.

Zwei Sekunden später stand der Inspektor vor dem nächsten Toten. Hinter dem Altar lag er, und er war auf die gleiche Art und Weise ums Leben gekommen wie der Mann in der Bank.

Blieben noch zwei.

Nein, drei, mit Al-Acham.

Es gab keine weiteren Verstecke innerhalb der Kirche, die der Inspektor hätte durchsuchen können. Wenn noch weitere Leichen vorhanden waren, dann nicht mehr im Tempel.

Suko verließ den Ort des Grauens, erreichte wieder die Vorderseite des Altars und blieb steif stehen. Er wurde das Gefühl nicht los, in den letzten Sekunden beobachtet worden zu sein.

Irgendwo musste jemand lauern. Vielleicht vorn, genau dort, wo sich der Eingang befand.

Möglich war alles.

Die Distanz war sehr groß, das Licht entsprechend schwach, sodass auch Suko trotz seiner scharfen Augen nicht erkennen konnte, ob sich dort etwas tat.

Er hatte die Tür nicht abgeschlossen. Spaltbreit stand sie noch offen. Leider war der Spalt so klein, dass Suko nicht entdecken konnte, ob sich dahinter eine Gestalt abmalte.

Das Gefühl blieb ...

Der Inspektor schritt den gleichen Weg zurück, den er gekommen war. Mit einem heftigen Ruck öffnete er die Tür.

Der Gang vor ihm war leer.

Auf der Schwelle blieb Suko stehen. Seine Blicke tasteten jeden Zentimeter des Bodens ab, und er glaubte plötzlich, ein Klirren zu hören, als wäre Glas zerbrochen.

Das war im Moment nicht wichtig. Suko suchte die beiden anderen Männer. Er hatte die Qual der Wahl, da vom Gang aus mehrere Türen abzweigten, hinter denen Räume lagen.

Wenn nichts anderes half, musste Suko sie einzeln und der Reihe nach untersuchen.

Damit begann er auch.

Die Einrichtung des ersten Raums verwunderte ihn. Er hatte mit einem elegant eingerichteten Zimmer gerechnet und schüttelte vor Überraschung den Kopf, als er sich in einem geräumigen Waschraum sah. Rechts von der Tür standen spindartige Schränke aus Metall, die fast die gesamte Breite des Raumes einnahmen. Sie bildeten gewissermaßen eine Trennlinie.

Auf der linken Seite befand sich die lange Reihe weißer Waschbecken. Eine schmale Tür mit einem Milchglaseinsatz führte wahrscheinlich zu den Duschen.

Sukos Herz klopfte stärker, als er sich auf den Weg machte. Er blieb für einen Moment an der Tür stehen, versuchte durch die Milchglasscheibe zu blicken und erkannte einen hohen Schatten.

Suko riss die Tür auf.

Es war ein kleiner Duschsaal. Sechs Düsen zählte Suko unter der Decke. Auf dem Fliesenboden des großen Beckens lag ein bräunlich schimmerndes Holzgestell.

Und darauf sah er auch den Mann.

Der dritte Tote stierte an die Decke. Und auch er war auf die gleiche schreckliche Weise ums Leben gekommen. Er war vollständig bekleidet, und sogar eine Maschinenpistole lag neben ihm. Nur hatte er sie nicht mehr einsetzen können, sein Killer war schneller gewesen.

Der Inspektor verzog das Gesicht, als hätte er Essig getrunken. Er musste sich mit der Tatsache abfinden, dass hier jemand fürchterlich aufgeräumt hatte. Ein unheimlicher Mörder hatte klare Verhältnisse schaffen wollen, und das war ihm auch gelungen.

Einen Weg vorbereiten für die Dschinns! Aber wer steckte dahinter? Wer war so grausam, dass er jeden tötete, der ihm in die Quere kam? Vielleicht auch die Dschinns selbst?

Diese Möglichkeit zog Suko in Betracht, ging jedoch nicht davon aus. Noch ein Toter fehlte ihm, so makaber die Rechnung auch war. Er konnte sie einfach nicht verbannen.

In der Dusche gab es keinerlei Möglichkeiten, noch eine weitere Leiche zu verstecken. Hier würde der Chinese sie nicht finden. Er drehte sich um, weil er den Raum verlassen wollte, als er einen dumpfen Laut aus dem anderen Raum vernahm.

Das musste es sein.

Und das war es auch.

Der Inspektor hatte die Tür kaum aufgerissen, als er die Bescherung sah. Es war der vierte Tote, und er war aus einem der spindartigen Schränke gefallen.

Von allein?

Daran wollte der Chinese nicht glauben. Da musste jemand

nachgeholfen haben, deshalb ging der Inspektor davon aus, nicht mehr allein mit der Leiche zu sein.

Lauerte der Killer?

Suko verließ seinen Platz an der Tür. Er wollte sich die Leiche aus der Nähe anschauen, und wieder musste er feststellen, dass es derselbe Mörder gewesen war.

Vor Suko befand sich die Wand aus Schränken. Wenn sich der Killer noch in der Nähe aufhielt, konnte er sich nur hinter den Schränken verborgen halten.

Durch die Nase atmete Suko ein. Der andere musste ihn gehört haben. Spuren entdeckte der Chinese nicht. Er sah nur das Blut auf den hellen Fliesen.

»Wenn du da bist, komm hervor!«, rief Suko und lauschte dem Echo seiner eigenen Stimme. Als »Antwort« ertönte ein krächzendes und düster klingendes Lachen.

»Wer bist du?«, fragte Suko.

»Kennst du meinen Namen nicht?« Die Stimme klang ähnlich wie das Lachen vorhin.

»Nein.«

»Ich will es dir sagen. Bei meiner Geburt hat man mir den Namen Abu Ben Kolc gegeben ...«

Die Ankunft der gefährlichen Krummschwerter war auch für mich überraschend gekommen. Deshalb konnte ich froh darüber sein, die Wand im Rücken zu wissen.

Bisher hatte ich erst ein Schwert in Aktion erlebt.

Nun standen gleich sechs gegen mich.

Sechs goldene, gekrümmte, mörderische Klingen, in denen die Geister der Dschinns steckten.

Dass sie töten wollten, hatte ich erlebt. Dass sie auch bei mir keine Ausnahme machen würden, war mir ebenfalls klar, und damit musste ich zurechtkommen.

Nur schienen sie mich als Ziel noch nicht anvisiert zu haben, denn nach ihrem plötzlichen Eindringen konzentrierten sie sich auf die beiden Gegenstände, die für ihre Ankunft gesorgt hatten.

Sie schwebten über der Gemme und dem Kreuz, allerdings in respektabler Distanz dicht unter der Decke.

Auch die sich drehenden Klingen waren zur Ruhe gekommen und hatten sich eingereiht in das Sechseck aus goldenen Waffen.

Ich ärgerte mich jetzt, dass ich mein Kreuz nicht mitgenommen hatte. Es lag nach wie vor für mich in einer nicht erreichbaren Ferne. Hätte ich versucht, mit Sprüngen den Zwischenraum zu überbrücken, wäre ich sicherlich voll erwischt worden.

Konnten mir die Beretta und der Bumerang helfen? Es blieb einfach nur die Hoffnung darauf.

Was hatten die sechs Schwerter vor?

Eine Frage, auf die ich noch keine Antwort bekam, denn die Waffen »beobachteten« weiter.

Bis sich zwei von ihnen aus dem Sechserpulk lösten und nach unten stießen. Gegen das Kreuz!

Sie erreichten es nicht mehr, denn die Macht, die in meinem Talisman steckte, schlug zurück.

Plötzlich wurden die Klingen in verschiedene Richtungen davongeschleudert. Sie überschlugen sich in der Luft und fanden ihre willkürlich ausgewählten Ziele.

Das erste Schwert jagte in einen Sessel. Es hieb mit seiner scharfen Seite in die Rückenlehne und blieb dort zitternd stecken. Die andere Waffe geriet mehr in meine Richtung und schlug in das rechts neben mir stehende Regal.

Gefüllt war es mit Büchern. Die meisten dicken Werke standen so eng, dass sie ebenfalls wie eine Mauer oder Wand wirkten und dem Schwert den entsprechenden Widerstand entgegenbrachten.

Deshalb blieb es stecken.

War das alles? Hatte nur mein Kreuz die Kraft, die Schwerter durcheinander zu wirbeln?

Daran wollte ich nicht glauben und bekam auch wenig später die Bestätigung, denn etwas geschah mit der goldenen Klinge. Ich beobachtete dabei die in meiner Nähe und hatte den Kopf ein wenig zur Seite gedreht.

Die Klinge schien von einer merkwürdigen Hitze erfasst zu sein. Jedenfalls begann das Metall zu schmelzen. Das Gold wurde weich und dann flüssig.

Und es fiel in dicken Tropfen zu Boden. Dabei löste sich auch die Klinge. Sie bekam das Übergewicht, prallte ebenfalls auf, und der nur mehr normal aussehende Griff blieb inmitten der goldenen Lache liegen, in der sich plötzlich etwas abzeichnete.

Zuerst hatte ich an einen Irrtum geglaubt. Ich nahm mir die Zeit, genauer hinzusehen, und erkannte in der Goldlache einen runden Kopf mit dem türkisfarben schimmernden, entsprechend bösen Gesicht des unheimlichen Dschinns.

Der Geist steckte in der Klinge. Sie aber hatte das Kreuz vernichtet, so würde der Dschinn ebenfalls seinem Ende entgegensehen.

Als dreidimensionales Wesen hatte ich ihn kennen gelernt. Jetzt war er auf zwei Dimensionen zusammengeschrumpft. Auf Länge und Breite. Er schwamm in der zitternden und kleine Wellen produzierenden goldenen Flüssigkeit. Durch die Bewegungen verzerrte sich sein böses Gesicht noch mehr, es löste sich allerdings gleichzeitig auf und wurde eins mit dem allmählich erkaltenden Gold, das seine strahlende Farbe längst abgegeben hatte, grau und grauer wurde, sodass zum Schluss nur mehr eine teerartige Masse zurückblieb.

So also waren die Dschinns zu stoppen.

Und der zweite.

Mit dieser Waffe war das Gleiche geschehen. Nur lag die Lache nicht auf dem Boden, sie hatte sich auf der Sitzfläche des Sessels ausgebreitet, wo sie schon erkaltete.

Meine Chancen besserten sich. Nur mehr vier Klingen standen gegen mich. Aber die in ihnen wohnenden gefährlichen Dschinns mussten gewarnt worden sein, denn sie verhielten sich dementsprechend vorsichtig, weil sie nicht das gleiche Schicksal erleiden wollten wie die ersten beiden.

Momentan schwebte ich nicht in einer unmittelbaren Gefahr. Ich war gewissermaßen der abwartende Zuschauer und lauerte auf die nächsten Aktionen der von Geistern des Dschinns beseelten Klingen.

Sie hielten sich noch zurück. Aus Schaden waren sie klug geworden und hatten sich anders aufgestellt, wobei sie in der Höhe die Gemme und mein Kreuz einkreisten.

Diese abwartende Formation gab mir Zeit, Überlegungen anzustellen. Ich wollte den Raum nicht eher verlassen, bis die Schwerter und damit auch die Dschinns erledigt waren. Dass die Waffen sich irgendwann mir zuwenden würden, lag auf der Hand. In Kreuz und Gemme sahen sie zu starke Gegner. Durch meine Beschwörungen war es den beiden gelungen, die Dschinns herbeizuholen.

Dass ich damit zahlreiche Menschen in Soho unter Umständen gerettet hatte, erfuhr ich erst später.

Zu dem Zeitpunkt konzentrierte ich mich voll und ganz auf die gefährlichen Klingen. Ich stand auf dem Sprung. Wenn sie mich angriffen, war ich jederzeit bereit, die Deckung zu verlassen.

Noch standen sie unbeweglich …

Wenn ich genauer hinsah, konnte ich in der goldenen Klinge die Umrisse der Dschinns erkennen. Zwar nur sehr schwach und langgezogen, aber sie waren als Schatten vorhanden.

Eigentlich standen sie günstig. Wenigstens zwei von ihnen. Wenn ich den Bumerang kräftig genug schleuderte, konnte ich vielleicht beide auf einmal erwischen.

Ob ich sie auch zerstörte, war die Frage. Jedenfalls musste ich es versuchen. In diesem magischen Spiel gefiel mir eine Statistenrolle überhaupt nicht.

Ich zog den Bumerang hervor. Den Griff beherrschte ich blind, so konnte ich die Schwerter im Auge behalten.

Nach wie vor rührten sie sich nicht. Das Henkelkreuz gab noch immer seinen roten Schein ab. Anscheinend war er schwächer geworden, denn die Lichtglocke darüber kam mir doch sehr dünn vor.

War die Kraft des Kreuzes erschöpft? Es hatte auch Kraft gekostet, die Dschinns zu beschwören. Jetzt schien das Kreuz überfordert zu sein.

Für einen Moment spielte ich mit dem Gedanken, was wohl geschehen würde, wenn ich mein eigenes Kreuz aktivierte. Ich wollte die Formel zunächst nicht aussprechen. Stattdessen löste ich mich aus meiner Deckung und ging einen zögernden Schritt nach vorn, da ich ein wenig Platz benötigte, um auszuholen.

Einen Bumerang aus dem Handgelenk zu schleudern, sah vielleicht gut aus, brachte aber nichts.

Und zu langes Zögern auch nichts.

Deshalb schleuderte ich ihn.

Den Wurf hatte ich ein wenig schräg angesetzt. Die silberne Banane sollte wie ein Propeller von der Seite kommen und beide Schwerter erwischen. Die anderen zwei Klingen waren zu weit entfernt.

Ich schaute ihm nach und sah die Treffer.

Die erste Klinge wurde erwischt, die zweite ebenfalls. Ob die Kraft des Bumerangs beide in Stücke hieb, war für mich nicht zu erkennen, weil alles zu schnell ging. Jedenfalls hatte ich noch die Aufprallgeräusche vernommen, sah die blitzenden Reflexe der beiden Klingen, als sie für einen Moment einen wirren Tanz aufführten.

Dumpf schlugen sie auf.

Nicht allein zwei Teile, sondern vier. Der Bumerang hatte sie tatsächlich zerteilt.

Ich ließ meinen Blick noch bei den Schwertern, denn ich wollte zuschauen, ob mit ihnen das Gleiche geschah wie mit den beiden anderen.

In der Tat wurde das Metall weich, dann zähflüssig. Es hatte sich schließlich zu einer Lache ausgebreitet, die den Teppich bedeckte und allmählich dunkel wurde. Beide Klingen waren so dicht nebeneinander zu Boden gefallen, dass die Lachen ineinander liefen und einen kleinen See bildeten.

Ich besaß also eine Waffe gegen die Klingen und die Macht der gefährlichen Dschinns.

Nein, ich muss mich korrigieren. Ich hatte eine Waffe besessen, denn die anderen beiden Schwerter würden es wohl kaum zulassen, dass ich loslief und den Bumerang an mich nahm.

Wie kam ich hier günstig weg?

Gedanken darüber brauchte ich mir nicht mehr zu machen, denn die letzten beiden Klingen hatten sich gedreht und griffen blitzschnell an …

Abu Ben Kolc hatte mit Suko gesprochen. Der Anführer dieser teuflischen Dschinnhorde war demnach längst eingetroffen und hatte seine blutige Spur gezogen.

Suko atmete tief ein. Sein Verdacht war richtig gewesen, und er wusste auch, dass sich ein Kampf nicht mehr vermeiden ließ. Abu Ben Kolc würde ihn nicht mehr entkommen lassen. Er hatte sich entschlossen, den Tod zu verbreiten.

»Hast du gehört, wer ich bin?« Trotz der Wand- und Bodenkacheln klang die Stimme nicht hallend, eher dumpf, und der andere erwartete von Suko eine Antwort.

Die bekam er auch. Allerdings erst, nachdem sich Suko einige Schritte von der Spindreihe entfernt hatte und nach links ging, weil er das Ende der Reihe erreichen wollte.

Er überlegte, welche Waffe er nehmen sollte. Für die Beretta entschied er sich nicht.

Am sichersten schien ihm die Dämonenpeitsche zu sein. Zudem besaß er noch den Stab.

Obwohl Suko sich fast lautlos bewegt hatte, war er gehört worden. »Wo willst du hin?«, fragte sein Feind.

»Keine Sorge, ich bleibe bei dir. Wir werden es hier austragen.« Suko hatte während der Antwort die Peitsche gezogen und über den Boden einmal einen Kreis geschlagen.

Aus der Öffnung rutschten die drei Riemen aus Dämonenhaut.

Jetzt war Suko kampfbereit.

Aber der andere zeigte sich nicht. Suko hörte ihn nur und vernahm auch ein kratzendes Geräusch. Sein Kopf zuckte nach rechts. Er sah, dass ziemlich genau in der Mitte der

Reihe ein Spind zu wanken anfing und dann nach vorn kippte.

Suko hielt ihn nicht auf.

Mit einem mörderisch klingenden Krach schlug der Schrank zu Boden, ein zweiter folgte, dann auch ein dritter.

Jetzt war eine Lücke entstanden.

Suko schaute hindurch, und er sah zum ersten Mal seinen richtigen Gegner. Er war enttäuscht. Nicht wegen des Aussehens, das passte irgendwie, er hätte nur einen anderen vermutet. Nicht diese Gestalt in der langen, dunkelgrauen Kutte. Ihr Gesicht war flach, und die Augen waren farblos, unscheinbar. Die geschwungene Schwertklinge, die der Mörder trug, fiel dagegen schon mehr auf.

Es war der Killer. Von der Klinge tropfte noch Blut, das wie rote Perlen auf den hellen Fliesen lag.

Da ihn der andere angesprochen hatte, wollte Suko die Unterhaltung fortführen.

»Weshalb bist du nicht bei den anderen?«, fragte er.

»Das brauche ich nicht.«

»Du weißt, dass ich nicht allein bin. Dass mein Freund versuchen wird, deine Diener zu beschwören.«

»Ja, das ist mir bekannt.«

»Und du hast nichts dagegen unternommen?«

»Weshalb? Ich bin Abu Ben Kolc, und ich halte mich für unbesiegbar. Es ist mir gelungen, die Schwierigkeiten aus dem Weg zu räumen. Ich habe dafür gesorgt, dass Chamal Gossarah in dieses Land hier gebracht wurde. In meine Nähe, in die Nähe meiner Freunde. Nur so haben wir ihn vernichten können, und wir werden auch den zerstören, der das Kreuz besitzt, dass Chamal haben wollte.«

»Das kann ich alles verstehen«, sagte Suko. »Aber die vier Toten hätten nicht zu sein brauchen.«

»Doch.«

»Ich kann mir kaum einen Grund vorstellen.«

»Es gibt einen«, widersprach Abu Ben Kolc. »Ich kann keine Zeugen gebrauchen. Sie haben zu viel gewusst und mussten sterben.«

»Über wen gewusst?«

»Über mich«, erklärte die Gestalt.

Suko lachte. »Das verstehe ich nicht. Wieso haben die zu viel gewusst? Was konnte dir gefährlich werden?«

»Alles, denn meine Tarnung will ich nicht aufgeben. Sie aber hatten es herausgefunden, deshalb musste ich kurzen Prozess machen. Meine Klinge war schneller als ihre Kugeln. Nun, Chinese, ist dir jetzt einiges klar geworden?«

Sukos Gehirnzellen strengten sich an, um eine Verbindung herzustellen. Er hatte eigentlich zwischen den Sätzen hören müssen, da war ihm schon etwas verraten worden.

Hinzu zählte er seinen Verdacht, der ihm schon während seines Zusammenseins mit John Sinclair gekommen war.

Er sprach ihn halb aus. »Du bist, also, du bist …«

»Ja, Chinese, richtig geraten oder kombiniert. Ich bin der, den du meinst. Ich bin zwei in einer Person. Einmal stehe ich dir als Abu Ben Kolc gegenüber, zum anderen aber habe ich noch einen weiteren Namen …«

»Al-Acham!«, stieß Suko voller Abscheu hervor.

»Genau, der bin ich!«

Suko hatte damit gerechnet. Doch jetzt, wo es ihm bestätigt worden war, spürte er dennoch einen Stich, der sich von seiner Brust aus bis in den Magen hineinzog.

Zwei in einer Person.

Eine Wiedergeburt gewissermaßen.

Das war des Rätsels Lösung. Wahrscheinlich hatte der Anführer der Dschinns körperlich nicht überlebt. Nur als Geist, und der wiederum hatte so lange gesucht, bis es ihm gelungen war, einen Gastkörper zu finden.

Eben Al-Acham.

Der weidete sich an Sukos Überraschung. »Jetzt bist du schlauer, wie?«, höhnte er.

»Kaum«, erwiderte der Inspektor. »Ich hatte dich schon längst in Verdacht gehabt, aber mir ist etwas anderes aufgefallen. Wenn du tatsächlich Abu Ben Kolc bist und gleichzeitig auch ein Mensch namens Al-Acham, aus welchem Grunde hast du dir dann John Sinclair und mich auf so spektakuläre Weise ins Haus geholt?«

»Weil ich alle besiegen wollte.«

»Wir hatten mit dir nichts zu tun. Wir wussten nicht mal, dass es dich gab.«

»Das habe ich gewusst. Aber dein Freund hatte das Kreuz. Ich wollte es ebenfalls zerstört sehen …«

Suko lachte. »Wie hätte dir das je gelingen können?«, fragte er. »Selbst der Scheitan hat es nicht geschafft, es zu vernichten.«

»Aber unsere Magie. Nicht umsonst habe ich ihm das Buch gegeben. Die Formeln sind gut, für Menschen auch gefährlich, wenn man sie ausspricht, denn sie locken das Böse an. Auch die Gemme steht gegen das Kreuz. Beides zusammen hätte es sicherlich schaffen können.«

»Das glaube ich nicht.«

»Leider bleibt dir nicht die Chance, nachzusehen«, erklärte Al-Acham voller Zynismus. »Ich werde dich hier umbringen und zuschauen, wie sich dein Blut auf den Fliesen verteilt und sich mit dem der anderen vermischt.«

Suko streckte seinen linken Arm aus. »John Sinclairs Kreuz wird überleben. Ein weiser Mann hat es geschaffen. Du kennst den Namen Hesekiel. Er hatte weit in die Zukunft schauen können und sehr viel gesehen. Aus diesem Grunde hat er sein Wissen auf dem Kreuz verewigt. Das Allsehende Auge, das Henkelkreuz, es stammt aus dem alten Ägypten, und es wird seine Kraft auch gegen dich und die Dschinns einsetzen. Das kann ich dir versprechen.«

»Nichts wirst du mehr versprechen!«, erwiderte der Ägypter. »Ich töte dich hier.«

»Dann fang an!«

Das ließ sich Al-Acham nicht zweimal sagen. Und er zeigte dem Inspektor, wie hervorragend er seine Klinge beherrschte, denn er ließ sie so schnell um die Hand wirbeln, dass sie einen goldenen, flirrenden Kreis schlug und wie ein blitzender Propeller aussah.

Die Klinge schlug noch einen blitzenden Kreis, als sich Al-Acham bereits in Bewegung setzte und mit einigen gewaltigen Sprüngen auf die Lücke in der Spindreihe zusprintete …

In der Gruft hatte ich ein Schwert nur mit Glück und unter großen Mühen abwehren können. Hier standen gleich zwei Klingen gegen mich, und die konnten mich auch in die Zange nehmen.

Ich wechselte gedankenschnell meinen Standort. Duckte mich dabei und kam auch gut unter einer Klinge weg. Leider versperrte mir die zweite den Weg, sodass weder das Kreuz noch die Beretta fassen konnte und einen Haken schlagen musste.

Ich fiel gegen den Sessel mit der Lache auf der Sitzfläche, hätte ihn fast noch umgekippt, doch an der Lehne konnte ich mich im letzten Augenblick abstützen.

Das Pfeifen vernahm ich, und es war Warnung genug für mich. Mein flacher Sprung brachte mich vom Sessel weg, sodass ich in Richtung eines der Sitzkissen flog.

Darüber wurde ich hinwegkatapultiert, eine missglückte Rolle führte die Bewegung fort, aber es gelang mir im Herumdrehen, das Sitzkissen zu packen und es als Deckung vor meinen Körper zu halten.

Das Schwert raste hinein.

Der Stoß und der Aufprall waren so wuchtig, dass mir das Kissen fast aus den Händen gerissen wurde. Ich schleuderte es trotzdem fort und rollte mich herum.

Die Klinge steckte noch fest, aber die zweite hatte freie Bahn. Schräg raste sie auf mich zu.

Jetzt musste ich weg!

Und ich war schnell, rollte mich verzweifelt zur Seite, machte mich dabei noch so klein wie möglich und sah die Schwertklinge als einen breiten Schatten heranhuschen.

Sie glitt so dicht an meinem Gesicht vorbei, dass ich noch den Luftzug mitbekam.

Dann hackte sie in den Teppich.

Plötzlich ritt mich der Teufel. Weshalb nicht denselben mit dem Beelzebub austreiben? Mit einem Griff bekam ich die Klinge zu fassen, nahm auch noch die andere Hand als Hilfe und lag dabei noch immer auf dem Rücken, als das erste Krummschwert pfeilartig aus dem Sitzkissen geschleudert wurde, sich drehte und in meine Richtung glitt.

Ich riss meine Waffe hoch.

Die Klingen prallten gegeneinander. Ein glockenhelles Geräusch erklang, und ich schlug im Liegen.

In den ersten Sekunden konnte ich die Attacken abwehren und mir sogar Luft verschaffen. Es war nicht gut, wenn ich liegen blieb. Ich drehte mich und kam mit einem geschmeidigen Federsprung wieder auf die Füße.

Einen Augenblick lang hatte ich Zeit. Auf die flache Seite der Klinge schaute ich und sah auch die Gestalt innerhalb des goldenen Metalls. Einen Schatten nur, einen Streifen, der menschliche Formen auswies, eben der türkisfarbene Dschinn mit dem bösen Gesicht, das jetzt einen noch furchterregenderen Ausdruck zeigte, als wir uns auf diese kurze Entfernung hin anstarrten.

Was konnte er tun?

Verdammt viel, denn das Schwert wurde durch seine Kraft geleitet, und es stellte sich plötzlich gegen mich. Ohne Vorwarnung bekam ich den Druck mit, der die goldene Klinge gegen mein Gesicht schlagen wollte. Mit aller Kraft stemmte ich mich dagegen an, schob meine Arme vor, die zwei gerade Linien bildeten und dennoch gegen die andere Kraft nicht ankamen, weil sie plötzlich anfingen zu zittern.

Es würde mir nicht mehr gelingen, die Waffe auf eine längere Zeit hin zu halten. Irgendwann in kürzester Zeit musste mein Widerstand einfach zusammenbrechen.

Nur eine Lösung gab es.

Weg mit der Waffe!

Ich holte aus und schleuderte sie fort. Sie behielt zuerst die Richtung bei, aber die Waffe kehrte sehr schnell um, damit sie mich wieder angreifen konnte.

Wie auch das zweite Schwert.

Und das drehte sich.

Direkt unter der Decke befand sich der gefährlich wirbelnde, goldene Propeller, der plötzlich startete und kreisend auf mich zuraste, um mir den Kopf von den Schultern zu schlagen.

Mein Hechtsprung brachte mich aus dem unmittelbaren Gefahrenbereich. Über einen kleinen Tisch fiel ich, riss ihn hoch und hielt ihn der zweiten, nicht kreisenden Waffe entgegen.

Das Schwert hackte in das Holz, spaltete zwei der vier Beine ab, dann musste ich wieder zurück, denn die Propellerwaffe war mir verflucht nahe gekommen.

Ich fragte mich, wie lange ich so etwas aushalten konnte. Irgendwann würde ich erschöpft zusammenbrechen, denn als Mensch verfügte man eben nur über eine begrenzte Kondition.

Ich musste an den Tisch mit meinem Kreuz.

Wieder drehte ich mich in die Knie, und abermals verfehlte mich die Waffe nur haarscharf.

Jetzt wagte ich den Sprung.

Es war ein gewaltiger, pantherhafter Satz, der mich direkt an das Ziel brachte. Sogar noch weiter, denn ich fiel über den Tisch, riss ihn um, begrub die Gemme nebst Buch unter mir, aber das Kreuz bekam ich zu fassen.

Ich hielt es fest, rollte mich herum, spürte den Druck der Tischkante im Magen, aber darum kümmerte ich mich nicht. Der Angriff der beiden Höllenschwerter musste gestoppt werden!

Hoch hielt ich das Kreuz.

Und der rote Bannstrahl traf voll!

Es wäre auch keine Zeit mehr geblieben, die Formel auszusprechen. So verdankte ich indirekt dem alten Propheten Hesekiel und dessen Weitsicht mein Leben, denn er hatte dafür Sorge getragen, dass das Henkelkreuz seinen Platz bekommen hatte.

Es flammte im Zeichen der weißen Magie!

Zwei Schwerter wurden von der grellen Lichtfülle getroffen. Die Wirkung der von mir ausgesprochenen Formel war noch immer vorhanden. Die Gemme hatte ich zwar opfern müssen, das Kreuz aber tat seine Pflicht.

Es degradierte die gefährlichen Krummschwerter zu torkelnden Spielzeugen, die ihre Richtung nicht mehr beibehalten konnten, zu Boden fielen und liegen blieben.

Sie waren so gefallen, dass sich ihre Griffe fast berührten. Mehr geschah zunächst nicht. Ich konnte mich erheben, trat an die wirkungslos gewordenen Waffen heran und sah bei ihnen den gleichen Vorgang wie auch schon vorhin.

Sie schafften es einfach nicht mehr. Die Dschinns waren zu schwach. Das Metall spürte den Geist dieser Wesen nicht mehr. Es blieb auch nicht hart, wurde sehr weich und löste sich auf. Dabei verschwammen auch die türkisfarbenen Dschinnfratzen, und auch das helle Metall nahm die andere Farbe an.

Grau und dunkel.

Ein Zeichen der Finsternis, ein Beweis für den Tod. Schon seit altersher.

Ich ging zu meinem Bumerang und nahm ihn an mich.

Das war geschafft.

Sechs Schwerter gab es nicht mehr, aber war die Gefahr tatsächlich gebannt?

Ich musste daran denken, dass Al-Acham von einem gewissen Abu Ben Kolc gesprochen hatte.

Er war der Anführer dieser Dschinnhorde gewesen. Bisher hatte ich ihn nicht zu Gesicht bekommen. Sollten die Wesen vielleicht ohne ihn zurückgekehrt sein?

Das konnte ich mir nicht vorstellen.

Und plötzlich musste ich an Suko denken. Mir fiel dann ein, dass er sich auf den Weg gemacht hatte, und ich bemerkte auch, wie ruhig es war.

Mein Kampf gegen die Schwerter hatte einen gewissen Lärm verursacht, dennoch war niemand gekommen, um nachzuschauen.

Dabei befanden sich Menschen im Haus. Zumindest die, die mich entführt hatten.

Allmählich bekam ich ein beklemmendes Gefühl. Ich spürte Trockenheit in meiner Kehle. Auf der Stirn lag ein schwacher Schweißfilm. Mit unsicheren Schritten lief ich zur Tür. Über die Lachen stieg ich hinweg, stolperte fast über ein Sitzkissen und öffnete.

Vor mir lag ein leerer und stiller Gang!

Scharf atmete ich aus. Ich sah die Türen und wusste instinktiv, auch ohne sie geöffnet zu haben, dass sich niemand in den Räumen dahinter befand.

Eine tödliche Stille hatte mich umgeben.

Wo steckte Suko?

Ich sah ihn nicht, deshalb rief ich nach ihm. Meine Stimme kam mir irgendwie verloren vor in diesem breiten Gang, in den ich jetzt hineinschritt.

Ich hatte mich retten können, aber was war mit meinem Freund Suko geschehen?

Der stand einer Ausgeburt der Hölle gegenüber, die ihm noch einige Sekunden Zeit ließ, sich einen Trick einfallen zu lassen, wie Al-Acham gestoppt werden konnte.

Er war ein Meister im Umgang mit dem Mordschwert. Und er fühlte sich verdammt sicher.

Suko schaute auf seine Peitsche. Die goldene Krummklinge war so schnell, dass sie, wenn Suko die Dämonenpeitsche einsetzte, die Riemen kappte, ohne dass der Inspektor etwas dagegen unternehmen konnte.

Doch die Beretta.

Wenigstens musste er es versuchen. Er zog die Waffe und behielt sie in der linken Hand. Suko war zwar Rechtshänder, auf die Entfernung traf er aber auch mit links.

Er hatte die Mündung kaum hoch, als der andere stehen blieb. Und auch die Bewegungen seiner Waffe wurden gestoppt. Schräg stach sie Suko entgegen, der in diesem Augenblick feuerte.

Er hatte auf die Körpermitte der unheimlichen Gestalt gehalten und auch getroffen, aber den anderen nicht tödlich erwischt.

Dafür lachte er.

»Das ist ein Irrtum. Ich wusste von deinen geweihten Kugeln. Nein, Chinese, so nicht …« Und er ging weiter.

Suko zog sich zurück. Wenn alles nichts half, musste er zu einem Trick greifen.

Plötzlich warf er die Peitsche weg.

Das geschah selbst für Al-Acham überraschend. Er stoppte seinen Schritt und schaute der Peitsche nach, die den gefliesten Boden berührt hatte und weiterrutschte.

Abu Ben Kolc musste gewusst haben, dass es eine Waffe gewesen war! Weshalb warf sie sein Gegner sonst weg?

Um Zeit zu bekommen, denn Suko brauchte einen Moment nur, um seinen Stab hervorzuholen.

Das tat er mit einer gekonnten Bewegung, die er unzählige Male geübt hatte.

Auch Al-Acham wusste, dass es für ihn gefährlich werden konnte. Vielleicht hatte er zu lange gezögert, das wollte er jetzt nachholen und die Waffe aus dem Gelenk schleudern.

Da traf ihn der Ruf »Topar!«

Laut hatte Suko das alles entscheidende Wort geschrien. Die Reaktion setzte schlagartig ein. Noch in der Bewegung wurde Al-Acham gestoppt. Die Klinge verließ seine Hand nicht mehr, sie blieb schräg darin hängen und zitterte nicht mal.

So steif war sie plötzlich geworden. Ebenso steif wie der gesamte Körper des Unheimlichen.

Fünf Sekunden würde diese Starre anhalten.

Die Zeit reichte dem Chinesen. Zum Glück hatte er es nur mit einem Gegner zu tun. Die Entfernung zu ihm betrug nicht mehr als zwei kurze Sprünge. Suko war da und drehte das Gelenk des anderen herum, sodass er die langen Finger mit der grauen, dünnen Haut zur Seite biegen und das Schwert an sich nehmen konnte.

Damit sprang er zurück, hatte noch eine Sekunde Zeit und sah, wie sich Al-Acham bewegte. Vielmehr sein rechter Arm, der die unterbrochene Bewegung weiterführen wollte.

»Da ist nichts mehr«, sagte Suko, der schräg hinter dieser mörderischen Gestalt stand, den Griff der Klinge mit beiden Händen umfasst hielt und die Arme hoch über seinen Kopf gehoben hatte.

Abu Ben Kolc musste einfach Bescheid wissen, was Suko mit ihm vorhatte.

Der uralte gefährliche Wüstendämon hob seine Arme zur Abwehr und ließ ein röchelnd klingendes Geräusch hören.

Da schlug Suko zu.

Er vernahm das Pfeifen, hatte auf einmal das Gefühl, alles wie in einer Zeitlupenaufnahme zu erleben, kam durch und tat das, was er tun musste.

Er spaltete den Schädel des Unheimlichen.

Das Schwert wäre fast noch durch den gesamten Körper gedrungen, so blieb es in der Brust stecken, und Suko ließ den Griff los, bevor er zurücktrat.

Al-Acham alias Abu Ben Kolc fiel steif wie ein Brett zu Boden. Als er aufschlug, veränderte sich sein Gesicht. Die graue Haut verschwand, als wäre sie von irgendwelchen Händen weggezogen worden. Zum Vorschein kam ein menschliches Gesicht.

Das des Verräters Al-Acham.

»Ich hatte doch Recht!«, flüsterte Suko. »Verdammt, ich hatte mit meiner Ahnung doch Recht.« Er schüttelte den Kopf. »Du hast hoch gespielt, Al-Acham, aber verloren.«

Das allein zählte.

Mit einem starren Ausdruck im Gesicht schritt Suko auf die Tür zu und wollte sie aufziehen, als sie von der anderen Seite nach innen gedrückt wurde.

Jemand schaute den Inspektor an.

Es war sein Freund John!

»Du?«, sagte ich fragend, und Suko antwortete mir ebenfalls mit diesem Wort.

»Dann wäre ja alles klar«, entgegnete ich.

»Bei mir ebenfalls.« Er ging einen Schritt nach rechts, sodass ich freies Blickfeld auf den Umkleideraum bekam.

Ich sah die umgekippten Schränke, den toten Ägypter und auch den vernichteten Anführer der Dschinns. Er wandte mir den Rücken zu und bot einen schlimmen Anblick, dennoch glaubte ich, ihn zu erkennen.

»Ist das …?«

»Ja, mein Lieber. Das ist dein alter Freund und Kidnapper Al-Acham. Er und Abu Ben Kolc waren ein und dieselbe Person.« Suko hob die Schultern. »Wie das Leben mal so spielt.«

Ich war perplex. »Weshalb hat er uns dann geholt?«

»Er wollte alles auf einmal, aber das ist ihm zum Glück nicht gelungen. Wir haben es verhindern können.«

»Zum Glück«, erwiderte ich leise. »Ich sehe da einen meiner Entführer liegen. Gibt es noch mehr Tote?«

Suko nannte mir die Anzahl.

»Nein!« Ich wurde bleich.

»Leider John. Wir haben es beide nicht verhindern können. Al-Acham ist zu einer Bestie geworden. Wenn es mir nicht gelungen wäre, ihn zu stoppen.« Suko winkte ab. »Ich wage über die Folgen nicht nachzudenken, die sowieso schon schlimm genug sind. Wie ist es dir ergangen?«

»Komm mit.«

Ich zeigte Suko die schwarzen Lachen. Kopfschüttelnd schaute er sie sich an. »Meine Güte, das waren sechs Schwerter …«

»Ich hatte Glück.«

»Auch«, sagte er und klopfte mir auf die Schulter. Anschließend schaute er zu, wie ich einen flachen Stein auf meine Handfläche legte, der als Motiv eine Schlange zeigte, die sich selbst in den Schwanz biss.

»Hier!«

Suko kam näher. »Verkohlt!«, flüsterte er.

Ich nickte und ballte die Hand zur Faust. Dabei kam ich

mir vor wie der chinesische Leibwächter von Goldfinger, der einen Golfball zerdrückt hatte.

Ich zerquetschte dafür einen Stein. Da war kein Trick dabei, man konnte es nur mehr als eine simple Sache bezeichnen, denn dieser Stein war porös und rieselte mir wie Sand durch die Finger.

Mein Freund und ich verfolgten seinen Weg. Suko meinte schließlich. »Die Gemme bist du auch los.«

»Es war nicht anders zu machen.«

»Reut es dich?«

»Nein.«

Sukos Blick wurde lauernd. »Ganz ehrlich, John.«

»Wirklich nicht. Wenn ich daran denke, dass ich mitgeholfen habe, durch die Beschwörung Menschenleben zu retten, ist es wirklich nicht weiter schlimm. Wer weiß, vielleicht bekomme ich den Stein irgendwann einmal ersetzt. Außerdem hat der Eiserne Engel auch eine Niederlage erlitten. Das tröstet mich ein wenig.«

Mit diesen Worten wandten wir uns ab und verließen das Zimmer. Als wir ins Freie traten, schneite es.

Alles sah traurig aus, überhaupt nicht nach Frühling, der inzwischen einen Tag alt war.

Und doch ließ er sich nicht aufhalten, denn Hoffnung gibt es immer wieder.

Auch für uns …

ENDE

Werwolf-Omen

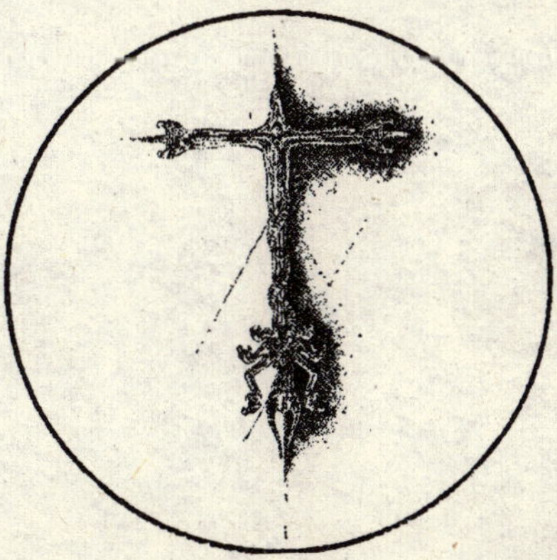

Irgendwann spürte die schöne Laura den Drang der Bestie in sich. Es war ein unheilvoller Drang, zu vergleichen mit einem tiefen Brunnenschacht, der ihren Körper aushöhlte und zu bestimmten Zeiten den Schrecken vom Grunde her in die Höhe trieb.

So wie jetzt.

Die nächtliche Straße war leer. Eine verlassene Gegend, durch die sie lief, trotz der Nähe zu London, aber eben keine Hauptstraße, dafür ein Weg, der durch die Felder führte und nur von wenigen Wagen befahren wurde.

Sie wollte nach Hause! Der Wunsch war ebenso stark wie der magische Druck in ihr, aber sie fragte sich, ob sie es noch schaffen konnte, bevor das Grauen kam …

Deshalb sammelte sie alle Kräfte. Sie warf ihren Körper bei jedem Schritt vor, und das lange, lockige Haar tanzte im Rhythmus ihrer Bewegungen.

Trotz der kühlen Nacht hatte sie ihre Jacke fortgeschleudert. Laura wollte sie einfach nicht auf dem Körper spüren, sie war ihr hinderlich, und jetzt fuhr der Wind ungebremst gegen ihre blaue Bluse, die sich eng wie eine zweite Haut um die sanften Formen schmiegte.

Der Wind hätte Laura eigentlich erfrischen müssen, doch sie hatte das Gefühl, gegen einen warmen bis heißen Wüstensturm zu laufen, der über sie kam und sie zu stoppen versuchte.

Wie weit war es noch bis zum Ziel? Eine Meile, vielleicht auch weniger? Laura konnte keine Antwort geben, ihr Denkapparat war gestört. Über ihr Hirn schien sich eine Decke gelegt zu haben, die immer schwerer wurde und auch die Laura umgebende Landschaft zu einem bühnenartigen Possenspiel degradierte.

Sie wusste, dass rechts und links der Straße Bäume wuchsen. Hohe, schlanke Pappeln, aber die nahm sie nicht wahr. Für Laura hatten sich die Gewächse verwandelt. Sie glichen jetzt gefährlichen Schatten, die ihre Arme in die Höhe gereckt hatten, um sie im rechten Augenblick auf die laufende Person niederfallen lassen zu können.

Für das neunzehnjährige Mädchen Laura war die Gegenwart zu einer Welt des Unheils geworden.

Der Druck in ihrem Kopf nahm zu. Irgendwo schien jemand mit einem Hammer zu sitzen und ständig gegen die Hirnschale zu schlagen. Kleine Schmerzwellen breiteten sich aus. Ähnlich wie ein Stein, der ins Wasser gefallen war und auslaufende Wellen bildete.

Aber sie gab nicht auf. Immer wieder stemmte sie sich gegen die schreckliche Verwandlung. Wo sie auch war, wo sie auch hinlief, es erreichte sie, und jedes Mal wurde es zu einer mörderischen Qual.

Wie hatte ihre Mutter noch gesagt? »Es ist der Fluch der alten Zeit, Mädchen. Dagegen kannst du nicht an. Finde dich damit ab, dass es Dinge gibt, die stärker sind als du. Wer den Ruf des Blutes einmal empfangen hat, wird ihm immer folgen müssen. Auch du …«

»Warum du nicht, Mutter? Warum du nicht?«, hatte sie gefragt. »Du bist doch so normal.«

»Ich hatte Glück, mein Kind. Manchmal überspringt der Ruf auch eine Generation. Dich hat er gepackt …«

»Neeinnn…!« Lauras Gedanken kehrten wieder zurück in die Realität. Sie hatte so laut geschrien, weil sie es wieder einmal nicht wahrhaben wollte, eine Erbin des Grauens zu sein, das ihre Mutter Fluch der alten Zeit genannt hatte.

Was war die alte Zeit? Oft genug hatte Laura die Fragen gestellt und so gut wie keine Antworten bekommen. Ein verloren wirkendes Lächeln, ein Heben der Schultern.

Die alte Zeit …

Sie würde ihr Leben bestimmen, bis zum Tod oder bis zur Vernichtung, denn damit musste sie auch rechnen.

Sie lief am rechten Straßenrand. Die Beine wurden schwerer. Von Sekunde zu Sekunde schienen sie mit mehr Bleiplättchen behangen zu werden. Immer mehr Kraft musste Laura aufwenden, um die Füße vom Boden zu heben. Die Geschwindigkeit, mit der die Bäume an ihren nassen Augen vorbeihuschten, nahm ab. Ein Zeichen, wie sehr Laura unter der Kraftlosigkeit und Erschöpfung litt.

Dann konnte sie nicht mehr. Sie taumelte nach rechts, erwischte eine Lücke zwischen zwei Pappeln und wäre auf dem feuchten Rasen fast ausgerutscht und im mit Wasser gefüllten Graben gelandet.

Der Stamm hielt sie auf.

Laura lehnte sich dagegen, auch mit dem Kopf. Die harte Rinde hinterließ ein Muster auf der kalkblassen Stirn des Mädchens.

Alles war blass und bleich. Ähnlich wie der volle Mond, der noch verborgen hinter dünnen Wolkenbänken stand. Irgendwann würden die Wolken verschwinden und der Erdtrabant klar zu sehen sein.

Dann gab es keine Rettung mehr für sie, denn Laura würde zur Bestie werden.

Mondlicht war Balsam für Vampire, ebenso für die Werwölfe …

»Warum musste mich der Fluch treffen?« Sie fragte es und weinte dabei.

Es war niemand da, der ihr eine Antwort hätte geben können. Keine Mutter, die saß im Haus und wartete voller Ungeduld. Und die Laura umgebende Natur schwieg.

Sie hätte sich gern in das feuchte Gras fallen lassen, aber das hatte keinen Sinn. Wenn sie die Verwandlung hier erwischte, war es aus. Nein, das musste im Haus geschehen, wie immer, denn ihre Mutter wusste genau, was sie zu tun hatte. Sie würde Laura in den Käfig sperren und …

Zum ersten Mal drang kein Schrei aus ihrem Mund.

Es war ein anderer Laut, der sich viel gefährlicher anhörte. Eine Mischung aus Fauchen und Knurren.

Das erste Anzeichen von der Verwandlung in ein Tier. Sie kannte das Omen, hatte eigentlich schon darauf gewartet, obwohl es sie anwiderte, aber der Fluch forderte sein Recht. Nie verließ er den einmal eingeschlagenen Weg.

Mühsam stemmte sich Laura vom Baumstamm weg, drehte sich torkelnd und sah das dunkelgraue Asphaltband der Straße wie eine unruhige Wasserfläche, die alles schlucken wollte.

Vorsichtig setzte sie das rechte Bein, bekam Kontakt mit der Straße und zog das linke nach.

Laura musste weiter. Gleichzeitig ahnte sie auch, dass sie es diesmal nicht schaffen würde.

Nein, diesmal kam sie zu spät, doch sie gab nicht auf.

Wieder torkelte sie die Straße entlang. Instinktiv versuchte sie, sich auf der rechten Seite zu halten, es gelang ihr kaum noch. Ständig wurde sie von einer Kraft, gegen die sie nicht mehr ankonnte, zur Straßenmitte getrieben. Wenn sie das merkte, fand sie trotz allem noch den Willen, wieder auf die rechte Seite zurückzukehren.

Und so ging es weiter.

Hundert, zweihundert Yards legte sie zurück, ohne zu stolpern. Hoffnung erfüllte sie, die plötzlich in einem grellen Licht und Motorenlärm zerplatzte.

Beides kam ihr entgegen.

Es war ein Bus, dessen Fernlichtfülle die Straße, deren Gräben, einen Teil des flachen Landes dahinter sowie auch die Bäume schattenhaft aus der Finsternis riss.

Entdecken durfte sie keiner!

Das war ihr eingehämmert worden wie dem Schulanfänger das Alphabet. Laura reagierte richtig. Erst als sie im feuchten Straßengraben lag und brackiges Wasser auf ihren Lippen spürte, wusste sie, was sie getan hatte. Sie war noch einmal entwischt, denn der Bus rauschte mit laut brummendem Motor und regennassen Reifen vorbei. Sie spürte den Luftzug der Geschwindigkeit selbst noch im Graben.

Mühsam stemmte sie sich hoch und schaute über den Rand. Ein bleiches Gesicht hatte sie. Auch jetzt noch hübsch, obwohl es vom Weinen verquollen aussah und der feuchte Schmutz auf ihren Wangen klebte. Der Dreck setzte sich jetzt auch unter den Nägeln fest, als Laura sich hochzog.

Wieder torkelte sie über die Straße. Die Dunkelheit lag wie ein Schutz über ihr. Bis sie in den nächsten Sekunden abermals von einem Scheinwerferpaar zerrissen wurde.

Diesmal kam der Wagen nicht von vorn. Er fuhr in ihrem Rücken heran, sie hörte ihn kaum. Laura sah nur ihren eigenen Schatten, den das sie einhüllende Licht als Begleiterscheinung auf die helle Bodenfläche warf.

Sie wollte wieder weg, aber in ihrem Kopf befand sich plötzlich eine Leere. Den Grund wusste sie nicht, sie machte nur einen großen Fehler. Anstatt nach rechts zu laufen, sprang sie mit einem verrückten Satz nach links. Auf die Straßenmitte zu.

Und da war der Wagen.

Etwas quietschte und radierte über den Asphalt. Das Licht wurde noch stärker, aber schlimmer war der Schlag, der sie irgendwo am Unterkörper erwischte und zu Boden schleuderte.

Laura blieb wie tot liegen …

Eigentlich hätte ich zufrieden sein können, denn das Duell der Hexen lag hinter mir und auch den geheimnisvollen Hexenstein gab es endgültig nicht mehr.

Dass ich trotzdem nicht in Jubelschreie ausbrach, ist leicht zu erklären. Wir standen ohne Würfel da, denn dem Spuk war es gelungen, ihn uns abzunehmen. Und sein Helfer, Akim Samaran, war uns auch entkommen. Zudem besaß ich die Gemme nicht mehr, aber das Abenteuer gegen die Dschinns hatte ich noch vor dem Fall erlebt, der Suko und mich nach Schottland führte, wo um den Stein bis aufs Blut gekämpft wurde.

Einer ehemaligen Hexe war es gelungen, in eine relative Sicherheit zu gelangen.

Das war Jane Collins!

Nach lebensgefährlichen Aufregungen in Frisco hatte sich Yakup Yalcinkaya der Hexe angenommen und sie in seinem Kloster untergebracht, wo auch der marokkanische Junge Ali lebte, um dessen Erziehung sich Jane bestimmt kümmern würde.

Diese Dinge waren eigentlich günstig verlaufen, und doch traute ich dem Frieden nicht. Für mich war der Würfel des Unheils das eigentliche Zentrum. Ich hatte ihn einmal als

Würfel des Heils bezeichnen wollen, das war falsch gewesen. Dadurch, dass er in die Hände des Spuks gelangt war, machte er seinem Namen wieder alle Ehre.

Ich war gespannt, wie sich der Spuk in Zukunft verhalten würde. Ob er die Kraft des Würfels gnadenlos gegen die Menschheit ausspielte oder ob er sich erst um die Hölle, nebst ihren zahlreichen Begleiterscheinungen kümmerte, wie Asmodis oder auch Luzifer persönlich. Mir wäre es so am liebsten gewesen, denn für meine Freunde und mich gab es noch genügend andere Probleme. Die allerdings hatte ich an diesem Abend vergessen wollen. Ich war einer Einladung gefolgt, die mich zu einem alten Bekannten aus der Studienzeit geführt hatte.

Der gute Mann hatte seinen zehnten Hochzeitstag nachgefeiert. Damals hatte ich ihn mit seiner jetzigen Frau bekannt gemacht, und jetzt waren die beiden schon zehn Jahre verheiratet. Es war eine kleine Nachfeier gewesen, an dem eigentlichen Tag war ich in Schottland unterwegs.

Die Nachfeier war nett gewesen. Wir hatten aber nur wenig getrunken, und ich hatte auch die Kinder meines Bekannten kennen gelernt. Zwei kleine Rangen, die ihre Eltern ganz schön auf Trab hielten.

Heirat, Familie – so schön und geborgen sich dies anhörte, für mich kam das nicht in Frage. Ich hatte früher mal mit dem Gedanken gespielt, mich an Jane Collins enger zu binden, doch unsere gemeinsamen Feinde, die Schwarzblüter, hatten, ob gewollt oder nicht, einiges dagegen gehabt und die Detektivin entführt.

Jane war zur Hexe geworden, und es hatte lange genug gedauert, bis wir sie von ihrem schwarzmagischen Los befreien konnten. Man hatte ihr sogar das Herz genommen. In einer gewagten Operation war es einem Arzt gelungen, Jane Collins ein Kunstherz einzupflanzen. Damit lebte sie jetzt.

Es war noch nicht allzu spät. Deshalb hatte ich mich entschlossen, auf der Rückfahrt weniger befahrene Landstraßen zu nehmen. Ich wollte es mir eigentlich gemütlich machen;

auf mich wartete niemand, und müde fühlte ich mich auch nicht.

Aus den Stereoboxen drang leise Musik, manchmal unterbrochen von der weichen Stimme eines Ansagers, der irgendwelche Geschichten oder Anekdoten erzählte.

Hin und wieder kam mir ein Fahrzeug entgegen. Die meisten fuhren zu schnell. Zum Glück war die Straße einigermaßen trocken. Nur an Stellen, wo wenig Sonne hinkam, breiteten sich noch die dunklen Flecken der Feuchtigkeit aus. Die Temperaturen schwankten um den Gefrierpunkt, der Frühling wollte noch immer nicht kommen, aber es hatte keinen Sinn mehr, über den Winter zu schimpfen, der machte sowieso, was er wollte.

Die Landschaft lag unter der Glocke der Finsternis. Nur weit vorn sah ich einen hellen Streifen am Himmel. Dort lag London. Der Lichterschein der Millionenstadt spiegelte sich am Himmel wider.

Und noch zwei Lichter tauchten auf. Es musste ein großes Fahrzeug sein. Die Scheinwerfer lagen höher, zudem hatte der Fahrer das Fernlicht eingeschaltet, damit er die Fahrbahn besser überblicken konnte.

Ich ging sofort vom Gas. Es dauerte ziemlich lange, bis das Fernlicht verschwand und ich auch nicht mehr geblendet wurde. Dann rauschten der andere und ich aneinander vorbei. Es war ein Bus gewesen, der um diese Zeit noch aus London kam.

Ich schüttelte den Kopf. Gerade ein Busfahrer hätte mehr Rücksicht nehmen müssen. Diese Leute hatten eine große Verantwortung ihren Fahrgästen gegenüber. Über manche Fahrer konnte man sich nur wundern.

Die Straße lag gerade vor mir. Zu beiden Seiten wuchsen die schlanken Pappeln. Ich erhöhte die Geschwindigkeit wieder und ging fast im selben Augenblick wieder vom Gas, denn ich hatte die einsam laufende Gestalt am Rand gesehen.

Es war eine Frau.

Mitten in der Nacht, einsam auf der Straße, und ihr Gang

erinnerte mich an den eines Betrunkenen. So schwankend, manchmal wieder schneller, dann abstoppend.

Und plötzlich geschah es!

Obwohl ich das Tempo verringert hatte, konnte ich nicht mehr rechtzeitig genug reagieren. Die Unbekannte kam vom Rand der Fahrbahn ab, bewegte sich auf die Straßenmitte zu und erschien plötzlich vor meinem Wagen.

Zu dicht.

Ich bremste!

Die Pneus meldeten sich jaulend. Ich rechnete schon damit, es zu schaffen, als die Stoßstange die Frau dennoch erwischte. Sie wurde zur Seite geschleudert, die Arme flogen hoch, dann sah ich sie aus dem Lichtteppich verschwinden.

Der Bentley stand. Ich blieb für einen Moment starr hinter dem Lenkrad sitzen, achtete auf meinen überlaut pochenden Herzschlag und spürte auf der Stirn den kalten Schweiß. Dieser Schock war ein wenig plötzlich gekommen, und mit einer solchen Situation hätte ich auch nicht gerechnet.

Hoffentlich war der Frau nichts passiert.

Ich schaltete die Warnblinkanlage ein und verließ den Silbergrauen. Das Mädchen lag am Boden. Jetzt konnte ich erkennen, dass die Person noch jung war. Höchstens zwanzig Jahre. Sie hatte sich auf den Rücken gedreht, ihr Gesicht sah im Licht der Scheinwerfer noch bleicher aus, und deshalb fielen mir auch die großen Augen auf.

Ich kniete neben ihr. »Ist Ihnen etwas passiert?« Es war die übliche Frage, aber ich wusste nicht, was ich sonst hätte sagen sollen.

»Keine Ahnung.« Das Sprechen bereitete ihr Mühe. Den Eindruck hatte ich jedenfalls. Zudem klang die Stimme irgendwie dumpf und kratzig, gar nicht weiblich.

»Verspüren Sie Schmerzen?«

»Kaum.«

»Also doch …«

Sie verzog das Gesicht. Ihr Atem ging schwer und keuchend. »Ein wenig an der Hüfte. Da hat es mich erwischt, verdammt …«

»Sie waren sehr unachtsam.« Ich konnte mir den Vorwurf nicht ersparen. »Zum Glück bin ich langsam gefahren …«

»Ja, ich weiß. Sie trifft keine Schuld, aber ich konnte einfach nicht anders. Es war plötzlich da.«

»Okay, schon gut. Ich helfe Ihnen beim Aufstehen. Dann werde ich Sie in den Wagen legen und mitnehmen.«

»Nein, nicht. Das auf keinen Fall. Ich will das nicht.« Sie wehrte sich mit Händen und Füßen.

Ich schüttelte den Kopf. »Wieso nicht? Ich kann Sie doch nicht einfach liegen lassen.«

»Das müssen Sie aber. Fahren Sie weiter. Kümmern Sie sich nicht um mich.« Ihre Stimme klang drängend und bittend. Sie richtete sich plötzlich auf, drehte sich dabei zur Seite und benutzte meinen Wagen als Stütze.

Ich kam nicht dazu, ihr auf die Beine zu helfen. Sie stand neben mir, als ich mich aufrichtete. Mir fiel auf, dass sie ziemlich groß war und schwarzes Lockenhaar besaß. Die Kleidung war beschmutzt und feucht. Bevor sie auf die Straße getorkelt war, musste sie wohl neben der Fahrbahn in einem Graben gelegen haben.

Hier ging einiges nicht mit rechten Dingen zu. Betrunken war das junge Mädchen nicht. Aber erschöpft, fertig, als wäre sie gejagt worden.

»Was ist mit Ihnen geschehen?«, fragte ich.

»Nichts, gar nichts.«

»Das können Sie mir nicht erzählen. Sie sind erschöpft und ausgelaugt. Ist jemand hinter ihnen her?«

»Ich bin allein.«

»Sie werden verfolgt.«

Für einen Moment wurde ihr Blick starr. Auch glaubte ich, dass sich die dunklen Pupillen ihrer Augen veränderten und einen gelblichen Funken bekamen.

Das verschwand so schnell wieder, dass ich schon an eine Täuschung glaubte.

Allein lassen wollte und konnte ich das Mädchen nicht. Aber die Kleine stand auf Abwehr. Sie sprach zwar nicht darüber, ich spürte es dennoch. Es war die körperliche

Ausstrahlung, die mich traf und die mich dies merken ließ.

Sie ging. Ohne ein Wort zu sagen, stemmte sie sich von der Karosse ab, lief zwei Schritte und schwankte. Zum Glück fiel sie gegen den Wagen, dennoch ging ich zu ihr und hielt sie fest. »Ich glaube, dass es dennoch besser ist, wenn ich Sie mitnehme.«

»Nein, ich ...«

»Wo wohnen Sie?« Die scharf gestellte Frage duldete keinen Widerspruch mehr.

»Weiter weg ...«

»In London?«

»Nein, in der Nähe ...«

»Umso besser. Dann werden Sie mir Bescheid geben, wann ich anhalten muss.« Ich öffnete die Fondtür und schob das Mädchen, dessen Namen ich nicht mal kannte, hinein. Sie fiel schwer auf den Rücksitz und schloss die Augen. Dann schüttelte sie sich wie in einem Fieberschauer.

Mit dieser Person stimmte einiges nicht. Vielleicht war sie krank. Und wer lief um diese Zeit schon in der Weltgeschichte herum? Oder war sie möglicherweise irgendwo ausgebrochen? Aus einer Nervenheilanstalt vielleicht?

»Sie müssen sagen, wenn ich halten oder abbiegen soll«, sprach ich nach hinten.

»Ja, ja ...«

Mehr wollte sie nicht sagen. Ich akzeptierte dies nicht und fragte weiter: »Wie heißen Sie eigentlich?«

»Laura Ascot«, erklang es schwach.

»Mein Name ist John Sinclair.« Durch diese Preisgabe hoffte ich, ein wenig Vertrauen bei ihr zu gewinnen.

Sie entgegnete nichts. Dennoch hörte ich sie. Es war ihr keuchender Atem, der mir Sorgen bereitete. So holte nur jemand Luft, dem es nicht gut ging.

Ein Wagen kam uns entgegen. Im Innenspiegel bemerkte ich die Bewegung des Mädchens. Laura duckte sich, als hätte sie Angst, von dem Scheinwerferlicht getroffen zu werden. Nachdem der Wagen vorbeigefahren war, kam sie wieder hoch.

»Soll ich Sie nicht doch lieber zu einem Arzt bringen?«, erkundigte ich mich.

»Weshalb?«, fragte sie aggressiv.

»Mir scheint, dass es Ihnen schlecht geht.«

»Nein, nein! Ich habe Sie nicht gebeten, mich mitzunehmen. Am besten wird es sein, wenn Sie anhalten und mich rauslassen.«

»Das geht nicht. Sie befinden sich in einem Zustand der Erschöpfung. Außerdem sind Sie für diese Nacht viel zu leicht bekleidet. Tut mir Leid, Laura. Sie müssen sich schon nach mir richten. Ich weiß, was besser für Sie ist.«

»Ich will aber nicht.«

Auf ihren scharfen Ton ging ich nicht ein. »Lassen Sie mal, Laura. Ich weiß am besten, was Ihnen jetzt gut tun wird. Auf dem Sitz liegt noch eine Decke. Breiten Sie die über sich aus, dann bekommen Sie etwas Wärme.«

»Nein!«

Ich erwartete keine Dankbarkeit, aber dieser herrische und abweisende Tonfall gefiel mir immer weniger. Zwar hatte ich keinen Beweis dafür, aber mein Gefühl sagte mir, dass mit dem Mädchen einiges nicht stimmte. Laura musste ein schweres Schicksal hinter sich gebracht haben, wenn sie so reagierte.

Oder sie hatte etwas zu verbergen?

Wir waren inzwischen vielleicht eine Meile gerollt. Die Umgebung zeigte ein etwas anderes Gesicht. Zwar lagen zu beiden Seiten der Fahrbahn nach wie vor saftige Wiesen, aber auch Waldstücke reichten manchmal bis dicht an die Straße heran. Auf der rechten Seite schimmerten die Lichter einer kleinen Ortschaft.

»Bitte, halten Sie an!« Der Wunsch des Mädchens kam ein wenig plötzlich, sodass ich automatisch nach dem Grund des schnellen Gesinnungswechsels fragte.

»Weshalb?«

»Ich fühle mich nicht wohl. Mir ist schlecht!«, stieß sie laut hervor. »Oder wollen Sie, dass ich Ihnen den Wagen voll ko…«

»Schon gut.« Ich fuhr an den linken Straßenrand und ließ den Silbergrauen allmählich ausrollen. Kaum hatte ich den Wagen abgebremst, als Laura schon die Hintertür öffnete.

Sie reagierte rasch. Und sie überraschte mich auch. Ich hatte nicht damit gerechnet, dass sie so schnell aussteigen würde. Als ich ebenfalls den Wagen verließ, hörte ich ein verdächtiges Rascheln, dazu kam das Knacken von Unterholz, und ich stand schließlich neben der geöffneten Wagentür und hätte mir selbst in den Hintern treten können, denn die hübsche Laura war verschwunden.

Eingetaucht in einen düsteren Wald, der bis dicht an den Rand der Straße wuchs.

Das schlug doch dem Fass den Boden aus. Da hatte mich die Kleine wirklich geleimt.

Ich holte tief durch die Nase Luft, schüttelte den Kopf, löschte die Scheinwerfer und hätte jetzt eigentlich weiterfahren können, aber dies schaffte ich nicht. Ich musste nur an das Mädchen denken, das auf mich einen so erschöpften und desolaten Eindruck gemacht hatte. Laura konnte und durfte ich einfach nicht allein in dieser Nacht lassen. Sie würde irgendwann umkippen, liegen bleiben und sich in der Kälte womöglich den Tod holen.

Deshalb nahm ich die Verfolgung auf. Zuvor holte ich eine lichtstarke Lampe aus dem Wagen, denn durch die Dunkelheit des Waldes wollte ich nicht gerade gehen.

Der Strahl war bleich. Bei jedem Schritt hüpfte er vor mir auf und nieder. Den Graben hatte ich schnell überwunden, und mir kam der Waldrand im ersten Moment wie eine Mauer vor, die kein Durchkommen zuließ.

Ich blieb stehen, leuchtete den Boden ab, später auch in Kniehöhe und suchte nach der Stelle, wo das Mädchen durch das Unterholz gebrochen war. Laura musste Spuren hinterlassen haben.

Die entdeckte ich auch. Das feuchte Gras war niedergetreten. Ich lief durch das nasse Laub, schleuderte Zweige hoch, duckte mich unter Ästen hinweg, wurde von Zweigen gestreift und folgte dem bleichen, tanzenden und zitternden Lichtstrahl meiner Taschenlampe.

Alles sah ich.

Bäume, Unterholz, altes Laub, Wellen im Boden, auch einen Ameisenhaufen, sogar noch harschige Schneereste, aber keine Spur von Laura Ascot. Sie schien sich in Luft aufgelöst zu haben. Da ich daran nicht glauben wollte, ging ich davon aus, dass sie schon einen großen Vorsprung zu mir herausgeholt hatte.

Das Mädchen musste sehr schnell gewesen sein. Auch mir gelang es, wieder rascher voranzukommen, denn der Wald lichtete sich. Die Räume zwischen den Bäumen wurden größer. Ich wurde kaum noch von irgendwelchen Zweigen berührt oder aufgehalten und sah schon eine weite, dunkle Fläche vor mir, eine Weide.

Wenig später lag der Wald hinter mir. In dem Grasland fand ich keinen Weg, so musste ich mir einen bahnen. Schon bei den ersten Schritten versanken meine Füße in dem feuchten Boden.

Wo war das Mädchen?

Ich blieb stehen, schaute nach vorn, sah nur den dunklen, flachen Teppich und richtete meinen Blick anschließend in die Höhe. Es war ein dunkler Himmel. Die Gestirne lagen versteckt hinter den Wolken. Selbst der Mond war durch den Wolkenschleier nur undeutlich zu erkennen.

Auf dem Feld hob sich leider die Gestalt der flüchtenden Laura Ascott kaum ab. Ich sah auch kein Haus. Ein Ziel schien es nicht zu geben, dennoch musste das Mädchen zu irgendeinem Punkt hingelaufen sein.

Und dann traf es mich schockartig!

Es war ein schauriges, unheimlich klingendes Heulen, das durch die finstere Nacht hallte und mir eine Gänsehaut nach der anderen über den Rücken jagte.

So unheimlich klang es, dass selbst ich geschockt war und in angespannter Haltung dem Ton lauschte.

Er jagte über das Feld, mal höher, mal tiefer, dann wieder klagend oder triumphierend.

Ich hatte die Augen fast geschlossen, stand unter einer

starken Konzentration und wollte es kaum glauben, aber es stimmte. Dieses Heulen war nicht normal, dennoch hatte ich es schon öfter vernommen, denn in meinem Job begegnete man den ungewöhnlichsten Gestalten, Monstern und geisterhaften Wesen.

Das Heulen hätte von einem Wolf stammen können.

Aber Wölfe gab es nicht in der Umgebung von London.

Da fiel es mir siedend heiß ein!

Das waren die Werwölfe!

Und auch eine andere Person hatte das Heulen vernommen. Sie saß an dem alten Küchentisch und starrte auf die Uhr an der Wand mit der geblümten Tapete. Weder der Fernsehapparat noch das Radio liefen, die Stille in der kleinen Küche war erdrückend, sodass selbst das Platzen der kleinen Kohlensäurebläschen in dem Mineralwasserglas zu hören war, das vor der Frau stand.

Die Person wusste Bescheid.

Und sie stöhnte auf, während sie gleichzeitig mit ihren Händen durch das lange, grauschwarze Haar fuhr und es zu einem regelrechten Turm in die Höhe drückte.

Sie hatte es nicht geschafft. Diesmal war alles zu spät gewesen. Weshalb hatte Laura auch das Haus verlassen? Es war ihr doch verboten worden, aber sie hatte sich heimlich davongeschlichen.

Die Frau nahm das Glas in beide Hände und leerte es mit einem Zug. Danach erhob sie sich. Jetzt trat so etwas wie ein Katastrophenplan in Kraft. Unter keinen Umständen durfte es einem Fremden gelingen, Laura zu finden. Das wäre der Anfang vom Ende gewesen. Niemand sollte über den Fluch der alten Zeit informiert werden.

Die Frau verließ die Küche und betrat den schmalen Flur. Sie hatte überall das Licht brennen lassen, auch im schmalen Treppenhaus und in den kleinen Zimmern der oberen Etage.

Da wollte sie nicht hin. Dafür öffnete sie einen Wandschrank und holte eine Waffe hervor.

Es war ein Jagdgewehr. Bisher hatte sie damit nur auf Hühner oder Hasen geschossen, aber sie war fest entschlossen, auch auf Menschen zu zielen, wenn es sein musste.

Laura musste einfach gerettet werden und ins Haus zurückkehren. Eine andere Möglichkeit gab es nicht. Sie war nun einmal mit dem Fluch belastet, damit konnte sie auch leben, wenn sie sich an die Regel hielt, die sie leider überschritten hatte.

Bevor die Frau das Haus verließ, warf sie sich den alten Wollmantel über, der ihr in der Kühle der Nacht ein Gefühl der Wärme und Geborgenheit gab.

Das Gewehr nahm sie mit, versteckte die Waffe allerdings unter ihrem Mantel. Sie wusste, dass in mancher Nacht Wildhüter oder Jäger unterwegs waren. Wenn sie einem von ihnen begegnete, wollte sie nicht gerade mit einer Waffe in der Hand erwischt werden.

Der Wind war kühl, aber nicht mehr schneekalt wie in den vergangenen Tagen. Vor dem Haus standen die alten Ulmen. Drei waren es an der Zahl. Unter ihnen parkte auch der alte Opel, den die Frau vor zwei Jahren bei einem Gebrauchtwagenhändler billig erstanden hatte.

Den Wagen wollte sie nicht nehmen. Zudem war der schmale Feldweg, der zwischen die Felder führte und eine Verbindung zur Straße darstellte, ziemlich tief und matschig.

Das Heulen hatte sie trotz der dicken Hausmauern vernommen. Für sie ein Beweis, dass es in der Nähe aufgeklungen sein musste.

Festes Schuhwerk war wichtig. Das besaß die Frau. Als sie den Schutz des Hauses verlassen und das freie Feld betreten hatte, traf sie der Wind von vorn und wehte ihre Haare weit zurück.

Es hatte auch keinen Sinn, Laura zu rufen. Der Wind hätte ihr die Worte von den Lippen gerissen, kaum dass sie erklungen waren.

Die Frau wusste, dass Laura, wenn sie nach Hause kam, stets den gleichen Weg nahm. Sicherlich würde sie auch als Verwandelte von dieser Regel nicht abweichen.

Deshalb wollte ihr die Frau entgegengehen. Bisher hatte sie das furchterregende Heulen nur im Haus gehört. Jetzt hätte sie sich gewünscht, es noch einmal zu vernehmen, aber Laura tat ihr den Gefallen nicht. Sie blieb stumm … Und die Frau ging weiter. Der böige Nachtwind spielte mit den am Himmel hängenden Wolkenbergen und schuf immer neue Formationen, wenn er sie vor sich herjagte.

Er fegte den Himmel auch an einigen Stellen blank, sodass hin und wieder die flache, bleiche Mondscheibe deutlich zu erkennen war.

Vollmond …

Ideal für Werwölfe!

Flach wie ein Brett war das Land. Weiter zur Straße hin ragten Waldinseln wie dunkle Wälle vom Boden hoch, aber dort hielt sich Laura sicherlich nicht versteckt.

Der Wind brachte auch die Kälte mit. Die Wangen der einsamen Frau kühlten ab, ihre Augen begannen zu tränen. Sie hatte die Lippen fest zusammengepresst, und manchmal zuckten ihre bleichen Wangen.

Plötzlich blieb sie stehen. Obwohl sie schon ein Stück zurückgelegt hatte, glaubte sie, dass sie dem Wald nicht näher gekommen war. Aber sie sah eine Bewegung auf dem flachen Feld. Diesmal relativ gut zu erkennen, weil der Mond jetzt frei am Himmel stand.

Die Frau konzentrierte sich genau auf die Stelle, und sie erkannte, dass sich dort tatsächlich jemand bewegte.

Es war eine Gestalt.

Laura?

Sie hoffte es stark und ging schneller. Nach fünf Schritten verfiel sie in laufende Bewegungen. Das flache Land tanzte plötzlich vor ihren Augen, aber sie sah auch, dass sich jemand vom Boden erhob und direkt auf sie zutorkelte.

Ja, das war sie!

»Laura!« Es war ihr lauter Ruf, der über die Weide gellte und auch vernommen wurde.

Laura blieb stehen. Sie schaute der Frau entgegen, hatte die Arme ausgestreckt, als wollte sie den Ankömmling umfangen. Keuchend erreichte die Frau ihr Ziel, und sie sah, dass es bereits passiert war. Laura hatte sich verwandelt.

Aus dem jungen, hübschen Mädchen war eine Werwölfin geworden, eine Bestie!

Die Frau atmete stöhnend. Sie trat so dicht an den Werwolf heran, dass sie ihre Hände auf die Schultern legen konnte. »Laura«, ächzte sie. »Meine Tochter …«

Die Bestie knurrte nur. Sie sah scheußlich aus. Aus dem Mund war eine flache Schnauze geworden, in der das Gebiss gefährlich weiß schimmerte. Die Kleidung war während der Verwandlung aufgeplatzt. Ein paar Fetzen hingen noch als Reste am dunkelbraunen Fell, und aus den Händen waren ebenso Pranken geworden wie aus den Füßen. Das lange, lockige Haar war ebenfalls den dunkleren Fellsträhnen gewichen, die Augen hatten einen anderen Ausdruck angenommen und leuchteten gelblich und erbarmungslos.

Dennoch umarmte ein Mensch einen Werwolf. Ungewöhnlich, wenn nicht unerklärbar, da Werwölfe den Drang in sich spürten, Menschen zu töten. Zwei einsame, so unterschiedliche Personen standen auf dem Feld, der Mond beleuchtete sie mit seinem Schein, und seine Strahlen waren für die Bestie Balsam.

»Ich habe dich gesucht, Laura«, flüsterte Mrs Ascott. »So sehr gesucht. Wo bist du gewesen?«

Sie erhielt keine Antwort, denn ihre Tochter konnte ihr einfach keine geben. Das wusste sie auch, löste sich von der Bestie und sagte: »Komm, du musst mit nach Hause.«

Es sah schon ungewöhnlich aus, wie die Frau die Wölfin unterfasste und losging. Mrs Ascott warf noch einen Blick zurück.

Ein leeres Gelände lag vor ihren Augen. Sie wollte sich wieder umdrehen, als sie stocksteif stehen blieb. Hatte sie nicht nahe des Waldrands eine Bewegung gesehen? War da jemand? Und war dort nicht für den Bruchteil einer Sekunde ein heller Schein aufgeblitzt?

Vielleicht hatte sie sich diese Dinge auch eingebildet, aber es lag auch im Bereich der Möglichkeit, dass man ihre Tochter verfolgt hatte.

Das wäre fatal gewesen.

Für den Verfolger, wohlgemerkt …

»Komm jetzt, Kind!« Sie redete wirklich wie eine Mutter mit der Bestie. »Ich habe alles vorbereitet …«

Diesmal ließ das Jaulen sie zusammenzucken. Es drang aus dem Maul der Bestie und schien gegen den am Himmel stehenden Mond zu schweben, um mit ihm einen Dialog zu eröffnen.

Laura machte ihrer Mutter keine Schwierigkeiten. Widerstandslos ließ sie sich zu dem einsam stehenden Haus bringen. Die Frau drückte die Tür auf, stieß ihre Tochter in den schmalen Flur und wandte sich sofort nach rechts, denn dort führte die Steintreppe in den Keller hinunter, wo Laura den Rest der Nacht verbringen sollte.

Die Hände der Frau strichen über das Fell. »Du brauchst keine Angst zu haben«, flüsterte sie. »Jetzt bist du bei mir. Im Keller ist alles vorbereitet. Wie immer, mein Schatz, wie immer …«

Die Bestie reagierte nicht. Sie kannte die Spielregeln, und auch als Verwandelte gehorchte sie ihrer Mutter.

Darüber war Alexis Ascott froh. Wäre es anders gewesen, würde sie schon längst nicht mehr leben.

Die Treppe entsprach auch dem Alter und der Bauweise des Hauses. Sehr hoch waren die Stufen, sie bildeten regelrechte Stolperfallen. An der grauen Wand zog sich ein Handlauf entlang, auf dessen Oberseite sich zahlreiche Rostflecken abgesetzt hatten. Unter der ehemals weiß getünchten Decke brannte eine Birne ohne Kuppel. Der Kellergang war ebenso schmal wie die Treppe, wurde nach wenigen Schritten jedoch breiter, sodass zwei Verliese genügend Platz fanden.

In einem, dem kleineren, ihm diente ein Holzverschlag als Tür, befand sich nur Gerümpel. Von Kästen und Kartons über alte Zeitungen bis zum Werkzeug.

Das zweite Verließ aber war etwas Besonderes. Seine

Vorderseite bestand aus Stahlstangen, die fest mit der Decke und dem Steinboden verankert waren.

Die durchbrach keiner. Weder ein Werwolf noch der stärkste Mann der Welt. Eine Tür war in das Gitter eingelassen worden. Mit einem Schloss, das die Mutter jetzt öffnete.

Neben ihr wartete die Bestie.

Sie hatte das Maul geöffnet. Aus dem Speichel war Geifer geworden. Er schimmerte gelblich weiß, füllte einen Großteil des Unterkiefers aus und rann an den Lefzen nach unten, wobei er der Erdanziehung folgte und zu Boden klatschte.

Wo der Werwolf stand, blieben feuchte Flecken zurück.

Niemand konnte jetzt noch erkennen, dass diese Bestie einmal eine Frau gewesen war. Geschlechtsmerkmale existierten bei diesen Unholden nicht.

»Geh rein!«, flüsterte Alexis. »Warte die Nacht ab. Am Morgen wird alles anders aussehen, glaub mir ...«

Wieder gehorchte die Wölfin wie ein kleines Kind, als sie sich durch den Eingang schob. Bis auf eine stabile Holzbank war der Käfig leer. Und Laura ließ sich dort auch nicht nieder. Sie schaute zu, wie Alexis die Gittertür zuknallte.

Das Echo schwang noch durch den Keller und überdeckte den Seufzer der Erleichterung, der über die Lippen der Frau drang.

Alexis Ascot trat aufatmend zurück. Mit dem rechten Handrücken entfernte sie den kalten Schweiß von ihrer Stirn. *Geschafft*, dachte sie. *Das war wieder einmal geschafft.*

Einen letzten Blick warf sie auf ihre verwandelte Tochter. Die Wölfin hatte sich innen dicht vor das Gitter gestellt und umklammerte mit beiden Pranken die Stäbe. Auch die Schnauzenspitze berührte eine der Stangen. Da das Maul offenstand, wirkte es so, als wollte sie hineinbeißen. Aber die Bestie heulte nur.

Diesmal leise, klagend, und Alexis kannte auch den Grund für diese Reaktion.

Ihre Tochter war zu einem Werwolf geworden, und der folgte allein seinen Trieben. Er wollte töten, vernichten.

Bisher hatte Alexis ihre Tochter immer davon abhalten können. Der Käfig war stark genug, aber schaffte sie das auch noch in ferner Zukunft?

Das war ihre große Sorge. Sie fühlte sich für Laura verantwortlich. Der Fluch der alten Zeit hatte sie eingeholt, dagegen konnte sich niemand aus der Familie wehren.

Und die Zeichen standen auf Sturm.

Laura war erst der Beginn. Es gab noch andere, die große Pläne verfolgten.

Daran dachte Alexis Ascot, als sie sich umwandte und den Weg zur Treppe zurückging. Wie eine alte Frau wirkte sie, obwohl sie die Vierzig noch nicht erreicht hatte und man sie noch immer als attraktiv bezeichnen konnte.

Sie drückte die Kellertür hinter sich zu, schloss aber nicht ab. An einem Garderobenhaken hängte sie den Mantel auf. Das Gewehr lehnte sie zwischen ihn und der Tür an die Wand.

Dann betrat sie die Küche. Vor ihrem Gang nach draußen hatte sie Mineralwasser getrunken. Jetzt brauchte sie etwas Stärkeres. Einen Gin. Die Flasche stand nicht im Kühlschrank. Sie trank das Zeug lieber warm als eiskalt.

Bis zur Hälfte kippte sie das Glas voll, aus dem sie das Mineralwasser getrunken hatte.

Alexis nahm den ersten Schluck. Er brannte in der Kehle, der zweite schon weniger, der dritte tat ihr gut. Sie saß so, dass sie auch auf die Mattscheibe schauen konnte. Da diese Nacht so gut wie gelaufen war und sie sowieso nicht schlafen konnte, wollte sie sich irgendetwas anschauen. Es gab private Sender, die machten Programm rund um die Uhr.

Alexis Ascot erhob sich. Die Fernbedienung lag auf der Fensterbank zwischen den alten Blumentöpfen, aus dem traurig gebogen einige Blütenstängel schauten.

Als sie stand, stockte ihr Schritt. Nicht einen Fuß setzte sie mehr vor, denn sie hatte etwas gesehen.

Eine Bewegung hinter dem Fenster.

Da war jemand!

Ob der andere auch ihre Reaktion erkannt hatte, war nicht

festzustellen. Jedenfalls verschwand er ebenso schnell wieder, wie er sich auch gezeigt hatte.

Rückwärts ging die Frau zurück zum Tisch. Sie dachte an den Lichtschein und die Bewegung am Waldrand. Jetzt das Gesicht hinter der Scheibe! War das eingetreten, was sie schon immer befürchtet hatte? Es konnte ja nicht gut gehen, irgendwann musste Laura mal auffallen.

Alexis schaute aus dem Fenster. Es aufzuziehen hatte keinen Sinn. Sie hätte erst die Blumentöpfe der Bank räumen müssen, und das wollte sie nicht.

Von der Gestalt war nichts zu sehen. Kein blasses Gesicht mehr. Allmählich kamen ihr Zweifel, ob sie sich die Bewegung nicht doch eingebildet hatte.

Einmal unter Umständen, aber ein zweites Mal? Daran wollte sie nicht glauben.

Alexis Ascot hatte es gelernt, mit ihrem Leben allein fertig zu werden. Sie ertrug sogar die Last ihres schweren Erbes, und die Furcht hatte sie einfach verbannt.

Sie wollte es genau wissen, ob tatsächlich jemand das Haus umschlich, deshalb musste sie nach draußen.

Entschlossen machte sie sich auf den Weg. Mit sicherem Griff fand sie das Gewehr, wollte auch den Mantel überstreifen, als etwas geschah, das ihre Pläne völlig umwarf.

Es schellte!

Blitzschnell zog ich den Kopf zurück, huschte einige Schritte zur Seite und presste mich erst dann gegen die Außenwand des Hauses. Ich wusste nicht genau, ob man mich entdeckt hatte, wollte aber davon ausgehen und war entsprechend vorsichtig.

Scharf stieß ich den Atem aus. Mein rasender Herzschlag beruhigte sich wieder, und ich dachte darüber nach, was ich bisher erreicht hatte.

Nach dem unheimlichen Heulen war ich schneller gelaufen, hatte die Lampe allerdings ausgeschaltet und dennoch die Gestalt des Mädchens erkennen können.

Wie ein sich heftig bewegender Scherenschnitt hatte sie sich einige Male vom dunklen Untergrund abgehoben. Und diese Bewegungen kamen mir bekannt vor, da ich bei so mancher Verwandlung in einen Werwolf Zeuge gewesen war.

Ich konnte den unheimlichen Vorgang korrekt interpretieren und wusste auch, aus welchem Grunde sich das Mädchen so seltsam benommen hatte. Ihm war gar nichts anderes übrig geblieben, als so zu handeln, denn der innere Druck war einfach zu stark gewesen.

Der Drang in mir, schnell weiterzulaufen, ließ sich nur schwer unterdrücken. Ich beherrschte mich aber und bekam auch mit, dass sich eine zweite Gestalt näherte, der Bestie annahm und mit ihr verschwand.

Natürlich nahm ich die Verfolgung auf. Ging dabei geduckt und schaltete meine Lampe auch nur ab und zu ein.

Die beiden waren schließlich verschwunden, ich schlug noch einen Bogen und erreichte das Haus nach kurzer Zeit. Hinter einem neben dem Bau geparkten Opel fand ich zunächst einmal eine Deckung und wartete ab, ob noch etwas geschah.

Das Warten lohnte sich nicht. Zwar vernahm ich ungewöhnliche Geräusche aus dem Haus, sie erinnerten mich auch an das Knurren oder Geifern, sie selbst bekam ich aber nicht mehr zu Gesicht.

Auch im Obergeschoss brannte Licht. Es schimmerte geheimnisvoll hinter den Scheiben. Sie brachten mich auf eine Idee. Bevor ich irgendetwas anderes tat, wollte ich einen Blick durch die Scheiben werfen.

Ich schlich um den Bau herum und hatte wenig später das Gefühl, entdeckt worden zu sein. Obwohl ich sehr schnell wieder nach unten getaucht war, musste mich die andere bemerkt haben.

Mist auch.

Jetzt überlegte ich, wie ich weiter vorgehen sollte. Am besten war es, dem Besuch einen ganz offiziellen Anstrich zu geben. Das heißt, ich würde klingeln oder klopfen und mich mit der Person unterhalten, die die Wölfin weggeschleppt hatte.

Meine mit Silberkugeln geladene Beretta trug ich bei mir. Das Kreuz ebenfalls, was konnte noch großartig passieren?

Die Tür war alt, ebenso wie das ganze Haus. Dennoch sah ich eine Klingel. Ein weißer Knopf neben der Tür, fast versteckt zwischen wintergrauen Efeuranken.

Selbst vor der Tür hörte ich das schrille Geräusch der Klingel. Es war jemand da, er musste auch handeln, und ich trat sicherheitshalber ein kleines Stück zurück.

Die Schritte vernahm ich nicht, aber das Öffnen der Tür konnte einem nervenschwachen Menschen schon eine Gänsehaut über den Rücken treiben. So sehr quietschte und knarrte sie.

Sie wurde nur so weit aufgezogen, wie es der Schulterbreite eines Menschen entsprach. Ich erkannte die Person nur mehr undeutlich, wusste aber, dass ich es mit einer Frau zu tun hatte, auch ohne dass bisher ein Wort über ihre Lippen gedrungen war.

»Guten Abend!«, grüßte ich höflich.

»Was wollen Sie?« Sehr abweisend klang die Stimme. Das konnte ich der Person nicht einmal verübeln. Ich hätte an ihrer Stelle auch nicht anders gehandelt.

»Ich möchte mit Ihnen reden.«

»Um diese Zeit?«

»Es ergab sich so.«

»Aber ich will von Ihnen nichts. Verschwinden Sie! Hier gibt es auch nichts zu stehlen.«

»Deswegen bin ich auch nicht gekommen. Es handelt sich um ein anderes Problem. Haben Sie schon mal etwas von einem Werwolf gehört?«

»Nein!«

Die Antwort war mir viel zu schnell gekommen, um ehrlich zu sein. »Vielleicht haben Sie einen gesehen, Mrs …?«

»Verschwinden Sie.«

Es lag am Tonfall ihrer Stimme, dass ich vortrat und so

reagierte, wie ein Vertreter es nicht machen sollte. Ich stellte nämlich einen Fuß in den Türspalt.

Genau im richtigen Augenblick. Die Tür knallte nicht zu, sie traf meinen Fuß, der Spalt blieb, und bevor die Frau noch etwas anderes unternehmen konnte, hatte ich die Tür schon so weit geöffnet, dass ich das Haus betreten konnte.

Die Frau war zurückgewichen. Sie stand nahe an der Kellertür und auch der Garderobe. Ich erkannte, dass sie etwas Längliches in der Hand hielt! Mein Gefühl warnte mich zu spät, denn die Frau rammte das Lange vor und traf mich hart über der Gürtelschnalle.

In meinem Magen explodierte der Schmerz. Ich gab ein würgendes Geräusch von mir, knickte zusammen und hörte, wie die Frau über meinen Kopf hinweg folgende Worte sprach.

»Jetzt werde ich dich erschießen, du Bastard!«

Alles, nur das nicht!

Aber was sollte ich dagegen unternehmen? Sie hielt im Moment alle Trümpfe in der Hand, während ich noch immer mit dem Schmerz in meinem Körper zu kämpfen hatte.

»So weit kommt das noch!«, hörte ich ihre böse Stimme. »Hier einfach eindringen, dumme Fragen stellen und …«

»Es ist nicht so!«, presste ich hervor und richtete mich langsam wieder auf. Sie hatte nichts dagegen, schließlich presste sie die Mündung der Waffe noch immer in meinen Leib.

Ich schaute sie an.

Unsere Blicke begegneten sich. Da in der Diele kein Licht brannte, war es einfach zu dunkel, um etwas Genaueres erkennen zu können. So sah ich nur mehr das Funkeln ihrer Augen. Zum Glück waren es menschliche Augen und nicht die gelblich schimmernden eines Werwolfs. Ich sah auch noch das Zucken ihrer Lippen und fragte leise: »Wollen Sie sich einen Mord auf Ihr Gewissen laden?«

»Na und?«

»Das wäre fatal. Sie …«

»Nein«, unterbrach sie mich. »Sie, Mister, reden zu viel. Und das habe ich mir gemerkt …«

Ich stand gerade. Wie gefährlich die Frau tatsächlich war, wusste ich nicht. Ein Profi war sie nicht, sonst hätte sie mich nicht so dicht an sich herankommen lassen. Aber ich stufte sie als unberechenbar ein. Und das sind oft die Schlimmsten.

Diesmal explodierte ich!

Meine Bewegungen waren mit den Augen kaum zu verfolgen, so schnell ging alles. Ich schlug den Gewehrlauf nach unten, warf mich gleichzeitig zur Seite und hörte den in dieser Enge überlaut klingenden Abschussknall der Waffe.

Dieses Weib war fest entschlossen, mich zu töten. Wie jemand, der nichts mehr zu verlieren hat.

Ich lag nicht am Boden. Die geschlossene Haustür hatte mich aufgehalten. Meinen Karatetritt hielt nichts auf. Der Fuß traf die Schulter der Frau und lähmte ihren Arm.

Bevor sie noch herumwirbeln und erneut auf mich anlegen konnte, wurde ihr die Waffe zu schwer. Sie hatte sie zudem nur mit der rechten Hand gehalten. Das Gewehr polterte zu Boden, und als sie mit der Linken nachgreifen wollte, war ich wieder schneller und stellte meinen Fuß auf den Lauf.

»So nicht, Madam!«

Sie zuckte zurück, wollte in die Dunkelheit nahe der Kellertür tauchen, und ich hörte ihr schweres Atmen.

»Bleiben Sie stehen!«

Sie gehorchte tatsächlich. Als ich das Gewehr aufhob, ließ ich sie nicht aus den Augen. Ich entlud die Waffe und schleuderte sie weg. »So, jetzt können wir uns unterhalten.«

»Was wollen Sie?«

»Mit Ihnen reden.«

»Aber ich …«

Ich war es leid und ging auf sie zu. Wenn sie tatsächlich im Haus einen Werwolf beherbergte, war sie gefährlich, und ich konnte mir ihr gegenüber auch keine Rücksicht mehr erlauben. Deshalb fasste ich ziemlich hart zu, schleuderte sie herum und drängte sie auf die Küchentür zu, die sie mit dem Rücken aufstieß und einen Lidschlag später zum ersten Mal inmitten einer Lichtfülle stand, die von einer Deckenlampe aus nach unten fiel.

Ich hatte mit vielem gerechnet, mit einem verkniffen wirkenden Weib, einer alten Frau auch oder einer Greisin, aber nicht mit einer so wilden und gleichzeitig attraktiven Person, die sich langsam zurückbewegte.

Ich war tatsächlich beeindruckt, und das kommt bei mir wirklich nicht oft vor. Fasziniert starrte ich auf ihre »Mähne«.

Man konnte bei dieser Person von einer wilden, reifen Schönheit sprechen. Graue Strähnen durchzogen das dunkle Haar. Es machte sie noch interessanter. Das breitflächige Gesicht zeigte einen exotischen Zug, auch die vollen Lippen passten dazu. Sie war erregt, stand wie unter Strom, atmete scharf durch die Nase, und ich sah, wie die Flügel vibrierten. Sanft geschwungene Brauen lagen über den dunklen Augen, und die Haut zeigte fast die gleiche Blässe, wie ich sie von dem Mädchen Laura her kannte.

Laura und sie!

Man konnte sie miteinander vergleichen, denn ich fand Ähnlichkeiten zwischen den beiden, sodass mir allmählich der Verdacht kam, es unter Umständen mit Mutter und Tochter zu tun zu haben.

Konnte eine Frau eine Tochter haben, die gleichzeitig ein Werwolf war? Ein Unding für mich, aber nicht unmöglich, denn den Begriff hatte ich aus meinem Repertoire gestrichen.

Sie war jetzt so weit zurückgewichen, dass sie gegen den Küchentisch stieß. Die Arme hatte sie ebenfalls nach hinten gedrückt und stützte sich mit den Handballen auf der Tischplatte ab. Dabei war auch ihr Körper zwangsläufig in eine rückwärtige Lage geraten. Da sie nur einen Pullover und einen dunkelrot und schwarz gestreiften Rock trug, spannte sich unter der Pulloverwolle ihr Busen. Auch der eng sitzende Rock zeichnete die Linie der beiden Oberschenkel genau nach.

Sie hatte eine verdammt erotische Pose eingenommen. Ob bewusst oder unbewusst, wollte ich einmal dahingestellt sein lassen, ich konnte mir aber vorstellen, dass sie es aus Berechnung tat.

Sie öffnete den Mund. Ich sah das Schimmern der Zähne, und sie fragte leise und lauernd: »Genug gestarrt?«

»Sie können sich hinsetzen.«

Ihr Lachen klang spöttisch. »In meinem Haus bestimme noch immer ich, was geschieht.«

»Da haben Sie im Prinzip Recht. Nur stört es mich gewaltig, wenn jemand heimlich einen Werwolf versteckt.«

Sie nahm tatsächlich eine andere Haltung an und beugte ihren Oberkörper vor. »Einen Werwolf?«

»Ja. Oder nicht?«

Die Frau lachte mich kalt an. »Wer sind Sie überhaupt, dass Sie hier solche Behauptungen aufstellen?«

»Mein Name ist John Sinclair.«

Täuschte ich mich, oder hatten sich ihre Augen tatsächlich für einen Moment verengt. »Der Name sagt mir nichts.«

»Und wie heißen Sie?«

»Alexis Ascot.«

»Dann sind Sie die Mutter von Laura.«

»Ja, aber …« Weiter sprach sie nicht und biss sich auf die Lippen. Sie ärgerte sich darüber, dass es mir gelungen war, sie zu übertölpeln.

»Also doch.«

Mit einer wilden Bewegung warf sie ihr Haar zurück. »Weshalb interessiert Sie das? Was wollen Sie von Laura?«

»Ich lernte sie kennen.«

»Sie …?«, dehnte Alexis und bedachte mich mit einem abschätzenden Blick. »Ich könnte mir nicht vorstellen, dass Laura etwas von Ihnen wollte, Mister.«

»Ich wollte was von ihr.«

»Noch schlimmer.«

Bevor sie das Gesicht noch mehr verzog, kam ich ihr mit einer Erklärung zuvor. »So wie Sie sich die Sache vorstellen, ist sie nicht gelaufen. Laura trägt die Schuld an unserer Bekanntschaft. Sie war es, die mir in den Wagen lief. Auf der Landstraße. Ich konnte zwar noch bremsen, aber …«

»Dann sind Sie ein Schwein.«

Jetzt wurde ich ärgerlich. »Ich möchte doch sehr bitten.«

»Ja, Sie sind zu schnell gefahren. Viel zu schnell. Sonst wäre so etwas nicht passiert.«

»Können Sie sich eigentlich nicht vorstellen, dass auch Ihre Tochter unter Umständen einen Fehler gemacht hat? Sie war nämlich ziemlich down, ihre Bewegungen glichen der eines Betrunkenen …«

»Meine Tochter war nicht betrunken!«

»Das habe ich auch nicht gesagt. Ich zog es nur mehr als Vergleich heran, damit Sie Bescheid wissen. Jedenfalls tat ich meine Pflicht, legte Ihre Tochter in meinen Wagen, doch sie dankte mir dies mit einer plötzlichen Flucht. Da ich besorgt um sie war, nahm ich die Verfolgung auf und erlebte das schaurige Heulen mit, das mir anzeigte, unter welch einem bösen Fluch Ihre Tochter leidet.«

»Unter welchem denn?«, fragte sie kalt.

»Sie hat ein dämonisches Erbe in sich. Bei Vollmond muss sie sich in einen mörderischen Werwolf verwandeln.«

»Und Sie wissen das einfach so?«

»In der Tat.«

»Woher denn?«, höhnte sie. »Wie können Sie das alles wissen, Mister? Das sind Märchen.«

»Für mich nicht.«

»Gehen Sie jetzt!«

»Erst wenn ich Ihre Tochter gesehen habe.«

Die Frau schaute mich mit halb gesenktem Blick an. Ihre Augen waren sehr dunkel. Geheimnisvoll schimmerten die Pupillen. Welche Überlegungen sich hinter ihrer Stirn abspielten, wusste ich nicht. Positiv war es für mich bestimmt nicht.

Alexis Ascot löste sich von der Stelle und schritt um den Tisch herum. Auf ihm stand noch ein Glas. Der Gingeruch hatte auch meine Nase getroffen. Sie nahm das Glas in die Hand, und plötzlich schleuderte sie mir die scharfe Flüssigkeit entgegen.

Zum Glück hatte ich sie nicht aus den Augen gelassen. Durch ein rasches Drehen des Kopfes konnte ich der Gefahr entgehen, sodass mich das Zeug verfehlte und irgendwo hinter mir klatschend gegen die Wand schlug. Die Alkoholladung wurde von einem Wutschrei begleitet, und dann kam die Frau selbst.

Sie warf sich über den Tisch. Innerhalb einer Sekunde entwickelte sie sich zur Furie und wollte es mir zeigen. Die Nägel ihrer langen, nervigen Finger erschienen dicht vor meinem Gesicht, denn sie wollten wie kleine Messer in die Haut stechen.

Die Hände konnte ich zwar abwehren, die Frau selbst jedoch nicht. Sie drückte mich zurück, wir fielen gegen die geschlossene Tür, und Alexis stand ihrer Namensvetterin aus der Serie »Dynasty« in nichts nach. Mit allen Tricks griff sie an und setzte sie auch gemein und hinterhältig ein.

Sogar ihr Knie riss sie hoch.

Ich war ebenfalls kein heuriger Hase und wusste auch, wie Frauen sich manchmal wehrten. Sie traf nur meinen Oberschenkel, aber der Treffer war hart genug gewesen.

Dann kam ich durch.

Zweimal wurde sie von meiner flachen Hand erwischt. Einmal links, dann rechts im Gesicht.

Ihr Kopf flog dabei herum, die langen Haare waren ebenfalls in Bewegung geraten und wischten dicht an meinen Augen vorbei. Die wütenden, spitzen Schreie erfüllten die Küche, aber sie gab nicht auf. Ihre Nägel erwischten mich auch und hinterließen auf meinem Handrücken blutige Streifen

Schließlich tauchte ich unter ihren Armen hinweg, packte sie an der Hüfte und schleuderte sie so weit zurück, dass sie gegen den Tisch fiel und sich quer darüberlegte.

Dabei schleuderte sie die Beine, der Rock rutschte weit. Ich hatte dafür keinen Blick, war blitzschnell bei ihr und presste sie mit den Schultern fest gegen die Unterlage.

»Okay, Alexis Ascot«, sagte ich. »Bis hierher war es Spaß. Von nun an wird es ernst.«

Schwer und keuchend atmete sie. Ihr Blick war noch immer voller Wut, Hass und Ärgernis darüber, dass sie einen Kampf verloren hatte. Urplötzlich änderte sie ihr Verhalten.

Ich brauchte auch keinen Druck mehr auszuüben, sie sackte förmlich in sich zusammen und blieb schlaff liegen.

Zwei, drei Atemzüge ließ ich verstreichen, bevor ich fragte: »Okay jetzt, Alexis?«

»Ja …«

Ich ließ sie los und trat zurück, beobachtete sie allerdings weiter. Die Frau richtete sich auf, blieb schwer atmend auf dem Tisch sitzen und strich über ihre geröteten Wangen, wo sie meine Handfläche getroffen hatte.

»Sie haben mich geschlagen, Sinclair.«

»Es blieb mir nichts anderes übrig.«

Schief lächelte sie. »Ja, ich weiß.« Sie schaute auf ihre Oberschenkel, die der Rocksaum freiließ, traf aber keine Anstalten, das Kleidungsstück wieder nach unten zu ziehen.

»Und jetzt bringen Sie mich zu Laura«, forderte ich.

Sie zwinkerte mir zu. »Was ist, wenn ich es nicht tue, Mister?«

»Müsste ich Sie zwingen?«

Kehlig klang ihr Lachen. »Abermals durch Schläge?«

»Nein, hiermit.« Ich ließ sie einen kurzen Blick auf meine Beretta werfen und steckte die Waffe wieder ein. »Damit alle Klarheiten beseitigt sind«, sagte ich, das Sprichwort verdrehend.

»Ja, so sieht es aus.« Sie rutschte vom Tisch, blieb neben mir stehen und sagte: »Kommen Sie mit.«

Wir verließen die Küche, wandten uns aber nicht der Kellertür zu, sondern in eine andere Richtung. Wir gingen über die schmale Treppe in die obere Etage.

Alexis Ascot ging vor. Als sie auf der dritten Stufe war, forderte ich sie auf, stehen zu bleiben.

»Was suchen Sie da?«

Sie drehte sich um und schaute mich schräg von oben her an. »Wollten Sie nicht meine Tochter sehen?«

»Ist sie oben?«

»Das muss ich doch besser wissen.«

Davon war ich nicht überzeugt, beschloss jedoch, das Spiel mitzumachen, und ließ sie weitergehen. Weiter oben wurde die Treppe noch schmaler. Alexis wusste, wie man Stufen hochschritt. Ihr Körper bewegte sich dabei aufreizend mit, sodass ich allmählich das Gefühl bekam, von ihr eingewickelt werden zu sollen.

Ich war auf der Hut.

Wir erreichten einen ebenfalls schmalen Flur, in dem auch das Licht einer Deckenleuchte brannte.

Drei Zimmertüren zählte ich.

Die erste auf der linken Seite wurde von Alexis Ascot geöffnet. Sie blieb schräg auf der Schwelle stehen und sagte: »Hier ist es.«

»Gehen Sie vor.«

»Trauen Sie mir nicht?«

»Ich traue nur mir selbst.«

Die Frau betrat tatsächlich das Zimmer. Noch deutete nichts auf eine Falle hin. Ich sah ein breites Bett, einen Spiegel, einen kleinen Schrank und auch die Frau, die mit ausgestrecktem Arm auf eine der Zimmerwände wies.

»Da ist Laura!«

Ich schaute hin, obwohl ich eigentlich noch an eine Täuschung glaubte. Ja, das war sie tatsächlich! Wie sie lebte, so echt, so wunderbar und mit einem Lächeln, das die große Ähnlichkeit mit ihrer Mutter verdeutlichte.

Nur einen Unterschied gab es.

Ich erlebte Laura Ascot nicht in natura, sondern als Gemälde!

Verdammt, wieder hatte mich dieses wilde Weib geleimt. Alexis war doch raffinierter, als ich geglaubt hatte. In meinem Rücken hörte ich ihre Stimme. »Ist sie nicht schön?«

Ich verschluckte eine Bemerkung.

»Warum sagen Sie nichts. Gefällt Ihnen meine Tochter nicht, Sinclair?«

»Ich hatte mir etwas anderes vorgestellt.«

Bevor ich eine Erwiderung bekam, hörte ich das leise Rascheln. »Oder finden Sie die Mutter besser?«

Ich drehte mich um und bekam den zweiten Schock!

Nein, ein Schock war es nicht. Wenn, dann ein angenehmer, denn jetzt wusste ich, was das Rascheln bedeutet hatte. Alexis Ascot hatte nicht nur ihren Rock fallen lassen, auch den Pullover über den Kopf gestreift, und sie war soeben dabei, aus der Strumpfhose zu schlüpfen. Lässig schleuderte sie das hauchdünne Teil über ihre Schulter und stand danach, nur mit einem zarten, seidigen und dunkel schimmernden Slip bekleidet, vor mir. Ich hatte Muße, mir diese reife, voll erblühte Frau genau anzuschauen, und sie war es tatsächlich wert, betrachtet zu werden. Meine Blicke saugten sich auf ihren weichen, fließenden Formen fest. Und als Alexis mit den Handflächen ihre Brüste leicht anhob und mich die aufgerichteten Spitzen keck anschauten, überzog mich eine prickelnde Gänsehaut. Tief atmete ich durch.

Abermals warf sie ihre Haarflut zurück. »Gefalle ich dir?«, fragte sie leise.

»Es kommt nicht darauf an …«

Sie unterbrach mich. »Manchmal sind die Mütter schöner als die Töchter. Es kommt auf den Mann an. Würdest du dich für mich entscheiden, John Sinclair? Wenn ja …« Sie deutete auf das Bett. »Du kannst eine Nacht erleben, die du nie vergisst.«

Ihre Taktik lag auf der Hand. Mit allen Mitteln versuchte sie, mich von ihrer Tochter abzulenken. So angenehm der Anblick dieser Frau auch war, ich hatte einen Job zu erledigen, und wenn ich an die Werwölfin dachte, vergaß ich eine Frau wie Alexis rasch wieder. Da unterschied ich mich von vielen amerikanischen Romandetektiven, die alles Weibliche mitnahmen, was sich ihnen in den Weg stellte.

»Ziehen Sie sich an!«, erklärte ich kalt. »Oder wollen Sie frieren, wenn wir in den Keller gehen?«

Ihre Augen wurden groß und bekamen einen staunenden Ausdruck. »Wieso in den Keller?«

»Da werde ich Laura wohl finden. Oder gibt es hier im Haus noch andere Verstecke?«

»Sie sind ein, ein …«

Ich nickte. »Anziehen.«

Wütend griff sie nach den Kleidungsstücken und drehte mir dabei den Rücken zu. Auch er war eine Augenweide. Hätte ich diese Frau unter anderen Umständen getroffen, verdammt, ich hätte für nichts garantieren können. So aber sah ich in ihr nur mehr eine Figur in einem teuflischen Spiel, das ich bisher nicht durchschaut hatte.

Widerwillig streifte sie Rock und Pullover über und verzichtete dabei auf die Strumpfhose. Sie schlüpfte in die Schuhe und sah, wie ich mit der Berettamündung zur Tür deutete.

»Da ist der Ausgang.«

Schweigend schritt sie vor. Erst an der Kellertür hielt sie an, die rechte Hand hatte sie bereits auf die Klinke gelegt. »Was haben Sie vor, Mister?«

»Das werden Sie noch früh genug sehen.«

»Wollen Sie Laura töten?«

»Könnte ich das?«

»Ich weiß es nicht.«

»Dann lassen Sie sich überraschen«, erklärte ich. »Und jetzt: Abmarsch. Denken Sie daran, auf ihre Tricks falle ich nicht mehr rein, das kann ich Ihnen versichern.«

Alexis drückte die Klinke nach unten und zog die Tür auf. Sie schaltete Licht ein und schien sich an die Spielregeln halten zu wollen, was mir wiederum gefiel.

Die Keller alter Häuser riechen irgendwie immer gleich. So feucht, so muffig. Auch dieser hier machte keine Ausnahme. Doch auch ein anderer Geruch wehte ebenfalls durch den Keller mit der niedrigen Decke.

Raubtiergestank …

So streng, so typisch, wie ihn auch Werwölfe abgaben. Zudem hörte ich die entsprechenden Laute, die den Geruch begleiteten. Es war ein leises, irgendwie abwartendes Knurren. Noch nicht so gefährlich, aber lauernd und schmatzende Geräusche klangen durch, als würde sich noch ein Ghoul bei dem Werwolf aufhalten.

Alexis Ascot hatte wieder die Führung übernommen. Noch

konnte ich nicht in den Keller hineinschauen, weil mir der über uns liegende Treppenabsatz die Sicht verdeckte. Nach drei weiteren Stufen bekam ich einen freien Blick.

Ich sah die Bestie, und ich sah den Käfig, in dem man sie eingesperrt hatte.

Dass es Laura war, erkannte ich an den Stoffetzen ihrer Kleidung, die noch an manchen Stellen des Fells festhingen, als wären sie mit Leim beschmiert worden.

Sie hatte sich tatsächlich in einen gefährlichen Werwolf verwandelt, daran gab es nichts zu rütteln. Eine Tierschnauze, Fell wohin ich schaute, gefährlich leuchtende Raubtieraugen, das alles passte wunderbar zusammen und auch das laute, jaulende Geräusch, das aus ihrer Kehle drang und schaurig durch den kahlen Keller hallte.

Der Unhold hatte seine Pranken um die Gitterstäbe gelegt. Seine gelb funkelnden Augen waren auf mich gerichtet. Er spürte, dass ein Mensch da war, ein anderer als Alexis, seine Mutter, und wahrscheinlich lechzte er schon danach, mich umbringen zu können.

Er wollte raus.

Plötzlich begannen die Stäbe zu zittern, als die Bestie all ihre Kraft einsetzte, aber sie kam einfach nicht gegen diese stabile Konstruktion an. Sie hielt den Kräften des Werwolfs stand.

Alexis Ascot hatte sich, von mir aus gesehen, rechts neben einem anderen Verschlag aufgebaut. Er war nicht so stabil. Eine aus Holzgattern hergestellte Tür wäre für die Bestie sicherlich kein Problem gewesen. Ich konnte in das zweite Verlies hineinschauen und entdeckte eine Rumpelkammer.

»Da hast du deinen Willen!«, knirschte die Frau.

»Es hat auch lange genug gedauert.« Nach diesen Worten zog ich meine Beretta, behielt Alexis im Auge und erkannte plötzlich, dass sie zusammenzuckte und bleich wurde. »Was haben Sie vor, Sinclair?«

»Wer eine Waffe in der Hand hält, will sie auch benutzen.«

»Dann wollen Sie schießen?«

»Genau, und zu Ihrer Information: Das Magazin dieser

Beretta enthält geweihte Silberkugeln. Für einen Werwolf sind diese Geschosse absolut tödlich, das wird Ihnen als Mutter einer solchen Bestie sicherlich bekannt sein.«

Trotz der miesen Beleuchtung erkannte ich, dass Alexis Ascot noch bleicher geworden war. »Das können Sie doch nicht tun!«, hauchte sie.

»Was sollte mich daran hindern?«

Sie schwieg, und das war deutlich genug. Wahrscheinlich sah sie ihre Felle davonschwimmen. Sie hatte alles versucht und sogar ihre körperlichen Reize eingesetzt, ohne Erfolg.

Den hatte ich erreicht.

Über den Lauf meiner Beretta schaute ich auf das Käfiggitter. Dahinter sah ich die Bestie. Im Gegensatz zu Alexis Ascot war sie nicht ruhig. Der Werwolf musste seinem Drang und Trieb einfach folgen. Er hatte einen Menschen vor sich. Durch das Mondlicht war er auf magische Art und Weise aufgetankt worden, jetzt musste er dem Drang nachkommen und sich befreien.

Die Stäbe zitterten, als er sich dagegenwarf. Aus seinem Maul strömte ein unheimliches Heulen, das als Todesmelodie den Keller durchströmte.

Er wollte seine Schnauze zwischen zwei Stäbe klemmen. Die beiden Kiefer klappten weit auseinander. Zwischen den Reißzähnen hingen lange Geiferfäden. Mir wehte ein widerlicher Gestank aus seinem Maul entgegen. So scharf, so ätzend und anders.

Ich hatte den rechten Arm ausgestreckt. Für einen Moment musste ich wieder an Laura Ascot denken.

Ich sah sie auf der Straße vor den Reifen meines Bentley liegen. So hilflos, so allein, blass und erschöpft. Dann verschwand das Bild vor meinem geistigen Auge. Die Realität hatte mich wieder. Ich starrte den Werwolf an, der einmal Laura Ascot gewesen war.

Ein Tier mit magischer Kraft, das alles vernichten würde, was sich ihm in den Weg stellte.

Es gab nur eine Lösung – die Kugel!

Für die Mutter aber nicht. Ich hatte Alexis nicht mehr

beachtet und auch nicht mit ihrer Kaltblütigkeit gerechnet. Plötzlich stieß sie sich ab. Innerhalb eines Augenblicks überwand sie die Entfernung zu mir und hämmerte gegen meinen Waffenarm.

»Nein, du wirst nicht schießen!«, brüllte sie, stieß mir noch ein Knie in die Hüfte, sprang auf den Käfig zu und stellte sich mit ausgebreiteten Armen und Beinen davor.

»Erst musst du mich killen!«, flüsterte sie. »Wenn du eine Kugel abschießen willst, soll sie mich treffen, aber nicht meine Tochter!«

»Sie ist eine Bestie!«

»Neiiinnn!«, brüllte Alexis und deutete mit dem Zeigefinger gegen ihre Brust. »Laura ist mein Kind. Nur wenn dieser verdammte Vollmond am Himmel steht und sie der Fluch der alten Zeit trifft, wird sie zur Bestie. Hast du gehört? Nur dann. Ansonsten ist sie völlig normal. Und sie hat auch niemanden getötet oder angegriffen. Dafür habe ich gesorgt.« Alexis holte Luft, sie schüttelte dabei den Kopf. »Ich habe sie unter Kontrolle. Wenn du sie vernichten willst, nur über meine Leiche, Sinclair!«

Nur über meine Leiche! Ich konnte mir vorstellen, dass es kein Bluff war. Gut, ich hatte diese Frau einmal überwältigt, es würde mir auch ein zweites Mal gelingen. Aber da waren vier Worte, die mich hatten aufmerksam werden lassen.

Ein Satz nur.

Fluch der alten Zeit!

Unsere Blicke fraßen sich ineinander. Alexis musste bemerkt haben, dass etwas in mir vorging, denn ein kurzes Lächeln zuckte um ihre Lippen. Es wirkte so, als wollte es mich verhöhnen.

»Was haben Sie gesagt?«, fragte ich, ohne den Arm mit der Waffe sinken zu lassen.

»Ich sprach vom Fluch der alten Zeit.«

»Können Sie das näher erklären?«

Ihr Lächeln vertiefte sich. »Bevor die Menschen kamen, waren die Wölfe. Kennen Sie den Satz?«

Wusste sie eigentlich, wer ich war? Hatte sie hiermit ihren

letzten Trumpf ausgespielt? »Ich habe ihn schon gehört«, gab ich zu.

»Es ist der Fluch der alten Zeit.« Sie spreizte den Daumen ab und drückte ihn nach hinten. »Meine Tochter hat er getroffen. Sie hat unter ihm zu leiden …«

»Und Sie nicht?«

»Nein«, erwiderte sie. »Ich nicht. Er überspringt hin und wieder eine Generation.«

»Bisher habe ich alles verstanden. Nur muss Ihre Tochter einen Vater gehabt haben. Wer war Ihr Mann, Alexis?«

»Ein Ascot.«

»Dass es kein Miller war, damit habe ich fest gerechnet. War er ein Mensch, oder haben Sie sich mit einem Wolf eingelassen?«

»Das brauchte ich nicht. Die Ascots sind Menschen. Sie sorgen sich um ihre Familie und den Clan.«

»Der Sie allein gelassen hat.«

»Das stimmt nicht. Auch die Ascots sind mit dem Fluch der alten Zeit beladen. Ich habe es erlebt, Sinclair. Mein Mann ist normal, wenigstens so lange, bis wir Vollmond haben. Dann aber garantiere ich für nichts. Dabei ist Laura noch harmlos.«

»Dann käme ich also in den Genuss, ihn kennen zu lernen?«, erkundigte ich mich.

»Ob es ein Genuss ist, kann ich ihnen nicht versprechen.« Sie ließ die Arme sinken. »Sinclair, wir stehen auf verschiedenen Seiten, aber irgendwie habe ich einen Narren an Ihnen gefressen, obwohl Sie die Frechheit besaßen, mich zurückzuweisen. Das hat noch keiner getan, ich will Sie trotzdem warnen. Die Nacht ist noch jung. Bis zum frühen Morgen haben wir Zeit. Man kann in einigen Stunden viel schaffen. Und Sie haben sich einen Zeitpunkt für Ihren Besuch ausgesucht, wie er ungünstiger nicht sein konnte. Eigentlich sind Sie schon tot.«

»Ach …«

»Ja, Sie können es nicht schaffen. Niemand kommt gegen den Fluch der alten Zeit an. Auch sie nicht. Ich weiß, wer Sie sind. Sie haben manchem Schwarzblüter die Hölle heiß gemacht, und ich weiß auch, dass eine Werwölfin namens Lupina im Mahlstrom der Zeiten verschollen ist und dort verzweifelt auf ihre Rückkehr wartet und darauf hofft, dass sich Fenris, der Götterwolf, ihr gegenüber gnädig erweist. Aber er konnte nicht vergessen. Vielleicht wird er sie irgendwann einmal freilassen, doch im Prinzip kümmert er sich um andere Dinge. Bevor es Menschen gab, waren die Wölfe. Daran hat sich Fenris erinnert. Er hat seine Fäden gezogen, er weiß genau, dass die Wölfe stark sind und noch weiter erstarken können ...«

»Was hat er vor?«

»Ich weiß nicht, denn ich bin nur geduldet.« Sie blieb nicht mehr stehen. Ohne auf meine Waffe zu achten, kam sie näher. Hinter ihrem Rücken tobte Laura. Sie rüttelte mit den Pranken an den Eisenstäben. Sie wollte raus, das war ihr ohne fremde Hilfe nicht möglich.

»Schade, Sinclair. Ich mochte dich.« Sie nickte, und mir gefiel es überhaupt nicht, dass ich in ihren Augen schon tot war.

Was machte sie so sicher? Bestimmt hätte sie es mir nicht gesagt, deshalb stellte ich auch keine diesbezüglichen Fragen, griff aber wieder ein anderes Thema auf.

»Und Sie sind nach wie vor davon überzeugt, dass ich die Bestie nicht töten werde?«

»Überzeugt nicht«, erwiderte sie glatt. »Sie würden sich nur mehr Ihr eigenes Grab schaufeln. Es gibt Dinge, Sinclair, an denen sollten auch Sie nicht rütteln. Sie haben sich weit vorgewagt. Ob Zufall oder nicht, aber hier haben Sie sich in ein Spiel eingekauft, das für Sie nicht nur eine, sondern gleich mehrere Nummern zu groß ist.«

»Denken Sie dabei an Fenris? Oder an Lupina?«

»Nein, die lasse ich mal weg. Es gibt andere Dinge, größere Pläne, die wir durchführen müssen, obwohl sie mir auch nicht immer passen. Aber der Fluch der alten Zeit verlangt es. Auch ich als Mensch kann dagegen nicht an.« Den letzten Satz hatte sie sogar ein wenig traurig ausgesprochen, sodass ich nicht umhin kam, die Frau mit anderen Augen anzusehen.

Möglicherweise litt sie unter der schrecklichen Doppelbelastung. Es ist nicht jedermanns Sache, eine Werwölfin als Tochter zu haben. So etwas ist kaum vorstellbar, aber Alexis Ascot musste damit leben.

»Wie lange wollen Sie das mit Ihrer Tochter noch durchhalten?«, erkundigte ich mich.

Sie schaute mich lange an. »Bis zu meinem Ende«, erwiderte sie flüsternd.

»Vielleicht werden Sie früher sterben. Dann ist niemand mehr da, der die Bestie beschützt.«

»Damit rechne ich. Dennoch wird sie nicht ohne Schutz bleiben. Man soll den Fluch der alten Zeit nicht nur als Bürde ansehen.« Sie schaute auf die Uhr, erschrak dabei und sagte leise, aber auch deutlich und scharf: »Gehen Sie, Mr Sinclair. Verschwinden Sie von hier! Es ist besser für Sie. Jetzt sofort.«

»Und dann?«, fragte ich.

»Vergessen Sie einfach, dass es mich und meine Tochter gegeben hat. Es ist für uns alle am besten.«

Bedächtig schüttelte ich den Kopf. »Tut mir Leid, das kann ich nicht. Sie wissen wahrscheinlich, wer ich bin und welch einen Beruf ich habe. So etwas kann und darf ich nicht vergessen. Ich weiß, dass in diesem Haus eine permanente Gefahr lebt …«

»Die ich unter Kontrolle habe!«, fiel sie mir ins Wort.

»Heute ja, vielleicht auch morgen und übermorgen. Aber was ist mit den folgenden Wochen und Jahren? Glauben Sie eigentlich, dass die Kontrolle über Ihre Tochter immer so bleibt?«

Sie hörte meine Worte zwar, schien sie jedoch nicht wahrzunehmen, denn sie hatte den Kopf schief gelegt, schaute an mir vorbei und peilte die Treppe hoch.

»Was haben Sie?«

Alexis Ascot schüttelte den Kopf. »Zu spät. Es ist alles zu spät. Sie werden es nicht mehr schaffen.«

»Wieso?«

»Tut mir Leid. Sie hätten auf mich hören sollen.«

Ich warf ihr noch einen scharfen Blick zu und drehte mich um. Seitwärts ging ich in Richtung Treppe, hielt mich dabei dicht an der Wand und zögerte noch, die Stufen nach oben zu gehen. Der Blick dieser Frau hatte mich misstrauisch gemacht. Dort musste sich irgendetwas verändert haben, von dem ich nichts mitbekommen hatte.

Jetzt ärgerte ich mich, dass das Licht im Keller nicht doch so gut war, dass es auch über die Treppe flutete. Bis zur Kellertür konnte ich schauen und sah sie geschlossen.

War sie das auch schon bei unserem Gang nach unten gewesen? Hatte Alexis zugezogen?

Auf diese Fragen wusste ich keine Antworten. Dass ich hier unten stehen blieb, nutzte auch nichts. Wenn ich erfahren wollte, ob man mir die Wahrheit gesagt hatte, musste ich hoch.

Ich warf noch einen letzten Blick zurück. Alexis Ascot stand zwischen Käfig und Treppe. Ihr Gesicht lag zum Teil im Schatten. Die andere Hälfte wirkte blass. Ihr Auge zeigte einen gespannten Ausdruck. Ich hatte das Gefühl, dass sie längst Bescheid wusste, nur ich war noch immer ahnungslos. Vielleicht rührte sich aus diesen Gründen auch die Werwölfin nicht. Sie stand bewegungslos am Gitter, beide Pranken um die Stäbe gelegt, das Maul geöffnet und darauf wartend, dass etwas passierte.

Mutter und Tochter rührten sich nicht von der Stelle. Man überließ mir die Initiative.

Ich hatte einmal in den sauren Apfel gebissen. Zurück konnte ich nicht mehr, deshalb stieg ich die Stufen hoch und wurde dabei von der zurückbleibenden Frau genau beobachtet.

Weit brauchte ich nicht zu gehen. Schon sehr bald hatte ich die Tür erreicht und stieß sie auf.

Gleichzeitig, als die Tür nach außen schwang, zog ich meine Beretta hervor, richtete die Mündung in den dunklen Flur und sah mehr Schatten als Helligkeit, denn die Lampe leuchtete ein Stück entfernt.

Im Türrechteck verhielt ich meinen Schritt. Etwas machte

mich misstrauisch. An den Raubtiergeruch hatte ich mich mittlerweile gewöhnt. Was mich wunderte, war eigentlich die Intensität des Geruchs, der sich auch hier oben ausgebreitet hatte. Ich konnte ihn sogar schmecken.

Nein, das war bei meinem Gang in den Keller anders gewesen. Da hatte es nicht so gerochen, wenigstens nicht so stark.

Niemand griff mich an. Leer lag der schmale Flur vor mir. Weit konnte ich in ihn wegen der herrschenden Lichtverhältnisse nicht hineinschauen. Ich sah die Umrisse der Küchentür.

Zur Hälfte stand sie offen.

Hatte ich sie offen gelassen? Genau wusste ich es nicht, bewegte mich vor und kam auch an der nach oben laufenden Treppe vorbei.

Blitzschnell drehte ich den Kopf nach rechts.

Nichts …

Nur die Düsternis erfüllte das Treppenhaus. Ich spürte dennoch das Kribbeln in den Fingerspitzen. Es signalisierte Gefahr. Auch die Haut in meinem Nacken spannte sich. Alexis Ascot hatte sich verdammt sicher gegeben. Ohne Grund tat sie so etwas bestimmt nicht.

Ich ging in die Küche.

Der erste Schritt, der zweite …

Da hörte ich hinter mir das Poltern. Dem Klang nach zu urteilen, musste es auf der Treppe aufgeklungen sein. Ich fuhr herum, die Waffe machte diese Bewegung mit, und ich sah auch den Schatten ungefähr auf der Hälfte der Stufen.

Mensch oder Bestie?

Diese Frage schoss mir durch den Kopf. Leider konnte ich keine Antwort darauf finden, denn mit einer rasenden Geschwindigkeit flog mir die Küchentür entgegen.

Den linken Arm bekam ich angewinkelt noch soeben hoch. Das war auch alles, mehr schaffte ich nicht. Der Aufschlag traf mich hart, katapultierte mich zurück, hinein in den Flur, wo ich die Übersicht verlor.

Das nutzte der Gegner auf der Treppe aus.

Wie ein Pfeil war er plötzlich über das Geländer hinweggehechtet und jagte auf mich zu …

Es war leider nicht nur der eine, der mich so kalt erwischen wollte, auch aus der Küche huschte ein Gegner. Dabei vernahm ich das Klatschen der Tatzen auf dem blanken Boden, und ich wusste, dass ich es nicht mit Menschen zu tun hatte.

Es waren Wölfe!

Hatte die Frau nicht von einem Clan gesprochen? Einer Werwolf-Familie gewissermaßen?

Sie waren es, ich hörte ihr wildes Fauchen. Sie waren bei mir; ich rollte mich herum, weil ich ihren mörderischen Tatzen entgehen wollte, wurde aber genau am rechten Arm erwischt. Der Prankenschlag hätte fast das dicke Leder der Jacke aufgerissen.

Ich feuerte ins Dunkel hinein, sah im kurzen Aufflammen des Mündungslichts eine offene Schnauze, die so schnell zurückzuckte, dass mein Geschoss fehlte.

Das Haus war zu einer verdammten Falle geworden. Wie viele Gegner auf mich lauerten, konnte ich nicht sagen, jedenfalls war ich innerhalb der Wände nicht so bewegungsfähig, wie ich es mir gern vorgestellt hätte.

Als ich in die Höhe schnellte, wurde es dunkel. Jemand hatte die Lampe ausgeschaltet.

Ich huschte auf die Tür zu. Sicher würden sich mir meine Gegner in den Weg stellen. Ich hörte ihr Fauchen, sah auch einen zurückweichenden Schatten, kam aber bis zum Ausgang durch.

Wuchtig riss ich die Tür auf. Die kühle Nachtluft fuhr gegen mich, ich konnte wieder Luft holen – und erwischte den Treffer.

Im toten Winkel musste jemand gelauert haben. Und der besaß einen harten Gegenstand.

In meinem Nacken explodierten drei Sterne auf einmal.

Der Boden raste auf mich zu. Irgendwie spürte ich auch den Aufprall, aber das lag so unendlich weit zurück …

Alexis Ascot wurde von ihren Gefühlen überwältigt. Sie war hin- und hergerissen, denn als Mensch befand sie sich gewissermaßen zwischen zwei Welten.

Normalerweise musste sie sich auf die Seite der Menschen stellen, da sie selbst eine normale Frau war, die leider eine Werwölfin als Tochter hatte. Sie hatte ja selbst nicht gewusst, dass ihr Mann sich so entwickelte. Sie hatte ihn völlig normal kennen gelernt, er war ein Mensch wie alle anderen.

Bei Vollmond allerdings war er zum Werwolf geworden. Alexis befand sich damals schon in anderen Umständen. Und sie litt entsetzlich. Trotzdem trug sie das Kind aus.

Es wuchs heran, völlig normal, wie auch die anderen Kinder, aber als Teenager war der Fluch der alten Zeit wieder vollends zum Durchbruch gekommen. Vielleicht hatte die Pubertät daran die Schuld getragen. Laura verwandelte sich zum ersten Mal in einen Werwolf.

Alexis konnte die Nacht nie vergessen, in der so etwas geschehen war. Sie selbst hatte ebenfalls getobt, geheult und gefleht und nichts daran ändern können, denn sie wusste ja bereits von ihrem Mann, dass man mit einem derartigen Fluch leben konnte.

Alexis gewöhnte sich an alles. Zum Glück wohnten sie in dem einsam stehenden Haus, das ihr Mann von der Bahn gemietet hatte. Er arbeitete bei der Eisenbahn im Außendienst. Welchen Job er da genau übernommen hatte, wusste Alexis nicht. Darüber hatte er nie mit ihr gesprochen. Sie fragte auch nicht danach. Im Prinzip war ihr Gerald gleichgültig geworden, ihr ging es um Laura.

Soweit man dies sagen konnte, wuchs sie normal heran. Schlimm war nur die Vollmondwoche, und Laura wurde ein hübsches Mädchen, dem fast alle jungen Männer nachschauten.

Einen intimen Freund aber durfte sie einfach nicht haben. Laura war schlau genug, dies auch einzusehen.

Alexis Ascot war auch klar geworden, dass der Clan etwas vorhatte. In der letzten Zeit hatten die vier Ascot-Brüder oft zusammengehockt und nächtelang Besprechungen gehalten.

Manchmal war auch Laura zu ihnen gestoßen. Dagegen hatten sie nichts gehabt, nur musste sich Alexis zurückhalten.

Und jetzt war dieser Fremde gekommen. Ein Mann, dessen Name unter Schwarzblütern inzwischen wohlbekannt, aber auch gefürchtet war. Selbst Alexis, die nicht zu den Werwölfen zählte, hatte von ihm gewusst.

John Sinclair!

Ihre Augen funkelten, als sie an ihn dachte. Er war ein Typ, der sie anmachte. Mit ihrem eigenen Gatten hatte sie längst innerlich gebrochen. Zwischen den beiden spielte sich nichts mehr ab, und dabei war Alexis ein Vollblutweib.

Sie hatte Sinclair aus dem Haus haben oder ihn zumindest ablenken wollen, doch dieser Geisterjäger hatte sich auf eine verdammte Art und Weise standhaft gezeigt, und Alexis begann inzwischen, an ihren Qualitäten als Frau zu zweifeln.

Vielleicht hätte er die Warnung so nehmen sollen, wie sie gesprochen war. Auch darum hatte er sich nicht gekümmert. Sein verdammtes Pech, die anderen aus dem Clan lauerten längst im Haus und hatten ihn überwältigt.

Alexis war im Keller geblieben. Sie wollte nicht dabei sein und zuschauen, wie der Mann fertig gemacht wurde, wobei sie sich fragte, auf welche Art und Weise Sinclair erledigt werden sollte.

Werwölfe besaßen da ihre spezielle Art und Weise, Menschen zu töten. Sie bissen sie tot oder rissen sie mit ihren Pranken so auf, dass die Opfer ausbluteten.

Dieses Schicksal würde auch John Sinclair bevorstehen.

Ihre Tochter hockte noch immer im Käfig. Sie war unruhiger geworden. Die Pranken, mit denen sie die Eisenstangen umklammert hielt, zitterten, und das Zittern übertrug sich auf den Käfig selbst, sodass rappelnde Geräusche entstanden.

Hinzu kam das drohende Knurren. Leise, dennoch gefährlich drang es aus dem Maul. Der Geifer hatte sich gesammelt und quoll über die untere Kieferhälfte, wobei er nass und seifig über die Außenhaut des Fells rann.

Alexis drehte sich um. Zwei verschiedene Augenpaare

schauten sich an. Das eine dunkel, Mensch, das andere gelb, gefährlich und auch tückisch. Die Bestie war erregt. Sie zitterte. Nur mehr Kleiderfetzen erinnerten daran, dass die Werwölfin einmal ein Mensch gewesen war.

»Ich weiß, was du denkst«, flüsterte Alexis. »Ich weiß es ganz genau. Ich werde es dir sagen. Sie haben ihn erwischt. Du kannst dich freuen. Deine Verwandtschaft hat ihn erwischt. Was sie mit ihm anstellen werden, weiß ich nicht …« Sie winkte ab. Es hatte im Prinzip keinen Sinn, mit der Bestie zu reden. Sie wusste nicht mal, ob Laura sie auch verstand. Normal antworten konnte sie jedenfalls nicht. Es gelang keinem Werwolf, mit menschlicher Stimme zu sprechen.

Sie wandte sich wieder der Treppe zu und lauschte den von oben herabdringenden Geräuschen. Vorhin hatte sie einen Schuss gehört. Ob Sinclair einen aus dem Clan getroffen hatte, war ihr nicht bekannt. Direkt daran glauben wollte sie nicht.

Aus den Geräuschen konnte sie leider nicht entnehmen, was sich im Flur abspielte. Hin und wieder hörte sie das Tappen der Füße, mal ein unheimlich klingendes Knurren und auch heiser ausgestoßene Laute, die sie auch des Öfteren bei ihrer Tochter nach der Verwandlung zur Bestie vernommen hatte.

Die Werwölfe machten es hart. Sie hatten ihr Opfer, aber sie wollten es nicht im Flur erledigen. Genau dort, wo sich am Ende der Treppe das Türrechteck abzeichnete, sah sie die Umrisse der Gestalten. Sie bewegten sich hektisch, und im nächsten Augenblick rollte ein Körper die Treppe herab.

Es war Sinclair!

Er überschlug sich einige Male, es dröhnte immer wieder, wenn er aufschlug. Weder Arme noch Beine hatte er unter Kontrolle. Sie schlugen ebenfalls unkontrolliert auf.

Als der bewusstlose Geisterjäger die Treppe hinter sich gelassen hatte, wurde er von einem Fuß gestoppt. Alexis hatte ihr Bein vorgestellt. Sinclair war auf den Rücken gefallen. Ob er sich etwas gebrochen hatte, war nicht festzustellen, jedenfalls machte John Sinclair den Eindruck, als würde er sich vor Ablauf der nächsten Stunde nicht mehr erheben. Alexis empfand so etwas wie Bedauern. Sie bückte sich und zog den Körper zur Seite, damit er den Weg nicht versperrte.

Als sie ihn über den Boden schleifte, hörte sie schon die Reaktion ihrer Tochter.

Laura war unruhig geworden. Sie befand sich im Käfig, sie knurrte böse, hatte das Maul geöffnet und rüttelte abermals an den harten Stäben, ohne eine Chance zu haben, sie auseinander biegen zu können.

Aber sie wollte das Opfer.

Der Blick ihrer Raubtieraugen war starr auf den Bewusstlosen gerichtet. Das Funkeln hatte sich noch verstärkt. Manchmal drangen sogar pfeifende Laute aus ihrem Maul, aber sie traf keinerlei Anstalten, noch wilder zu werden. Vielleicht erkannte sie auch, dass ihr dieser Mann sowieso sicher war.

Kaum hatte Alexis Ascot den Bewusstlosen in Sicherheit gebracht, als sie die Schritte auf der Treppe hörte.

Den Geräuschen nach zu urteilen, kam der Clan.

Vier Bestien waren es.

Viermal Ascot …

Zum ersten Gerald, ihr Mann. Dann seine drei Brüder. Mit Vornamen hießen sie Wayne, Herbert und Rudy. Sie hatte der Fluch voll getroffen.

Gerald führte sie an.

Er sah scheußlich aus. Seine dunkelblaue Hose trug er sogar noch. Aus dem Bund ragte der fellbedeckte Körper mit dem schrecklichen Kopf und dem weit vorgeschobenen Maul, vor dem man als Mensch eine fürchterliche Angst bekommen konnte.

Er hatte es aufgeklappt. Seine hellen Zähne blitzten. Zwischen den beiden Gebisshälften sprudelte der gelblich weiße Geifer, und auch die anderen drei sahen ähnlich aus. Man hätte sie kaum unterscheiden können. Selbst Alexis, die quasi mit ihnen zusammenlebte, fiel es schwer, zudem gab sie sich auch kaum Mühe, dies zu lernen.

Gerald trug die Beretta, die Sinclair gehörte. Er hatte auch als Erster die Treppe hinter sich gelassen, schaute die Pistole an, als würde er sich davor ekeln, und schleuderte sie dann fort. Die Waffe schlitterte über den Boden, rutschte in die Ecke, schlug dort gegen die Wand und blieb liegen.

Die Bestien brauchten sie nicht. Sie konnten sich anders wehren, aber Alexis war ein Mensch. Und Menschen liebten Waffen. Zudem dachte sie daran, dass es besser war, wenn sie bewaffnet war. Deshalb ging sie hin und nahm die Beretta auf.

Niemand hinderte sie daran. Die Werwölfe hatten sich im Keller verteilt und umstanden den am Boden liegenden John Sinclair.

Ihre Blicke waren dementsprechend. Gnadenlos, kalt, grausam. Wahrscheinlich dachten sie darüber nach, wie sie ihr Opfer am besten killen sollten.

Jeder wollte etwas haben, und die aufgerissenen Schnauzen zeigten Alexis an, dass die anderen nur darauf warteten, die Zähne in den Hals schlagen zu können.

Das konnte ihr eigentlich egal sein.

Und doch war es ihr nicht egal. Sie wusste auch nicht wieso, aber sie hatte an diesem Geisterjäger irgendwie einen Narren gefressen. Zudem hätte er Laura töten können.

Er hatte es nicht getan und auch sie verschont. Was musste das für ein Mensch sein!

Sie kam langsam näher. Wahrscheinlich wusste niemand aus dem Clan, womit die Waffe geladen war. Zudem hütete sich Alexis davor, von den geweihten Silberkugeln zu sprechen.

Ausgerechnet ihr Mann war es, der den Anfang machte. Der Werwolf bückte sich, seine Pranken bekamen den Arm des Geisterjägers zu fassen und rissen den Mann in die Höhe.

Er war noch immer bewusstlos, sein Körper hing durch, und Alexis konnte auch einen kurzen Blick auf sein bleiches Gesicht werfen, aus dessen Zügen das Leben verschwunden war.

Die Brüder ihres Mannes handelten auch. Sie wollten

Gerald nicht allein das Opfer überlassen, und plötzlich schwebte der Geisterjäger, der von ihnen auf die Füße gestellt worden war und festgehalten wurde, in höchster Lebensgefahr.

Alexis überlegte.

Sie stand da und besaß die Waffe. Im Käfig tobte Laura, weil sie auch an das Opfer wollte.

Geweihte Silberkugeln befanden sich im Magazin. Einmal hatte Sinclair geschossen. Wenn es nur mehr mit sechs Kugeln gefüllt war, reichten die fünf immer noch aus, um die Brut zu töten.

Dann aber hätte Alexis auch ihre eigene Tochter und ihren Ehemann umbringen müssen.

Konnte sie das?

Verzweifelt dachte sie darüber nach, und ebenso verzweifelt suchte sie nach einem anderen Ausweg aus dieser Misere.

Gab es den noch?

»Lasst es!« Alexis Ascot erschrak selbst über ihre Stimme, dass sie sich überhaupt getraut hatte, die Bestien anzusprechen.

Sie wusste, dass die Werwölfe sie verstehen konnten, während sie selbst nicht redeten und nur die tierischen Keuch- oder Grunzlaute ausstießen.

Ihr Mann drehte sich um. Alexis sah direkt in sein Gesicht mit der weit vorgeschobenen Schnauze, das so grässlich und furchtbar wirkte. Plötzlich fürchtete sie sich vor ihm, sagte aber nichts und überließ ihm die Reaktion.

Er kam vor. Seine Bewegungen waren gleitend und geschmeidig. Für einen Moment hatte die Frau das Gefühl, als wollte ihr eigener Mann sie anspringen und zerfetzen, aber er hielt sich zum Glück zurück.

»Er gehört ihr!« In Sekundenschnelle war ein Plan in Alexis' Kopf entstanden.

Gerald blieb stehen. Strenger Raubtiergeruch wehte der Frau entgegen. So dicht hielt er sich vor ihr auf.

»Ja, er gehört ihr!«, wiederholte Alexis und deutete dabei auf den Käfig. »Laura hat ältere Rechte. Außerdem wollt ihr in der Nacht noch etwas tun. Hast du das vergessen? Ihr dürft keine Zeit mehr verlieren.«

Die Worte der Frau hatten nicht nur ihren Mann aufgeschreckt, auch dessen Brüder. Sie kümmerten sich nicht mehr um den Geisterjäger und ließen ihn los.

Sinclair sackte zusammen. Er faltete sich praktisch auf dem Boden aus, und der Kopf fiel zur Seite, aber er musste eine bombige Kondition haben, denn Alexis erkannte, dass sich seine Augendeckel bewegten und er sogar in ihre Richtung schaute. Ob er seine Lage dabei erkannt hatte, war nicht festzustellen gewesen.

Die dunkelhaarige Frau nickte. »Ja«, wiederholte sie noch einmal. »Er gehört ihr. Sie hat ihn angeschleppt, und sie hat auch ein Anrecht darauf, ihn zu töten.«

Die vier überlegten.

Alexis zitterte innerlich. Sie wusste zwar, dass sie mit ihrem Vorschlag nicht das Leben des Geisterjägers gerettet hatte, aber er würde eine hauchdünne Chance bekommen, falls es klappte, denn ihr Plan ging noch ein kleines Stück weiter.

Gerald schaute sie starr an.

»Einverstanden?«, fragte Alexis, wobei sie Mühe hatte, ein Zittern in der Stimme zu unterdrücken. Zudem bewegte sie sich schon auf die Zellentür zu und erschrak sogar über ihren eigenen Mut.

Niemand hielt sie auf, auch dann nicht, als sie den Schlüssel hervorholte, ihn ins Schloss steckte, aber noch nicht herumdrehte. Sie wollte erst abwarten.

Die Werwölfe hatten sich noch nicht entschieden. Sie standen um das Opfer herum. Sie wussten auch, dass ihnen die Zeit im Nacken saß. Zudem gehörte Laura einfach zu der Gruppe. Nie würden sie ihr etwas Böses antun oder einen Wunsch abschlagen, denn sie sollte die Nachfolge des Ascot-Clans garantieren.

»Nun?«

Gerald übernahm die Antwort. Aus seinem Maul drang eine Mischung aus Knurren und Heulen, bevor er sich abdrehte und auf die Treppe zuging.

Alexis fiel ein Stein vom Herzen, denn diese Reaktion war gleichzeitig ein Zeichen für die anderen, ebenfalls auf diese Art und Weise zu handeln.

Sie folgten der Bestie. Schon bald standen die vier auf der Treppe, wo sie sich noch einmal umschauten und drohend zurücksahen. Alexis las die Drohung in ihren Augen. Wenn sie einen Fehler gemacht hatte, würden ihr die Wölfe dies nicht verzeihen. Wenn sie allerdings merkten, dass sie geleimt worden waren, würden sie auch auf die Frau keinerlei Rücksicht nehmen und sie töten.

Noch hatte Alexis Zeit, einen Rückzieher zu machen. Sie überlegte auch, blickte die Wölfe an, danach auf den Geisterjäger und sagte: »Ich schaffe ihn jetzt in den Käfig. Geht ihr!«

Sie gingen tatsächlich. Vielleicht hätten sie es nicht getan, hätte die Zeit nicht gedrängt. So aber ließen sie die Treppe hinter sich und verschwanden im Flur.

Alexis atmete auf. Sie war selbst überrascht, dass sie es geschafft hatte, nur war es nicht sicher, ob sie Sinclair damit auch rettete. Sie musste ihr Versprechen einfach halten. Wenn sie Sinclair nicht in den Käfig steckte, würden die anderen es merken, da die Mitglieder des Clans untereinander in telepathischer Verbindung standen.

Alexis wartete noch. Sie rührte sich erst, als sie oben die Haustür schlagen hörte.

Jetzt waren sie gegangen, um ihren Plan durchzuführen. Wenn er klappte, erzitterte England …

Aus dem Käfig hörte sie das Knurren. Auch Laura hatte mittlerweile mitbekommen, was geschehen sollte, und sie konnte es kaum erwarten. Die Werwölfin war unruhig. Zwar hielt sie nach wie vor die Stäbe umklammert, dafür bewegte sie die Füße. Beide stampften auf und nieder, und es klatschte jedes Mal, wenn ein Fuß den Boden berührte.

Alexis hatte die Pistole weggesteckt. Mit vorsichtigen Schritten näherte sie sich dem Geisterjäger. Sinclair lag bewegungslos am Boden. Sogar die Augen hielt er geschlossen. Alexis hoffte nur, sich nicht getäuscht zu haben. Wenn Sinclair noch im Land der Träume lag, gab es keine Chance für ihn.

Ihrem Plan nach war seine Chance zwar nur hauchdünn, aber nicht umsonst nannte man ihn den Geisterjäger. Er sollte ja schon vieles geschafft haben.

Die Frau bückte sich und schob ihre Hände unter seine Achselhöhlen. Der Körper war schwer. Tragen konnte sie ihn nicht, deshalb schleifte sie ihn über den schmutzigen Stein auf den Käfig zu, in dessen Schloss der Schlüssel steckte.

Laura beobachtete die beiden. Sie war nicht mehr so ruhig. Nervös bewegte sie den Kopf. Die Bestie wusste ja, was man vorhatte, und wenn sie ihrem Trieb gehorchte, würde sie sich über den Mann stürzen wie eine Wahnsinnige.

»Geh zurück!«, forderte Alexis ihre entartete Tochter auf. »Bis an die hintere Wand!«

Die Werwölfin zögerte einen Moment, erkannte die Entschlossenheit in den Augen der Frau und gehorchte. Ihre Schritte waren zögernd, nie ließ sie das Opfer aus dem Blick.

Alexis hatte John Sinclair so hingesetzt, dass er seinen Rücken gegen die Stäbe drücken konnte. In dieser Haltung blieb er auch, als die Frau den Schlüssel zweimal umdrehte.

Jetzt war der Käfig offen. Sie brauchte nur mehr die Tür aufzuziehen und Sinclair hineinzuschieben.

Noch einmal schaute sie ihn an.

Sie hatte sich nicht getäuscht. Er bewegte die Augen, war also erwacht und schaute sie auch an.

Alexis' Blick glänzte. Sie gestand sich ein, selbst irgendwie verrückt zu sein, denn sie wollte dem Kampf zwischen dem Menschen und der Bestie zusehen. Möglicherweise diktierte auch dieser lang gehegte Wunsch ihr Handeln und das Mitleid um den Menschen Sinclair.

Die eisernen Angeln quietschten, als sie die Tür aufzog, aber der Werwolf blieb, wo er war. Er hatte alles genau verstanden. Seine Chance würde sie vergrößern, auch wenn er jetzt nichts tat.

Wieder bückte sich die Frau und packte den Geisterjäger. »Es liegt jetzt an dir!«, flüsterte sie, »ob du es schaffst oder nicht. Ich biete dir eine einmalige Chance. Mal sehen, ob du es schaffst.« Sie lachte leise, während sie ihn weiterschleifte und sich ebenfalls in die Zelle drückte, die mit drei Personen so gut wie voll war.

Alexis warf Sinclair in die Ecke. »Da bleibst du liegen«, sagte sie, verließ die Zelle und schloss ab.

Für einen Moment hielt sie den Schlüssel in der Hand. Sie schaute ihn an und zögerte, ob sie es tatsächlich wagen sollte. »Okay«, flüsterte sie, »ich gebe dir eine allerletzte Chance.« Sie legte den Schlüssel auf die flache Hand und schleuderte ihn, zwischen zwei Stäben hindurch, in die Zelle.

Zielen konnte sie gut, denn der Schlüssel landete auf Sinclairs Leib.

»Und jetzt viel Spaß«, sagte sie rau, trat zurück und wartete auf den Kampf …

Die vier Bestien hatten das Haus verlassen. Sie wussten genau, dass die Zeit knapp geworden war, da sie mit dem Zwischenfall im Keller nicht gerechnet hatten.

Jetzt, in der Kälte der Nacht fühlten sie sich wohler, und wieder war es Gerald, der die Richtung angab. Er streckte seinen Arm aus und deutete nach Nordwesten.

Da mussten sie hin!

Und sie gingen.

Vier Monster, eines schrecklicher als das andere. Blutgierig und gefährlich, auf der Jagd nach Menschen und dabei einen ganz bestimmten Plan verfolgend.

Zwar stand der Vollmond am Himmel, aber der Wind hatte die Wolken so getrieben, dass sein fahles Licht kaum noch zu sehen war.

Die Werwölfe interessierte das nicht. Sie hatten ihre Verwandlung hinter sich, der Mond hatte ihnen die entsprechende Kraft gespendet, und sie würden weitermachen.

Sie bildeten eine Kette. Geduckt liefen sie voran, da von ihnen so wenig wie möglich zu sehen sein sollte. Um diese Zeit lief zwar kaum ein Mensch über das flache Gelände, aber man konnte nie wissen. Der Zufall war nicht auszuschließen.

Gegen den Wind stemmten sie sich. Er fuhr durch ihr Fell,

bewegte es, sodass es wirkte, als würden dunkle Wellen über die Körper der Bestien laufen.

Sehr weit war es nicht bis zu ihrem Ziel. Vielleicht eine Meile, dann hatten sie es erreicht.

Ihr Gang wurde manchmal stampfend. Hin und wieder wehten auch raue Laute aus ihren geöffneten Schnauzen. Heultöne vermieden sie, die hätten gehört werden können.

Die Blicke ihrer gelben Raubtieraugen richteten sich dorthin, wo auch das Ziel lag. Am Tage hätten sie es schon längst sehen müssen, in der Nacht jedoch waren die Trasse und der Bahndamm erst sehr spät zu sehen. Sie mussten schon fast davor sein.

Und sie liefen schneller.

Die Zeit war ihnen knapp geworden. Das wussten sie, obwohl sie keine Uhren besaßen, auf die sie schauen konnten. So etwas sagte ihnen ihr Gefühl.

Manchmal wirkte es grotesk, wenn sie sich mit langen Sätzen voranbewegten. Oft rissen Ihre Krallen auch den Boden auf, sodass ganze Grassoden in die Höhe flogen und ihren Weg nachzeichneten.

Und dann sahen sie den Bahndamm.

Wie ein langer, waagerecht laufender Schatten ohne Anfang und Ende durchschnitt er das Gelände in einer gleichbleibenden Höhe. Die Strecke war eingleisig, sie wurde auch vom normalen Zugverkehr so gut wie nicht benutzt.

Wenn ein Zug hier fuhr, waren es zumeist Sonderfahrten irgendwelcher hochgestellter Persönlichkeit oder auch Transporte, die heimlich durchgeführt werden mussten.

Dies alles wussten die Bestien. Schließlich besaß Gerald bei der Bahn eine Vertrauensstelle. Nur wusste keiner der Vorgesetzten etwas von seinem Doppelleben.

Das war sein großes Plus!

Gerald hatte die Spitze übernommen. Die anderen blieben weiter zurück, und er erreichte auch als Erster den Bahndamm, der schräg vor ihm in die Höhe führte und mit einem dichten Grasteppich bewachsen war.

Der Untergrund war feucht. Deshalb sah sich der Werwolf

gezwungen, seine Füße in den Boden zu hacken, um nicht abzurutschen. Er überwand das Hindernis mit langen Schritten, erreichte die Trasse und richtete sich dort zu seiner vollen Größe auf.

Für einen Moment blieb er stehen und schaute am Gleis entlang in die Richtung, aus der der Zug kommen musste. Gerald schüttelte sich plötzlich, als hätte jemand Wasser über ihn gegossen.

Danach ging er in die Knie.

Seine Artgenossen sah er nicht, er hörte sie. Ihr Keuchen und Knurren erreichte seine Ohren. Sie kletterten geschickt den schrägen Böschungshang hoch, blieben ebenfalls an dem Gleis stehen und schauten nach vorn.

Gerald Ascot aber hatte sich gebückt und ein Ohr auf die Schiene gelegt. Auf diese Weise konnte er rechtzeitig erfahren, ob sich der Zug näherte.

Als Gerald sich erhob, funkelten seine Augen noch stärker. Der Wind fuhr gegen die vier aufrecht stehenden Wölfe, die ein unheimliches Bild abgaben, als sie auf dem Gleis standen.

Und sie sahen Geralds Nicken.

Er hatte also etwas gehört.

Der Zug kam …

Auch für Werwölfe war es nicht einfach, einen fahrenden Zug anzuhalten. Deshalb hatten sie sich einen Trick ausgedacht. In der Nähe stand ein Signal.

Freie Fahrt bedeutete es!

Normalerweise wurde es elektrisch umgestellt, aber man konnte es auch mit der Hand bedienen. Das hatte sich Gerald vorgenommen. Er lief hin, schaute sich das Signal an, suchte den entsprechenden Hebel und fand ihn sicher.

Dann stellte er es um.

Stopp!

Vielleicht sollte das Fauchen ein triumphierendes Lachen sein, das erklang, als er sich wieder auf den Weg zu seinen drei Brüdern machte. Was sie tun konnten, hatten sie getan.

Jetzt brauchte nur mehr der Zug in die Falle zu fahren …

Alexis hatte Spaß daran gefunden, einen Menschen gegen eine Bestie kämpfen zu sehen. Sie gierte förmlich danach, und ich war gezwungen, ihr den Gefallen zu tun.

Um zu überleben, musste ich mich stellen.

Aber ich war nicht fit, und von Dialogen zwischen Alexis und den Mitgliedern des Clans hatte ich sowieso nichts mitbekommen.

Erst als man mich fortschleifte, war es mir gelungen, überhaupt zu schauen, wo ich mich eigentlich befand.

Ich sah den Keller und fühlte mich wie gerädert. Nicht nur dort, wo mich der Schlag im Nacken erwischt hatte, auch am gesamten Körper. Vom Hals bis zu den Füßen schien er mit blauen Flecken übersät zu sein. Der Grund war einfach zu erraten. Man musste mich die Treppe hinuntergeworfen haben.

Die Ascot redete. Ihre Stimme vernahm ich dumpf, jemand schien Watte in meine Ohren gesteckt zu haben. Antworten bekam sie nicht. Kein Werwolf würde ihr etwas erwidern, aber sie schaffte es, die Bestien wegzuschicken.

Ich hatte Mühe, hin und wieder die Augen zu öffnen, weil die Lider zu schwer waren.

Dann waren wir nur mehr zu dritt. Dennoch war die Gefahr vorhanden, da ich den Plan der Ascot mittlerweile kannte. Sie wollte mich nicht retten, sondern mich ihrer Tochter als Opfer hinwerfen.

Verdammt, das war schon hart!

Wenn ich mich nur besser hätte bewegen können, aber ich lag auf dem Boden und hatte auch schon festgestellt, dass mir meine Beretta fehlte. Bis auf das Kreuz war ich waffenlos.

Und das half auch gegen die Bestien!

Leider bekam ich die Arme nicht hoch, weil ich einfach zu schlapp war. Auch als mich Alexis unter die Achseln fasste und auf die Tür zuschleifte, wehrte ich mich nicht. Sie ließ mich wieder fallen, schloss auf und scheuchte ihre Tochter zurück.

Eine Chance hatte sie mir geben wollen. Innerlich lachte ich. Es war eine perverse Chance, wenn ich das richtig sah.

Ein niedergeschlagener Mensch sollte sich gegen eine zu allem entschlossene Bestie behaupten. Ob das gut ging?

Ich wollte nicht so recht daran glauben, da mir meine eigene Schwäche bekannt war.

Dennoch erholte ich mich.

Mittlerweile war meine Sicht wieder besser geworden. Der dichte Schleier vor meinen Augen hatte sich zurückgezogen. Zwar sah ich nicht alles lupenrein und klar, aber das Gesicht der Frau schälte sich immer schärfer hervor.

Es zeigte eine gewisse Anspannung. Ihr Mund bewegte sich, und sie sprach von einer einmaligen Chance, die sie mir bieten wollte. Daran konnte ich kaum glauben, und ich tat auch nichts dagegen, als sie mich in den Käfig zerrte und in der hintersten Ecke niederlegte.

Gegenüber lauerte die Bestie …

»Da bleibst du liegen!«, hörte ich sie noch sagen, dann entfernten sich ihre Schritte, und ich vernahm auch das typische Geräusch einer zuschlagenden Gittertür.

Ich spannte mich, fieberte innerlich und spürte, dass etwas auf meinen Körper fiel.

Es war nur ein leichter Druck gewesen, die Beretta hatte es nicht sein können. Den Kopf hob ich ein wenig an, freute mich schon darüber, dass es überhaupt klappte, und konnte zunächst mit dem Blinken auf meinem Bauch nichts anfangen, bis ich erkannte, dass es sich bei dem Gegenstand um einen Schlüssel handelte.

Wahrscheinlich um den Türschlüssel des Käfigs. Es war der reine Hohn. Diese Alexis Ascot wusste genau, dass ich nicht in der Lage war, die Tür aufzuschließen. Das würde ihre Tochter zu verhindern wissen. Dennoch steckte ich ihn ein.

Ein gefährliches Knurren bewies mir, dass meine Gegnerin nicht lange fackeln wollte.

Ich schob mich mit dem Rücken noch weiter an den Stäben in die Höhe und schaute sie an.

Laura war kampfbereit. Die Augen, gelb, erbarmungslos und kalt, fixierten mich.

Ich hatte dabei das Gefühl, als würden sich die Blicke auf meine Kehle konzentrieren, und über meinen Rücken rann der erste Schauer einer heißen Furcht.

Mittlerweile saß ich aufrecht. Auch konnte ich mich bewegen, denn eine Lähmung hielt mich nicht umklammert. Aber würde es ausreichen, gegen eine Werwölfin zu bestehen?

Das war die große Frage. So recht konnte ich daran nicht glauben, aber ich machte weiter, denn die Werwölfin griff nicht direkt an. Sie bewegte sich im Halbkreis vor mir, wartete auf einen günstigen Moment, um mich zu überraschen.

Trotz meiner Behinderung wollte ich es so weit nicht kommen lassen. Ich hatte im Prinzip eine günstige Sitzposition eingenommen, die Werwölfin war auch nicht allzu weit von mir entfernt, sodass ich das Risiko einfach wagen musste.

Urplötzlich sprang ich los.

Es war ein Sprung, in den ich all meine Kräfte hineingelegt hatte. Ich stieß mich vom Boden ab, bog den Oberkörper durch und rammte die Schuhe in das dichte Fell der Körpermitte.

Dieser wuchtige Stoß, der sogar einen Menschen zurückgeschleudert hätte, ging auch an dem Werwolf nicht so ohne weiteres vorbei. Er geriet aus dem Angriffsschwung, riss ebenfalls die Arme in die Höhe und konnte sich nicht mehr auf den Beinen halten.

Die Bestie taumelte zurück. Sie krachte gegen das Gitter der Zelle. Ich hörte es knirschen, metallisch klappern und auch dumpf scheppern. Es war ein Zufall gewesen, dass ich die Bestie gewissermaßen auf dem falschen Fuß erwischt hatte. So bekam ich die Chance, mich hinzustellen. Wegen meiner Schwäche musste ich mich an den Stäben festhalten. Zum Glück schaffte ich es beim ersten Versuch, stand auch auf beiden Beinen und sah, dass der Boden unter mir ein Wellenmeer gebildet hatte, sodass er von einer Seite zur anderen kippte.

Auch meine Gegnerin schwankte.

Ich wollte an mein Kreuz heran. Das gelang mir nicht mehr, denn die Werwölfin wuchtete auf mich zu. Die Zelle war nicht sehr groß. Mit einem Sprung konnte sie die Distanz überwinden. Wie ein Berg tauchte sie vor mir auf.

Meine Reaktion war nicht die beste. Gerade noch rechtzeitig ging ich in die Knie und wurde deshalb nicht getroffen. Die gefährlichen Pranken wischten über meinen Rücken hinweg.

Das Gitter vibrierte unter den Treffern. Dann hatte ich Pech, die Beine der Bestie erwischten mich. Ich wurde zu Boden gedrückt.

Bevor mich die Wölfin mit ihrem Fuß oder ihrer Tatze buchstäblich festnageln konnte, kroch ich auf allen vieren unter ihr weg, um die andere Ecke zu erreichen. Mir ging es sauschlecht. Ich wunderte mich, dass es mir überhaupt gelang, noch Kraftreserven zu mobilisieren, aber wenn es um das nackte Leben geht, wächst der Mensch über sich hinaus.

»Los, stürz dich auf ihn!« Es war Alexis, die ihre Tochter anfeuerte.

Die hörte auf die Stimme. Auf der Stelle kreiselte sie schnell herum. Sie hielt dabei die Schnauze offen. Der zwischen den Kieferhälften wallende Geifer wurde herausgefegt und quer durch die Zelle geschleudert. Auch mich traf etwas von dem Zeug im Gesicht.

Ich putzte es automatisch weg. Mit der anderen Hand griff ich an den Hals. Dort bekam ich die Kette zu fassen und zog das Kreuz unter meinem Pullover hervor.

In seiner vollen Größe hing es vor meiner Brust.

Laura wollte wieder springen, als ihre Raubtieraugen das wertvolle Kreuz sahen.

Die Bestie blieb stehen, als hätte sie einen gewaltigen Schlag bekommen.

Auf einmal fühlte ich mich sicher. Zwar war die Nachwirkung des Schlages nicht völlig verschwunden, aber ich spürte den Kraftstrom, der durch meine Adern schoss.

Hatte ich gesiegt?

Wir standen uns gegenüber, schauten einander im Licht der Kellerbeleuchtung an, und ich sah, dass die Gegenwart des Kreuzes ihr Ziel nicht verfehlte.

Ob Werwolf oder Vampir, beide wussten genau, dass dieses geweihte silberne Zeichen des Guten ihrem unseligen Leben ein Ende setzen konnte. Deshalb auch diese Furcht, die so stark war, dass sie die Bestie regelrecht durchschüttelte.

Laura zitterte. Sie hatte sich zurückgezogen und gegen das Mauerwerk des Käfigs an der Seite gepresst. Dort stand sie mit offenem Maul, aus dem der Geifer floss und in dicken Tropfen zu Boden klatschte.

Mir fiel es schwer, mich auf den Beinen zu halten. Noch immer glaubte, ich auf dünnen Planken oder sumpfigem Boden zu stehen, aber ich hatte meine große Chance genutzt, ob sie mir freiwillig oder unfreiwillig von Alexis überlassen worden war. Es war in diesem Fall unwichtig.

»Das Kreuz wird dich vernichten!«, versprach ich der Bestie. »Die Silberkugel-Beretta habt ihr mir genommen, das Kreuz behalte ich. Als Bestie hast du kein Recht darauf, weiterzuleben …«

»Aber als meine Tochter!«

Als ich die scharf gesprochenen Worte der Frau hörte, blieb ich stehen und drehte den Kopf zur Seite.

Sie kam aus dem Dunkel des Kellers, und ihre Gestalt schälte sich nur allmählich hervor, sodass ich erst spät erkannte, was sie in der rechten Hand trug.

Es war eine Pistole!

Meine Beretta …

Und die Mündung war auf mich gerichtet. Alexis zielte auf die Zwischenräume der Käfigtür, hinter der ich mich aufhielt. »Wenn du sie tötest, Sinclair, werde ich dich erschießen.«

Ich lachte auf. »Eine verdammt miese Logik. Weshalb haben Sie mich dann in den Käfig gesteckt, mir aber hinterher einen Schlüssel zugeworfen?«

»Ich wollte dir eine Chance geben.«

»Die habe ich genutzt.«

Sie war stehen geblieben und nickte, denn eine akustische Antwort bekam ich nicht.

»Dann haben Sie eigentlich doch nicht damit gerechnet?«, führte ich das Gespräch fort. »Oder wollten Sie nur einen wilden Kampf sehen, der Sie fasziniert hätte?«

»Möglich.«

»So kommen wir nicht weiter.« Die Werwölfin hielt ich nach wie vor durch den Anblick meines Kreuzes in Schach. »Ich kann Ihre Laura nicht am Leben lassen. Sie ist zu gefährlich.«

»Dann werden auch Sie sterben.«

»Lohnt sich das?«

»Für mich ja, weil du mein Lebenswerk somit zerstört hast. Ich hätte dich dem Clan überlassen können und tat es nicht. Zeigst du so deine Dankbarkeit, Geisterjäger?«

»Ich brauche Ihnen nicht dankbar zu sein. Sie hatten meinen Tod gewollt, sonst hätten Sie mich nicht zu ihr in den Käfig gesteckt, und Sie wussten genau, in welch einer Verfassung ich mich befand. Das war schon so gut wie Mord. Aus diesem Grunde sehe ich nicht ein, weshalb ich Ihnen dankbar sein sollte.«

»Dann muss ich schießen!«

»Ihre Tochter stirbt.«

»Eine Kugel ist immer schneller!«, behauptete sie kalt und bewies auch Nervenstärke.

Ich wurde aus dieser Person nicht schlau. Wahrscheinlich würde sie abdrücken, es stand einfach zu viel auf dem Spiel, und ich konnte hier nicht ewig und drei Tage warten, denn irgendwann würden auch die vier anderen Wölfe zurückkehren.

»Was überlegst du, Sinclair?«

»Wie sehen dann Ihre Pläne aus?«, fragte ich.

»Du wirst das Kreuz aus der Hand legen. Das heißt, wirf es mir zu, dann sehen wir weiter.«

»Laura soll mich also noch einmal angreifen.«

»Das wird sie.«

»Damit bin ich nicht einverstanden. Ich kann und werde

das Kreuz nicht aus der Hand geben. Finden Sie sich damit ab, Alexis!«

Die Frau musste den entschlossenen Klang aus meiner Stimme herausgehört haben. Sie zog plötzlich Konsequenzen, mit denen ich nicht gerechnet hätte.

Alexis Ascot schoss!

Ich hörte den Knall, sah das kurze Aufflackern des Mündungsfeuers und reagierte instinktiv.

Aus dem Handgelenk schleuderte ich das Kreuz gegen die Werwölfin. So schnell, dass sie nicht ausweichen konnte und von der weißmagischen Waffe berührt wurde.

Ich hörte sie noch schreien und wunderte mich, dass ich nicht getroffen worden war. Glück und Zufall hatten mich gerettet, denn die Kugel war nicht durch den Zwischenraum des Gitters geschlagen, sie hatte einen der Stäbe erwischt und war abgeprallt.

Zu einem zweiten Schuss kam sie nicht mehr. Nicht aus dem Grunde, weil sie mit der Beretta nicht hätte umgehen können, es war etwas anderes, das sie so störte.

Ihre Tochter Laura.

Und sie schrie den Namen, dass es schaurig durch den Keller hallte und mir eine Gänsehaut über den Rücken trieb. Mit nur zwei Schritten hatte sie den Käfig erreicht, fiel gegen ihn und umklammerte mit beiden Händen zwei Gitterstäbe.

»Lauraaa …!« Noch einmal brüllte sie voller Verzweiflung, während wahre Tränenbäche aus ihren Augen stürzten.

Ich kümmerte mich nicht um das Geschrei, auch nicht um die Bestie, viel wichtiger war es, aus dieser verdammten Zelle herauszukommen. Den Schlüssel hatte ich schnell gefunden, öffnete die Tür und drückte sie auf.

Befreit atmete ich auf, als ich den ersten Schritt in den Keller hineinging und mich sofort nach rechts wandte, um mich um die Frau zu kümmern.

Sie hockte am Boden. Hatte sich auf die Knie gedrückt und umklammerte mit beiden Händen die Gitterstäbe, während sie das Gesicht zwischen zwei Stäbe drückte und auf ihre über alles geliebte Tochter schaute, die am Boden lag und den Kräften des Kreuzes Tribut zollen musste.

Laura verging.

Sie strampelte noch mit den Beinen, während sie immer weiter dabei zurückrutschte, sodass ihr Rücken bald nicht mehr von den Gitterstäben gestützt wurde.

Ich sah meine Beretta in der rechten Hand der Frau. Mit einem Griff entwand ich ihr die Waffe und steckte sie ein. Alexis kümmerte sich nicht um mich. Für sie war eine Welt zusammengebrochen. Auch sie sank tiefer. Die schweißfeuchten Hände schafften es einfach nicht, die Stäbe zu umklammern. Immer tiefer rutschte sie ab, wobei auch ihre Knie nach hinten glitten und sie letztendlich in eine Bauchlage geriet.

Ich blickte auf Laura.

Stinkende, graue Qualmwolken stiegen dort auf, wo Laura am Boden lag. Mein Kreuz hatte dafür gesorgt. Seine magische Strahlung und auch die Kraft brannte sich tief in das Fell hinein, löste es auf, sodass es auch die Rauchwolken produzierte.

Hatte das Fell vorhin noch gesund und glänzend ausgesehen, änderte sich der Farbton. Stumpf, grau, so sah es aus, und auch die langen Haare fielen ab.

Den Kopf hatte die sterbende Werwölfin in den Nacken gedrückt. Weit offen stand die Schnauze. Hier bildete sich zuerst wieder der Mensch hervor, denn das Fell löste sich auf, rieselte zu beiden Seiten des Kopfes dem Boden entgegen, sodass die normale Haut für mich sichtbar wurde. Dieser Vorgang blieb nicht auf den Kopf beschränkt. Der gesamte normale Menschenkörper kehrte zurück, sodass wenige Minuten später ein nacktes Mädchen vor mir lag.

Nackt und tot …

Ich spürte ebenfalls ein Würgen in der Kehle. Das hatte ich nicht gewollt, nur war mir kaum eine andere Wahl geblieben, weil man mich eben dazu gezwungen hatte.

Die Umstände waren gegen mich gewesen, deshalb wollte

ich mir auch keine weiteren Vorwürfe machen, obwohl der bittere Geschmack im Hals zurückblieb.

Aber noch etwas war anders geworden. Man konnte Laura als eine Gezeichnete bezeichnen. Dicht unter ihrer Brust, wo sie von meinem geworfenen Kreuz getroffen worden war, zeichneten sich die Umrisse auf ihrer Haut ab. Ich sah das dunkelrote, leicht ins Bräunliche gehende Stigma meiner stärksten weißmagischen Waffe.

Eine Rückenlage hatte sie erreicht. Laura rührte sich nicht mehr. Es war still geworden, nur das schwere Atmen der Alexis vernahm ich noch. Ich ging in die Zelle. Das Kreuz lag neben der Toten. Sicherheitshalber fühlte ich nach dem Herzschlag.

Nein, da war nichts mehr zu spüren. Es gab keine lebende Laura Ascot mehr.

Ich richtete mich wieder auf, hängte das Kreuz um und verließ die Zelle. Auch mein Gesicht war ausdruckslos, als ich neben Alexis Ascot stehen blieb.

Noch ließ ich sie in Ruhe. Zudem spürte sie nach einer Weile, dass sie nicht mehr allein war, stöhnte auf und drückte sich in die Höhe. Ich ließ sie in Ruhe. Als sie schließlich kniete, schaute sie in meine Richtung.

»Du hast sie gekillt!«, flüsterte sie. Anklagende Worte, die sie mir entgegenzischte, doch ich fühlte mich nicht so sehr betroffen, schüttelte sogar den Kopf.

»Sie hat selbst die Schuld daran getragen«, sagte ich. »Und auch Sie, Alexis.

»Ich?« Ihr Lachen klang bitter. Sie streckte die Arme aus und umklammerte die Stäbe. An ihnen zog sie sich in die Höhe, stand mit zitternden Knien, ließ sich schwer gegen das Gitter fallen und streckte die Arme durch zwei Lücken, sodass die Hände dem Boden entgegenbaumelten.

Ich legte eine Hand auf ihre Schulter.

Wie von der Natter gebissen, fuhr sie herum und funkelte mich hasserfüllt an. »Wag es nicht, mich noch einmal anzurühren, du verfluchter Hundesohn, du!«

»Ich verstehe Ihre Trauer«, sagte ich. »Aber Sie sollten ein wenig logisch denken und sich fragen, ob Sie nicht auch einen Teil der Schuld an den Vorgängen hier tragen.«

»Du hast sie getötet.«

»Und Sie haben zugelassen, dass ich keine andere Wahl mehr hatte. Seien Sie doch vernünftig! Sie sperrten mich in den Käfig, weil Sie unbedingt einen Kampf zwischen uns beiden mitbekommen wollten. Sie waren begierig darauf, ihn zu sehen. Sie wollten mitbekommen, wie ich vernichtet wurde, das ist Ihnen nicht gelungen. Ich war eben stärker, obwohl Sie mir die Beretta wegnahmen. Wie sieht es nur in Ihrem Innern aus, Mrs Ascot? Das frage ich mich allmählich immer öfter.«

»Das geht dich nichts an.«

»Doch, denn dieser Fall ist noch nicht beendet. Und jetzt werden wir beide den Keller verlassen. Unser Gespräch ist ja leider unterbrochen worden. Wir führen es fort.«

Die Frau ahnte, was ich vorhatte, und zog sich von mir zurück. Als sie kurz vor der Treppe war, blieb sie stehen und hob in einer matten Geste die Schultern.

»Es hat doch keinen Sinn«, sagte sie.

»Wie gut, dass Sie es einsehen.«

»Ich will sie.« Alexis deutete auf den reglosen Körper ihrer Tochter.

»Ich will sie mit nach oben nehmen, um sie jetzt neben dem Haus zu begraben.«

Den Wunsch konnte ich ihr kaum abschlagen und bot mich sogar an, Laura zu tragen.

Da wäre sie mir fast an den Hals gesprungen. »Nein, nicht du. Das mache ich.« Ihre Stimme glich bereits dem Knurren eines gefährlichen Werwolfs.

Mit müde wirkenden Schritten ging sie in die Zelle und kniete neben der Toten nieder.

Ich baute mich an der Treppe auf. Allmählich ließ die Spannung nach. Ich spürte wieder, wie sehr man mich malträtiert hatte. In der hinteren Hälfte meines Kopfes hämmerte es, und bald würden sich die Schmerzen ausbreiten.

Meinem Körper erging es ebenfalls nicht viel besser. Der

Sturz auf der Treppe hatte ihn in Mitleidenschaft gezogen. Ob Ellenbogen oder Beine, dort hatte ich das Gefühl, als hätte jemand mit einem Hammer gegen die Knochen geklopft.

Alexis Ascot bewegte sich. Sie fasste ihre Tochter unter und stemmte sie hoch. Für einen Moment schwankte sie, als Laura auf ihren ausgebreiteten Armen lag.

Dann hatte sie sich gefangen und lief mit unsicheren Schritten auf die offene Tür zu. Den direkten Kurs zur Treppe nahm sie, entwickelte außerordentliche Kräfte und stieg die Stufen hoch.

Mich bedachte sie dabei nicht mal mit einem Blick …

Der Wind wehte nicht nur mir ins Gesicht, sondern auch der Frau, und er trocknete ihre Tränen. Ich hatte ihr meine Hilfe angeboten, und zweimal war ich schroff abgewiesen worden, denn sie wollte ihre Tochter allein begraben.

Das tat sie auch.

Wir befanden uns fast unter den Bäumen, und Alexis ging mit dem Spaten um wie ein Mann. Sie schaufelte das Grab nicht so tief wie ein normales, aber die Erde sollte schon den Körper bedecken.

Ein paarmal hatte ich versucht, sie anzusprechen, eine Antwort allerdings nicht bekommen.

Und so arbeitete sie weiter. Stumm und verbissen. Mir wurde eine makabre Szene geboten. Eine graue Dunkelheit lag über dem Land. Mittlerweile war der neue Tag schon eine Stunde alt.

Die Tote hatte Alexis noch in eine Decke gewickelt. Die Leiche lag neben dem Grab, genau der Seite mit dem aufgeworfenen Erdhügel gegenüber.

Meine Gedanken drehten sich um die vier Wölfe. Dass sie verschwunden waren, regte mich nicht weiter auf, denn gegen alle wäre ich sicherlich nicht angekommen, nur fragte ich mich nach ihrem Ziel. Eine Vollmondnacht war für Bestien wie sie ungemein günstig, da konnten sie ihrem Trieb nachkommen und Menschen überfallen.

Laura, ihr Vater und ihre drei Onkel hatten gewissermaßen den Clan gebildet. Alexis stand abseits. Dennoch war ich davon überzeugt, dass man sie in die Pläne eingeweiht hatte, und aus ihrem Munde wollte ich erfahren, was die Werwölfe vorhatten.

Auch bei mir drängte die Zeit.

Ich sprach sie wieder an. Eine Antwort bekam ich nicht. Als ich nachhakte, fuhr sie plötzlich herum, mit ihr auch das Spatenblatt, das plötzlich dicht vor meiner Gürtellinie erschien.

Hastig sprang ich zurück.

»Beim nächsten Mal ramme ich dir das Ding in den Leib!«, drohte sie flüsternd.

»Wir werden sehen.«

Dann machte sie weiter. Ich ließ sie, denn zu diesem Zeitpunkt würde sie mir keine Auskünfte geben, und als ich ging, schaute sie auch kaum auf. Alexis Ascot war beschäftigt. Fliehen würde sie bestimmt nicht. Deshalb konnte ich gehen und meinen Wagen holen. Ich fand ihn so, wie ich ihn verlassen hatte.

Obwohl es mitten in der Nacht war, rief ich vom Auto aus Suko, meinen Freund und Kollegen, an. Er musste einfach erfahren, wie es mir ergangen war. Er hob auch ziemlich schnell ab, da neben seinem Bett ebenfalls ein Apparat stand.

»Du?«, stöhnte er. »Sag bloß, du bist versackt und suchst einen, der dich abholt.«

»Das nicht. Hör zu, Alter, es ist verdammt ernst!«

»Rede!«

Ich berichtete von meinem Abenteuer. Auf einmal klang Sukos Stimme nicht mehr spöttisch oder verschlafen. Mein Freund war hellwach. »Das gibt es doch nicht!«, flüsterte er. »Das kann ich nicht glauben, verdammt.«

»Es ist aber so. Ich habe eine Werwölfin erledigen müssen.«

»Und die anderen?«

»Sind unterwegs.«

»Du weißt nicht, wohin?«

»Nein, doch hoffe ich, es in der nächsten halben Stunde zu erfahren. Ich gebe dir dann Bescheid. Bleib bitte wach!«

»Schlafen werde ich sowieso nicht können. Nicht nach deinem Anruf. Hast du wirklich alles unter Kontrolle?«

»Jetzt ja.«

»Bist nicht verletzt?«

»Nur ein wenig lädiert. Wie gesagt, Suko, bleib in Bereitschaft. Ich habe ein dummes Gefühl, dass sich hier noch etwas Großes anbahnt. Die vier Bestien sind nicht umsonst verschwunden. Die verfolgen einen bestimmten Plan.«

»Wenn du meinst. Bis später.«

Nach dieser Antwort meines Freundes startete ich den Wagen. Als die Lichtlanzen über den Platz vor dem Haus streiften, erschien auch wie eine gespenstische Silhouette der Umriss der schaufelnden Alexis Ascot.

Ich stoppte, stieg aus, ging zu ihr und blieb neben Alexis stehen. Die Leiche ihrer Tochter hatte sie bereits in die Grube gelegt und war jetzt dabei, sie zuzuschaufeln.

Schaufel für Schaufel verschwand die Leiche unter dem Lehm.

»Das war's dann wohl«, sagte ich.

Ihr Arm mit dem Spaten sank nach unten. Das Blatt stemmte sie in den Boden. »Ja, das war's«, flüsterte sie heiser.

»Fühlen Sie sich jetzt besser?«, fragte ich sie.

»Scher dich zum Teufel, Hundesohn!«, zischte sie mir voller Hass entgegen. »Geh weg!«

»Nein, ich bleibe, und Sie werden mir Rede und Antwort stehen.«

Mit dem Spaten als Waffe hatte sie mir bereits gedroht. Jetzt wollte sie ihn gegen mich einsetzen. Blitzschnell wuchtete sie das Werkzeug hoch.

Ich drehte ab, das Blatt verfehlte mich. Sie kam ins Stolpern, huschte an mir vorbei, und mir gelang es, sie von hinten zu umschlingen. Eng an mich gepresst, hielt ich sie fest. Auch ihren Armen ließ ich keinen Spielraum.

»Lassen Sie dieses verdammte Ding endlich fallen!«, befahl ich mit rauer Stimme. »Sie kommen gegen mich nicht an, zum Henker!«

Aus dem Mund der Frau drangen Laute, die mich schon an die eines Werwolfs erinnerten. Sie drehte sich, wollte meinen Griff sprengen, schaffte es aber nicht.

Dann gab sie auf, erschlaffte in meinen Armen und schleuderte den Spaten zur Seite.

Ich ließ sie los, fasste sie aber im nächsten Augenblick an der Schulter und drehte sie um.

Schweißnass war ihr Gesicht. Sie musste mit den schmutzigen Händen über ihre Haut gefahren sein, denn ich sah in ihrem Gesicht die dunklen Streifen.

»Was willst du noch?«, schrie sie.

»Fragen beantwortet haben!«

»Ich weiß nichts, verdammt!«

»Gehen wir ins Haus!«

Sie trat mit dem rechten Fuß auf. »Nein, ich …«

Mein Stoß katapultierte sie vor. Alexis sah ein, dass sie den Kürzeren gezogen hatte. Diesmal ging sie tatsächlich, hielt den Kopf gesenkt und ging wie eine Betrunkene zur Haustür.

Wenig später befanden wir uns wieder in der Küche. Der Tisch war wieder korrekt hingestellt worden. Ich drückte Alexis auf einen Stuhl und nahm selbst auf der Tischkante Platz.

»Wo sind die anderen vier?«

»Welche?«

»Nehmen Sie mich hier nicht auf den Arm«, erwiderte ich scharf. »Sie wissen genau, dass ich von Ihrem verdammten Familienclan rede. Von Ihrem Mann und seinen drei Brüdern.«

»Sie sind weg.«

»Das habe ich gesehen. Und wohin?«

Bisher hatte sie mich nur starr angeschaut. Plötzlich trat Leben in ihre Augen und auch in ihr Gesicht. Die Lippen verzogen sich zu einem wissenden und gleichzeitig kalten Lächeln. Sie hob den linken Arm, reinigte den Glasdeckel der Uhr von einer Schmutzschicht, schaute auf das Zifferblatt und nickte. »Ja«, sagte sie dabei. »Eigentlich müssten sie jetzt so weit sein. Genau in diesem Augenblick.«

»Wie meinen Sie das?«

»Sie haben ihr Ziel erreicht.«

»Und wo liegt das?«

»Nicht weit von hier, Sinclair. Man kann zu Fuß hingehen. Der Plan ist genial, sogar super. Das hat bisher keiner geschafft, obwohl viele davon sicherlich geträumt haben.«

»Sind Sie nach London ...?«

Sie lachte mich aus. »Würden Sie von hier zu Fuß nach London gehen, Sinclair? Nein, London ist es nicht. Ich sagte doch, es liegt ganz in der Nähe.«

»Wo denn genau?« Ich beugte mich vor und gab meiner Stimme mehr Power. »Reden Sie, verdammt!«

»Es ist keine Stadt und auch kein Dorf.« Genüsslich lehnte sich die Frau zurück und grinste noch breiter. »Ich will es Ihnen sagen, da Sie nicht mehr viel ändern können. Etwa eine Meile von hier in nordwestlicher Richtung führt eine Bahntrasse durch das Gelände. Die Strecke ist so gut wie stillgelegt. Sie wird nur hin und wieder für Sonderfahrten benutzt. Diese Fahrten sind geheim. Manchmal wird Geld transportiert, manchmal auch nukleares Material oder auch Menschen ...«

Ich hatte begriffen. »Und was wird in dieser Nacht befördert?«, fragte ich.

»Menschen.«

»Wichtige Persönlichkeiten?«

»Das kann man wohl sagen«, erwiderte sie lachend. »Sehr wichtige Persönlichkeiten, die sich aufgrund der politischen Entwicklung im Osten zu einem geheimen Treffen gezwungen sahen. Es befinden sich zwei Botschafter im Zug, der englische und der Vertreter der Sowjetunion. Was meinen Sie, Sinclair, was passiert, wenn die Werwölfe den Zug stoppen und die beiden Typen in ihre Gewalt bekommen ...?«

Bei dieser Frage wurde ich totenbleich ...

Nach einer Weile des Schweigens hörte ich ihr Lachen. Ja, sie lachte mich aus.

»Damit hast du wohl nicht gerechnet, Geisterjäger, wie?«

Durch die Nase holte ich Luft. Ich war nicht fähig, eine Antwort zu geben, denn die Folgen dieser Tat konnten fürchterlich werden und unabsehbare Folgen haben.

Botschafter zweier nicht gerade befreundeter Staaten wurden gekidnappt. Ausgerechnet noch der russische. Wie würde seine Regierung darauf reagieren? Werwölfe kannten kein Pardon. Es war ihnen egal, welche Berufe ihre Opfer ausübten. Sie würden die Männer eiskalt töten.

Ein russischer Botschafter verlor auf englischem Boden sein Leben! Mir wurde der Kragen eng, wenn ich an die Folgen dachte.

»Ja«, sagte die Frau mit eiskalter Stimme. »So ist das nun mal. Lange genug haben wir an dem Plan gebastelt. Jetzt steht er. Und zwar bombensicher.«

Bombensicher! Das konnte ein Stichwort sein. Ich fragte mich, wie die Werwölfe es versuchen wollten, den Zug zu stoppen. Durch eine Explosion?

Alexis Ascot hatte mir die Gedanken vom Gesicht abgelesen, denn sie begann leise zu lachen. »Dieser Plan ist lange genug ausgeklügelt worden. Aber keine Panik, Sinclair. Eine Bombe wird nicht gelegt. Habe ich dir nicht gesagt, dass mein Mann bei der Bahn einen Vertrauensposten hat? Er wird in vieles eingeweiht. So ist er auch an die Geheimunterlagen des Transports gekommen und hat die Konsequenzen gezogen. Gerald verriet alles. Es ist nicht mal nötig, eine Bombe zu legen, um den Zug zu stoppen. Es reicht gewissermaßen eine einfache Handbewegung, um diese wertvolle Fracht zum Halten zu bringen.«

»Und welche?«, erkundigte ich mich.

»Man braucht nur ein Signal umzustellen«, erklärte sie lässig und auch hochnäsig.

Klar, das war es. Wenn sich jemand im Verkehrsbetrieb der Bahn auskannte ... Jeder Lokführer musste sich an die Signale halten.

Alexis hob die Schultern. Sie gab sich sehr lässig und überlegen. »Du siehst, Geisterjäger, es ist an alles gedacht worden.«

»Und Sie wussten davon?«, fragte ich.

»Natürlich.«

»Sie hätten es melden müssen.«

Fast bedauernd schaute sie mich an. »Melden? Sind Sie verrückt? Auch ich will, dass einige arrogante Typen etwas auf den Deckel bekommen. Ich habe dir doch gesagt, dass es der Fluch der alten Zeit ist. Bevor es Menschen gab, waren schon die Wölfe da. Sie hatten damals die Kontrolle übernommen, und sie werden sie wieder übernehmen. Daran kann auch ein Mann wie du nichts ändern.«

»Im Prinzip ja. Aber Sie werden einsehen, dass ich so etwas nicht hinnehmen kann.« Es bereitete mir Mühe, so ruhig zu sprechen. »Ich werde entsprechende Gegenmaßnahmen veranlassen.«

»Wie denn? Telefonisch?«

»Genau.«

Ihr Lachen klang abgehackt, irgendwie wissend und auch schmutzig. »Ein Telefon werden Sie hier finden. Nur bekommen Sie keine Verbindung. Es ist alles abgeschaltet. Wir beide, Sinclair, sitzen hier wie auf einer Insel.«

»Nicht ganz«, widersprach ich. »Sie haben einen guten Plan gehabt, wollten sogar noch Spaß mit mir haben, verloren leider Ihre Tochter, das war der erste Tiefschlag. Den zweiten werde ich Ihnen gleich versetzen«, erklärte ich, von der Tischkante rutschend. »Es gibt ein funktionierendes Telefon in der Nähe. Und zwar in meinem Wagen, Mrs Ascot!«

Das hatte sie geschockt. Ich sah, wie sie die Hände ballte und bleich wurde.

Nun musste sie etwas tun. Sie hatte mich in einen Plan eingeweiht, ich allerdings war unter Umständen in der Lage, alles zu verhindern, wenn ich rasch handelte.

Sie starrte mir ins Gesicht. »Es ist trotzdem zu spät!«, erklärte sie. »Viel zu spät.«

»Ich lasse es darauf ankommen.«

Ihre auf meine Worte folgenden Nickbewegungen wurden unterbrochen, als sie plötzlich in die Höhe schoss. Es war ein letzter Angriff der Verzweiflung. Alexis wusste wohl, dass sie mir nicht gefährlich werden konnte, und ich packte sie an den Handgelenken, als sie von der Tischkante rutschte. Sie kam nicht dazu, ihre Fingernägel einzusetzen, und schrie auf, als ich einen ihrer Arme auf den Rücken bog. Es war der rechte. Ich drückte ihn wieder hoch und hatte Alexis in den berühmten Polizeigriff genommen. Sie beugte sich vor und ächzte, als sie einen Schmerzstoß spürte, der durch ihren Arm schoss.

Ich benötigte nur eine Hand, um sie festzuhalten, mit der anderen holte ich die Handfesseln aus Kunststoff hervor und schloss einen Ring um ihr Gelenk.

Den anderen hielt ich fest.

Alexis wurde ruhig. Sie lachte sogar und hörte auch nicht auf, als ich sie nach draußen führte. Neben dem Bentley blieb ich stehen. »Schauen Sie hinein«, sagte ich, »dann werden Sie erkennen, dass ich Ihnen keinen Bären aufgebunden habe!«

Sie senkte nicht einmal den Kopf. Dafür fesselte ich auch ihre andere Hand. Vor dem Bentley ließ ich sie warten, während ich abermals meinen Freund Suko anrief und ihm erklärte, was ich erfahren hatte.

»Und das stimmt?«, fragte er.

»Ja.«

»Was soll ich tun?«

»Sir James informieren, nachforschen, ob sich tatsächlich die beiden Botschafter im Zug befinden.«

»Und was hast du vor?«

»Ich werde zu der Stelle fahren, wo die Werwölfe den Zug wahrscheinlich schon gestoppt haben.« Noch einmal beschrieb ich ihm die ungefähre Stelle. Dann wurde es wirklich Zeit.

Als ich den Wagenschlag öffnete, starrte mich Alexis Ascot wütend an. »Was haben Sie eigentlich vor?«, fragte sie mich.

»Ich nehme Sie mit.«

»Und wohin?«

»Das werden Sie schon sehen«, erklärte ich ihr. »Los, steigen Sie ein! Und verhalten Sie sich ruhig, sonst sehe ich mich gezwungen, Sie ins Reich der Träume zu schicken.«

Sie lachte krächzend. »Ich weiß, dass man von Ihnen keine Dankbarkeit erwarten kann.«

»Hören Sie auf, Mrs Ascot! Sie wollten mich nicht retten, sondern nur mit mir spielen und Ihren eigenen Trieb befriedigen. Das ist die Wahrheit und nichts anderes.«

»Wenn Sie das meinen.«

Mein gesprochenes »Sehr richtig« ging im Zuknallen des Wagenschlages unter. »Wir werden eine kleine Spazierfahrt unternehmen, und Sie sagen mir, wie ich die Stelle finden kann.«

»Fahren Sie nach Nordwesten.«

Das tat ich auch. Wege existierten nicht, ich musste quer über die Wiese rollen. Natürlich war der Untergrund nicht eben, dementsprechend gestaltete sich die Fahrt.

Hin und wieder nahm ich mir die Zeit, meiner Begleiterin einen Blick zuzuwerfen.

Sie saß da und lächelte. Ein Beweis, dass ich wahrscheinlich zu spät kommen würde …

Es war kein langer Zug. Eine Lok zog zwei Wagen, die allerdings mit normalen Waggons nicht verglichen werden konnten. Man hatte sie völlig umgebaut.

Der letzte Wagen fasste all das, was zwei Botschafter auf Reisen eben brauchen: Telex, Telefon, Computer, modernste Kommunikation also. Hinzu kam die kleine Küche mit dem extra ausgewählten Koch, das Verwaltungspersonal. Es waren zwei junge Männer, die sich um die Verbindungen kümmerten. Auch eine Dusche war vorhanden, Toiletten ebenfalls. Die Mitarbeiter von der Technik hatten mit den anderen nichts zu tun. Diese vier Typen waren so unauffällig, dass sie schon wieder auffielen, wenn man genauer hinschaute, aber kein Politiker konnte es sich leisten, ohne Leibwächter loszufahren.

Man hatte vier harte Burschen abgestellt. Männer von einem Sonderkommando, gut ausgebildet und bewaffnet, außerdem bereit, jeden Angriff abzuwehren. Die vier hielten sich im ersten Wagen auf. Dort allerdings in der zweiten Hälfte, wo auch die Sekretärinnen der beiden Botschafter saßen. Vertrauenspersonen. Eine stammte aus Liverpool, die andere aus Omsk. Im Laufe der Zeit hatten sich die beiden Frauen angefreundet und redeten über die internationale Mode, für die sich die braunhaarige Russin sehr interessierte.

Die Leibwächter hockten in den Sesseln. Sie selbst sprachen kaum und sahen aus, als würden sie schlafen, waren in Wirklichkeit jedoch hellwach und bekamen jedes Wort mit, das die Frauen redeten.

Man konnte die Zusammenkunft der Botschafter als Geheimtreffen bezeichnen. Es ging um schwerwiegende Probleme. Wahrscheinlich Aufrüstung im All. Die Russen waren dagegen, weil sie wahrscheinlich befürchteten, dabei nicht mithalten zu können. Die Engländer tendierten mehr zu den Amerikanern hin, und der russische Botschafter wollte wohl den genauen Standpunkt der englischen Regierung ausloten.

Die Wagenhälfte, in der sich die beiden Botschafter aufhielten, glich einem eleganten Wohnzimmer.

Auch die beiden Lokführer gehörten zu den ausgesuchten Leuten. Männer, die schon lange im Dienst der Eisenbahn standen und deren Vorleben genau untersucht worden war.

Auf der Fahrt sollte eine bestimmte Geschwindigkeit eingehalten werden. Auch die Strecke war zuvor genau festgelegt worden. Es ging in Richtung London, allerdings wurde die Millionenstadt nicht erreicht, sondern umfahren. Wo und wann die Reise ihr Ende finden sollte, wussten die Lokführer nicht. Sie würden über Funk die nötigen Anweisungen bekommen.

»Das ist wie beim Auto«, sagte Morton Gamber. »Wenn du nur immer mit einer bestimmten Geschwindigkeit fahren darfst, wird es auf die Dauer langweilig, und du schläfst ein.«

»Die Bahn zerstört aber nicht die Umwelt.«

»Stimmt. Nur sehe ich nicht ein, dass wir nur in diesem Bummeltempo vorankommen.«

»Für das Geld bleibe ich auf der Strecke stehen«, sagte Gamber.

Sein Kollege lachte. »Im Prinzip hast du Recht. Wir machen da einen guten Schnitt. Sogar steuerfrei.«

»Ehrlich?«

Slick Espe, der zweite Mann, nickte heftig. »Wenn ich dir das sage, Alter. Steuerfrei. Wahrscheinlich wird das hier nicht mal unsere letzte Fahrt dieser Art bleiben. Ich habe da was läuten gehört, dass sie uns hin und wieder für solche Fahrten holen wollen. Die Politiker sitzen wohl gerne in Zügen.«

»Das wäre gut.«

Espe nickte. »Deshalb wollen wir uns nicht beschweren. Und wenn sie im Schritttempo fahren, ist mir das auch egal. Hauptsache, die Kasse stimmt.«

»Ich habe Hunger.«

Espe lachte. »Was hat dir dein Weib denn eingepackt?«

»Keine Ahnung, die ist weg. Zu einer Beerdigung nach Schottland gefahren. Meine Tochter hat für mich gesorgt.« Morton Gamber holte die Brotdose aus der Aktentasche hervor und öffnete sie. »Sandwiches«, murmelte er. »Mehr nicht.«

»Was hast du denn erwartet?«

»Zumindest ein Haustier mit einem Bein.«

Slick Espe schüttelte verwundert den Kopf. »Was ist denn das schon wieder?«

»Kennst du nicht?«

»Nein.«

Morton Gamber begann zu grinsen. »Ein Haustier mit einem Bein ist ein halbes Hähnchen. Alles klar?«

Espe stöhnte auf. »Einen Gummiadler meinst du.«

»Genau.«

»Den könnte ich jetzt auch vertragen.«

Morton sagte: »Geh in den Wagen, da gibt es bestimmt etwas Besonderes. Da kriegst du Kaviar.«

Espe winkte ab. »Wenn ich Eier esse, dann lieber die vom Huhn. Die sind auch größer.«

Obwohl sich die beiden Männer unterhielten, ließen sie die Strecke nie aus dem Blick. Aber es war nichts, was sie hätte überraschen können.

Der Zug rollte durch die Nacht. Schnurgerade war die Strecke, die auf einem erhöht liegenden Damm verlief. Es war windig geworden, am Himmel tanzten die Wolken, durch deren Lücken hin und wieder ein satter Vollmond schien.

Morton aß. Sein Kollege hatte jetzt die volle Verantwortung übernommen. Wenn er Pause machte, stand Gamber bereit. Die beiden waren ein eingespieltes Team. Manche behaupteten, sie gehörten zu den fünf besten Lokführern des Königreiches.

Das Telefon summte. Morton Gamber schluckte schnell die Reste hinunter und nahm ab.

»Hier Zero«, hörte er die kalte Stimme des Anrufers. »Ist bei Ihnen alles in Ordnung?«

»Klar, Mr Zero.«

»Okay, denn …«

»Hören Sie mal, Mr. Zero.« Mort ritt plötzlich der Teufel. Er mochte diese Leibwächter nicht, die sich für den Nabel der Welt hielten.

»Was ist denn?«

Gamber grinste. »Heißen Sie wirklich Zero, oder sind Sie auch eine Null?«

Das war zu viel für den Boss der Leibwächter. Morton Gamber hörte ihn scharf atmen. Bevor der Mann eine entsprechende Erwiderung geben konnte, hatte Gamber aufgelegt.

Auch Espe grinste. »Dich reitet heute wieder der Teufel, wie?«

»Ich kann die Typen nicht ab. Halten sich alle für die Größten, und Spaß verstehen Sie auch nicht.«

»Sie nehmen eben das Leben ernst.«

Morton winkte ab und aß den Rest seines schon leicht trocken gewordenen Sandwiches. »Auf Ideen kommen die Leute«, murmelte er. »Fahren mitten in der Nacht mit dem Zug durch die Gegend. Ich bin gespannt, wo das noch enden soll.«

»In vier Stunden ist unser Dienst vorbei.«

»Glaubst du an den Weihnachtsmann?«

Espe schüttelte den Kopf. »An den nicht mehr. Dafür an die Bezahlung von Überstunden.«

»Die ist in der Pauschale drin«, meinte Gamber.

»Du nimmst mir auch jede Motivation.«

»Die Wahrheit zu hören ist nie ganz einfach.« Gamber setzte sich auf einen Klapphocker, schoss jedoch im nächsten Moment wieder hoch, weil er einen zischenden Laut vernommen hatte.

»Was ist los?«

Espe deutete nach vorn. »Das Signal, verdammt! Es steht auf Stopp.« Er ging gleichzeitig mit der Geschwindigkeit herunter.

Gamber schüttelte den Kopf. »War das eigentlich vorgesehen?«

»Nein. Man hat uns erklärt, wir hätten freie Fahrt.«

»Sollen wir durch?«

Slick Espe erschrak. »Bist du denn verrückt! Ein Stoppsignal zu überfahren, das wäre Wahnsinn. Das kostet dich deinen Job.«

»Da muss was passiert sein«, sagte Gamber. »Ich setze mich mal mit Zero in Verbindung.«

»Ist wohl am besten so.«

Morton Gamber rief an. Er bekam den Leibwächter sofort an die Strippe. »Hören Sie zu, Zero. Vor uns steht ein Signal auf Stopp. Sollen wir durchfahren?«

Der Mann überlegte kurz. »Deshalb haben Sie das Tempo verringert?«

»Ja.«

»Sie wissen von nichts?«

»Deshalb rufe ich Sie an.«

»Dann halten Sie.«

»All right, ich berufe mich auf Sie«, sagte Mort Gamber und unterbrach die Verbindung. Er wandte sich an seinen Kollegen. »Du musst anhalten, Slick.«

»Habe ich mir gedacht.« Espe leitete bereits den Bremsvorgang ein, während Morton das immer näher kommende

Signal nicht aus den Augen ließ. Die Umgebung hatte sich nicht verändert. Nach wie vor war sie eben und wurde nur von der höher gelegenen Trasse durchschnitten.

Morton schluckte. »Mir gefällt die Sache nicht. Wir fahren hier eine verdammt heiße Fracht durch die Gegend. Das kann irgendwelche Typen nur anlocken.«

»Aber doch nicht hier.«

»Denk an den Postraub damals.«

»Da waren die Verhältnisse anders«, widersprach Espe. »Heute ist sicherlich alles normal.«

»Wir werden sehen.«

Der Zug rollte aus. Plötzlich befand sich das Signal auf gleicher Höhe, dann rollte der Zug vorbei und kam wenig später zur Ruhe. Sekunden vergingen.

Nichts tat sich. Die Lok mit den beiden Wagen befand sich inmitten einer stillen Landschaft, über der ein wolkenverhangener Nachthimmel lag.

»Ich schaue mal nach«, sagte Mort Gamber. Er wartete die Erwiderung seines Kollegen nicht ab und schob die Tür zur Seite. Frische Luft wehte in die E-Lok.

Gamber blickte nach rechts. Auch in dem letzten Wagen hatte jemand die Türen geöffnet. Eine Gestalt sprang heraus. Das musste dieser Zero sein. Gamber erkannte ihn an dem blonden Haar.

Hätte er woanders hingeschaut, wäre ihm vielleicht die Bewegung aufgefallen. So aber wurde er überrascht. Der Werwolf tauchte plötzlich neben der großen E-Lok auf.

Gamber kam nicht mal dazu, einen Schrei auszustoßen. Er spürte den heftigen Schlag, der seinen Magen traf und ihn zurückschleuderte. An dem entsetzt schauenden Slick Espe taumelte er vorbei, und das Gesicht des Kollegen wurde noch blasser, als dieser den Werwolf entdeckte, der mit einem Satz den Höhenunterschied überbrückt hatte und in den Führerstand der Lok eindrang …

Zero, der Boss der kleinen Truppe, war zwar nicht bleich geworden, er hatte nur seine dunklen Augen zu Schlitzen verengt, und der kantig wirkende Körper hatte eine lauernde Haltung eingenommen. Der Zug fuhr langsamer. Das war nicht abgesprochen, das passte ihm auch nicht, und er räusperte sich, bevor er die anderen drei anblickte. »Ihr habt keine weiteren Befehle bekommen?«

»Nein.«

Zero nickte. Er wollte schon zum Hörer greifen, um mit einem der Lokführer zu sprechen, als das Telefon anschlug. Das ersparte ihm den Anruf. Er hörte den Grund und riet dem Mann, den Zug anzuhalten.

»Was ist denn?«, fragte One. Die Männer redeten sich nur mit Nummern an, ihre richtigen Namen »vergaßen« sie im Dienst.

»Ein Signal steht auf Stopp.«

»Das ist ungewöhnlich?«, fragte Four.

»Ja, das meine ich.«

Die Männer nahmen ihre Waffen. Sie waren mit der kurzläufigen MPi ausgerüstet. Man konnte sie als Superwaffe bezeichnen, von der Größe her glich sie fast den normalen Pistolen oder Revolvern, nur hatte sie ein größeres Magazin.

Sie warteten, bis der Zug stand. Jemand vom Begleitpersonal rief an und wurde beruhigt.

Zero stand schon im offenen Eingang. Er schaute nach draußen. Der frische Wind wehte über seinen Kopf mit dem kurzen Haar. Der Mann hatte ein breites Gesicht mit einer flachen Nase. Eine gewisse Ähnlichkeit mit der Figur des Colt Seavers war nicht auszuschließen.

Er sprang nach draußen.

Auch an der Lok war die Tür geöffnet worden, das erkannte er mit einem Blick nach links.

Nichts war zu sehen. Der Zug stand inmitten einer unberührt wirkenden nächtlichen Landschaft. Dennoch wurde der Mann das Gefühl nicht los, dass sie nicht ohne Grund gestoppt worden waren. Er wusste genau, welch eine brisante Fracht sie geladen hatten. Hier einen Anschlag zu verüben wäre für manche Person die absolute Spitze gewesen.

Er schlich durch das Gras. Den Bahndamm hatte er schon hinter sich gelassen. Hinter den schusssicheren Scheiben des Botschafter-Wagens sah er eine Bewegung. Wahrscheinlich wunderten sich die beiden Diplomaten auch über den unerwarteten Aufenthalt.

Zu ändern war daran nichts mehr.

Der Lokführer hatte seine Maschine nicht verlassen. Er stand in der offenen Tür und sah den Schatten, der plötzlich vor ihm erschien und ihn in die E-Lok zurückstieß.

Das geschah schnell, schien genau geplant und vorbereitet zu sein, denn Zero kam nicht dazu, auch nur einen Schuss abzugeben. Aber er wusste, dass Gefahr drohte.

Plötzlich kamen die anderen.

Zwei weitere Gestalten sah er nahe der Lok. Sie liefen schräg an der Böschung der Trasse entlang, parallel zum Zug.

»Bleiben Sie stehen!«, brüllte Zero. Er musste sie erst anschreien, dann konnte er schießen.

Die beiden hörten nicht und liefen weiter.

Da feuerte der Mann.

Seine kleine Waffe spie die Kugeln im Dauerfeuer blitzschnell hintereinander aus.

Und Zero konnte schießen. Er sah genau, wie die Kugeln in die Körper einschlugen, diese stoppten, die Gestalten sich überschlugen und die Böschung hinabrollten. Die Stille der Nacht wurde durch das Knattern zerrissen.

In der offenen Tür des zweiten Wagens erschienen zwei der drei Leibwächter.

Zero winkte ihnen zu. »Kommt raus, ich habe sie erledigt! Aber nur zwei. Einer bleibt im Wagen. Ich muss mich um den in der Lok kümmern. Da hält sich noch einer verborgen.«

»Okay.«

Zero wusste, dass er sich auf seine Kollegen verlassen konnte. Er hatte sie schließlich selbst ausgesucht. Sofort machte er kehrt, lief der Böschung entgegen und bewegte sich geduckt auf die Lok mit dem offenen Einstieg zu. Gehört hatte er noch nichts, aber er wusste genau, dass die Gestalt dort verschwunden war. Wahrscheinlich hatte sie die beiden Lokführer als Geiseln genommen.

Das war Zeros Spezialität. Oft genug in seiner Laufbahn hatte er Geiseln befreit. Er konnte gedankenschnell reagieren und sich auf neue Situationen einstellen.

Dicht neben dem Botschafterwagen lief er entlang, als er die Böschung hinter sich gelassen hatte.

Dann erreichte er die Lok.

Jetzt wurde er vorsichtiger. Er wollte so gut wie keine Geräusche verursachen. Die nachgeladene Super-MPi hielt er in der Rechten. Der Lauf zeigte schräg nach oben. Wenn es darauf ankam, würde er sofort feuern.

Er vernahm eine gedämpfte Geräuschkulisse. Die Lok stand und kühlte ab. Das Material arbeitete. Hin und wieder vernahm er ein Knacken.

Zero war ein Mann, der sich voll und ganz auf eine Aufgabe konzentrieren konnte.

Sein Ziel erreichte er mit den nächsten beiden Schritten. Noch im toten Winkel zur Tür blieb er stehen. Rechts von ihm fiel das Gelände ab, links befand sich die Lok, dicht vor ihm der offene Einstieg.

Es gab nur eine Chance, wenn er nicht verhandeln wollte, was ja nicht in Frage kam. Er musste hinein und den Moment der Überraschung voll ausnutzen. Dabei konnte er sich auf seine hervorragenden Reflexe verlassen. Zero holte tief Luft, er sah den Haltegriff, katapultierte seinen Körper mit einem gewaltigen Sprung vor, bekam den Griff zu packen und sprang mit einem Satz in den Führerstand der Lokomotive.

Noch in der Bewegung nahm er alles wahr. Die beiden Lokführer hockten totenbleich in der Ecke. Und vor ihm stand etwas, das die Lok geentert hatte.

Es war ein Monster!

Das schoss ihm noch durch den Kopf. Wieso dies so war, wusste Zero nicht. Er drückte ab.

Und die MPi gehorchte ihm. Sie spuckte ihre Ladung in

den Körper der Gestalt und ließ diese tanzen. Vor den Füßen des Mannes brach der Unheimliche zusammen.

Zero entspannte sich. Er hatte es geschafft. Wieder einmal. Durch Mut, Einsatzwillen und Risikobereitschaft. Die beiden Lokführer sagten nichts. Sie konnten auch nicht sprechen, der Schock steckte ihnen noch in den Gliedern. Auch Zero schüttelte es, denn einen solchen Gegner hatte er noch nie gesehen. Wieso zeigte er sich verkleidet? Als Bestie oder Werwolf hatte er die Zugmaschine überfallen.

Zero beugte sich vor.

Das war ein Fehler, sogar ein tödlicher.

Urplötzlich schoss die Bestie in die Höhe. Zuerst war die Pranke mit den scharfen Krallen da, und die traf den Mann genau im Gesicht. Er spürte zuerst den Schmerz an der Stirn, dann wanderte er nach unten, als ihm die Haut aufgerissen wurde.

Er wunderte sich darüber, dass er nicht schrie und mehr ein Stöhnen über seine Lippen drang. Der nächste Schlag traf ihn noch härter. Sehen konnte er nichts mehr. Vor seinen Augen lief das Blut nach unten, und als der Werwolf ihn packte, hatte er das Gefühl, zwischen den Backen zweier Eisenklammern zu stecken.

Gamber und Espe schauten zu. Unbeschreiblich war ihr Schrecken, denn sie sahen, wie gnadenlos diese Bestie war. Vor ihren entsetzt aufgerissenen Augen tötete die Bestie den Mann.

Anschließend schob sie die Leiche nach draußen. Zero knallte auf die Böschung, überschlug sich dort mehrere Male und blieb mit gebrochenem Genick liegen.

Für den Werwolf aber war die Sache erledigt. Er drehte sich um und starrte auf die beiden Männer.

»Nein, nein!«, jammerte Mort Gamber. »Ich will nicht sterben. Nein, ich …«

Der Werwolf öffnete sein Maul. Beide Männer sahen das mörderische Gebiss und wussten, dass ihre Chancen auf den Nullpunkt gesunken waren …

Vier voll ausgebildete Leibwächter waren es. Einer sollte im Wagen bleiben, das war Nummer drei.

Die anderen beiden verließen den Wagen. Auch sie hatten ihre Waffen gezogen. Kaum berührten sie den Boden, als der Zurückgebliebene mit den beiden Botschaftern telefonierte und ihnen erklärte, dass sie die Lage voll unter Kontrolle hätten.

»Es sind drei«, sagte er.

Der Irrtum war folgenschwer, denn der vierte Werwolf hatte sich an der anderen Seite des Zuges aufgehalten, und ihm war es auch gelungen, durch geschicktes Klettern das Dach des zweiten Wagens zu erreichen. Dort schob er sich langsam voran.

Die anderen beiden Leibwächter hatten die Böschung hinter sich gelassen und blieben neben den Toten stehen. Auch sie waren geschockt, als sie erkannten, wen ihr Boss da erwischt hatte.

»Mensch, das sind ja Werwölfe!«, flüsterte die Nummer vier.

»Du bist verrückt.«

»Mensch, ich habe vor kurzem noch einen Film darüber gesehen.«

Nummer zwei winkte ab. »Okay, ich glaube dir ja das mit dem Film. Aber die hier haben sich verkleidet, und jetzt sind sie tot. Zero hat sie mehrmals getroffen.«

Das hatte er in der Tat. Jeder Werwolf war mehrfach erwischt worden.

Die beiden Männer schauten zur Lok. Sie sahen, dass Zero die Maschine erreicht hatte.

»Gleich stürmt er sie«, sagte Nummer zwei.

»Hoffentlich.«

Zero war in Form. Er wurde plötzlich zum Schatten, so schnell war er. Jetzt musste er schießen! Die beiden Männer sahen Sekunden später eine Gestalt aus der Lok fliegen, die sich am Hang mehrere Male überschlug und dann liegen blieb.

Die Männer schauten ihm nach.

Das war für die beiden angeblich toten Werwölfe die Chance. Sie wurden von den Menschen erst bemerkt, als sie schon auf den Beinen standen. So schnell waren sie hochgefedert.

Dann griffen sie an.

Zwei Schüsse fielen noch. Beide fehlten, doch die Bestien wussten, wie sie es machen mussten. Unter ihren Körpern brachen die Männer zusammen. Plötzlich spritzte Blut, die Gegenwehr erstickte, dann war alles vorbei.

Nummer zwei und vier lagen ebenso reglos wie ihr Boss.

Blieb noch einer.

Die Bestien drehten sich um. Sie schauten zum zweiten Wagen hin, wo der letzte Leibwächter steckte, und sie sahen ihren Artgenossen auf dem Dach.

Er hatte es geschafft und sich so weit vorgeschoben, dass er sich direkt über der Tür befand.

Dort lauerte er.

Die beiden Killerbestien schauten sich an. Bei einem tropfte noch Blut von den Pranken und hinterließ im Gras eine dunkle Spur. Nebeneinander schritten die Mörder auf den Wagen zu und kletterten auch die Böschung hoch. Durch ihre Aktion wollten sie den zurückgebliebenen Leibwächter zu einer Unvorsichtigkeit verleiten.

Der Mann stand voll unter Stress. Er hatte die beiden Botschafter beruhigen können und den anderen Mitreisenden gesagt, dass sie sich nicht von der Stelle rühren sollten.

Das war geschehen, und er atmete zunächst einmal auf, als er zu seinen Zigaretten griff, um sich ein Stäbchen anzuzünden. Das war zwar nicht erlaubt, aber er brauchte den Stoff.

Da vernahm er die Schüsse.

Zweimal war gefeuert worden. Dicht vor dem Wageneingang, nur durch die Schräge der Böschung getrennt. Leider lag die Stelle, wo geschossen worden war, für Nummer drei im toten Winkel. Mit gezogener Waffe näherte er sich dem Ausstieg, blieb dort stehen, weil er seine beiden Kampfkollegen zurückerwartete.

Sie kamen nicht.

Dafür hörte er stöhnende Laute. Misstrauen keimte in ihm hoch. Zudem trieb ihm der Wind auch einen unnormalen Geruch entgegen. Er war scharf, passte überhaupt nicht hierher.

Der Mann hielt sich an die Anweisung, den Wagen nicht zu verlassen. Er drückte sich aber durch die offene Tür und stellte sich auf die hochkantigen Stufen des Trittbretts.

Da wartete er. Auch hatte er von dort einen besseren Überblick.

Sekunden später sah er die beiden Gestalten. Nur waren es nicht seine Kollegen, sondern schrecklich aussehende Wesen. Menschen, die sich als Bestien verkleidet hatten.

Der Schock war zu vergleichen mit dem Stich einer heißen Messerklinge in die Brust. Er dauerte einfach zu lange; die Rechnung der Werwölfe ging damit auf.

Der vierte sprang.

Er ließ sich einfach fallen. Der Mann spürte den mörderischen Schlag, der seinen Nacken traf. Er kippte nach vorn, schlug am Rand der Böschung auf, wurde von den Pranken am Kopf gepackt, bevor mit ihm das Gleiche geschah wie mit Zero, seinem Boss.

Der vierte starb auch.

Aus dem Maul der Mörderbestie drang ein triumphierendes Geräusch, als sie sich erhob und den beiden Artgenossen entgegensah, die sich an ihr vorbeidrängten und den Wagen betraten. Zunächst hielten sie sich nur im Abteil der Leibwächter auf.

Dort befand sich außer ihnen keiner mehr.

Dann drangen sie weiter vor. Die beiden Männer, die für die Kommunikation verantwortlich waren, wurden überrascht, obwohl sie mitbekommen hatten, dass nicht alles normal lief.

Als sie hochsprangen, waren die Bestien über ihnen.

Sie wurden weder gebissen noch getötet. Der dämonische Keim konnte also nicht gelegt werden.

Man schlug sie nur bewusstlos. Nicht länger als zwei Sekunden nahm dies in Anspruch.

Danach machten sich die Bestien an die Arbeit. Zuerst stieß einer die Wagentür zu, während die anderen beiden die modernen Geräte zerhackten. Module, Chips und Tastaturen bildeten zum Schluss nur mehr einen Klumpen. Eine Bestie zertrat noch das Telefon. Der Kunststoff zerbrach knirschend unter dem Druck seines Prankenfußes.

Die Bestien hatten erreicht, was sie wollten. Teil eins war glatt über die Bühne gelaufen.

Nun konnte die Aktion in die zweite, die heiße Phase treten ...

Die Pranken der Bestie erschienen dicht vor den Augen der beiden Lokführer. Zur gleichen Zeit wurden sie gepackt. Sie vergingen fast vor Grauen, als sie in die aufgerissene Schnauze schauten und bereits die Zähne an ihrem Hals spürten.

Das Letzte war Einbildung gewesen, denn der Werwolf wollte sie nicht töten. Er schleuderte sie nur gegen den Steuerstand und blieb breitbeinig vor ihnen stehen.

Noch immer starrte er, während aus seinem Maul ein gefährlich klingendes Grunzen drang.

Dann schloss er die Tür.

»Jetzt sind wir gefangen!«, hauchte Morton Gamber. Sein Kollege war zu keiner Antwort fähig. Er dachte darüber nach, was diese Bestie, die echt war, wohl mit ihnen vorhatte und wie sie getötet werden sollten.

Lebend kamen sie hier bestimmt nicht mehr raus, das stand für beide fest.

Noch tat der Werwolf ihnen nichts. Er drehte sich sogar um und schloss die Tür.

»Damit niemand unsere Schreie hört«, flüsterte Slick Espe. »O verdammt, der kennt sich aus.«

»Mal sehen.« Mort Gamber hatte sich ein wenig gefangen. Er dachte nach. Wenn der Werwolf sie tatsächlich hätte töten wollen, weshalb wartete er dann so lange?

Er kam wieder auf sie zu. Breitbeinig schritt er, den Schädel hielt er gesenkt. Reden konnte er nicht. Wenn er etwas von den Männern wollte, musste er sich auf eine andere Art und Weise verständlich machen.

Das tat er auch.

Blitzschnell beugte er sich nieder und riss Morton Gamber hoch. Der Jackenstoff an der Schulter riss bei dieser Aktion in Fetzen, die Haut wurde nicht verletzt.

Gamber kam sich vor wie in einem Kreisel, als er herumgewuchtet wurde. Mit der Vorderseite zuerst prallte er gegen den Steuerstand und bekam einen weiteren Hieb in den Rücken. Danach wurde sein Kopf nach vorn gedrückt.

Die Schnauze der Bestie befand sich nicht weit von seinem rechten Ohr entfernt. Er vernahm das Fauchen und Grunzen, vielleicht wollte ihm dieses Wesen etwas sagen, nur gelang es ihm nicht, sich so zu artikulieren, dass er es verstanden hätte. Zudem wurde er von der Angst beherrscht.

Aber Slick Espe hatte verstanden. Der Werwolf ließ es zu, dass er sich hochstemmte. »Mort!«, keuchte er. »Ich weiß, was er will. Wir sollen wieder starten.«

»Was?«

»Ja, verdammt, weiter!«

Der Werwolf hatte sie verstanden. Er ließ Gamber los und trat zurück. Der grauhaarige Mann war schweißnass, und er sah das Nicken.

»Also doch, weg!«

Gamber holte tief Luft. Er musste sich an der Kante des Führerstandes abstutzen, sonst hätten seine Beine nachgegeben, und er wäre zu Boden gesunken.

Wehren konnten sich die beiden nicht. Sie mussten dieser Bestie gehorchen. Die nächsten Arbeiten kannten sie auswendig. Sie gelangen auch unter diesem mörderischen Druck.

Langsam setzte sich der Zug in Bewegung.

Zurück blieben vier im Gras liegende Leichen …

»Sinclair, du hast verloren! Du schaffst es nicht mehr!« So sprach Alexis Ascot und wollte sich ausschütten vor Lachen, während sie die gefesselten Arme hob und mit den Händen gegen die innere Dachverkleidung des Bentley stieß.

»Das steht noch nicht fest!«

»Ach, hör auf! Die sind längst über alle Berge. Du wirst es sehen, wenn wir da sind.«

Weitere Hilfen hatte sie mir nicht gegeben, trotz meiner Fragen. So musste ich darauf hoffen, irgendwann einmal die Bahntrasse zu erreichen. Noch hatte ich sie nicht entdeckt. Zudem beeinträchtigte auch ein Waldstück meine Sicht.

Zum Glück hatte ich einen Feldweg gefunden, über den ich den Bentley jagte. Der Pfad war zwar von Treckerspuren ausgefahren, aber er ging besser voran als auf einem reinen Wiesenstück.

Wir passierten auch den Wald, die Sicht wurde besser, und die Hoffnung stieg.

Ich sah die Bahntrasse!

Wie ein hochkant stehendes Lineal durchschnitt sie das flache Land und verschwand rechts und links in der Dunkelheit.

»Und wo war die Stelle?«, fragte ich.

»Die können Sie suchen.« Wieder freute sich die Frau. »Nein, ich zeige sie Ihnen, Sinclair.« Abwechselnd sagte sie du oder Sie zu mir, je nachdem, welche Laune sie hatte.

Der Zug jedenfalls war nicht mehr zu sehen. Da hatte Alexis schon Recht gehabt.

»Fahr nach links, Sinclair. Da wirst du sicherlich gleich ein Signal sehen, das auf Stopp steht.«

»Wie geht es weiter?«

»Das ist deine Sache.«

Mehr brauchte sie mir nicht zu sagen. Es war leider meine Sache. Ich dachte darüber nach, wie es wohl Suko ergehen würde. Er hatte ja administrative Aufgaben bekommen. Es würde ihm nicht gefallen, aber in diesem Fall musste eine Hand in die andere greifen.

Bevor ich den Bahndamm erreichte, drehte ich das Lenkrad

nach links und rollte parallel zur Trasse weiter. Alexis rührte sich jetzt nicht mehr. Links neben mir hockte sie. Ihre gefesselten Hände lagen im Schoß. Manchmal spitzte sie die Lippen, als wollte sie vor lauter Freude ein Lied pfeifen.

Sie hielt sich zurück.

Und ich suchte das Signal.

Es war tatsächlich vorhanden, befand sich auf der Trasse und stand auf Halt.

»Ist es das?«, erkundigte ich mich sicherheitshalber.

Meine Gefangene schaute auf, bevor sie nickte. Dann grinste sie. »Ja, es steht noch immer auf Stopp. Scheint schon alles über die Bühne gelaufen zu sein.«

»Dann halten die vier Bestien also den Zug besetzt.«

»Sehr richtig, und die beiden Botschafter befinden sich ebenfalls in ihrer Gewalt.«

»Was wollen die damit erreichen? Welches Motiv steckt hinter der Tat? Wer lenkt das alles?«

»Mein Mann.«

»Das glaube ich Ihnen nicht. Dahinter muss ein anderer Kopf stecken. Wahrscheinlich ein Dämon.«

»Suchen Sie sich einen aus«, sagte sie kalt.

Ich würde mich hüten und trat auf die Bremse, weil ich neben dem Signal anhalten musste. Beide Sicherheitsgurte löste ich, griff an Alexis vorbei und stieß den Wagenschlag auf. »Steigen Sie aus!«

»Ich will aber …«

»Raus!«

Sie lachte leise und gehorchte. Gemeinsam, aber an zwei verschiedenen Seiten, verließen wir den Wagen und spürten auch den kühlen Nachtwind, der über die Ebene strich.

Wie hatten die Bestien gewütet? Hatten sie ein Zeichen, ein Omen hinterlassen? Tote, Blut, mit allem musste ich rechnen, als ich mich auf die Böschung zubewegte.

Ich stand in Höhe des Signals. Hinter mir hörte ich die Schritte der Frau. »Sie waren schon da«, sagte Alexis.

»Woher wollen Sie das wissen?«

»Ich spüre es, Sinclair.«

Widerspruch bekam sie nicht. Irgendwie hatten wir trotz allem Glück, denn der Wettergott hatte ein Einsehen. Er vertrieb plötzlich die dicken Wolken, sodass der Mond wieder frei am Himmel stand und sein Licht nach unten schicken konnte.

Ich schaute an der Böschungsschräge entlang nach vorn. Der Wind fuhr über das Gras, er bewegte es wie die langen Fransen eines nicht enden wollenden Teppichs.

Aber gehörten die dunklen Flecke auf dem Boden auch dazu? Ziemlich deutlich sogar hoben sie sich ab, nur lagen sie von meinem Standort aus relativ weit entfernt. Um einen exakten Eindruck zu bekommen, musste ich näher heran.

»Sie kommen mit«, sagte ich.

»Wohin?«

»Kommen Sie schon!« Ich fasste die sich sträubende Alexis an der Schulter und schob sie voran. Dabei ließ ich die dunklen Inseln nicht aus den Augen. Schon beim Näherkommen klopfte mein Herz stärker. Ich kannte mich gut genug aus. So wie die »Inseln« sich dort vom Boden abhoben, konnte dies nur eines bedeuten.

Es waren Tote.

Und ich bekam meine Vermutung bestätigt, als ich neben dem ersten stehen blieb. Gebissen worden war er nicht. Der Werwolf hatte ihn auf andere Art und Weise umgebracht, aber zuvor gequält, denn das Gesicht des Mannes war blutüberströmt.

Ihm half niemand mehr. Gesehen hatte ich den Mann noch nie, ging aber davon aus, dass er zum Begleitpersonal gehörte.

Alexis ließ ich stehen, als ich mir die nächsten Leichen anschaute. Sie lagen verteilt, eine davon dicht am Beginn der Böschung. Auch diesen dreien konnte niemand mehr helfen.

Die Werwölfe hatten ganze Arbeit geleistet.

Als ich zu Alexis zurückkam und vor ihr stehen blieb, war mein Gesicht grau geworden. »Sie sind alle tot«, sagte ich mit tonloser Stimme und hatte die Hände geballt.

Alexis stand vor mir. Sie hatte sich ein wenig schräg

aufgebaut, ein Bein vorgeschoben und somit eine lässige Haltung eingenommen. »Na und?«, fragte sie grinsend.

Ich hob die rechte Hand. Ein Wutstrom durchschoss mich nach dieser Antwort.

»Wollen Sie schlagen, Sinclair? Willst du dich vergessen?« Sie drehte mir ihre linke Gesichtshälfte zu. »Na los, hau zu! Ich habe nichts dagegen. Werde deinem Bullenimage gerecht! Was anderes könnt ihr ja nicht, ihr Pfeifen.«

Ich ließ den Arm sinken. Nein, nicht so. Die Wut war wieder verraucht. Eine unnatürliche Kälte hielt mich umfangen. »Und es macht Ihnen nichts aus, dass vier Menschen gestorben sind?«

»Wieso?«

»Es waren Menschen!«, sagte ich.

»Sie mussten damit rechnen. Es sind wohl die Leibwächter gewesen. Sie wurden für ihren verdammten Job bezahlt. Genau wie Sie, Sinclair. Wie Sie!«

»Kommen Sie.«

»Wohin?«

Ich war schon halb an ihr vorbei. »Zum Wagen, verdammt!« In meinem Gesicht zuckte nicht ein Muskel, als ich wieder den Weg zurückging. Diesmal mit sehr forschen Schritten, sodass die Frau hinter mir zurückblieb.

Vier Tote hatten die Bestien hinterlassen. Das Grauen war nicht mehr zu stoppen. Wenn ich daran dachte, dass sie sich jetzt im Zug befanden, wurde mir fast schlecht. Ich musste mich unbedingt mit London in Verbindung setzen und Meldung erstatten.

Ich tauchte nur in den Wagen, um die Nummer zu meinem Büro zu wählen. Die Schnur war lang genug, um den Hörer nach draußen ziehen zu können. Auf die offene Tür gestützt, schaute ich der heranschlendernden Alexis Ascot entgegen und sprach gleichzeitig mit Suko.

»Ein Glück, dass du dich meldest, John. Wir haben versucht, telefonisch mit dem Zug Kontakt aufzunehmen. Das war nicht möglich. Es bestand keine Verbindung mehr.«

»Das kann ich mir vorstellen.«

»Wieso?«

»Ich habe hier Tote entdeckt.«

Suko war still. Ich hörte danach, wie er sich räusperte. »Sir James hört übrigens mit«, sagte er leise.

Und schon vernahm ich die Stimme meines Chefs. »John, was ist geschehen? Geben Sie Ihren Bericht durch!«

»Den können Sie haben, Sir.«

Mittlerweile hatte Alexis den Wagen erreicht. Vor der Kühlerhaube blieb sie stehen. Mein Chef und ich diskutieren inzwischen über geeignete Maßnahmen.

Sir James Powell war ein glänzender Organisator, aber kein Diktator. Deshalb überließ er die Entscheidungen zumeist den Leuten, die an der heißen Front standen.

Das war ich in diesem Fall.

»Was schlagen Sie vor, John?«

»Wir müssen davon ausgehen, dass die Werwölfe den Zug gekapert haben und sich die beiden Botschafter in ihren Händen befinden. Wenn wir voll angreifen, mit welchen Leuten auch immer, sind die beiden Diplomaten verloren.«

»Das meine ich auch. Demnach sind wir hilflos.«

»Nicht ganz, Sir.«

»Sie haben eine Idee?« Hoffnung klang aus der Frage, doch ich musste meinen Chef enttäuschen.

»Es ist wirklich nur mehr eine Idee. Ich könnte den Gleisen folgen. Aber wohin wollten die beiden Botschafter?«

Sir James stöhnte. »Das habe ich nicht herausfinden können.«

»Sagen Sie das noch einmal.«

»Es ist so, John. Auch mir sind die Türen verschlossen geblieben. Es war eine Geheimkonferenz zwischen den beiden Männern. Das Ziel wurde nicht bekannt gegeben. Vielleicht wissen es noch zwei, drei Leute, aber die halten dicht.«

»Haben Sie denn nichts von der Gefahr erwähnt, in der die beiden Botschafter schweben?«

»Niemand würde mir glauben.«

Da hatten wir es wieder. Auch Sir James, der sehr viel

Einfluss hat, stieß oft genug auf taube Ohren und Ignoranz. Ich erinnerte mich an einen Werwolf-Fall, als die Bestien versuchten, in die Nähe der Queen zu gelangen und diese zu töten.

Im letzten Augenblick hatte ich die Königin vor einem schrecklichen Schicksal bewahren können. Damals war mir ebenfalls nicht geglaubt worden. Und heute stand ich in etwa vor demselben Problem.

»Sie sagen nichts, John.«

»Auch nach so vielen Jahren verschlägt es mir immer wieder die Sprache, wenn ich das höre.«

»Mir ergeht es ebenso.«

»Dann bleibt nur das, was ich mir vorgenommen hatte, Sir. Ich muss dem Zug folgen.«

»Das wäre am besten.«

»Und ihn allein stürmen. Darin habe ich ja Routine, seit ich damals gegen den Wertiger anging und den rollenden Sarg erwischte.«

»Nicht allein. Ich werde Suko hinschicken. Er steht bereit.«

»Leider kann ich ihm nicht sagen, wo wir uns treffen können. Er muss sich da schon auf das Glück verlassen oder abwarten, bis er von mir eine Meldung bekommt.«

»Das ist nicht das Schlimmste. Auch Sukos Harley hat eine Telefonverbindung.«

»Gut, Sir, wollen wir das Beste hoffen. Sie wissen auch nicht, wie viele Personen sich neben den beiden Botschaftern noch im Zug befinden. Ich meine, außer dem Lokführer.«

»Bei solchen Fahrten nehmen sie immer zwei.«

»Gut, die hätten wir dann. Und weiter?«

»Tut mir Leid, John, ich kann Ihnen nicht helfen. Wie gesagt, man weihte mich nicht ein.«

»Sollten Sie trotzdem etwas erfahren, Sir, rufen Sie mich bitte an! Ich bin dann weg.«

»Geben Sie alles, John!«, sagte mein Chef leise. »Sie wissen, was davon abhängen kann.«

»Ich werde wohl noch mehr geben müssen.« Mit diesem Satz beendete ich das Gespräch.

»Na?«, fragte Alexis Ascot, die meine Antworten und Vorschläge verfolgt hatte. »Jetzt stehen Sie auf dem Schlauch.«

»Steigen Sie ein.«

»Sie wollen mich mitnehmen?«

»Ja. Eine bessere Führerin kann ich nicht bekommen. Sicherlich wissen Sie Bescheid, wo sich Ihr Mann aufhält.«

»Im Zug.«

»So schlau bin ich auch.«

»Und wo fährt der hin?«

Sie schüttelte den Kopf und lächelte kalt. »Jetzt, Sinclair, beginnt meine Rache. Ich werde sehen, wie du dich beeilst und wie du allmählich Angst bekommst. Und dabei werde ich mich freuen …«

»Steigen Sie endlich ein!«, sagte ich nur und startete, kaum dass sie den Wagenschlag geschlossen hatte …

Der Zug hatte gestoppt, und die beiden Botschafter, die sich gegenüber saßen, schauten verstört. Sie hockten in bequemen, hochlehnigen Ledersesseln. Zwischen ihnen befand sich ein ovaler Mahagonitisch, auf dessen Holzplatte einige Unterlagen ausgebreitet waren. Zahlenkolonnen standen auf den weißen Bögen und waren von den Botschaftern miteinander verglichen worden.

Ein kleiner Beistelltisch stand ebenfalls in Reichweite. Der Russe liebte echten Champagner. Deshalb schaute aus einem mit Eis gefüllten Kühler der schlanke Hals einer Flasche.

»Haben Sie das veranlasst?«

»Was meinen Sie?«, fragte der Engländer.

»Dass der Zug plötzlich hält. Meines Wissen müssten wir uns auf freier Strecke befinden.«

»Es sieht so aus. Aber ich habe nichts veranlasst. Da muss etwas passiert sein.«

In den Augen des Russen glomm Misstrauen. Der Engländer sah es und schüttelte den Kopf. »Sie sollten Ihre Skepsis vergessen. Ich habe tatsächlich nichts veranlasst.« Während dieser Worte schritt der Botschafter zum Fenster.

Leider konnte er nichts sehen. Er wurde zu einem Gefangenen seiner Sicherheitsmaßnahmen, denn das kugelfeste Glas erlaubte auch keine Durchsicht.

Der Russe war sitzen geblieben. Auf seiner Stirn hatte sich eine Falte gebildet. Die Hände lagen auf der Tischplatte, als wollten sie die Unterlagen festhalten. Beide Herren waren dunkel gekleidet, so wie man es von ihnen eben gewohnt war.

Der Engländer drehte sich wieder um. »Tut mir Leid, ich habe nichts sehen können.«

Plötzlich sprang der Russe auf. Auch der Engländer bewegte sich nicht mehr. Beide hatten sie die knatternden Geräusche vernommen, und sie wussten auch Bescheid.

»Schüsse!«, flüsterte der Russe.

Sein Gegenüber nickte.

»Verdammt, das ist eine Falle!«

Der Engländer wischte Schweißperlen von seiner Stirn. Er nahm dazu ein blütenweißes Tuch. »Es ist keine Falle. Der Transport ist so geheim wie möglich gehalten worden. Glauben Sie es mir. Falls es tatsächlich eine Falle sein sollte, hänge ich ebenso in den Maschen wie Sie.«

»Sie wollen mich nur unter Druck setzen!«, behauptete der Russe.

Sein englischer Kollege verdrehte die Augen. Er wusste nicht, was er noch hinzufügen sollte. Zum Glück meldete sich das Telefon. Er ging hin, hob ab und vernahm die Stimme eines Leibwächters. Der Mann beruhigte den Botschafter, der dem Russen schon während des Gesprächs zunickte und dabei knapp lächelte, auch wenn es ihm schwer fiel. Mit einem Dank legte er den Hörer auf.

»Was hat es gegeben?«

»Einen Überfall!«

Die Lippen des Russen wurden schmal wie Messerrücken. »Und das sagen Sie mir so ins Gesicht?«

»Weil es eine Tatsache ist.«

»Sie sind in diesem Land für die Sicherheit meiner Person verantwortlich!« Der Arm des Russen schnellte vor. Sein

Zeigefinger zeigte dabei wie eine Dolchspitze auf den Engländer.

»Das weiß ich. Ich kann Sie auch beruhigen. Meine Leute haben die Sache im Griff. Es waren wahrscheinlich vier Separatisten, die einen Versuch unternommen haben, den Zug zu überfallen. Aber ich habe hervorragende Leute mitgenommen.«

»Wobei die Sicherheitsbestimmungen leider nicht eingehalten worden sind. Diese Fahrt sollte geheim bleiben. Sie ist es nicht mehr. Wo sitzt der Verräter?«

»Das finde ich noch heraus, mein Lieber. Darauf können Sie sich voll und ganz verlassen. Nehmen Sie noch einen Schluck Champagner auf die Aufregung. Das tut gut.« Der Engländer selbst schenkte ein und reichte dem anderen das Glas.

Der Russe trank und lauschte. Schüsse waren nicht mehr zu hören, bis auf zwei, die ungefähr eine Minute später aufklangen.

»Das war wohl das Ende«, meinte der Engländer und nahm wieder Platz. »Ich schätze, dass es gleich weitergehen wird.«

»Rufen Sie sicherheitshalber mal an.«

»Moment, ich muss auch erst einen Schluck nehmen.« Als Engländer und Patriot trank er natürlich Whisky. Es war ein hervorragendes Getränk, sehr alt schon, auch weich und mild.

»Cheerio, mein Freund. Auf eine weitere erfolgreiche Verhandlung.«

»Das kann ich Ihnen nicht versprechen. Ich fühle mich tatsächlich brüskiert und gestört.«

»Das kann ich Ihnen nicht verdenken.« Der englische Botschafter nahm einen Schluck und genoss seinen Whisky, der durch die Kehle in seinen Magen rann und sich dort ausbreitete.

Bevor er zum Telefon ging, nahm er noch einen zweiten Schluck. Schon den Hörer in der Hand haltend, drehte er sich noch einmal um. »Ich werde erfahren, was geschehen ist und um welche Männer es sich dabei gehandelt hat.« Sein sich anschließendes Lächeln sollte aufmunternd wirken, zerbrach aber, da er feststellte, dass die Leitung tot war. Er drückte auf die beiden Kontakte, bekam auch jetzt keine Verbindung und spürte den leichten Schweißfilm auf seinem Rücken.

Dazu traf ihn die Frage des Russen. Sie klang ein wenig höhnisch. »Weshalb telefonieren Sie nicht?«

»Die Leitung ist tot.«

»Was?«

»Ich bekomme keine Verbindung.«

»Wen wollten Sie denn anrufen?«

»Den Chef der Truppe.«

»Versuchen Sie es bei unseren Sekretärinnen. Aber nicht telefonisch.«

»Moment, da schaue ich persönlich nach.«

Der Russe wartete. Auch der kühle Champagner konnte das heiße Feuer der Nervosität in seinem Innern nicht löschen. Da war etwas Außerplanmäßiges geschehen. Er machte sich Vorwürfe, weil er sich auf diesen geheimen Deal eingelassen hatte.

Nun sah es so aus, als würde es schief laufen.

Der Engländer kam zurück. Er war noch bleicher geworden und wirkte um Jahre gealtert. Der Russe brauchte keine Frage zu stellen, er bekam auch so eine Erklärung.

»Die beiden sind zwar da, aber man hat sie bewusstlos geschlagen. Ich glaube, es ist einiges schief gelaufen.«

Der Russe schnellte wieder hoch. »Das ist ja verrückt. Wo sind Ihre Leute?«

»Ich weiß es nicht.«

Der Mann aus Russland wollte an seinem Kollegen vorbeieilen und selbst nachschauen, als der Zug wieder anfuhr. Durch den leichten Ruck geriet er ein wenig aus dem Gleichgewicht, hielt sich fest und schüttelte den Kopf. »Das verstehe ich nicht. Jetzt fahren wir wieder.«

»Ja.«

»Mehr haben Sie nicht zu sagen?«

»Ich habe leider keine Kontrolle mehr.«

»Dafür schaue ich mir das mal an. Wissen Sie, ich habe noch die alten Zeiten erlebt, als ein Mann nicht nur Diplomat sein musste, sondern auch Kämpfer. Und das vergaß ich …«

Der russische Botschafter sprach nicht mehr weiter, weil hinter ihm die Abteiltür aufgerissen wurde.

Auch der Engländer drehte sich um.

Beide Männer erstarrten zu Salzsäulen, als sie erkannten, wer sich im offenen Eingang zwischen den beiden Abteilen aufgebaut hatte.

Es waren drei blutbespritzte, mordgierige Bestien. Werwölfe!

ENDE

Das Schiff der Bestien

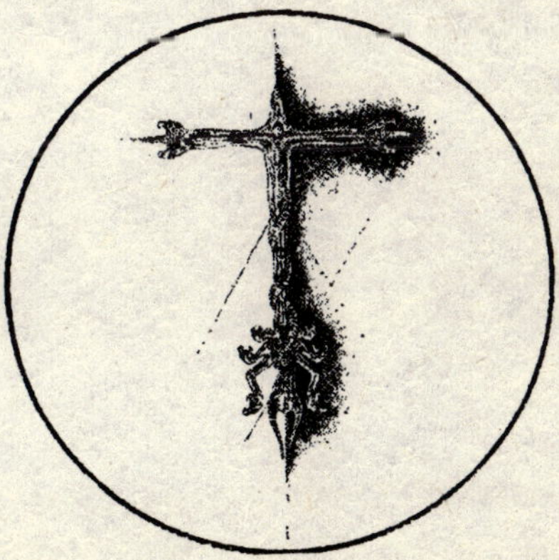

Drei Werwölfe standen wie ein Bollwerk im offenen Rechteck der zur Seite geschobenen Tür und starrten in das große, elegant eingerichtete Abteil. Es waren Bestien, die getötet hatten. Ihre vier Opfer lagen neben dem Bahndamm. Die Werwölfe standen da und rührten sich nicht. Ihre kalten Blicke waren auf die beiden Männer gerichtet, denen der Wagen zur Verfügung stand.

Es waren der russische Botschafter und sein englischer Kollege, die auf einem Geheimtreffen von den Bestien überrascht worden waren …

Mit allem hatten die beiden gerechnet. Mit Extremisten, Separatisten oder Terroristen, aber nicht mit Werwölfen, und das wollten sie auch kaum glauben, obwohl die drei dämonischen Kreaturen vor ihnen standen und sie anstarrten.

Als Erster fand der Engländer die Sprache wieder. »Großer Lord!«, hauchte er, »das kann es doch nicht geben.« Er verzog das Gesicht, als hätte ihm jemand Säure zu trinken gegeben. Und auf seinem Rücken hatte sich eine kalte Schweißschicht gebildet.

Der Russe stand neben ihm, das halb volle Champagnerglas in der rechten Hand.

Plötzlich fiel es zu Boden, rollte noch ein Stück, zerbrach aber auf dem weichen Teppich nicht. Der Champagner versickerte allmählich.

Noch taten die Werwölfe nichts. Sie standen nur da und starrten auf die beiden Menschen.

»Ist das ein Scherz, Towarischtsch?«, fragte der Russe plötzlich. Seine Stimme klang kehlig, als säße in seiner Luftröhre ein dicker Kloß.

»Nein, kein Scherz.«

»Weshalb die Verkleidung?«

»Ist es eine?«

»Vielleicht.«

Die beiden Diplomaten, die so leicht nichts erschüttern konnte, hatten ihre Fassung wiedergefunden. Es war ja ihr Beruf, sich auf immer neue Situationen einzustellen. Und dies zumeist innerhalb kürzester Zeit.

Vor einigen Minuten waren, als der Zug noch stand, draußen Schüsse aufgeklungen. Da hatte der Russe sehr erregt reagiert und seinem Kollegen die Schuld an den Vorfällen gegeben. Nun aber dachte er anders darüber. So etwas würde sich der Engländer nie anmaßen. Der sowjetische Botschafter war der Meinung, dass sie beide in einer Falle saßen. Dahinter musste eine Gruppe stecken, die internationale Verbindungen pflegte und möglicherweise beide Großmächte gegeneinander ausspielen wollte.

Ähnlich dachte der Engländer. Er schaute den Russen von der Seite an und erkannte dessen Nicken.

Also zusammenarbeiten. Etwas anderes hatte die Kopfbewegung nicht bedeuten können.

Waren sie wirklich nicht verkleidet? Die Augen des adeligen Mannes von der Insel glitten über die Gestalten. Er hatte mal in Germany Karneval gefeiert und einige Menschen in ähnlichen Kostümen gesehen. Die konnte man ja täuschend echt nachmachen.

Aber keiner von denen hatte so gefaucht wie der linke neben ihm stehende Werwolf. Es war ein Geräusch, das den beiden Männern durch Mark und Bein schnitt. Drohend und gefährlich, gleichzeitig davon kündend, wer hier das Sagen hatte.

Die Menschen wichen zurück. Sie taten es unwillkürlich, und gleichzeitig setzten sich auch die Werwölfe in Bewegung.

Sie gingen sehr leise, kaum hörbar schleiften sie über den Teppich. Zwei von ihnen hatten die Schnauzen so weit geöffnet, dass der Geifer über den Unterkiefer quoll und zu Boden klatschte.

»Weg kommen wir hier nicht!«, stellte der Engländer sehr richtig fest und suchte trotzdem nach einem Ausweg. Er war stolz auf die zahlreichen Möbelstücke in dem Wagen gewesen, jetzt standen sie ihm im Weg.

Plötzlich »explodierten« die Bestien.

Die beiden schon älteren Männer hätten sich vielleicht noch zur Seite werfen können, auch das schafften sie nicht.

Sie kamen sich vor wie die Hauptdarsteller in einem Horrorstreifen, als die Bestien größer wurden und sie erreichten.

Pranken droschen zu.

Harte Schläge peitschten auf die Schultern der Männer. Der Russe und der Engländer wurden in die Knie gedrückt. Der teure Stoff ihrer Anzüge fetzte an den getroffenen Stellen auf, sodass die Schulterwattierung hervorquoll.

Der Russe wankte zurück. Er stieß gegen einen eingebauten Aktenschrank und spürte das Vorderteil des Schlüssels so hart wie einen Pistolenlauf im Rücken.

Der Engländer hatte sich nicht auf den Beinen halten können. Unter der Wucht des Treffers war er in die Knie gesackt. Die Schmerzen rasten erst durch seine Schultern und lähmten seinen rechten Arm. Mit dem anderen stützte er sich an einem der schweren Sessel ab. Er dachte in diesen Momenten darüber nach, dass die Werwölfe doch existierten und keine verkleideten Menschen waren.

Diese Bestien wollten Opfer. Er und der Russe mussten ihnen gerade recht kommen.

Es war der letzte Gedanke, den der Engländer vorläufig fassen konnte, denn der Unhold stürzte sich auf ihn. Der Diplomat nahm diesen widerlich scharfen Gestank in sich auf, den die Bestie absonderte, und er hörte die erstickten Schreie seines russischen Kollegen.

Dann nahm ihm der Fellkörper des Unholds die Sicht und presste ihn mit dem Rücken gegen den weichen Teppich. Der Botschafter glaubte im ersten Augenblick, ersticken zu müssen. Er hatte den Mund weit geöffnet, bekam aber keine Luft, weil ihm das Fell zwischen die Lippen drang und ein Atmen unmöglich machte.

Dass er einmal sein Leben unter den Krallen einer Bestie aushauchen würde, hätte er nie gedacht.

An seinen Oberschenkeln spürte er die Krallen. Sie wanderten höher, erreichten die Hüfte, schoben sich unter den Körper und hoben den Mann in die Höhe.

Gleichzeitig schnellte auch der Werwolf hoch. Er riss den anderen mit, sodass der Mann auf die Füße kam, sich aber nicht halten konnte und gegen die Wand taumelte. Er stützte sich mit den flachen Händen dagegen. Den Mund hatte er weit aufgerissen, um Luft zu holen. Tränen quollen aus seinen Augen und rannen die Wangen entlang.

Der Schlag traf ihn am Hals, sodass die Pranke den Kragen zu fassen bekam und den Mann herumschleuderte, aber nicht losließ.

Dem Engländer wurde für einen Augenblick schwarz vor Augen. Danach hätte er seine Brille gebraucht, die aber lag auf dem Tisch und beschwerte einige Papiere.

Er konnte zur Seite schauen, sah seinen Verhandlungspartner aus Russland, der ebenfalls im Klammergriff des zweiten Werwolfs hing und sich nicht zu wehren wagte.

Was die Werwölfe wollten, wussten die Diplomaten nicht. Jedenfalls hatten sie ihren Tod noch nicht beschlossen. Entkommen konnten sie ihnen nicht, sie räumten den Männern eine Galgenfrist ein, das war beiden unabhängig voneinander klar geworden.

Der dritte Werwolf hatte sich nicht von der Stelle gerührt. Er stand noch immer in der offenen Tür und starrte seinen beiden Artgenossen entgegen.

Die schoben ihre Opfer vor sich her. Auch wenn sich beide Menschen dagegen stemmten, so nutzte es nichts. Die Werwölfe waren stärker.

In den Fängen der Bestien hingen sie wie Gliederpuppen und wurden auf die Tür zugeschoben. Der dritte Werwolf trat zur Seite, sodass sie den nötigen Platz bekamen.

Der Russe schaute den Mann aus England scharf an. »Verdammt noch mal, was ist das nur?«, fragte er voller Wut.

»Ich habe keine Ahnung.«

Sie mussten alles mit sich geschehen lassen, während der Zug weiter durch die Nacht und dem frühen Morgen entgegenrollte. Sie waren abgeschnitten von der Außenwelt. Natürlich würde es auffallen, wenn sie fehlten, aber was konnten andere Personen zu ihrer Befreiung unternehmen? So gut wie nichts. Bei diesen Bestien versagten die normalen Waffen völlig.

Durch die offene Schiebetür wurden sie in den zweiten Teil des Wagens geschoben. Die beiden Männer wurden noch bleicher, als sie ihre Privatsekretärinnen sahen. Beide Frauen lagen am Boden, waren niedergeschlagen worden und rührten sich nicht. Im Vorbeigehen sahen die beiden Botschafter die kalkbleichen Gesichter. Bei der Engländerin war die Wunde an der Stirn aufgeplatzt.

Keiner der Männer wusste, ob die Frauen umgebracht worden waren, aber sie hatten keine weiteren Wunden an ihnen gesehen, dies wiederum gab ihnen Hoffnung.

Es ging in den nächsten Wagen. Dort hatten die Assistenten gearbeitet, die in ständigem Kontakt zu den Ministerien standen. Die Diplomaten erkannten sofort, weshalb keine Verbindung zustande gekommen war. Das moderne Kommunikationszentrum war restlos zerstört worden. Vandalen schienen hier gehaust zu haben. Sie hatten alles kurz und klein geschlagen.

Reden konnte man mit den Bestien nicht. Aber die Männer hatten auch so verstanden, aus welchem Grund sie in den zweiten Wagen geführt worden waren.

Man wollte ihnen verdeutlichen, wie gering ihre Chancen waren. Und das hatten die Unholde geschafft.

Ich jagte hinter Werwölfen her!

Vier waren es an der Zahl, und sie gehörten zu einer Familie. Dem Ascot-Clan, von dem die einzig normale Person, Alexis Ascot, mit gefesselten Händen neben mir auf dem Beifahrersitz des silbergrauen Bentley hockte und vor sich hinstarrte.

Sie hätte mir Informationen über das Ziel des besetzten und gekaperten Zuges geben können, aber die Frau hielt sich zurück. Und sie hatte ihren Grund: Sie hasste mich!

Schließlich war ich es gewesen, der ihre Tochter getötet hatte. Und mit ihr, Laura Ascot, hatte alles begonnen. Sie war mir in der Nacht praktisch in den Wagen gelaufen. Zum Glück hatte ich rechtzeitig genug bremsen können, sodass ihr dabei noch nichts zugestoßen war.

Ich hatte sie dann mitgenommen. Unterwegs war mir ihr seltsames Benehmen aufgefallen. Und irgendwann stieg sie während der Fahrt einfach aus und lief davon.

Und ich hinterher.

Heulen hatte mich stutzig werden lassen. Immerhin war Vollmond, ideales Werwolf-Wetter. Mein Verdacht wurde bestätigt, als ich auf ein einsam stehendes Haus traf, in dem Laura zusammen mit ihrer Mutter wohnte. Alexis Ascot kannte die Veranlagung ihrer Tochter und hatte sie schon in einen Käfig im Keller gesteckt. Mir berichtete sie von einem Fluch der alten Zeit, der sie getroffen hatte, und von dem Werwolf-Clan der Ascots.

Dieser Clan bestand aus vier Bestien, und die erwischten mich. Gegen alle gleichzeitig kam ich nicht an. Ich wurde überwältigt und in den Käfig zu der verwandelten Laura gesteckt, wo sie mich töten sollte.

Es war ihr nicht gelungen. Ich hatte sie durch mein geweihtes Silberkreuz erlöst, und das verzieh mir ihre Mutter nie. In ihrer Wut hatte sie mir den Plan des Ascot-Clans verraten, und der sah schlimm genug aus. Die Werwölfe hatten vor, einen Zug zu kapern, in dem sich die Botschafter der Sowjetunion und Englands befanden.

Das sollte an einer bestimmten Stelle geschehen. Wir fuhren gemeinsam hin, hatten vier tote Leibwächter neben der Böschung gefunden, waren also zu spät gekommen.

Um noch mehr Unheil zu verhüten, gab es für mich nur eine Möglichkeit. Ich musste dem Zug nach und ihn stoppen. Allerdings nicht mit Gewalt und im Sturmlauf, sondern auf raffinierte Art und Weise.

Dem Zug folgten wir.

Noch ging es glatt, denn die Bahntrasse lief durch ein flaches Gelände, sodass wir an der Böschung entlangfahren konnten. Sicherlich würde sich das bald ändern, dann stand ich an den zahlreichen Weichen vor der Qual der Wahl. Wahrscheinlich würde ich dann das Nachsehen haben.

Schließlich sah ich das graue Band einer Straße und darüber eine flache Brücke, über die der Schienenstrang führte. Ich musste mit meinem alten Bentley durch den Straßengraben, schlug das Lenkrad nach rechts ein, denn ich konnte jetzt die Straßen entlangfahren und dem Schienenstrang somit folgen.

Der Wagen hatte die beschwerliche Reise gut überstanden. Er muckte auch nicht auf, als ich das Gaspedal tiefer drückte. Den Schienenstrang konnte ich noch immer im Auge behalten, aber der Zug hatte einen zu großen Vorsprung bekommen.

Jetzt meldete sich auch wieder Alexis. »Haben Sie mal eine Zigarette für mich, Sinclair?«

»Nein«, erwiderte ich, obwohl ich ihr einen Glimmstängel hätte geben können.«

»Nervös, wie?«

»Es hält sich in Grenzen.«

Sie kicherte leise. »Das sagen sie alle, wenn sie nicht mehr weiterwissen.«

»Dann bilde ich die Ausnahme.«

»Wieso?«

»Weil ich den Zug finden werde«, erklärte ich. »Ob es Ihnen nun passt oder nicht.«

»Dann viel Glück«, erwiderte sie sarkastisch. »Denken Sie ruhig weiter nach, Geisterjäger. Ich werde Sie dabei beobachten.«

»Und ich könnte Sie als Druckmittel benutzen.«

»Das wäre ungesetzlich«, konterte sie.

Ich wiegte den Kopf. »Es kommt darauf an. Besondere Gegebenheiten erfordern eben besondere Maßnahmen, wie Sie sich vorstellen können.«

Alexis schwieg. Sie war eine Frau, die ihre persönlichen Chancen verspielt hatte. Sie hatte mich umgarnen wollen und es mit der urweiblichen Raffinesse versucht, ohne Erfolg. Die Sache war mir wichtiger, als mit ihr ins Bett zu steigen, obwohl man die vierzigjährige Alexis als sehr attraktive Frau bezeichnen konnte. Ihr langes Haar war schwarz, wenn auch von einigen grauen Strähnen durchzogen, die aber nicht weiter störten. Jetzt drückte sie dem

Ascot-Clan natürlich die Daumen, dass die Werwölfe es schafften, ihre Pläne in die Tat umzusetzen.

Ich behielt den leeren Schienenstrang auch weiterhin im Auge. Sah jedoch in der Ferne einige Lichter. Sie stammten von hohen Lampen.

Sollte dort möglicherweise ein Bahnhof sein? Die Straße schlug einen Bogen. Gegenverkehr blendete mich für einen Moment. Zwei Kühltrucks rauschten vorbei.

Wenig später rollten wir durch eine kleine Ortschaft. Die Sicht auf die Gleise wurde mir jetzt genommen. Über die Hauptstraße fuhren wir, vorbei an Häusern, in denen die Menschen noch schliefen.

Zwei Uhr morgens war es fast. Ich spürte keine Müdigkeit. Der Stress und die Erwartung hielten mich umfangen. Sehr bald hatte ich die Ortschaft hinter mir gelassen, erreichte eine Kreuzung und hielt an, fuhr nach links weiter, denn die Bahngleise hatten die Straße nicht gekreuzt, das hätte ich sehen müssen.

Ich fand die Straße wieder. Diesmal lief sie fast in einer Höhe mit der Fahrbahn, und ich rollte auch nicht mehr nur an einem Gleis vorbei. Mehrere Schienenstränge führten parallel zueinander in Richtung London. Es gab auch Weichen, und davor fürchtete ich mich ein wenig. Denn nicht in jede Richtung konnte ich mit dem Auto dem Zug folgen.

Plötzlich sah ich ihn.

Im ersten Augenblick zweifelte ich. Aber es waren tatsächlich die beiden Wagen.

Ich fuhr schneller.

Auch Alexis Ascot hatte dies bemerkt. Sie konnte ihre Gefühle nicht unter Kontrolle halten. Die Lippen waren zusammengepresst, die Augen leicht verengt, aber sie redete nicht und lenkte mich auch nicht ab.

Ich musste schneller sein.

Der Bentley spurtete los, als ich das Gaspedal nach unten drückte. Das Bahngelände lag auf der linken Seite. Von der Straße trennte es ein breites Wiesenstück mit einem hohen Drahtzaun.

Und ich holte auf. Es war ein verzweifeltes Bemühen, auch als ich schon auf gleicher Höhe mit ihm fuhr, denn eingreifen konnte ich auch dann nicht.

Es war nicht zu erkennen, was sich im Innern der Wagen abspielte. Dass dort Licht brannte, sah ich. Mehr auch nicht. Keine Schatten hinter den Fenstern, und ich entdeckte auch in der Lok keine Person. Von allein würde sie nicht fahren. Auch konnte ich mir nicht vorstellen, dass die Werwölfe den Zug lenkten, sie mussten sich einfach der Lokführer bedienen.

Alexis schwieg auch weiterhin. Sie lächelte nicht mal schadenfroh, als sich abzeichnete, dass ich an mein Ziel nicht herankommen würde.

Dann wurde die Distanz zwischen mir und dem Zug größer. Er war auf ein anderes Gleis gefahren, rollte nun dort weiter und verschwand aus meinem Blickfeld. Abgestellte Güterzüge versperrten mir zusätzlich die Sicht.

»Das war's dann«, sagte Alexis schlicht und hatte damit den Nagel auf den Kopf getroffen.

Ich schaute sie an. »Wo fährt er hin? Befindet sich sein Ziel hier in der Nähe?«

»Fragen Sie mich nicht.«

»Ich will es wissen.«

»Kann ich verstehen.«

Wir hatten London noch nicht erreicht. Ich wusste ungefähr, wo wir uns befanden. Die Themse war nicht mehr weit entfernt. Eine Eisenbahnbrücke über den Fluss existierte hier nicht. Der Zug musste demnach auf meiner Seite bleiben. Trotzdem war eine Verfolgung ohne Sichtkontakt sinnlos. Ich ließ den Bentley ausrollen, als ein Schild im Licht der Scheinwerfer auftauchte.

»Rangierbahnhof«, murmelte ich.

Alexis räusperte sich. »Fahren Sie nach London zurück, Sinclair. Lassen Sie die Wölfe in Ruhe! Es ist besser für Sie. Was die vorhaben, ist schon fast hohe Politik.«

»Inwiefern?«

»Kümmern Sie sich lieber um Ihren Kram. Mehr kann ich Ihnen nicht dazu sagen. Und ich meine es sogar gut.«

Ich lachte auf. »Das kann ich mir denken.« Mein Blick war misstrauisch, als ich die Gestalt der Frau erfasste. Alexis vermied es, mich anzuschauen, und ich dachte über ihre Worte nach.

Die Frau hatte mir geraten, nach London zu fahren. Bestimmt nicht aus Menschenfreude. Vielleicht wollte sie, dass ich nicht in der Nähe dieses Rangierbahnhofs blieb.

Bei Alexis Ascot musste man mit allem rechnen. Bestimmt wollte sie, dass ich weiterfuhr und mich ansonsten um nichts kümmerte.

Da sollte sie sich geschnitten haben.

»Nein«, sagte ich. »Wir werden bleiben.«

»Und dann?«

»Schauen wir uns das Bahnhofsgelände mal gemeinsam an. Auch dort kann sich ein Zug verstecken!«

»Das ist doch verrückt!«

»Für Sie vielleicht, weniger für mich.«

Alexis ballte die Hände zu Fäusten. Sie hatte wohl nicht damit gerechnet, dass ich so handeln würde. Darin sah ich wiederum meine Chance.

»Steigen Sie aus!«

»Gehen wir gemeinsam weiter. Ich werde das Gefühl nicht los, dass wir in dieser Nacht noch einige Überraschungen erleben werden, denn irgendwo muss der Zug ja bleiben.«

»Wenn du meinst.«

»Das meine ich.« Während meiner Antwort hatte ich schon zum Telefonhörer gegriffen und eine Nummer gewählt. Wenn Suko auf seiner Harley nicht eingeschlafen war, würde er das Zeichen sehen und hören. Es dauerte etwas, bis ich eine Verbindung bekam, dann hörte ich seine Stimme überraschend klar und deutlich.

»Ich bin es.«

»Okay, John. Wo steckst du denn?«

»Ich hoffe, dass Ziel des Zuges gefunden zu haben.« Bei dieser Antwort beobachtete ich auch Alexis und stellte fest, dass sie leicht zusammengezuckt war.

»Wirklich?«

»Nicht hundertprozentig, aber ich geh mal davon aus. Am besten ist es, wenn du herkommst.«

»Und wo ist das?«

Ich erklärte es ihm, so gut es ging, und fragte auch, wie lange mein Partner brauchen würde.

»Das ist schwer zu schätzen«, erwiderte Suko. »Noch stecke ich in London. Wenn ich aufdrehe …«

»Dann dreh auf!«

»Sonst noch etwas?«, fragte er.

»Ja, ich habe eine Frau bei mir. Sie heißt Alexis Ascot und steckt mit dem Werwolf-Clan unter einer Decke. Ob ich sie mitnehmen werde, weiß ich noch nicht. Wahrscheinlich fessele ich sie ans Lenkrad. Nicht dass du zu sehr überrascht bist, wenn du sie siehst.«

»Alles klar.«

»Und welche Maßnahmen wurden noch zur Befreiung der Diplomaten getroffen?«

»Keine, John. Man hat sich zurückgehalten. Noch ist offiziell ja nichts bekannt.«

»Mit anderen Worten, wir haben den schwarzen Peter.«

»Sogar den pechschwarzen.«

»Okay, das sind wir gewohnt. Ich kann auf dich nicht warten. Ich gebe dir nur mehr eine Beschreibung des Zugs. Die Dame darfst du nur mit der Kneifzange anfassen. Sie ist bissig.«

»Ich auch.«

Nachdem ich meinem Freund die Beschreibung gegeben hatte, kümmerte ich mich wieder um Alexis. Sie starrte mich an, als wollte sie mich töten. »Du willst mich wirklich in dieser verdammten Karre zurücklassen, Sinclair?«

»Das hatte ich vor.«

»Ich werde dir …«

»Gar nichts werden Sie.« Bevor sich Alexis versah, hatte ich schon ihre Hände gepackt und sie zu mir herübergezogen. Sie hing noch im Gurt, den löste ich und zückte die Handschellen aus hartem Kunststoff.

Alexis wollte die Gunst der Sekunde nutzen und sich

freischlagen. Ich hielt dagegen und war stärker. Mein Schlag gegen ihre Wange erstickte endgültig den Widerstand. Rasch hatte ich mein Ziel erreicht und sie ans Lenkrad gebunden.

»Das müsste reichen«, sagte ich.

Alexis versuchte es erst gar nicht, an den Fesseln zu zerren. Sie starrte mich dafür böse an. »Glaub nur nicht, dass du schon gewonnen hast, Sinclair. Glaub es nicht!«

»Einen Verlierer kenne ich inzwischen«, sagte ich beim Aussteigen, ohne noch eine weitere Erklärung hinzuzufügen. Alexis wusste selbst, dass nur sie gemeint war.

Ihre gemeinen Flüche gingen im Geräusch des zufallenden Wagenschlags unter.

Ich machte mich auf den Weg, musste ein Rasenstück überqueren und erreichte danach das eingezäunte Gelände des Güterbahnhofs.

Die Umzäunung bestand aus Maschendraht. Für einen geübten Kletterer kein großes Hindernis. Ich hatte schon öfter solche Zäune überwunden, kam auch hier gut hoch und sprang an der anderen Seite zu Boden. Zwischen Abfall und verrosteten Blechdosen landete ich. Einen letzten Blick warf ich zum Wagen hinüber. Er stand zu weit weg, um Alexis erkennen zu können. Sollte sie toben, es war mir egal. Zudem würde auch mein Freund und Kollege Suko bald auftauchen und sich bestimmt der Lady annehmen, wenn sie Schwierigkeiten machte.

Mir stand eine andere Aufgabe bevor.

Ich musste den Zug finden!

Wie es dann weiterging, ohne dass Menschen zu Tode kamen, stand noch in den Sternen …

Die beiden Lokführer hießen Morton Gamber und Slick Espe. Sie hatten den Schock ihres Lebens bekommen, als die Bestien plötzlich in ihrem Führerstand erschienen. Und sie hatten mit ansehen müssen, wie einer der Werwölfe den Chef der Leibwache grausam tötete. Dann hatte sich die Bestie ihnen zugewandt, und die Männer schlossen mit ihrem Leben ab.

Der Werwolf verschonte sie. Nicht aus Mitleid, nein, er brauchte sie noch, denn nur sie konnten den Zug fahren. Und das machte er ihnen klar.

Reden konnte er nicht, aber er hatte seine Vorbereitungen getroffen. Vor der Verwandlung in die Bestie hatte Gerald Ascot sich alles Wichtige aufgeschrieben, und diesen Zettel bekamen die beiden Lokführer überreicht. Sie lasen die Befehle und wurden blass.

Es war fast unmöglich, was man von ihnen verlangte, das sagten sie auch, aber der Werwolf nahm sofort eine drohende Haltung ein, und so blieb ihnen nichts anderes übrig, als weiterzufahren.

In der Lok standen die beiden Männer mit unbewegten Gesichtern und wurden genau beobachtet. Keine Bewegung entging der hinter ihnen lauernden Bestie, die auch hin und wieder einen Blick in die Düsternis der Nacht warf, um zu sehen, ob dem Zug jemand folgte.

Was in den beiden Wagen geschah, interessierte sie nicht. Da würden schon seine Brüder für die richtige Ordnung sorgen.

So fuhren sie weiter.

Je mehr Zeit verging, umso mehr gewöhnten sich auch die beiden Männer an ihren dämonischen Gast. Sie konnten wieder klarer denken und auch normal über ihre Lage sprechen.

Gamber fand zuerst die Sprache wieder. Sein Kollege stand neben ihm. Wenn er angesprochen wurde, brauchte Gamber nur zu flüstern.

»Siehst du eine Chance?«

»Nein!«, hauchte Slick Espe zurück.

»Und wenn wir alles auf eine Karte setzen?«

»Wie willst du das machen?«

»Das Tempo erhöhen. Wir erreichen gleich eine Langsamfahrstelle. In dieser Kurve können wir den Zug entgleisen lassen.«

»Eine Überlebensgarantie ist das nicht.«

»Glaubst du denn, die Bestie lässt uns am Leben. Verdammt, ich habe doch gesehen, was sie mit dem Typ da angestellt hat. Sie tötete ihn vor unseren Augen.«

»Ich will trotzdem nicht aus den Schienen springen. Vielleicht ergibt sich noch eine Chance.«

»Am Ziel?«

Espe schüttelte den Kopf. »Glaube ich nicht. Die wollen ja nicht uns, sondern die beiden Fahrgäste. Stell dir vor, zwei Botschafter in den Klauen der Bestien. Das ist ein Wahnsinn, und wir fahren in den Rangierbahnhof. Von dort ist es ein Katzensprung zur Themse. Ich durchschaue allmählich den Plan.«

»Und wie sieht der aus?«

»Die fahren auf dem Wasser weiter.«

»Was wollen sie denn da?«

»Sich zumindest verstecken, bis alles vorbei ist, glaube ich wenigstens. Das ist alles genau durchdacht. Die haben vorher gewusst, was sie tun würden. Eine perfekte Falle.«

Gamber nickte. »Vielleicht hast du Recht. Nur frage ich, was unsere Sicherheitskräfte unternehmen wollen. Man merkt doch irgendwann, dass die Botschafter entführt worden sind.«

»Das weiß ich auch nicht.«

»Ich hab mal einen Film gesehen«, begann Gamber nach einer Weile des Schweigens. »Da ging es ebenfalls um eine Entführung, und da hat man einen Zug regelrecht in die Luft gesprengt. Ohne Rücksicht auf Verluste.«

Espe lachte leise. »Du machst mir vielleicht Mut, Mann.«

»Ich habe dir nur gesagt, was ich gesehen habe. Aber jede Lage ist eben anders.«

Espe schwieg. Er wusste nicht, was er noch sagen sollte. Es war innerhalb des Führerstandes fast wie immer. Diese Ruhe, die Gespanntheit, die jeder von ihnen empfand, wenn sie in der Nacht durchfuhren. Sie mussten sich so sehr konzentrieren, dass sie die Anwesenheit der Bestie fast vergessen hatten.

Bis der Werwolf neben ihnen erschien. Er hatte sich lautlos bewegt. Jetzt erschraken beide.

Kalte Raubtieraugen starrten sie an. Von der Gestalt ging

ein kalter Hauch der Gefahr aus. Sie spürten ihn und auch die Gänsehaut, die ihnen den Rücken hinablief.

Die Geschwindigkeit war gleich geblieben. Mit einiger Verspätung würden sie ihr vorgesehenes Ziel erreichen, denn die beiden Diplomaten hatten vorgehabt, das Gespräch in dem Rangierbahnhof fortzusetzen, sollten sie bis dahin nicht zu einer Einigung gelangt sein. Dort würde sie bestimmt keiner vermuten.

Bis auf die Werwölfe …

Diese Kreaturen wussten genau Bescheid. Für ihre Pläne hätten sie sich keinen besseren Ort aussuchen können. Die absolute Geheimhaltung über das Treffen schlug nun wie ein Bumerang zurück, denn die Regierung würde sich hüten, auch nur einen Teil dieses Treffens öffentlich zuzugeben.

Sie hatten mittlerweile die einsame Gegend verlassen und wurden nun von mehreren Gleisen begleitet, die allesamt in Richtung Rangierbahnhof führten.

Noch immer war es dunkel. Wolkenberge verdeckten das Vollmondlicht. Nur die Scheinwerferstrahlen der Lok stießen helle Breschen in die Finsternis, huschten über die Gleise und ließen die blank gefahrenen Schienen glänzen.

Signale erschienen. Sie standen da wie stumme Wärter aus Metall. Lampen warfen ihr bläulich schimmerndes Licht dem Boden entgegen, wo an einigen Stellen leichter Dunst wallte.

Abgestellte Wagen wirkten wie zum Schlafen niedergelegte Ungeheuer. Die Umgebung sah völlig normal aus, dennoch empfanden die beiden Lokführer so etwas wie Furcht davor. Diese Leere und die Dunkelheit der Nacht konnten ihnen Angst machen.

In der Ferne erschien bereits die alte Rangierhalle. Wie viele Jahre sie auf dem Buckel hatte, wusste keiner der Männer zu sagen. Jedenfalls dachte niemand daran, die alte Eisenkonstruktion abzureißen. Im Sommer war sie sogar schon für Veranstaltungen der Bahn genutzt worden. Zur kalten Jahreszeit standen nur mehr Waggons dort, die auch auf ihren Einsatz warteten, wenn das Wetter wieder besser wurde und die Bahn mehr Züge einsetzen musste.

Kein Mensch zeigte sich. Zwar gab es in der Nähe ein Stellwerk, ob das allerdings besetzt war, wusste keiner der beiden Lokführer. Wahrscheinlich nicht, und wenn doch, dann von einem Mann des Geheimdienstes. Der würde kaum misstrauisch werden, wenn er die Ankunft des Zuges mitbekam. Es lief ja alles normal.

Immer öfter rollte die Lok mit den beiden Wagen über Weichen und wurde jedes Mal durchgeschüttelt. Schienen zweigten ab, liefen wieder zusammen, ein Wirrwarr zeigte sich den Lokführern. Die fanden sich trotzdem in dem ausgeklügelten System zurecht.

Auf den Stirnen der Männer lag Schweiß. Sie beide wussten, dass sich innerhalb der nächsten Minuten ihr weiteres Schicksal entscheiden würde, und jetzt kehrte die Angst zurück.

Keiner wollte es zugeben, aber wenn sich ihre Blicke trafen, las es der eine in den Augen des anderen.

Wie lange konnten sie dem nervlichen Druck noch standhalten?

Der Zug rollte weiter. Mit der Geschwindigkeit waren die Lokführer heruntergegangen. Sie wollten nicht gegen einen Prellkörper in der Halle fahren. Wären die Entführer Menschen gewesen, hätten sie auf diese Art und Weise nur vielleicht eine Chance gehabt, aber die Werwölfe überlebten so eine Aktion immer.

Deshalb richteten sich die beiden genau nach den entsprechenden Vorschriften.

Das große Tor rückte näher. Es stand weit und einladend offen. Die Schienen führten hinein wie lange Lineale und waren zum Teil auch von abgestellten Zügen besetzt.

Das Gleis, über das die Lok mit den beiden Wagen rollte, führte bis zu einem an der Rückseite der Halle aufgestellten Prellbock, wo der Zug auch stoppen sollte.

Die beiden Lokführer waren lange nicht mehr in eine solche Halle hineingefahren. Das Tor wirkte auf sie wie ein gieriges Maul, das alles verschlingen wollte.

Vorbei huschten die letzten, draußen abgestellten Züge,

Loks und Wagen. Nur mehr wenige Sekunden, und der anfahrende Zug tauchte in die Halle hinein.

Die Außengeräusche veränderten sich. Beide Männer hörten die Echos, die von den Innenwänden zurückschwangen.

Auch die letzten Yards legten sie zurück. Der Bremsvorgang wurde eingeleitet. Slick Espe hatte es übernommen. Sein Gesicht glich einer Maske aus Wachs. Schon längst malten die Scheinwerfer große, runde Kreise an die Innenwand der Halle. Die Kreise wurden kleiner, je näher die Lok dem Ziel kam und auf einmal leicht gegen die Puffer des alten Prellbocks stieß und stand.

Aus ...

Über die Lippen des Lokführers Espe drang ein erlösender Atemzug. Für einen Moment fühlte er sich erlöst, wie von einem Druck befreit, während sich sein Kollege umdrehte und den Blick auf den dritten Fahrgast gerichtet hielt.

Auch der Werwolf hatte mitbekommen, wo sie sich befanden. Er nickte sogar, dabei floss Geifer aus seinem Maul und klatschte auf den Boden des Führerstands.

Dann öffnete er mit einem Ruck die Tür. Die hereinströmende Luft stank nach Öl, Lack und Schmiere. Sie war so typisch für diese Halle. Die Lokführer waren daran gewöhnt.

Und sie fragten sich, was die Bestien nun mit ihnen vorhatten.

Die Diplomaten mussten aussteigen, während sich der Werwolf in ihrem Rücken aufhielt. »Sollen wir fliehen?« Espe hatte die Frage gestellt. Sie war nur mehr ein Hauch und für den Werwolf wohl nicht zu verstehen, aber Morton Gamber schüttelte den Kopf.

»Warum nicht?«

»Verdammt, ich habe Familie ...«

Slick Espe wollte ihn unterbrechen, als er hinter sich das grollende Geräusch vernahm. Beide verstanden die Drohung und schufen Platz, damit der Werwolf aus der Lok springen konnte.

Er schaffte es mit einem geschmeidigen Satz, blieb neben

ihnen stehen und schaute sie starr an. Dann bewegte er seine rechte Pranke und deutete auf die beiden Wagen.

Die Männer verstanden die Geste. Sie sollten einsteigen. Mit müden Schritten gingen sie zwischen zwei Gleisen entlang. Es war Platz genug, der nächste abgestellte Zug stand zwei Gleise weiter.

Morton Gamber hatte die Führung übernommen. Er wollte in den ersten Wagen einsteigen, als der Werwolf mit einem Sprung bei ihm war und ihn zurückriss.

Morton schrie überrascht auf. Er hörte, wie sein Kollege sagte: »Steig in den zweiten.«

Gamber nickte. Plötzlich hatte er wieder Angst bekommen. Er schlich vor, erreichte sein Ziel und öffnete die Tür.

Da standen sie vor ihm.

Zu dritt hatten sie sich dahinter aufgebaut. Sie kamen ihm vor wie eine Wand aus Fell und gingen auch nicht zurück, sondern schauten über die Köpfe der beiden Männer hinweg auf ihren Artgenossen, der gleichzeitig auch der Anführer der Gruppe war.

Abermals vernahmen die Männer ein fauchendes Geräusch. So schienen sich die Bestien miteinander zu unterhalten, denn die drei im Wagen Wartenden traten zurück und gaben den Einstieg frei.

»Geh du zuerst!«, hauchte Espe.

Mort Gamber hatte nichts dagegen. Seine Hände zitterten, als er den Haltegriff fasste und die erste Stufe betrat. Der Raubtiergeruch wehte ihm entgegen und wollte ihm fast den Magen umdrehen.

Beobachtet wurden seine Bewegungen von Gerald Ascot. Bisher hatten die beiden Männer nichts getan, was auf irgendeinen Widerstand hingedeutet hätte, aber Slick Espe hatte den Gedanken an eine Flucht nie aufgegeben. Bisher war dies nicht möglich gewesen. Nun erkannte er, wie sein Bewacher Gamber ihn beobachtete. Die anderen drei waren zudem tiefer in den Wagen zurückgewichen.

Jetzt oder nie!

Und Slick Espe startete. Er schaltete plötzlich alle

Gedanken aus, als er sich um die eigene Achse drehte und mit einem gewaltigen Satz startete.

Zum Glück kannte er das Gelände. Er war schon öfter hier gewesen, und es standen auch genügend Loks und Waggons in der Halle, die ihm als Deckung dienen konnten.

Das musste er ausnutzen.

Selbst Gerald Ascot wurde überrascht. Bevor er reagierte, hatte Espe schon einen weiten Vorsprung, der es ihm ermöglichte, zur Seite und zwischen andere abgestellte Wagen zu tauchen, um den Blicken der Bestie zu entschwinden.

Eines hörte er.

Ein schreckliches Gebrüll, das schaurig durch die alte Halle schallte. Und er wusste auch, dass es keine Gnade mehr für ihn geben würde, wenn die anderen ihn erwischten …

Ich hatte das Gelände der Bahn betreten und wusste zunächst nicht, wohin ich mich wenden sollte. Vor mir sah ich die Schienenfront in ihrer Breite, die vom Licht einiger Peitschenleuchten angestrahlt wurde und deshalb noch kälter und toter wirkte.

Es war eine Umgebung, die irgendwie einen Horror verbreitete. Wohl fühlte ich mich nicht.

Ich sah die abgestellten Wagen.

Manchmal standen mehr als ein halbes Dutzend zusammen. Richtige Züge, die meist zu Sonderfahrten eingesetzt wurden. Dann wiederum sah ich Waggons aller Arten. Vom Kühlwagen bis hin zum einfachen offenen, in dem Kohlen transportiert wurden.

Nur den Zug entdeckte ich nicht.

Eine Lok und zwei Wagen, daraus setzte er sich zusammen. Und der musste doch zu finden sein.

Ich lief noch einige Schritte weiter und schaute nach rechts, weil diese Blickrichtung nicht mehr gestört wurde. Am Ende des Geländes erkannte ich die alte Halle.

Sie war sehr groß und wuchtig gebaut. Die Eisenkonstruktion schimmerte bläulich. Zudem war sie besetzt.

Wie viele Züge dort standen, konnte ich nicht sehen, wobei ich davon ausging, dass »mein« Zug durchaus dort abgestellt sein konnte.

Der Wind wehte mir auch noch einen anderen Geruch entgegen. Ich kannte diesen typischen Gestank von brackigem Wasser, vermischt mit einer gewissen Frische.

Das war ein Zeichen für mich, denn ich befand mich nicht weit vom Ufer der Themse entfernt. Wenn ich mich still verhielt, vernahm ich sogar das Rauschen des Wassers.

Mir gefiel das alles nicht. Obwohl ich niemanden sah, hatte ich das Gefühl, von Feinden umlagert zu sein. Die Wölfe hatten mir gegenüber einen gewissen Vorsprung bekommen. Wie ich sie einschätzte, rechneten sie sicherlich mit einer Verfolgung, und sie würden sich dementsprechend vorsichtig verhalten.

Überall konnten sie lauern. Es gab in den Wagen zahlreiche Verstecke. Auch konnte ich nicht erkennen, ob die Türen der Waggons geschlossen oder offen waren.

Ich ging weiter.

Ein nächtlicher Rangierbahnhof, in dem nicht gearbeitet wurde, hatte mich aufgenommen. Er wirkte tot, dennoch musste hier irgendwo ein Leben lauern. Und was für eines!

Ein dämonisches, gefährliches, das alles ausradieren wollte, was eben nur menschlich aussah.

Mit der Beretta und dem Kreuz war ich bewaffnet. Im Hals spürte ich das Gefühl einer Trockenheit. Die Spannung, die mich umklammert hielt, sorgte dafür, und sie drückte auch gegen meinen Magen.

Ich hielt die Augen weit geöffnet, so konnte ich besser die Dunkelheit durchforsten, und ich wandte mich nach rechts, denn so konnte ich mich der Halle nähern.

Einmal durchschritt ich den Lichtkreis einer Bogenlampe. Mein Schatten wirkte ebenso kalt wie die Helligkeit selbst.

Stille herrschte nie, obwohl man meine Umgebung als ruhig beschreiben konnte. Das Metall der abgestellten Wagen arbeitete. Mal schabte etwas gegeneinander, dann knackte es seitlich, hin und wieder verursachte ich auch ein Geräusch, wenn ich mit der Fußspitze gegen eine Schiene stieß oder sich der zwischen den Gleisen liegende Schotter unter dem Druck meiner Füße knirschend bewegte.

So näherte ich mich der Halle.

Und hörte den Schrei.

Für einen Moment blieb ich stehen und lauschte dem Echo, das aus der Öffnung drang. Ich konnte Schreie sehr gut unterscheiden. Dieser hier stammte nicht von einem Menschen. Er war röhrend gewesen, auch voller Wut, wie ich annahm, und es gab für mich nur eine Alternative.

Ein Werwolf musste ihn ausgestoßen haben.

Leider befand ich mich zu weit vom Eingang der Halle entfernt. Einzelheiten konnte ich dort nicht unterscheiden, ich sah nur das gewaltige dunkle Loch der Öffnung.

Bewegte sich dort nicht etwas?

Ja, jemand verließ die Halle. Es war nur mehr eine kleine Figur. Sie lief allerdings wie ein Mensch und war im nächsten Augenblick verschwunden, da er hinter den abgestellten Wagen eines Ferienzugs Deckung gesucht hatte.

Mich hielt nichts mehr. Ich sah noch seinen Verfolger und erkannte an der Bewegung, dass es sich bei ihm um einen Werwolf handeln musste, der dem Flüchtling auf den Fersen war.

Vier Tote hatten die Bestien bereits hinterlassen. Das waren genau vier zu viel. Ich wollte mit allen mir zur Verfügung stehenden Kräften dafür sorgen, dass es kein fünfter wurde.

Im rechten Winkel zu denen aus der Halle kommenden beiden Gestalten startete ich. Der Zug, hinter dem der Mann Deckung gefunden hatte, lag praktisch vor mir und in meiner Laufrichtung.

Es ist nicht einfach, über Schienen zu rennen. Dies stellte ich spätestens nach dem ersten Stolpern fest. Zum Glück fing ich mich wieder und fiel nicht hin.

An zwei abgestellten Güterwagen musste ich noch vorbei und hielt auch Ausschau nach der Bestie.

Vergeblich.

Dafür sah ich den Flüchtling. Er hatte die Wagenkette

passiert und erschien an ihrem Ende. Noch immer rannte er schnell, dabei warf er die Arme auf und nieder.

Wohin er wollte, konnte ich erst erkennen, als er einen Bogen nach links schlug und damit auch in meine Richtung geriet.

Gesehen hatte er mich bestimmt nicht. Er war viel zu sehr mit sich selbst beschäftigt.

Aber wo steckte der Werwolf? Er war für mich im Augenblick wichtiger. So unförmig diese Bestien auch wirkten, sie konnten blitzschnell zuschlagen. Hinzu kam ihr raubtierhafter Instinkt, der sie nie verließ und immer auf das Opfer zuführte.

Den Mann sah ich nicht mehr. Er musste hinter einer Lokomotive verschwunden sein, die wie ein dunkles, bulliges Geschoss nicht weit entfernt von mir stand.

Ich peilte als Ziel die Lücke zwischen Lok und Zug an. Leider war ich zu spät, obwohl ich mich beeilte und wie ein Hase über die Schwellen und Schienen hüpfte.

Der Werwolf war schon da. Mit gewaltigen Sprüngen tauchte er aus der Deckung der Wagenschlange auf und rannte in die Richtung, wo ich sein Opfer vermutete.

Aus vollem Lauf bremste ich ab, zog die Beretta, ging in Combat-Stellung und feuerte.

Das Echo des Abschusses rollte über das leere Gelände. Die Trefferquote war gering, da ich nicht die nötige Ruhe besaß, um großartig zielen zu können.

Der Werwolf wurde auch nicht durch meine Kugel gestoppt. Er hielt selbst an, wahrscheinlich hatte ihn der Abschussknall überrascht. An der Lok sah ich auch die Gestalt des Mannes erscheinen. Er musste völlig ausgepumpt sein, denn er hielt sich an einem Scheinwerfer fest oder stützte sich ab.

Der Werwolf duckte sich.

Er stand wie auf dem Sprung und musste mich auch gesehen haben. Mein Atem hatte sich allmählich beruhigt. Noch dampfte es vor meinen Lippen. Auf den Schienen schimmerte die Feuchtigkeit, die sich fast immer bildete, wenn sich die Nacht ihrem Ende zuneigte.

Ahnte die Bestie die Gefahr, die durch die geweihten Silberkugeln auf sie zukam?

Möglich war es schon. Jedenfalls konnte ich keinen anderen Grund für ihr Verhalten erkennen, als sie mit einem gewaltigen Satz zurücksprang, noch bevor ich ein zweites Mal abdrücken konnte.

Sie jagte wieder auf die abgestellte Wagenreihe zu und verschwand dahinter, sodass ich sie nicht mehr sehen konnte.

Ich ließ die Beretta sinken und hörte den Ruf des Mannes.

»Bleiben Sie, wo Sie sind!«, schrie ich zurück. »Ich komme später zu Ihnen.«

Hoffentlich blieb er auch, denn er würde mir sicherlich Informationen geben können.

Ich rannte auf die Wagen zu. Einen Werwolf als Geisel zu bekommen wäre nicht schlecht gewesen, und dieser Gedanke beflügelte mich. Als ich den ohne Lok abgestellten Zug erreichte, ließ ich mich zu Boden fallen und schaute schräg unter einem Wagen her, damit ein möglichst großes Gebiet in meinen Sichtbereich geriet.

Meine Hoffnung wurde enttäuscht. Ich sah weder Füße noch Pranken der Bestie.

Wo konnte sie stecken? Im Hochkommen dachte ich darüber nach. Wenn die Türen nicht verschlossen waren, konnte sich der Werwolf in einem der Wagen verborgen halten.

Das wollte ich genau wissen. Beim letzten fing ich an. Die Tür war nicht verschlossen. Ich öffnete sie und fand mich in einem schmalen Gang wieder.

Links von mir sah ich die einzelnen Abteile mit den Glastüren.

Ich hielt die Waffe in der rechten Hand. Muffige Luft umgab mich. Es war zu merken, dass man lange nicht gelüftet hatte. In den Abteilen und im Gang brannte kein Licht. Wenn ich durch die Scheibentüren sah, erkannte ich dahinter mehr Schatten als Helligkeit.

Natürlich verursachte ich Geräusche. Irgendwo knackte es immer, wenn ich mich bewegte. In drei Abteile schaute ich hinein, ohne den Werwolf zu entdecken.

Manche wurden durch Streulicht ein wenig erhellt. In anderen Abteilen wiederum war es stockfinster.

Im ersten Wagen fand ich meinen Gegner nicht. Auch nicht im zweiten und dritten, wobei letzterer keine Abteile hatte, sondern mit Sitzbänken ausgerüstet war.

Allmählich bekam ich das Gefühl, von der Bestie reingelegt worden zu sein. Und dieses Gefühl verstärkte sich, als ein bekanntes Geräusch an meine Ohren drang.

Es war das Zuschlagen einer Tür.

Zum Glück brauchte ich nur zwei Schritte zu gehen, um auch eine Tür zu erreichen. Ich drückte den roten Hebel nach unten, wollte den Ausgang aufstoßen, doch der klemmte.

Erst beim dritten Versuch gelang es mir, nach draußen zu springen. Ich blieb stehen und blickte dorthin, wo auch die Halle lag.

Eine leere Fläche. Und das Glänzen der Schienenoberseiten schien mich verhöhnen zu wollen.

Keine Spur von der Bestie.

Die nächsten Schritte setzte ich zögernd und hatte auch meinen Kopf nach links gedreht, um in die Fenster des Wagens schauen zu können. Dahinter sah ich keine Bewegung.

Die Ruhe war verdächtig.

Und der Geruch auch.

Wie eine Welle erreichte er meine Nase. Ein Beweis, dass sich die Bestie in der Nähe aufhalten musste. Ich fuhr herum und tat damit genau das Falsche, denn die Gefahr kam von oben.

Auf dem Wagendach hatte der Werwolf gelauert. Jetzt stieß er sich ab und sprang auf mich zu.

Ich hörte sein Gebrüll, wollte schießen und bekam den Arm nicht mehr in die Richtung gedreht, denn die wie ein Stein vom Dach des Wagens fallende Kreatur erwischte mich ausgerechnet an der rechten Schulter, sodass ich meine Beretta nicht mehr halten konnte.

Nicht allein sie wurde mir aus den Fingern geschlagen, ich selbst fiel auch zu Boden, spürte die Kante einer Schiene in meinem Rücken und auch die scharfen Schottersteine zwischen den Gleisen.

Der fellbedeckte Körper drückte mich zu Boden. Ich sah die weit aufgerissene Schnauze und wusste genau, dass die beiden zahnbewehrten Kieferhälften auf meine Kehle zielten.

Mit der linken Hand wühlte ich im Fell der Bestie, ohne sie von mir zurückstoßen zu können. Wenn ich sie wegstemmen wollte, konnte ich nur mehr die Beine zu Hilfe nehmen.

Das rechte winkelte ich an und stieß es vor. Tief wühlte sich mein Knie in den Körper, drückte ihn auch hoch, sodass ich mit dem linken Fuß nachstoßen konnte.

Zweimal rammte ich meinen Fuß nach vorn. Die Bestie bekam die Tritte voll mit und kippte nach hinten. Sie fiel auf den Rücken, überschlug sich. Ich rollte mich zur rechten Seite hin ab und suchte nach meiner entfallenen Beretta.

Eigentlich hatte ich damit gerechnet, dass sich die Kreatur auf mich stürzen würde, das tat sie nicht. Sie rollte weiter und gelangte unter den Zug, wo sie blitzschnell weiterkroch und die andere Seite erreicht hatte, als meine Finger den Griff der Pistole umklammerten.

Ich hatte das Nachsehen. Bevor ich unter dem Zug hergekrochen war oder ihn umlaufen hatte, war der Werwolf sicherlich längst hinter einer anderen Deckung verschwunden.

Trotzdem versuchte ich es und jagte am Zug entlang, während in meinem Rücken ein böser Schmerz toste, denn die Schienenkante hatte mich doch hart erwischt.

Ich erreichte das Ende der Wagenkette und war nun ebenso schlau wie zuvor. Keine Spur von der Bestie.

Keuchend blieb ich stehen, hustete, drückte den Rücken durch und verzog dabei das Gesicht. Ich dachte auch über den Grund der Flucht nach. Normalerweise ließen sich Werwölfe eine solche Chance nicht entgehen. Die Furcht vor meiner Beretta hatte es sicherlich nicht sein können. Da musste ein anderes Motiv dahinterstecken.

Ich konnte es mir auch vorstellen. Wahrscheinlich waren ihm seine Geiseln wichtiger.

Ich zog mich wieder in die Deckung des Zuges zurück und dachte daran, dass der Werwolf jetzt gewarnt war. Er wusste von seinem Verfolger. Hoffentlich drehte er jetzt nicht durch und tötete seine Geiseln. Dann war ich noch schuld.

Andererseits hätte ich den Mann nicht ohne Warnung laufen lassen können. Er wäre bestimmt erwischt worden.

»Mister!«, hörte ich eine keuchende Stimme.

Es war derjenige, den ich gerettet hatte. Noch immer stand der Schrecken auf seinem Gesicht. Er taumelte mir entgegen, ich stützte ihn ab und hörte seine keuchende Stimme.

»Verdammt, das wäre fast ins Auge gegangen ...«

Ja, er hatte Glück gehabt. Das gab ich ihm auch zu verstehen. Einige Sekunden lang musste er sich einfach ausruhen, atmete scharf und heftig, bis er Gelegenheit fand, erste Worte zu sprechen. Er wollte mir danken. So verständlich dies auch sein musste, ich dachte anders darüber, denn ich wollte Informationen bekommen.

»Wer sind Sie?«

»Ich heiße ...« Ein Atemzug unterbrach seine Rede. »Mein Name ist Slick Espe.«

»Und wie kommen Sie hierher?«

Diesmal lachte er. »Das könnte ich eigentlich Sie fragen, denn ich bin der Lokführer dieses verdammten Zugs. Haben Sie verstanden, Mister? Der Lokführer!«

Das musste ich verdauen. »Der Zug, den die Werwölfe gekapert haben?«

»Ja.«

»Wie geschah es?«

Ich bekam einen Bericht. Leider konnte er mir nicht sagen, wie es in den beiden Wagen aussah, aber die vier Leichen hatten schließlich für sich gesprochen.

»Wissen Sie denn, was die Bestien vorhaben?«, erkundigte ich mich.

»Nein, sie können ja nicht reden. Befehle haben mein Kollege und ich schriftlich bekommen.«

Ich nickte. »Kann man ungesehen an den Zug herankommen?«

»Ich glaube schon. In der Halle stehen genügend andere Wagen. Die können Sie als Deckung nehmen.«

So etwas hatte ich auch vor, denn jetzt musste gehandelt werden. Lange durfte ich nicht mehr warten. Jede weitere Minute, die ich zögerte, bedeutete für die Geiseln zusätzliche Gefahr.

So allein fühlte ich mich ein wenig auf einem verlorenen Posten. Das blieb zum Glück nicht so, denn ich hörte Schritte, die sich schnell näherten.

Auch Slick Espe hatte sie vernommen, drehte sich und erschrak. »Da kommt jemand ...«

Es war Suko, meine Verstärkung. Ich winkte ihm zu, er beeilte sich noch mehr und sprang wie ein Känguru über die Schienen.

»Sie kennen den Mann?«, fragte Espe.

»Ja, er ist mein Freund.«

Der Lokführer bekam einen misstrauischen Blick. »Wer sind Sie eigentlich, Mister?«

»Ich bin Oberinspektor bei Scotland Yard, spezialisiert auf Werwölfe.«

»Das ist doch ein Witz.«

»Nein, sonst wäre ich wohl nicht hier.« Suko war inzwischen neben uns stehen geblieben. Ich stellte auch ihn vor.

»Dann hat es sich also doch herumgesprochen«, flüsterte Espe kopfschüttelnd. »Und ich dachte immer, der Plan wäre geheim gewesen.«

»Schon, aber Ascot hat ihn verraten.« Der Satz rutschte mir so heraus, und der Lokführer zuckte zusammen. »Gerald Ascot?«, fragte er mit leiser Stimme. »Kennen Sie ihn?«

»Eigentlich nur als Werwolf. Aber er war derjenige, der wohl alles verraten hat.«

Slick Espe konnte es nicht begreifen. »Gerald ein Werwolf«, flüsterte er, »verdammt, das packe ich nicht. Das kriege ich einfach nicht unter.« Er hob die Schultern. »Da bin ich fertig.«

Suko sprach mich wegen der Frau an. »Da hast du dir ja ein

Früchtchen an Land gezogen. Die tobt, bettelt und flucht. Sie hat mir alles versprochen, als ich kam.«

Ich winkte ab. »Das kenne ich. Bei mir hat sie es sogar mit einem heißen Strip versucht.«

»Leider war sie gefesselt.«

»Ja, die Frau ist ein richtiger Schuss. Aber sie sitzt hoffentlich noch so, wie ich sie zurückgelassen habe.«

»Klar.«

Der Lokführer wusste nicht, wovon wir sprachen. Es hatte auch keinen Sinn, ihm Fragen zu beantworten, wir mussten ihn zunächst aus der Schusslinie und in Sicherheit bringen. »Suchen Sie sich ein sicheres Versteck!«

Er nickte heftig. »Soll ich denn Hilfe holen. Vielleicht eine Polizeitruppe oder ein Einsatzkommando.«

»Um Himmels willen, machen Sie keinen Unsinn!«, wehrte ich ab. »Wir werden die Sache schon schaukeln.«

»Sie wollen …?«

»Genau das. Und Sie gehen jetzt und drücken uns am besten die Daumen. Wir wissen ja inzwischen, wer sich alles in den Klauen der Wölfe befindet, und darauf können wir uns einstellen.«

»Dann alles Gute«, flüsterte Espe noch und ging.

Ich schaute ihm nach, während ich zu Suko sprach. »Dass dieser Mann entkommen konnte, halte ich für einen Glücksfall. So wissen wir wenigstens, wie es sich abgespielt hat.«

»Was die Bestien vorhaben, weißt du nicht?«

»Nein, Suko. Ich rechne jedoch damit, dass sich alles um die beiden Botschafter dreht.«

Suko legte den rechten Zeigefinger auf den Nasenrücken. »Was, so frage ich mich, wollen die Bestien mit den beiden Männern? Sie sind keine Terroristen, keine Gangster, sondern dämonische Wesen, die nicht mal Führerfunktionen aufweisen. Was wollen sie mit den beiden Botschaftern? Weshalb wurden die Männer von ihnen gekidnappt? Weißt du eine Antwort, John?«

»Nein, aber ich kann mir vorstellen, dass jemand hinter ihnen steht.«

»An wen denkst du?«

»Noch lebt Lupina.«

»Sie ist verschollen.«

Ich lächelte. »Wer sagt uns denn, dass das immer so bleibt? Außerdem gibt es andere. Fenris, zum Beispiel, der Urwerwolf. Ich habe von dieser Alexis Ascot einen uns bekannten Satz gehört: Bevor Menschen waren, gab es Wölfe. Diese Aussage hat mir zu denken gegeben. Wer so etwas weiß, muss von der Urmagie der Werwölfe gehört haben. Deshalb rechne ich mit Fenris als Leiter.«

»Oder Morgana Layton!«

Ich starrte Suko an. Natürlich, Morgana. Eine berückend schöne Frau, eine Mischung aus Mensch und Bestie, ein Zwitterwesen, das ich nicht einordnen konnte. Es lag schon etwas länger zurück, als wir sie aus der Werwolf-Schlucht befreit hatten. Dann aber war Fenris gekommen und hatte sie vor unseren Augen weggeschleift. Auch sie konnte geschickt worden sein, um diesen grausamen Plan durchzuführen, obwohl ich nicht so recht daran glauben wollte, denn ich hielt Morgana Layton nicht für schlecht. Sie war nur mehr eine Gefangene ihrer Zwänge und der verdammten Umstände, die uns umgaben.

Suko schlug mir auf die Schulter. »Wir sollten uns nicht zu lange mit fruchtlosen Diskussionen abgeben. Sehen wir zu, dass wir die Leute befreien können.«

Etwas wollte ich noch wissen. »Sag mal, wie hat eigentlich der Alte reagiert?«

Mein Freund grinste. »Sauer, sogar sehr sauer. Er fühlte sich auf den Arm und nicht für voll genommen. Wo er anrief, wusste man angeblich von nichts. Wenn ich nur wüsste, was die beiden Botschafter miteinander zu bereden hatten.«

»Das wird jetzt für sie nicht mehr wichtig sein.« Ich lud meine Beretta nach und schaute auf die Halle. »Deckung gibt es genug für uns. Wir müssen nur nahe genug herankommen.«

»Ich wollte dir noch etwas sagen, John. Die Fenster sind aus Panzerglas. Keine Chance, da durchzukommen.«

»Das will ich auch gar nicht.«

»Was dann?«

»Als Kind habe ich immer davon geträumt, einmal Lokführer zu sein. Jetzt werde ich das in die Tat umsetzen. Schließlich kann so ein Ding auch rückwärts fahren. Und dann bin ich gespannt, wie sich unsere Freunde verhalten ...«

Nach diesen Worten bekam selbst Suko den Mund vor Staunen nicht mehr zu ...

Man hatte die beiden Botschafter wieder zurückgeführt und ihnen auch erlaubt, etwas zu trinken. Mit Mineralwasser löschten die Männer ihren Durst, doch die würgende Angst in ihrer Kehle konnten sie damit nicht wegspülen.

Bewacht wurden sie von zwei Werwölfen, die sie ständig beobachteten, ansonsten aber nichts taten.

»Wenn das noch länger dauert«, sagte der Russe, »wird meine Regierung Gegenmaßnahmen ergreifen.«

»Und wie sähen die aus?«

»Schlimm, verdammt schlimm. Die internationale Lage ist angespannt. Es kann sich keiner mehr erlauben, auszuscheren. Das ist geschehen, und man wird immer die Schuld beim Gastland suchen.«

»Sicher, nur ist das falsch.«

»Das wissen Sie, auch ich, aber wie sollen wir es den anderen mitteilen? Können Sie mir das verraten? Ohne Telefon, Fernschreiber und so weiter. Ich sehe da schwarz.«

Der Engländer gab seinem Kollegen Recht, ohne dies jedoch mündlich zu bestätigen. Auch er machte sich große Sorgen um die Zukunft, wobei er hoffte, dass von ihrer Entführung noch nichts nach draußen gedrungen war, denn noch war die abgemachte Zeit nicht um. Sie hatten das Gespräch bis zum anderen Tag angesetzt und sich etwa die Mittagszeit als Abschluss ausgesucht. Erst dann sollten die entsprechenden Regierungen über Ergebnisse informiert werden.

Der Engländer trank. Er starrte ins Leere und hörte kaum,

wie sein russischer Kollege sagte: »Ihre Sorgen möchte ich nicht auch noch haben, mein Lieber.«

Der Mann aus England winkte ab. »Spielt das überhaupt noch eine Rolle, wo wie hier festsitzen? Eigentlich müssten wir doch zusehen, hier mit heiler Haut herauszukommen.«

»Ja, das wäre schon wichtig.«

»Sehen Sie.«

»Trotzdem geht die Staatsräson vor.«

»Sie würden sich für Ihr Land opfern?«

»Wenn es sein muss – ja«, erwiderte der Russe nach einer Weile des Nachdenkens. »Ich gehöre noch zum alten Schlag. Die Jüngeren denken da anders, aber ich habe den Aufbau nach dem Zweiten Weltkrieg miterlebt und weiß, was es bedeutet, für sein Heimatland einzustehen und dafür zu sorgen, dass Spuren verwischt werden, die der grausame Krieg hinterlassen hat.«

»Mir erging es übrigens nicht anders«, versicherte der Engländer.

»Dann wissen Sie ja, wie mir zumute ist.«

»Nur nicht so extrem.«

»Was heißt das denn?«

Der englische Botschafter lächelte. »Ich bin durch und durch Diplomat. Noch haben wir die Gewalt nicht an unserem eigenen Körper gespürt. Ich hoffe, dass dies auch nicht eintritt und wir tatsächlich eine diplomatische Lösung finden.«

Dagegen sprach der Russe. »Sir, wir haben es hier nicht mit Menschen zu tun, sondern mit Bestien. Das sind keine verkleideten Terroristen oder Aufständler. Ich bin inzwischen zu der Überzeugung gelangt, dass es Werwölfe gibt, obwohl man mir dies schon einmal gesagt hatte, ich es aber nicht hatte glauben wollen.«

»Wer war das denn?«

»Es liegt schon etwas zurück. Ein Landsmann von Ihnen war daran beteiligt. Damals kämpfte er in Sibirien gegen Werwölfe, die ein Lager besetzt hielten.«

Der Engländer hatte auch davon gehört. Er schlug

klatschend gegen seine Stirn. Einer der Bewacher hob sofort seinen pelzigen Schädel.

»Ich kenne den Mann. Er heißt John Sinclair, ist Geisterjäger, und wir schickten ihn damals zu Ihnen. Das war aber mehr ein Geheimauftrag.«

»Wie dieser auch.«

»Sehr richtig. Und auch leider. Jetzt könnten wir einen Mann wie Sinclair gebrauchen. Der weiß, wo es langgeht und wie man mit diesen Bestien fertig wird.«

Der Russe hob die Schultern. Er stand auf und nahm eine neue Flasche. Diesmal Wodka. »Wollen Sie auch einen?«

»Ja.«

Der Mann aus Russland schenkte großzügig ein. Die Diplomaten hoben die Gläser und tranken sich zu. Beide konnten sehen, wie ihre Hände zitterten. Mit einem Schluck leerten sie die Gläser. Der Engländer schüttelte sich. »Daran könnte ich mich nie gewöhnen.«

Rau lachte der Russe auf. »Wenn Sie in Russland lebten, schon. Ich habe dieses Land schon mehrmals durchfahren. Von West nach Ost, von Nord nach Süd. Ich kenne die Hitze in den südlichen Provinzen und auch die Kälte der Tundra. Gegen beides hilft Wodka, verlassen Sie sich darauf.«

»Das Gleiche könnte ich Ihnen über Whisky erzählen. Ein Großonkel von mir hatte eine Destille nahe Glasgow. Er schuf ein edles Getränk. Einige Fässer aus seinem Erbe habe ich noch in meinem Keller. Sollten wir beide hier lebend wieder herauskommen, so verspreche ich Ihnen eines der drei Fässer. Dann können Sie das auf Ihrer nächsten Tundra-Tour mitnehmen und immer an mich denken.«

»Danke, Towarischtsch. Darauf müssen wir einen trinken.« Die beiden Männer nahmen noch einen Schluck. Jeder von ihnen war in den letzten Minuten zu einem Pessimisten geworden. Sie sahen ein, dass sie sich in ihr Schicksal ergeben mussten.

Dennoch umgab sie die Aura des Schreckens. Nur die Anwesenheit der Werwölfe sorgte dafür. Sie standen zu beiden Seiten der Tür. Ihre Blicke hatten sich auch während des Dialogs der Männer nicht verändert. Nach wie vor waren sie kalt, grausam und auch abschätzend auf die Opfer gerichtet.

Das Geräusch der auf den Tisch zurückgestellten Gläser klang in der Stille überlaut. Aus dem zweiten Wagen war ebenfalls kein Laut zu hören. Nicht einmal das Schluchzen der dort anwesenden Frauen. Bestimmt waren sie noch alle bewusstlos.

Aber von draußen hörten sie Schritte. Sie verstummten, die Tür wurde aufgerissen, und auch die Köpfe der Diplomaten drehten sich dem Wageneingang entgegen.

Dort stand Gerald Ascot.

Er war wieder zurückgekehrt, nachdem man auf ihn geschossen hatte. Auch musste er schnell gelaufen sein, das Fell dampfte regelrecht und verströmte einen noch penetranteren Geruch. Leicht geduckt und schleichend kam er auf die beiden Männer zu.

»Da muss etwas geschehen sein«, flüsterte der Engländer.

»Das Gefühl habe ich auch.«

Der Werwolf blieb vor ihnen stehen. Mit einer wilden Bewegung fetzte er die beiden Wodkagläser vom Tisch. Einige Papiere folgten.

Er starrte die Männer an. Der heiße Atem traf die Gesichter der Menschen. Reden konnte die Bestie nicht, allein ihr Ausdruck war für die Männer Drohung genug.

Unabhängig voneinander spurten der Engländer und der Russe, dass sich die Lage allmählich zuspitzte …

Auch für Suko und mich.

Wir beide waren unterwegs, um das Unmögliche möglich zu machen. Geiseln aus den Klauen wilder Werwölfe zu befreien, die sich in einem Zug verschanzt hatten.

Bisher hatte ich den Zug nicht aus der Nähe gesehen. Auch in der Halle war es ziemlich finster. Wir hatten uns hinter einem Kühlwagen geduckt und sorgten dafür, dass sich unsere Augen an die Lichtverhältnisse gewöhnten.

Da nur die Notbeleuchtung brannte und auch keine Chance bestand, dass irgendjemand das Licht einschaltete, fiel es uns sehr schwer, etwas zu erkennen.

Wagen, Loks, Gleise. Zwischen ihnen bewegten wir uns voran. Ich hatte die Führung übernommen. Eigentlich brauchte ich nur eine Lok zu suchen, die vor zwei Wagen gespannt war.

Und die entdeckte ich auch. Der kurze Zug war bis zum Ende der Halle durchgefahren. Die Lok berührte sogar einen Prellbock, der dicht an der Wand seinen Platz gefunden hatte.

Ich blieb stehen, winkte Suko heran und deutete auf den Zug. »Das ist er.«

»Und es brennt Licht in den Abteilen.«

Man musste die Fenster von innen mit Vorhängen verdeckt haben, denn das Licht drang nur sehr schwach durch die Scheiben. Zu hören war ebenfalls nichts. Mir kam es vor, als würde über der Lok und den beiden Wagen eine Glocke des Schweigens liegen.

Leider stand der Zug ziemlich frei. Wenn wir in den Führerstand der Lok wollten, mussten wir es geschickt anstellen. Auf Zehenspitzen bewegten wir uns weiter.

Ich schnupperte und nahm den Geruch von Öl, Stahl und auch Eisen auf. Das trockene Gefühl in meinem Hals bekam ich einfach nicht weg, räuspern wollte ich mich nicht. Jedes leise Geräusch wurde in dieser Halle zu einer unüberhörbaren Schallkulisse.

Dicht an den beiden Wagen schlichen wir entlang. Wir hielten uns in deren Windschatten, duckten uns, wenn wir an Türen vorbeikamen, und erreichten die Lok.

Ich betrat als Erster den Führerstand, während Suko noch abwartete und mir den Rücken deckte.

»Alles klar«, meldete er wispernd.

»Dann komm.«

Auch er stieg ein. So vorsichtig, wie ich die Eisentür aufgezogen hatte, drückte er sie wieder zu. Nebeneinander blieben wir stehen, schauten uns an und atmeten auf.

Zugleich wischten wir uns die Stirn trocken. »Teil eins hat geklappt«, meinte Suko.

»War auch leicht.«

Der Chinese deutete auf das Armaturenbrett, das mir doch ein wenig fremd vorkam. »Willst du es wirklich versuchen, John?«

»Wenn wir schon mal hier sind.«

»Wir können auch wieder zurück.«

Ich winkte ab. »Daran glaubst du doch selbst nicht.« Gleichzeitig bückte ich mich und öffnete zwei Konsolentüren am Führerstand.

»Was suchst du?«

Meine Hand wühlte schon zwischen Papieren und Schnellheftern. »Vielleicht gibt es so etwas wie eine Bedienungsanleitung.«

»Nerven hast du, das muss man dir lassen.«

Ich ging auf Sukos Bemerkung nicht ein und schlug die Hefter auf. Das war nur Fachliteratur. Da ging es um Bahnrecht, Streckenführung, auch Gerichtsurteile waren aufgeführt worden, aber eine technische Anleitung für die Inbetriebnahme der Lok fand ich nicht.

Suko schaute sich derweil das Pult an. Er sah die Hebel und Schalter, eine Elektronik, die überwachte und für den Laien verwirrend wirkte.

»John, ich weiß es.«

Ich kam wieder hoch. Suko deutete auf das Schaltpult. Hebel und Knöpfe in verschiedenen Farben sah ich und einen Schaltplan …

»Schau dir das mal an.«

In den nächsten Minuten gingen wir beide die Möglichkeiten durch. Irgendwie einigten wir uns auch, und der Inspektor nickte mir zum Abschluss aufmunternd zu.

»Dann versuch dein Glück.«

Ich will keinen Leser mit technischen Einzelheiten langweilen, jedenfalls wusste ich, dass ich mit dem Schaltrad, das die Geschwindigkeit steuerte, vorsichtig umgehen musste.

»Auf jeden Fall musst du schnell starten, John«, flüsterte

mein Freund. »Wir müssen das Überraschungsmoment ausnutzen. Eine andere Chance sehe ich nicht.«

Suko nickte heftig. »All right, John, dann fahr.«

Ich räusperte mich. Meine Kehle war wie zugeschnürt. Schweiß lag auf meinen Handflächen, ich hörte das Herz lauter schlagen. Das hier war eine Sache, die mich vor verdammt große Probleme stellte. Lieber waffenlos gegen drei Zombies als so etwas.

Ich spürte einen kalten Luftzug über meinen Nacken fließen. Suko hatte die Tür geöffnet, ohne dass ein Laut entstanden war. Der Wind kühlte mich ein wenig ab, gleichzeitig fror ich auch.

»Ich bleibe so!«, flüsterte mir mein Partner zu. »Wenn sie aus dem Wagen springen, schieße ich.«

»Gut.«

Jetzt kam es darauf an. Noch einmal ging ich die Stationen durch. Noch nie hatte ich eine Lok in Bewegung gesetzt. Höchstens als Kind die Spielzeugeisenbahn.

Ich zwang mich zur Ruhe. Die Spannung stieg, als ich der Maschine den Saft gab. Im nächsten Moment durchlief ein Zittern die Maschine, dass ich vor meiner eigenen Courage erschrak.

Suko war stolz auf mich. »John, wir fahren!«

Plötzlich war alles anders. Die beiden Diplomaten, die damit gerechnet hatten, dass sie der Werwolf in seiner Wut angreifen würde, saßen ebenso steif da, wie die Bestien standen.

Etwas Unheimliches war geschehen.

Der Zug fuhr.

Und dann noch zurück!

Aus dem Maul des zuletzt gekommenen Wolfs drang ein wütendes, wildes Heulen, als er auf der Stelle kehrtmachte und den ersten Wagen so rasch wie möglich verließ.

»Glauben Sie an Wunder?«, fragte der Engländer.

Der Russe nickte. »Mittlerweile ja. Von selbst fährt wohl kein Zug an – oder?«

Der englische Botschafter schüttelte nur den Kopf und horchte auf die brüllenden Geräusche, die aus dem anderen Wagen drangen.

Dort tobte die Bestie, und sie hatte sich ausgerechnet Morton Gamber ausgesucht.

Der Werwolf besaß zwar keine menschliche Sprache, er war auch kein Mensch, dennoch konnte er fühlen, ahnen und auch gewisse Zusammenhänge erkennen. Und die sah er in diesem Augenblick.

Morton Gamber saß auf einem Stuhl, als die Bestie in den Wagen stürmte. Sie schäumte im wahrsten Sinne des Wortes, da vor ihrem weißen Gebiss der Geifer sprühte.

Ihr Blick pendelte sich auf Gamber ein.

Dann war sie bei ihm. Sogar den Artgenossen hatte sie zur Seite gestoßen und riss den Mann hoch.

Morton wusste kaum, wie ihm geschah. Er hing im Griff der Bestie fest, die ihn wie eine Puppe einfach herumdrehte und auf die Außentür des Wagens zudrückte.

Eine Pranke brauchte das Untier nur einzusetzen. Mit der anderen riss sie die Tür auf.

Obwohl der Zug nicht sehr schnell rollte, den Bereich der Halle aber schon verlassen hatte, wehte der Fahrtwind in den Wagen. Und es war auch gefährlich, bei dieser Geschwindigkeit abzuspringen.

Daran dachte der Werwolf nicht. Er selbst schaffte so etwas leicht, und der Mensch?

Gamber spürte den harten Stoß, der ihn an der Wirbelsäule traf. Für einen winzigen Moment hatte er noch die Hoffnung, sich retten zu können, dann stürzte er nach vorn und sah die anderen Gleise rasend schnell auf sich zukommen.

Er schlug auf.

Sein Schrei übertönte das Knacken der beiden Zähne, die ihm beim Aufprall gegen die Schienenkante verloren gingen. Er wollte sich zwar noch herumwälzen, da spürte er schon den Druck des Werwolf-Körpers auf seinem Rücken.

Gleich darauf riss die Bestie ihn hoch und presste ihre Pranke gegen seine Kehle.

Derjenige, der den Zug fuhr, musste die Botschaft verstehen. Wenn er nicht anhielt, würde der Werwolf die Kehle des Mannes mit seiner Pranke durchstoßen …

Verdammt, der Zug fuhr! Wir hatten es tatsächlich geschafft. Das Zittern der Lok übertrug sich auch auf mich. Hinzu kam meine Nervosität, aber ich riss mich zusammen. Nur nicht aufgeben.

Der Zug fuhr zurück, bockte zwar gelegentlich, aber er fuhr, mehr konnte man eigentlich nicht verlangen.

Starr schaute ich durch die abfallende Scheibe nach vorn und sah unter mir das Schienenpaar hinweghuschen. Auch die Wände der Halle glitten vorbei, sodass ich mich allmählich wieder beruhigte, weil mir die Eindrücke vertraut vorkamen.

»Es ist alles klar, John!«, hörte ich Suko sprechen. »Keine Panik. Wir haben alles im Griff.«

Auf dem sinkenden Schiff, fügte ich in Gedanken hinzu und hoffte, dass es tatsächlich so laufen würde, wie Suko es vorausgesehen hatte. Wenn es brenzlig wurde, konnte ich die Lok auch stoppen, das war für mich das Hauptproblem.

Hoffentlich ging alles in Erfüllung, was wir uns wünschten. Die Werwölfe mussten längst bemerkt haben, was sich da tat, und ich wartete auf eine Reaktion.

Noch erfolgte sie nicht. Nahezu unnatürlich ruhig blieb es. Ich vernahm allein die Fahrgeräusche, die schwächer wurden, als wir den Bereich der lauten Halle verließen.

Jetzt befanden wir uns schon auf freiem Gelände. Auf dem Nebengleis standen einige Wagen. Sie huschten wie ein langer, kompakter Schatten vorbei.

Da warnte mich Suko. »John, es geht los!«

Ich zuckte unter dem Klang seiner Stimme zusammen. »Was ist geschehen?«

Der Inspektor gab mir noch keine Antwort. Ich hörte ihn scharf atmen, dann ein »Verdammt« flüstern, und schon kam die Lagebeschreibung, die mir das Blut ins Gesicht trieb.

»Er hat ihn rausgeworfen! Jetzt springt er hinterher!«

Mein Freund brauchte nicht mehr weiterzureden, denn ich sah es jetzt selbst, da die Lok den Ort des Geschehens passierte.

Slick Espe hatte mir von seinem Kollegen erzählt, der ein Gefangener der Bestien war. Ihn hatten die Werwölfe nach draußen geschleudert, und einer von ihnen war direkt hinterher gesprungen, hielt den Mann im Griff und hatte eine Pranke so vor seine Kehle gelegt, dass mir der Zweck dieser Haltung schon beim ersten Blick klar wurde.

Er wollte den Mann killen!

Was sollte ich tun?

Ich warf einen Blick über die Schulter zurück. Vielleicht wusste Suko Rat.

Mein Partner handelte schon. Er sprang in dem Augenblick aus dem fahrenden Zug, als ich ihn ansprechen wollte. Wenig später rollte ich an seinem Körper vorbei, und jetzt musste ich das tun, was ich eigentlich nicht so schnell vorgehabt hatte.

Bremsen!

Es war wie beim Anfahren. Auch das Bremsen geschah nur mehr stotternd und abgehackt, aber ich bekam den verdammten Zug zum Stehen, verließ den Steuerstand und war mit einem Satz an der offenen Tür des Ausstiegs.

Der nächste Sprung brachte mich ins Freie. Neben der Lok blieb ich stehen, wollte zurücklaufen, als ich das fürchterliche Gebrüll hinter mir vernahm.

Auf dem Absatz drehte ich mich.

In der offenen Tür des zweiten Wagens schauten die beiden Werwölfe hervor. Und sie hatten sich eine verdammt gute Position ausgesucht, denn Geiseln befanden sich in ihrer Gewalt.

Es waren zwei ohnmächtige, wehrlose Frauen!

Im Nu stand die Lage wieder auf der Kippe. Unser Sieg war nur mehr ein vorläufiger gewesen, weil die Gegner einfach zu kalt und abgebrüht reagiert hatten.

Das wusste auch Suko.

Er war gekonnt aus dem fahrenden Zug gesprungen und auch so glücklich aufgekommen, dass er sich nichts verstaucht hatte. Nachdem er sich abgerollt hatte, stand er gleich wieder auf.

Überdeutlich waren die beiden so unterschiedlichen Lebewesen zu sehen. Der Mensch steckte voller Angst. Umklammert wurde er von einem gefährlich aussehenden Werwolf, dessen rechte Pranke mit den ausgefahrenen Krallen direkt auf seinen Hals wies und ihn sicherlich mit einem Schlag durchstoßen konnte, wenn Suko sich falsch bewegte.

So blieb er stehen.

Auch der Werwolf und sein Opfer waren gewissermaßen erstarrt. Nur etwas vernahm Suko. Der Zug fuhr noch. Die rollenden Geräusche begleiteten ihn, aber auch die Lok mit den beiden Wagen musste sehr schnell stoppen. Sie waren hinter dem Chinesen zur Ruhe gekommen. Suko hörte auch, wie sein Freund John Sinclair ins Freie sprang. Helfen konnte er ihm nicht.

Ruhe kehrte ein.

Sie war unnatürlich und von keinem gewollt, aber jeder von uns musste sich darauf einstellen.

Ich hörte die Stimme meines Partners. »Wie sieht es bei dir aus, John?«

Mein Blick fiel auf Sukos Rücken. »Schlecht.«

»Ebenfalls.«

Jetzt meldete sich der Lokführer. »Tun Sie nichts!«, flehte er, »sonst bringt diese Bestie mich um. Die zerschlägt mir den Hals. Da kennt sie nichts.«

»Keine Sorge!«, hörte ich Suko sprechen. »Sie werden Ihr Leben nicht verlieren.« Er wandte sich wieder an mich. »Siehst du etwas von den anderen Bestien?«

»Ja, sie stehen in der Tür. Zumindest zwei von ihnen. Jeder hat eine Frau als Geisel.«

»Dann kommen wir schlecht raus.«

»So ist es.«

Ich wusste tatsächlich nicht, was ich noch unternehmen

sollte. Ich kannte die Brutalität und Gefährlichkeit der Werwölfe. Hinzu kam eine gewisse Raffinesse, denn sie hatten ihren Trieb unter Kontrolle. Das heißt, sie töteten nicht, wie es eigentlich zu ihnen gepasst hätte. Wie normale Gangster nutzten sie eiskalt ihre Chance und hielten Geiseln in ihren Klauen. Unser Plan war somit null und nichtig geworden.

Meines Erachtens hatten die Werwölfe irgendetwas vor Augen. Ein großes Ziel möglicherweise, denn das reine Sitzen im Zug hatte sie nur mehr in eine Sackgasse geführt.

Leider besaßen sie die besseren Karten. Uns blieb nichts anderes übrig, als zunächst abzuwarten.

In der Nacht und bei Vollmond hatten sie sich in die Bestien verwandelt. Ich kannte das Spiel genau. Wenn die Sonne aufging, mussten sie sich wieder in normale Menschen zurückverwandeln, falls sie den alten magischen Ritualen folgten. Davon konnte ich ausgehen, wenn ich allein das Mädchen Laura als Beispiel nahm.

Die Bestien sprachen nicht. Aber sie gaben uns auch so bekannt, was sie vorhatten.

Der Werwolf, der den Lokführer in seinen Klauen hielt, reagierte zuerst. Er drehte den Mann so herum, dass dieser mit seinem Gesicht gegen die Lok schaute.

Das hieß im Klartext: einsteigen und wieder abfahren. Nur besser, als ich es getan hatte.

So etwas gefiel uns überhaupt nicht. Ändern konnten wir vorläufig daran nichts. Mehrmals war Sukos rechte Hand zum Gürtel gezuckt, wo sein Stab steckte. Ihn zu ziehen und das magische Wort Topar zu rufen, hatte keinen Sinn. Die fünf Sekunden Zeitspanne hätten einfach nicht ausgereicht, um alle Geiseln zu befreien. Dazu war die Entfernung zwischen den einzelnen Personen viel zu groß. Zumindest den beiden Frauen wäre es sehr schlecht ergangen.

Wir blieben weiterhin Statisten.

Und der Werwolf tat genau das, was wir von ihm erwarteten. Er schob seine Geisel vor. Beide gingen in Richtung Zug. Nur hatte die Bestie ihre Pranke noch näher an den Hals des Mannes gebracht, sodass die Krallen bereits das Fleisch berührten.

Zuerst passierten die beiden den regungslos dastehenden Suko. In dessen Gesicht arbeitete es. Seine Haut zeigte einen bläulichen Schimmer, da sie in das Streulicht einer Laterne geraten war. Auch erkannte ich das Bewegen seiner Mundwinkel.

In ihm musste sich die gleiche Hölle abspielen wie in meinem Innern. Eine Hölle der Hilflosigkeit.

In der Stille waren die Schritte beider genau zu vernehmen. Der Werwolf ging geschmeidig, seine Geisel langsam, viel steifer. Ich hatte das Gefühl, als wollte sie sich nach jeder Bewegung gegen den Boden stemmen, um sich doch nicht zu trauen.

Suko ließ sie ziehen. Wenig später gerieten sie in meine Nähe. Ich konnte das Gesicht des Mannes besser erkennen. Von Slick Espe wusste ich, dass sein Kollege Morton Gamber hieß. Er stand unter einem ungemein starken Druck. Ich fragte mich schon, ob er überhaupt in der Lage sein würde, den Zug zu fahren.

Er ging vorbei. Mich bedachte er mit einem letzten Blick. Angst, Hoffnung und Verzweiflung las ich darin. Die Augen wirkten wie zwei starre Steine.

Sie gingen vorbei. Weil ich sie nicht aus den Augen lassen wollte, drehte ich mich ebenfalls, blickte ihnen nach und sah, dass sie neben der Lokomotive stehen geblieben waren.

Noch einmal drehte die Bestie den Kopf. Sie trug noch immer die blaue Hose. Ich glaubte mich zu erinnern, dass ich auch ihren Namen kannte. Gerald Ascot, Alexis Mann.

Er verstand mich, das wusste ich. Deshalb sagte ich aus Berechnung folgenden Satz: »Schönen Gruß von Alexis!«

Die Bestie zuckte zusammen. Für einen Moment hatte ich das Gefühl, als wollte sie ihre Geisel loslassen. Neben der Lok standen sie und wirkten trotz ihrer Größe im Vergleich zu dem Koloss der Technik klein. Ich war noch nicht fertig und fügte hinzu: »Laura lebt übrigens nicht mehr. Sie ist vernichtet worden.«

Ich hatte sehr laut gesprochen. Auch die anderen Mitglieder des Clans sollten die Worte hören.

Suko hatte sie ebenfalls vernommen. Er beschwerte sich bei mir. »Bist du denn wahnsinnig, John? Willst du, dass die verfluchten Bestien durchdrehen?«

»Nein, aber es muss vorangehen. Sie sollen erfahren, dass auch wir uns wehren können.«

An der Tür, wo die Werwölfe mit den beiden weiblichen Geiseln standen, sah ich eine Bewegung. Beide Unholde zogen sich mit ihren Geiseln zurück, dafür tauchte der vierte auf und sprang aus dem Wagen.

Ich wurde das Gefühl nicht los, dass sich mein Plan allmählich bezahlt machte. Ich hatte die Gegner durch meine Worte gereizt und herausgefordert, jetzt mussten sie etwas unternehmen.

Der vierte Werwolf tat ungefähr das, was ich erwartet hatte. Er deutete auf mich, dann auf die offene Wagentür.

Das Zeichen war klar. Ich sollte einsteigen.

Einen Versuch machte ich noch und schüttelte den Kopf.

Die Bestie fauchte wütend. Aus dem Wagen vernahm ich einen schrillen, hohen Schrei.

Da wusste ich Bescheid. Wenn ich der Aufforderung nicht nachkam, sollte eine Geisel getötet werden.

»War es das, was du wolltest?«

»So ähnlich.«

»Dann gib nur Acht.«

»Klar, Alter. Wichtig ist, dass du weißt, wo ich mich befinde.« Ich lachte. »Dann wollen wir mal.« Wohl fühlte ich mich nicht, aber ich hatte mein Ziel erreicht, in die Nähe der Geiseln zu gelangen. Und so ging ich langsam vor.

Mehrere Augen beobachteten mich. Es traute mir wohl keiner über den Weg. Die Spannung um den abgestellten Zug herum hatte sich noch mehr verdichtet. Ein jeder schien auf einen Ausfall meinerseits zu warten, aber ich tat keinem den Gefallen, sondern ging auf den Wagen zu, in dessen offener Tür vorhin noch die Geiseln gestanden hatten.

Jetzt war sie frei.

Bevor ich einstieg und schon ein Bein auf das Trittbrett gesetzt hatte, warf ich noch einen Blick zurück – und hatte das Gefühl, in einer anderen Situation zu sein.

Suko war verschwunden!

Dieser Teufelskerl hatte die Gunst des Augenblicks tatsächlich genutzt und sich verzogen, als sich alle Augen auf mich konzentrierten. Das war sicherlich ein Vorteil.

Ich konnte mir nur mühsam ein Lächeln verbeißen, stieg endgültig ein und kam von der kühlen Luft draußen in eine widerlich riechende. Es war der typische Werwolf-Gestank, der mich da umwehte. Ein widerlicher, auf den Magen schlagender Geruch, der mir einen Brechreiz »bescherte«. Wahrscheinlich war ich gezwungen, mich auch an ihn zu gewöhnen, je nachdem, wie lange die Fahrt dauerte.

Ich sah die beiden Frauen. Sie hingen wie Puppen in den Armen der Bestien. Inzwischen waren sie erwacht und sahen aus, als wollten sie jeden Augenblick anfangen zu schreien.

Auch Männer entdeckte ich. Sie waren zu jung, um Botschafter sein zu können. Dunkelblau trugen sie. Die Berufskleidung des mittleren Managements. Jetzt lagen sie auf dem Boden und rührten sich nicht mehr. Wunden entdeckte ich an ihren Körpern nicht.

Wo waren die eigentlichen Personen, um die es ging? Die mussten sich im ersten Wagen befinden. Ich sah auch den Durchgang zwischen den beiden Wagen, warf noch einen letzten Blick nach draußen, bevor die Tür zugeworfen wurde, und erkannte dort, dass auch der zweite Lokführer nebst seinem dämonischen Bewacher verschwunden war.

Es würde also bald losgehen.

Mich hatte man sicher. Wahrscheinlich wusste man auch, dass ich bewaffnet war, aber man tat nichts dagegen, denn die Geiseln gaben Sicherheit genug. Und so ließ man es auch zu, dass ich die Verbindungstür zwischen den beiden Wagen aufriss, um in den vorderen zu gehen.

Hinter mir vernahm ich allerdings schleichende Schritte. Bei einem schnellen Blick zurück erkannte ich die Bestie, die mich auch hergebracht hatte. Sie war wohl mein Bewacher.

Irgendwann würde, so hoffte ich, ihre Aufmerksamkeit nachlassen. Dann konnte ich sie mir mit einem schnellen Schuss oder dem Kreuz vom Halse halten.

So weit war es noch nicht. Erst musste ich mich nach den beiden Botschaftern umsehen, in der Hoffnung, dass sie noch am Leben waren.

Wir gingen vor. Der Werwolf blieb so dicht hinter mir, dass er mich fast berührte. Gern wäre ich herumgefahren und hätte ihm gezeigt, was eine Harke ist. Leider bestand für die Geiseln ein zu großes Risiko.

Ein Vorzimmer erreichte ich, damit auch eine andere Welt, die man in dem Wagen wohl kaum vermutet hätte. Sie sah aus wie ein kleines Sekretariat. Ich musste es durchqueren, um dorthin zu gelangen, wo sich die Botschafter aufhielten.

Ich wartete mit dem Öffnen der Durchgangstür und schaute zurück. Dicht hinter mir stand die Bestie. Jetzt hätte ich sogar eine Chance gehabt, sie zu erledigen, stattdessen starrte ich in die grausamen Raubtieraugen und gegen die feuchte Schnauze. Ich roch die Ära des Schreckens, die dieses Wesen verbreitete, und spürte die Kälte auf meinem Rücken allmählich nach unten rieseln.

Ich öffnete.

Es war eine gepolsterte Tür, die mir bisher den Weg versperrt hatte. Dahinter lag ein elegant eingerichtetes Salonabteil, wie es sich eben für zwei hohe Politiker gehörte, wenn diese auf Reisen gingen. Meine erste Befürchtung bestätigte sich nicht. Ich sah keinen der Politiker in seinem Blut am Boden liegen oder schon von einem Werwolf so angegriffen, dass er selbst zur Bestie geworden war.

Stattdessen hockten die beiden älteren Herren in Sesseln und schauten mir mit blassen Gesichtern entgegen.

Ich hatte den englischen Botschafter, der eigentlich in Moskau residierte, bei einem Empfang einmal kurz kennen gelernt, wusste aber nicht, ob er sich noch an mich erinnerte. Humor hatte der Mann schon, denn er begrüßte mich mit beinahe lässigen Worten. »Kommen Sie ruhig rein, mein Freund. Wir beißen nicht.«

»Danke, das habe ich bereits festgestellt.«

Nicht nur ich betrat das Abteil, auch der Werwolf schob sich hinter mir in den Salonwagen, huschte aber zur Seite und blieb so stehen, dass er uns drei im Auge behielt.

»Wissen Sie, wer wir sind?«, fragte mich der Engländer.

»Ja, ich hörte davon.«

Der Mann lächelte. »Dann sind Sie nicht ganz zufällig hier erschienen, Mister …«

»Nein, Sir, bestimmt nicht.« Ich nickte auch dem Russen zur Begrüßung zu, der mich ein wenig skeptisch betrachtete.

Der Engländer streckte seinen Arm aus und wies auf mich. »Ich kann mir nicht helfen, aber ich habe das Gefühl, Sie schon einmal gesehen zu haben. Mein Personengedächtnis ist ziemlich gut. Sagen Sie mir nur Ihren Namen, junger Mann.«

»Sinclair. John Sinclair!«

Der Arm des Botschafters fiel nach unten. Ich hörte das klatschende Geräusch, als seine Hand auf dem Oberschenkel landete, und dann strömte nur ein Wort über seine Lippen. »Ach.«

»Ja, Sir, ich bin Oberinspektor Sinclair von Scotland Yard.« Das konnte ich ruhig offen zugeben, da die Werwölfe bereits über mich Bescheid wussten.

Der Engländer drehte sich in seinem Sessel und schaute den russischen Kollegen an. »Sehen Sie, Towarischtsch, wir haben irgendwie Glück gehabt. Sprachen wir vorhin nicht noch über diesen Mann – und dass er es sein könnte, der uns hilft?«

»Tatsächlich.«

»Und jetzt ist er da.«

Mich überraschte der Dialog dieser beiden Männer. Überhaupt überraschte mich die gesamte Situation. Ich hatte eigentlich zwei Personen erwartet, die vor Furcht fast vergingen, aber diese beiden hatten sich mit der Lage abgefunden. Und nicht nur das. Wenn ich so die Wodkagläser betrachtete, die am Boden lagen, hatten sie sogar das Beste aus ihrer Situation gemacht. Sie waren tatsächlich nervenstark. Wahrscheinlich war das die Voraussetzung, um Politiker zu werden.

»Sorry, Sir«, sagte ich. »Aber Sie haben mich verwundert. Wie ist es möglich, dass Sie über mich redeten?«

»Ganz einfach. Wir sprachen über gewisse Dinge, die sich in der Vergangenheit zugetragen haben. Da kam uns ein Abenteuer in den Sinn, das Sie in Russland erlebt haben. Damals kämpften Sie doch auch gegen Werwölfe und ähnliche Dämonen. Dieser Fall hat sich herumgesprochen. Die Russen baten uns um Hilfe. Sie flogen nach Sibirien und erledigten dort Ihren Job zur vollsten Zufriedenheit …«

»Das ist wahr.«

»Also sagte ich zu meinem Kollegen, dass Sie uns hier fehlen würden, um die Lage in den Griff zu bekommen. Sie haben ja auch die Queen vor diesen Bestien gerettet.«

»Im Moment allerdings bin ich nicht so optimistisch wie Sie, Gentlemen. Auch ich kann mich als Gefangener betrachten. Mein Freund Suko und ich hatten versucht, die Bestien zu überlisten, es gelang uns nur zum Teil. Nun sind sie wieder an der Reihe.«

»Wir hörten, dass draußen etwas geschah, konnten aber leider nichts erkennen. Nun ja, wir leben und sind auch irgendwie gespannt, wie es weitergeht. Haben Sie schon einen Plan?«

»Natürlich. Es muss uns gelingen, alle Geiseln zu befreien. Sie können sich noch relativ frei bewegen, den andern ergeht es nicht so. Ihre beiden Sekretärinnen sind von den Bestien ebenso überwältigt worden wie auch die anderen Männer.«

»Leben alle noch?«

»Ja.«

Dem Botschafter fiel ein Stein vom Herzen. Bei der nächsten Frage verdüsterte sich sein Gesicht. »Ich habe eine Eskorte von vier ausgebildeten Männern des Sonderkommandos bestellt …«

»Sir«, unterbrach ich ihn. »Die Männer sind tot. Daran

sehen sie, wie sehr die Werwölfe zuschlagen. Sie können so brutal sein, wie man es als normaler Mensch kaum für möglich hält. Von einem Augenblick zum anderen kann sich ihr Verhalten ändern. Daran sollten auch Sie beide denken, falls sie sich noch in einer trügerischen Sicherheit befinden.«

Der Botschafter lächelte. »Gut gesprochen, Sinclair. Sie hätten sogar Diplomat werden können. Wenn man Sie beim Yard nicht mehr haben will, melden Sie sich ruhig bei mir. Vielleicht habe ich noch einen Job für Sie. Ist ja alles möglich.«

»Kann sein.«

»Aber jetzt würde ich gern wissen, wie es weitergeht.« Zum ersten Mal hatte sich der Russe gemeldet.

»Noch bin ich ebenso schlau wie Sie, Sir. Aber man hat den zweiten Lokführer gezwungen, in den Führerstand zu steigen. Wahrscheinlich werden wir wieder fahren.«

»Gibt es zwei Lokführer?«, fragte der Russe überrascht.

»Das ist Vorschrift«, erklärte der Engländer. »Was ist denn mit dem anderen geschehen? Hat man ihn getötet?«

»Nein, er konnte entkommen und uns sehr wertvolle Informationen geben.«

Der Botschafter lachte. »Das ist gut, Sinclair, sehr gut. Ich sehe die Lage nicht mehr als so schlimm an. Um in der Diktion eines Diplomaten zu bleiben, würde ich sagen: Sie entspannt sich allmählich. Oder was sagen Sie?«

»Ich wäre dafür, zunächst einmal abzuwarten.«

»Sicher, Sinclair.« Er nickte und fragte plötzlich: »Ach so, möchten Sie einen Wodka oder einen Whisky? Manchmal soll ein guter Schluck ja Wunder bewirken.«

»Danke für das Angebot, Sir, aber auf dieses Wunder möchte ich mich nicht verlassen.«

Der Engländer lachte leise. »Kann ich sogar verstehen, Sinclair.« Dann stutzte er. Auch mir war etwas aufgefallen. Durch den kleinen Zug lief ein so typisches Vibrieren.

Es gab nur eine Erklärung.

Wir fuhren wieder!

Suko war es tatsächlich gelungen, die Gunst des Augenblicks für sich zu nutzen. Die Werwölfe hatten sich auf die neue Lage einstellen müssen und behielten nur mehr seinen Freund John Sinclair im Auge. Für ihn interessierte sich keiner.

Das war gut.

Langsam ging er zurück. Er stand ungefähr in gleicher Höhe mit der Lok und bewegte sich rückwärtsgehend noch näher auf die große Maschine zu.

Dann wagte er es.

Nur eine huschende Bewegung war von ihm zu sehen. Kaum ein Geräusch entstand, und kein Werwolf hatte gesehen, wie Suko verschwand, um die Zugmaschine herumlief und auf die andere Seite des kleinen Zuges gelangte, wo er für einen Moment so stehen blieb, dass seine Beine von einem der Räder gedeckt wurden.

Auch wer jetzt unter dem Wagen herschaute, würde es schwer haben, ihn zu entdecken.

Suko hatte etwas Bestimmtes vor. Seinen Freund John Sinclair wollte er nicht allein auf die Reise gehen lassen. Er selbst aber wollte auch nicht so schnell erwischt werden, deshalb gab es für ihn nur eine Möglichkeit. Er musste auf das Dach.

Suko lief leichtfüßig zum zweiten Wagen. Dort schaute er an der äußeren Fassade hoch. Sie war ziemlich glatt. Nur an den Fensterumrissen befanden sich einige Vorsprünge, wo er sich abstützen konnte.

Suko überlegte nicht mehr lange. Er wusste nicht, wann der Zug abfuhr, und kletterte dort hoch, wo sich die Tür befand. Da hatte er einen guten Startplatz erwischt.

Suko war sehr gelenkig, stets im Training. Er schnellte sich ab, konnte sich auch am Rand des gebogenen Dachs festhalten und hatte für einen Moment Furcht, wieder abzurutschen.

Er überwand dieses Hindernis trotz der Feuchtigkeit, die die Kühle der Nacht auf das Dach gelegt hatte. Und er atmete auf, als er bäuchlings oben lag.

Einfach würde es nicht werden, die Balance zu halten. Im Kino sah das immer gut aus, aber in Wirklichkeit musste man schon sehr aufpassen und um das Gleichgewicht kämpfen, wenn der Zug fuhr.

So wartete der Inspektor. Er hatte die bestmögliche Stellung ausgesucht. Breitbeinig und -armig lag er da, so konnten ihn auch leichte Erschütterungen nicht mehr vom Zug stoßen.

Noch fuhren sie nicht. Er konzentrierte sich auf die außen aufklingenden Geräusche. Hörte Worte, vernahm auch Schritte, eine Tür schlug zu, und dieses Geräusch hatte für den Inspektor etwas Endgültiges an sich.

Noch ein paar Sekunden musste er warten.

Dann war es so weit.

Der Zug fuhr an. Und zwar rückwärts. Auch der auf dem Dach liegende Suko wurde zunächst durchgeschüttelt; er erholte sich aber bald wieder.

Der Chinese fragte sich natürlich, wo die Reise enden würde. Er konnte sich ein Ziel nicht vorstellen und glaubte auch nicht daran, dass die Wölfe mit ihren Geiseln wieder den Weg zurückfahren würden, den sie gekommen waren. Es hatte sich einfach zu viel verändert. Außerdem neigte sich die Nacht dem Ende zu. Am Tage konnten die Bestien nicht mehr als Wölfe auftreten, da würde es wieder eine rückläufige Verwandlung geben und sie zu normalen Menschen werden lassen. So war es eben mit ihrer gefährlichen Doppelexistenz.

Auch wenn der Zug nicht schnell fuhr, spürte Suko den Wind, der an seiner Kleidung zerrte und über seinen Kopf strich. Zudem brachte er noch etwas anderes mit.

Einen bestimmten Geruch, den der Inspektor zuerst nicht einordnen konnte, bis ihm einfiel, dass es genauso am Ufer der Themse roch.

Da sich Suko an die neuen Gegebenheiten allmählich gewöhnte, wurde er ein wenig forscher. Zwar blieb er nach wie vor auf dem Dach liegen, wo er sich mit den Handflächen abstützte, aber er riskierte es und hob den Kopf an, um rechts und links am Dach nach unten auf die Schienen schauen zu können.

Die blanken Gleise begleiteten ihn. Manchmal liefen sie nur mehr parallel, dann wiederum zweigten sie ab wie die Finger einer Hand.

Suko spürte das Schütteln der Wagen, wenn sie über weniger gut verschweißte Schienenstellen fuhren. Noch immer rollten sie rückwärts, und Suko rechnete damit, dass sie das Gelände dieses nahe am Fluss liegenden Bahnhofs bald verlassen würden.

Er irrte sich.

Sie blieben im Bereich des Bahnhofs, und auch für Suko sehr überraschend stoppte der Zug plötzlich.

Der Inspektor kniete sich hin. Er konnte sich nicht vorstellen, was die Werwölfe ausgerechnet hier auf dem Gelände noch wollten. Da gab es nur Schienen, Signale und flaches Gelände.

Als er den Kopf nach links drehte und über die Gleise hinwegblickte, sah er trotz der nur wenig erhellten nächtlichen Finsternis in der Ferne ein noch dunkleres Band, auf dem hin und wieder Lichtreflexe glitzerten.

Das war die Themse.

Suko hatte den Gedanken kaum verarbeitet, als abermals ein Ruck durch den Zug ging.

Er rollte an, lief auf eine Weiche zu, die so gestellt war, dass er nach links fahren konnte.

Jetzt stand die neue Richtung fest. Werwölfe und ihre gefangenen Menschen rollten auf die Themse zu.

Und wie ging es dann weiter?

Eine Frage, auf die Suko keine Antwort wusste, weil er dieses Gelände, in dem er sich bewegte, überhaupt nicht kannte. Er war seit seiner Ankunft in London vor einigen Jahren noch nie auf diesem Bahnhof gewesen.

Das Tempo blieb gleich. Der Zug rollte dem Ufer entgegen! Irgendwann in den nächsten beiden Minuten musste er es erreicht haben, und wenn die Werwölfe nicht in den Fluss fahren wollten, mussten sie den Zug stoppen.

Suko war gespannt, wie und wo das genau geschah.

Noch musste er sich gedulden. Er sah mehrere Gleiskörper in die gleiche Richtung laufen und riskierte es wieder, sich auf die Knie zu stemmen.

Das Ziel war bereits zu sehen.

Die Gleise dort liefen aus. Wie auch in der Halle vor gewaltigen Prellböcken. Direkt dahinter lag ein großer Kai, an deren Mauer mehrere Schiffe festgemacht hatten.

Sollte eines der Boote das endgültige Ziel der Werwölfe sein? Möglich war alles.

Suko legte sich wieder flach auf den Bauch. Er wollte auf den letzten Yards nichts mehr riskieren, aber seine innerliche Spannung wuchs von Sekunde zu Sekunde …

Die beiden Botschafter waren ebenso überrascht wie ich, dass wir auch weiterhin rückwärts fuhren. Nur der uns beobachtende Werwolf rührte sich nicht vom Fleck.

»Ich verstehe das Spiel nicht«, sagte der Russe mit seiner etwas hart klingenden Aussprache. »Irgendetwas müssen sie doch mit uns vorhaben, verdammt!«

»Warten Sie es ab.« Sein englischer Kollege gab sich gelassen. Er hockte im Sessel und hatte die Beine ausgestreckt. Fehlten nur noch das Glas Whisky in der Hand und die Zigarette.

Ich war stehen geblieben, und zwar so, dass ich alle im Auge behalten konnte. Angst um meine Person spürte ich nicht, denn die Bestien hatten mir meine Waffen gelassen. Ob aus Nachlässigkeit oder aus ihrer Sicherheit heraus, wusste ich nicht zu sagen, jedenfalls würde ich mich gegebenenfalls zu wehren wissen, wie ich es schon bewiesen hatte.

Ich dachte über den Bewacher nach. Ihn musste ich als Ersten aus dem Weg schaffen. Fragte sich nur, wie ich das anstellen sollte, ohne dass die anderen etwas davon mitbekamen.

Mit einem Schuss sicherlich nicht. Das Kreuz reagierte lautlos und auch vernichtend. Nur würde der Unhold nicht still sterben und seine Todesschreie durch den Zug schicken.

Wie ich es auch drehte und wendete, zu einem Resultat kam ich nicht. Als der Russe plötzlich aufstand, zuckte auch die Bestie zusammen. Sie ging einen Schritt vor. Es sah so aus, als wollte sie sich auf den Mann stürzen, der ihr ziemlich gelassen entgegenschaute, zum eingebauten Schrank ging und ein neues Glas hervorholte, das er mit einem kräftigen Schuss Wodka füllte.

Zum Trinken kam er vorerst nicht. Gerade als er es an die Lippen setzen wollte, stoppte der Zug. Da der Russe stand und überrascht wurde, verlor er auch das Gleichgewicht, taumelte vor, fiel gegen seinen Sessel, ließ das Glas aber nicht los, dafür schoss der Wodka fontänenartig aus der runden Öffnung.

Der Mann aus Russland fluchte, bevor er sich hinsetzte.

Ich hatte mich halten können, auch der Werwolf, und wir alle warteten gespannt, wie es weitergehen würde.

»Ist die Reise schon wieder beendet?«, fragte der englische Botschafter und schüttelte den Kopf. »Allmählich sollten sich unsere Freunde etwas anderes einfallen lassen.«

Nun, das lag an ihnen, und sie ließen sich auch etwas einfallen. Jedenfalls startete der Zug wieder.

Diesmal in die entgegengesetzte Richtung.

Der Engländer nickte. »Wir scheinen uns allmählich dem richtigen Ziel zu nähern.« Er blickte mich dabei an. »Und wo könnte das liegen, Oberinspektor?«

»Lassen Sie mich überlegen.«

»Bitte.«

Meine Gedanken glitten zurück in die nahe Vergangenheit. Ich dachte an unsere Herfahrt, rekonstruierte im Geiste noch einmal alles, sah praktisch das Gelände des Bahnhofs vor mir und kam zu dem einzig möglichen Schluss: So wie wir jetzt fuhren, mussten wir genau auf die Themse zurollen. Etwas anderes war nicht möglich.

»Das Ziel ist die Themse«, sagte ich.

»Meinen Sie wirklich?«

»Ja. Ich habe mir alles vorgestellt und rekonstruiert. Schließlich bin auch ich hergefahren.«

»Aber nicht mit dem Zug.«

»Nein, Sir, mit meinem Wagen.«

»Über die Schienen?«, spottete er.

»Das wohl kaum. Es gibt eine Straße, die praktisch parallel zu den Gleisanlagen führt. Auf der bin ich gefahren.«

Der Russe blieb stumm. Er schaute den Werwolf an. Manchmal schüttelte er den Kopf, als könnte er alles, was er hier erlebte, noch nicht fassen und verarbeiten.

Ich aber dachte an Suko. Mein Freund hatte sich klammheimlich verdrückt. Ich kannte ihn lange und gut genug, um zu wissen, dass er nicht geflohen war. Wahrscheinlich hielt er sich in der Nähe auf. Zu Fuß konnte er einen fahrenden Zug schlecht verfolgen, auf dem Trittbrett ebenfalls nicht mitfahren, und es blieb eigentlich nur eine Möglichkeit.

Das Wagendach!

Unser Bewacher wurde unruhig. Er blieb nicht mehr so still stehen und wechselte hin und wieder seinen Standort. Dabei trat er von einem Bein auf das andere, öffnete auch sein Maul, zeigte die Zähne, sprühte sogar Geifer und drehte sich schließlich der Abteiltür zu. Genau in dem Augenblick, als wir stoppten.

Ich hatte sogar den leichten Ruck festgestellt, der sich von der Lok aus durch die beiden Wagen fortpflanzte. Deshalb rechnete ich damit, dass wir wieder vor einem Prellbock standen.

Irgendwo im Zug knackte und knisterte es noch. Etwas bewegte sich immer. Dann wurde es ruhig.

Es war die Stille vor dem Sturm. Auch ich war gespannt und sah, dass sich auch der englische Botschafter steif hingesetzt hatte. »Jetzt bin ich mal gespannt!«, flüsterte er.

Das war ich nicht minder. Vor der Abteiltür vernahm ich Geräusche. Es waren Schritte, die nicht von einem Menschen stammten, da sich diese anders anhörten.

Noch in das Echo hinein wurde die Tür mit einem heftigen Seitenzug aufgerissen.

Im Rechteck stand die Bestie, schaute in das Abteil und ließ ein drohendes Knurren hören.

»Ich glaube, das war eine Aufforderung«, sagte mein Landsmann, schaute den Russen an und erhob sich aus seinem schweren Ledersessel. »Kommen Sie auch, Towarischtsch, sonst werden die Bestien noch ärgerlich.«

Der Russe erhob sich ebenfalls. Er war blass geworden und hatte gleichzeitig rote Wangen bekommen.

Ich durfte als Erster gehen.

Von vier gelben Raubtieraugen wurde ich beobachtet. Ich kam mir dabei vor, wie in die Zange genommen. Wären jetzt nicht die anderen Geiseln gewesen, hätte ich die Waffe gezogen und zweimal gefeuert. So aber musste ich mich fügen und rechnete auch damit, allmählich am Ende dieser Werwolf-Spur angelangt zu sein.

Wenn sie ihr endgültiges Ziel erreicht hatten, was geschah dann mit den Menschen?

Diese Frage bedrückte mich. Ich wusste keine Antwort zu geben. Wurden die Geiseln noch gebraucht? Die beiden Botschafter bestimmt, die anderen jedoch nicht.

Das sah ich klar und realistisch. Es hatte keinen Sinn, sich etwas vorzumachen.

Die zweite Bestie trat zur Seite, sodass ich über die Schwelle in das vordere Abteil gehen konnte. Da sah ich auch die restlichen Bestien.

Sie kümmerten sich um die Personen, die aus ihrer Bewusstlosigkeit erwacht waren.

Fünf waren es.

Drei Männer und zwei Frauen. Der Lokführer befand sich mittlerweile auch dabei.

Eine Frau war von einem Werwolf gepackt worden. Eine dunkelhaarige Person mit einer Wunde an der Stirn. In ihren Augen las ich die Angst. Die Kostümjacke war zum Teil zerrissen. Auch die Bluse hatte ein wenig abbekommen.

Die Tür stand offen.

Ich roch es nicht nur, ich hörte es auch. Es war das Rauschen des Wassers, wenn es gegen die beiden Uferhälften schlug. Ein so typisches Geräusch, das den gesamten Lauf der Themse begleitete.

Ich musste aussteigen.

Als ich nach unten sprang, auf einem angedeuteten Bahnsteig landete und zur Seite trat, folgte mir jemand wie ein Schatten. Es war Gerald Ascot, der seine Pranke in meinen Kragen schlug und mich so festhielt. Jetzt hätte ich wieder die Beretta ziehen, herumfahren und feuern können.

Ich ließ es bleiben, da ich die anderen Menschen nicht in Gefahr bringen wollte.

Sie verließen der Reihe nach den Zug. Streng bewacht von den haarigen Bestien, die keinen Schritt von ihrer Seite wichen und sie sogar noch festhielten.

Zuletzt verließen die beiden Botschafter den Zug. Der Russe schwankte leicht. Er hatte sich bei seinem englischen Kollegen eingehakt. Möglicherweise hatte er dem Wodka doch zu stark zugesprochen. Diese verdammte Situation konnte man auch nur leicht angetörnt ertragen, sonst wurde es wirklich grausam.

Auf diesem provisorischen Bahnsteig blieben wir stehen. Ich hielt nach Suko Ausschau, sah ihn leider oder zum Glück nicht. Zudem hütete ich mich, einen Blick in Richtung Wagendach zu werfen. Ich wollte die Werwölfe nicht noch auf Ideen bringen.

Wir alle waren versammelt, und gemeinsam wurden wir in die Richtung gedrückt, in die wir zu gehen hatten.

Es war das Flussufer, besser ein breiter Kai mit einer Anlegestelle für Schiffe.

Im Monat März holte man die Ausflugsboote wieder hervor. Sie wurden durchgecheckt, frisch gestrichen und für die neue Saison vorbereitet, die im April begann.

Solche Schiffe sah ich. Wir standen aber noch zu weit entfernt, sodass nur mehr die hellen Aufbauten über die Kaimauer hinwegschauten. War eines dieser Boote vielleicht unser Ziel?

Es lag durchaus im Bereich des Möglichen und wäre auch nicht schlecht gewesen, denn wer hätte die beiden entführten Botschafter schon auf einem noch nicht fahrbereiten Ausflugsboot vermutet?

Kaum jemand. Selbst die größten Trickser vom Geheimdienst nicht. Der Bahnsteig führte direkt auf eine Sperre zu, die das Bahngelände von den Kais trennte. Die Sperre war zwar verschlossen, ein Hindernis bedeutete sie aber nicht.

Wir waren die einzigen Personen. Der Wind frischte nahe am Wasser immer auf. Kalt fuhr er gegen uns, ich spürte ihn auf der Haut, hörte das Rauschen des Wassers und musste als einer der Ersten die Sperre überklettern. Wir ließen den Zug zurück.

Er war zu einem Stück schrecklicher Vergangenheit geworden, die Zukunft lag dicht vor uns, eben das Schiff.

Hinter mir hörte ich die leisen Stimmen der Gefangenen. Auch die Frauen hielten sich gut. Keine von ihnen weinte, ein jeder trug sein Schicksal mit Fassung.

Und ich dachte an meine Waffen. Irgendwann musste es einfach eine Möglichkeit geben, sie einzusetzen. Zu lange durfte ich nicht mehr warten. Allmählich bekam ich das Gefühl, dass es keine günstige Gelegenheit mehr geben würde.

Ich schaute zurück, ohne mein Schritttempo zu vermindern. Was ich zu sehen bekam, war nicht gerade ermutigend. Drei Werwölfe hatten die Menschen in ihre Mitte genommen. Wenn sich eine der Geiseln falsch bewegte, würde sie sofort getötet.

Ich konnte das Risiko nicht eingehen. Mir blieb nichts anderes übrig, als weiterhin auf eine günstige Gelegenheit zu hoffen oder sie zu suchen.

Wir schritten quer über den Kai. Bis auf uns war er menschenleer. Vor uns dümpelten die Ausflugsboote. Sie lagen mit dem Bug gegen die Strömung. Zwischen zweien befand sich immer ein Steg, über den die Passagiere die Schiffe betreten konnten.

Ich zählte sie. Es waren acht weiß gestrichene Boote von unterschiedlicher Größe. Für welches sich die Bestien entschieden hatten, bemerkten wir erst ziemlich spät, als wir uns schon dicht vor der Kaimauer befanden. Wir wurden ein wenig nach rechts dirigiert und steuerten das zweitletzte Boot in der Reihe an.

Es gehörte nicht zu den größten und war für Tagesfahrten gebaut. Übernachten konnte man auf ihm nicht.

Die Bestie stieß mir ihre Pranke so hart in den Rücken, dass ich nach vorn stolperte und erst am Ende des Stegs zum Stehen kam.

Ich ging weiter vor. Das Boot befand sich links von mir. Seine weiß gestrichene Reling bewegte sich im Rhythmus der anrollenden Wellen leicht auf und nieder.

Eine ebenfalls hell gestrichene Kette versperrte uns den Zugang zum Schiff. Auch sie war kein Hindernis.

Ich blickte zurück.

Hatte ich jetzt eine Chance?

Nein, die verfluchten Bestien hielten sich einfach zu dicht bei ihren Geiseln auf. Selbst mit Sukos Stab hätte ich keine Chance gehabt, so blieb mir nichts anderes übrig, als weiterhin darauf zu warten, dass etwas geschah.

Gerald Ascot war es, der sich an mir vorbeischob und die Kette hochhob. Er blieb in geduckter Haltung stehen und beobachtete uns scharf. Ich verstand die Aufforderung, nickte und setzte mich in Bewegung. Nach zwei Schritten schon stand ich vor dem großen Decksaufbau, wo man schon die breiten Bänke hingestellt hatte, auf denen sich die Fahrgäste bei schönem Wetter sonnen konnten.

Im Freien wollte ich nicht bleiben. Es gab auch geschlossene Aufbauten. Sie bedeckten gut zwei Drittel der Bordfläche. Durch einen offenen Eingang betrat ich den als Restaurant eingerichteten Raum, musste ihn durchqueren, bis ich zu einem Niedergang gelangte.

Hinter mir hörte ich die Stimmen der anderen. Der englische Botschafter fluchte, Morton Gamber wurde vorgestoßen, und ich sah sie in meine Nähe kommen.

Noch immer wurde mir keine Chance eröffnet, die Werwölfe zu besiegen. Es war zum Heulen. Sie hatten die Trümpfe in der Hand und behielten sie auch.

Und dann erwischte mich der Hieb.

Ich hätte besser auf Gerald Ascot achten sollen, anstatt die anderen zu beobachten. Jedenfalls hatte er die Gunst der

Sekunde ausgenutzt. Gegen den Treffer hatte ich keine Chance.

Die Wucht schleuderte mich zurück. Ausgerechnet dort war der verdammte Niedergang. Ein Teppich lag nicht auf den Stufen, so bekam ich deren volle Härte zu spüren, als ich mich überschlug und das Gefühl bekam, in jeder Sekunde von mehreren Hieben getroffen zu werden.

Wo oben oder unten war, konnte ich nicht feststellen. Ich hörte noch Schreie und hoffte, dass die verdammte Raserei so rasch wie möglich ein Ende finden würde.

Ja, sie hatte ein Ende.

Noch einmal hüpfte ich, bevor ich mich zweimal auf flachem Boden überschlug und noch immer mit beiden Händen meinen Kopf schützte. Hier unten brannte kein Licht. An Deck sorgte die Kaibeleuchtung noch für halbwegs gute Sichtverhältnisse, im Schiff aber kam ich mir wie in einem Tunnel vor.

Und mir ging es dreckig.

Mit schmerzenden und angeschwollenen Knochen hatte ich Mühe, wieder auf die Beine zu kommen, aber das wollte mein Bewacher nicht. Mit einem gewaltigen Sprung überwand er fast die Hälfte der Treppe und war dann über mir.

Er schlug seine Krallen in meine Kleidung. Ich wollte mich wehren und versuchen, den hinter mir Stehenden mit einem Judowurf über die Schulter zu schleudern, als er mich schon packte, hochhievte und gegen die Wand schleuderte.

Das war ein Hammer.

Wieder wurde ich durchgeschüttelt. Wenn der Werwolf so weitermachte, bekam er mich klein. Mich wunderte es sowieso, dass er mich noch nicht umgebracht hatte und seinem Trieb nachgekommen war.

Ich fühlte mich wie ein Pudding. Aber ich wollte mich nicht vernichten lassen. Diese verdammte Dunkelheit machte mir nur zu schaffen. Kraftvoll fuhr ich herum, wobei ich mal nicht auf meine schmerzenden Knochen achtete.

Nur die Augen sah ich, die Pranke nicht.

Und sie traf mich wieder, bevor es mir überhaupt gelang, an das Kreuz oder die Beretta heranzukommen.

Der Schlag gegen die Brust raubte mir die Luft. Ich flog zurück, fand plötzlich keinen Widerstand im Rücken, und meine umherschlagenden Arme hieben ins Leere.

Am dumpferen Klang meiner eigenen Schritte erkannte ich, dass ich in einem engen Raum gelandet sein musste. Es war stockdunkel. Mein eigener Körper hatte die Tür aufgestoßen, die wieder geschlossen wurde, als ich auf dem Boden lag.

In absoluter Finsternis. Wie in einer Höhle kam ich mir vor, aber ich wusste, dass ich in irgendeinem Lagerraum gelandet war. Mit der Atmung hatte ich leichte Schwierigkeiten. Vorsichtig saugte ich die Luft durch die Nase ein, spürte Schmerzen in der Brust und konnte auch ein leises Stöhnen nicht vermeiden.

Man hatte mich auf verdammt harte, dennoch elegante Weise aus dem Verkehr gezogen. Und die Bestien waren mit den Geiseln allein. Sie hatten freie Bahn.

Der Gedanke daran ließ mich die eigenen Schmerzen vergessen. Eigentlich war nur ich durch den Besitz meiner Waffen in der Lage, die Menschen zu befreien.

Dieser Gedanke gab mir Kraft. Zum Teufel mit meinen eigenen Schmerzen, ich musste hier raus.

Auf die rechte Seite drehte ich mich, weil ich mich so besser abstützen konnte. Bis auf die Knie ließ man mich kommen, als ich aus der Dunkelheit eine Stimme vernahm, die mich höhnisch ansprach.

»Weshalb willst du dich quälen, Geisterjäger? Bleib so hocken, das ist besser.«

Ich blieb tatsächlich in der Haltung, denn die verdammte Stimme hatte mich getroffen wie ein Tiefschlag.

Ich kannte sie. Wusste, wer gesprochen hatte.

Lupina, die Königin der Wölfe!

Sie sahen zu, wie John Sinclair den Treffer mitbekam, ihn nicht wegstecken konnte und fast wie ein Geschoss die Stufen des langen Niedergangs nach unten rollte. Er schlug mit den Schultern gegen die Kanten und verschwand schließlich im Dunkel des Schiffsbauchs.

Der Werwolf folgte ihm mit rasanten Sprüngen. Aus der Tiefe hörten die Zurückgebliebenen noch die stöhnenden und klatschenden Geräusche, als man den Geisterjäger zusammenschlug.

Dann wurde es still.

Auch der Werwolf erschien nicht mehr, aber drei dieser Bestien reichten auch aus.

Sie hatten die sieben Personen eingekreist und zusammengedrängt wie eine Herde ängstlicher Schafe. Selbst der englische Botschafter hatte seinen Humor verloren. Auf seinem Gesicht lag ebenso eine Gänsehaut wie auf den Gesichtern der anderen.

Der Russe stand neben ihm und hatte die Hände geballt. Durch offene Türen und Ritzen pfiff unangenehm kühl der Wind. Er brachte die Kälte der Nacht und des Meeres mit.

Mittlerweile war der frühe Morgen angebrochen. Allmählich würde auch das Leben in London erwachen. Ein neuer Tag stand vor der Tür. Für die sieben Gefangenen aber konnte er den Tod bedeuten.

Interessant waren die beiden Botschafter. Anscheinend hatten die Werwölfe genaue Order bekommen, denn ausgerechnet die beiden älteren Männer pickten sie sich aus der Gruppe heraus.

Bevor sich die Menschen versahen, wurden sie gepackt. Eine Bestie übernahm dies und schleifte sie weg. Wehren konnten sich die Männer nicht. Die Griffe der Kreaturen waren einfach zu hart.

Die anderen schauten ihnen nach.

»Wie bei einer Hinrichtung!«, flüsterte eine der Sekretärinnen und schüttelte sich.

Die dunkelhaarige Frau sagte: »Hören Sie doch auf!«

»Aber es ist doch so.«

»Dann behalten Sie es wenigstens für sich.«

»Schon gut.«

Wohin die beiden Botschafter geschafft wurden, wusste keiner der Zurückgebliebenen. Jedenfalls kamen sie nicht wieder zurück. Die anderen blieben unter Beobachtung der Bestien, die sie schleichend umkreisten.

Das Tappen ihrer Füße auf den Decksplanken war zu hören. Jeder Laut schien die Menschen einem gewaltsamen Tod näher zu bringen.

Die Angst saß ihnen im Nacken.

Sie schauten einander an. Jeder wollte erkennen, wie es dem anderen ging. Ein Ausdruck beherrschte ihre Augen.

Furcht!

Angst vor der weiteren Zukunft. Sie erlebten etwas, das es eigentlich nicht geben konnte. Diese Bestien waren wie ein Blitz in ihr Leben getaucht. Wer über Werwölfe ein wenig Bescheid wusste, der konnte sich ausmalen, dass ihnen höchstens noch Minuten blieben, um zu überleben.

Die Bestie, die die beiden Botschafter abgeführt hatte, kehrte wieder zurück.

Sofort schaute jeder nach, ob an ihrer Schnauze oder im dichten Fell Blut klebte. Es war nichts zu sehen.

Der dritte Werwolf schloss den Kreis. Wie die anderen schaute er die Menschen der Reihe nach an.

Da verlor die dunkelhaarige Sekretärin die Nerven. Sie hieß Linda Long, hatte Familie zu Hause und dachte daran, dass sie erst zweiunddreißig war. »Ich will nicht sterben!«, brüllte sie. »Verdammt noch mal, was wollt ihr von uns, ihr Bestien?«

Das bekam sie gleich darauf zu spüren.

Der Werwolf sprang vor.

Und diesmal packte er richtig zu!

Suko kam sich vor wie ein Eisklumpen, als er auf dem Dach des Wagens lag. Zum Glück dauerte die Fahrt nicht zu lange, sonst wäre er da oben tatsächlich noch festgeklebt.

Er hatte sich nicht gerührt und nur beobachtet. Zum Glück brannten auf dem Kai die Laternen, sodass er die auf das Schiff zulaufenden Menschen erkennen konnte.

Gegen die Dunkelheit und manchmal auch im helleren Kreis der Lichtinseln hoben sich ihre Konturen hin und wieder scharf ab. Jede Bewegung konnte der Chinese verfolgen, und er erkannte auch darin ihre Angst, die sie umklammert hielt.

Sie schritten dahin wie zu ihrer eigenen Hinrichtung.

Suko schüttelte sich, als er daran dachte. Er spürte in seinem Magen den Klumpen. Um John Sinclair machte er sich keine großen Sorgen, der war bewaffnet, konnte sein Leben verteidigen, nur musste man sich fragen, ob es ihm auch gelang, die anderen zu retten.

Das stand in den Sternen.

Suko wartete nicht so lange, bis die Gruppe den Steg erreicht hatte, sondern löste sich vorher aus seiner unbequemen Lage. Er war froh, sich wieder bewegen zu können.

Bevor er seinen luftigen Beobachtungsplatz verließ, hatte er gesehen, welches der Schiffe sich die Bestien als Ziel ausgesucht hatten. Es war das zweite von rechts.

Das genau würde auch Sukos Ziel sein.

Der Inspektor winkelte die Beine an. Das Gleiche geschah mit den Armen. Er spürte die Steifheit, die die Kälte mitgebracht hatte. Diese Temperaturen knapp über dem Gefrierpunkt konnten einem Menschen schon zu schaffen machen.

Er rutschte bis an den Rand des Wagendachs. Dort blieb er für einen Moment liegen, schaute nach unten, drehte sich, sodass er mit den Füßen zuerst gegen den Boden zeigte, und sprang.

Er hatte sich noch Schwung gegeben, da er nicht auf einer Bahnschwelle oder Schotter landen wollte, wo er sich möglicherweise noch einen Fuß verstauchte.

Der Chinese kam gut auf.

Sofort lief er wieder hinter den Zug, wo er mit dem Schatten verschmolz. Nein, die anderen hatten ihn nicht gesehen. Stattdessen sah er sie. Das Schiff hatten sie schon erreicht. Der Reihe nach stiegen sie an Bord.

Suko wartete so lange, bis alle verschwunden waren. Erst dann begab er sich an die Verfolgung.

Sein erstes Ziel war klar. Es musste ihm einfach gelingen, die Geiseln von Bord zu bekommen. Und wenn sie in das kalte Wasser sprangen. Es war ja nur für einen Moment und zudem in Ufernähe.

Das Deck lag zum Teil auch frei. Dementsprechend gestaltete sich auch die Aussicht von Bord bis hin zum Kai.

Freie Sicht!

Für Suko war es ein Risiko, diese Strecke zu überqueren. Etwas anderes blieb ihm leider nicht übrig.

So schnell wie möglich huschte er über die glatte Fläche. Er vermied auch die Lichtinseln der Lampen, wurde selbst zu einem Schatten und erreichte schon bald den Rand des Kais, wo der Steg begann.

Jetzt wurde es kritisch.

Natürlich hatte es Suko sehr eilig. Er wollte aber nicht früher auffallen als unbedingt nötig, und so hatte er sich blitzschnell für einen anderen Plan entschlossen.

Nicht auf dem normalen Weg wollte er an Deck des Schiffes gelangen, er wollte einen anderen, den etwas schwierigeren nehmen.

Suko musste sich über die anderen Schiffe dem Ziel nähern.

Zwei ließ er dabei zwischen sich und dem Boot, auf dem sich alle befanden.

Er bewegte sich auf Zehenspitzen und kletterte auf den ersten Kahn. Stille umhüllte ihn. Ebenso leise wie vorhin schlich er weiter. Die Aufbauten nahm er als Deckung, sprang auf das zweite Schiff und wurde noch vorsichtiger, da er sich jetzt auf dem bewegte, das direkt neben dem Ziel lag.

Es war größer als das andere. Auf dem Schiff gab es mehrere Kabinen. Entsprechende Pfeile wiesen darauf hin. Suko schlich über das Deck in seiner Breitseite. Er hatte die Augen wegen der herrschenden Dunkelheit weit geöffnet.

Noch nahmen ihm die Aufbauten den größten Teil der Sicht, denn weder die Werwölfe noch ihre Geiseln waren zu entdecken.

Der Wind strich gegen ihn, wühlte die Haare hoch. Er hörte das Klatschen des Wassers, das typische Rauschen der Themse und sah auch die blitzenden Reflexe auf der dunklen Oberfläche.

Vertraute, nächtliche Flussgeräusche. Noch schlief der Verkehr der Millionenstadt. Nicht mehr lange, dann fuhren die ersten Wagen, auch auf dem Strom würde das Leben erwachen.

Bis dahin musste alles erledigt sein.

Und viel Zeit blieb dem Chinesen nicht.

Damit die beiden Schiffe nicht außenbords gegeneinander scheuerten, befanden sich zwischen den Bordwänden dicke Reifen, die jeden Stoß dämpften.

Noch befand sich Suko auf dem anderen Schiff. Die Reling hatte er erreicht. Dort duckte er sich auch. Seine Blicke beobachteten das Ziel.

Es war in der Dunkelheit schwer, die Personen auszumachen. Sie befanden sich in dem als Restaurant eingerichteten Decksaufbau. Hin und wieder bemerkte Suko einen Schatten hinter dem Glas.

Es wurde auch gesprochen, das hörte der Chinese genau. Leider verstand er kein Wort, bis zu dem Augenblick, als eine der Frauen plötzlich durchdrehte.

Sie schrie.

Jetzt konnte Suko hören.

Sie wollte nicht sterben, sie kämpfte dagegen an, und Suko sah den Schatten, der sich löste und zum Sprung ansetzte.

Das konnte nur eine Bestie sein.

In diesem Moment dachte auch der Chinese nicht mehr an seine Sicherheit. Es galt nur noch, die Menschen zu retten …

Linda Long hatte lange genug durchgehalten. Dieses Schreien musste einfach kommen, aber sie hatte nicht damit gerechnet, mit welch einer Gnadenlosigkeit das Untier von Werwolf reagierte, denn die Bestie war viel schneller, als sie gedacht hatte.

Plötzlich war sie bei ihr.

Und sie schlug zu. Linda kippte zu Boden. Plötzlich drehte sich alles vor ihren Augen. Sie hörte außer ihrem Schrei auch noch die Schreie der anderen, und ihr Blickfeld wurde plötzlich von dem gewaltigen Körper des Werwolfs eingeengt.

Dann prallte er auf sie.

Zum ersten Mal hatte die Frau einen so direkten Kontakt mit dem Untier. Sie nahm seinen grässlichen Geruch wahr, und sie spürte die Pranken, die sich durch die Kleidung schlugen und auch ihre Haut zerfetzten. Dann sah sie die Zähne.

Schreien konnte sie nicht mehr.

Es war furchtbar. Der Werwolf kam seinem Trieb nach, und Linda Long starb vor den Augen der völlig entsetzten und entnervten anderen Geiseln.

Als die Bestie sich aufrichtete, wurde es für einen Moment still. Zwischen ihren Pranken hing noch ein Stofffetzen. Aus dem Maul drang ein mörderisches Knurren, und die anderen beiden Bestien suchten sich bereits ihre Opfer aus.

Es war die Ruhe vor dem Sterben, die plötzlich unterbrochen wurde, denn ein dumpfer Laut war zu hören – und ein Schuss.

Nur der Lokführer hatte zufällig in die Richtung geschaut, aus der das Geräusch aufgeklungen war. Er hatte auch das Mündungsfeuer im Dunkeln leuchten sehen und erkannte dann, wie der mordgierige Werwolf zusammenzuckte und sich in seinem Gesicht etwas veränderte, da ihn die Kugel dort getroffen hatte.

Er taumelte zur Seite. Den Kopf drückte er in den Nacken, das Maul war weit aufgerissen, und ein schauriges Heulen drang daraus hervor. Er heulte auch noch, als er schwer auf die Planken fiel und mit den Pranken wild um sich schlug.

Die beiden anderen Bestien hatten die Lage sofort richtig eingeschätzt und gedankenschnell die Stellung gewechselt.

So war es Suko nicht möglich gewesen, auch die anderen beiden zu erwischen, da sie schon in einer Deckung lagen.

Er kam wie ein rächender Geist aus der Finsternis. Selbst die Geiseln wurden überrascht und rechneten damit, noch einen Werwolf zu sehen. Doch Suko beruhigte sie.

Sie hörten seine menschliche Stimme, die schreiend über das Deck hallte.

»Weg, verschwindet von hier! Und wenn ihr ins Wasser springt! Ihr müsst das Boot verlassen!« Während Suko die Befehle gab, drehte er sich im Kreis. Seine Augen blitzten, er hoffte nur, dass die anderen seine Forderung verstanden und sie auch so reagierten, wie er es für richtig hielt.

Ja, sie verschwanden.

Es war der Lokführer, der die Nerven behalten hatte. Morton Gamber packte die zweite Frau, riss sie einfach mit sich, wobei es ihm egal war, dass sie einen Schuh verlor und mit dem bestrumpften Fuß über die rauen Decksplanken schleifte.

Gemeinsam mit ihr sprang er auf den Weg. Suko hörte sie wegrennen, und endlich kam auch Bewegung in die anderen Personen.

Sie nahmen den gleichen Weg. Suko lief noch ein kurzes Stück hinter ihnen her, bis er sicher sein konnte, dass auch sie ohne Schwierigkeiten auf dem Steg gelandet waren.

Dann ging er zurück.

Und er stoppte plötzlich, als wäre er vor eine Mauer gelaufen. Die schwarzhaarige Frau sah er vor sich liegen.

Sie war tot.

Zu einem Werwolf würde sie nicht mehr werden, diese Bestie hatte einfach zu hart zugebissen und sie schrecklich zugerichtet. Suko ballte die freie linke Hand. Er war zu spät gekommen, das hatte er eingesehen, aber er würde sich die beiden Bestien holen. Das war so sicher wie der Schnee im letzten Winter.

Auf der Stelle drehte er sich.

Vom Kai her wehten noch die Stimmen der Flüchtenden zu ihm herüber. Auch sie verwehten allmählich.

Es wurde still.

Suko rechnete nach. Drei Werwölfe hatte er an Deck gesehen. Einer war unter seiner Kugel gefallen, blieben noch zwei, die irgendwo im Dunkel lauerten.

Aber wo steckte der vierte? Und wo befand sich sein Freund John Sinclair? Auch von den beiden Botschaftern hatte er noch nichts gesehen. Das war ihm doch ein wenig suspekt und gefiel ihm überhaupt nicht. Suko hatte plötzlich das Gefühl, in diesem Spiel ein Außenstehender oder nur eine Randfigur zu sein.

Wo sollte er mit der Suche anfangen?

Das Schiff war nicht besonders groß. Verstecke gab es aber genug, auch im Bauch des Kahns.

An das Rauschen der Themse und an das der ans Ufer klatschenden Wellen hatte er sich gewöhnt. Und er hörte plötzlich andere Geräusche. Gleichzeitig mit dem heftigen Klopfen auch Stimmen.

»Verdammt noch mal, was ist da los? Wir müssen raus!«

Zwar hatte Suko den englischen Botschafter noch nie reden gehört. Er konnte sich allerdings vorstellen, dass er es gewesen war, der sich so lautstark beschwert hatte.

Suko hatte sich die Richtung gemerkt, aus der die Stimme aufgeklungen war. Er wollte auch hingehen, als er plötzlich einen anderen Laut vernahm.

Ein drohendes, gefährliches Knurren.

Da wusste er, dass die Bestien in der Nähe waren ...

Lupina also!

Ich hätte es mir denken können oder müssen. Nein, eigentlich nicht, denn Alexis Ascot hatte zwar von ihr gesprochen, aber nicht bestätigt, dass die Königin der Wölfe als eigentliche Anführerin hinter dieser Aktion steckte.

Nun gab es keinen Zweifel mehr, denn ich hatte ihre Stimme gehört. Lupina war etwas Besonderes. Sie bezeichnete sich als Königin der Wölfe und war ein Mittelding zwischen Wolf und Mensch, ähnlich wie Morgana Layton, die irgendwo verschwunden war. Wie die beiden jetzt zueinander standen, wusste ich nicht, aber ich kannte die Gefährlichkeit meiner alten Freundin Lupina. Sie war die Letzte aus dem Club der Mordliga.

Ich hatte sie in zahlreichen Aktionen erlebt, sogar ihren Sohn Luparo kennen gelernt, der später von mir getötet worden war. Und sie hatte es einmal geschafft, auch mich in einen Werwolf zu verwandeln, sodass ich mich sogar in sie verliebte.

Das lag alles weit zurück, wie auch ihr Verschwinden, damals, als es um Nadine Berger ging, die Wölfin mit der Seele eines Menschen. Wenn ich darüber nachdachte, musste ich einfach zu dem Resultat kommen, dass die Magie der Wölfe mich doch stärker umfasst hielt, als es im ersten Augenblick den Anschein hatte.

Lupina, Morgana und Nadine.

Drei Frauen, drei Wölfinnen, wobei Lupina die Gefährlichste war und sich allmählich wieder erholt hatte.

Ich kniete noch immer, lauschte dem Klang ihrer Stimme nach und hörte sie abermals sprechen.

»Nun, Sinclair, hast du deine Überraschung überwunden?«

»Nein.«

Sie lachte. Verdammt noch mal, es klang nicht einmal unsympathisch. Ich konnte mir vorstellen, dass sie in der Dunkelheit als Zwitterwesen hockte, mich mit ihren Raubtieraugen im menschlichen Gesicht sah und sich über meine Hilflosigkeit amüsierte.

Und wie immer hatte sie auch diesmal Helfer gefunden. Die Wölfe aus dem Ascot-Clan, die mit aller ihnen zur Verfügung stehenden Brutalität vorgingen, so wie die Königin der Wölfe es wünschte.

Sie herrschte. Wie sie es fertig gebracht hatte, wieder ins Spiel zu kommen, wusste ich nicht, doch ich konnte mir vorstellen, dass sie es mir berichtete, denn Dämonen wie sie waren eitel.

Das bekam ich in den folgenden Sekunden zu spüren. Nur auf eine andere Weise, wie ich es mir vorgestellt hatte.

Ich sah ein Licht.

Woher es kam, wusste ich nicht, aber es konzentrierte sich nur auf einen Punkt, war zuerst nicht größer als nur eine geballte Hand, nahm jedoch von Sekunde zu Sekunde an Umfang zu und erreichte schließlich die Größe des Mondes, wenn man ihn von der Erde aus betrachtete.

So blieb es auch.

Bis zu dem Augenblick, als sich von außen her allmählich etwas in diesen Kreis hineinschob.

Es war ein Gesicht – ein Frauengesicht.

Das der Werwölfin Lupina!

Verdammt, wie lange hatte ich sie nicht gesehen, aber sie hatte sich um keinen Deut verändert. Noch immer sah sie so aus wie früher. Die harten Zeiten, die sie sicherlich in einer anderen Dimension durchgemacht hatte, waren spurlos an ihr vorübergegangen.

Außerdem war sie bestimmt die einzige blonde Werwölfin, die es gab, und das lange Haar umrahmte ein menschliches Gesicht. Es waren schöne Züge, schon edel zu nennen, aber mit Augen, die eine bekannte Härte und Gnadenlosigkeit zeigte.

Lupina hatte einen Wolfskörper. Er begann dicht unter ihrem Hals. Dort sah ich schon das silbrige Schimmern des Fells.

Der Lichtkreis stand noch immer auf der gleichen Stelle. Er ließ mich genau auf die Züge schauen, sodass mir das Gesicht vorkam, als wäre es auf einer Leinwand erschienen.

Verändert zeigte sich das Gesicht auf keinen Fall. Lupina war nicht älter geworden, man schien sie auch nicht für ihr Versagen bestraft zu haben. Ihr Gesicht zeigte nach wie vor den arroganten Ausdruck, wie ich ihn an ihr kannte.

Ich hatte noch damit zu tun, die Hiebe der Bestie zu überwinden. In meinem Körper spielte sich einiges ab. Unter anderem versuchte auch mein Magen, in die Höhe zu wandern. Ich hatte nichts getrunken, dennoch kam ich mir wie betrunken vor.

Noch hockte ich auf allen vieren. Wenn mich Lupina jetzt

angegriffen hätte, wäre es ihr nicht mal schwer gefallen, mich endgültig zu erledigen. Aber sie tat es nicht. Vielleicht genoss sie ihren Triumph und wollte mich demütigen. Ich aber hatte vor, mehr über ihren Plan zu erfahren.

»Weshalb tust du das alles?«

»Weil ich es leid war, in einer anderen Dimension zu schweben. Da waren die Zeiten verschoben. Die Wölfe stammen zwar aus der Urzeit, aber ich will dort nicht hin.« Ihr Gesicht hatte sich bei den Worten verändert und Unmut gezeigt.

»Und man hat dich freigelassen?«

»Weshalb nicht?«

»Fenris vergisst so leicht nichts.«

»Das weiß ich selbst«, erklärte sie mir. »Aber auch er hat eingesehen, dass mein Platz woanders ist, denn ich bin die Letzte aus der Mordliga, das solltest du nicht vergessen.«

»Willst du eine neue aufbauen?«

»Nein. Zu viele Köche verderben den Brei. Das habe auch ich bemerkt. Aber ich hatte einen großen Plan, wie du dich sicherlich erinnern kannst. Oder nicht mehr?«

»Die Allianz der Werwölfe.« Ich sagte es und drückte meinen Oberkörper hoch, wobei ich weiterhin knien blieb. »In Sibirien hast du es versucht. Der Plan war nicht schlecht, nur konnte ich ihn zerstören.«

»Seit dieser Zeit bist du nicht stärker geworden«, hielt sie mir entgegen.

»Möglich. Ich frage mich nur, was die Ascots und die entführten Botschafter für eine Rolle spielen.«

»Stellst du dich nur so dumm an, oder bist du es wirklich?«, fragte Lupina. »Die Sache mit den Ascots sollte dir doch klar sein, Geisterjäger. Sie gehören einfach zu uns. Ich habe ihnen vom Fluch der alten Zeit berichtet. Sie sind eine Familie, deren Stammbaum halb tierisch-dämonisch, halb menschlich ist. Dementsprechend konnte ich mich an sie wenden. Ihre Herkunft lässt sich weit zurückverfolgen. Da haben sich Wolf und Mensch ideal ergänzt. Das Tierische wurde jeweils eine Generation übersprungen und traf auch nicht jeden aus dem Clan. Ich aber wusste, welch dämonische Zeitbomben dort herumliefen, denn tief in der Vergangenheit habe ich praktisch die Geburt des Ascot-Clans erlebt, und er hat sich bis heute gehalten. Das ist schon groß.«

»So ähnlich habe ich mir das gedacht«, gab ich zu. »Alexis Ascot sprach vom Fluch der alten Zeit. Vom Fluch, wohlgemerkt. Sie empfand ihn nicht als Segen, so wie du.«

»Das ist mir auch egal. Sie hat sich daran gewöhnt.«

»Was meinst du damit?«

»Andere Menschen werden sich auch an die Existenz der Werwölfe gewöhnen. Sie müssen sich in Zukunft damit abfinden, dass wir herrschen wollen. Wir allein ...«

»Du oder auch Fenris?«

»Beide.«

»Und Morgana Layton?«

Lupina schickte mir ein raues Lachen entgegen. »Ich weiß, dass du sie kennst. Sie ist etwas Besonderes, und all das ist mir bekannt. Vielleicht verbünde ich mich mal mit ihr. Noch ist die Zeit dafür nicht reif. Sie hat nicht zu leiden, da sie versuchte, Fenris zu umgehen. Das lässt er sich nicht gefallen, auch von mir nicht. Ich gehorche ihm, und ich bin sein Vertreter.«

»Wie weit willst du kommen?«

Sie bewegte ihren Kopf. »Ich will herrschen, Sinclair. Einfach nur herrschen. Die Macht muss mir gehören, keinem anderen. Du weißt, dass sich die Werwölfe oder die Wölfe die Erde schon einmal untertan gemacht haben. Und so etwas soll sich wiederholen, verstehst du? Überall sollen die Wölfe erscheinen, sie müssen die Kontrolle übernehmen. Funktionen, Schlüsselstellungen, die bisher noch von Menschen ...«

»Das ist doch Wahnsinn!«, unterbrach ich sie.

»Glaubst du wirklich?« Sie lachte mich aus. »Nein, es ist kein Wahnsinn, Geisterjäger. Ich habe den Beweis für das Gegenteil angetreten. Befinden sich die beiden Botschafter nicht in meiner Gewalt?«

»Das gebe ich zu.«

Sie lachte fauchend. »Und jetzt denk mal nach. Der

russische Botschafter in England und der englische Botschafter in Russland sind zusammengekommen, um über wichtige Probleme zu reden. Wenn sie damit fertig sind, haben auch sie sich verändert. Dann sind aus den Menschen die Kreaturen geworden, die auf meiner Seite stehen. Werwölfe als Botschafter ihrer Länder. Tagsüber normal, in der Nacht Bestien, die auf die Pirsch gehen und andere anfallen. Was glaubst du, Sinclair, wie die anderen Menschen rotieren werden? Ich wage kaum daran zu denken, sonst könnte ich vor Freude tanzen. Botschafter, die Bestien sind …« Sie stieß ein raues Lachen aus und schüttelte den Kopf. »Das ist erst der Anfang. Ich habe eingesehen, dass ich nicht ganz oben beginnen kann …«

»Wie meinst du das denn?«

»Die Queen, Sinclair.«

»Ja, natürlich. Da bin ich dir ja in die Quere gekommen und habe es verhindern können.«

»Richtig, nur werde ich diesmal vorsichtiger sein. Außerdem befindest du dich in meiner Gewalt. Wenn du eine falsche Bewegung machst, wird dich Gerald Ascot töten. Er hätte es schon längst tun können, nur hatte ich es ihm verboten.«

»Wie großzügig«, spottete ich.

»Das hat damit nichts zu tun«, erklärte sie. »Ich weiß, wie neugierig du bist, und ich wollte deine Neugierde befriedigen. Das ist geschehen, du kennst meine Pläne.«

»Und was haben die anderen Menschen damit zu tun?«

»Sie sind Beiwerke oder haben Pech gehabt, dass sie in unseren Dunstkreis gerieten.«

»Lass sie wenigstens frei«, bat ich Lupina.

»Sinclair, lass deine Ritterlichkeit. Sie passt einfach nicht mehr hierher. Die Zeiten haben sich geändert. Wir nehmen uns, was wir brauchen. Es ist das Gesetz des Stärkeren, das wir wieder einführen werden.« Bei ihren Worten hatte der Lichtkreis eine andere Form und Größe angenommen. Er war nicht mehr kreisförmig, sondern oval, und in der Größe hielt er mit der Werwölfin stand.

Er hüllte sie ein!

Ich starrte auf ihr helles, glänzendes Fell. Auch das Gesicht schaute ich mir an. Es war wunderschön, sah interessant aus, wenn nur nicht die harten Augen gewesen wären, die mich an kleine Granitkugeln erinnerten. Hart und kalt.

Nein, von ihr konnte ich kein Erbarmen erwarten. Lupina zog ihren Plan eiskalt durch.

Sie stand in der Kabine. Das Fell hatte einen seidigen Silberschimmer. Wenn sie sich bewegte, kam es mir vor, als liefen leichte Wellen über den Körper. Der Mund war zu einem breiten Lächeln verzogen, und sie hob ihre Schultern. »Du hast gesehen, Geisterjäger, dass ich stärker bin als du. Ich habe wieder gewonnen.«

»Glaubst du das?«

»Wäre ich sonst hier?«

Wäre sie wirklich sonst hier? Und sie gab sich so verdammt sicher. Ich hatte erlebt, dass sie gegen geweihte Silberkugeln resistent war, aber das Kreuz würde stärker sein als sie, so hoffte ich wenigstens. Es musste sich für die anderen rächen, dass sie mich nicht entwaffnet hatten. Zudem konnten sie auch mein Kreuz nicht anfassen.

»Lupina«, sagte ich, »du hast dich schon immer überschätzt. Jedes Mal wolltest du gewinnen, hast dich geärgert, dass in der Mordliga so viele über dir standen. Du hast Lady X ebenso gehasst wie Solo Morasso, Xorron oder Vampiro-del-mar …«

»Was soll das, Sinclair? Ich habe überlebt. Als Einzige. Die anderen sind tot, vernichtet. Sie kehren nicht mehr zurück. Daran musst du dich gewöhnen.«

»Sehr gern habe ich mich daran gewöhnt. Ich trug schließlich auch dazu bei, dass die Mordliga zerstört wurde. Und ich habe einen verdammten Ehrgeiz, Lupina. Ich will sie alle weghaben. Alle, die einmal zur Mordliga gehört haben. Meine Bahn soll frei sein. Ob Fenris dich beschützt oder nicht, das ist mir egal. Ich will den Weg …«

»Was redest du da?«

Sie war zurecht irritiert, denn so kannte sie mich nicht.

Aber ich hatte sie auch nur ablenken wollen. Wenn ich sie mit einer Silberkugel schon nicht töten konnte, musste ich meine stärkste Waffe nehmen.

Ich holte das Kreuz hervor.

Sehr schnell und wendig. Die Kette streifte ich über den Kopf. Mir war jetzt alles egal, und ich schleuderte das Kreuz auf die vor mir hockende Lupina zu …

Gebannt verfolgte ich den Weg meiner besten »Waffe«. Und ich jubelte innerlich, als ich erkannte, dass sich die Königin der Wölfe nicht von der Stelle rührte.

Sie blieb sitzen, als wäre nichts geschehen, sodass ich genau sehen konnte, wie Kreuz und Werwölfin zusammenprallten.

Was geschah?

Nichts!

Das Kreuz traf sie und traf sie doch nicht, weil ihr Körper nicht vorhanden war. Es gab ihn, und es gab ihn nicht. Ein Wahnsinn war so etwas, aber eine Tatsache.

Ich hörte den metallenen Klang, als das Kreuz den Boden berührte, und ich sah Lupina trotzdem noch dort stehen.

Sie lachte sogar. »Ja, Sinclair, damit hast du nicht gerechnet. Ich bin es und bin es nicht …«

Mit der Hand wischte ich über meine Augen. Sicherlich war die Erklärung ganz einfach. Sie musste auf der Hand liegen, nur kam ich nicht darauf, wieso Lupina …

»Ich will es dir sagen, Sinclair, da ich deine Qual nicht länger mit ansehen kann. Ich bin es und bin es trotzdem nicht, das habe ich dir schon gesagt. Und wenn das zutrifft, gibt es eigentlich nur eine Erklärung. Geisterjäger – oder?«

»Du bist ein Bild!«, stieß ich einfach hervor, weil ich noch immer unter dem Schock litt.

»Fast. Ich bin eine Projektion. Verstehst du? Eine Projektion, wie sie echter nicht sein kann und von dem Original kaum zu unterscheiden ist. Hast du begriffen?«

Ja, ich hatte verstanden und wusste genau, wie mich dieses

gefährliche Zwitterwesen reingelegt hatte. Und ich musste ehrlich zugeben, dass ich davon überrascht worden war.

Aber wo befand sich das Original?

Diese Frage beschäftigte mich. War es vielleicht möglich, dass die echte Lupina sich hier auf dem Schiff, sogar in meiner unmittelbaren Nähe befand oder in einer anderen Dimension steckte, wo sie mir hohnlachend zugesehen hatte?

Das wäre natürlich fatal gewesen, da ich an die Möglichkeiten dachte, die sich ihr dann eröffneten, wenn ihr Körper auf der Erde und in der Wirklichkeit nur aus einer Projektion bestand. Dann war sie für mich so gut wie unangreifbar.

Die Überraschungen rissen eben nie ab. Ich gehörte zu den Menschen, die Gewissheit haben wollten, erzählen konnte man mir viel. Auch der Beweis des durch den Körper geflogenen Kreuzes reichte mir noch nicht. Ich musste selbst herausfinden und mit eigenen Händen fühlen, ob ihre Behauptungen den Tatsachen entsprachen.

Deshalb ging ich auf sie zu.

Die Distanz zwischen uns war nicht sehr groß. Ich konnte sie mit wenigen Schritten überbrücken, stand plötzlich vor ihr und streckte meinen rechten Arm aus.

Ich fasste sie an – und …

Da war nichts, bis auf ein Kribbeln in meinen Fingern, als würde Kriechstrom hindurchlaufen. Also hatte ich zum zweiten Mal einen Beweis bekommen.

Die Königin der Wölfe war nicht existent. Vor mir flimmerte nur mehr ein naturgetreues Abbild.

Hastig zog ich meine Hand wieder zurück, weil ich plötzlich Furcht davor hatte, dass mir etwas passieren würde.

Ich vernahm ihr Lachen. Dicht vor meinen Augen sah ich ihr schönes Gesicht. Vielleicht waren die Züge etwas härter geworden, aber sie hatte noch immer diesen harten Glanz in den Augen, der mir zeigte, auf welch einer Seite sie stand.

Sie bewegte den Mund, sprach trotzdem nicht selbst, aber ich hörte ihre eigene Stimme. »Ja, Sinclair, die Überraschungen reißen nicht ab. Auch ich habe gelernt. Ich weiß inzwischen, dass es besser ist, wenn man sich ein wenig zurückhält, dennoch angreift, es aber mit subtileren Methoden versucht. In Zukunft wird die Menschheit mit mir und den Wölfen zu rechnen haben. Ich kenne mich doch sehr gut aus, ich weiß von alten Verbindungen, und mein Plan besteht weiterhin. Die Allianz der Werwölfe, die Vereinigung aller Wölfe, Sinclair. Denk daran. Jetzt bin ich für dich unbesiegbar. Wo ich tatsächlich bin, kommst du nicht hin. Du wirst es einfach nicht schaffen, und mein großer Plan kann der Vollendung entgegenreifen.«

Um so zu reden, brauchte sie nicht mal anzugeben. Das entsprach den Tatsachen. Vor Wut ballte ich die Hände. Meine Stirn war schweißnass. Ich schüttelte den Kopf, weil es für mich noch nicht fassbar war. Hatte ich nicht schon Probleme genug?

Leider, aber es kamen immer neue hinzu. Die Mordliga war noch nicht erledigt, das hatte ich in den letzten Minuten deutlich zu hören und zu sehen bekommen.

In meinem Magen hatte sich ein Klumpen gebildet. Nicht meine momentane Hilflosigkeit trug daran die Schuld, ich dachte an die Zukunft, die verdammt schlecht aussah.

Was waren schon die Ascots gegen ein Wesen wie Lupina, die aus einer anderen Dimension die Fäden zog und die ihr hörigen Geschöpfe nach ihrer Pfeife tanzen ließ?

Und sie demonstrierte mir weiterhin ihre Stärke, als sie sich allmählich zurückzog.

Es begann mit einem letzten wissenden, triumphierenden und hinterhältigen Lächeln, das wie festgebrannt auf ihrem Gesicht lag, dessen Umrisse allmählich anfingen zu flimmern. Der silberfarbene Schatten legte sich um ihre Gestalt, drückte sie zusammen und sorgte dafür, dass sie sich auflöste.

Sie entschwand vor meinen Augen. Auch das unnatürliche Licht war plötzlich nicht mehr da.

Die Dunkelheit fiel über mich.

Ich hatte noch immer an der Tatsache zu knacken, und mir fiel eigentlich erst zu spät ein, dass ich meine wertvollste Waffe aus der Hand gegeben hatte.

Das Kreuz leuchtete noch schwach, sodass ich seine Umrisse erkennen konnte.

Doch da war noch einer.

Und diesmal hatte ich es mit keiner Projektion zu tun, denn ich hörte schleichende Schritte.

Verdammt, das war Gerald Ascot.

Ich warf mich vor, um das Kreuz zu erreichen, als mein Gegner schon gestartet war.

Und er erwischte mich mitten im Sprung …

Beide waren für den Chinesen wichtig. Auf der einen Seite die beiden Botschafter, auf der anderen die Werwölfe, die irgendwo auf dem Schiff in der Finsternis lauerten, Suko wahrscheinlich beobachteten, er selbst sie aber nicht erkennen konnte.

Er hatte sich auf die Laute konzentriert. Wenn ihn nicht alles täuschte, waren sie von zwei verschiedenen Seiten aufgeklungen.

Also war er eingekreist!

Suko gehörte nicht zu den Angsthasen. Er ließ sich auch von zwei Bestien nicht ins Bockshorn jagen. Aus diesem Grunde verspürte er nur ein leichtes Gefühl der Nervosität, wenn er an die Botschafter dachte.

Die musste er rausholen!

Die pochenden Geräusche hatte er vernommen, die Stimmen ebenfalls, da war etwas im Busch, und es musste in seiner Nähe geschehen sein, denn die beiden Männer wollten raus.

Suko bewegte sich geduckt und so leise wie möglich über das Deck. Selbst als er seine Dämonenpeitsche zog, einen Kreis schlug und die drei Riemen aus der Öffnung fielen, entstand kein Laut. Nur als die Spitzen der Schnüre über den Boden schleiften, hörte Suko das Geräusch.

Er ging weiter, drehte sich dabei, achtete auch auf verdächtige Laute und hörte irgendwo auf dem Schiff das Tappen breiter Pfoten. Die Bestien versuchten es auf die lautlose Art, aber damit kamen sie nicht durch. Ihre Körper waren einfach zu schwer.

Sie befanden sich noch immer in dem großen Deckrestaurant. Verschwommen erkannte Suko vor sich die Tisch- und Bankreihen und einen halbrunden Tresen, wo die Bedienung die bestellten Getränke abholte.

»Verdammt noch mal, holt uns raus!«

Das war wieder die Stimme des englischen Botschafters. Jetzt wusste der Inspektor genau, woher sie gekommen war, denn er entdeckte gleichzeitig den Umriss der Tür hinter der Theke.

Dort musste das Gefängnis sein!

Und es war auch Sukos Ziel.

Wieder vernahm er das Knurren. Hatte es sich lauter angehört als beim ersten Mal? Waren die Bestien schon näher herangekommen? Kalt strich es über seinen Nacken. Er drehte sich um, sah unter dem Dach nur die Dunkelheit, ohne eine Bestie zu entdecken, und auch das Wasser, auf dessen Oberfläche die schimmernden Reflexe tanzten.

Suko erreichte die Theke. Er hätte sich gern bemerkbar gemacht, aber er wollte den Botschaftern eine nicht zu große Hoffnung bereiten. Wenn die Befreiung nicht klappte, war die Enttäuschung umso größer.

Deshalb blieb er still.

Suko sah eine Lücke in der Theke. Überall lag noch der Staub des langen Winters. Leicht bewegte sich das Schiff im Rhythmus der auslaufenden Wellen.

Der Inspektor legte die letzten Yards zurück, stand vor der schmalen Tür und sah, dass sich die Klinke nach unten bewegte. Innen drückte sie jemand nach unten.

Die Tür blieb zu.

In der Dunkelheit konnte Suko nicht genau erkennen, wie dick sie war. Trotzdem trat er einen halben Schritt zurück, schaute sich noch einmal um, sah zum Glück keinen Werwolf, hob das rechte Bein und trat mit aller Wucht dagegen.

Und noch einmal.

Er hörte die lauten Geräusche, vernahm auch das Splittern, ein Loch entstand, Stimmen schlugen ihm entgegen, und Suko beruhigte die Männer mit einigen Worten.

Anschließend räumte er mit Handkantenschlägen auf. Er vergrößerte das Loch so weit, dass die beiden Botschafter geduckt hindurchsteigen konnten. Zuerst kam der Engländer.

Suko kannte ihn von Bildern her. Der weißhaarige Mann schaute den Chinesen an, als wäre er das achte Weltwunder.

»Guten Morgen, Sir!«, grüßte Suko höflich.

»Ja, ja … Guten Morgen. Aber wer sind Sie, zum Henker?« Der Engländer schaute Suko starr an. »Moment, Moment, sagen Sie nichts. Sinclair kenne ich. Sie müssen dann, weil Sie ein Chinese sind …«

»Genau, Sir, ich bin Suko.«

Der Mann lachte. »Habe ich mir doch gedacht. Ihr beide gleicht ja schon Zwillingen. Toll, wirklich. Also habt ihr es doch geschafft.« Er drehte sich um. »He, Towarischtsch, Sie können kommen, es ist alles in Ordnung. Wir Engländer haben die Lage sicher im Griff.«

»Sir, das würde ich bezweifeln«, sprach Suko dagegen.

»Wieso?«

»Noch werden wir belauert. Ich möchte Sie nur so rasch wie möglich wegbringen.«

Jetzt kam der Russe. Und er stellte die nächste Frage. »Wo befindet sich Sinclair?«

Suko hob die Schultern. »Irgendwo im Bauch des Schiffes. Ich konnte ihm noch nicht helfen.«

Der Engländer verstand. »Heißt das, dass er sich in Gefahr befindet?«

»Möglich.«

Suko wollte weiter, wurde aber festgehalten. »Moment noch, wenn sich Sinclair in großer Gefahr befindet, dann …«

Der Chinese schüttelte den Kopf. »Vergessen Sie nie, wer er ist, Sir. Er kann sich auch allein durchsetzen. Ich sage dies nicht gern, aber es stimmt. Sie sind im Augenblick wichtiger. Ich muss Sie in Sicherheit bringen. Wenn die Werwölfe es schaffen, Sie beide letztendlich dennoch zu kidnappen, das ist kaum vorstellbar. Dann passiert etwas, das ...«

»Schon gut, ich verstehe Sie.« Der Botschafter nickte seinem russischen Kollegen zu. »Dieser Mann hat Recht. Wir müssen uns zuerst in Sicherheit bringen.«

»Und wohin?«

»Weg vom Schiff natürlich«, sagte Suko. Er deutete in Richtung Reling und Steg. »Sie beide halten sich immer in meiner Nähe. Gehen Sie am besten hinter mir her. Klar?«

»Verstanden.«

Suko drehte sich aus der Lücke hinter dem Tresen, passierte auch den Durchgang und lauschte den Schritten der beiden Männer, die sich an seine Fersen hefteten.

Von seinen Gegnern sah er nichts, auch nicht, als sie den Gang zwischen den beiden Sitzreihen erreicht hatten. Aber Suko wusste genau, dass sie sich noch in der Nähe befanden. Zwar sah er sie nicht, dafür konnte er ihre Gegenwart fühlen. Es war wie ein Strom, der ihn durchlief. Die Härchen auf seinen Handrücken kribbelten. Vom Ufer her hörten sie bereits Verkehrsgeräusche.

Nicht mehr lange, dann setzte die Dämmerung ein, die Zeit der Wölfe wäre dann vorbei. Sie würden sich wieder in normale Menschen zurückverwandeln, und bis dahin musste alles erledigt sein.

Möglicherweise konnte die Sache auch ohne eine Eskalation der Gewalt über die Bühne laufen. Wenn sich die Wölfe wieder in Menschen verwandelten, konnte man diese gefangen nehmen und vielleicht so lange irgendwo einsperren, wie es nötig war.

Noch hielten sie sich versteckt.

Suko lauschte auf jedes fremde Geräusch, hörte aber nur seine und die Schritte der anderen.

Wie Verschwörer schlichen sie über das Deck und erreichten die breite Stelle, wo auch der Ausgang lag.

»Jetzt gehen Sie auf den Steg!«, flüsterte Suko. »Verhalten Sie sich bitte völlig normal, aber beeilen Sie sich! Laufen sie zum Kai, dort finden Sie bestimmt die anderen.«

»Alles klar«, sagte der Engländer. »Wir schaukeln die Sache schon.« Er grinste Suko an. »Schließlich waren wir auch mal jung und haben für unser Heimatland den Kopf hingehalten.«

Der Russe nickte zustimmend.

Suko war trotzdem noch sehr skeptisch. Er begleitete die beiden. Die Kette hing noch immer nach unten, der Durchgang war frei. Als Erster verließ der Chinese das Schiff, der englische Botschafter folgte, der Russe bildete den Schluss.

Und noch immer hatten sich die Wölfe nicht gezeigt.

Das war Suko ein Rätsel. Oder merkten sie vielleicht schon, dass die Nacht allmählich zur Neige ging? Waren sie dadurch schon geschwächt? Spürten sie den hellen Tag, der ihrem unseligen Dasein bis zum Einbruch der nächsten Nacht ein Ende bereitete?

Sukos Gedanken wurden durch die Echos der Schritte unterbrochen, als die beiden Männer die Planken betraten. Sie gingen noch nicht weiter, weil sie auf Suko warteten.

Der Inspektor kam auch. Er wollte ihnen erklären, wohin sie sich genau zu wenden hatten.

Zu dritt standen sie auf dem Steg.

Es hatte so sein müssen, weil es keinen anderen Weg gab. Und das wussten auch ihre Gegner.

Sie hatten sich dementsprechend eingestellt und sich dort verborgen, wo man sie tatsächlich kaum entdecken konnte.

Auf dem Dach des Bordrestaurants.

Jeden Schritt hatten sie verfolgt und waren so weit vorgerutscht, bis sie an der Kante lagen.

Jetzt schoben sie ihre Schädel vor.

Schnauzen und kalt blickende Augen schauten über den Dachrand hinweg nach unten. Für einen Moment fixierten sie die drei Personen, die auf dem Steg standen.

Dann richteten sie sich auf.

Niemand sah und niemand hörte sie.

Sprungbereit machten sie sich.

In diesem Moment blickte der Russe schräg in die Höhe. Er tat es nicht mal bewusst, sah die Wölfe, sein Gesicht verzog sich vor Schreck, während er keinen Ton hervorbrachte.

Aber Suko hatte die Veränderung bemerkt.

Er schaute schräg in die Höhe.

Da stießen sich die beiden Körper ab. Ein Ausweichen war auf dem Steg nicht mehr möglich. Er war einfach nicht breit genug, und so wurden die drei Männer kalt erwischt …

Auch mich bekam die Bestie zu packen. Ich hatte den Boden nicht mal berührt, als der Koloss mich an der rechten Seite erwischte, aus der Sprungrichtung brachte und zu Boden schleuderte. Ich prallte hart auf die Planken, spürte den Aufschlag bis in den Kopf hinein und durfte mich einfach nicht um das wütende Stechen unter der Schädelplatte kümmern. Der Kampf ums Überleben war wichtiger.

Ich stieß die Füße von mir, traf auch etwas Weiches und bekam für einen Moment freie Aktionsbahn.

Mit einer Rolle rückwärts brachte ich mich aus dem unmittelbaren Zugriff des Werwolfs, stand und schaute in die Finsternis, die nicht stockdunkel war, sodass ich wenigstens die Bewegung vor mir erkennen konnte.

Das war er.

Und er konnte seinen Triumph nicht verbergen, denn ich hörte sein gefährliches Knurren.

Ich hatte die Wahl.

Sollte ich ihn mit Karate angreifen oder es mit der Beretta versuchen? Sicherer war die Kugel.

Ich zog die Waffe. So schnell die Bewegung auch war, sie kostete trotzdem Zeit. Zudem hatte die Bestie irgendwie mitbekommen, was ich wollte, und sie stürzte vor.

Es gelang mir leider nicht mehr, die Waffe in die entsprechende Zielrichtung zu bringen, denn der Werwolf war schneller. Er bekam mich an der Schulter zu packen und schleuderte mich wuchtig herum, sodass ich zwangsläufig zurücktaumelte und ein wenig die Übersicht verlor.

Dennoch drückte ich ab.

Vielleicht hatte ich mit dem Treffer Glück, die Bestie war schließlich breit und kompakt genug, aber die Kugel erwischte sie leider nicht. Sie musste irgendwo in die Wand geschlagen sein. Zudem hatte der Schuss die Bestie noch wütender gemacht.

Raubtiere können in der Dunkelheit sehen. Das hatten Werwölfe mit ihnen gemeinsam.

Auch mein Gegner schaute.

Ich erkannte plötzlich seine Augen, die jetzt größer wirkten als normal. Zwei gelbe Kreise, auf die ich halten musste.

Leider befanden sich die beiden Augen in ständiger Unruhe. Der Werwolf bewegte den Kopf zu schnell von einer Seite auf die andere. Dadurch erschwerte er mir das Zielen und sprang gleichzeitig zur Seite, sodass ich den Zeigefinger im letzten Augenblick wieder vom Abzug nehmen musste.

Ich sprang zurück. Es war ein zu großer Sprung gewesen, denn ich krachte mit dem Rücken gegen die Wand. Das Kreuz lag rechts von mir. Leider zu weit entfernt.

Ich hörte ihn nur mehr, sah ihn aber nicht. Entweder hatte er sich von mir weggedreht, oder er hielt die Augen geschlossen, da er das verräterische Leuchten vermeiden wollte.

Auch Laute gab er nicht von sich. Kein Knurren, kein Keuchen, ich vernahm nur meinen eigenen Atem, den ich versuchte, so flach wie möglich zu halten.

Wie immer trug ich meine kleine Bleistiftleuchte bei mir. Sie steckte griffbereit in der linken Tasche. Lautlos holte ich sie hervor und hielt sie zwischen zwei Fingern. Ich musste in den nächsten Sekunden einfach Glück haben, wenn ich die kleine Lampe einschaltete, da ich den Werwolf mit dem ersten Versuch treffen wollte.

Wo steckte er?

Über die Größe der Kajüte oder des Raumes konnte ich mir keine Vorstellung machen. Lange Zeit zum Überlegen hatte ich auch nicht, sodass eigentlich nur die direkte Angriffslinie zu mir in Frage kam, denn die Werwölfe attackierten gern von vorn.

Davon ging ich aus und schaltete die schmale Leuchte ein.

Der Strahl kam mir wie ein helles Lineal vor, das die Finsternis direkt durchschnitt. Ich hatte meine Hand etwas bewegt und sah auch das Ziel. Der Werwolf hockte geduckt am Boden und hatte mir seinen Rücken zugedreht. Als er den Lichtschein bemerkte, fuhr er herum.

Das kam mir genau richtig.

Diesmal verfehlte ich ihn nicht. Ein wenig steif stand ich da, hatte die Mündung der Beretta leicht gesenkt und drückte gleich dreimal ab.

Nicht einem Geschoss konnte er entwischen.

Die Bestie wurde an der Schulter, in der Brust und auch am Bein erwischt. Durch den blauen Stoff der Hose drang die Kugel, auch durch das Fell. Sie blieb tief im Muskelfleisch stecken, wo sie ihre magische Energie abstrahlen konnte.

Den Werwolf riss es von den Beinen. Er fiel auf den Rücken, zog Arme und Beine an, schüttelte sie und hatte auch die Schnauze aufgerissen, aus deren Rachen die jaulenden Laute einer allmählich sterbenden Kreatur drangen.

Ich schaute nicht hin, sondern hob mein Kreuz auf. Die Waffe war am wichtigsten.

Als ich mich wieder umdrehte und mit dem hellen Strahl auf das Monstrum zielte, befand es sich bereits im Stadium der Auflösung. Das Fell war grau und brüchig geworden. Es sah schon aus wie Sand, war aber noch mit dem Körper verflochten.

Ich trat neben die Bestie und ließ meine Schuhsohle über das Fell schleifen.

Es löste sich auf.

Darunter sah ich Haut. Im Kegel der kleinen Lampe schimmerte sie hell. Ein toter Mensch schälte sich allmählich hervor. Eine Leiche, die von drei Kugeln getroffen worden war.

Gerald Ascot hatte es endgültig erwischt.

Ich dachte dabei an seine Frau, die so große Stücke auf ihren Mann gehalten hatte. Für sie war er ein Vorbild gewesen. Sie würde mir glauben müssen, wenn ich ihr vom Tod des Mannes berichtete.

Erst die Tochter, jetzt der Mann.

Beide gingen auf mein Konto. Aber konnte ich mir

deswegen Vorwürfe machen? Bei Laura nicht. Sie hatte der Joker in einem gefährlichen Spiel sein sollen, nur war der Plan ihrer Mutter fehlgeschlagen. Und hier im Bauch des Schiffes hatte ich ganz einfach mein Leben verteidigen müssen.

Da wo Lupina aufgetaucht war, gab es nichts mehr zu sehen. Keinen Rückstand, die Projektion war ebenso lautlos verschwunden, wie sie gekommen war.

Noch einmal leuchtete ich den vernichteten Werwolf an, der keiner mehr war.

Ein Mensch lag vor mir. Nur noch auf der Brust schimmerten einige graue Haare.

Das Gesicht des Mannes zeigte einen starren Ausdruck. Er hatte eine Halbglatze. Der Rest des Haares fiel nach hinten und war ziemlich lang, sodass die Strähnen auch den Boden berührten.

Die Schüsse mussten, obwohl sie innerhalb des Raumes abgegeben waren, gehört worden sein. Bisher hatte sich nichts gerührt. Weder von den Geiseln war jemand gekommen, noch sah ich die anderen Bestien.

Die Ruhe gefiel mir nicht.

Sie begleitete mich auch, als ich die Tür aufstieß und die Treppe hochschaute.

Niemand hockte auf den Stufen, um mich zu erwarten. Hatten die Werwölfe das Schiff aufgegeben?

Daran wollte ich einfach nicht glauben. So leise wie möglich stieg ich die Stufen hoch …

Suko hätte schießen oder schlagen müssen, aber eine dritte Sache war wichtiger geworden. Er musste die beiden Botschafter aus der Gefahrenzone bringen, bevor die Bestien über sie herfallen und sie zerfleischen konnten.

Deshalb war der Inspektor so gehandicapt. Er bewegte beide Arme in verschiedene Richtungen. Und die flügelartigen Schläge trafen zur gleichen Zeit.

Es waren diese Hiebe, die den Engländer und den Russen

zurück- und gleichzeitig auch zur Seite katapultierten, sodass sie vom Steg und gegen das zweite Schiff geschleudert wurden. Zwischen Steg und dem Schiff entstand immer wieder im Rhythmus der anlaufenden Wellen eine kleine Distanz. Wenn dort jemand hineinrutschte, wurde es verdammt gefährlich, aber beide Männer hatten Glück. Es gelang ihnen sogar, sich an den Längsstreben der Reling festzuhalten.

Dies alles bemerkte Suko, während er sich selbst zur Seite warf, um den Bestien zu entgehen. Die konnten ihn mit der Wucht ihrer Pranken grausam vernichten. Dabei brauchten sie nur einmal zuzuschlagen, und Sukos letzte Sekunde hatte geschlagen.

Er wunderte sich selbst darüber, dass er innerhalb weniger Sekunden so viele Eindrücke wahrnehmen konnte, da war sein Gehirn noch besser als ein Computer.

Die Planken dröhnten, als beide Werwölfe aufschlugen. Sie waren schwer, und sie waren auch aus einer relativ großen Höhe gesprungen. Man hatte den Steg nicht ausgebessert. Die Folgen des kalten Winters steckten noch in dem Material, das im Laufe vieler Monate brüchig geworden war.

Deshalb brach es auch.

Suko hörte zuerst ein Brechen, dann ein Knirschen, plötzlich spritzte Wasser, als die Bestie im Strom gelandet war und ungefähr bis zur Brust in dem Plankenloch feststeckte.

Der Chinese hätte schießen oder schlagen können, wenn nicht der andere gewesen wäre.

Und der wollte die Menschen.

Er war sicher gelandet, die Planken hatten bei ihm gehalten, und mit dem nächsten Sprung setzte er auf das zweite Schiff über, wo die beiden Männer Deckung gesucht hatten. Sie standen noch so, dass sie den Steg sehen konnten und auch selbst gesehen wurden.

Das war schlecht für sie.

Plötzlich hörten sie das Brüllen, auch einen Schuss, aber der Werwolf war einfach zu schnell, und die Kugel, von Suko abgefeuert, wischte um eine Armlänge an ihm vorbei. Sie traf einen Metallträger und jaulte als Querschläger davon.

Aber die zweite Bestie wollte Suko erwischen, senkte die Beretta und sah, dass es keinen Sinn hatte.

Der Werwolf hatte die Gefahr erkannt und war in Windeseile weggetaucht. Er musste sich jetzt unter dem Steg und auch unter Wasser aufhalten. Zeit, um nach ihm zu suchen, hatte der Chinese nicht. Die beiden Menschen waren wichtiger.

Er hörte sie schreien, den Werwolf brüllen. Schatten huschten über das Deck des Ausflugsschiffes, etwas polterte, und der Russe fluchte in seiner Heimatsprache.

Suko enterte das Schiff. Er war ebenso geschmeidig und schnell wie die Bestien, kam hinter der Reling hoch und sah den englischen Botschafter in Richtung Heck laufen.

Von dem Russen konnte er nichts entdecken.

Dafür sah er die Bestie.

Zwar wurde sie teilweise von den Aufbauten verdeckt, aber Suko bekam Angst vor ihren schnellen, geschmeidigen Bewegungen, mit denen sie den Mann verfolgte. Bevor er das Heck erreichte, würde die Bestie bei ihr sein.

Auch Suko startete.

Einholen konnte er den Werwolf nicht mehr. Er verkürzte zudem geschickt den Winkel zu seinem Opfer, und der Botschafter wollte in seiner Panik sicherlich über Bord springen.

Parallel zur Reling hetzte Suko entlang. Er bewegte sich zwischen ihr auf den Aufbauten. Der Raum war ziemlich schmal, die Metallplanken feucht und dementsprechend rutschig. Suko musste schon sehr Acht geben, um das Gleichgewicht nicht zu verlieren.

Als der Botschafter gegen die halbrunde Sitzbank an der ebenfalls so geformten Heckreling prallte, hatte ihn der Werwolf erreicht. Er kam von der rechten Seite, und seinen letzten geschmeidigen Satz verlängerte er zu einem Sprung.

Ausweichen konnte der Engländer nicht.

Die Bestie prallte auf ihn, riss ihn zurück. Beide fielen zu Boden, und als Erster tauchte der Werwolf wieder hoch.

Das hatte Suko so gewollt. Er hatte sich genähert und war dann stehen geblieben. Ausgestreckt, die Beretta in der Hand. Das Gelenk dabei mit der Linken abstützend.

Und er zielte genau.

In der Dunkelheit war der Rücken des Werwolfs nur mehr ein Schatten.

In seiner Mitte jagte das geweihte Silbergeschoss aus der Waffe des Inspektors.

Der Körper des Werwolfs richtete sich auf. Für einen Moment sah es so aus, als wollte er in der Luft stehen bleiben. Bis er auf die linke Seite kippte. Das geschah sehr langsam. Suko hatte ihn schon erreicht, als er endlich da war.

Er schaute auf den hockenden englischen Botschafter. Der sah ihn ebenfalls aus großen Augen an, hob den linken Arm und nahm Sukos ausgestreckte Hand dankbar entgegen.

»Dann haben Sie mir das Leben gerettet, Inspektor!«, flüsterte er rau.

»Sieht so aus.«

»Verdammt, ich hätte nicht gedacht, dass diese Biester so schnell sein können.«

»Es sind eben keine Menschen.«

Der Botschafter stand zitternd neben dem Inspektor. Auch er war allmählich mit seinen Nerven am Ende, aber er begann wieder, sich zu erholen, und sah zum ersten Mal in seinem Leben einer Verwandlung eines Werwolfs zurück in einen Menschen zu.

Der Wind strich böig über das Deck. Er schaffte es auch, das veränderte Fell vom Körper wegzuwehen, sodass dünne Fahnen aus Staub über einen Teil des Decks trieben.

Der Botschafter schaute ihnen nach. »Staub!«, flüsterte er rau. »Nichts als verdammter Staub. Das ist wie im Kino. Das kann es nicht geben, so etwas ist Wahnsinn!«

Suko hörte nicht hin. Seine Sorge galt dem Russen. Er hatte ihn zwar gehört, aber nicht gesehen.

Wo steckte der Mann? Zudem gab es noch einen zweiten Werwolf. Im Gegensatz zu den herkömmlichen Vampiren, für die fließendes Wasser tödlich ist, machte es den

Werwölfen nichts aus. Es war ein Leichtes für die Bestie, wieder aus den Fluten hervorzukriechen.

Suko musste beide suchen.

»Was soll ich machen?«, fragte der Botschafter.

»Laufen Sie an Land, bringen Sie sich in Sicherheit! Es ist noch eine Bestie da – und Ihr Kollege. Haben Sie ihn gesehen?«

»Nein, Inspektor, nein ...«

»Aber er ist auf dem Schiff?«

»Schon ...«

»Gut, ich muss ihn holen.« Wieder einmal machte sich der Chinese auf die Suche. Allmählich nervte auch ihn der Fall. Auch deshalb, weil er nichts von seinem Freund John Sinclair gesehen hatte. Der Geisterjäger hielt sich zurück oder wurde zurückgehalten.

An der Reling sah Suko nichts. Der Raum zwischen ihr und den Aufbauten war leer. Auch an der Backbordseite nicht, wie Suko feststellte.

Dann hörte Suko die Geräusche. Er hatte schon abgedreht, um eines der Restaurants zu betreten, als er das wütende Schimpfen und das Schreien in russischer Sprache vernahm.

Sofort sprang der Inspektor wieder zurück. Er lief ein paar Schritte vor, wobei seine Hände über den Handlauf der Reling streiften, konnte jetzt auf den Steg schauen und sah, was geschehen war.

Für einen Moment blieb Suko stehen und lächelte. Es war wie eine Erlösung nach dem Stress, und er musste dem russischen Botschafter ein Kompliment machen.

Der Mann hatte sich allein helfen können. Er hockte auf dem Steg, hielt eine der herausgebrochenen Planken fest und schlug sie auf den Schädel des im Steg festgeklemmten Werwolfs. Der hatte auf dem gleichen Weg hervorkriechen wollen, es aber nicht geschafft, weil sein Körper einfach zu breit war.

Lange würde der Russe das nicht durchhalten. Letztendlich war der Werwolf stärker als er. Irgendwann würde es ihm gelingen, die Planken zu durchbrechen.

So rasch es ging, lief Suko zu ihm. Zwar musste der Russe seine Schritte vernommen haben, er drehte sich dennoch nicht um und schlug weiter, wobei er jeden Hieb mit einem wütenden Schrei begleitete.

Erst als Suko dessen rechte Hand festhielt, hörte er auf.

»Lassen Sie mich!«, rief der Inspektor.

»Nein, ich …«

Suko drückte den Russen zur Seite. Er besaß eine bessere Waffe, um den Werwolf zu vernichten.

Die Peitsche!

Ausgefahren war sie noch. Als Suko ausholte, hob der Werwolf den Schädel. Der Inspektor starrte in die gelben Augen und glaubte, darin so etwas wie ein Wissen zu lesen.

Vielleicht hatte die Bestie noch wegtauchen wollen, doch es gelang ihr nicht mehr.

Suko schlug zu.

Und die drei Riemen klatschten voll auf die hässliche Schädelfläche des Werwolfs. Der wurde durchgeschüttelt, begann grässlich zu jaulen, und dort, wo die Riemen getroffen hatten, zeichneten sich bereits nach wenigen Sekunden lange Streifen auf der Haut ab.

Das Heulen verstummte. Suko trat einen Schritt zurück, da die Planken nahe der vergehenden dämonischen Kreatur doch ziemlich brüchig waren, und er kümmerte sich um den Russen.

Mit weichen Knien stand der Mann neben ihm, schüttelte den Kopf, wischte über sein Gesicht und holte tief Luft. »Das ist verdammt hart, Gospodin, verdammt hart.«

»So ist das Leben«, meinte Suko. Er drehte sich um, weil er Schritte gehört hatte.

Der Engländer kam. Er lachte sogar. »Ich glaube, wir beide sind Glückskinder, was man ja von Politikern nicht immer behaupten kann«, meinte er und fiel seinem Kollegen in die Arme.

Suko trieb die beiden auseinander und drängte darauf, dass sie den Steg verließen.

»Und Sie? Was machen Sie?«, fragte der Engländer.

»Ich muss mich um meinen Kollegen kümmern.«

»Hoffentlich lebt er noch.«

Suko grinste schief. »Der ist zäh!«

In der Tat lebte ich noch. Zwar ging es mir nicht besonders, aber ich wollte mich auch nicht beklagen, denn es hätte verdammt schlimmer kommen können.

Die Treppe hatte ich hinter mir gelassen und befand mich nun auf dem Deck des Ausflugsschiffs. Ich spürte den Wind, hörte die Geräusche, wenn er um die Ecken wehte, aber ich vernahm weder menschliche Stimmen noch das Jaulen der Wölfe.

Dafür sah ich eine Gestalt auf dem Boden liegen. Noch trennten mich einige Schritte. Ich lief hin, kniete mich neben sie und schaute in das starre Gesicht eines Mannes.

Wenn ich die beiden Gesichter verglich, so war eine gewisse Ähnlichkeit mit dem des von mir erledigten Gerald Ascot nicht zu verhehlen. Dieser Tote musste einer der Brüder sein.

Ich untersuchte ihn genauer, da ich unbedingt die Todesursache herausfinden wollte.

Sehr schnell entdeckte ich das Einschussloch. Die Kugel steckte noch im Körper, und ich wettete, dass sie in das Magazin einer Beretta gepasst hätte.

Suko schien sich gut verteidigt zu haben.

Nur sah ich ihn nirgendwo, auch von den anderen Geiseln und den Botschaftern nichts. Dafür entdeckte ich bei einer weiteren Untersuchung eine eingetretene Tür.

Alles wies darauf hin, dass es den Leuten gelungen war, das Schiff gesund zu verlassen.

Ich bewegte mich weiter und hörte Stimmen. Sukos vernahm ich, auch die der Botschafter. Sie klangen normal, nicht hektisch oder angstvoll, wie man es eigentlich hätte erwarten können. Sie mussten es geschafft haben.

Jetzt erinnerte ich mich auch wieder daran, während meiner Anwesenheit unter Deck Schüsse gehört zu haben. Sie hatten sehr dumpf geklungen, waren kaum zu identifizieren gewesen, nun war mir einiges klarer geworden.

Ich musste zu ihnen.

Doch dann änderte sich alles.

Von einem Augenblick zum anderen spürte ich abermals die Macht der im Unsichtbaren lauernden Lupina. Sie hielt das Schiff unter Kontrolle und veränderte sein inneres Aussehen.

Silberglanz legte sich schleierartig über das Innere des Kahns und wuchs als Kreis allmählich in die Höhe. Der Vergleich mit einer runden Spiegelwand kam mir in den Sinn.

Das war sie tatsächlich. Als ich mich um die eigene Achse drehte, sah ich, dass die Rundung in mehrere Abschnitte oder Segmente aufgeteilt war. Jeder Abschnitt zeigte ein Bild.

Es war stets das gleiche.

Lupina, die Königin der Wölfe, starrte mich an.

Das hätte mich nicht vom Hocker gerissen, aber da war noch jemand bei ihr, mit der ich nicht gerechnet hatte.

Alexis Ascot.

Und sie war bewaffnet.

In der rechten Hand hielt sie meinen Bumerang!

Es war ein Albtraum, es musste einfach so sein. Das jedenfalls wünschte ich mir.

Leider ging dieser Wunsch nicht in Erfüllung. Es waren tatsächlich Lupina und Alexis, die mich anstarrten. Es waren mehr als zwölf Segmente, die mich mattsilbern schimmernd eingekreist hatten und sich auch stets in meinem Rücken befanden, sodass die Gefahr für mich sich sehr schnell verdichtet hatte.

Noch stand ich regungslos, schaute in die mir gegenüberliegenden Gesichter und sah das Zucken in Lupinas Zügen.

Sicherlich wollte sie etwas sagen. Ihre Stimme klang anders als unter Deck. Mehr wütend und nicht mehr so siegessicher. »Du hast mitgeholfen, den Clan zu vernichten. Aber einen Trumpf halte ich noch hier: Alexis Ascot. Sie weiß mittlerweile Bescheid, dass du nicht nur ihre Tochter, sondern auch den Mann getötet hast. Und so etwas wird sie dir nie verzeihen, wie du dir sicherlich vorstellen kannst.«

»Sie war gefesselt in meinem Wagen.«

Lupina lachte und stieß die Frau an. »Sag es ihm, wie wir es geschafft haben.«

Alexis nickte. Böse und hasserfüllt schaute sie mich dabei an. »Du hast dich verrechnet, Sinclair?«, zischte sie. »Ich wusste, dass Lupina die Person im Hintergrund war, und ich wusste auch, dass sie irgendwann erscheinen würde. Deshalb habe ich sie angefleht, sie hat meine Bitten erhört, ist zu mir gekommen und hat mich dank ihrer magischen Kräfte erhört und befreien können, denn sie ist sehr stark. Ich brauchte eine Waffe, und sie erinnerte mich an deinen Koffer im Wagen. Wir öffneten die Haube, fanden den Koffer, und ich überlistete die Sicherungen. Ich sah deine Waffen, auch den Bumerang, über dessen Funktion Lupina sehr genau Bescheid wusste. Sie kannte die Gefährlichkeit und riet mir, die Waffe mitzunehmen, um sie gegen dich einzusetzen. Ich bin kein Dämon, ich kann sie anfassen und werde auch damit umgehen können. Du entkommst mir nicht mehr, Sinclair. Wenn ich sie schleudere, deine Superwaffe, wird sie nicht nur einmal erscheinen, sondern gleich dreizehnmal. Von dreizehn Seiten jagt sie auf dich zu und wird dir den Kopf vom Schädel schlagen.«

Eine wüste Drohung, an die ich glauben wollte, denn Lupina musste jüngst mit großen magischen Machtmitteln ausgerüstet worden sein. Zwar verließ sie sich nach wie vor auf die reine Gewalt, aber sie ging jetzt raffinierter vor als früher.

Der magische, hochkant stehende Spiegelkreis bewies dies. Lupina musste sich in der anderen Zeit und fremden Dimensionen gut erholt haben, und das zeigte sie mir.

Aber war sie echt?

Vorhin hatte ich sie nur mehr als Projektion erlebt, und ob mich Alexis tatsächlich dreizehnmal umkreist hatte, war auch fraglich. Ich hatte beschlossen, beide zu provozieren, wobei ich eigentlich das Wort an Lupina richtete.

»Willst du mich wieder reinlegen?«, fragte ich sie. »Wir haben uns schon einmal getroffen, da warst du nicht echt.«

»Du bist unsicher, Sinclair? Vielleicht bin ich eine Projektion, vielleicht aber auch nicht. Denk daran, dass ich jemanden mitgebracht habe. Kann Alexis eine Projektion sein? Ich glaube nicht. Du bestimmt auch nicht, wenn du näher darüber nachdenkst.«

»Tut mir Leid ...«

»Wir haben deinen Bumerang aus dem Koffer geholt. Ich habe ihr die Fesseln abgenommen. Es stand keine andere Magie dagegen. Unterschätzt du mich noch immer?«

»Ich habe dich immer ernst genommen.«

»Das wirst du auch in den nächsten Sekunden müssen ...«

»Und dann nicht mehr?«

»Nein«, erwiderte sie. »Anschließend geht dir nämlich der Schädel verloren, Geisterjäger!«

Ich war auch nicht waffenlos. Kreuz und Beretta hatten mir bisher geholfen. Würde ich sie jetzt tatsächlich gegen meinen eigenen Bumerang einsetzen müssen?

Das wollte mir nicht in den Kopf, nur sah ich keinen anderen Ausweg aus diesem Dilemma.

Lupina wirkte größer als Alexis. Sie hatte sich hinter der dunkelhaarigen Frau aufgebaut, schaute schräg über deren Kopf und Schulter. Durch den Spiegel glänzten ihr Gesicht und das Fell.

Sie bewegte sich nicht. Dafür Alexis Ascot. Diese Frau steckte voller Hass gegen mich. Ich brauchte nur mehr in ihre Augen zu schauen. Sie hatte Mühe, überhaupt ruhig stehen zu bleiben, bestimmt hätte sie die Waffe schon jetzt geschleudert.

Ich hob meinen linken Arm, ließ ihn angewinkelt und tastete nach dem vor der Brust hängenden Kreuz. Es hatte sich ein wenig erwärmt, weil es in den Bannkreis der gegensätzlichen Magie geraten war, aber es reagierte nicht, weil noch der unmittelbare Kontakt fehlte. Zudem hatte ich es nicht durch das Rufen der Formel aktiviert.

Das würde mir wohl als letzte Möglichkeit bleiben. Aber

ich traute mich nicht recht. Wenn ich das Kreuz aktivierte, würden sich seine Kräfte, die sehr stark waren, auch gegen die meines Bumerangs stellen. Was dann geschah, ich wagte kaum weiterzudenken. Das konnte klappen, aber auch alles zerstören.

Wahrscheinlich hatte Lupina darauf gesetzt, und sie ließ sich auch keine Zeit mehr.

»Geh!«

Der Befehl hatte Alexis Ascot gegolten, die sich so etwas nicht zweimal sagen ließ.

Sie kam vor, hob gleichzeitig den Arm, und das geschah in meiner unmittelbaren Nähe dreizehnmal.

Sie wollte werfen.

Sollte ich schießen oder …?

»Terra pestum …« Ich hatte schon angefangen, die Formel zu sprechen, als das Geräusch eines peitschenden Schusses mir die Worte von den Lippen riss.

Blitzschnell änderte sich die Szene!

Der Schrei war tierisch, obwohl er von einem Menschen ausgestoßen worden war. Ich sah, wie die Spiegel auf einmal zerbrachen. Staubige Lichtwolken hüllte sie ein, es kam zu einer stürmisch magischen Entladung, die auch vor mir nicht Halt machte und mich mitreißen wollte. Für einen langen Moment fühlte ich mich inmitten einer silbernen Wolke, vernahm Lupinas fluchende, weit entfernte Stimme und hatte das Gefühl, abheben zu müssen.

Das passierte nicht, dafür kehrte ich zurück in die Realität, sah keine Spiegel mehr, keine Lupina und auch nicht dreizehnmal eine gewisse Alexis Ascot.

Dafür einmal.

Sie stand vor mir, schaute mich an. Ihr rechter Arm war nach unten gesunken. Wie im Krampf hielten die Finger noch meinen Bumerang fest, doch ich sah, dass er bereits zu schwer für sie geworden war und allmählich aus der Faust rutschte.

Auch sah ich das Blut.

Eine Berettakugel hatte die Wunde tief in der rechten Schulter gerissen, nicht von mir abgefeuert, sondern von meinem Freund Suko, dessen Schritte ich hörte und auch sah, wie er an mir vorbeiging.

Ich sprach ihn mit Namen an.

»Okay, John, du hättest es wahrscheinlich nicht gewagt. Und meinen Stab einzusetzen erschien mir nicht sicher genug. Ich glaube aber, dass es so besser ist.«

»Ja …«

Der Bumerang fiel auf den Boden. Gleichzeitig stürzte auch Alexis, aber Suko war schneller und fing sie auf. Über seinen Armen blieb die Frau liegen.

»Sie braucht jetzt einen Arzt«, sagte mein Freund.

»Und vielleicht noch einen Seelendoktor«, erklärte ich beim Aufheben meiner Waffe.

Sie war es tatsächlich, keine Illusion oder Projektion wie die Königin der Wölfe.

Zu dritt verließen wir das Schiff. Weder Suko noch ich wollten reden. Wir wussten, dass ein alter, neuer Gegner wieder erschienen war und so schnell nicht aufgeben würde.

Das hier war ein erster Test gewesen. Andere, härtere würden sicherlich folgen.

Die Geiseln erwarteten uns am Kai. Auch die beiden Botschafter. Natürlich wurden Fragen gestellt, wir aber hatten keine Lust, sie zu beantworten. Nur eine Antwort gab ich. Die entsprechende Frage dazu stellte mir der englische Botschafter.

»Sagen Sie, Sinclair, womit kann ich Ihnen meine Dankbarkeit beweisen?«

»Mit vielem, Sir, nur nicht mit einem.«

»Und das wäre?«

»Mit einem Orden, wie es damals die Queen getan hat …«

Auch bei Sir James und einigen Leuten im Ministerium sowie in der russischen Botschaft begann das große Aufatmen. Eine

Konfrontation war im letzten Augenblick verhindert worden. Es sollte auch Stillschweigen darüber bewahrt werden. Ob das klappte, wusste wohl keiner von uns.

Jedenfalls war Sir James zufrieden. Alexis lag schon auf dem OP-Tisch, ich hockte mit Suko und Sir James in meinem Office.

An Schlaf war natürlich nicht zu denken. Mit Kaffee hielten wir uns wach und diskutierten alles noch einmal durch.

Bis wir unterbrochen wurden.

Ein Bote kam und brachte ein Geschenk für mich. Es war ein Fässchen. Fünf Liter Inhalt. Auch eine Karte hing daran. Ich klappte sie auf, las und grinste.

»Was ist denn?«, fragte Sir James.

»Ein Gruß vom Botschafter.«

»Lesen Sie vor.«

Mein lieber Sinclair. Der beste aller Orden ist noch immer der flüssige. In diesem Sinne: Cheerio und alles Gute.«

»Der Mann hat doch Stil«, sagte Suko.

Auch Sir James nickte und lächelte.

Wenig später traf ein zweites Geschenk ein. Für Suko. Das waren sechs Flaschen Wodka.

Auf der beiliegenden Karte stand nur ein Wort. Nastrowje!

Na denn – Prost ...

ENDE

Der Inka-Henker

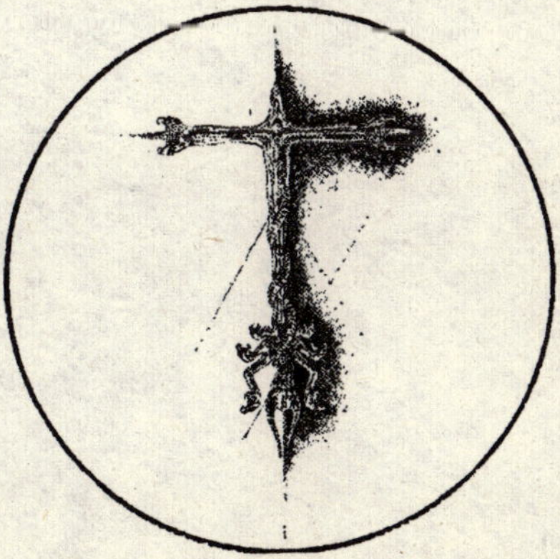

Es war die Stille des Todes, die den großen Talkessel beherrschte. Hinzu kamen die sengenden Sonnenstrahlen, die erbarmungslos auf die braune Erde brannten und das Blut der toten Inka-Krieger verdampften.

Heere von schwarzen, dicken Fliegen umsummten die Leichen, deren Körper durch die schrecklichen Hiebe spanischer Waffen gezeichnet waren.

Die Inkas hatten zuerst Widerstand geleistet, es dann aber aufgegeben, weil sie einsahen, dass sie gegen die Schwerter, Macheten und Lanzen der plündernden und marodierenden Spanier nicht ankamen, denn diese Menschen kannten keine Gnade. Sie wollten das Gold und die Schätze, deshalb mordeten sie.

So drangen sie ein in das einsam gelegene Hochtal und machten auch die Menschen nieder, die sich ihnen waffenlos in den Weg stellten.

Jetzt lebte niemand mehr.

Nur ein schwerer, süßlicher Blutgeruch durchwehte die Talebene, und manchem Konquistador wurde es übel. Die Soldaten steckten in Rüstungen, die panzerartiges Format hatten und die Oberkörper umspannten. Helme schützten die Köpfe der Spanier, Schweiß rann über die verzerrten Gesichter, und die Klingen der Waffen waren blutverklebt.

Anführer dieser plündernden Horde war Juan Lazarro, ein grausamer Statthalter, den der König extra auf die Reise geschickt hatte, um auch das letzte versteckte Inka Gold zu holen.

Er ließ seine Männer antreten.

Sie kamen nur langsam heran. Gezeichnet von der Anstrengung, dem Grauen und den schlimmen Taten, die hinter ihnen lagen. Die älteren Soldaten kümmerten sich nicht so sehr darum. Für sie war das »Erobern« zu einer schrecklichen Routine geworden, aber es waren auch jüngere darunter, denen das Erlebte noch im Gesicht abzulesen war.

Verluste hatten die Spanier nicht erlitten. Ein Mann war durch einen Steinwurf im Gesicht getroffen worden. Er wurde getragen und stöhnte unter grässlichen Schmerzen.

Juan Lazarro warf ihm nur mehr einen gleichgültigen Blick zu. Er nahm auf andere keine Rücksicht, und ebenso reagierte er auch bei seinen eigenen Leuten.

Wenn diese Aufgabe hier erledigt und sie wieder nach Spanien zurückgekehrt waren, sollte er in den Adelsstand erhoben werden, das hatte ihm der König versprochen. Aus diesem Grunde wollte er nicht mit leeren Händen das Heimatland erreichen. Das Schiff sollte bis zur Lastgrenze beladen werden. Gold, Schmuck und andere wertvolle Beutestücke sollten mitgenommen werden. Und sie mussten sich beeilen, denn vor den ersten Herbststürmen musste der Atlantik überquert sein.

Die Rede war nur kurz. Jeder Soldat wusste im Prinzip, was er zu tun hatte. Lazarro wollte seine Leute nur noch einmal daran erinnert haben. Er schaute ein letztes Mal in die Gesichter, sah sie starr werden und sagte mit lauter Stimme: »Für Spanien und den König.«

»Für Spanien und den König!«, lautete die Antwort.

Dann gingen sie und stürmten den Tempel. Sie machten Lärm, sie schrien, denn auch sie standen noch unter dem Eindruck der schrecklichen Morde und mussten sich so Luft verschaffen.

Juan Lazarro ließ sie laufen. Er selbst beteiligte sich nicht an der Plünderung. Seine Zeit würde später kommen, wenn die Schätze geraubt waren. Dann wollte er noch einmal zurückkehren. So hatten seine Männer fast einen Tag Zeit, die Kammern des Tempels zu plündern und die wertvollen Beutestücke auf die Esel zu verladen. Das alles war Sache der Soldaten.

Lazarro sollte etwas anderes holen. Schon immer war die Rede von einer Statue gewesen. Niemand hatte sie bisher gesehen, aber zurückkehrende Konquistadoren hatten davon berichtet. Eine Legende rankte sich darum. Diese Statue sollte alles bisher Dagewesene in den Schatten gestellt haben. So kostbar, so wertvoll war sie.

Der König wollte die Statue unbedingt haben, und er hatte Lazarro mit dieser Aufgabe betraut.

Woher sie stammte und wen sie darstellen sollte, wusste keiner. Man sprach auch über magische Kräfte, die angeblich in ihr steckten. Ein Dämon sollte sie nach seinem Ebenbild erschaffen haben. All das waren Spekulationen. Juan Lazarro würde es bald wissen.

Er hatte auf einem Stein Platz genommen, der im Schatten stand. Dennoch schwitzte der Mann. Viel schlimmer erging es seinen Männern, die mit Schätzen überladen den stufenförmig und pyramidenartig gebauten Tempel der Inkas verließen.

Er schaute ihnen zu. Hin und wieder nahm er einen Schluck Wasser. Die Flüssigkeit gluckerte in einem Beutel aus Ziegenleder.

Und die Sonne brannte weiterhin erbarmungslos auf die zahlreichen Toten nieder, die niemand gezählt hatte.

Die Fliegen umsummten auch den einsam dasitzenden Konquistador, der aufgehört hatte, nach den Quälgeistern zu schlagen, während er zuschaute, was seine Männer in Tragekörben aus dem Tempel schleppten.

Es waren wahre Schätze. Unter den Strahlen der Sonne funkelte das Gold und schimmerte kostbares Geschmeide. Der Wert dieser Dinge war für Lazarro kaum auszurechnen. Und Juan Lazarro trieb seine Leute mit immer neuen Befehlen an. Er wollte endlich selbst in den Tempel und sich um die Statue kümmern.

Am Nachmittag war es so weit. Ein Melder kam zu ihm. Verdreckt, keuchend und verschwitzt.

»Die Kammern sind leer!«

Lazarro stand auf. »Gut, ich werde mich umsehen und komme anschließend nach. Lasst einen Esel zurück!«

»Bueno, Senõr!«

Juan Lazarro ging. Der große Eingang des Tempels schluckte ihn. Die plötzliche Kühle tat ihm gut. Für einen Moment blieb er stehen, atmete tief durch und war froh, dass er den Blutgeruch der Leichen aus der Nase hatte.

Eine große Vorhalle hatte ihn aufgenommen. Wenn er sie durchquerte, erreichte er die Treppe.

Da wollte er nicht hin. Lazarro hatte schon einige Tempel ausgeraubt. Er wusste, wo sich die Schatzkammern zumeist befanden, immer im unteren Teil und nicht auf dem oft hoch und außen liegenden Opferaltar.

Der Mann hatte eine Fackel mitgenommen, denn das durch den Eingang fallende Licht verlor sich im Tempel.

Jeder Tempel strahlte die gleiche Atmosphäre aus, das hatte Lazarro mittlerweile gespürt, denn es war nicht der erste, den er ausraubte. Innerhalb der wuchtigen Steinmauern lauerte eine Gefahr, über die er nicht Bescheid wusste. Sie war vorhanden, aber nicht greifbar, nicht zu fühlen, mehr ein Hauch oder ein Erbe.

Selbst der abgebrühte Mörder hatte Gefühle und musste sie erst überwinden. Das dauerte einige Minuten, danach hatte er seine alte Sicherheit stets zurückgefunden.

Er leuchtete in die Kammern hinein.

In ihnen hatten sich die Schätze befunden. Einige waren völlig leer, bei anderen lagen noch Goldstücke auf dem Boden, die einen feurig goldenen Glanz bekamen, wenn sie vom Licht der Fackel gestreift wurden.

Nur die Schritte des Mannes waren zu hören. Sie allein unterbrachen die lastende Stille.

Im Schein des flackernden Fackellichts schienen sich gespenstische Wesen aus dem Boden zu erheben und lautlos über den Untergrund zu huschen, um anschließend an den Wänden bizarr und unförmig hochzukriechen.

Der Odem einer fernen Zeit durchwehte die Räume des Tempels, aber der Eindringling hatte das große Heiligtum noch nicht gefunden. Er suchte weiter.

Der Tempel nahm ihn gefangen. Lazarro vergaß die Zeit. Er wusste nicht, dass die Sonne schon längst hinter den hohen Flanken der Berge verschwunden war und es allmählich kühl wurde.

Davon ahnte der Mann nicht einmal etwas. Ein Fieber hatte ihn gepackt. Er spürte weder Hunger noch Durst, war nur erfüllt von seiner Aufgabe, die wertvolle Statue zu finden, von der man ihm berichtet hatte. An gewissen Tagen sollte sie sogar ins Freie geschafft werden. Lazarro konnte sich vorstellen, dass die Inkas sie nicht allzu tief in dem Tempel versteckt hielten, damit sie sie nicht über zu große Entfernungen zu transportieren brauchten.

Aber er fand sie nicht!

Es gab Tempel, in denen man sich verlaufen konnte. Als Lazarro stehen blieb, hatte er das Gefühl, nicht mehr zu wissen, wo er sich befand. Die Suche nach der Beute hatte ihn unvorsichtig werden lassen, sodass es ihm nicht mehr gelungen war, auf den Weg zu achten.

Er hatte eine der größten Fackeln mitgenommen und musste gestehen, dass sie nicht mehr lange brennen würde, da das Pech mittlerweile aufgebraucht war.

Es sah nicht gut aus …

Dennoch ging er weiter. Er war einfach besessen von seinem Plan. Dieses Gefühl zeichnete auch sein Gesicht. Ein menschliches Aussehen hatte es zwar, dennoch war der dämonische Eindruck darin nicht zu verkennen. Die Augen wirkten wie runde Spiegel, in denen das Fieber des Wahnsinns leuchtete, die reine Besessenheit, doch noch an das große Ziel zu gelangen.

»Ich werde es schaffen!«, flüsterte er. »Ich werde das große Ziel finden.« Er nickte sich selbst dabei zu und schaute nach, wie zahlreiche Schweißtropfen von seiner Stirn fielen und zu Boden schlugen.

Nach einer Drehung konnte er in einen schmalen Gang leuchten, der nicht breiter war als ein Kamin.

Ging es dort zum Ziel?

Eigentlich hätte Juan Lazarro gewarnt sein und sich an den Rückweg machen müssen, aber seine Besessenheit blockierte den Verstand. Dieser Gang sah ihm so aus, als würde er zu einem Geheimversteck führen. Wer so schmal baute, hatte etwas im Sinn.

Plötzlich lachte er.

Kein normales Lachen drang über seine Lippen. Das waren bereits die schrillen Laute eines Gezeichneten oder eines dem Wahnsinn verfallenen Menschen.

Er schob sich in den Gang. Bereits nach dem ersten Schritt stellte er fest, dass dieser Schlauch zu schmal für seinen Körper war. Mit den vorstehenden Schulterstücken des Rüstungspanzers schabte er über die Wände, sodass er sich gezwungen sah, den Körper zu drehen, damit er schräg in den Gang eintauchen konnte.

Das Licht seiner allmählich herunterbrennenden Fackel wies ihm den Weg.

Schritt für Schritt schob sich Lazarro weiter vor. Die Tiefe des Gangs nahm ihn gefangen. Das Gestein schien zu leben. Es bewegte sich, warf Schatten, sah immer anders aus, und Lazarro kam sich vor, als wäre er von zahlreichen Geistern umgeben.

»Nein!«, flüsterte er. »Nein, ich bin allein. Ich war immer allein, ich werde allein bleiben, und ich werde die verdammte Statue finden. Ich, Juan Lazarro …«

Sein Lachen war grausam und hallend. Er ging schneller, stolperte sogar, stützte sich ab, lief weiter durch den schachtartigen Gang, hatte die Augen weit aufgerissen, und sein Gesicht wurde zur bleichen Fratze.

Und da sah er ihn!

Lazarro schrie im ersten Augenblick, stoppte sofort und drückte seinen Körper nach hinten, weil er von einem Gefühl der plötzlichen Angst erfasst wurde.

Ein Geist!

Sein erster Gedanke war dies. Die Fackel hielt er in der linken Hand. Seine rechte fiel auf den Schwertgriff. Er wollte die Waffe hervorholen und damit zuschlagen, doch der andere hatte die Bewegung bemerkt, streckte den Arm aus und befahl mit dunkler, dennoch volltönender Stimme: »Lass das Schwert stecken, Verblendeter!«

Juan Lazarro hatte vor keinem Respekt, der nicht König war. In diesem Falle gehorchte er, und seine rechte Hand bewegte sich nicht. Sie lag still auf dem Griff.

Wer war dieser Mann?

Lazarro schaute nach vorn. Das Fackellicht war nicht besonders hell, deshalb hatte er Mühe, den anderen etwas genauer zu erkennen. Der Spanier zwinkerte einige Male mit den Augen, denn diese Gestalt hatte er nicht in dem Tempel vermutet.

Der Einheimische war uralt. Nur einen Lendenschurz trug er, der sich aus faserigen Stofflappen zusammensetzte. Die Spitzen seines langen Bartes berührten schon die Brust. Der Schädel war blank. Lange Narben durchzogen ihn.

Der Spanier atmete unregelmäßig. Er konnte nicht begreifen, dass es jemand in dem Tempel gab, der ihn aufhalten wollte. Damit hatte er nicht gerechnet, und so dauerte es eine Weile, bis er sich wieder erholt hatte.

»Wer bist du?«

»Der Hüter!«

Lazarro lachte. »Welcher Hüter?«

»Ich bin der Hüter des Henkers, und ich warne jeden Eindringling, ihm zu nahe zu kommen. Hast du verstanden?«

»Ja, das habe ich. Aber ich sehe keinen Henker.«

»Er befindet sich hinter mir!«

»Wirklich, Alter?« Lazarro hatte sich wieder gefangen. Er konnte plötzlich logisch und nüchtern überlegen, und ihm war klar geworden, dass dieser Henker, von dem der Alte gesprochen hatte, mit der Statue, die er suchte, identisch war.

So musste es einfach sein. Klar, die Inkas hatten genau gewusst, was wertvoll war, und sie hatten deshalb Wachen aufgestellt. Gold bedeutete ihnen nicht viel. Wenigstens nicht das, was es für einen Mann aus der Alten Welt bedeutete.

Doch die Statue musste etwas Besonderes sein, sonst hätte sich der andere nicht so dafür eingesetzt.

Lazarro wurde plötzlich falsch-freundlich. »Darf ich ihn denn wenigstens sehen?«, fragte er.

»Nein.«

»Und weshalb nicht?«

»Du bist ein hundertfacher Mörder, hast meine Freunde dahinmetzeln lassen, aber ich möchte nicht Gleiches mit Gleichem vergelten. Deshalb sollst du weggehen, denn wer die Statue an sich nimmt oder sie nur betrachtet, wird ihren Fluch zu spüren bekommen.«

»Ach, so ist das«, sagte der Spanier. »Und das soll ich dir glauben?«

»Du musst es.«

»Wenn ich aber nicht will?«

»Wirst du sterben!«

Dieser einfach dahingesprochene Satz hätte den Mann warnen müssen. Der aber dachte nicht daran, ihn zu befolgen. Er pflegte die Arroganz der damaligen Europäer, die sich als Herren der Welt fühlten und sich von unterentwickelten Personen nicht aufhalten lassen wollten. Erst recht nicht so dicht vor dem Ziel.

»Geh zur Seite, Alter! Kriech nach hinten. Wenn nicht, schlage ich mir den Weg frei!«

»Nein, das darfst du nicht. Du bist verloren!«

Der Spanier schüttelte den Kopf, während er gleichzeitig sein Schwert zog. »Nicht ich bin verloren, Alter, sondern du! Ich hatte dich gewarnt, du hast nicht gehört, und so dicht vor dem Ziel gibt ein Juan Lazarro nicht auf. Ich komme im Auftrag des spanischen Königs, der auch über dieses Land herrscht, und du wirst dich mir nicht in den Weg stellen. Es wäre so, als wolltest du versuchen, den König aufzuhalten, dessen Stellvertreter ich hier bin.«

»Nein!« Der alte Mann streckte beide Arme vor. Er rang dabei die Hände. Sein Gesicht verzerrte sich, und er schüttelte den Kopf. Es war eine nutzlose Geste.

Juan Lazarro war von sich so überzeugt, dass er sich durch nichts aufhalten ließ. Zwei Schritte ging er vor. Auch einen dritten. Dabei jedoch stach er schon zu.

Er konnte mit dem Schwert umgehen, hatte sehr genau gezielt und die Klinge zwischen die beiden ausgestreckten Arme des Wächters gedrückt. Er traf.

Der Alte wankte. Blut lief aus seiner tiefen Brustwunde und benetzte die von Lazarro zurückgezogene Klinge. Aus kalten, erbarmungslosen Augen schaute der Spanier auf den allmählich in die Knie sinkenden alten Mann, der den Mund weit aufgerissen hatte und sein letztes Röcheln hören ließ, bevor er zur Seite fiel und starb.

Der Spanier verschwendete keinen Gedanken mehr an den Toten, als über ihn hinwegstieg und auf das starrte, was vor ihm lag. Der Gang öffnete sich zu einer Kammer, die von keiner verschlossenen Tür versperrt wurde, sodass Lazarro einen freien Durchblick bekam.

Noch konnte er nicht viel erkennen. Er musste einige Schritte weitergehen und entdeckte erst dann den einzigen, sich in der Kammer befindlichen Gegenstand.

Es war der Henker!

Das Gefühl, das Juan Lazarro in diesem Augenblick durchströmte, konnte er nicht beschreiben. Die hinter ihm liegenden Strapazen waren vergessen, nicht mehr da. Jetzt zählte nur noch die Gegenwart und damit die Statue.

Der Henker …

Er hatte nicht über die Worte nachgedacht. Wieso kamen die Inkas überhaupt auf den Begriff Henker? Wahrscheinlich war es ähnlich wie in der Alten Welt, wo ebenfalls Henker beschäftigt waren, die die Urteile der Richter und Großinquisitoren ausführten.

Um die Statue genauer erkennen zu können, musste er näher an sie heran. Das Licht der Fackeln reichte einfach nicht aus, um den gesamten Raum zu erhellen.

Die Unheimlichkeit dieser Szenerie kam Lazarro überhaupt nicht zu Bewusstsein. Er fühlte sich wie berauscht, als hätte er zu viel von einem schweren Wein getrunken.

Mit gleitenden Schritten näherte er sich dem Ziel, und in seinen Augen begann das Fieber noch stärker zu leuchten. Die Zungenspitze fuhr aus dem Mund und befeuchtete die trockenen, spröden Lippen.

Unbeweglich stand die Statue vor ihm. Wie konnte man von ihr behaupten, dass sie gefährlich war, auch wenn sie die Größe eines Menschen aufwies. Juan Lazarro trat so dicht an sie heran, dass er fast gegen sie streifte, denn er wollte jede Einzelheit an ihr genau erkennen, bevor er sich daran begab und sie wegtrug.

Sie war außergewöhnlich. Im schwachen Licht der Fackel konnte er die Farbe nicht genau erkennen. Vielleicht war sie braun, gelb oder grau, was machte das schon?

Für ihn war die gesamte Gestalt wichtig. Und deren Aussehen gab ihm Rätsel auf.

Er hatte damit gerechnet, das Abbild eines Inkas zu sehen oder wenigstens die Fratze eines ihrer zahlreichen Götter, genau das Gegenteil wurde ihm hier gezeigt.

Die Statue sah menschlich aus, so völlig normal. Fast wie ein Engel, die von den einheimischen spanischen Künstlern modelliert und in den Kirchen aufgestellt wurden. Ein nahezu edles, fast zu schönes Männergesicht, dessen weiche Züge auch innerhalb des Steins voll zur Geltung kamen und von einem wahren Spitzenkünstler gefertigt sein mussten. Die gerade Nase, die kaum geschwungenen Brauen und die geschlossenen Augen sowie die schmalen Lippen gaben dem Antlitz zusätzlich etwas Feierliches. Das Haar war gescheitelt, wirkte dabei wie gekämmt und fiel mit seinen leicht nach innen eingerollten Enden bis auf beide Schultern. Bekleidet war die Statue ebenfalls. Sie trug einen langen Mantel, mehr schon eine Kutte, wie die Mönche sie über den Leib streiften, und in der Mitte wurde die Kutte von einer Kordel oder einem schmalen Gürtel gerafft.

Selbst an die Füße hatte der Künstler gedacht und sie in flache Sandalen gesteckt.

Die Figur selbst stand auf einem ebenfalls steinernen Sockel, der sich in seiner Farbe von der Figur nicht unterschied.

Bewaffnet war sie auch. Dabei hatte sie sich mit einer Waffe nicht zufrieden gegeben. Beide Arme waren angewinkelt. Die rechte Faust umschloss den langen Stiel einer Axt, deren Klinge hochkant stand und auf den Betrachter gerichtet war.

Die Finger der anderen Hand umschlossen den Griff eines Schwerts, dessen Schneide hoch über das leicht gewellte Haar der Figur hinwegragte.

Etwas Besonderes fiel dem Spanier an den beiden Waffen auf. Die übrige Figur bestand aus Stein, die Waffen allerdings nicht. Ihre Klingen waren aus Metall.

Trotz seiner Erregung und Freude, die Figur endlich gefunden zu haben, beschlich Juan ein unangenehmes Gefühl. Es war wegen der Waffen, die so gar nicht zu der Figur passen wollten. Und er fragte sich, wie so etwas möglich sein konnte.

Schwert und Axt, das hatte er bisher bei den Inkas noch nie zu Gesicht bekommen. Oder sollte die Figur vielleicht keinen Inka darstellen? Das konnte auch sein, aber es war niemand da, der ihm Antwort darauf geben würde. Den Wächter hatte er leider getötet.

Auch stellte sich für ihn ein anderes Problem dar. Er wusste nicht, wie er die Figur transportieren sollte. Für einen allein war sie zu schwer. Dass sie Menschengröße hatte, hatte ihm auch niemand gesagt. So sah er allmählich ein, dass er noch nicht der ganz große Gewinner in diesem Spiel war, trotz seines Fundes.

Die Fackel gab nur noch wenig Licht. Die Schatten nahmen zu. Sie tanzten, sie zuckten und schienen immer stärker mit Leben erfüllt zu werden, das um den Spanier und die Figur kreiste.

Obwohl ihm niemand etwas getan hatte, bekam selbst ein Mann wie Juan Lazarro Furcht. Er bereute es schon, durch den Gang geschlichen zu sein, und wollte zunächst einmal nur zurückfinden, um später gemeinsam mit den anderen die Figur zu holen.

Er drehte schon ab, als er das Knacken hörte.

Bisher war es still gewesen, bis auf das leise Fauchen des Feuers oder das Schmelzen des Pechs. Dieses andere Geräusch ließ den Mann auf der Stelle verharren.

Woher war es gekommen?

Er bewegte das Restlicht der Fackel näher an die Figur heran und glaubte, seinen Augen nicht zu trauen.

Die Statue hatte sich bewegt. Allerdings nur die rechte Hand und damit auch die Axt. Die Klinge zeigte nicht mehr direkt auf ihn, sie wies jetzt zu Boden.

»Alle Himmel!«, ächzte der Spanier, »das kannst du doch nicht. Du bist doch tot. Nein, du hast nie gelebt, denn du bist aus Stein, du verfluchter Henker!«

Reden konnte die Statue nicht. Dennoch wollte Lazarro eine Antwort haben. Sein Schwert trug er in der rechten Hand, die linke war frei. Die Fackel lag am Boden. Sie streckte er zögernd aus.

Er stand selbst da wie unter Strom. Mit offenem Mund. Unter dem glänzenden Kopfhelm war das Gesicht tropfnass. Der Schweiß roch salzig und säuerlich. Der Geruch vermischte sich mit den übrigen Körperausdünstungen des Mannes, denn der Spanier hatte sich seit Tagen nicht mehr gewaschen.

Noch einen letzten Blick warf er auf die Fackel, die er einfach hatte fallen lassen. Sie nutzte ihm nicht mehr viel. Er würde bald durch die Dunkelheit zurück müssen, aber zuvor wollte er feststellen, ob die Figur tatsächlich lebte.

Bisher waren es nur die Ausläufer der über das Gesicht laufenden Schatten, die diesen Eindruck vermittelten.

Seine Fingerspitzen strichen über das Gesicht. Zum ersten Mal überhaupt hatte er einen so direkten Kontakt bekommen und war überrascht. Eine ungewöhnliche Wärme und ein Kribbeln durchliefen seine Fingerspitzen. Er hatte das Gefühl, als würde durch die Adern der Figur kochendes Blut laufen, das seine Wärme an den Menschen abgab.

Juan Lazarro schüttelte sich. Er blieb in der Haltung und konnte die Figur einfach nicht loslassen. Dabei fiel der Blick vor seine Füße. Dort zuckten die letzten kleinen Flammen über den Rest des Fackelpechs. Sie kamen ihm vor wie seine Lebensflamme. Auch die erlosch allmählich.

Hätte er die Figur in diesem Augenblick angeschaut, wäre ihm die erneute Bewegung aufgefallen.

So sah er sie erst später. Da hatte die Axt abermals ihre Richtung geändert.

Sie war näher an ihn herangekommen.

Lazarro erschrak. Erst in diesem Moment wurde ihm voll und ganz bewusst, dass die Figur lebte und sie für ihn zu einer lebensgefährlichen Bedrohung werden konnte.

Da ging das Licht aus!

Zusammen mit diesem Vorgang vernahm Lazarro ein

leises Knirschen, hörte ein sausendes Geräusch und spürte den mörderischen Schmerz, der sich von links nach rechts über seine Kehle ausbreitete.

Er wusste, dass es ihn erwischt hatte, wollte schreien, doch es war nur ein dumpfes Gurgeln, das aus seinem Mund drang.

Der nächste Schmerz war noch schlimmer und erwischte den Mörder an derselben Stelle.

Mit ihm zusammen kamen auch die Schatten, die noch dunkler waren als die Finsternis in der Höhle.

Sie brachten den Tod.

Schwer fiel der Spanier zu Boden und verblutete …

Seine Männer warteten die ganze Nacht. Sie hatten das Gold und die Schätze weggeschafft. Als die Sonne allmählich höher wanderte und Lazarro noch immer nicht zu sehen war, beschlossen sie, sich auf die Suche nach ihrem Anführer zu machen.

Hordenartig und mit Fackeln ausgerüstet, drangen sie in den Tempel ein. Es dauerte lange. Erst nach drei Stunden hatten sie ihren Anführer gefunden, nachdem sie zuvor über den toten Hüter gestolpert waren.

Dann standen sie in der Höhle.

Das Grauen schüttelte sie. Juan Lazarro lag inmitten einer schon eingetrockneten Blutlache und rührte sich nicht mehr. Dicht vor ihm stand die Figur, die er unbedingt hatte haben wollen.

Die abgebrühten Soldaten wurden grau vor Angst. Sie schluckten und atmeten schwer, doch sie wussten auch, was sie ihrem toten Anführer und dem König schuldig waren.

Die Statue nahmen sie ebenso mit wie die Leiche. Der Rückweg ging schneller. Sie wussten jetzt, wo sie herzugehen hatten, und luden die Figur auf eine Trage, die von einem Esel geschleppt wurde. Die Leiche hatten sie in Tücher gewickelt. Es war ihre letzte Tat in diesem Tal, das sie beinahe fluchtartig verließen.

Sie erreichten ihre Schiffe, gingen an Bord und setzten die Segel. Vor den ersten Herbststürmen wollten sie die Heimat erreicht haben.

Bei den Azoren gerieten sie jedoch in ein Unwetter. Eines der drei Schiffe sank. Es war nicht das, auf dem sich Lazarro und die Figur befanden. Beide erreichten das Festland, wo eine Abordnung des Königs sie in Empfang nahm und die schon halbverweste Leiche Juan Lazarros ein prunkvolles Begräbnis bekam.

Die Figur erhielt der König. Er schaute sie sich an und spürte, dass von ihr eine gewisse Aura ausging, die ihm zu schaffen machte. Da er sehr auf seine Gefühle achtete und die Statue außerdem nicht kostbar oder wertvoll aussah, gab er den Befehl, sie aus dem Palast zu schaffen und zu vergraben.

Das wurde getan.

Und so geriet die Statue in Vergessenheit. Aber wie das so ist, rankten sich zahlreiche Legenden um sie und den toten Konquistador. Die Soldaten, die dabei gewesen waren, sprachen, wenn sie getrunken hatten, nur immer davon, dass allein die Statue als Mörder in Frage kam. Sie redeten von einem Inka-Henker, über dessen Existenz ein grausamer Fluch lag, der sich irgendwann einmal bewahrheiten würde.

Man lachte sie nicht aus, aber jeder, der die Geschichte hörte, betete, dass dieser Fluch nicht sie, sondern anderen, Menschen oder nachfolgende Generationen treffen würde.

Beide, Lazarro und der Inka-Henker, waren für immer begraben.

Aber waren sie das wirklich?

Draußen spielte das Wetter verrückt. In den Bergen war wieder Schnee gefallen, und selbst die südlichen Hänge der Pyrenäen hatten eine weiße Schicht bekommen.

In den Tälern herrschte Frühling. Die Blumen blühten in einer wahren Pracht, aber am Himmel spielten sich gewaltige Szenen ab, als warme und kalte Luft aufeinander trafen. Es kam zu mächtigen Gewittern. Blitze und krachende Donnerschläge jagten so manchem Menschen eine tiefe Furcht ein, und die fahle Helligkeit der Blitze wirkte wie das geheimnisvolle Totenlicht irgendwelcher Geister.

An Geister und Gespenster glaubte Padre Dorio nicht, und auch sein Besucher hatte daran nicht geglaubt. Jedenfalls nicht bis vor zwei Tagen. Jetzt war er schwankend geworden.

Der Mann hieß Ernesto Lazarro, saß dem Pater in dessen Wohnstube gegenüber und sprach mit ihm über das Erlebte.

»Noch einmal von vorn«, sagte der Pater. »Was ist dir passiert? Bitte, rede deutlich …«

»Ich habe eine Nachricht bekommen.«

»Von wem?«

»Aus dem Geisterreich.«

»Das gibt es nicht.«

Lazarro riss die Augen weit auf. »So etwas sagen Sie mir, Padre. Natürlich gibt es das. Sie wissen doch selbst, dass die Seelen der Verstorbenen eingehen in …«

Der Geistliche hob die Hand. »Moment, Ernesto! Was genau ist geschehen?«

»Ich bekam eine Nachricht!«, flüsterte Ernesto und trank einen Schluck Landwein. »Im Traum und auch so, als ich zur Arbeit fuhr. Da war die Stimme, und sie stellte sich sogar vor.«

»Welche Stimme?«

»Die meines toten Vorfahren. Sie sprach in mir, und sie redete davon, dass der Körper im Grab keine Ruhe finden würde. Er ist mit einem Fluch beladen worden und konnte nicht mal richtig verwesen. Stellen Sie sich das vor, Padre.« Lazarro fasste nach dem Arm des Geistlichen. »Einige hundert Jahre tot und dann noch nicht verwest.«

»Das hat der andere gesagt.«

»Natürlich.«

»Einen Beweis hast du nicht?«

»Weshalb sollte er mich denn anlügen?«, fragte der junge Mann. »Nein, das sehe ich schon richtig.«

»Tote können nicht mehr sprechen. Du hast es dir eingebildet, mein Sohn.«

»Nein, das habe ich nicht. Ich weiß genau, dass es so ist. Ich bin doch nicht verrückt! Es ist mein Ahnherr gewesen, der da zu mir gesprochen hat. Unser Stammbaum lässt sich weit zurückverfolgen. Der Reichtum unserer Familie ist damals gelegt worden. Juan Lazarro ist aus Südamerika zurückgekehrt, und er war reich. Ein großes Vermögen gehörte ihm, das die Nachfolger vermehren konnten. Das Geld hat sich meine Familie nicht erarbeitet. Es klebt Blut daran. Ich wollte nichts davon haben, deshalb brach ich mit den anderen und bin gegangen. Aber jetzt hat sich mein Ahnherr, mit dem alles begann, bei mir gemeldet.«

»Und was sagte er?«

Der junge Mann leerte das Glas. »Dass er kommen wird!«

»Der Tote?«

»Sehr richtig, Padre.«

Der Priester holte tief Luft und lehnte sich zurück. Dabei lächelte er wohlwollend. Er kannte seinen Schützling genau. Ernesto war ein junger, hitzköpfiger Bursche, der auch hin und wieder einen kräftigen Schluck trank. Das hatte er wahrscheinlich auch jetzt getan und war deshalb in diese Lage gekommen. Sicherlich hatte er Stimmen gehört, nur waren das andere gewesen als die, von denen er gesprochen hatte.

»Wem hast du alles von der Nachricht erzählt?«, wollte der Geistliche wissen.

Lazarro schaute auf. »Keinem außer Ihnen.«

»Nicht mit der Verwandtschaft gesprochen?«

»Nein, die hätten mir bestimmt nicht geglaubt. Die lassen mich doch gar nicht mehr an sich heran.«

»Dein Onkel ist Polizeipräfekt.«

»Und ein bürgerlicher Ignorant. Er hat damals sogar auf der Seite von Franco gestanden, es aber nie offen zugegeben, nur wenn er musste und unter seinesgleichen war. Mit dem komme ich nicht zurecht.«

»Vielleicht solltest du trotzdem mal mit ihm reden«, schlug der Pfarrer vor.

Lazarro schüttelte den Kopf. »Ich will nicht, und ich kann nicht. Deshalb bin ich ja zu Ihnen gekommen. Wir haben lange zusammengesessen. Zu Ihnen habe ich Vertrauen. Sie müssen mir einfach glauben, Padre! Es war Juans Stimme, und sie hat von der Rückkehr erzählt.«

Der Pfarrer wiegte den Kopf und zuckte zusammen, als draußen ein weiterer Donnerschlag aufhallte. »Wo liegt er denn begraben?«

»Auf dem Heldenfriedhof hier in der Nähe.«

»Dann müsste er da noch sein.«

Heftig schüttelte der junge Spanier den Kopf. »Nein, dort gehe ich nicht hin. Auf keinen Fall .«

Der Pfarrer winkte ab. »Gut, lassen wir es mal dahingestellt sein. Hat er sonst noch etwas gesagt?«

Zögernd nickte Ernesto. Er wollte nicht so recht mit der Sprache heraus. Erst als der Geistliche ihn aufforderte, drangen stockend einige Sätze über seine Lippen.

»Es ist ja nicht nur er, der zurückkehren will, auch der andere. Er hat ja keine Ruhe in seinem Grab.«

»Wer?«, unterbrach der Pfarrer ihn.

»Mein Ahnherr.«

»Weshalb hat er keine Ruhe?«

»Wegen der schweren Schuld, die er auf sich lud. Er und seine Leute haben doch Hunderte von Inkas getötet. Einfach niedergemetzelt. Ohne Pardon, ohne Erbarmen. Sie waren schlimm, sehr schlimm sogar. Das Gewissen muss sie gequält haben, und mein Ahnherr ist auf mysteriöse Art und Weise ums Leben gekommen. Man fand ihn tot neben einer Statue, und sie soll auch kommen.«

Der Pfarrer hatte verstanden. »Die Inka-Figur?«

»Ja. Aber das wissen Sie schon alles. Ich war vor einer Woche bei Ihnen, als mich die Stimme zum ersten Mal warnte .«

Der Geistliche nickte. »Sicher, Ernesto, sicher.«

»Und Sie glauben mir noch immer nicht?«

»Es fällt mir zumindest schwer.«

Ernesto lehnte sich zurück. Er war gerade zweiundzwanzig. Ein schlanker, dunkelhaariger Bursche, der das Leben bisher ziemlich leicht genommen hatte und sein Geld durch Gelegenheitsjobs verdiente. Zumeist führte er Touristen an historische Stätten. Von dem verdienten Geld schlug er sich mehr schlecht als recht durchs Leben.

Er war nicht unübel und gehörte auch nicht zu denen, die sich für besser hielten, weil sie mehr Geld besaßen und sich das Seelenheil durch manch kirchliche Spende erkaufen wollten, andererseits aber ein wenig christliches Leben führten. Der Pfarrer mochte den jungen Mann, er vertraute ihm und auch seinem Bericht. Natürlich klang es unwahrscheinlich, aber der Padre wusste, dass es manche Dinge zwischen Himmel und Erde gab, die auch die Bibel nicht erklärte.

Und er hatte bereits die Konsequenzen gezogen. Allerdings im Einverständnis mit einem gewissen Jaime Lazarro, dem Polizeipräfekten einer großen spanischen Küstenstadt.

»Wir müssen etwas tun!«, drängte Ernesto.

Padre Dorio lehnte sich zurück. Er strich über die glatte Haut der Wangen und zog die weißen Augenbrauen zusammen. »Und wann soll das geschehen, mein Lieber?«

»Jetzt.«

»Weshalb?«

»Weil er in dieser Nacht noch auferstehen will. Das hat er mir gesagt. Er kehrt aus dem Grab zurück. Er will ihn suchen, denn er hat seinen Ruf vernommen.«

»Den des Henkers also?«

»Genau. Sie verstehen.« Hoffnung glänzte in den Augen des jungen Mannes. »Werden Sie mir helfen, Padre?«

Pater Dorio holte tief Luft. Er drehte sich um und schaute zum Fenster des kleinen Pfarrhauses hin. Draußen war es dunkel geworden, aber kein Blitzstrahl spaltete mehr die gewaltige Wolkenbank des Himmels. Das fahle Grau spannte sich wie ein gewaltiges Tuch am Firmament, und kaum eine Wolke war zu sehen.

»Nein, ich werde dir nicht helfen können«, erklärte der Geistliche, »aber«, fügte er schnell hinzu, als er das enttäuschte Gesicht des anderen sah, »es gibt jemanden, der dir unter Umständen helfen kann, Ernesto.«

»Und wer soll das sein?« Ernestos Stimme klang ein wenig schrill. Er fühlte sich auf den Arm genommen.

Der Pfarrer drehte sich um und sprach laut zur Tür hin, die auf den Gang führte.

»Kommen Sie herein, Senõr Sinclair.«

Ich stieß die Tür auf, sah zuerst den Pfarrer und dann das überraschte Gesicht des jungen Ernesto Lazarro. Damit hatte er wohl nicht gerechnet, und ich vor zwei Tagen auch noch nicht.

»Guten Abend«, grüßte ich freundlich, wobei mir die spanische Sprache nur stockend über die Lippen kam.

Ernesto Lazarro schaute von mir zum Pater und wieder zurück. »Wer ist das denn?«, fragte er den Geistlichen.

»John Sinclair.«

»Kenne ich nicht.«

»Das ist mir klar. Mr Sinclair oder Senõr Sinclair ist Engländer und ein Polizeibeamter, der sich um gewisse Dinge kümmert, die eigentlich über unseren Verstand gehen. Man hat ihm den Spitznamen Geisterjäger gegeben, und das wohl nicht ohne Grund.«

Ernesto nickte, ohne jedoch zu verstehen. Seine Mundwinkel zuckten. Er traute sich kaum, die nächste Frage zu stellen. »Und wo sind Sie hergekommen?«

»Aus London.«

Ernesto Lazarro schüttelte den Kopf. »Wegen mir?«, fragte er leise und kaum hörbar.

»Auch.« Er konnte ja nicht wissen, dass sein Onkel mich alarmiert hatte. Der Polizeipräfekt verfügte über gewisse internationale Verbindungen. Auch nach London zu Scotland Yard. Und dieser Onkel, Jaime Lazarro, hatte ebenfalls Nachricht und Morddrohungen aus dem Jenseits bekommen. Nicht einmal, sondern mehrere Male.

Er nahm sie sehr ernst, und er erinnerte sich gleichzeitig an einen Fall, über den nur wenige hohe Polizeioffiziere Bescheid wussten und der sich vor einigen Monaten in

Spanien zugetragen hatte. Damals war es um den Sarazenen-Dämon Okastra gegangen, und diesen gewaltigen, die Dimensionen des Normalen sprengenden Fall hatte ein Engländer zusammen mit seinem Freund und Kollegen gelöst. Das waren Suko und ich gewesen. In Spanien wusste man also, dass es jemanden gab, der sich um Dinge kümmerte, die den Bereich des Normalen verließen und sich in Dimensionen abspielten, die eigentlich unerklärbar waren.

Der Polizeioffizier hatte sich mit meinem Chef, Sir James Powell, in Verbindung gesetzt und ihn gewissermaßen um Amtshilfe gebeten.

Frei hatte ich zwar nicht gerade, ein gefährliches Werwolf-Abenteuer und eine Begegnung mit Lupina, der Königin der Wölfe, lag hinter mir, ansonsten aber herrschte in London momentan Ruhe, sodass ich abkömmlich war, wie man so schön sagt.

Aber nur ich. Mein Freund Suko hatte die Stellung halten müssen, was er nicht mal ungern tat, da seine Partnerin Shao einiges mit ihm unternehmen wollte.

Ich war nach Spanien geflogen, hatte mit Jaime Lazarro gesprochen und war in groben Zügen in den Fall eingeweiht worden. Auch dieser Mann hatte eine seltsame Stimme aus dem Jenseits gehört und mir erklärt, wo ich das Grab Juan Lazarros finden konnte. Nördlich, aber nicht weit von Barcelona entfernt, wo bereits die Ausläufer der Pyrenäen begannen und kleine Orte lagen, die noch nicht von Touristen eingenommen wurden. Ich war in das Dorf mit dem Namen Porros gefahren und hatte mich mit dem Pfarrer in Verbindung gesetzt. Diese Menschen waren meist besser informiert als die Friseure. Sie wussten über die Leute und alles, was passierte, genau Bescheid. Parde Dorio enttäuschte mich nicht. Er war bestens über den Fall informiert. Er berichtete mir von einem Ernesto Lazarro, der ebenfalls zur Familie gehörte, sich allerdings von ihr getrennt hatte und sein eigenes Leben führte.

Auf ihn traf ich jetzt.

Der junge Mann schaute mich an wie einen Geist. Ich ging

auf ihn zu und reichte ihm die Hand. Er nahm sie auch, drückte sie aber nicht, so perplex war er noch immer.

Padre Dorio lachte leise. »Sie sehen, Senõr Sinclair, dass ich nicht übertrieben habe.«

»Nein, das haben Sie tatsächlich nicht, wenn alles stimmt, was der junge Mann gesagt hat.«

»Ich bin kein Lügner.«

»Das hat auch niemand von Ihnen behauptet, Ernesto.« Ich nahm Platz und schenkte mir einen Schluck Wein ein. Die raue Frühlingsluft hatte meine Kehle trocken werden lassen.

Wir saßen um einen runden Tisch, dessen dunkles Holz samten schimmerte. Es war eine gemütliche Stube, und besonders gefiel mir das große Kreuz an einer Wand, das zwischen zwei mit Regalen vollgestopften Büchern hing. Auch die Lampe gab einen warmen Schein ab, der als Kreis auf die Tischplatte fiel.

Ernesto schlug sich gegen seine Stirn. »Sie müssen entschuldigen, Senõr Sinclair, aber das alles muss ich erst noch verkraften. So einfach ist das nicht, weil ich gedacht hatte, dass Sie mir nicht glauben, Padre. Also ich meine, ich …«

Der Geistliche winkte ab. »Schon gut, mein Lieber. Jetzt ist Senõr Sinclair ja hier und kann sich der Sache annehmen.«

»Schafft er das denn?«

Padre Dorio nickte. »Davon gehe ich wohl aus. Sie haben einen guten Mann geschickt. Senõr Sinclair hat Erfahrung, was Dinge betrifft, die für uns ein Rätsel sind.«

»Möglich, aber …«

»Lassen Sie mal gut sein«, sagte ich. »Und kommen wir zur Sache. Was genau hatten Sie vor, Ernesto?«

Der junge Mann tippte mit dem rechten Zeigefinger gegen seine Brust. »Ich hatte nichts vor. Ich wollte nur den Pfarrer warnen, damit er mir helfen kann.«

»Das wird er wohl. Oder vielmehr wir beide. Wissen Sie noch Einzelheiten über Ihren Ahnherrn?«

»Er war ein Verbrecher, ein Mörder, ein …«

Ich winkte ab. »Schon gut, Ernesto. Das ist bekannt.

Ich weiß selbst, wie sich die spanischen Konquistadores verhalten haben.«

»Ich kenne sein Grab.«

»Hier in der Nähe also?«

»Ja, und ich habe das Gefühl, dass er zurückkehren wird. Noch in dieser Nacht wird er die kühle Erde verlassen und sich auf den Weg machen.«

»Wohin?«

Padre Dorio meldete sich. »Sollte so etwas tatsächlich eintreffen, wobei ich nach wie vor skeptisch bin, kann ich mir nur vorstellen, dass es mit dieser Figur zusammenhängt.«

Ich nickte. »Wer weiß denn Genaueres darüber?«

»Das sind einige Historiker gewesen. Leider müssen wir uns da auf alte Schriftrollen verlassen, die man irgendwann einmal fand. Diese Figur soll der Inka-Henker gewesen sein. Man hat sich nur über das Aussehen gewundert.« Der Pfarrer lächelte. »Ich weiß auch nicht genau, wie ich das sagen soll. Aber der Henker soll gar nicht wie ein Inka ausgesehen haben, wie man vielleicht annehmen könnte.«

Ich verstand nicht so recht. »Wie meinen Sie das?«

»Erklären kann ich es Ihnen auch nicht, Senõr, aber es ist nun mal so. Der sah anders aus.«

»Und wo steht er jetzt?«

Da lachte der Pfarrer. »Sie sind gut, Senõr. Nirgendwo. Kein Museum hat die Figur ausstellen können. Sie ist irgendwo vergraben worden. Die Jahrhunderte haben Sand über sie geweht.«

»Dann müssten wir sie ausgraben«, vermutete ich.

»Klar, wenn wir den Platz finden.«

Ich winkte ab. »Das klappt schon, da machen Sie sich mal keine Sorgen. Wichtig ist dieser angebliche Tote, von dem Sie geredet haben und der nicht verwest sein soll …«

»Er will kommen!«, flüsterte Ernesto.

»Und wir werden dabei sein.«

Der Spanier erschrak. »Wir?«, hauchte er. »Nein, Senõr Sinclair, ohne mich. Ich kann doch nicht zusehen, wie jemand aus dem Grab steigt. Ich gehe nicht mit.«

Ich hob die Schultern. Des Menschen Wille ist sein Himmelreich. Zwingen konnte ich ihn nicht, aber ich warf dem Pfarrer einen schrägen Blick zu.

Der Padre verstand und nickte. »Keine Sorge, Senõr, ich werde Sie begleiten.«

»Und Sie haben keine Furcht?«

Er lachte leise. »Was heißt Furcht? Ich bin der Ansicht, dass man den Dingen auf den Grund gehen muss, und das hat mit meinem Beruf wirklich nichts zu tun.«

Ich war froh darüber, dass der Padre so redete. Nicht immer traf ich auf so viel Verständnis.

Padre Dorio schaute auf seine Uhr. »Wann geschieht so etwas zumeist?«, fragte er. »Um Mitternacht?«

Ich lächelte schief. »Da sind zumeist Vampire unterwegs. Wir haben bis zur Tageswende noch Zeit und müssen uns wohl auf eine lange Nacht gefasst machen.«

»Das befürchte ich auch«, gab der Geistliche zu.

Ich stand auf und schlug ihm auf die Schulter. »Kommen Sie, Padre. Lassen Sie uns nicht zu lange hier herumsitzen. Wir werden die Sache schon schaukeln.« Einen letzten fragenden Blick warf ich noch auf den jungen Spanier. »Sie wollen wirklich nicht mit?«

Er zögerte. »Ich weiß nicht.«

Noch hatte ich meinen Humor behalten. »Es wäre zumindest interessant, einmal seinem Ahnherrn zu begegnen, falls die Dinge, die wir annehmen, tatsächlich eintreffen.«

»Darauf kann ich verzichten.«

Es klang so endgültig, dass ich nicht weiter versuchte, ihn zu überreden.

Der Pfarrer ging zur Garderobe, nahm einen Mantel vom Haken und zog ihn an.

»Wir können, Senõr.«

Ich war auch fertig. Meine Waffen hatte ich mitgenommen. Jetzt wartete ich nur noch auf einen lebenden Toten …

Der Donner war verstummt, kein Blitz spaltete mehr den Himmel, der Regen fiel nicht mehr, und nur der steife Seewind wehte uns ins Gesicht.

Es war eine herrliche Nacht. So frisch, so klar, frühlingshaft. Auch nicht zu dunkel. Ein seltsames Grau bedeckte das weite Firmament. Die Sterne sahen aus wie winzige Nadelköpfe. Ihr gelber Schimmer erinnerte mich an das Funkeln kostbarer Diamanten.

Die südlichen Berggrate und langen Hänge der Pyrenäen waren mehr zu ahnen, als zu sehen. Ich musste daran denken, dass ich hoch oben in einem Pyrenäenkloster vor Jahren einmal ein gefährliches Abenteuer erlebt hatte, als es gegen die Horror-Reiter und einen verbrecherischen und vom Teufel beeinflussten Pater ging.

Der Mann, der neben mir herschritt, diente nicht dem Bösen. Auf ihn konnte ich mich verlassen, das wusste ich genau.

Der Weg war nicht einfach. Auch der kleine Ort Porros lag noch in den Ausläufern der Berge. Dementsprechend gestaltete sich auch das Gelände. Es führte einmal bergauf, dann wieder bergab, und die Wege waren eigentlich nur Pfade.

Ruhe herrschte im Dorf. Wir entdeckten kaum ein Licht hinter den Fenstern der kleinen Häuser, die wie geduckt an den Hängen standen.

Hier ging man früh schlafen, denn der Tag begann ebenfalls sehr zeitig. Die Menschen lebten vom Weinanbau, aber auch von der Fischerei, und einige der jüngeren Dorfbewohner hatten ihren Heimatort verlassen und arbeiteten im nahen Barcelona.

Das alles hatte mir der Pater auf dem Weg zum Friedhof berichtet.

Schon wieder ein Friedhof in Spanien. Damals, als es gegen Okastra ging, hatte der Fall auch auf einem Friedhof seinen Anfang genommen. Ich hoffte, dass es diesmal glatter laufen würde und ich nicht wieder in den Strudel der Vergangenheit geriet.

»Werden heute noch Menschen auf dem Friedhof

begraben?«, fragte ich, als wir einen serpentinenartigen Pfad hochstiegen.

»Nein, nicht mehr. Die Anlage war eigentlich als Seefahrer- und Heldenfriedhof gedacht.«

Ich lachte. »Helden ist ein weiter Begriff. Juan Lazarro ist für mich kein Held!«

»Für mich ebenfalls nicht«, unterstrich der Padre.

Der Friedhof war bereits zu sehen. Wenigstens seine äußere Erscheinungsweise. Die halbzerstörte Mauer umgab das Gräberfeld mit den hohen Steinen und Sockeln, wo diejenigen ihre letzte Ruhestätte gefunden hatten, die man als Helden verehrt hatte.

Wir befanden uns auf der Höhe. Der Wind machte uns dort zu schaffen. Die Haare wirbelten hoch, der Mantel des Pfarrers knatterte. Auf meiner Zunge lag ein Geschmack von salziger Meeresluft und dem nassen Staub der Hügel. Der während des Gewitters fallende Platzregen hatte die Erde aufgeweicht.

Wir gingen durch den zerstörten Eingang und passierten die ersten Grabsteine, die in ihrer gesamten Fülle vor uns hochwuchsen und Monumente einer längst vergangenen Zeit waren.

Ich sah den Stein eines Toreros. Ein Stier war darin eingemeißelt. Darüber stand ein lateinischer Spruch.

Ich konnte diesem Sport der Spanier nichts abgewinnen. Für mich waren Stierkämpfe Tierquälerei, aber darüber mit fanatischen Spaniern zu diskutieren hatte keinen Sinn.

Pater Dorio blieb stehen und streckte einen Arm aus. »Dahinten ist das Grab.«

Er wies auf einen relativ spitzen Stein, der aus dem Boden stach und mich fast an eine Nadel erinnerte. Als wir näher kamen, erkannte ich, dass der Grabstein doch breiter war, als es den Anschein gehabt hatte. Zudem hatte man ihn beschriftet. Wahrscheinlich waren die unrühmlichen Heldentaten des Juan Lazarro aufgeführt worden, die mich weniger interessierten, denn ich wollte herausfinden, ob dieser Tote tatsächlich das Grab verlassen hatte.

Leider hatte sich der Himmel wieder bewölkt. Vom Meer her wurden die dicken Schwaden herangetrieben. Dementsprechend schlecht war die Sicht geworden.

Als ich zwei Schritte vom Ziel entfernt war, sah ich die Bescherung. Ich blieb sofort stehen.

»Was ist?«, fragte der Pfarrer flüsternd.

Ich deutete schräg zu Boden. »Sehen Sie sich die Bescherung an, Padre!«

Er ging näher, passierte mich, senkte den Kopf und schüttelte ihn, während die Worte tonlos über seine Lippen drangen. »Das darf doch nicht wahr sein!«

So dachte ich auch, aber es war eine Tatsache, und ich musste mir eingestehen, dass Ernesto Lazarro nicht gelogen hatte. Seinem Vorfahren war es tatsächlich gelungen, das Grab zu verlassen. Anders konnte ich mir die aufgewühlte Erde nicht erklären.

Man sah sofort, dass die Erde von innen gelockert und weggeschaufelt worden war. Die feuchten Brocken und Krumen lagen zu beiden Seiten des Grabs und waren noch weitergerollt, bevor hohes Gras sie gestoppt hatte.

Ich schaute den Pfarrer an. Er schwieg, stand mit bleichem Gesicht neben mir und schüttelte den Kopf. Sein rundes Gesicht wirkte kleiner als normal, die Wangen zeigten sogar Falten, und er flüsterte: »Ich kann es einfach nicht begreifen ...« Er drehte sich. »Senõr Sinclair, wie ist es möglich, dass jemand, der seit Jahrhunderten tot war, wieder auferstehen konnte?«

»Vielleicht liegt er noch unten«, sagte ich.

»Wieso?«

Ich ging um das Grab herum. »Haben Sie irgendwelche Fußspuren gesehen, Padre? Es hat geregnet, der Boden ist aufgeweicht. Wir hätten etwas erkennen müssen.«

Der Geistliche blickte sich ebenfalls um. Nach einer Weile schüttelte der Mann den Kopf. »Nein, keine Spuren.«

»Sehen Sie.«

»Aber die aufgewühlte Erde!«, hielt mir der Pfarrer vor. »Da muss doch etwas geschehen sein.«

Ich gab ihm Recht. Gleichzeitig schränkte ich meine Antwort noch ein. »Es kann auch so gewesen sein, dass die Leiche es beim ersten Versuch nicht geschafft hat und bald schon einen erneuten Anlauf nehmen wird. Deshalb werden wir zuschauen.«

Der Padre erschrak. Er bekreuzigte sich hastig und fragte: »Meinen Sie wirklich?«

»Ja, das meine ich.«

Padre Dorio fühlte sich nicht wohl. Er wischte über sein lichtes Haar, schaute sich um, blickte auch zum Dorf, und ich fragte ihn: »Wollen Sie lieber gehen?«

»Nein!« Sehr entschieden klang die Antwort. »Wenn so etwas passiert, will ich es sehen.«

Ich nickte. »Es freut mich, dass Sie so denken. Dann wollen wir uns mal einen Platz aussuchen.« Ich hatte locker gesprochen, tatsächlich war mir auch nicht wohl zumute. Ich kenne Zombies. Sie sind unberechenbar. Eine unheimliche, nicht erklärbare Kraft leitet sie, treibt sie an und ihrem Ziel entgegen.

Nicht weit entfernt befand sich ein Grabstein, der uns beiden genügend Platz und Deckung bot. Ich schob den Padre darauf zu, und wir hockten uns dahinter.

Jetzt hieß es warten …

Beide waren wir nervös, aber ich hatte mich besser unter Kontrolle als der Pfarrer, der permanent an seinen Händen spielte, die Finger zog, sie zupfte und öfter in die Runde schaute, während ich das Grab im Auge behielt.

Über uns wanderten die Wolken weiter. Oft gewaltige Gebilde. Manchmal auch skurril aussehend. Sie trieben über einen Himmel, der nichts von seinem Dunkelgrau verloren hatte.

Die Minuten reihten sich aneinander. Eine Viertelstunde verging. Ich schaute auf meine Uhr.

Eine halbe Stunde vor Mitternacht.

Sollte die endgültige Entscheidung tatsächlich erst zur Tageswende fallen? Alles wies darauf hin.

Einige Minuten später wurde ich »enttäuscht«. Da bewegte

sich plötzlich die Erde auf dem Grab, ein paar Krumen und Stücke rollten zur Seite, machten Platz, um im nächsten Augenblick etwas freizulassen, das seit Jahrhunderten im Boden gelegen hatte.

Eine mit Hautfetzen bedeckte Hand …

Barcelona!

Neben Madrid die berühmteste Stadt Spaniens. Hafenstadt, Zentrum einer gewaltigen Industrie, eine lebendige Stadt, die auch in der Nacht nicht zur Ruhe kommt.

Der Verkehr brodelte immer. Es war wie ein gewaltiges Fieber, das sich über dem Häusermeer und den berühmten Ramblas ausgebreitet hatte. Auf dieser alleeartigen Prachtstraße gab es nichts, was man nicht kaufen konnte, und auch in der Nacht herrschte noch Handel und Wandel.

Viele Straßen waren noch durch den Autoverkehr verstopft. Abgase wurden zum Glück durch den frischen Seewind vertrieben, und der erste Geruch des nahen Sommers fiel den Menschen auf.

Viele spürten das Gefühl des Frühlings, das sie berauschte und nicht in den Häusern ließ.

Sie wollten die Nacht zum Tage machen. Man traf sich mit Freunden, lachte, flirtete oder unterhielt sich einfach nur. Das Thema Nummer eins war der Fußball, denn der FC Barcelona stand an der Spitze und konnte bereits als Meister gefeiert werden.

Dieses Jahr war gut …

Doch niemand ahnte, was in der Erde lauerte. Nicht dort, wo die Ramblas lagen, auch nicht am Hafen, sondern in einem neueren Teil, der erst in den letzten Jahren gebaut und eingemeindet worden war.

Man hatte Hochhäuser errichtet. Wohnsilos für die gewaltigen Menschenmengen.

Im Sommer konnte es schlimm werden, da verwandelte sich jede Wohnung in einen Brutofen, aber so weit war es noch nicht. Dennoch wollten die Bewohner nicht in den

Häusern bleiben. Zudem begann das Wochenende, man konnte sich am anderen Tag ausschlafen und wollte die Nacht zum Tage machen.

Sie trafen sich vor den Häusern oder in den kleinen Gaststätten. Man saß wieder draußen, schaute schönen Mädchen nach, trank, lachte und redete miteinander.

Aber das Grauen war vorhanden!

Noch ahnte niemand etwas davon, und auch nicht die Gruppe von Menschen, die sich auf einem kleinen Platz zusammengefunden hatte und dort die Nacht durchfeiern wollte.

Man hatte Tische und Stühle nach draußen gestellt. Der Wein floss in Strömen, kleine Imbisse lagen bereit, zumeist eine Zusammenstellung aus Meeresfrüchten.

Paellas dampften, und es gab einige Männer, die Musik machten.

Zwei Frauen begannen zu tanzen. Sie fühlten sich als kleine Carmens. Die Bewegungen, die sie vollführten, waren sinnlich, aufreizend, und sie schoben sich provozierend langsam an den Kreis der sie umgebenden Männer heran, um diese hin und wieder mit ihren Körpern zu berühren.

Es war noch vor Mitternacht, und keiner der Anwesenden dachte daran, ins Bett zu gehen. Selbst die Kinder nicht, die ihre Eltern und Verwandten begleitet hatten. Wenn die Großen feierten, sollten auch die Kleinen ihren Spaß haben.

Der Geruch von gebratenem Fleisch schwängerte die Luft. Die Schwaden trieben gegen die bunten Lichter der Girlandenleuchten, die im Nachtwind pendelten und regelrechte Wellen warfen.

Niemand ahnte etwas Böses …

Es waren die Kinder, die es entdeckten. Eine Gruppe Jungen wollte nicht mehr bleiben und rannte die Straße hinab. Irgendjemand hatte die Idee gehabt, sich Masken zu besorgen und die Erwachsenen zu erschrecken, das wollten alle in die Tat umsetzen.

Als man die Wohnsilos errichtete, hatte man auch die entsprechenden Straßen und Zufahrten angelegt. Es waren glatte Asphaltbänder, über die die Kinder rannten, sie liefen sie jeden Tag, und so achteten sie nicht mehr auf irgendwelche Unebenheiten im Boden.

Bis der kleine Pedro fiel.

Aus vollem Lauf war er gestolpert, konnte sich nicht mehr halten und wurde von dem gewaltigen Schwung nach vorn geworfen, wobei er gegen einen seiner Spielkameraden flog und diesen mit zu Boden riss.

Es schmerzte, und sie schrien. Pedro hatte sich die Knie aufgeschlagen, der andere Junge den linken Ellbogen. Zudem blutete er am Kinn.

Die anderen Kinder hörten das Schreien ihrer Spielkameraden, stoppten und drehten sich um.

»He, was ist denn mit euch?« Sie wollten lachen, als sie sahen, dass es den beiden schlecht ging.

Dann liefen sie zurück.

Pedro stand als Erster auf. Er blieb gebückt stehen, hatte die Arme dabei nach unten gestreckt und presste die Handflächen gegen die aufgescheuerten Knie.

»Mist, verdammter!«, fluchte der Zehnjährige wie ein Alter. »Da war doch was!«

»Wo?«

Pedro drehte sich mit schmerzverzerrtem Gesicht um. Auch der andere Junge stand jetzt. Gemeinsam humpelten die beiden wieder zurück. Die anderen folgten ihnen.

Jeder sah es.

In der Straße und sich über die gesamte Breite ziehend, befand sich ein Riss.

Staunend blieben die Kinder stehen. Der Riss war so breit wie eine Obststeige, außerdem schon recht tief. An den Rändern war der Asphalt zudem aufgeplatzt, sodass sie mehrere Muster sahen, die auch von Spinnennetzen hätten stammen können.

Sie sagten nichts. Die Jungen, sonst um Erklärungen oder Ausreden nicht verlegen, konnten hier nur zuschauen und andächtig schweigen. Das war alles.

Bis sich einer aus der Gruppe löste, in die Knie ging,

auch den Kopf vordrückte und das Ohr auf den Boden presste.

»Was willst du?«, wurde er gefragt.

»Sei ruhig!«

Die anderen schwiegen. Auch der Lärm der feiernden Erwachsenen war nicht so besonders laut. Sollte sich etwas anderes in der Nähe befinden, würden sie es auch hören.

»Da ist was in der Erde«, flüsterte der Horchende.

»Und was?«, wurde er gefragt.

»So ein Brummen …«

Einer lachte, die anderen jedoch blieben ernst und wollten sich selbst davon überzeugen.

Sie knieten ebenfalls nieder und lauschten mit einem Ohr am Boden.

Und sie nahmen das Gleiche wahr, was auch Pedro gehört hatte. Ein seltsames Brummen und Zittern des Bodens, als würde im Innern der Erde etwas donnern.

Die Kinder erhoben sich zur gleichen Zeit, als hätten sie sich abgesprochen.

»Das ist ein Ungeheuer«, sagte der Kleinste von ihnen, ein sechsjähriger Steppke.

Seltsamerweise widersprach niemand.

Und dann hörten sie das Reißen. Sie hatten das Gefühl, als würden gewaltige Hände versuchen, den Boden aufzureißen und den Spalt weiter zu vergrößern.

In der Tat wurde er breiter. Gleichzeitig bildeten sich neue Risse, die von dem größten nach allen Seiten hin abzweigten. An den Stellen, wo welche aufeinander trafen, platzte sogar der Asphalt auf, sodass eine teerartige Masse zum Vorschein kam.

Niemand wusste, was da vor sich ging. Pedro hatte dann die Idee. »Wir müssen es unseren Eltern sagen. Das kann sogar ein Erdbeben sein.«

Von einem Erdbeben hatten schon alle gehört. Sie widersprachen auch nicht. Nur stahl sich allmählich die Angst in ihre Gesichter, sodass die zu bleichen Flecken wurden.

Zwei von ihnen mussten über den Spalt hinwegspringen.

Dann rannten sie alle schnell wie selten, denn sie befürchteten, dass die Straße noch mehr aufreißen würde, und so etwas bedeutete auch Gefahr für die hohen Häuser, in denen sie wohnten.

Das spürten selbst die Kinder instinktiv.

Sie schrien. Pedro und der andere verletzte Junge hinkten hinterher, denn sie konnten nicht so schnell laufen. Deshalb erreichten auch sie als Letzte die Gruppe der Erwachsenen.

Die anderen erzählten bereits. Sie sprachen laut, ihre Stimmen überschlugen sich, und sie redeten durcheinander, sodass keiner der Leute etwas verstand.

Bis jemand »Ruhe!« schrie.

Da verstummten sie.

»Einer nur«, sagte der Mann, der so etwas wie der Hausmeister in einem der Bauten war. Er hatte sich vor den Kindern aufgebaut, schaute sie streng an und blies ihnen von oben her seinen Rotweinatem ins Gesicht.

Pedro meldete sich. »Ich erzähle, Senõr.«

»Aber alles richtig!«

»Si, Senõr.«

Er begann mit seinem Bericht. Und er riss sich zusammen, was ihn von den Schmerzen für einige Augenblicke ablenkte. Die Worte sprudelten zwar über seine Lippen, aber sie waren zu verstehen, und darauf allein kam es den Männern an.

Die Frauen hielten sich zurück. Nur zögernd kamen sie näher. Und sie sahen, wie der Hausmeister mit der Faust auf den Tisch schlug. »Was habt ihr gesagt? Die Straße ist aufgebrochen?«

»Si ...«

Der Mann drehte sich um. Die anderen wussten nicht, was sie sagen sollten. Einige hielten es dann für ein Märchen.

»Erdbeben gibt es hier nicht«, meinte ein anderer, der einen Tonkrug mit Wein in der Hand hielt.

Im nächsten Moment wurden alle Anwesenden eines Besseren belehrt. Es begann mit dem Knirschen und Reißen. Gleichzeitig bewegte sich auch der Boden unter ihren Füßen. Die Tische und Stühle zitterten, einige fielen um, da sie zu wacklig auf den Beinen standen. Ein Weinfass kippte ebenfalls, erste Schreie gellten auf, aber die Menschen befanden sich zum Glück nicht im Zentrum der Gefahr.

Das lag weiter vorn. Und zwar dort, wo die Kinder die aufgebrochene Erde entdeckt hatten.

In der Nähe parkten auch einige Autos. Es sah grotesk aus, wie sich zwei von ihnen auf das Heck stellten und mit der Schnauze in die Höhe zeigten, als wollten sie gegen den dunklen Himmel springen.

Mit einem donnerartigen Schlag steigerte sich das Inferno noch weiter. Asphalt, Dreck, Lehm und Schotter flogen in alle Richtungen weg und prasselten wie ein gewaltiger Regen nieder. Auch die Feiernden wurden nicht verschont. Sie warfen sich in Deckung, krochen unter die langen Tische und hoben Stühle als Schutz über ihren Kopf.

Die Erde grollte.

Und sie entließ den Schrecken.

Einen rötlichen Feuerschein sahen die Mutigen, die trotz des Chaos nach vorn schauten, aus dem Trichter steigen und flackernd über die nahen Hauswände geistern.

»Die Hölle!«, schrie ein Mann überlaut. »Das sind die Flammen der Hölle. Sie werden uns fressen!«

Es war nicht das Höllenfeuer, das sie fressen wollte. Vielleicht ein magisches Flackern, und es hüllte den ein, der aus dem breiten Straßentrichter in die Höhe stieg.

Der Henker kam!

Die unheimliche Figur, die vor langer Zeit aus den Anden nach Spanien geschafft und dort begraben worden war, hatte es in der Tiefe der Erde nicht mehr ausgehalten. Andere Kräfte und Mächte waren stärker gewesen als er und hatten ihn aus der Tiefe an die Oberfläche geholt.

Sie schleuderten ihn in die Höhe.

Vor den entsetzt aufgerissenen Augen der Zuschauer stieg er in den Himmel der Straßenschlucht.

Ein Koloss mit zwei Waffen. Einem Schwert und einer Axt. Eine Figur aus Stein, sogar noch auf einem Sockel stehend und fast so wirkend wie einige der übergroßen

Heiligenfiguren, die in zahlreichen Kirchen ihre Plätze gefunden hatten.

Mit dem Auftauchen der Figur hörten die entsetzten Zuschauer ein hohles Pfeifen, das durch die Straßenschlucht hallte und den Trommelfellen übel mitspielte.

Die Figur stieg hoch und höher. Sie hatte längst die Spitzen der Häuser erreicht, hielt nicht an und jagte weiter, sodass sie auch nicht mehr von den Menschen zu erkennen war, die gute Augen hatten.

Das Dunkel der Nacht verschluckte sie.

Die Zeugen aber, die zugeschaut hatten, waren grau und blass vor Angst. In ihren Gesichtern stand der Schrecken wie festgenagelt. Niemand hatte mit einem solch unerklärlichen Vorgang gerechnet, und keiner wusste ihn zu kommentieren.

Sie schauten sich gegenseitig an, bewegten die Lippen oder bekreuzigten sich. Worte konnte niemand sprechen.

Nach einer Weile wurde wieder vom Teufel gesprochen. Dieses Gerücht breitete sich schnell aus. Diskutieren konnten sie nicht mehr, denn die ersten Sirenen jaulten auf.

Polizei und Feuerwehr rasten heran. Die Wagen stoppten auf dem gewaltigen Trichter. Man sprach von einem Erdbeben oder von einer Bombe, aber es gab kaum einen Polizisten, der den Aussagen aller Zeugen glauben würde.

Eine Statue, die aus der Erde geschleudert wurde?

Das gab es höchstens im Kino …

Doch die Figur war ebenso echt gewesen, wie es die Hand war, die sich vor unseren Augen aus dem Grab schob.

Eine leicht gekrümmte Klaue mit Hautfetzen, schimmernden Knochenstücken und abgerissenen Nägeln, wie wir trotz der Finsternis erkennen konnten, da die Nacht mittlerweile etwas heller geworden war und sich ein Großteil der Wolken verzogen hatte.

Padre Dorio stand neben mir und zitterte. Ich hörte, wie seine Zähne aufeinander schlugen, so groß war die Angst, die ihn beherrschte. So etwas hatte er noch nicht erlebt, das war furchtbar und grausam. Es gehörte in den Bereich der Fabel.

Dass dem nicht so war, erlebte er mit eigenen Augen und schaute, wie auch ich, weiter zu, wie der Hand ein Arm folgte, der ebenfalls nur mehr von dünnen Hautstreifen bedeckt war.

Das wiederum wunderte mich.

Auch mich berührte der unheimliche Vorgang auf seltsame Art und Weise, denn das war perfekter Horror. Gleichzeitig dachte ich darüber nach, wie es möglich sein konnte, dass dieser Tote in all den Jahrhunderten nicht vollständig verwest war. Selbst das Skelett hätte nicht mehr vorhanden sein dürfen.

Es gab nur eine Erklärung dafür: Dieser Tote war all die Zeit über von einer fremden Magie beherrscht worden!

Und er stieg weiter aus seinem feuchten Grab. Jetzt, beim zweiten Versuch, hatte er die nötige Kraft gesammelt, die er brauchte, um die schwere, feuchte Lehmerde zur Seite zu schieben und sich Platz zu verschaffen.

Er kam hoch und höher …

Nichts hielt ihn mehr auf. Mit der rechten Schulter stieß er durch. Ich sah die mit dünner Haut bespannte Rundung und den Schädel, der sich wenig später zeigte.

Ein Totenkopf?

Nein, eine Mischung aus Knochenschädel und normalem Kopf, auf dem ein alter, verrosteter Helm wie festgeleimt saß. Man hatte den Konquistador mit seiner Kampfkleidung begraben, so war es wohl üblich, und auch sie war kaum verwest.

Und so stieg er höher.

Ein grünlich schimmerndes, gleichzeitig fahles Gesicht, in dem sich noch immer die Augen befanden, die wie alter Gelee in den Höhlen zitterten, wenn sich der lebende Tote bewegte.

Er war ein Zombie!

Allerdings keiner, der durch den unheimlichen Voodoo-Zauber geweckt worden war, sondern jemand, den eine andere Kraft oder Magie an der langen unsichtbaren Leine führte.

Wir ließen ihn kommen.

Zwischendurch warf ich einen Blick auf den neben mir stehenden und ebenfalls auf den Grabstein schauenden Pfarrer. Der gute Mann betete, und im Gesicht sah er ähnlich bleich und schlecht aus wie der aus dem Grab steigende lebende Tote.

Dieser unheimliche Zombie strömte ein Grauen aus, das uns beide frösteln ließ. Wie gebannt waren wir von seinem Anblick. Wir bekamen auch mit, dass er zuerst sein rechtes Bein hob, um den Fuß neben die rechte Seite des Grabes zu setzen.

Ein hässlich klingendes Knirschen erreichte dabei unsere Ohren, als wäre ein Knochen gebrochen oder angeknackt worden.

Er stemmte sich ein, gab sich selbst sogar Schwung und stieg vollends aus dem Grab.

An seinem Rand blieb er stehen.

Ich war ebenso zurückgezuckt wie auch der Pfarrer. Er sollte uns auf keinen Fall zu schnell sehen, noch war er nicht gefährlich.

Rüstung, Beinkleider, Stiefel, Schwert, Helm, das alles war noch vorhanden. Überall klebte der Dreck des Grabes. Wahrscheinlich krabbelten auch noch Würmer oder Käfer in irgendwelchen Falten oder Taschen seiner Kleidung.

Noch stand er.

Sehr langsam drehte er dabei den Kopf, schaute in verschiedene Richtungen und schien zu prüfen, in welche er sich bewegen wollte.

Mich stieß der Pfarrer an. »Wollen Sie nicht etwas tun, Senõr Sinclair?«, hauchte er.

»Und was?«

»Ihn vernichten. Das ist ein Wesen der Hölle. Sie müssen es töten. Sie haben die entsprechenden Waffen, das weiß ich genau. Tun Sie uns den Gefallen …«

»Weshalb?«

Er schnappte nach Luft. »Das fragen Sie noch? Dieses Wesen ist eine Ausgeburt des Teufels.«

Ich hob die Hand und beruhigte ihn. »Lassen Sie es mal gut sein«, gab ich wispernd zurück. »Noch hat er uns und anderen nichts getan. Ich will Ihnen eines sagen. Auch bei schwarzmagischen Geschöpfen gibt es Gründe oder Motive für ihr Tun, mögen die Handlungsweisen uns auch noch so unerklärlich erscheinen.«

»Sie müssen es wissen«, erwiderte der Pfarrer, und seine Stimme klang dabei gequetscht.

Von mir bekam er keine Antwort mehr, da ich den Zombie beobachtete. Sein Grab hatte er inzwischen völlig verlassen. Ein wenig unschlüssig noch stand er davor und drehte weiterhin den Schädel, als suchte er etwas.

Plötzlich durchzuckte es seinen Körper, als hätte er einen Stromschlag erhalten. Er verharrte in der Bewegung, und der Blick seiner wie tot wirkenden Augen stierte dorthin, wo wir hinter dem Grabstein Deckung gefunden hatten.

Hatte er uns gesehen?

Ich war zurückgezuckt, das hieß allerdings wenig, denn Zombies sind mit besonderen Fähigkeiten ausgestattet. Sie »riechen« Menschen. Und Menschen sind für sie Feinde, die sie vernichten.

Wahrscheinlich hatte er bemerkt, dass in seiner Umgebung etwas nicht stimmte, und auch wir wagten erst nach einer Weile, wieder um den Grabstein hervorzuschauen.

Das heißt, der Padre traute sich nicht so recht. Ich aber reckte meinen Kopf vor.

Bevor ich überhaupt etwas erkennen konnte, vernahm ich schon das dumpfe Klatschen.

Es entstand, wenn der Zombie durch Wasserpfützen trat, und davon gab es genug.

Ich starrte ihn an, er sah mich an.

Und ich wusste eines.

Er kam direkt auf mich zu!

Noch war er nicht gefährlich. Uns trennte eine gewisse Distanz, die er, wenn er so langsam weiterging, auch nicht so rasch überbrücken konnte. Deshalb sah ich die Lage auch nicht als zu schlimm an und machte den Padre darauf aufmerksam.

»Was sagen Sie da? Er kommt her?«

»So ist es.«

»Und Sie tun nichts?«

»Noch nicht«, erwiderte ich und zog meine Waffe. Gleichzeitig nahm ich das Kreuz hervor, denn ich wollte sehen, wie er bei diesem Anblick reagierte. Allerdings steckte ich es in die Tasche. Erst später wollte ich es ihm präsentieren.

Er kam näher.

Das Grab hatte er schon passiert, als ich mich aus meiner Deckung hervorschob und so stand, dass er mich einfach sehen musste.

Würde er stehen bleiben?

Nein, dieses Wesen unterbrach seinen Gang nicht. Es stampfte mit roboterhaft anmutenden Schritten über die nasse Erde, trat auch in Pfützen und schleuderte Wasserperlen in die Höhe, doch es gab nichts, das es aufhalten konnte.

Nur ich ...

Ich ging ihm entgegen. Die Mündung meiner mit Silberkugeln geladenen Waffe zielte dabei auf seinen Körper. Es nahm sie überhaupt nicht zur Kenntnis.

Für Wesen wie diese gab es keine Hindernisse.

Normalerweise sind die Gesichter der lebenden Toten starr und steif. Hin und wieder noch, wenn sie unartikulierte Laute ausstießen, bewegten sie sich arrhythmisch, aber dieser Zombie begann sogar zu reden. Er sprach monoton wie ein Computer.

»Ich komme ... ich komme ... ich komme ...«

Zwar hatte ich die Worte gehört, aber ich verstand immer nur Bahnhof. Er wollte kommen – okay – aber zu wem? Zu mir? Daran konnte und wollte ich nicht glauben. Er starrte mich aus seiner gallertartigen Augenmasse zwar an, dennoch hatte ich das Gefühl, als würde er mich überhaupt nicht zur Kenntnis nehmen.

Die Distanz zwischen uns beiden schmolz immer mehr.

Ich ahnte die Bewegung neben mir. Auch der Pfarrer hatte die Deckung des Grabsteins verlassen. Zwei Schritte von mir entfernt und auch sprungbereit blieb er stehen.

Ich hatte mich wieder gefasst und fragte ihn direkt. »Zu wem willst du? Wer erwartet dich?«

»Ich komme ... ich komme ... gerufen ... ich komme ...«

Das war ja verrückt. Ständig wiederholte er diesen einen Satz. Dabei musste er für dieses Wesen von einer tiefen, prägnanten Bedeutung sein. Es wollte irgendwohin, vielleicht war er auch gerufen worden, und es ging auf mich zu.

Den rechten Arm hatte es angewinkelt. Die Hand lag auf dem mit Rost überdeckten Schwertgriff und schaukelte im Rhythmus seiner Bewegungen, als es sich immer mehr seinem Ziel näherte.

Jetzt musste ich handeln, oder ich wurde von ihm überrannt. Bei einem normalen Zombie hätte ich geschossen und ihn mit einer geweihten Silberkugel erledigt. Hier sah ich die Sache anders. Dieser Untote musste eine Botschaft besitzen oder einen Auftrag haben, und das allein ließ mich stutzig werden.

Ich ging einen Schritt zurück und gleichzeitig schräg zur Seite, sodass ich ihm Platz schuf.

»Sinclair, tun Sie etwas!« Der Pfarrer drängte. Ich konnte mich seinem Wunsch nicht länger widersetzen, aber ich nahm nicht die Beretta, sondern das Kreuz.

Mit einer heftig anmutenden Bewegung holte ich es aus meiner Tasche hervor und hielt es dem Untoten entgegen.

Jetzt musste er stoppen!

Er tat es nicht.

Einen Schritt, den zweiten, den dritten auch. Wäre ich an dem Fleck stehen geblieben, hätte er mich jetzt erreicht, so aber ging er weiter, als wäre nichts geschehen.

Das Kreuz und seine weißmagische Kraft interessierten ihn überhaupt nicht.

Ich war perplex. Meine gesamten Erfahrungen mit Zombies wurden hier über den Haufen geworfen. So war ich gezwungen, zunächst einmal umzudenken. Das konnte kein normaler Zombie gewesen sein, irgendein anderes Geheimnis musste ihn umgeben.

Aber welches?

»Sinclair!«, hörte ich den Padre in seinem stockenden Englisch reden. »Das ist ja nicht zu fassen.«

»Sie sagen es.«

Beide schauten wir dem Zombie nach, wie er quer über den alten Friedhof schritt.

Seine Gestalt hob sich scharf vom Boden ab. Im Grau der Dunkelheit wirkte er selbst duster, aber sein nur an wenigen Stellen rostiger Helm gab noch einen gewissen goldenen Schein ab.

Ich folgte ihm langsam. Der Pfarrer hielt sich an meiner Seite, ich hörte ihn schwer und keuchend atmen. »Wollen Sie ihn nicht stoppen, Senõr?«

»Nein.«

»Ich bin ja kein Geisterjäger.« Wieder atmete er stoßweise, »aber erzählen Sie mir den Grund.«

»Haben Sie seine Worte nicht gehört? Er redete stets davon, dass er kommen will. Mir scheint, er ist mit jemandem verabredet.«

»Unsinn.«

»Warten wir es ab. Zudem hat er keinen Versuch unternommen, Sie oder mich zu töten. Deshalb bleiben wir ihm auf den Fersen.«

Der Padre atmete stöhnend. Für ihn war wohl eine Welt zusammengebrochen, denn er hätte bestimmt anders gehandelt.

Wir holten auf. Und beide vernahmen wir abermals die Stimme des Zombies.

»Ich komme … ich komme …«

Dass es dieser Juan Lazarro war, daran gab es für mich keinen Zweifel mehr. Aber mit wem hatte er sich verabredet? Wen wollte er besuchen oder treffen? Vielleicht noch jemanden, der von seinen Konquistadores zurückgeblieben war und in irgendeinem anderen Grab gelegen hatte. Oder hatte er die gleiche Stimme vernommen wie Ernesto, sein Nachkomme?

Eine von den beiden Möglichkeiten musste die richtige sein.

Unser Freund hatte mittlerweile die Friedhofsmauer erreicht. Er stand allerdings dort, wo es keine Lücke gab. Mit steifen Bewegungen kletterte er über einen noch stehenden Rest und verschwand auf der anderen Seite aus unserem Blickfeld.

»Der will ins Dorf!«, sagte der Pfarrer plötzlich.

Und genau dieses Gefühl hatte auch ich. Ja, der Zombie wollte nicht mehr in der Umgebung des Friedhofs bleiben, sondern in Porros verschwinden. Gab es dort diejenige Person, mit der er verabredet war?

Davon konnten wir ausgehen, und da er Lazarro hieß, lag es auf der Hand, wen er besuchen würde.

Seinen Nachfahren!

Padre Dorio hatte die gleiche Idee gehabt wie ich. Er sprach davon und hielt mich gleichzeitig am Arm fest. »Wenn wir einen Bogen schlagen, Senõr, sind wir früher da.«

»Nein, ich will ihm folgen.«

»Sie haben Nerven.« Er verdrehte beim Sprechen die Augen.

Ich lachtc. »Dic brauchc ich auch, mein Lieber.«

Wir hatten das Gelände des Friedhofs ebenfalls verlassen. Über den Pfad ging der Zombie nicht. Er nahm einen anderen Weg und stolzierte über die schlammigen und glitschigen Hänge, die nur an einigen Stellen mit Gras oder Bodendeckern bewachsen waren.

Manchmal musste er schräg laufen, um sich überhaupt halten zu können. Bis zu dem Augenblick, als er eine Stelle erwischte, die zu glatt war. Er fiel hin, überkugelte sich und kam erst dann wieder auf die Füße.

Ich hütete mich, auch nur zu grinsen, obwohl die Szene dazu reizte.

Wir mussten auch Acht geben. Auf dem Pfad, den wir benutzten, lagen Steine, über die wir sehr leicht stolpern konnten. An meinen Schuhen klebte eine dicke Lehmschicht, dafür glänzten die Dächer der ersten Häuser, die wir zu Gesicht bekamen.

Der Vollmond war wieder zum Vorschein gekommen und schickte sein Licht auch über das katalanische Land. Er gab den Dächern einen seidigen Glanz.

»Sind die ersten Häuser bewohnt?«, fragte ich den Pater.

»Ja, aber die Leute schlafen wohl.«

Da wollte der Zombie auch gar nicht hin. Wir liefen nebeneinander her, und zwar in einem gewissen Winkel. So war es nur eine Frage der Zeit, wann wir zusammentreffen würden, und das musste einfach im Dorf geschehen.

Die Unruhe des Paters wurde nicht bestätigt, denn Juan Lazarro dachte nicht daran, den ersten Häusern schon einen Besuch abzustatten. Im Gegenteil, er drehte ab und nahm einen anderen Weg, indem er einen langgezogenen Hügel hochlief.

»Ich glaube, der steuert jetzt die Kirche an«, sagte der Pfarrer und hatte mir ein Stichwort gegeben.

»Genau, das ist es. Er will zur Kirche.«

»Was?« Padre Dorio blieb vor Überraschung stehen. »Das glauben Sie doch selbst nicht.«

»Nein, vielleicht nicht in die Kirche, aber zu Ihnen, wo möglicherweise ein gewisser Ernesto Lazarro wartet. Verstehen Sie?«

Der Geistliche schlug gegen seine Stirn. »Natürlich, Senõr. Wie konnte ich das vergessen! Verflixt auch! Er ist ein Lazarro und wird versuchen, Kontakt aufzunehmen.«

»Richtig. Deshalb sollten wir uns beeilen. Sie kennen sich hier aus. Gibt es auch eine Abkürzung?«

»Ja.«

»Dann kommen Sie.«

»Wenn er nun doch …«

Ich wischte die Einwände des Paters kurzerhand zur Seite und trieb ihn zur Eile an. Der Zombie war unseren Blicken entschwunden. Wir sahen und hörten nichts von ihm, aber wir hatten es dafür sehr eilig …

Ernesto Lazarro war allein zurückgeblieben. Er hatte den beiden Männern erst nachlaufen wollen, dann aber siegte seine Furcht. Nein, auf einen Friedhof brachte ihn jetzt keiner mehr. Nicht nach dem, was er alles hinter sich hatte.

Er musste immer wieder an diese verdammte Stimme denken, und er wusste auch, dass sie keine Einbildung gewesen war.

Die gab es, und ebenso gab es diesen lebenden Ahnherrn, der eigentlich seit Jahrhunderten hätte tot sein müssen. Verdammt auch, wie passte das in eine Zeit wie diese?

Ernesto Lazarro hatte am Fenster gestanden und in die Nacht gestarrt. Hoffentlich hatte er mit seiner Alarmmeldung nicht die Pferde scheu gemacht, aber die lockende Stimme war vorhanden gewesen, daran gab es nichts zu rütteln.

Ernesto war vor der Großstadt aufs Land geflohen. Er hatte gelernt, das Leben mit anderen Augen zu sehen, denn er wusste, dass es Dinge gab, über die Städter lachten, die für ihn jedoch nach langen Diskussionen mit der Landbevölkerung einen anderen Sinn bekommen hatten.

Es existierte ja so viel zwischen der Geburt und dem Tod. Viele Rätsel, mit denen sich der normale Mensch überhaupt nicht befasste oder befassen wollte.

Im Haus des Pfarrers kannte sich Ernesto aus. Der Geistliche und er hatten so manchen Abend zusammengesessen und über alles Mögliche diskutiert. Der Geistliche hatte sich dabei als sehr verständiger und auch diskussionsfreudiger Partner gezeigt, der für Spanien als progressiv gelten musste.

Die beiden waren im Laufe der Zeit zu Vertrauten geworden, und da Ernesto sich im Hause des Pfarrers auskannte, wusste er zum Beispiel genau, wo der Schnaps stand.

Sicherlich würde Pater Dorio nichts dagegen haben, wenn er sich ein Schlückchen nahm. Die diversen Liköre und Weinbrände ließ er stehen. Stattdessen schenkte er sich einen

Selbstgebrannten ein. Pater Dorio bestellte diesen Stoff bei einem Bauern im Ort, der sich darauf spezialisiert hatte.

Ernesto verzog das Gesicht, als er das Brennen in der Kehle spürte. Das Zeug breitete sich im Magen aus und schien alles in Flammen zu setzen. Aber es tat gut. Mehr als einen durfte man davon nicht trinken, sonst wölbten sich einem die Zehennägel.

Mit dem zweiten Schluck ließ er sich Zeit. Erst als das Brennen abgeklungen war, leerte er das Glas.

Er wollte es gerade auf den Tisch setzen, als sich das Telefon meldete. Das Klingeln schreckte ihn auf. Er hätte das Glas fast noch fallen lassen, ging zum Apparat, zögerte jedoch, den Hörer aufzunehmen. Nach dem vierten Klingeln fasste er sich ein Herz und meldete sich mit einem schwachen »Hallo!«

Zunächst vernahm er nichts. Bis die wispernde Stimme erklang. »Bist du es, Ernesto?«

Über das Gesicht des jungen Mannes glitt ein Lächeln. Er kannte die Stimme. Sie gehörte seiner Freundin Ava. Er hatte ihr erzählt, wo er zu finden war, nur über seine eigentliche Aufgabe wusste sie nicht Bescheid.

»Ja, ich bin es.«

Ava atmete auf. »Ein Glück. Ich hatte schon gedacht, ich würde dich nicht erreichen.«

»Wieso?«

»Weil du doch verschwunden bist.«

»Unsinn. Ich sagte dir ja Bescheid.«

»Du hast so geheimnisvoll getan.«

»Wie das denn?«

Ava wusste nicht so recht. »Als ob ihr beide etwas Verbotenes vorgehabt hättet.«

Ernesto lächelte. »Das bildest du dir ein, Liebes. Nein, da ist nichts.«

»Sicher. Vielleicht. Wann kommst du denn zurück?«

»Hm«, machte Ernesto. Er schaute dabei auf seine Uhr. »Das kann ich dir beim besten Willen nicht sagen. Es ist möglich, dass sich die Sache noch bis zum Morgen hinzieht.«

Damit war Ava nun gar nicht einverstanden. »Was habt ihr denn so lange zu bereden?«

»Es geht um gewisse Dinge …«

»Weich mir nicht aus, Ernesto. Ich merke genau, wann du lügst. Das ist hier der Fall. Du hast gelogen.«

»Wie willst du das denn beweisen?«

»Indem ich zu dir komme. Ich möchte auch mal wissen, was dabei so interessant sein kann, im Pfarrhaus zu sitzen. Dabei habe ich ein warmes Bett, in dem für dich auch noch Platz ist.«

»Morgen Nacht.«

»Das hast du mir schon so oft gesagt. In der letzten Zeit bist du furchtbar. Was hast du überhaupt?«

»Ich bin nicht furchtbar, sondern einer gewissen Sache auf der Spur.«

»Zusammen mit dem Padre?«

»Ja.«

»Und darüber willst du nicht reden?«

»Nein, Ava, noch nicht. Der Padre und ich wollen strengstes Stillschweigen bewahren. Verstehst du das denn nicht?«

Sie lachte unecht. »Wer mit dir zusammen ist, muss für vieles Verständnis haben. Aber lassen wir das. Wer nicht will, der hat schon.« Mit diesen Worten hängte Ava ein, und der junge Mann horchte kopfschüttelnd in die leere Leitung.

Als er auflegte, zeigte seine Stirn ein Faltenmuster. Er kannte Ava, und er wusste auch, dass er sie mit seinen Worten nicht hatte überzeugen können. Sie war ein eigenwilliges Persönchen, dabei sehr temperamentvoll. Es würde ihn nicht wundern, wenn sie plötzlich im Pfarrhaus erschien. Weit hatte sie es nicht. Mit ihrem Fiat brauchte sie nur wenige Minuten.

Als er nicht mehr sprach und sich wieder auf seine nähere Umgebung konzentrieren konnte, fiel ihm auf, wie ruhig es im Haus geworden war. Er kam sich plötzlich so allein vor.

Ruhig war es nie.

Alte Häuser wie dieses arbeiten immer. Da knackte mal

eine Bohle, dann klapperte oder rappelte ein Fensterladen. Laute, an die sich der Pfarrer längst gewöhnt hatte, die für den jungen Mann jedoch neu waren.

Er war nervös.

Das merkte er an dem Schweiß, der auf seinen Handflächen lag. Immer wenn er nervös war, glänzte die Haut.

Sollte er noch einen Schnaps trinken?

Nein, er ließ es bleiben. Stattdessen trat er an das Fenster und schaute nach draußen.

Auf den Kirchhof konnte er sehen. Es war windig geworden. Die Zweige der Bäume bewegten sich wie lange Peitschenarme. Manchmal wurden sie auch so geschüttelt, als hätten Hände sie umfasst, um ihre Wut an ihnen auszulassen.

Am Himmel lief ein Wechselspiel ab. Wolken kamen, trieben wieder fort, zeigten sich erneut, verdeckten die Gestirne und waren im nächsten Augenblick wieder verschwunden.

Die Fensterläden standen offen und berührten die Hauswand. Wie unheimliche Klopfzeichen kamen die Klappergeräusche dem jungen Ernesto Lazarro vor.

Plötzlich sah er den Schein. Er hatte den Kopf in den Nacken gelegt, um zum Himmel schauen zu können, denn das Spiel der Wolken löste eine nie gekannte Faszination bei ihm aus.

Zwischen den Wolken sah er den Schein.

Kometengleich zog er seine Bahn und hinterließ ein orangefarbenes Leuchten, das dem Grau des Himmels einen blassen Schein gab.

Ernesto holte tief Luft. Auch auf seiner Stirn bildete sich der Schweiß. Er wusste nicht genau, was das zu bedeuten hatte, und an einen Kometen wollte er nicht glauben.

Ein Flugzeug war es auch nicht.

Was dann?

Da das Gebilde weiterflog und der Schein verlängert wurde, wollte der junge Mann genau erkennen, in welche Richtung sich der andere drehte. Er schaute schräg nach links und rechnete eigentlich damit, dass der Schein längst das Dorf passiert hatte und tief in das Landesinnere gejagt war.

Das stimmte nicht.

Er hatte gedreht und ein neues Ziel gefunden.

Es war der Ort Porros!

Für Ernesto ein unglaublicher Vorgang. Gleichzeitig wurde ihm auch das Rätselhafte und Unheimliche des Vorgangs bewusst. Er dachte an die Stimmen und die Botschaft, die man ihm übermittelt hatte.

Das musste es einfach sein.

Dieser Schein hatte etwas mit ihm zu tun. Einen Beweis dafür gab es natürlich nicht, es sei denn, er nahm das Flackern, das durch die Scheibe fiel, als einen solchen.

Der »Komet« war gelandet.

Aber einen solchen Himmelskörper hatte er nie gesehen. Das musste also ein anderer gewesen sein. Ein für ihn nicht sichtbarer.

Auch hatte er keinen Aufschlag vernommen. Es war alles in einer nahezu gespenstischen Ruhe abgelaufen. Von einer Gefahr konnte er nur etwas ahnen.

Dennoch musste die Gefahr vorhanden sein. Da war etwas erschienen, das man mit einem unbekannten Flugobjekt umschreiben konnte.

Was Ernesto alles durch den Kopf schoss, reichte von der Invasion aus dem All bis zu gefährlichen Monstren.

Der Wahrheit kam er kaum auf die Spur.

Das Klopfen ließ ihn zusammenschrecken. An der Tür war es aufgeklungen und hatte sich fordernd und siegessicher angehört.

Wer war da gekommen?

Um die Haustür zu erreichen, musste Ernesto in den Flur schleichen und dort einige Schritte zurücklegen. Eine Sache weniger Sekunden. Er erreichte auch den Flur. Dort brannte zum Glück noch das Licht. An den dunklen Kleiderhaken schlich er vorbei, passierte auch einen sehr schmalen Schrank und bekam schon die Eingangstür in sein Blickfeld.

Sie zitterte unter den Schlägen.

Ernesto blieb stehen. Wer da Einlass begehrte, konnte weder der Pfarrer sein noch dieser Engländer. Da musste jemand dahinter stehen, der …

Er machte nicht mehr weiter. Ihm war aufgefallen, dass unter der Ritze der Haustür der gleiche fahle Schein gedrungen war, den er auch am Himmel gesehen hatte.

So rötlich und flackernd.

Ernesto schluckte. Erklären konnte er sich die Sache nicht, und er dachte darüber nach, was er noch anstellen sollte. Vielleicht die Tür aufreißen und dem Fremden Einlass gewähren.

Wer konnte es sein?

Seltsamerweise dachte er dabei an seinen toten Ahnherrn, dessen Stimme er vernommen hatte. Außerdem waren der Pfarrer und Sinclair zum Friedhof gegangen, um da etwas herauszufinden.

War dieser Juan Lazarro vielleicht aus seinem verdammten Grab gestiegen und jetzt gekommen? Wenn ja, wo steckten der Pfarrer und der Mann aus England?

Ernesto hatte von Zombies gehört, gesehen und viel gelesen. Er kannte ihren Trieb und konnte sich gut vorstellen, dass die beiden Männer es auf dem Friedhof nicht geschafft hatten. Die aus dem Grab waren eben immer stärker. Sie kannten keine Gnade.

Und jetzt musste er an der Tür sein. Er leuchtete sogar.

Ernesto Lazarro war völlig durcheinander. Eigentlich hätte er jetzt verschwinden müssen, doch er brachte es nicht fertig. Das andere war zu stark. Etwa die Begierde?

Wieder erschütterten Schläge die Eingangstür. Diesmal jedoch keine Faust- oder Körperhiebe.

Das war etwas anderes.

In Augenhöhe splitterte das Holz. Ein knirschendes Geräusch erklang, in der Tür entstand eine Lücke, und durch die Öffnung schob sich die Klinge einer Axt!

Auch so war ein Zombie schon gefährlich genug. Hatte er sich aber bewaffnet, so wurde er zu einem noch schlimmeren Monstrum, das wusste Ernesto genau.

Ein Untoter mit einer Axt!

Es konnte gar nicht anders sein. Dieses Wesen war das Grauen in Reinkultur, obwohl er noch nichts davon gesehen hatte. Wenn es ihm einmal gelang, in das Haus einzudringen, war er als Mensch verloren.

Der nächste Schlag dröhnte gegen die Tür. Ebenso wuchtig wie der erste. Dicht neben der Öffnung traf er. Wieder erklang das Splittern. Die Bohlen zitterten erst, bevor sie zerbrachen, in den Flur fielen und auf den Boden krachten und dann vor die der Tür gegenüberliegende Wand hämmerten.

Und dann kam er ganz!

Lazarro konnte einen Schrei nicht mehr unterdrücken, als er den »Gast« sah. Das war kein Zombie, das war …

Die Tür krachte aus den Angeln, fiel in den Flur, und Ernesto sah die Gestalt zum ersten Mal in voller Größe.

Er hatte das Gefühl, inmitten einer märchenhaften, aber sehr gefährlichen Geschichte zu stehen.

Vor ihm stand eine Figur.

Der Inka-Henker!

Weder der Pater noch ich wussten, ob wir es rechtzeitig genug schafften, das Haus zu erreichen. Jedenfalls hatten wir eine Abkürzung genommen. Vielleicht wäre ich allein besser weggekommen, aber ich musste mich nach dem Padre richten, einem schon älteren Mann, der mein Tempo einfach nicht mithalten konnte, schon jetzt schwer atmete und sich nur mühsam weiterschleppte.

»Ich kann nicht schneller.«

»Wo ist es denn?«

»Weiter, dann links.«

Ich war für einen Moment stehen geblieben und schaute in die angegebene Richtung. Als Orientierungspunkt hatte ich mir den Kirchturm ausgesucht. Okay, der stand links von mir, aber es führten auch zahlreiche Wege und Pfade dorthin, denn die Lücken zwischen den Häusern konnte man durchaus als Wege bezeichnen.

Die Menschen schliefen. Hin und wieder hatten wir einen Schatten gesehen, auch bellte manchmal ein Hund, oder eine Katze miaute. Ansonsten wirkte der Ort wie ausgestorben.

Der Geistliche legte mir seine Hand auf die Schulter. »Weiter, Senõr, gehen Sie.«

Ich lief, und auch der Padre setzte sich in Bewegung. Er wollte unbedingt in meiner Nähe bleiben und rang sich jeden Meter, den wir liefen, förmlich ab.

Ich schaute nie in eine Richtung. Sehr oft blickte ich nach rechts. Wenn der Zombie erschien, dann aus dieser Ecke, dessen war ich mir sicher.

Wir hörten ihn nicht, aber wir sahen etwas anderes. Dieser Vorgang kündigte sich nicht an. Er war plötzlich da, und der Himmel zeigte einen rötlichen Schein.

Fahl und blass durchstieß er das Grau des Firmaments. Er war sehr schnell, ich erkannte auch Einzelheiten und teilte sie dem Pfarrer mit. »Das ist nicht der Zombie.«

Padre Dorio war stehen geblieben. »Nein, Senõr, nein, das ist kein Zombie.«

Genau konnte ich den Ankömmling nicht erkennen. Mir gelang es auch nicht, ihn zu identifizieren, aber von der Größe her konnte er mit einem Menschen mithalten.

Und er war schnell. So schnell, dass er unseren Augen entschwand, bevor wir uns auf ihn eingestellt hatten.

Der Geistliche fand als Erster die Sprache wieder. »Wissen Sie, wo der gelandet ist?«

»Im Ort.«

»Genau, Senõr, und ich habe das Gefühl, dass er sich in der Nähe der Kirche befindet.«

»Wie auch der Zombie.«

»Vielleicht wollte er ihn treffen«, meinte der Pfarrer.

Ich wusste natürlich nicht, ob das stimmte, wollte die Möglichkeit allerdings nicht ausschließen. »Wir sollten uns beeilen«, sagte ich nur.

Woher der ältere Mann die Energien nahm, wusste ich nicht. Jedenfalls rannte er vor. Diesmal hatte ich sogar Mühe, ihn einzuholen. An der Schulter zog ich ihn zurück. »Überanstrengen Sie sich nicht, Senõr. Wir kommen noch früh genug.«

»Ja, ja, ich hoffe es.« Überzeugt klang es nicht. Ich konnte den Pfarrer auch nicht weiter aufhalten, und er stolperte weiter. Sein Atem drang keuchend über die Lippen, der Schweiß rann ihm in Strömen über das Gesicht. Einen kleinen, mit Katzenköpfen gepflasterten Platz erreichten wir, auf dem der Pfarrer gegen die Mauer eines Brunnens taumelte und sich dort anlehnte, wobei er langsam in die Knie sank.

»Ich kann nicht mehr!«, stöhnte er und presste eine Hand gegen die Brust.

»Bleiben Sie hier. Ich mache das schon.«

»Aber passen Sie auf ...«

»Klar.«

Zwar kannte ich das Dorf kaum, doch ein Marktplatz war von der Kirche zumeist nicht weit entfernt. Zum Glück verlief ich mich nicht und gelangte in bekannteres Gelände. Dort stand auch mein Leihwagen, ein kleiner Golf.

Und ich sah den Zombie.

Sein Helm glänzte sogar stärker als bei seinem Ausstieg aus dem Grab. Vielleicht hatte er sich den »Rost« irgendwo abgeschabt. Jedenfalls wankte der Untote genau auf den Eingang des Pfarrhauses zu, das im Schlagschatten der Kirche lag.

Und der Eingang war so gut wie nicht mehr vorhanden. Jemand hatte die Tür aus dem Rahmen gefetzt.

Der Zombie?

Nein, daran konnte ich nicht glauben. Es musste eine weitere Gestalt geben. Möglicherweise einen zweiten Untoten, der seinem Artgenossen zu Hilfe gekommen war.

Freiwillig jedenfalls war die Tür nicht geöffnet worden. Als ich daran dachte, fiel mir sofort Ernesto Lazarro ein. Er war im Pfarrhaus zurückgeblieben.

Lebte er noch?

Ich bekam Furcht um ihn, lief die letzten Schritte und überquerte den Platz vor dem Pfarrhaus.

An der Tür blieb ich stehen.

Schritte drangen nicht an meine Ohren. Im Haus herrschte eine nahezu gespenstische Stille.

Aber es war jemand darin.

Ich schluckte meine Erregung herunter, es half auch nicht viel. Weshalb vernahm ich denn nichts? Wenn sich jemand im Innern aufhielt und durch die Zimmer ging, musste er doch zu hören sein.

Behutsam betrat ich das Gebäude. Zum Glück kannte ich mich darin aus. Der Flur schluckte mich. Ich wusste, wo die Zimmer hier unten lagen. Auf Zehenspitzen bewegte ich mich weiter.

Über die zerstörte Tür stieg ich hinweg. Ich bedachte sie mit einem kurzen Blick und stellte fest, dass sie von einigen Hieben mit einem scharfen Gegenstand zerstört worden war.

Der Zombie besaß so etwas nicht. Also der andere, der vielleicht noch gefährlichere Gegner.

Die Stille hielt auch weiterhin an. Ich passierte den Raum, in dem ich mit dem Pfarrer und dem jungen Lazarro zusammengesessen hatte. Der große dunkle Schreibtisch war nicht zu übersehen, auch nicht Ernesto, der unter dem Möbelstück Deckung gesucht hatte, zur Tür schaute und mich entdeckte.

Er zischte mir etwas zu.

Ich hatte schon weitergehen wollen, blieb nun stehen und schaute ihm entgegen, wie er unter dem Schreibtisch hervorkroch.

An der Tür erwartete ich ihn. Jetzt endlich würde ich mehr über die Vorgänge erfahren.

Mit zitternden Knien kam er näher. Die Furcht leuchtete in seinen Augen. »Senõr Sinclair, ein Glück, dass Sie gekommen sind …«

»Was ist geschehen?«, fragte ich.

»Das glauben Sie mir nicht!«, keuchte er.

»Berichten Sie trotzdem.«

»Da war plötzlich eine lebende Figur. Bewaffnet mit einer Axt und einem Schwert. Sie hat auch die Tür eingeschlagen und ist in das Haus eingedrungen.«

»Und was haben Sie getan?«, fragte ich.

»Versteckt habe ich mich. Ich konnte einfach nicht zusehen. Ich habe mich verkrochen. So feige war ich.«

»Das war nicht feige, sondern vernünftig«, erwiderte ich. »Ist dieser Unbekannte allein gekommen?«

»Ja ...«

Ich zweifelte. »Befindet sich kein anderer außer uns dreien noch in diesem Haus?«

»Doch, da war noch jemand. Ich habe ihn nicht gesehen, nur gehört. Er kam, nachdem ich mich schon verkrochen hatte. Ich konnte nur seine Schritte hören. Sie klangen so schwer, so monoton. Wie bei einem ferngesteuerten Roboter, wenn Sie verstehen?«

»Ja, das begreife ich. Es war ein Zombie, und zwar jemand, der Ihren Namen trägt.«

Der junge Mann erschrak. »Sagen Sie nur nicht, dieser Juan Lazarro aus dem Grab.«

»Doch, er war es.«

Ernesto verdrehte die Augen. Im ersten Augenblick hatte ich das Gefühl, gleich einen Bewusstlosen vor mir zu sehen, das geschah nicht. Er wankte zwar zurück, es gelang ihm jedoch, sich an einem Bücherregal abzustützen. Nur war er noch bleicher geworden.

»Ich weiß, dass es Ihnen schwer fällt, so etwas zu glauben«, sagte ich. »Aber es ist eine Tatsache.«

»Dann ist er auferstanden?«

»Genau.«

»Und wie sah er aus?«

»Er war kaum verwest und trug noch seine Uniform, in der man ihn begraben hat.«

»Aber was sucht er hier?«

Ich hob meine Schultern. »Das kann ich Ihnen nicht genau sagen. Möglicherweise diese Statue, die Sie gesehen haben. Alles ist doch drin – oder?«

»Ja, jetzt glaube ich es auch …« Ernesto schüttelte den Kopf und schlug dabei seine Hände vor das Gesicht. Er redete trotzdem weiter. Ich unterbrach ihn und erklärte, dass ich nach oben gehen wollte.

Seine Hände sanken nach unten. »Was wollen Sie dort? Sich den beiden stellen?«

»So ungefähr.«

»Das ist lebensge…«

Weiter kam er nicht. Wie auch der junge Mann hatte ich ebenfalls den berstenden Krach vernommen, der über uns entstanden war.

»Am Dach!«, schrie Ernesto. »Das muss da einfach gewesen sein.«

Dem Krachen folgte ein Poltern. Wahrscheinlich waren die Dinge wieder zurückgefallen, die zerstört worden waren.

Ich hatte es plötzlich eilig, jagte aus dem Pfarrhaus, wäre fast über die nach innen gefallene Tür gestolpert und blieb vor dem Haus stehen. Dachziegel und Gebälk lagen auf dem Boden. Eine unerklärliche Gewalt musste alles losgerissen haben, hatte es in die Luft geschleudert, bevor die Dinge wieder auf den Erdboden krachten.

Das alles war für mich zweitrangig. Ich bekam auch nur am Rande mit, wie sich ein ängstlicher Ernesto Lazarro aus dem Türrechteck löste und mit zögernden Schritten näher kam.

Ich schaute in den Himmel.

Über mir, dem Haus und auch den Bäumen schwebte eine Gestalt. Starr, unbeweglich, als würde sie dort festhängen. Sie war tatsächlich eine Statue oder Figur.

In der rechten Hand sah ich die Axt. Mit der linken hielt sie eine Person so am Kragen oder im Nacken gepackt, wie man ein Kaninchen anfasst.

Es war der Zombie!

Was sehr selten vorkam, trat nun ein. Ich stand auf dem Fleck, staunte, denn mir hatte es einfach die Sprache verschlagen. Dafür flüsterte Ernesto. Leider konnte ich nicht verstehen, was er von sich gab. Er schaute ebenso wie ich in die Höhe, und sein Mund stand dabei noch offen.

Die Statue hatte sich den Untoten geholt. Weshalb? Aus welchem Grund waren die beiden Feinde.

Bei Helligkeit hätte ich sie besser sehen können. Dennoch kam mir die Figur so vor, als würde sie eine in der Mitte gegürtelte Mönchskutte tragen.

Sollte es sich bei ihr tatsächlich um einen Mönch handeln? Oder um eine lebende Heiligenfigur?

Vielleicht wusste Ernesto etwas. Ich musste die Frage zweimal stellen, um ihn aus seiner Lethargie zu reißen. Er schüttelte nur den Kopf. Also wusste er auch nicht Bescheid.

Was hatte die Figur mit dem Zombie vor? Er zappelte in ihrem Griff. Wie er die Arme und Beine bewegte, war fast schon lächerlich.

Der andere ließ nicht los. Er diktierte hier und fürchtete sich auch nicht vor einer lebenden Leiche. Demnach musste er noch stärker sein. Ich war gespannt darauf, was weiterhin passierte, denn ewig würden die beiden dort nicht bleiben.

Schon bald änderte sich das Bild.

Die lebende Figur, die tatsächlich noch mit beiden Füßen auf einem Sockel stand, schüttelte sich, als hätte sie etwas Unangenehmes erfahren. Dann hob sie den linken Arm mit ihrem Beutezombie an, stieß ihn in der gleichen Sekunde wieder nach vorn und schleuderte den Untoten in die Tiefe.

Es war ein groteskes Bild, denn der Zombie bewegte sich dabei wie ein Fallschirmspringer. Es sah so aus, als würde er seinen Goldhelm verlieren.

Genau in dem Augenblick, als der Zombie mit einem dumpfen Krach zu Boden geschmettert wurde.

Es war ein Schlag, der einen Menschen sicherlich getötet hätte. Eine lebende Leiche konnte man auf diese Art und Weise nicht umbringen, das wusste ich.

Es schien trotzdem so, als wollte sich der jahrhundertealte Zombie nicht mehr erheben. Er blieb einfach liegen, platt und mit ausgebreiteten Armen und Beinen, auch ohne einen Laut von sich zu geben.

»Ist der erledigt?«, hörte ich Ernestos Flüstern.

»Nein, der nicht.«

Ich hatte den Satz kaum beendet, als der Zombie bereits reagierte. Arme und Beine winkelte er zur gleichen Zeit an, bevor er sich abstemmte und langsam in die Höhe drückte.

»Verdammt, der macht weiter!« Ernesto war außer sich und erregt. Er erlebte diesen Vorgang zum ersten Mal. Ich hatte ja meine Erfahrungen mit lebenden Leichen gesammelt.

Auf die Knie war er gekommen. Ich selbst kam mir vor wie ein Zuschauer bei einem Theaterstück, wobei der Platz vor dem Pfarrhaus die eigentliche Bühne darstellte.

Der Zombie bewegte den Kopf und reckte den Oberkörper in die Höhe, wobei er noch den Rücken durchbog und in einer knienden Haltung bewegungslos verharrte.

Weshalb er dies tat, wusste ich auch nicht zu sagen, jedenfalls schien diese Haltung von der Figur gewollt zu sein, denn sie blieb nicht mehr an ihrem Platz.

Einen lautlosen Bogen schlagend und dabei immer schwebend, setzte sich die Statue in Bewegung. Sie drehte uns für einen Moment den Rücken zu. Ich hörte Ernestos Stimme. »Das ist unwahrscheinlich. Mein Gott, das gibt es doch nicht.« Er stand da und hatte die Hände geballt.

Ich ließ die Figur nicht aus dem Blick und hatte wohl gesehen, dass sie den rechten Arm bewegte. Als sie sich drehte und ich sie anschauen konnte, sah ich auch, was geschehen war.

Die Statue hatte ihr Schwert gezogen.

Jetzt war sie doppelt bewaffnet.

Und plötzlich wurde sie schnell. Wir vernahmen sogar das Fauchen, als hinter ihr die Luft zusammenschlug und sich für einen Moment der rötliche Schein bildete, der ihren Weg in die Tiefe begleitete.

Sie nahm den direkten Weg zum Ziel, berührte den Boden und stand in der Nähe des Zombies.

Der hob seinen Schädel.

»Gerufen!«, hörte ich ihn sprechen. »Du hast mich gerufen. Ich bin gekommen ...«

Die Statue sprach nicht. Dafür tat sie etwas anderes, das selbst mich überraschte.

Sie hob den rechten Arm und ließ die Klinge im nächsten Augenblick schräg von oben nach unten sausen.

Ein Volltreffer!

Den Schlag hörten wir nicht. Wir sahen nur mehr die Folgen dieses mörderischen Hiebes.

Der Kopf des Zombies machte sich plötzlich selbstständig, flog einige Meter und krachte zu Boden.

Wir hatten einer Hinrichtung zugesehen, ohne eingreifen zu können!

Der schaurige Anblick des kopflosen Körpers blieb uns auch weiterhin erhalten, denn der Zombie vor uns kippte einfach nicht um. Ohne Kopf blieb er knien.

Der Helm hatte sich bei dem Aufprall zwar nicht gelöst, er war aber verrutscht. Er hing schräg auf dem Kopf und wirkte irgendwie lächerlich.

Ich hatte noch immer das Sausen der Klinge im Ohr, als die Statue herumfuhr. Diesmal nicht schnell, eher gemächlich, wie jemand, der sich seiner Sache sicher ist. Das Schwert behielt sie in der Hand. Die Spitze der Klinge wies schräg zu Boden.

Die Entfernung zwischen uns betrug nicht mehr als zwei Körperlängen. Trotz der miesen Lichtverhältnisse gelang es mir, sie eingehend zu betrachten.

Mich interessierte vor allen Dingen das Gesicht.

Irgendwie hatte es eine gewisse Ähnlichkeit mit dem Eisernen Engel. Es hatte etwas Götterhaftes an sich, als wäre es ein Wesen, das über allem schwebt. Die steinernen Haare umrahmten das schmale Gesicht in Wellenform, der Mund war geschlossen, und die Farbe der Augen konnte ich ebenfalls nicht erkennen, da das unbekannte Wesen seine Lider zur Hälfte nach unten gedrückt hatte.

Wer war es?

»Ich kenne es nicht.« Die Worte stieß Ernesto Lazarro aus.

Es war zu hören, unter welch einem innerlichen Druck dieser junge Mann stand.

Die Statue konnte kämpfen und töten, das hatte sie uns bewiesen, aber konnte sie auch reden?

Ich machte die Probe aufs Exempel und sprach sie kurzerhand an. »Wer bist du?«

Eigentlich hatte ich mit keiner Antwort gerechnet, dass ich trotzdem eine bekam, überraschte mich. »Ich bin der Henker!«

Sie redete sogar spanisch. Da ich das relativ gut beherrschte, verstand ich sie.

»Welcher Henker?«

»Der Henker der Inkas. Sie haben mich verehrt. Ich habe die Bestrafungen durchgeführt und sie auch gegen ihre Feinde beschützt. Ich war es auch, der Lazarro, den Mörder und Schänder, tötete, aber ich habe ihn nicht richtig getroffen. Ich musste ihm deshalb den Kopf abschlagen, denn noch stand er unter meinem Bann. Davon wussten nur wir. Sie haben uns in ein anderes Land gebracht. Er wurde begraben, ich geriet ebenfalls nach einigen Jahren in Vergessenheit. Bei Plünderungen warf man mich fort, weil ich nicht mit Edelsteinen und Gold behangen war. Aber die anderen ahnten nicht, wer ich bin und dass meine Rache ewig dauern wird. Ich musste ihn töten, wie gesagt, er stand noch unter meinem Bann, so habe ich ihn gerufen, und er ist gekommen. Alle Lazarros haben meinen Ruf empfangen und werden kommen. Alle …«

»Du willst sie vernichten?«

»Ja, sie haben Unrecht auf sich geladen und großes Leid über ein wunderbares Volk gebracht.«

Allmählich begriff ich. Trotzdem musste ich sie weiterhin fragen. »Ich habe auch versucht, den Zombie zu stoppen und ihm ein Kreuz gezeigt. Es wirkte nicht. Weshalb?«

Für einen Augenblick verzog die Statue das Gesicht zu einem wissenden Lächeln. »Ihn trieb eine andere Kraft und eine andere Magie an«, erwiderte sie. »Die gleiche Magie, die auch bei mir der Motor ist.«

»Und wie heißt die?«

Der Henker zögerte mit der Antwort. Als er sie gab, wurde ich davon überrascht.

»Atlantis«, sagte er dumpf.

Da hatten wir es!

Urplötzlich war ich wieder mit dem längst versunkenen Kontinent konfrontiert worden. Über zehntausend Jahre lag es zurück, und die Reste dieses Landes, die noch übrig geblieben waren, schienen sich konzentriert zu haben, denn immer öfter hatte ich feststellen müssen, dass einiges aus dem versunkenen Kontinent überlebt hatte.

Wie dieser Henker.

Ein Atlanter war der Henker der Inkas gewesen. Kaum zu fassen. Ich hatte ihn vorhin mit dem Eisernen Engel verglichen und musste nun feststellen, dass dieser Vergleich gar nicht so weit hergeholt war. Die beiden ähnelten sich wirklich, zudem stammten sie noch von einem Kontinent ab.

Aber wie war dieser Henker zu den Inkas gekommen? Das interessierte mich sehr. Da er mich verstand, stellte ich die diesbezügliche Frage.

»Ich kam von den Sternen. Ich gehörte zu den Göttern, die von den Inkas verehrt worden sind, deren Ankunft sie in Stein meißelten, als Botschaften für Menschen, die nach ihnen kamen. Aber diese Menschen hörten oder wollten nicht hören. Sie lachten über die Zeichnungen. Hätten sie sich die Mühe gemacht, sie genauer anzuschauen, so hätten sie mich längst erkennen müssen, da auch ich dort verewigt bin. Ich kam zu ihnen, sie verehrten mich als Gott, doch das wollte ich nicht. Ich merkte, dass sie einen Henker benötigten, und stellte mich zur Verfügung. Gern übernahm ich das Amt, denn schon in meiner Heimat hatte ich zu kämpfen gelernt. Ich befand mich tief in ihrem Tempel, versteckt in einer Kammer, zu der nur Auserwählte Zutritt hatten, aber keine Fremden. Doch dann kamen sie, raubten, mordeten und plünderten. Sie zerstörten vieles, töteten die Menschen, und es war ein Juan Lazarro, der mich fand und mich mitnehmen wollte. Ich tötete ihn, aber ich schlug ihm nicht den Schädel ab. Durch meine Berührung war er auch mit meiner Magie verwachsen, das heißt, er musste mir einfach gehorchen.«

»Und du hast ihn zurückgeholt?«, fragte ich.

»Ja, ich wollte ihn noch töten. Seine Vernichtung soll der Neubeginn für mich sein.«

Auf den letzten Satz hatte ich sehr genau geachtet. »Soll das heißen, dass du dein Amt wieder aufnehmen willst?«

»So ist es.«

»Und wen willst du jetzt vernichten?«

»Alle Lazarros. Mit dieser Familie beginne ich. Außerdem habe ich mir die Namen der Konquistadores gemerkt, die am schlimmsten im Reich der Inka gewütet haben. Ich hole mir ihre Nachkommen und werde sie durch meine Waffen vernichten. Die Axt und das Schwert sind bereit. Wer mich zu stoppen versucht, spielt mit seinem Leben. Ich will nur Gerechtigkeit.«

Scharf lachte ich auf. »In dieser Zeit und dieser Welt gibt es andere Gesetze und auch eine andere Gerechtigkeit. Hier wird niemand getötet. Hast du verstanden?«

»Ich werde meinen Weg gehen!«

Das klang verdammt entschlossen. Er hatte gesagt, was gesagt werden musste. Stille hatte sich über dem Platz vor dem Pfarrhaus ausgebreitet. Ich schaute in die Dunkelheit und sah die Menschen, die sich versammelt hatten. Der Krach des zerstörten Dachs musste sie aus ihrem Schlaf geschreckt haben.

Unter den Zuschauern entdeckte ich auch den Pfarrer, der sich nun in Bewegung setzte und eine Hand ausstreckte, bevor er auf die Figur zuging. »Nein!«, rief er. »Nein, du Abbild des Teufels, du Diener des Bösen. Keinen wirst du mehr töten!« Er hatte sein schlicht wirkendes Holzkreuz in die rechte Hand genommen und hielt es dem Henker aus dem Inkareich entgegen.

Das konnte nicht funktionieren. Der Padre überschätzte sich und seine Kräfte.

Zum Glück konzentrierte sich der Henker noch auf ihn und nicht auf Ernesto Lazarro.

»Verstecken Sie sich!«, flüsterte ich dem jungen Mann zu. »Und kommen Sie erst wieder, wenn der Henker verschwunden ist oder ich mit ihm fertig bin.«

Zum Glück war er einsichtig. Dieser Henker hatte die treffenden Worte gesprochen.

So leise wie möglich zog er sich zurück.

Ich atmete auf und konnte mich nun um den Pfarrer kümmern, der keine Angst zeigte und auf den Inka-Henker zuschritt.

Wie sollte ich ihn besiegen?

Mein Bumerang, der es möglicherweise geschafft hätte, lag im Wagen. Der Golf parkte zwar in der Nähe, aber noch immer zu weit entfernt. Ich würde zu viel Zeit verlieren.

»Bleiben Sie stehen, Padre!«, rief ich.

»Nein, ich muss ihn …«

Da der Mann nicht zu belehren war, musste ich ihn eben zu seinem Glück zwingen und startete. Von der Seite her lief ich auf ihn zu, packte ihn und drängte ihn zurück.

»Beten Sie«, sagte ich, »mehr können Sie nicht tun!« Eine Antwort wartete ich nicht ab, denn ich drehte mich um und stellte mich so dem Inka-Henker.

Diesmal hatte er seine Augen offen. Meinem Blick wich er nicht aus. Ich konnte sehen, dass die Pupillen und überhaupt die ganzen Augen aus einer grauen, manchmal silbrig schimmernden Masse bestanden, in der es flimmerte und gleißte.

»Geh weg!«, sprach ich ihn an. »Deine Zeit ist längst um. Atlantis gibt es nicht mehr …«

»Ich habe überlebt.«

»Das weiß ich«, sagte ich. »Aber du bist nicht der Einzige, der den Untergang überlebte. Ich kenne noch einige. Myxin, Kara und auch den Eisernen Engel …«

Bei der Erwähnung des letzten Namens hob er die Hand mit seiner Axt, sodass ich das Gefühl bekam, als wollte er die Waffe auf mich zuschleudern, doch es war nur eine Geste der Überraschung, dass er so reagierte.

»Der Eiserne?«

»Ja, er ist mein Freund!«

»Er kann nicht dein Freund sein!«, widersprach er mir heftig, »denn er ist Atlanter.«

»Auch damals gab es Böse und Gute«, erwiderte ich. »Das weißt du sehr genau.«

»Aber die Menschen ...«

»Hör mit den Menschen auf! Sie haben dir nichts getan. Und auch die nicht, die du töten willst. Geh wieder fort. Geh!«

Er schaute mich an. Ich wusste, dass es entscheidende Sekunden waren. Wenn er nicht gehorchte und sich gegen mich stellte, mein Gott, ich hatte keine Ahnung, was ich gegen ihn noch unternehmen sollte. Mit meiner Beretta und dem Kreuz kam ich gegen ihn nicht an. Er war ein Atlanter und gefeit gegen diese Waffen. Selbst Hesekiel, der Erschaffer meines Kreuzes und der große Prophet, hatte nicht daran gedacht, Abwehrbanner gegen eine schwarzmagische atlantische Magie in das Kreuz einzuritzen. Vielleicht hatte er auch davon nichts gewusst.

Noch hatte sich der Henker nicht entschieden. Mit jeder vergehenden Sekunde stieg die Spannung. Würde er auch merken, dass sich ein gewisser Ernesto Lazarro zurückgezogen hatte?

Ich hoffte es nicht.

Er veränderte die Blickrichtung und schaute auf den Zombie. Seltsamerweise war der Torso noch nicht umgefallen. Er kniete nach wie vor ohne Kopf. Ein schauriges Bild.

Auch die Zuschauer schwiegen. Jeder spürte die Spannung, die zwischen uns beiden so unterschiedlichen Wesen herrschte.

Der Inka-Henker bewegte sich. Beinahe lässig trat er zur Seite und schritt auf den Torso zu und kickte gegen den Kopflosen, der sofort umfiel.

Er schlug auf die Seite und blieb liegen. Dies war auch ein Startsignal für den Henker. Vor unseren Augen schwebte er in die Höhe. Kurz bevor er das Dach erreicht hatte, verharrte er. »Ihr seid keine Lazarros«, sagte er, »und ich bin kein

Mörder, wie die es sind. Aber wenn ihr mich behindert, werde ich euch töten ...«

Einen Lidschlag später jagte er, einen rötlichen kometenhaften Streifen hinter sich herziehend, davon ...

Die Stille auf dem Platz vor dem Pfarrhaus währte nur mehr Sekunden. Dann brach sie zusammen. Ein jeder wollte reden, und alle schrien durcheinander. Die Menschen liefen von allen Seiten auf mich zu, umringten mich, und ich schaute in die fremden, ängstlichen, aber auch glücklichen Gesichter. Ich hörte Sätze wie »Das verdanken wir Ihnen, Senõr« und schüttelte den Kopf.

»Nein, so ist das nicht. Hätte er nicht eine Aufgabe gehabt, wäre er bestimmt ...« Ich gab es auf. Es hatte keinen Sinn, gegen diesen Lärm anzubrüllen.

Der Pfarrer bahnte sich einen Weg durch die Menge. Er schrie die Leute dabei an und wollte, dass sie zurück in ihre Häuser gingen. Das taten sie nicht.

So mancher, der endlich Mut gefasst hatte, trat näher an den Schädel und den Torso heran. Man betrachtete ihn mit scheuen Blicken und bekam auch eine Gänsehaut.

Endlich hatte mich der Pfarrer erreicht. »Gehen wir in mein Haus, Senõr Sinclair ...«

Das hatte ich auch vorschlagen wollen und folgte dem Pfarrer auf dem Fuß. Leider konnten wir die Tür nicht schließen. Der Geistliche blieb im offenen Rechteck stehen und verbat sich mit lauter Stimme jeglichen Besuch. »So«, sagte er zu mir, »das wird hoffentlich reichen.«

Ich hatte andere Sorgen, denn der junge Lazarro war nach wie vor verschwunden.

Wo konnte er stecken?

»Haben Sie Ernesto gesehen?«, fragte ich den Pfarrer.

»Ja, er lief ins Haus.«

Ich war beruhigt. Laut rief ich seinen Namen. Wir bekamen auch eine Antwort. Sie hörte sich weit entfernt an. Der Pfarrer wusste Bescheid. »Er steckt im Keller.«

»Sie können rauskommen, Ernesto!«, rief ich laut. »Es ist vorbei. Der Henker ist verschwunden.«

Wir vernahmen aus dem Keller Geräusche. Wahrscheinlich räumte der gute Ernesto noch eine Deckung beiseite. Als Schritte erklangen, war er schon fast oben.

Der Padre ging ihm entgegen. Er lächelte, weil er seinem Schützling Mut machen wollte. »Es ist überstanden, Ernesto. Wir können zufrieden sein.«

Furchtsam schaute sich der andere um. So ganz traute er dem Braten nicht. »Ist er tatsächlich weg?«

»Natürlich.«

»Mir fällt ein Stein vom Herzen!«, flüsterte der Spanier. »Ich hatte schon mit dem Leben abgeschlossen.«

Lächelnd winkte ich ab. »So schnell stirbt man nicht.«

»Aber wenn man Lazarro heißt, sieht die Sache wohl anders aus.«

Da hatte er des Pudels Kern getroffen. Der Name Lazarro bürgt für einen sicheren Tod, das hatten wir bei dem Zombie erlebt, den es nun endgültig erwischt hatte.

»Wie groß ist Ihre Verwandtschaft?«, fragte ich.

Ernesto zählte sie an den Fingern auf. Nur die Erwachsenen, aber nicht die angeheirateten.

Ich wurde blass und blasser.

»Zwölf?«, fragte ich.

»Ja.«

»Und wo wohnen diese Leute?«

»In Spanien, Südamerika, manche in Frankreich. Aber die meisten in Spanien, Senõr.«

»Leider nicht in einer Stadt – oder?«

»Nein, übers Land verteilt.«

Ich schaute den Padre an. Er sah mir ins Gesicht und schüttelte dabei den Kopf. »Da werden Sie wohl keine Chance haben, Senõr Sinclair. Sie können nicht überall zur gleichen Zeit hinfahren oder -fliegen.« Er hob die Schultern. »Damit habe ich auch nicht gerechnet«, flüsterte er.

Ich ebenfalls nicht. Meine Lippen wurden schmal, als ich sie zusammenpresste. Scharf dachte ich über das Gehörte nach. Wie so oft schon versuchte ich, mich in die Lage meines Gegners hineinzuversetzen. Wie hätte ich reagiert, wäre ich der Inka-Henker gewesen?

Ich hätte mir zuerst denjenigen vorgeknöpft, der am nächsten wohnte. Natürlich, das war es.

Ich wandte mich an Ernesto. »Jetzt hören Sie mir genau zu. Überlegen Sie gut. Wer von Ihren Verwandten wohnt am nächsten?«

Die Antwort kam wie aus der Pistole geschossen. »Das ist Jaime Lazarro. Er lebt in Barcelona und ist der Polizeipräfekt ...«

»Das ist doch etwas«, sagte ich. Jaime Lazarro war es auch gewesen, der sich mit Sir James in Verbindung gesetzt hatte.

»Und seine Anschrift?«, fragte ich.

Ich bekam sie und prägte sie mir ein.

Der Padre deutete auf das Telefon. »Wir sollten ihm zumindest Bescheid geben, damit er sich darauf einstellen kann. Weißt du die Telefonnummer, Ernesto?«

»Sicher.«

»Dann ruf ihn an.«

Der junge Mann war noch immer leichenblass, als er den Hörer abhob. Seine Finger zitterten. Mühsam nur traf er die richtigen Zahlen. Es tutete ein paarmal durch, dann wurde abgehoben. Selbst der Pfarrer und ich, wo wir ein wenig entfernt standen, hörten den Lärm aus dem Hörer schallen. Da lief bestimmt ein Fest oder eine Party.

Ernesto musste schreien, um sich verständlich zu machen. Er regte sich schrecklich auf, bis er, vor Wut rot im Gesicht, den Hörer zurückschmetterte.

»Er ist angeblich nicht erreichbar.«

»Wieso?«

Ernesto schaute mich an. »Die feiern da ein Fest. Mein Onkel ist heute fünfzig geworden. Die haben durchgefeiert.« Er war durcheinander. »Jedenfalls konnte ihn keiner finden. Ich soll in einer halben Stunde noch einmal anrufen, wenn die große Gratulationstour vorbei ist.«

»Dann ist es zu spät«, sagte ich.

Ernesto nickte heftig. »Das meine ich auch.« Er schlug mit der Faust gegen die Wand. »Diese verdammten Ignoranten. Die sind verrückt, die sind nicht zu belehren …«

»Fahren Sie lieber hin«, schlug der Geistliche vor.

»Das will ich auch.« Ich schlug Ernesto auf die Schulter. »Kommen Sie mit. Zeigen Sie mir wenigstens den Weg. Ich kenne mich in Barcelona nicht aus.«

»Natürlich, ich bin dabei.«

»Sie werden sich später wieder verstecken müssen. Den Rest hoffe ich erledigen zu können.«

Wir gingen. Als letzter Eindruck blieb die Gestalt des Pfarrers haften, der die Hände gefaltet hatte und uns sein Gebet mit auf den beschwerlichen Weg gab …

Wir hätten natürlich die normale Küstenstraße nehmen können, das aber wollte mein Begleiter nicht. Er war hier geboren, kannte sich aus und plädierte für eine Abkürzung.

Ich war froh, den Golf genommen zu haben. Der kleine Wagen war sehr wendig. Er nahm auch die oftmals halsbrecherisch anmutenden Kurven gut und sicher. Er reagierte nur unwillig, wenn die Querrillen zu tief wurden.

Manchmal konnte ich das Meer sehen. Es lag dann links von uns. Eine gewaltige dunkle Fläche, auf der hin und wieder die Wellen Schaumkronen schufen.

Bei Tag sicherlich ein herrlicher Anblick. Jetzt stand mir nicht der Sinn danach.

An die Rechtsfahrweise hatte ich mich rasch gewöhnt. Außerdem kam uns niemand entgegen. Nur auf der Küstenstraße sahen wir, wenn sie in unser Blickfeld geriet, ab und zu die Scheinwerfer eines fahrenden Automobils.

Ernesto Lazarro hatte kaum ein Wort gesprochen. Angeschnallt saß er wie eine Puppe auf dem Beifahrersitz, hatte die Hände auf die Oberschenkel gelegt und stierte vor sich hin. Ich ahnte, worum sich seine Gedanken drehten. Deshalb stellte ich keine Fragen, die ihn nur noch mehr aufgewühlt hätten.

Nur wenn ich mich erkundigte, ob der Weg noch richtig war, nickte er kurz.

Ich hatte, zusammen mit den andern, erleben können, wie schnell unser Gegner war. Zog ich dies in Betracht, so war es eigentlich unmöglich, noch etwas zu erreichen.

Der war immer vor uns da.

Eine gewisse Trockenheit verspürte ich in meinem Hals. Ich hätte mir den Eisernen Engel an die Seite gewünscht. Er wusste bestimmt, wie er gegen dieses Wesen angehen musste.

Doch der Engel war weit weg. Zudem litt er noch immer an dem Verlust seines magischen Pendels. Es hatte eine Zeit gegeben, wo er sogar sterben wollte, weil er keinen Sinn mehr in seinen Kämpfen gegen das Böse aus dem alten Atlantis sah.

Dass die Inkas und Atlantis praktisch Verbindung gehabt hatten, war mir bis heute unbekannt gewesen. Dennoch sah ich keinen Grund, dem Henker nicht zu glauben. Im Laufe der Zeit erlebt man eben immer neue Überraschungen. Sicherlich hielt die andere Seite noch weitere auf Lager.

Manchmal schüttelte Ernesto den Kopf. Auch sein Leben hatte sich schlagartig geändert. Er war mit Dingen konfrontiert worden, von denen er früher nicht einmal zu träumen gewagt hätte.

»Nehmen Sie es nicht so tragisch«, riet ich ihm. »Irgendwie kriegen wir alles wieder in die Reihe.«

»Das sagen Sie so einfach.«

»Auch der Inka-Henker ist nicht allmächtig.«

»So kam er mir fast vor. Denken Sie nur an die Geschwindigkeit. Außerdem frage ich mich, wo er herkommt.« Ernesto lachte. »Der kann doch nicht aus dem Weltall so einfach auftauchen.«

»Ich werde es herausfinden.«

»Sie haben sich wenigstens noch Ihren Optimismus bewahrt, Senõr Sinclair. Ich werde noch einmal daran verzweifeln.«

»Das sollte man nicht, solange man noch lebt.«

»Können Sie mir eine Fortsetzung meines Lebens garantieren?«

»Das kann ich natürlich nicht, aber wir können alles versuchen, um unser Leben zu verlängern. Das ist jeden Einsatz wert.«

»Gut haben Sie das gesagt.« Die Antwort klang wenig überzeugt. Ich konnte den jungen Spanier gut verstehen. Ich an seiner Stelle hätte nicht anders gehandelt.

Vor uns hatte sich der dunkle Himmel erhellt. Das lag nicht etwa an den Gestirnen, sondern am Widerschein der Großstadtlichter, die ihren geisterhaften Schein über die graue Fläche des Firmaments verteilten. Es war ein wunderbarer Ausblick, den ich gern länger genossen hätte, doch wir hatten es eilig.

»Ab jetzt geht es talwärts«, klärte mich mein ortskundiger Beifahrer auf.

Ich ging etwas vorsichtiger mit dem Gas um. Dabei wusste ich auch, dass wir bald die Küstenstraße erreichten und auf ihr den letzten Rest der Strecke fuhren.

Ich konzentrierte mich auf die Straße. Die ferne Umgebung war für mich uninteressant.

Dafür hatte sich der junge Spanier umgeschaut. Sein leiser Aufschrei ließ mich zusammenzucken. Fast hätte ich den Motor noch abgewürgt. »Was haben Sie denn?«

Er wischte über seine Augen. »Ich glaube, da einen Schein entdeckt zu haben.«

»Den sehe ich auch.«

»Nein, einen rötlichen!« Die Antwort gab mir zu denken. Ich konnte mich aber auch getäuscht haben. Ich schaute jetzt ebenfalls nach vorn und in die Höhe, sah den Schein jedoch nicht.

»Jetzt ist er wieder verschwunden«, murmelte der Spanier.

»Wo haben Sie ihn denn gesehen. Über Barcelona?«

»Nein, noch vor der Stadt. Das ist es ja, was mich bedrückt. Der will sein Versprechen wahr machen, Senõr. Er hat gesagt, dass er alle Lazarros auslöschen will, und ich bin einer von denen.«

»Dann hätte er Sie schon längst getötet.«
»Das tröstet mich auch nicht.«
Er war wieder nervöser geworden. Auch mich hatten seine Bemerkungen unruhig gemacht. Es war durchaus möglich, dass uns der unheimliche Inka-Henker verfolgte.

Diese Gedankengänge behielt ich natürlich für mich. Ich wollte meinen Beifahrer auf keinen Fall beunruhigen. Außerdem wurde die Strecke schwieriger, gespickt mit Serpentinen. Weit unten sah ich bereits das grau schimmernde Band der Küstenstraße.

Aus dem Nichts und schnell wie ein Blitz schlug das Grauen zu. Der Horror erwischte mich voll, und mir wurde wieder einmal demonstriert, wie mächtig meine Gegner waren.

Den roten Schein hatte ich noch erkennen können. Um jedoch zu reagieren, war es zu spät.

Der Wagen bekam einen Stoß, der sich von seinem Dach her fortpflanzte. Ich hatte Mühe, ihn in der Spur zu halten, während sich mein Beifahrer halb drehte und auch in die Höhe schaute.

Das war sein Verderben.

Grausam schlug der Inka-Henker zu.

Den dumpfen und gleichzeitig knirschenden Laut bekam ich noch mit. Vielleicht sah ich auch die Axt, das Unheil an sich konnte ich nicht mehr aufhalten.

Das tödliche Werkzeug traf voll.

Ich hörte nicht mal einen Schrei, sah dafür das Blut und bekam auch mit, wie der junge Mann neben mir langsam nach vorn kippte.

Er war tot.

Die Axt in seinem Nacken!

Der Schrecken war wie eine Woge, die über mir zusammenschlug. Ich konnte es nicht fassen, schrie, glaubte zu träumen und merkte, dass ich in diesen Augenblicken die Kontrolle über den Golf verloren hatte. Zwar rollten wir noch immer, aber nicht mehr auf dem schmalen Pfad, sondern waren nach links abgedriftet. Wir fuhren jetzt schräg in die hügelige Vorgebirgslandschaft, wo der kleine Golf durchgeschüttelt wurde, als stünde er auf einem Sieb.

Ich schwankte im Gurt, trat auf die Bremse. Vielleicht war es verkehrt, jedenfalls rutschte der Wagen auf dem vom letzten Regen seifig gewordenen Boden weiter, sprang über Querrillen hinweg, stellte sich auch schräg, drehte sich dann, fuhr weiter, rammte mit dem linken Vorderrad einen im Weg liegenden Felsbrocken, dessen untere Hälfte noch in der Erde steckte, kippte wieder nach vorn, schlug mit der Schnauze irgendwo auf, wurde nach rechts herumgeschleudert, wobei ich mir vorkam wie eine Puppe, der man die Hände an das Lenkrad genagelt hatte.

Ich war blass geworden, fühlte mich regelrecht blutleer und zitterte, während der tote Ernesto in seinem Sitz von einer Seite auf die andere geworfen wurde und mich auch ab und zu berührte.

Die Fahrt ging weiter. Sogar noch schneller, denn der Hang war steil.

Ich bekam auch mit, dass wir von dem rötlichen Licht verfolgt wurden, da es durch die Fensterscheiben in das Innere des Golfs drang und dort alles ausfüllte.

Und dann sah ich die Böschung. Im Licht der Scheinwerfer schien ihre gerade Linie zu tanzen und wellig zu werden. Es hatte keinen Sinn, ich bekam den Wagen nicht vor ihr zum Stehen.

Wir rutschten drüber.

Für einen winzigen Moment schwebten wir in der Luft, bevor sich der Golf irgendwie schwerfällig nach vorn neigte, mit der Kühlerschnauze Kontakt bekam, sich mit dem Heck senkrecht aufrichtete und sich langsam auf die rechte Seite legte, wo der Tote ebenso wie ich durchgeschüttelt wurde.

Der Aufschlag fuhr mir auch durch alle Knochen. Ich hörte es knirschen und splittern, dann wehte mir kühler Wind entgegen, und der machte mich irgendwie munter.

Aber ich lag auf der Seite und kam so einfach nicht los.

Es gelang mir zunächst einmal nicht, das Gurtschloss zu ertasten, aber unser Gegner besaß Bewegungsfreiheit.

Ich sah ihn, als ich meinen Kopf und auch die Augen verdrehte. Er war neben dem zersplitterten Beifahrerfenster erschienen und griff mit einem Arm durch die Lücke.

Die Statue wollte die Axt!

Fünf Finger schlug sie um den Griff und riss die Waffe mit einem Ruck aus dem Körper des Toten.

Gleichzeitig hörte ich die Stimme des Henkers. »Ich habe versprochen, dass mir keiner entgeht. Und dieses Versprechen werde ich auch halten. Geh zurück, Fremder, kümmere dich nicht um meine Rache! Sonst wirst du ebenso vernichtet!«

Mehr sagte er nicht. Dafür wurde der Schein für einen Moment intensiver, bevor er davonhuschte und von mir überhaupt nicht mehr gesehen werden konnte.

Passiert war mir nichts. Zum Glück hatte ich mich angeschnallt. So ein Gurt hielt verdammt viel aus, aber jetzt musste ich ihn lösen. Nach einigen Verrenkungen gelang es mir auch.

Der dunkle Riemen schnappte zurück, ich konnte mich besser bewegen und begab mich daran, die oben liegende Fahrertür aufzustoßen. Mit einer Hand hatte ich den inneren Türriegel gelockert. Dann zog ich die Beine an, konnte sie trotz der Lenkrad-Behinderung gut herumschwingen und hämmerte beide Sohlen gegen die Golftür.

Mit Gewalt schaffte ich es, die Tür nach außen zu stoßen. Sie blieb auch zum Glück in der Lage und fiel nicht wieder zurück. Mir gelang es, aus dem zerstörten Golf zu klettern.

Draußen bewegte ich mich, atmete tief ein, machte ein paar gymnastische Übungen und stellte fest, dass ich mir weder etwas verstaucht noch gebrochen hatte.

Alles klar.

Nur für Ernesto Lazarro nicht. Mein Gesicht war kalkweiß, als ich um den liegenden Golf herumging und durch das zerstörte Fenster auf die Beifahrerseite schaute.

Er lag dort in seinem Blut.

Kein Mensch der Welt konnte ihm noch helfen. Der Inka-Henker hatte ihn tödlich erwischt.

Wieder einmal kam mir zu Bewusstsein, wie grausam und schlimm der Beruf war, den ich mir ausgesucht hatte. Ich stand neben dem zerstörten Wagen wie ein Denkmal aus Stein und spürte es in meiner Kehle eng werden. Lange hatte ich den jungen Mann nicht gekannt, aber er war mir sympathisch gewesen.

Das Würgen nahm zu, auch der Druck in meinen Augen. Es half nichts, mit irgendwelchen höheren Mächten zu hadern, so war das Leben, das Schicksal.

Der tote Ernesto war zur Seite gerutscht. Er hing in seinem Gürtel, der Kopf war verdreht. Wenn ich genau hinschaute, konnte ich den starren Blick seiner Augen erkennen.

An das Blut wollte ich gar nicht denken und es auch nicht sehen, deshalb wandte ich mich ab.

Durch diese Tat hatte der verfluchte Inka-Henker natürlich einen noch größeren Vorsprung bekommen. Wenn ich daran dachte, wie spektakulär er diesen Mord begangen hatte, wurde mir ganz anders. Der nahm auf nichts Rücksicht, und den konnte ich auch nicht mit normalen Mitteln stoppen.

Zu Fuß musste ich weiter.

Meinen Einsatzkoffer hatte ich in London gelassen, den Bumerang jedoch herausgenommen. Und der hatte seinen Platz im Kofferraum gefunden.

Es war nicht einfach, bei dem liegenden Wagen die Heckklappe zu öffnen. Sie hatte sich verklemmt. Ich bekam sie trotzdem auf, nahm den Bumerang an mich und steckte ihn weg.

Wenn es eine Waffe schaffte, den Inka-Henker zu stoppen, dann war es meine silberne Banane. Nur musste ich zumindest so schnell sein wie mein Gegner, und das würde mir schwer fallen.

Ich ließ den Golf zurück. Ein Haufen verbogener Schrott mit vier Rädern und einem Toten darin. Der Polizei wollte ich später Bescheid geben. Zunächst einmal musste es mir gelingen, bis nach Barcelona zu kommen.

Das war leichter gesagt, als getan. Einen fahrbaren Untersatz besaß ich nicht mehr, zu Fuß würde ich sehr lange brauchen. Es gab nur noch eine Möglichkeit. Per Anhalter.

Dazu musste ich die Straße erreichen.

Es wurde ein Wahnsinnsgang. Ich hielt mich nicht mehr auf dem Weg, sondern rutschte die glatten Hänge hinab, bis ich endlich und nach zweimaligem Hinfallen die Fahrbahn erreichte und neben ihr stehen blieb.

Die Wagen fuhren vorbei.

Sosehr ich auch winkte, erst der neunte hielt an. Es war ein Lkw-Fahrer, der mich aus dem nach unten gekurbelten Fenster angrinste.

»Wohin, Kamerad?«

»Barcelona.«

»Steig ein, muchacho!«

Mir fiel ein Stein vom Herzen. Doch das kalte Gefühl der Furcht ließ sich nicht unterdrücken ...

Es hörte sich an wie Schüsse, aber es waren nur die Korken der Champagnerflaschen, die knallten und gegen den nachtdunklen Himmel schossen.

Jaime Lazarro wurde fünfzig. Und er feierte. Nicht in seinem Haus, nein, er hatte sich ein Restaurant gemietet, das es noch nicht lange gab, aber etwas Besonderes war, denn hier konnte sowohl im Freien als auch unter schützendem Glasdach gefeiert werden.

Es war ein herrliches Fest. Der Besitzer des Schuppens gehörte zu Jaimes Freunden und hatte für die Beleuchtung gesorgt. Lichterketten-Girlanden schwangen durch den Garten und bewegten sich wellenförmig, wenn sie von Windstößen getroffen wurden.

Viel Prominenz hatte Einladungen bekommen und war auch erschienen. Jaime Lazarro galt als lokale Größe, man wollte sich mit einem hohen Polizisten immer gut stellen und zeigte sich in der Öffentlichkeit gern an dessen Seite, auch wenn man selbst eine nicht so reine Weste hatte und so manches Mal auf die uniformierten Staatsdiener fluchte.

Der Champagner floss in Strömen. Auch harte Getränke wurden gekippt wie Wasser.

Dementsprechend war die Stimmung gestiegen, und sie hatte um Mitternacht ihren Höhepunkt erreicht. Man feierte halt in den Geburtstag hinein. Als es so weit war, entkorkte der Chef des Lokals eine Magnum-Flasche Champagner. Aus der Öffnung stieg ein breiter Strahl fontänenartig in die Höhe und fiel als Regen wieder zurück.

Das war etwas für die jungen Frauen, die der Besitzer des Lokals engagiert hatte, um der Feier einen bunten Anstrich zu geben. Eine Drei-Mann-Kapelle spielte das international bekannte Happy Birthday, dann begann die Gratulationskur, in der sich Jaime sonnen konnte.

Ein Mann in den besten Jahren, so hatte er sich immer gern selbst gesehen. Sein Haar ließ er zwar dunkel färben, doch das Schwarz des dunklen Oberlippenbarts war echt.

Er stand dort, wo die Geschenke gestapelt waren, und schüttelte jedem kräftig die Hand.

Gute Wünsche begleiteten ihn. Die meisten waren ehrlich gemeint. Die einiger nicht so »sauberer« Herren unehrlicher.

Man hatte Spaß, man freute sich, und Jaimes Frau, die etwas abseits stand, lächelte gezwungen, wenn sie sah, dass andere Frauen ihren Mann umarmten. Er war kein Kostverächter, während Elana Lazarro doch schon ziemlich matronenhaft wirkte. Da konnte auch das neue Kleid nicht mehr viel kaschieren.

Das Telefon schrillte. Ein Mädchen vom Personal hob ab und gab bekannt, dass man das Geburtstagskind nicht stören dürfe. So ging denn auch ein sehr wichtiger Anruf des Neffen Ernesto unter …

Jaime erfreute sich bester Kondition. Immer wieder stieß er mit dem perlenden Getränk an, und die Warnungen, die er in den letzten Nächten erhalten hatte, waren vergessen.

Die Gratulationskur dauerte über eine halbe Stunde. Erst dann kam Jaime dazu, aufzuatmen.

Der Besitzer des Restaurants lief auf ihn zu. Er trug einen weißen Smoking, streckte den Arm aus und ließ ihn wieder fallen.

Das genau war das Zeichen für die im Hintergrund wartenden Pyrotechniker. Sie hatten schon alles für das große Geburtstagsfeuerwerk vorbereitet, und wenige Sekunden später schossen die ersten Raketen in den Nachthimmel, wo sie sich zu Pilzhauben entfalteten und in farbigen Bögen nach unten fielen.

Ein prächtiges Bild, das alle Geburtstagsgäste in seinen Bann zog. Jeder schaute hin. Ahs und Ohs wurden laut gerufen; man klatschte, und erst jetzt schaffte es Elana, an ihren Mann heranzukommen.

»Darf ich dir auch gratulieren?«, erkundigte sie sich ein wenig scheu, wobei sie aber trotzdem lächelte.

»Gern, meine Kleine.« Er wollte sie in den Arm nehmen, doch Elana schüttelte den Kopf. »Lass das«, sagte sie. »Du riechst nach fremden Parfüms. Es hat dir wohl gefallen?«

Der Mann lachte, seine Augen blitzten dabei. »Welchem Mann hätte es nicht gefallen?«

»Ja, das kann ich mir vorstellen.«

»Bist du eifersüchtig?«

»Das hätte ich mein ganzes Leben mit dir sein müssen.«

»Uns geht es gut.«

Elana nickte. »Sicher, uns geht es gut. Noch«, fügte sie leise hinzu. Ihr Mann hatte sie trotzdem verstanden.

»Wie meinst du das?«

»Denk mal an die Warnungen.«

»Ach die.«

»Nimmst du sie nicht mehr ernst?« Elana war kleiner als ihr Gatte. Wenn er sie ansehen wollte, musste er den Kopf senken, was er auch tat, als er in ihr rundes Gesicht schaute. Sie hatte die Haare wieder streng nach hinten gekämmt und im Nacken zu einem Knoten gebunden. Elana war eben zu sehr Spanierin.

»Jetzt will ich davon nichts mehr hören.«

»Ich muss immer daran denken.«

Fast wütend wehrte er ab. »Willst du mir die Nacht verderben?«, fragte er.

»Nein, Jaime, nein. Ich habe nur Angst, das ist es. Wenn die Freude am größten ist, kann der Schrecken umso stärker sein. Denk daran.«

»Aber nicht heute. Außerdem habe ich für gewisse Sicherheitsmaßnahmen gesorgt.«

»Meinst du die Aufpasser, die überall verteilt stehen?«

»Genau die.«

»Es sind Witzfiguren.«

»Das sagst du. Ich kenne sie besser. Sie haben eine hervorragende Ausbildung hinter sich. Sind im Nahkampf geschult und sorgen für meinen persönlichen Schutz.«

»Wie du meinst.« Sie lächelte ihn an, doch ihre Augen blieben starr. »Amüsier dich noch gut, mein Lieber ...«

Erst als sie schon zwei Schritte zur Seite gegangen war, reagierte das Geburtstagskind. »Wo willst du denn hin, Elana?«

»Ich gehe nach Hause. Das ist mir zu viel Rummel. Ich bin eine alte Frau. Bis später ...«

Was sich Elana in den Kopf gesetzt hatte, führte sie auch durch. Davon hielt sie niemand ab. Sie war ja gegen das Fest gewesen. Sie wollte, dass ihr Mann und sie zu einer Kreuzfahrt starteten und dem Rummel so entgingen.

An der Garderobe lungerte auch einer der Leibwächter herum. Er flirtete mit dem Mädchen, das auf die Mäntel aufpasste. Die beiden fuhren auseinander, als sie Elanas Schritte hörten. Beide fühlten sich wie ertappte Sünder und kriegten rote Köpfe.

»Ich möchte nur meinen Mantel haben«, sagte Elana. »Lassen Sie sich durch mich nicht stören.«

»Senõra«, begann der Leibwächter. »Es ist nicht so, wie Sie vielleicht denken ...«

»Macht nichts, junger Mann. Auch ich war einmal im Alter dieses Mädchens und hätte so etwas gern getan. Leider waren es damals andere Zeiten. Man wurde strenger erzogen.« Sie bekam ihren Mantel gereicht, und der Mann half ihr hinein.

»Darf ich Sie nach Hause fahren, Senõra?«, bot er sich an.

»Das ist nett, aber ich kann selbst auf mich Acht geben. Bleiben Sie mal hier. Außerdem habe ich so gut wie nichts getrunken. Viel Spaß noch, ihr beiden.«

»Danke, Senõra! Und gute Fahrt.«

Elana Lazarro lächelte zum Abschied, bevor sie das Lokal verließ und zu dem geräumigen Parkplatz schlenderte, wo die Gäste ihre Fahrzeuge abgestellt hatten.

Sie fuhr einen Fiat. Er war klein und wendig. Für sie reichte der Wagen. Unter den Bogenlaternen parkte der knallrote Flitzer. Auf dem Wagenblech lag die Feuchtigkeit.

Elana schloss auf, setzte sich hinter das Lenkrad, schaute nach rechts, zum beleuchteten Eingangsportal des Restaurants hinüber und schüttelte den Kopf, bevor sie plötzlich anfing zu weinen. Erst in diesem Augenblick kam ihr voll zu Bewusstsein, wie alt sie eigentlich schon war, dass es einen Unterschied gab, ob ein Mann fünfzig wurde oder eine Frau.

Sie ballte die Hände und dachte daran, dass sie vieles falsch gemacht hatte. Sie hätte sich mehr an dem Leben ihres Mannes beteiligen sollen, stattdessen hatte sie ihre Abende im Haus verbracht und vor Kummer so manches gegessen, was sie nicht hätte tun sollen.

Jetzt bekam sie den Speck nicht mehr weg.

Elana schaute durch die Scheibe. Sie sah sich auch im Innenspiegel an. Ihr Gesicht war durch die Tränen gezeichnet. Das Wasser war aus den Augen geflossen und hatte einen Teil der Schminke nicht nur gelöst, sondern auch so verteilt, dass ihr Gesicht einen maskenhaften Ausdruck bekommen hatte. Sie kam sich vor wie ein Clown.

Ihr Mann war fünfzig geworden. Er feierte, er ließ sich feiern, er stand im öffentlichen Leben.

Wie alt war sie?

Nur drei Jahre jünger, doch sie sah älter aus, wenn sie ehrlich zu sich selbst war.

Plötzlich schüttelte sie sich. Diese Geburtstagsfeier widerte sie einfach an. Sie mochte die Leute auf einmal nicht mehr, die ihrem Mann gratuliert hatten. Alles Lug und Trug. Es gab nur wenige echte Freunde, aber viele Feinde. Zumeist versteckt agierende.

Es widerte sie alles an. Auch der Parkplatz, der Wagen, das Restaurant, sie wollte nur noch weg. Selbst ihr Neffe war nicht zur Feier gekommen. Überhaupt hatte sie keine Verwandtschaft entdeckt. Die wollte der Mann extra einladen und sie nicht unbedingt mit seinen Bekannten und Freunden konfrontieren.

Eine Zigarette wollte sie noch rauchen. Zu Hause würde sie Schnaps trinken, sich ins Bett fallen lassen, noch ein paar Strophen heulen, um die Einsamkeit zu vergessen.

Wie so oft schon …

Sie rauchte und schaute dem Qualm nach, der durch das offene Seitenfenster ins Freie trieb. Aus dem Restaurant hörte sie das Lachen, die aufgeregten Rufe, die leise Musik, dort ging die Feier weiter, und sie vernahm auch die Schritte.

Elana erschrak. Im nächsten Augenblick fiel ein Schatten gegen die Wagentür, und ein Gesicht beugte sich nach unten. »Ich grüße Sie, Senõra Lazarro«, sagte die Stimme.

»Sie sind es, Paul.«

»Ja.«

Paul kam aus Frankreich. Er gehörte zu den Beamten, die als Leibwächter fungierten.

»Haben Sie kein Interesse mehr, Senõra?«, erkundigte er sich.

»Nein, ich möchte nicht mehr.«

»Aber hier ist es auch nicht gut.«

Sie schüttelte den Kopf. »Ich werde auch nicht mehr lange bleiben. Nur noch die Zigarette, dann fahre ich.«

»Soll ich Ihnen einen Mann als Begleitschutz mitgeben?«

»Sie sind sehr lieb, Paul. Es wird nicht nötig sein. Wer mich im Dunkeln mitnimmt, lässt mich im Hellen wieder laufen.« Manchmal blitzte der Humor dieser Frau auf.

»Das dürfen Sie nicht sagen, Senõra …«

»Doch, mein Lieber, doch. Geben Sie lieber auf meinen Mann Acht. Ich komme schon allein zurecht.«

»Wohl fühle ich mich nicht, Senõra.«

Sie nickte, startete den Wagen, wollte fahren und wunderte sich, dass Paul noch immer neben dem Fahrzeug stand. Er hatte sogar eine Hand auf die Kühlerhaube gestützt, und sein Blick war gegen den Himmel gerichtet, wo sich ein roter Schein ausgebreitet hatte.

»Was haben Sie denn, Paul?«

Der Mann drehte sich um, deutete aber weiter in die Höhe. »Sehen Sie das Licht da auch?«

»Ja.«

»Was kann das sein?«

»Ich weiß es nicht.«

»Ich ebenfalls nicht«, murmelte Paul. »Und das ist es genau, was mich stört.«

Die Frau hatte ihren Kopf schief gelegt und auch die Mundwinkel verzogen. »Bestimmt ein Flugzeug, dessen Pilot die Vorschriften nicht beachtet und zu tief fliegt.«

»Nein, Senõra. Bei einem Flugzeug konzentrieren sich die Positionsleuchten auf bestimmte Stellen. Irgendwie kommt es mir nicht geheuer vor. Das hat etwas zu bedeuten.«

»Und wie ...« Sie sprach nicht mehr weiter, denn der Schein konzentrierte sich plötzlich und erreichte ein bestimmtes Gebiet. Es war der Parkplatz vor dem Restaurant, wo er sich ausbreitete und die dort abgestellten Wagen mit einem rötlichen Licht übergoss. Auch die blasse Helligkeit einiger Bogenlampen bekam eine andere Farbe. Weder die Frau noch der Mann hatten eine Erklärung für dieses Phänomen.

Da stimmte einiges nicht ...

Paul löste sich vom Fiat. Er trat einige zögernde Schritte nach vorn und tastete zum Sprechfunkgerät, das in seiner rechten Jacketttasche steckte. Auch die schwere Pistole befand sich noch in der Halfter. Er war also gerüstet.

Elana blieb im Wagen. Sie startete nicht, weil eine plötzliche Neugierde sie umfasst hielt. Jetzt wollte auch sie wissen, was dieses unnatürlich rote Licht zu bedeuten hatte.

Noch musste sie warten.

Sekunden vergingen ...

Die normalen Geräusche der Feier waren für sie uninteressant geworden. Elana spürte auf ihrer Haut ein Kribbeln. Ohne eigentlich einen bestimmten Grund zu haben, dachte sie wieder an die Warnungen, die ihr Mann erhalten hatte.

Am heutigen Abend hatte er sie verdrängt. Vielleicht hätte er das nicht tun sollen, denn das Licht, dessen Ursprung unerklärlich war, sah ihr ziemlich gefährlich aus.

Es war in jeden Winkel eingedrungen, und man konnte es als einen Vorboten bezeichnen.

Plötzlich erschien der andere.

Wie aus heiterem Himmel kam er. Tatsächlich fiel er von oben herab. Ein sausendes Geräusch erklang, als würde eine Windhose entstehen. Dann schälte sich etwas aus der Finsternis des Himmels, wobei gleichzeitig das rote Licht zusammenbrach.

Völlig normal lag der Parkplatz wieder im Schein der Lampen. Nur etwas hatte sich verändert.

Er war da.

Der Inka-Henker!

Und er stand in der Mitte, schaute nur und hielt zwei Waffen in seinen Fäusten.

Die Axt und das Schwert!

Selbst Paul war so überrascht, dass er zunächst einmal nichts tat, nur stehen blieb und sich den Ankömmling anschaute. Woher dieser Mann kam, wusste er auch nicht, aber er war sicher, dass es sich bei ihm um keinen Partygast handelte.

War er überhaupt ein Mensch?

So steif, wie er auf dem Fleck stand, dazu noch auf einem Sockel, konnte er kein Mensch sein. Er sah aus wie eine Figur, die jemand aus der Höhe abgeworfen hatte.

Im Kopf der Frau wirbelten die Gedanken so wild wie ein Hummelschwarm durcheinander. Sie konnte sie nicht in eine Richtung lenken, aber ihr fiel auf, dass ihr Unterbewusstsein ständig etwas in die Höhe spülte.

Sie dachte an die Warnungen, die ihr Mann bekommen hatte. Man wollte ihn töten, weil er ein Lazarro war.

Sah sie jetzt seinen Mörder?

Elana öffnete den Mund, weil sie Paul warnen wollte, nicht weiter auf den Ankömmling zuzugehen, aber der Mann würde sich darum nicht kümmern. Er hatte einen Job zu erledigen, und den würde er ausführen. Koste es, was es wolle.

Paul nahm den direkten Weg.

Regungslos stand der Inka-Henker auf dem Sockel und hörte sich an, was ihm der andere befahl.

»Weg mit den Waffen!«

Die Figur rührte sich nicht. Auch nicht bei der zweiten Warnung. Paul zog seine Pistole. Er war hart geschult worden, und er wusste auch, wann er schießen musste.

Hier war es der Fall.

Töten wollte er den Mann nicht, deshalb zielte er auf sein rechtes Bein, drückte ab und traf.

Die Kugel sirrte als Querschläger davon. Ein wenig Staub spritzte von der Aufschlagstelle noch zur Seite, das war auch alles. Der Unbekannte selbst blieb stehen.

Paul nahm dies alles wahr, schüttelte den Kopf, ging noch weiter und holte das Sprechfunkgerät hervor. An der Langsamkeit seiner Bewegungen war zu erkennen, wie sehr er unter Druck stand. Das hatte er noch nie erlebt, und er drehte sich halb zur Seite, als er das Funkgerät an die Lippen hob und hineinsprechen wollte.

Das alles sah auch Elana Lazarro, und sie sah auch noch mehr, da ihr Blickwinkel sehr günstig war.

Der Inka-Henker bewegte sich.

Er selbst ging nicht, da er mit dem Sockel verwachsen war. Eine andere Kraft hob ihn in die Höhe und drückte ihn lautlos auf Paul zu, der nicht dazu kam, ein erstes Wort zu sprechen, denn auf einmal stand die Figur vor ihm.

Sie bewegte ihren rechten Arm.

Und damit auch die Schwertklinge.

Nicht mal ein Schrei war zu hören. Paul starb lautlos, als sich die Klinge durch seinen Körper bohrte. Er kippte zurück, blieb auf dem Rücken liegen und war tot.

Das alles geschah in einer so unglaublich kurzen Zeit, dass Elana überhaupt nicht in der Lage war, irgendetwas zu unternehmen. Nicht mal schreien konnte sie, obwohl sie mit offenem Mund dasaß und den Mörder anschaute.

Der wandte sich ab, denn er hatte eigentlich ein anderes Ziel. Es war das Restaurant.

Darauf schwebte er zu …

Ich hatte mit meinem Fahrer Glück gehabt. Er kam aus den Bergen, hatte den Pass noch in der Nacht überwunden und fühlte sich deshalb so herrlich befreit. Er redete von Schnee, Glatteis und Serpentinen, die hinter ihm lagen, und dass er sich freute, in den Frühling hineinfahren zu können. Außerdem wartete seine Frau auf ihn, die er seit einer Woche nicht mehr gesehen hatte.

Der Mann war rundum zufrieden.

Im Gegensatz zu mir. Es war keine Unzufriedenheit mit dem Leben an sich, nur machte mir der Fall der killenden Steinfigur schwere Sorgen. Zudem hatte ich den Schock über das schlimme Ableben des jungen Ernesto Lazarro nicht abgeschüttelt.

Ich hatte den Mann gebeten, mich irgendwo in der Stadt abzusetzen, er aber bestand darauf, mich bis zu dem Lokal zu bringen, wo gefeiert wurde.

»Das ist ziemlich neu«, hatte er mir erklärt. »Da dürfen nur Reiche hinein«, bemerkte er noch mit einem Blick auf meine verschmutzte Kleidung. »Bei Ihrem Aussehen …«

»Nehme ich den Hintereingang.«

Für diese Antwort erntete ich bei ihm ein lautes Lachen.

Mir war allerdings nicht danach zumute. Immer öfter schaute ich auf die Uhr und empfand es jetzt als einen Vorteil, dass wir des Nachts durch die Stadt fuhren, so hielt sich der Verkehr wenigstens in Grenzen.

Der Wind hatte die Straßen von den Abgasen gereinigt. Durch das offene Fenster strich er und brachte den Geruch von Meer und Freiheit mit. Der Fahrer musste wohl die gleichen Gedanken gehabt haben wie ich, denn er sagte: »Das ist es genau, was ich an meinem Job so liebe. Die Freiheit. Es sagt mir niemand, was ich tun oder lassen soll. Ich kann fahren und bin mein eigener Herr.«

Ich widersprach nicht.

So rollten wir weiter.

Zeit verstrich, doch irgendwann erreicht man immer sein Ziel. Uns erging es nicht anders. Als wir eine ansteigende Straße hochrollten, sah ich an deren Ende bereits einen bunten Schein.

»Das ist es«, sagte der Mann und ließ seinen Lkw langsam ausrollen.

Ich hatte es verständlicherweise eilig, bedankte mich hastig und hörte noch, wie mir der Fahrer nachrief: »Trinken Sie auch einen Schluck für mich mit.«

»Mach ich.«

Der Mann wendete und fuhr wieder zurück, als ich die breite Einfahrt des Grundstücks erreichte.

Einen Parkplatz entdeckte ich. Die Wagen standen auf der rechten Seite, wurden von blühenden Sträuchern gedeckt, deren Blüten einen süßlichen, schweren Geruch verbreiteten.

Vom Lokal her wehte mir mit dem Wind Musik und ein dumpfes Stimmengewirr entgegen. Hin und wieder unterbrochen von einem hellen Lachen irgendwelcher Frauen.

Nach Panik sah mir dies nicht aus.

Trotzdem hatte ich es eilig, lief über den mit Kies bestreuten Platz und erreichte die Reihe der abgestellten Wagen, deren Karossen im Licht der Bogenlampen schimmerten.

Das Licht war auch so hell, dass ich den dunklen Gegenstand auf dem Boden erkennen konnte.

Zuerst glaubte ich, dass es ein Paket war. Ich irrte mich. Schon Sekunden später erkannte ich die grausame Wahrheit.

Vor mir lag ein Toter!

Ich schaltete sämtliche Gedankengänge aus, als ich ihn erreichte und mich neben ihn kniete. An der Brustwunde war zu erkennen, wie man ihn umgebracht hatte.

Durch einen Stich.

Und der Inka-Henker trug außer seiner Axt noch ein Schwert bei sich.

Dann musste mein Gegner schon hier gewesen sein.

Ich schluckte. Es gefiel mir überhaupt nicht. Zudem dachte ich an die Gäste der Geburtstagsfeier. Wenn der Henker dort erschien, kam es zu einer Panik.

Ich schaute unwillkürlich in den Himmel. Der Inka-Henker wurde von einem rötlichen Schein begleitet, den ich diesmal allerdings nicht sah. Der Himmel blieb dunkel.

In meinem Rücken hörte ich ein Geräusch. Es war das Klappen einer Autotür.

Ich drehte mich noch in der Hocke um und erkannte, dass eine Frau aus einem Wagen gestiegen war. Was sie wollte oder vorhatte, konnte ich nicht sagen, aber sie musste einen Schock erlitten haben, denn als sie ging, schwankte sie wie eine Betrunkene.

Ich sprang hoch, lief zu ihr und stützte sie ab. Ihr Gesicht zeigte Tränenspuren in der verlaufenen Schminke. Sie blickte mich aus großen Augen an, die Mundwinkel zuckten, und dann sprach sie die ersten flüsternden Worte.

»Tot, er ist tot. Vor meinen Augen …«

Eine Zeugin!

So schlimm es sich auch anhörte, ich hätte es nicht besser treffen können. Hoffentlich hatte sie noch die Nerven, mir eine konkrete Aussage zu machen. Behutsam stellte ich die erste Frage. »Sie haben alles gesehen?«

»Si.«

»Wer war es?«

Die Frau schüttelte den Kopf. »Es ist so furchtbar gewesen. Ich saß im Auto und sprach noch mit ihm. Da kam der andere nach dem Schein aus der Luft. Paul ging zu ihm, wollte ihn stoppen, schoss sogar, aber es geschah nichts.«

Sie begann zu weinen, aber sie hatte mir im Prinzip auch genug berichtet. Ich wusste jetzt, dass es tatsächlich der Inka-Henker gewesen war, der diese Bluttat vollbracht hatte.

Noch eine Frage wollte ich beantwortet haben. »Wie heißen Sie, Senõra?«

»Elana Lazarro!«

Damit hatte ich nicht gerechnet. »Sind Sie die Gattin von Jaime Lazarro?«

»Ja. Sie kennen meinen Mann?«

»Seinetwegen bin ich hier.«

Elana trat einen halben Schritt zurück und winkte müde ab. »Gehen Sie lieber wieder. Die Geburtstagsfeier ist beendet. Mit einem Toten vor dem Haus kann man nicht feiern.«

»Ich kam nicht wegen des Festes«, klärte ich sie auf. »Ihr Mann hatte sich mit meinem Chef in Verbindung gesetzt. Es ging um andere Dinge. Vielleicht haben Sie schon von der Warnung erfahren, die ihn erreicht hat. Oder von der Drohung …«

»Das meinen Sie?«

»Ja, ich komme aus London!«

Elana schaute mich an, schüttelte den Kopf und flüsterte: »Es ist zu spät, Senõr, zu spät …«

»Das wollte ich so nicht hinnehmen. Zudem schien sich der Inka-Henker den anderen bisher noch nicht gezeigt zu haben, denn die Geräusche klangen noch völlig normal.

Ich hatte noch eine Bitte an die Frau. »Tun Sie sich selbst einen Gefallen und setzen Sie sich wieder in den Wagen.«

»Und Sie? Ich muss doch zu meinem Mann. Ich will ihn warnen. Er wird auch sterben.«

»Das übernehme ich. Es ist mein Beruf. Deshalb bin ich aus London hergekommen.«

»Ja, wenn Sie meinen …«

Obwohl ich es eilig hatte, nahm ich mir die Zeit, Elana Lazarro noch bis zum Wagen zu bringen.

Sie hockte apathisch hinter dem Lenkrad, während ich mich in Bewegung setzte und auf den Eingang des Restaurants zuschritt.

Es war ein regelrechter Aufgang. Die Stufen bestanden aus Marmor und glänzten im Licht der Wandlampen.

Kaum hatte ich meinen Fuß auf die erste Stufe gesetzt, als es im Innern des Lokals rundging.

Da fielen die ersten Schüsse!

Niemand ahnte etwas von dem Mord, denn die Feier ging weiter. Jaime Lazarro hatte es zur Bedingung gemacht, dass bis zum Hellwerden getrunken, getanzt, gelacht und geflirtet werden sollte, und an solche Bedingungen hielten sich die Gäste gern.

Auch dass Elana gegangen war, störte den Mann nicht mehr. Er kannte seine Frau und ihre Mucken. Da konnte sie noch so alt werden, das Hausmütterchen würde sie immer bleiben.

Zwei Mädchen kamen auf ihn zu. Er kannte sie nicht, aber sie zogen ihn kurzerhand auf die Tanzfläche.

»Mit fünfzig geht es erst richtig los«, sagte die eine, die grün gefärbte Haare hatte und ein Kleid trug, das an bestimmten Körperstellen nur aus bunten Fetzen bestand.

»Das will ich mal sehen.«

»Okay, let's dance!«

Die Kapelle hatte die Aufforderung gehört. Die drei Männer gaben sich Mühe und intonierten einen heißen Rhythmus, der aus einer Mischung aus Popmusik und südamerikanischen Klängen bestand.

Die Mädchen waren in Form. Und sie tanzten, dass an den bestimmten Körperstellen durch die Fliehkraft die Fetzen hochflogen. Und sie zeigten etwas, das rund, fest und griffig war.

So mancher Senõr bekam Stielaugen und leckte sich heimlich die Lippen. Die Frauen schauten weniger froh, aber die beiden Mädchen kümmerten sich nicht darum und machten weiter.

Auch Jaime hielt mit. Er war kerngesund, und diesem Stress erlag er gern.

Auch er schaffte es, sich im Rhythmus der Musik zu bewegen. Das fiel den anderen Gästen auf. Sie versammelten sich um den kleinen Tanzplatz und begannen zu klatschen.

Natürlich blieb das nicht ohne Eindruck auf den Mann.

Durch diesen Beifall fühlte er sich genötigt, noch wilder zu tanzen und zu zeigen, was in ihm steckte.

Der Besitzer sorgte für eine andere Beleuchtung. Versteckt angebrachte Strahlen schossen ihre langen, farbigen Lichtblitze in unregelmäßigen Intervallen ab und übergossen die Tanzenden mit diesem farbigen Muster, sodass sie sich innerhalb einer Minute jeweils in andere Personen zu verwandeln schienen.

Von der Feier bekamen die Leibwächter des Präfekten Lazarro nichts mit. Sie hatten sich an den strategisch günstigen Punkten verteilt, nahmen höchstens mal einen Schluck Orangensaft und widmeten sich ansonsten voll und ganz ihrer Aufgabe.

Sie waren solche Jobs gewöhnt. Zudem mussten sie nicht nur den einen Mann bewachen, auch unter den Gästen befand sich manch Prominenter, der auf den Todeslisten irgendwelcher Terrororganisationen stand.

Das Restaurant besaß auch eine Halle, wo Gäste warten oder einen Aperitif einnehmen konnten, bevor man sie an die bestellten Tische führte. Die Halle war sehr gemütlich eingerichtet. Das gläserne Dach ließ einen freien Blick in den Himmel zu, und auch die beiden Leibwächter sahen plötzlich den roten Schein.

Sie konnten sich ihn nicht erklären, lösten sich von ihren Plätzen und sprachen über das Phänomen.

Beide hatten keine Ahnung. Sie durften ihre Plätze allerdings nicht verlassen.

Nach draußen konnten sie nicht schauen, denn ein Sichtschutz verwehrte ihnen den Blick. Die Gäste wollten es nicht, wenn sie vom Parkplatz her beobachtet wurden.

»Paul ist draußen«, sagte einer der Männer. »Ich werde ihn fragen. Vielleicht hat er etwas gehört und weiß mehr.« Der Sprecher holte sein Sprechfunkgerät aus der Tasche.

Er wollte es schon einschalten, als er die kleine Lampe flackern sah. Da wollte ein anderer etwas von ihm.

Der Mann schaltete auf Empfang, hörte aber nichts. Nur sein Kollege nahm plötzlich eine gespannte Haltung ein.

»Was ist?«

»Ein Schuss.«

»Wo?«

»Wahrscheinlich draußen.«

Die beiden Männer schauten sich an. Sie waren breitschultrig und wirkten wie Zwillinge mit ihren dunklen Haaren und den Schnauzbärten.

»Das gefällt mir überhaupt nicht«, erklärte der Leibwächter mit dem Funkgerät. »Du bleibst hier, Ramon, ich schaue draußen nach, was da geschehen ist.«

»Verdammt!« Ramon hatte das Wort ausgestoßen und deutete auf den Eingang. Dort erschien eine Gestalt, wie die beiden Männer sie noch nie in ihrem Leben gesehen hatten.

Groß, steinern, auf einem Sockel stehend und sich trotzdem bewegend. Außerdem war die Gestalt bewaffnet.

Ein verrückter gefährlicher Traum, der leider zur Realität geworden war, denn von der Schwertklinge, die aus der linken Faust des Eindringlings ragte, tropfte Blut zu Boden.

Die beiden Leibwächter glaubten, ihren Augen nicht trauen zu können. Sie rechneten nicht einmal so sehr mit einer Gefahr, vielmehr dachten sie im ersten Moment an eine besonders makabre Geburtstagsüberraschung für den Polizeipräfekten.

Daher auch ihr Zögern.

Ramon war es schließlich leid. Er gab seinem Freund ein Zeichen. Der andere verstand, zog seine Waffe und wollte dem Kollegen den nötigen Feuerschutz gewähren.

Ramon hatte die Jacke aufgeknöpft. Noch ließ er die Pistole stecken, er war jedoch bereit, sie blitzschnell zu ziehen und auch sofort zu feuern.

Vorher sprach er den anderen an, der eigentlich kein Mensch sein konnte, obwohl er sich bewegte. Erst jetzt sah der Spanier, dass dieser seltsame Mensch eine Handbreit über dem Boden schwebte.

Das war unerklärlich.

Es kostete ihn Mühe, den Überblick zu behalten und den anderen anzusprechen. »Raus hier!«

Da war er genau an den Falschen geraten. Plötzlich wurde die Figur schnell. Selbst Ramon, ein geübter Schütze, konnte seine Waffe nicht mehr aus der Halfter reißen.

Er sah etwas Blitzendes von oben her auf sich zukommen, wurde zuerst von den fallenden Blutstropfen berührt und dann grausam erwischt. Auf der Stelle brach er zusammen, die Schwertklinge war schräg durch seinen Körper gefahren, er spürte den schlimmen Schmerz, und die Wogen der Bewusstlosigkeit rollten lautlos auf ihn zu.

Sein Kollege wollte es nicht glauben. Starr vor Entsetzen hatte er zugeschaut und sah Ramon blutend zusammenbrechen. Er wusste nicht, ob er tot war, aber er musste diesen Killer stoppen.

Der Mann schoss.

Er feuerte und bewegte sich.

Kaum hatte der Inka-Henker sein Schwert aus dem Körper des Schwerverletzten gezogen, als er von den ersten Kugeln getroffen wurde. Die Echos der Abschüsse wetterten durch die Vorhalle, doch die gezielt geschossenen Projektile taten dieser lebenden, grausamen Figur überhaupt nichts.

Sie drehte sich um, wobei der Leibwächter noch Acht geben musste, dass ihn die deformierten Querschläger nicht erwischten und zu Boden streckten.

Dann war der andere an der Reihe.

Diesmal nahm er die Axt.

Er hob einen Arm und drehte sich seinem Feind zu, wobei er direkt in das blasse Mündungsfeuer schaute.

Noch zwei Kugeln fing er sich, dann raste der Arm für ein kurzes Stück nach unten.

Die Axt flog auf den Schießer zu.

Der war es gewohnt, schnell zu reagieren, zuckte auch zur Seite, aber diesmal war er nicht flink genug.

An der Schulter wurde er erwischt.

Es war mörderisch für ihn. Er taumelte zurück, hatte das Gefühl, nur noch einen Arm zu haben, stieß gegen einen Sessel, kippte zurück und fiel hinein.

Der Henker schwebte näher.

Er trug noch sein Schwert, und der Mann rechnete damit, dass ihm der endgültige Tod bevorstand.

Die Figur bückte sich, umfasste den Stiel der Axt und riss die Waffe aus der Schulter des Mannes. Dann drehte sich der Inka-Henker ab und ging davon.

Sein Weg führte ihn in das Restaurant, das eine Glastür vom Vorraum trennte.

Er schlug sie ein und war da!

Auch ich war da!

Aber ich kam nicht mehr weiter, denn von einem Augenblick zum anderen hatte das Erscheinen des Inka-Henkers eine Panik ausgelöst.

Die Menschen wollten nur weg, und sie schwemmten mir förmlich entgegen, sodass ich nicht weiterkam, ohne mir einen Weg durch die Woge aus Körpern zu bahnen.

Zeit verging. Wertvolle Zeit. Ich sah in verschwitzte Gesichter, in Augen, in denen die Angst zu lesen stand, hörte auch die Schreie aus den verzerrten Mündern.

Man rempelte mich an, wollte mich aus dem Weg haben, den ich mir mit den Fäusten und Ellenbogen bahnen musste. Endlich kam ich weiter. Ein schwerer Sessel fiel mir vor die Füße. Ich warf einen Blick drauf und sah auch einen anderen Sessel. Schräg in ihm lag ein Verletzter, aus dessen Schulterwunde das Blut pulste.

Rücksichtslos drängte ich mich vorbei. Ich musste es einfach schaffen, den Henker vor seinem grausamen Mord zu stellen.

Endlich erreichte ich das Restaurant. Die Drei-Mann-Kapelle hörte in diesem Augenblick auf zu spielen. Die Männer standen auf einem viereckigen Podium, das dreiseitig von einer tropischen Pflanzen- und Blütenpracht umgeben war.

Mir wehte ein betäubender Duft entgegen, zusammen mit einer Frische, die von hohen Wasserfontänen gebracht wurde.

Dafür hatte ich keinen Blick. Mich interessierte vielmehr die kleine Tanzfläche, auf der sich zwei angststarre Mädchen befanden und ein schwitzender, fast erschöpfter Mann im mittleren Alter.

Ohne ihn bisher genau gesehen zu haben, wusste ich, um wen es sich dabei handelte.

Es musste Jaime Lazarro sein, das nächste Opfer des mörderischen Inka-Henkers …

Lauter, hektischer und fordernder wurde die Musik. Auch die Musiker gaben ihr Bestes. Selten bei Auftritten hatte man sie so gefordert, aber auch sie ließen sich anstecken und vergaßen die Umgebung ebenso wie die meisten Zuschauer und erst recht die Tanzenden.

Niemand kümmerte sich darum, was im Vorraum des Restaurants geschah. Dort herrschte der Tod, aber hier war Leben, pralles, ungezügeltes Leben, Sex und wilde Gier, denn die Kleider der Mädchen flogen immer höher, sodass auch Jaime erkannte, dass die beiden dunkelhaarigen Sexkatzen nichts unter den Fähnchen trugen.

Das machte ihn noch wilder. Er war fünfzig geworden, und er wollte noch einmal genießen.

Vielleicht die beiden …

Sie tanzten weiter. Arme und Beine befanden sich in ständiger Bewegung. Heißesten Rock entlockten die Musiker ihren Instrumenten. Die Schüsse draußen gingen unter. Immer fetziger wurde die Musik, und es kam der Augenblick, als der Inka-Henker die Tür zerstörte, um freien Eintritt zu haben. Selbst das Splittern der Scheibe war kaum zu vernehmen. Erst als der Henker eine Frau so hart zur Seite in ein Gebüsch schleuderte, dass sie verletzt wurde, sahen die ersten, welch einen ungebetenen Gast sie bekommen hatten.

Zunächst taten sie nichts, der Schreck war ihnen einfach zu tief in die Knochen gefahren. Aber der Henker ließ sich nicht aufhalten. Mit seinen blutigen Waffen in den Händen schritt er weiter auf sein Ziel zu und bahnte sich den Weg.

Jemand stürzte mit einer Wunde am Arm zu Boden, schrie, andere drehten sich um und merkten, in welch einer Gefahr sie sich befanden.

Obwohl die Männer der Kapelle weiter ihre Instrumente malträtierten, brach sich die Panik ihre Bahn.

Entsetzen, Angst und Horror überkamen die Gäste. Die ersten flohen. Sie schrien auch, drängten zur Tür, andere folgten ihnen, doch dem Henker machte es nichts aus.

Er ging weiter.

Stur, unbeirrbar.

Einem Roboter gleich, der nur ein Ziel kannte, und er bekam auch mit, dass die Zurückfliehenden einen Bogen um ihn schlugen, um nicht von seinen Waffen erwischt zu werden.

Auf der Fläche tanzten drei Personen. Selbstvergessen, nur der heißen Musik gehorchend. Die Umgebung interessierte sie nicht. Längst hatte das Geburtstagskind sein cremefarbenes Smoking-Jackett zur Seite geschleudert.

Es lag dem Henker im Weg. Mit der Schwertspitze spießte er es auf und schleuderte es davon.

Freie Bahn für ihn.

Und jetzt sahen ihn auch die Musiker. Zwar hatten sie die Flucht der anderen mitbekommen, über den Grund aber nicht nachdenken können, und sie hatten zudem das Finale des Stückes erreicht und waren noch einmal richtig in Form gekommen.

Bis der erste seine Klarinette wegschleuderte, denn er hatte den Henker entdeckt.

Er schien ebenfalls zu Stein zu werden, als er diese unheimliche, schwebende Gestalt entdeckte.

Sprechen konnte er nicht. Auch die anderen beiden sagten nichts. Sie ließen ihre Instrumente sinken, nachdem die letzten Klänge misstönend verweht waren.

Jaime Lazarro und die beiden Mädchen tanzten weiter. Sie nahmen nicht wahr, dass keine Kapelle spielte. So selbstvergessen waren sie und bewegten sich, als bekämen sie es bezahlt.

Action war Trumpf.

Bis zu dem Augenblick, als die Dunkelhaarige mit dem Fetzenkleid gegen den Mann fiel, sich bei ihm abstützte und keuchend fragte: »He, was ist denn da für einer gekommen?«

»Wo?«

»Dreh dich um!«

Jaime Lazarro hatte es auch vor. Nur schwindelte ihn, sodass es ihm Mühe bereitete, dieser Aufforderung zu folgen. Um nicht zu fallen, hatte er sich breitbeinig aufgebaut. Er musste gebückt stehen, seine Arme pendelten, die Finger waren ausgestreckt, und er glotzte nach vorn.

Röhrend war der Schrei, der über seine Lippen drang, als er den Inka-Henker entdeckte.

Die Mädchen begannen zu kichern. »Begrüßt du jeden so?«

Jaime sagte nichts. Obwohl er diese Figur noch nie in seinem Leben gesehen hatte, wusste er sofort Bescheid. Dieses lebende Monument war gekommen, um ihn zu töten.

Grausam zu vernichten, ein Versprechen einzulösen.

Durch den wilden Tanz war der Mann noch immer völlig erschöpft. Mühsam holte er Atem. Den Kopf hatte er gesenkt. Von der Stirn wurden die Schweißperlen weggeschleudert, wenn er sich bewegte. Verzerrt war das Gesicht. Er wischte sich über die Augen, wollte etwas sagen und merkte, dass seine Kehle zu war.

Es war furchtbar.

Zwei Waffen besaß der Henker. Ein Schwert und eine Axt. Und beide Klingen waren blutig.

Das nahm Jaime Lazarro im Unterbewusstsein auf, ohne darüber genauer nachzudenken. Er wollte nur weg. Endlich schaffte er es, sich in Bewegung zu setzen.

Langsam ging er zurück.

Den linken nach hinten, den rechten Arm nach vorn gestreckt, als wollte er mehrere Feinde zugleich abwehren.

Inzwischen hatten auch die beiden Sexkätzchen bemerkt, dass hier etwas nicht stimmte. Aus ihren ebenfalls glänzenden Gesichtern verschwand allmählich das spöttische Lächeln und schuf einem gewissen Unwohlsein Platz.

»Lass uns weggehen!«, flüsterte die mit dem Fetzenkleid.

Das andere Mädchen nickte. Es fasste den Arm seiner Freundin. Vorsichtig und auf Zehenspitzen gehend, zogen sie sich zurück und passierten auch den Henker, der sich um die beiden erst gar nicht kümmerte. Sein Augenmerk galt einem Lazarro.

Die Rache musste weitergehen!

Obwohl die beiden Partymiezen für ihr Leben gern gerannt wären, wagten sie es nicht und bewegten sich nur im Zeitlupentempo. Dabei behielten sie auch den Henker im Auge, da sie dem Braten nicht trauten.

Der wollte nur Jaime.

Und Lazarro wusste dies. Er versuchte, etwas zu sagen, aber die Erschöpfung und die Angst ließen es nicht zu. So drangen nur keuchende und krächzende Laute aus seinem Mund.

Die Distanz schmolz. Auf leisen Sohlen zogen sich die drei Musiker zurück, denn auch ihnen war klar geworden, dass dies kein Spiel mehr war. Die Instrumente ließen sie liegen.

Jaime Lazarro, der vor wenigen Stunden noch so viele Gäste begrüßt hatte, die sich allesamt seine Freunde nannten, stand plötzlich ganz allein. Verlassen von allen, so war das Leben. Diese Szene hier passte genau in diese Gesellschaft hinein.

Letztendlich konnte man sich auf kaum einen Menschen verlassen.

Zwei Waffen besaß der Henker. Lazarro konnte nicht mal mit einem Taschenmesser dienen. Wenn der andere zuschlug, würde er unter den Hieben der Axt oder des Schwertes blutend zusammenbrechen.

Das war seine Vision, die sich mit jedem Schritt des Henkers der Realität näherte.

Die Blumenkübel des Tropengartens hielten den zurückweichenden Mann auf. Das war für ihn ein gewisses Zeichen. Er kam nicht mehr weiter und musste sich stellen.

Es kostete ihn ungeheure Mühe, sich ein Herz zu fassen und den anderen anzusprechen.

»Wer bist du?«

»Der Inka-Henker.«

»Und weshalb willst du mich töten?«

»Weil du ein Lazarro bist und einer deiner so berühmten Vorfahren Hunderte von Menschen niedergemetzelt hat, um mich, die Statue, zu bekommen und sie seinem König zu schenken. Er brachte sie mit, aber er wusste nicht, wer ich in Wirklichkeit war. Kein Inka, wie viele glaubten. Ich bin älter, viel älter. Ich kam zu den Inkas, weil Atlantis versank, denn ich suchte eine neue Welt für mich, in der ich weiter existieren konnte. Sie nahmen mich auf, sie verehrten mich, denn ich war anders als sie. Ich habe das Blut einer alten Rasse in mir, und die Menschen nahmen mich auf und gaben mir ein hohes Amt. Ich habe gerichtet, ich habe vollzogen, und ich werde auch jetzt richten. Kein Lazarro darf übrig bleiben. Mit Juan begann es, ich tötete ihn endgültig, nahm mir Ernesto vor, und jetzt bist du an der Reihe, Jaime. An deinem Festtag wird dich der Tod ereilen.«

Es war eine verhältnismäßig lange Rede gewesen. Sie hatte Zeit gekostet, die dem Menschen zugute kam, denn er konnte sich in der Zwischenzeit von seiner Erschöpfung erholen.

Die Angst aber blieb …

Sie steckte in ihm, war wie eine würgende Schlinge, doch Jaime kämpfte gegen sie an. Er stand in einem harten Beruf ganz oben. Da durfte man nicht so einfach aufgeben. Gerade nicht in dieser Zeit des Terrors. Also musste er etwas tun.

Aber was?

Fliehen, weglaufen. Aus der Reichweite der gefährlichen Waffen des anderen.

Jaime Lazarro hoffte nur, dass sein Feind nichts von seinen Gedanken erriet. Noch war der Freiraum zwischen ihm und dem Henker groß genug. Aber er verkleinerte sich schnell.

Jaime Lazarro huschte zur linken Seite hinweg. Er lief dorthin, wo sich auch das Podium für die Kapelle befand. Dort lagen noch die im Stich gelassenen Instrumente.

Zwar keine Waffen, aber besser als nichts.

Mit einem Schrei auf den Lippen stürzte der Mann darauf

zu, riss eine Klarinette an sich und hob sie wie zum Schutz hoch vor seinen Oberkörper.

Im gleichen Moment hob auch der Henker den rechten Arm mit dem Beil!

Ich hatte nicht nur die drei auf der Tanzfläche gesehen, auch die Musiker, die sich verzogen, die verletzten Menschen, und bekam nun mit, wie die beiden Mädchen sich zurückzogen.

Sie genau hatten mich daran gehindert, sofort einzugreifen, denn der Henker hätte sie als Geiseln nehmen können.

Zudem bestand für die drei keine unmittelbare Lebensgefahr, und so zog ich mich in die Deckung eines schmalen Barschranks zurück, der mit Flaschen vollgestopft war.

Es fiel mir verdammt schwer, aber ich musste warten und zog in der Zwischenzeit meinen Bumerang hervor.

Die beiden Mädchen schlichen sich davon. Sie hatten sich gegenseitig angefasst. In ihren Gesichtern stand die Angst, die sie empfanden. Sie waren so auf den anderen fixiert, dass sie mich nicht bemerkten, obwohl sie nur eine Armlänge von mir entfernt vorbeischlichen.

Schließlich verschwanden sie rennend, und ich hörte sie auch noch schreien.

Vorsichtig löste ich mich aus meiner Deckung. Der Inka-Henker sprach mit dem anderen und erklärte ihm sein Motiv, das ich mittlerweile ebenfalls kannte.

Auf mich achtete er nicht, deshalb kam ich an ihn heran.

Und ich hielt meinen Bumerang in der Rechten.

Mein Plan war einfach, aber recht wirkungsvoll. Ohne Vorwarnung würde ich die Waffe schleudern und ihm den Kopf von den Schultern holen. Leider machte mir ausgerechnet Jaime Lazarro einen Strich durch die Rechnung. Er hatte sich bisher kaum bewegt, nun wollte er es wissen und huschte nach links weg, genau auf die Instrumente zu. Er bekam eines zu packen, riss es hoch, als auch der Henker handelte.

Langsam, beinahe genüsslich. Wie jemand, der sich seiner Sache völlig sicher ist.

Er wollte die Axt schleudern.

»Lass es sein!«, schrie ich und war ebenfalls bereit, denn ich wollte ihn erwischen, wenn er sich zu mir umdrehte …

Das tat der Inka-Henker nicht.

Was er sich einmal vorgenommen hatte, führte er auch durch. Und so schleuderte er die Axt mit der blutigen Klinge zielsicher gegen den Mann, den er töten wollte.

Es war ein gefährlicher Wurf. Sogar das Pfeifen war zu vernehmen, und Jaime tat aus seiner Sicht sogar haargenau das Richtige. Er riss die Klarinette so hoch, dass sie sich in der Flugrichtung der hart geschleuderten Axt befand.

Die Axt hämmerte dagegen – und kam durch!

Aber sie wurde abgelenkt. Während dem Mann die beiden Teile der Klarinette um die Ohren flogen, duckte er sich und hatte im nächsten Augenblick das Gefühl, als wären ihm das rechte Ohr und ein Stück der Schulter abgerissen worden.

Schreiend warf er sich nieder, wälzte sich am Boden und presste eine Hand auf die blutende Verletzung zwischen Kopf und Schulter.

Aber er lebte.

Das allein zählte in diesen Augenblicken. Jaime war der erste Lazarro, den der Henker nicht geschafft hatte …

Das musste ich ausnutzen.

Ich war selbst von dieser Attacke überrascht worden. Nie hätte ich gedacht, dass der andere seine Axt noch schleudern würde, aber er war eben nicht mit normalen menschlichen Maßstäben zu messen.

Jaime Lazarro konnte nicht abwehren, aber die Wurfrichtung wurde durch seine provisorische Deckung verändert, sodass die scharfe Klinge den anderen nur verletzte.

Das alles nahm ich innerhalb von zwei Sekunden wahr, bevor ich meine silberne Banane schleuderte.

Am Rücken hatte der andere keine Augen. Ob er trotzdem

etwas bemerkt oder geahnt hatte, konnte ich nicht sagen. Es musste aber so gewesen sein, wieso sonst hätte er sich umdrehen sollen?

Er schwebte um die eigene Achse.

Und der Bumerang traf.

Allerdings blieb mir der Triumphschrei im Hals stecken, denn die Waffe erwischte nicht den Inka-Henker, sondern dessen Schwert, das er schräg gehalten hatte und die Klinge somit aufhalten konnte.

Ich sah sie um die Achse des Schwerts wirbeln. Sie bildete einen silbernen Kreis, teilte die Waffe auch und traf erst danach.

Meine Augen wurden groß, als ich sah, was geschehen war. Die Banane steckte mit der gekrümmten Innenseite in der Stirn der lebenden Figur, dicht unter dem Scheitel.

Und da blieb sie auch.

Ich kam nur langsam näher.

Sie schwebte zurück.

Das war nicht mehr so wie sonst. Zitternd, wellenförmig, mal hoch, mal niedriger, auch der rote Schein, der einen plötzlichen Angriff stets begleitet hatte, wollte nicht mehr so recht kommen. Ein zuckendes Flackern, mehr war einfach nicht drin.

Dann fiel der Henker.

Das geschah sehr schnell. Er hämmerte rücklings auf den Boden, und sein Schädel berührte fast die Kante des Podiums.

Wenig später stand ich neben ihm.

Unsere Blicke trafen sich.

Ich las in seinen Augen den Schmerz und die Enttäuschung. Er wollte mir etwas sagen, das schaffte er nicht mehr. Die Magie des Bumerangs war stärker gewesen.

Noch existierte er.

Ich bückte mich, streckte meinen Arm aus und packte die Banane an der rechten Seite.

Mit einem Ruck riss ich sie aus der Stirn des Henkers!

Bisher hatte die schmale Kante des Bumerangs die beiden

Hälften noch zusammengehalten, das war vorbei, als ich die Banane herausgezogen hatte. Plötzlich rieselte Staub aus der klaffenden Stirn. Dem Staub folgte eine gallertartige Masse, die wie Zitronengelee aussah.

Ich trat unwillkürlich zurück und gab dem Henker somit Gelegenheit, sich zu bewegen.

Er kämpfte noch und versuchte, sich mit dem Rest seiner magischen Kraft in die Höhe zu stemmen. Ich schaute seinen Bemühungen zu. Wankend und zitternd kam er auf die Knie, blieb in dieser Haltung. Sein Schädel fiel nach vorn, und aus der Wunde strömte immer mehr von diesem Zeug, das sich auf dem Boden zu einer Lache ausbreitete.

Musste ich noch einmal werfen?

Nein, es war nicht nötig. Die Figur knickte an den Ellenbogen zuerst ein, das schwere Körpergewicht konnte nicht mehr gehalten werden, und vor meinen Fußspitzen krachte sie auf den Boden, wobei der Schädel in der Geleelache liegen blieb und sich die ersten Risse zeigten.

Sie läuteten die endgültige Vernichtung des Inka-Henkers ein.

Ich kümmerte mich um Jaime Lazarro. Die Axt hatte ihm eine schwere Wunde zugefügt. Sein Ohr war fast verschwunden, und auch aus der Schulter strömte Blut. Aber ich ging davon aus, dass ihn die Kunst der Ärzte retten konnte.

Als ich die Polizei und die Rettung alarmieren wollte, hatte mir dies schon jemand abgenommen. Die Männer stürmten mir entgegen, und ich wies sie ein.

Für mich gab es jetzt nichts mehr zu tun. Ich spürte die Erschöpfung, fand irgendwo eine Flasche mit Scotch und nahm einen langen Zug. Dann ließ ich mich in einen der Sessel fallen und schaute zu, wie man die Verletzten abtransportierte.

Außer Paul hatte es keinen Toten mehr gegeben. Auch sein Tod war schon zu viel gewesen, wie auch die anderen Männer, die auf der Liste des Henkers gestanden hatten.

Um den Fall restlos aufzuklären, blieb ich noch einen Tag in Spanien. Erst dann flog ich nach London zurück, wo endlich der Frühling Einzug gehalten hatte.

Hoffentlich wurde es kein Dämonen-Frühling …

ENDE

Bluthand aus dem Jenseits

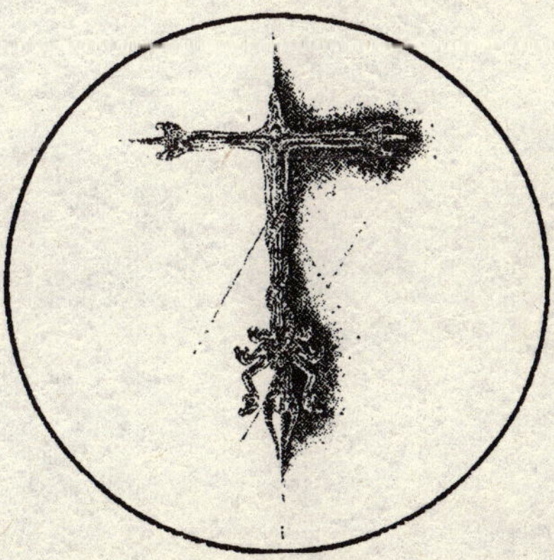

Mein Atem floss ruhig und völlig normal, bis zu dem Augenblick, als er brutal gestoppt und ich aus einem tiefen, wohltuenden Schlaf gerissen wurde.

Es war ein Schock, der nicht allein meine Atmung stoppte, er erhöhte auch den Herzschlag, sodass ich das Gefühl bekam, in meiner Brust würde eine schnell arbeitende Pumpe sitzen.

Gleichzeitig kam die Angst!

Hätte ich nicht so tief und ruhig geschlafen, wäre ich in der Lage gewesen, mich zu wehren. So aber blieb ich auf dem Rücken liegen, spürte den Druck auf dem Mund und konnte nicht mal die Arme bewegen, weil sie von etwas Schwererem gegen die Matratze gepresst wurden. Sie hatten mich, daran gab es keinen Zweifel! Ich war ihnen wehrlos ausgeliefert …

Der Druck auf meinen Lippen blieb. Ich geriet in eine große Atemnot, strampelte verzweifelt mit den Beinen, ohne jedoch diese Reaktion richtig steuern zu können.

Die Arme blieben so liegen, als ich versuchte und es mir auch gelang, den Oberkörper hochzustemmen. Ich hatte die Augen nicht geschlossen. Sie waren weit aufgerissen, so wollte ich die Dunkelheit in meinem Schlafzimmer durchdringen, um zu erkennen, wer mich da im tiefsten Schlaf überfallen hatte.

Das klappte leider nicht so, wie ich es mir gewünscht hatte. Zwar sah ich den Umriss des Fensters, auch einige schattenhafte Wesen, mehr konnte ich leider nicht erkennen.

Es gibt Albträume, da hat man das Gefühl, dass einem etwas Schleimiges auf der Brust sitzt und den Atem nimmt.

So ähnlich war es auch bei mir. Nur musste ich nicht mit *einem* Gegenstand kämpfen, sondern gleich mit mehreren, und dafür war ich einfach zu schwach. Ich kam nicht weg.

Der Mangel an Luft bereitete mir ungeheure Qualen. Durch die abrupte Unterbrechung der Sauerstoffzufuhr hatte ich Schatten vor den Augen, die tanzten und zu regelrechten Wahnbildern wurden. Sie nahmen ständig neue Gestalten und Formen an und wechselten laufend die Farbe, wobei ein düsteres Rot dominierte.

Allmählich wurde mir klar, dass ich mich in Lebensgefahr befand und ich zusehen musste, da wieder herauszukommen. Ich stemmte mich noch einmal gegen die Griffe an, holte letzte Reserven aus meinem Körper – und schaffte es nicht.

Die anderen waren stärker!

Sollte ich so enden? Ich hatte mir eigentlich immer gewünscht, im Bett zu sterben, aber nicht auf diese Art und Weise! Ermordet, erwürgt, umgebracht, ohne den Gegner überhaupt zu kennen.

Nein, das wollte ich nicht.

Aber ich konnte nichts machen, war zur Passivität verdammt.

Der Tod griff nach mir …

Und dann hörte ich die Stimme. Sie klang flüsternd, gleichzeitig rau, aber deutlich, obwohl sie so an meine Ohren drang, als würde der Sprecher meilenweit entfernt stehen.

»Verhalte dich ruhig, und denke immer daran, dass wir dich hätten töten können …«

Diese Worte nahm ich soeben noch wahr, denn ich schwankte auf der Grenze zwischen Wachsein und Bewusstlosigkeit, während hinter meinen Schläfen das Blut hämmerte und kochte. Ich hatte das Gefühl, als wäre mein Kopf um das Doppelte angewachsen, und auch die stechenden Schmerzen verschafften sich dort ihre Bahn.

Dann löste sich der erste Druck. Es war die Pranke, die mir bisher den Mund zugehalten hatte. Ich wollte es kaum glauben, dass ich wieder frei atmen konnte, saugte die Luft in die malträtierten Lungen und spürte auch hier das schmerzhafte Stechen, weil ich es nicht mehr gewohnt war, so tief durchzuatmen.

Es gelang mir einfach nicht, still auf dem Fleck liegen zu bleiben. Ich warf mich von einer Seite auf die andere, wobei mich die Pranken nach wie vor festhielten und mir keinen Fluchtversuch gestatteten.

Bei jedem keuchenden Atemzug hob und senkte sich mein Brustkasten. Meine Kehle schien jemand mit Sandpapier angeraut zu haben. Ich musste husten und würgen zugleich und konnte nicht vermeiden, dass mir Speichel aus dem Mundwinkel floss.

Erst allmählich ging es mir besser, und mir fielen wieder die Worte ein, die man mir gesagt hatte.

»Denke immer daran, dass wir dich hätten töten können …«

Okay, sie hatten es nicht getan. Sie hätten es auch nicht getan. Wahrscheinlich brauchen sie mich noch. Als mir das klar geworden war, kam ich mir nicht mehr so verloren vor und spürte wieder einen Anflug von Optimismus in mir hochsteigen.

Sie hielten mich noch immer fest. Jetzt auch an den Beinen. Da sich meine Sicht wieder gebessert hatte, konnte ich mich auf sie einstellen.

Vier Gestalten zählte ich!

Leider war es in meinem Zimmer zu dunkel, um sie genauer erkennen zu können. Möglicherweise waren es Bekannte von mir, halb-dämonische oder dämonische Wesen, doch bei richtigen Dienern der Finsternis wäre sicherlich mein Kreuz in Aktion getreten. Das aber hatte sich seltsamerweise nicht gerührt, obwohl ich es auch während des Schlafs nicht ablegte und als Schutz bei mir behielt.

Ich irrte mich.

Das Kreuz machte sich sehr wohl bemerkbar. Vorhin, in meiner Not, war es mir nicht aufgefallen. Erst jetzt nahm ich das grüne Leuchten wahr, das dieser Talisman ausstrahlte. Der Schein hatte sich wie ein Kranz um das Kruzifix und einen Teil meines Oberkörpers gelegt.

Ein Kranz aus grünem Licht.

So ganz war ich noch nicht auf der Höhe, sonst wäre mir die Lösung sofort eingefallen.

Plötzlich fiel sie mir ein.

Grüner Schein, den mein Kreuz abstrahlte. Dafür gab es nur eine Erklärung.

Aibon!

Dieses geheimnisvolle Druidenreich jenseits aller Grenzen,

das auch eng mit meinem Schicksal verknüpft war, hatte eine Magie, auf die mein Kreuz in dieser Art und Weise reagierte. Sollte es von Aibon berührt oder gestreift werden, nahm es einen grünen Schein an.

So wie jetzt …

Und dies hieß auch, dass die Gestalten, die mich nächtens besucht hatten, zu den Menschen gehörten, die dem Lande Aibon dienten und mit ihm verwachsen waren.

Keine Gefahr mehr, redete ich mir ein.

Wie ich Aibon und dessen Druiden-Magie einstufen sollte, wusste ich noch immer nicht. Mal Freund, mal Feind – alles war hier möglich. Am besten war es, wenn ich mich diesem Rätsel zunächst neutral gegenüber verhielt.

Die Eindringlinge hatten mich gequält und fast bis an den Rand der Verzweiflung gebracht. Aus diesem Grunde sah ich nicht ein, dass ich ihnen entgegenkam, und blieb zunächst einmal liegen. Sie wollten etwas von mir, ich nichts von ihnen.

Der Druck an meinen Gelenken war völlig verschwunden. Die vier Eindringlinge hielten sich neben der rechten Bettseite auf. Sie standen dabei nicht im Pulk zusammen, zwei hatten sich an die offene Tür gestellt, um mir so einen eventuellen Fluchtweg zu versperren.

Daran dachte ich nun überhaupt nicht. Es hätte keinen Sinn gehabt. Die vier hatten mir ihre Kraft bewiesen, das reichte. Jetzt war ich gespannt darauf, was sie tatsächlich von mir wollten.

Ich richtete mich ruckartig auf und hatte mir ein wenig zu viel zugemutet, denn mein Kreislauf war noch nicht so stabil. Das bewiesen der Schwindel und das leichte kreisende Gefühl in meinem Körper.

»Kann ich aufstehen?«, fragte ich spöttisch.

»Ja«, erwiderte jemand aus dem Dunkel.

Ich schwang die Beine herum. Dabei gelang es mir, einen Blick auf die Uhr zu werfen.

Der Digitalwecker zeigte zwei Stunden nach Mitternacht an. Beste Schlafenszeit also, und mich riss man auf so brutale Weise aus dem Schlummer. Da mussten sich die anderen schon eine besondere Ausrede einfallen lassen, um mich nicht auf die Palme zu bringen.

Ich stand neben dem Bett und rieb mir die Augen. In meinem Schlafanzug kam ich mir lächerlich vor und fragte, ob ich mir etwas überziehen könnte.

»Nicht nötig.«

»Wenigstens den Bademantel.«

Das gestattete man.

Als ich ihn übergestreift und den Gürtel verknotet hatte, wurde auch der Weg zur Tür freigegeben. Die Geste war mir klar. Ich sollte in den Wohnraum gehen.

Noch immer konnte ich die Gestalten nicht genau erkennen. Wenn ich mich ihnen näherte, zogen sie sich stets in das Dunkel des Schlafzimmers zurück. Wollten sie nicht erkannt werden?

Ich wusste es nicht.

Sie ließen mich vorgehen. Ich durchquerte die schmale Diele und betrat den Wohnraum. Es roch noch nach dem letzten Rauch der Zigarette, die ich vor dem Schlafengehen gequalmt hatte. Ansonsten war aufgeräumt. Nach meinem gefährlichen Spanien-Trip war ich endlich wieder früh zu Bett gegangen und hatte mich schon gegen 22 Uhr hingelegt.

Automatisch tastete meine Hand zum Lichtschalter, als sich eine kühle Klaue auf mein Gelenk legte.

»Kein Licht, Sinclair!«

Ich behielt die Hand in der Ruhelage und konzentrierte mich auf den Griff. Wie kalter Teer fühlte sich die Hand an. Am liebsten hätte ich sie gepackt, mich umgedreht und den Gegner zu Boden geschleudert, doch mein Gefühl sagte mir, dies nicht zu tun.

»Okay, du kannst loslassen!«

Die Hand verschwand wieder. Auch ich hielt mich an die Abmachungen und ließ das Licht ausgeschaltet.

Mittlerweile kam ich mir in meiner eigenen Wohnung vor wie ein Fremder, denn ich wurde abermals dirigiert. Der gleiche Sprecher wies mich an, in einem Sessel Platz zu nehmen.

Noch blieb ich stehen. »Und dann?«, fragte ich.

»Setz dich!« Die beiden Worte waren scharf gesprochen worden. Da schien jemand keinen Spaß zu verstehen.

Für mich war es ebenfalls kein Spaß, doch die Neugierde siegte bei mir. Ich wollte endlich wissen, wie der Hase lief, deshalb tat ich ihnen den Gefallen und hockte mich in einem Sessel nieder, der mit dem Rücken zur Wand stand, sodass ich merken musste, wenn sich jemand von hinten anschleichen wollte.

Die Spannung erhöhte sich, und ich beobachtete die vier Eindringlinge aus großen Augen.

Noch immer verzichteten sie auf eine Beleuchtung, aber sie bewegten sich in meiner Wohnung so sicher, als hätten sie schon Jahre darin gelebt.

Die vier blieben vor mir. Sie redeten auch nicht und verständigten sich nur durch Blicke. In die Gesichter hatte ich bisher noch nicht schauen können. Sie waren mir stets abgewandt, dennoch wurde ich das Gefühl nicht los, unter einer ständigen Kontrolle zu stehen.

Ich schielte wieder auf das Kreuz. Der schwache grüne Schein war noch vorhanden. Es meldete mir stets, wenn eine fremde Magie sich in seiner Nähe befand. Normalerweise erwärmte es sich, wenn es mit gegensätzlichen Kräften zusammentraf, das war bei der Druiden-Magie nicht der Fall. Da setzte es vielleicht instinktiv eine Abwehrkraft ein und nahm einen so unnatürlichen grünen Schimmer an.

Zerstört hatte das Kreuz die Druiden-Magie nicht. Beide hielten sich die Waage, wahrscheinlich waren sie auch gleich stark.

Die vier Eindringlinge hatten jetzt ihren genauen Standplatz gefunden. Ein Tisch war von ihnen noch zur Seite gerückt worden und auch ein im Weg stehender Sessel, sodass sie sich einen freien Raum schaffen konnten.

Mir drehten sie ihre Profile zu. Sie selbst standen sich gegenüber. Zunächst regungslos, dann streckten sie ihre linken Arme aus, sodass die Fingerspitzen eine Ebene bildeten.

Die rechten Hände verschwanden in den Taschen ihrer

dunklen Jacken. Sie holten etwas hervor, das ich nicht erkennen konnte, zudem wurden die Gegenstände von den Handflächen verborgen.

Gesprochen hatten sie nicht mit mir. Sie standen da, warteten ab, und mir kam es vor, als sollte ich irgendeine Demonstration ihrer Macht erleben.

Natürlich machte ich mir meine Gedanken, und ich war auch schon zu Schlussfolgerungen gelangt. Die Eindringlinge, die ich hier sah, konnten nur die Männer in Grau sein. Geheimnisvolle Boten des Landes Aibon, die hin und wieder in dieser Welt auftauchten, um irgendeinen Auftrag zu übernehmen. Was diese Aufträge genau beinhalteten, das hatte ich nicht herausbekommen, auch wenn ich versuchte, mit ihnen zu reden, hielten sich die Männer stets mit einem Mantel des Schweigens bedeckt.

Im Prinzip drehte sich alles um Druiden und deren magische Energien. Ich erinnerte mich daran, dass es für einen Nichtdazugehörenden, wie ich es war, aus dem Land Aibon keine Rückkehr mehr geben sollte. So jedenfalls lauteten die ungeschriebenen Gesetze, aber ich dachte auch daran, dass ich irgendwann nach Aibon musste, wenn ich das Rätsel um den Dunklen Gral lösen und auch die beiden letzten Dolche, die Mandra Korab gehörten, finden wollte.

Diese Probleme lagen noch vor mir und warteten auf eine Lösung. Sollte mich der Besuch dieser Männer in Grau meinem Ziel vielleicht einen Schritt näher bringen?

Ich wartete ab und vernahm plötzlich wieder die Stimme des Sprechers. Er redete mit mir, ohne mich anzuschauen, und sagte: »Was du gleich erleben wirst, ist die reine Druiden-Magie. Du bist einer der wenigen, dem wir dies zeigen, aber du solltest sehr genau auf die magische Projektion schauen, die wir dir bieten werden.«

Schon wieder eine magische Projektion. Es lag nicht lange zurück, da hatte ich so etwas Ähnliches erlebt, als mir Lupina, die Königin der Wölfe, auf diese Art und Weise erschienen war.

»Ich warte.«

Lange ließen sie mich nicht mehr im Unklaren. Es ging alles sehr schnell, denn ihre Hände hatten sie so gedreht, dass sich die Steine gegenüberlagen.

Und diese Steine waren gefüllt mit einer reinen, für mich noch nicht erklärbaren Magie. Sie konnten zerstören, sie konnten aufbauen. Im ersten Augenblick nahm ich an, dass sie etwas vernichten wollten. Das stellte sich zum Glück als Irrtum heraus, denn die vier Strahlen, die sich trafen, vereinigten sich zu einer Art Leinwand, die sich so ausbreitete, dass sie ein Rechteck zwischen den Männern in Grau bildete.

Und dies in der fahlgrünen Farbe der Eichenkundigen.

Grün ist in.

Grün ist die Umwelt, aber auch die Gefahr, wie ich es einige Male erlebt hatte.

Ich schaute sehr genau hin, sah aber nur die grüne Fläche, die innerhalb meiner Wohnung zitterte. Sie beinhaltete eine sehr starke Magie, das erkannte ich auch an meinem Kreuz, denn sein ebenfalls fahlgrünes Strahlen hatte sich verstärkt.

»Es muss dir eine Ehre sein, dass wir zu dir gekommen sind, John Sinclair«, vernahm ich eine Stimme. »Es werden Zeiten kommen, wo du an Aibon nicht vorbeigehen kannst. Besonders der Dunkle Gral wird in den Vordergrund treten, sodass er irgendwann eine Geisterdämmerung einläuten kann. Aber das liegt in der Zukunft. Bisher hatte Aibon in Ruhe existiert, die Zeiten ändern sich, sie sind dabei, allmählich zur Vergangenheit zu werden. Auch wir könnten uns öffnen, und das, was wir längst glaubten, vergessen zu haben, ist wieder an die Oberfläche unserer Existenz getreten. Du wirst einen Teil davon sehen und dich dann entscheiden müssen. Gib genau Acht, Geisterjäger, sehr genau ...«

Nach dieser Rede war ich gespannt und schaute auf die magische Leinwand in meinem Raum.

Das grünliche Leuchten blieb bestehen, aber in seiner Mitte schälten sich allmählich die Konturen eines anderen Gegenstandes hervor. Natürlich hatten mich die Worte des Mannes in Grau neugierig gemacht. Alles, was mit dem Bereich der

Druiden zusammenhing, interessierte mich. War es nun positiv oder negativ, zudem hatten die Druidenhelfer den Begriff des Dunklen Grals erwähnt. Für mich das Rätsel überhaupt. Ich würde viel darum geben, es zu lösen. Die Kontur wurde deutlicher. Sie blieb auch nicht auf nur einen Gegenstand beschränkt und zeigte schon sehr bald eine gesamte Szene. Einen hohen rechteckigen Block erkannte ich. Er war dunkler als die magische Leinwand, deshalb sah ich ihn auch so konturenscharf.

Der Block stand hochkant. Mir kam er vor wie ein Grabstein, aber das war er wohl nicht. Und er blieb auch nicht schwarz und leer, denn in seiner Mitte und ebenfalls übermäßig groß, schälte sich etwas hervor.

Heller als der Stein und ein Gegenstand, den jeder Mensch besitzt.

Es war eine Hand!

Riesig, gewaltig, hölzern und dabei dennoch geschmeidig wirkend. Angst einflößend ebenfalls, sodass ich mir wünschte, nie von dieser Hand berührt zu werden.

Aber das war nicht alles.

Die Hand stand etwas schräg, trotzdem konnte ich genau auf ihre Fläche schauen.

Und dort sah ich etwas. Es quoll hervor, war eine Flüssigkeit, die aussah wie zäher, roter Sirup.

Sirup war es nicht.

Ich bekam sehr schnell die Erklärung durch den Sprecher der vier Männer in Grau.

»Was dort aus den Poren quillt, Geisterjäger John Sinclair, ist ein besonderer Saft, wie mal jemand sagte. Es ist Blut, und zwar das Blut der Menschen, die diese Hand getötet hat. Wir haben ihr einen Extranamen gegeben. Wir nennen sie die Bluthand aus dem Jenseits ...«

Nach diesen Worten legte der Sprecher eine Pause ein, damit es mir gelang, mich mit dem Anblick dieser gewaltigen Klaue besser vertraut zu machen. Sie war tatsächlich etwas

Besonderes, und ich hatte so eine große Klaue noch nicht gesehen, sah ich einmal von Menators Steinklauen ab.

Diese hier war nicht so groß, und sie bestand auch nicht aus Stein, das konnte ich sehen. Steine zeigten nicht die Maserung oder Poren wie der Gegenstand auf der magischen Leinwand.

Diese Hand musste aus Holz sein.

Makaber wirkte das rote, zähe Blut, das aus bestimmten Poren quoll. Es war wie ein Schleim, der sich zunächst unter den Öffnungen sammelte, bevor die Masse so viel geworden war, dass sie an der Fläche nach unten rinnen konnte.

Das war nicht alles. Auch aus den gekrümmten Fingerkuppen drangen Blutstropfen.

Unter den ebenfalls hölzern wirkenden Nägeln entstanden sie, wurden zu großen Tropfen und folgten ebenfalls der Anziehungskraft, als sie sich lösten und nach unten klatschten.

Ein blutiger Tropfenregen verließ die Hand, und ich schaute mit einer gewissen Faszination und auch Abscheu zu.

Was wollten mir die Männer damit zeigen?

Ich wollte schon eine Frage stellen, als ich einen Teil der Lösung erfuhr.

»Diese Hand«, sagte der Sprecher, »ist etwas Besonderes. Sie besteht aus dem Holz der Eiche und wurde als magischer Fetisch irgendwann einmal angebetet. Aber sie kehrte um, sie verschrieb sich dem Bösen, das wussten einige Druiden, die ebenfalls den Pfad der Tugend verlassen hatten und die Hand für ihre Pläne einspannten. Sie funktionierten sie um. Aus der Hand wurde ein Mordinstrument. Gerechte, die von den Druiden gerichtet worden waren, starben durch ihren Druck. Die Hand senkte sich auf sie und zerquetschte sie. Das Blut der Opfer saugte sie auf, und es ist genau dieser Lebenssaft, der jetzt wieder aus den Poren quillt ...«

Der Sprecher beendete seine Erklärung, obwohl ich noch Fragen gehabt hätte.

Gleichzeitig verschwand auch die Leinwand so schnell, wie sie gekommen war, und nichts mehr blieb zurück.

Ich atmete tief durch.

Mittlerweile war ich richtig wach geworden. Längst wusste ich, dass dieses Eindringen der vier etwas mit der Hand und mit mir zu tun hatte, aber ich hielt mich zurück.

Sie standen noch vor mir. Ihre Gesichter waren mir zugedreht. Hellgraue Flecken im Dämmer der Wohnung, mehr waren sie nicht.

»Ich habe sie gesehen«, erwiderte ich. »Aber was hat die Hand mit mir zu tun?«

Die Antwort ließ nicht lange auf sich warten. »Du sollst sie zerstören, John Sinclair.«

»Wie nett.«

Der andere ging auf meinen Spott nicht ein. »Es ist uns sehr ernst damit. Wir wollen, dass du diesen Schandflecken von uns nimmst.«

»Weshalb macht ihr es nicht?«

»Das hat bestimmte Gründe«, erwiderte der andere ausweichend.

»Die ich nicht erfahren soll.«

»Ja.«

»Und wenn ich nein sage?«

Ein leises Lachen klang mir entgegen. »Ich an deiner Stelle würde zustimmen ...«

»Nein, es soll auch keine Erpressung sein. In dieser Welt sagt man dazu Geschäft. Machen wir ein Geschäft, Geisterjäger. Einverstanden?«

»Kommt darauf an.«

»Du wirst die Hand zerstören und hast somit einen Zugang zu Aibon gefunden, und vielleicht bist du damit näher an das Rätsel des Dunklen Grals herangekommen.«

»Moment. Was hat die Hand mit dem Gral zu tun?«

»Nichts.«

»Na bitte.«

»Aber Aibon und der Dunkle Gral hängen zusammen. Nicht nur die beiden, John Sinclair. Auch das, was dich als Sohn des Lichts ausweist, steht mit dem Dunklen Gral in Verbindung. Das Kreuz und der Gral, so unterschiedlich sie auch sein mögen, haben mehr gemeinsam, als du dir bisher noch vorstellen kannst …«

Das allerdings war eine Überraschung für mich. Obwohl es für mich schlecht vorstellbar war, wollte ich den Sprecher nicht als Lügner sehen. Mein Kreuz hatte seit seiner Entstehung einen langen Irrweg hinter sich und bestimmt schon Dinge »gesehen«, die für mich ein Rätsel waren. Natürlich wollte ich unbedingt alles aufklären. Nun gab man mir eine winzige Chance, die Dinge anders zu sehen und vielleicht einen Schritt näher an das Ziel heranzukommen.

»Du denkst nach?«

»Ja.«

Er versuchte, mich zu beeinflussen. »Es wäre nicht gut für dich, dich gegen uns zu entscheiden.«

»Soll das eine Drohung sein?«

»Wir drohen nie, wir handeln, Sinclair. Das solltest du inzwischen wissen.«

»Und wenn ich zustimme?«

»Wirst du der Hand begegnen und sie zerstören.«

»Ist das alles?«

»Ja.«

»Verdammt, ich glaube euch nicht!«, flüsterte ich. »Da ist ein Trick dabei. Ihr wollt mich reinlegen. Ich kenne eure Stärke, ich weiß, wie mächtig ihr seid. Es wäre doch für euch ein Kinderspiel, die Hand zu vernichten, auch wenn sie so groß ist und so schlimm aussieht. Nein, darauf lasse ich mich nur ein, wenn ich die gesamte Wahrheit erfahre. Außerdem würde ich nicht allein gegen sie kämpfen und meinen Partner mitnehmen …«

»Dagegen haben wir nichts.«

»Hat sie irgendetwas mit Guywano zu tun?«, wollte ich wissen. Guywano war ein abtrünniger Druide. Gegen ihn hatte ich schon zweimal gekämpft.

»Diesmal nicht.«

»Welches Motiv sollte mich dann leiten?«

»Willst du nicht Erfahrungen sammeln?«

Ich begann zu lachen. »Die habe ich im Laufe der Jahre

gesammelt. Damit hättet ihr mich früher reizen können, heute nicht mehr. Ich stecke in einer Mühle, aus der es für mich persönlich kein Entrinnen mehr gibt. So nicht, Freunde.«

»Die Hand tötet weiter«, sagte er mir. »Sie vernichtet auf grausame Weise, und dagegen bist du doch – oder?«

»Das stimmt schon …«

»Dann hast du ein Motiv.«

»Das geschieht in eurem Land, in Aibon, nicht hier. Was geht es mich an? Ihr seid bisher ohne mich zurechtgekommen, das wird jetzt auch so sein. Nein, ich habe andere Sorgen. Irgendwann wird sich mein Weg mit dem euren kreuzen, das steht fest. Ich will es nicht beschleunigen.«

»Auch nicht, wenn du die beiden Dolche finden kannst?«

»Ich weiß, dass sie in Aibon verschwunden sind. Ich würde sie gern haben, um sie Mandra Korab, ihrem eigentlichen Besitzer, zurückzugeben. Aber das ist nicht so dringend, wie du vielleicht angenommen hast. Ihr habt mich nicht überzeugen können.«

Der Mann in Grau nickte, ohne dass ich sein Gesicht sehen konnte. »Wenn du so sprichst, hast du aus deiner Sicht Recht. Nur hast du einige Fehler gemacht. Denkfehler, denn die Hand hat wohl etwas mit dir zu tun. Erstens befindet sie sich nicht nur in unserer Welt, und zweitens sucht sie immer Opfer.«

»Das weiß ich.«

»Weißt du auch, wen sie sich als nächstes Opfer ausgesucht hat?«

»Nein.«

»Es ist eine Frau. Miriam di Carlo!«

Verflucht, damit hatte er mich getroffen! Natürlich kannte ich die rothaarige Miriam. Sie war ein Mensch, ein sehr sensitiver sogar, denn sie fühlte und ertastete magische Strömungen. Sie war eine Warnerin gewesen, mit ihr hatte ich ein schreckliches Abenteuer erlebt und London zerstört gesehen. Später hatte ich erfahren müssen, dass in ihren Adern das Blut der Druiden floss. Miriam di Carlo war von

Aibon geholt worden, weil andere Kräfte der Meinung waren, dass ihr Platz allein in dem Reich der Druiden sein sollte und nicht auf der normalen Welt. Deshalb hatte man sie auch nach Aibon geholt.

»Was hat Miriam di Carlo mit der Hand zu tun?«, erkundigte ich mich vorsichtig.

»Sie soll eines der nächsten Opfer sein. Man will sie vernichten. Das ist alles, und das sollte auch reichen.«

»Ja, das reicht«, flüsterte ich. Diesen Hammer hatten sich die Männer in Grau bis zum Schluss aufbewahrt. Ich holte tief Luft, wischte über meine klebrige Stirn und schüttelte den Kopf.

Jetzt hatten sie mich. Das andere interessierte mich nicht einmal so, aber Miriam war etwas anderes. Diese Frau hatte an meiner Seite gestanden, ich mochte sie, wir waren uns sympathisch gewesen, obwohl sie auf mich immer einen geistesabwesenden und traurigen Eindruck gemacht hatte.

Nun, sie war verschwunden und hatte mir erklärt, dass Aibon ihre eigentliche Heimat war und sie sich auch dort hingezogen fühlte. Konnte ich sie im Stich lassen?

Normalerweise nicht, aber bei diesen Burschen hier war ich sehr misstrauisch. Die legten mich rein, und ich konnte nichts dagegen tun. »In welch einer Verbindung steht die Hand mit Miriam di Carlo?«, wollte ich wissen.

»Was haben die beiden miteinander zu tun?«

»Wir wissen es nicht.«

»Was wisst ihr dann?«

»Dass sie unterwegs ist.«

»Also auf meiner Welt. Dort muss sie …«

»Das kann ich nicht sagen. Du musst die Hand finden. Ob in deiner Welt oder in der unserigen, das spielt keine Rolle. Sie ermöglicht dir jedenfalls das Hineinkommen nach Aibon.«

»Gut. Gesetzt den Fall, ich stimme zu. Was muss ich tun?«

»Miriam di Carlo finden.«

»Und dann?«

»Wirst du versuchen, die Hand zu zerstören.«

»Womit?«

»Besitzt du nicht genügend Waffen? Du hast dein Kreuz. Denk daran, dass es zusammen mit dem Dunklen Gral …«

»Redet endlich!«, fuhr ich ihm in die Parade. »Welch eine Verbindung gibt es zwischen den beiden?«

Die Männer in Grau schienen zu merken, dass ich mich nicht mehr länger hinhalten lassen wollte. »Was hat es mit meinem Kreuz und dem Dunklen Gral auf sich?«

»Wenn wir dir etwas darauf erwidern, wirst du dann zustimmen?«

»Ich lasse mich nicht erpressen, das habe ich schon einmal erwähnt.« Allmählich bekam ich Oberwasser, denn die anderen wollten etwas von mir und nicht umgekehrt.

»Die Menschheit hat immer über den Gral gerätselt«, bekam ich zur Antwort. »Viele Legenden sind über die Schale geschrieben worden, in der das Blut Christi aufgefangen wurde. Das sollte der Gral sein. Aber es ist viel komplizierter, als die Menschen überhaupt glauben. Dein Kreuz hat etwas damit zu tun, die Gralserzählungen, das Land Südfrankreich und Nordspanien und die Templer-Ritter. Sie werden für dich zu einem Meilenstein werden, falls du überlebst. Mehr kann ich dir nicht sagen …«

Das war wenig und schon verdammt viel.

Ich dachte über das Gehörte nach. Auf viele Rätsel war ich in meiner bisherigen Laufbahn gestoßen, aber die geheimnisvollen und sagenumwobenen Templer Ritter hatten meinen Kurs bisher noch nicht gekreuzt. Nun hörte ich, dass sie praktisch ein Zwischenglied zwischen dem Gral, Aibon und meinem Kreuz waren.

Wahrheit, Lüge, Spekulation?

Ich zog ein zweifelndes Gesicht, das auch von den vier Männern in Grau bemerkt wurde.

»Es sieht so aus, als würdest du uns nicht glauben«, hörte ich wieder die Stimme des Sprechers. »Ich kann dir jedoch versichern, dass wir dir die Wahrheit gesagt haben. Die reine Wahrheit. Wenn du weiterforschst, wirst du sie noch herausfinden.«

Ich nickte.

»Ist das dein Einverständnis?«

Tief holte ich Luft. Ich konnte zustimmen und ablehnen. Noch schwankte ich, ließ mir das Gehörte in Windeseile durch den Kopf gehen und war schließlich dafür.

»Wir hören …«

»Also gut«, erwiderte ich. »Ihr habt mich überzeugen können. Ich werde versuchen, Miriam di Carlo zu helfen und dabei auch die Hand zerstören. Das ist mein Wort.«

Der Mann in Grau nickte. »Dann kann ich dir alles Weitere sagen, das du noch wissen musst.«

»Was ist es denn?«

»Nicht viel. Eigentlich nur, dass der Zeitpunkt günstig ist, denn es gibt Menschen, die haben es verstanden, Kontakt mit der Hand aufzunehmen und sie in die normale Welt zu holen.«

»Wer sind diese Leute?«

»Iren!«

»Ich muss also nach Irland?«

»Ja. Da wirst du sie finden können. Wo die Druiden ihre Heimat hatten, versucht eine Gruppe von Rebellen, gegen die Soldaten mit den Mitteln der Magie anzukämpfen …«

Ich sprang auf. »Moment mal. Was soll das heißen. Gerate ich in einen Terrorkrieg, den die Separatisten …«

»Es lässt sich nicht vermeiden.«

Ich wollte den Kopf schütteln, aber ich hatte zugestimmt und mein Wort gegeben. Zudem gehöre ich zu den Menschen, die sich an ein gegebenes Wort gebunden fühlen, also nickte ich.

»Ich wusste, dass du so reagieren würdest«, lobte man mich. »Deshalb sage ich dir jetzt den Ort. Er heißt Cockway. Merke dir den Namen gut, John Sinclair. Cockway …«

»Schon geschehen.«

»Wir wünschen dir viel Glück«, erklärte der Mann in Grau und fügte ein Lachen hinzu, dessen Klang mir überhaupt nicht gefiel. »Du wirst das Glück gebrauchen können, denn du kämpfst auch gegen uns!«

Ich dachte, mich laust der Affe. Doch die vier ließen es nicht zu, dass ich weitere Fragen stellte. So lautlos, wie sie gekommen waren, verschwanden sie auch wieder.

Sie gingen aufeinander zu, legten die Steine in ihren Handflächen gegeneinander und schafften so eine magische Sphäre, die sie einhüllte und wegtransportierte.

Ähnlich wie bei Myxin und Kara, wenn die beiden den Zeitsprung wagten und andere Dimensionen besuchten.

Allein stand ich in meinem Wohnraum und schüttelte den Kopf. Es dauerte eine Weile, bis ich mich wieder gefangen hatte. Der Besuch kam mir vor wie ein Traum.

Es war keiner, das wusste ich genau. Es hatte sich alles so abgespielt, wie es in meiner Erinnerung stand. Ich hatte Besuch der vier Männer in Grau gehabt. Und ich hatte zugestimmt, ihnen zu helfen.

Cockway hieß der Ort.

Den Namen hatte ich noch nie gehört, dennoch spürte ich bereits jetzt ein Gefühl der Beklemmung, und ich war gespannt darauf, was mein Freund Suko dazu wohl sagen würde …

»Du bist verrückt, so etwas anzunehmen«, hatte er gesagt und gleichzeitig seinen Koffer gepackt.

»Hättest du anders gehandelt?«

»Nein.«

»Dann bist du auch verrückt.«

»Ja.«

»Ihr seid es eben beide«, hatte Shao hinzugefügt. »Lasst euch auf so windige Sachen ein, die möglicherweise ins Auge gehen können. Ihr habt kaum Anhaltspunkte.«

»Doch«, widersprach ich. »Miriam di Carlo, mein Kreuz, die verdammte Holzhand …«

Sie winkte ab. »Hast du sie gesehen?«

»Ich erzählte doch …«

»Das war doch nicht echt, John. Ich an deiner Stelle wäre nicht gefahren und hätte erst einmal nachgeforscht.«

»Das müssen wir eben auf der grünen Insel.«

Es war die Besorgnis, die aus Shaos Worten sprach. Der Umgang mit Dämonen war uns schließlich geläufig, aber mit Separatisten oder Terroristen wollte ich nichts zu tun haben. Aus diesem verdammten Krieg wollte ich mich heraushalten, denn ich hatte vor einiger Zeit erlebt, wie hart und brutal diese Kommandos zur Sache gingen, denn in den einsamen Hochtälern wurden auch Terroristen für den Orient ausgebildet. Vor allen Dingen unser Freund Bill Conolly hatte dies deutlich und schmerzhaft zu spüren bekommen.

Daher war Shaos Sorge verständlich.

Wir aber hatten uns nicht abhalten lassen, auch den Segen unseres Chefs, Sir James Powell bekommen, und waren nach Irland gefahren. Dort hatten wir uns einen Wagen geliehen und rollten auf Cockway zu.

Suko und ich hatten uns für ein Allradfahrzeug entschieden. Es gibt zwar gute Straßen in Irland, aber auch noch viele Pisten, besonders in den Bergen des Südens.

Mich machte diese herrliche Landschaft immer besonders an. Vor allen Dingen im Frühling. Die Sonne schien auf die schier endlos erscheinenden Schafsweiden und wärmte die Steine der so bekannten Wälle, die Grundstücke, Wiesen und Weiden einrahmten.

»Ein Land, das der Herrgott in einer guten Laune erschaffen hat«, meinte Suko, dem die Gegend ebenfalls gefiel. »Kaum zu glauben, dass wir hier einen Horror erleben können.«

»Du wirst dich wundern.«

»Bei dir nicht mehr.«

Ich grinste schief und schlug vor, eine kleine Pause einzulegen. Suko hatte nichts dagegen.

Wir waren von Cork aus in das Landesinnere gefahren. Ich hatte schon ziemlich lange hinter dem Steuer gesessen und brauchte eine kleine Erfrischung. Die hatten wir uns mitgenommen.

Wir tranken Tee und aßen Kekse. Noch zwanzig Meilen mussten wir fahren. Während wir im Gras saßen, schauten wir über das weite Land. Ein erstarrtes grünes Meer, so kam mir dieser Teil vor. Weite Wiesen und lang geschwungene Hügel, die ebenfalls mit einem satten Grün bedeckt waren und bestes Futter für die unzähligen Schafe und Lämmer abgaben.

In der Ferne schauten einige Buckel aus dem Gelände. Sie bewegten sich nicht, sodass ich sie als Häuser oder Gehöfte identifizierte.

Ich hatte versucht, etwas über Cockway herauszufinden, das war mir nicht gelungen. Auf der Karte war er kaum zu sehen, ein winziger Ort, inmitten der Weite des irischen Hügellandes.

Der Wind strich monoton über die Hügel. Er kämmte das Gras, sodass es uns vorkam, als würden gewaltige Wellen auf uns zulaufen. Ich hielt mein Gesicht gegen die Brise, roch die Frische des Landes und hörte auch die seltsamen Klänge.

Es war eine Musik …

Suko hatte sie ebenfalls vernommen. Er war schon aufgestanden und entfernte sich von unserem Wagen. Auf dem schmalen Weg blieb er stehen, stemmte die Hände in die Seiten und blickte nach vorn.

Von dort wehte die Musik zu uns herüber.

Derjenige, von dem sie stammte, den sahen wir nicht. Wahrscheinlich befand er sich hinter den Hügeln, über deren flache, kuppenartige Form unser Weg schon geführt hatte.

»Da kommt jemand!«, meldete Suko.

Ich nahm die Sonnenbrille aus der Frisur und schob sie auf die Nase. Dann stand ich auf.

Der Mann erschien. Er ging über den Pfad, hatte die Arme angewinkelt und spielte auf einer Flöte.

Als ich ihn sah, musste ich lächeln. Ich erinnerte mich an die Mozart-Oper »Zauberflöte«. Dort gibt es eine Figur, die Papageno heißt und meist in einem bunten Flickenkostüm auftritt, das die Verbundenheit des Vogelfängers mit der Natur zeigen soll.

Dieser Mann erinnerte mich an den besagten Papageno. Er schien ein fröhlicher Typ zu sein, darauf wies sein beinahe tänzerisches Gehen hin.

Näher und näher kam er. Uns beachtete er kaum, und erst als er sich mit uns auf gleicher Höhe befand, ließ er seine Flöte sinken, blieb stehen und schaute uns an.

Auf dem Kopf trug er einen Hut mit breiter Krempe. Früher musste die Kopfbedeckung mal rot gewesen sein, jetzt schimmerte sie in allen möglichen Farben. Das Gesicht war schmal, die Augen zeigten einen verschmitzten Ausdruck, und Lachfältchen hatten sich auf den Wangen gebildet.

Er sprach uns in Gälisch an.

Wahrscheinlich war es ein Gruß. Wir erwiderten ihn in unserer Heimatsprache.

»Engländer?«, fragte er.

»Ja.«

Er hob die Schultern, ließ uns stehen und ging um den Wagen herum. Suko und ich schauten uns an. Das war schon ein seltsamer Kauz, den wir da getroffen hatten. Als er uns wieder erreichte, stehen blieb und den Kopf zurücklegte, schaute er gegen den Himmel. »Es ist ein wunderschöner Frühlingstag heute, nicht?«

»Ja, irischer Frühling.«

»Was gibt es Frischeres?«, fragte er mich.

»Mir fällt im Augenblick nichts ein.«

Unser seltsamer Gast ging zurück und ließ sich ins Gras fallen. Er blieb sitzen und legte sein Gesicht gegen die Sonne. »Wirklich wunderschön«, wiederholte er sich, »aber der Tod nimmt keine Rücksicht auf das Wetter. Er schlägt immer zu. Ob Frühling, Sommer, Herbst oder Winter. Der Knöcherne ist stets dabei.«

Suko blieb neben ihm stehen. »Was wollen Sie denn damit sagen?«

»Eigentlich nichts. Ich sehe nur weiter als die meisten.«

»Und was sehen Sie?«

»Dass hinter der Bläue des Himmels das Feuer der Vernichtung lauert. Manchmal ist es nicht gut, wenn jemand unser Land besucht. Vor allen Dingen sollte der Fremde gewisse Stellen meiden.«

»Haben Sie uns damit gemeint?«, wollte ich wissen.

Er sprang auf und lachte. Suko und ich rahmten ihn ein. »Wollen Sie noch sehr weit?«, fragte er.

Wir sahen keinen Grund, ihm das Ziel unserer Reise auf die Nase zu binden. »Irland gefällt uns. Es hat Geschichte. Man begegnet hier auf Schritt und Tritt einer großartigen Vergangenheit ...«

»Cockway liegt noch ungefähr achtzehn Meilen entfernt«, unterbrach er mich plötzlich.

»Das wissen wir.«

»Wollen Sie dorthin?«

»Kann sein.«

»Ich gehe dann«, erklärte er, nickte uns zu, lachte laut und tänzelte davon.

Wir hörten wieder sein Spiel, das allmählich verklang, je weiter er sich von uns entfernte.

Suko und ich starrten ihm nach. »Hätten wir ihn aufhalten sollen?«, fragte mich mein Partner.

»Er war schon seltsam.«

»Auch du hast die Warnung verstanden, nicht?«

»Ja, mir kam er vor wie ein alter Minnesänger aus dem Hochmittelalter. Diese Leute überbrachten ja auch auf verschlüsselte Art und Weise ihre Nachrichten. Ich habe es jedenfalls als eine Warnung verstanden.« Ich schlug ihm auf die Schulter. »Komm, lass uns weiterfahren.«

»Wenn du meinst.«

Wir stiegen wieder in den Wagen. Der Motor stotterte kurz, bevor er ansprang. Diesmal lenkte Suko. Eigentlich hätten wir den Mann nach kurzer Zeit einholen müssen, aber von dem Musiker war nichts mehr zu sehen. Dabei fuhren wir auf einer langen Hügelkette entlang, und unser Blick reichte weit in eine wellige Ebene hinein, an deren Ende sich erst im Sonnendunst höhere Berge erhoben.

»Wo steckt der Kerl?«, fragte ich.

»Vielleicht hat er sich in die Büsche geschlagen?«

»Siehst du welche?«

»War auch nur so dahingesagt. Ich jedenfalls finde es

komisch, dass wir ihn nicht mehr sehen. Hat er sich in Luft aufgelöst?«

Ich schabte über mein Nackenhaar. »Allmählich glaube ich auch daran. Diese Druiden sind mir unheimlich, Suko. Die kennen Kräfte, Mittel und Wege, von denen wir uns keinerlei Vorstellungen machen können. Ich hoffe nur, dass alles so harmlos bleibt wie die Begegnung mit diesem Flötenspieler.«

»War der wirklich harmlos?«, fragte Suko.

»Das sehe ich so.«

»Ich weniger.«

»Sag mir den Grund.«

Den brauchte Suko nicht zu nennen, den hörten wir plötzlich. Und zwar hinter uns, im Wagen.

Dort klang das Flötenspiel auf. Diesmal nicht so jubilierend wie beim ersten Mal, überhaupt nicht freundlich, eher traurig, lethargisch oder düster.

Da Suko steuerte, konnte ich mich umdrehen. Ich verrenkte den Kopf, schaute über die Rückenlehne hinweg und sah die Gestalt mit überkreuzten Beinen im Wagen hocken.

Doch sie hatte sich verwandelt und zeigte ein dunkles Grau.

Ein Mann in Grau!

Wie in meiner Wohnung!

»Halt an!«, rief ich Suko zu, der seinen Fuß bereits auf das Bremspedal gesenkt hatte. Ich war zu der Überzeugung gelangt, dass dieser an Papageno erinnernde Flötenspieler und der Mann in Grau ein- und dieselbe Person waren. Wie er in den Wagen gelangt war, war mir rätselhaft, aber das sollte er mir erklären, wenn ich ihn mir schnappte.

Er spielte weiter, ließ sich von mir nicht stören, und ich bemühte mich, zwischen den beiden Vordersitzen nach hinten zu klettern, wo der andere hockte.

Er trug nicht mehr seine bunte Kleidung. Jetzt wirkte er in dem düsteren Schwarz wie ein gefährlicher Schatten, aus dem sein Gesicht so flach und grau hervorstach.

Ich hatte es geschafft, war nach hinten gekommen und wollte den Kerl zu mir heranziehen.

Meine Hand griff ins Leere!

Von einer Sekunde zur anderen hatte er sich buchstäblich in Luft aufgelöst.

Ein Phänomen!

Auch Suko hatte mitbekommen, wie es mir ergangen war. Wir hörten das Flötenspiel, das jetzt aus dem Unsichtbaren hervor an unsere Ohren drang und so schrille Töne hervorbrachte, dass ich fast Ohrenschmerzen bekam. Gleichzeitig durchtoste ein Schütteln unser Fahrzeug, das sich ebenfalls auf unsere Körper übertrug und uns beide zur gleichen Zeit warnte.

Wir schauten uns an.

»John, wir sollten den Wagen verlassen«, schlug Suko vor. »Mein Gefühl sagt mir, dass wir hier in einer Falle sitzen.«

»Dann weg!«

Gemeinsam stießen wir die Türen auf. Ich schnappte mir noch meinen Einsatzkoffer und nahm auch noch das leichte Handgepäck mit. Kaum hatten wir beide den Leihwagen verlassen und standen draußen, als wir das Knirschen vernahmen.

Vor unseren Augen verbog sich das Blech, als hätte es jemand erhitzt. Es war kaum zu fassen. Der Wagen stand auf dem Fleck, aber wurde immer mehr zusammengedrückt. Von allen vier Seiten drückten für uns nicht sichtbare Kräfte gegen ihn, sodass er allmählich einer Ziehharmonika glich, in die hinein das Glas der zerplatzenden und zerbrechenden Scheiben bröselte.

Der Wagen wurde vor unseren Augen zu einem Trümmerhaufen zusammengedrückt.

Wir standen da, staunten wie die Kinder, und ich hatte eine Idee, als ich das Kreuz hervorholte.

Der leichte grüne Schimmer war nicht zu übersehen. Ein Indiz dafür, dass sich in unserer unmittelbaren Nähe die gefährliche Magie der Druiden aufhielt.

Ich wollte vorgehen und den Wagen mit meinem Kreuz berühren, als mich Suko zurückhielt. »Lass es lieber, John. Hinterher fliegt der Schrotthaufen noch in die Luft.«

»Abwarten.«

Da der Wagen bisher noch nicht explodiert war, glaubte ich auch weiterhin daran, dass er nicht in die Luft fliegen würde. Ich ging auf ihn zu, blieb jedoch in einer noch respektvollen Entfernung stehen und brachte das Kreuz näher an das Blech.

Da geschah es!

Zwischen meinem Talisman und dem verbogenen Blechhaufen baute sich eine Verbindung auf. Plötzlich zuckten grüne Lichter und scharf gebündelte Strahlen auf. Beide umtanzten das Wrack wie ein Netz. Sie hüllten es so ein, als wollten sie es in die Höhe zerren. Und die Kreuzmagie, zu einer druidischen verändert, versuchte, in das Autowrack einzudringen und es endgültig zu zerstören.

Das gelang.

Ich hörte ein Knistern, und es kam mir sehr verdächtig vor. Schon einen Moment später entdeckte ich die ersten kleinen Flammenzungen, die wie neugierig tanzende Köpfe zwischen den Rissen und Spalten im Blech hervorlugten.

Feuer kann gefährlich sein.

Eine kleine Flamme reicht zumeist aus, um einen Großbrand zu verursachen. Damit musste ich auch hier rechnen, als sich die feurigen Finger waagerecht legten und mir entgegenwischten.

Ich sprang zurück. Kaum hatte ich den Kontakt meines Kreuzes zum Wagen gelöst, brach das magische grüne Netz zusammen. Die Flammen wuchsen und würden sicherlich bald den zerquetschten Benzintank erreicht haben.

Suko und ich rannten.

Nur weg von der Straße.

Wir hetzten über die Weide, Suko trug dabei die Koffer, und dann katapultierten wir uns mit einem gewaltigen Sprung nach vorn, um einen Moment später auf dem weichen Untergrund zu landen.

Hinter uns brach die Hölle los.

Wie hatte uns der Flötenspieler noch erklärt? Hinter dem Blau des Himmels können sich die Flammen der Hölle verbergen oder so ähnlich. Das bekamen wir mit.

Der Flammenpilz schimmerte schwarz und dunkelrot. Heißer Atem wehte über unsere Köpfe, wir hörten das Krachen, schützten unsere Nacken mit darüber gelegten Händen und warteten ab, bis ein Großteil des glühenden Regens zu Boden gefallen war.

Erst dann drehten wir uns um. Zum Glück waren wir beide nicht getroffen worden, setzten uns hin und schauten zurück.

Den Wagen sahen wir nicht mehr. An der Stelle hatte sich ein Pilz aus schwarzem, fettigen Rauch gebildet, umgeben von einem wabernden Schleier aus Hitze und Flammen.

Qualm stieg in den blauen Frühlingshimmel und verdunkelte ihn. Der widerliche Geruch trieb uns entgegen. Er reizte zum Husten.

Suko stand als Erster auf. »Hier ist es mir zu ungemütlich«, erklärte er.

»Mir ebenfalls.«

Wir gingen dorthin, wo wir von dem Qualm nicht mehr erwischt werden konnten. Tief atmeten wir durch, schüttelten die Köpfe und schauten uns länger an als gewöhnlich.

»Guten Marsch«, meinte mein Freund.

»Danke, gleichfalls.«

Er begann zu lachen. »Auf dich werde ich noch mal hören«, sagte er, »ausgerechnet auf dich. Und du wirst in Zukunft jeden Wunsch der Männer in Grau ablehnen, oder ich kündige dir die Freundschaft. Hast du verstanden, alter Geier?«

»Meinst du das im Ernst oder im Spaß?«

»Im Ernst.«

»Sei froh. Spaß kann ich nicht vertragen.« Es war eine Art von Galgenhumor, der mich gepackt hielt. So hatte ich mir unsere Reise nach Irland nicht vorgestellt. Klar, wir hatten mit Schwierigkeiten gerechnet. Dass sie jedoch auf diese Art und Weise auf uns zukommen würden, das wunderte uns sehr.

Suko streckte den Arm aus. »In dieser Richtung liegt Cockway. Sind ja nur achtzehn Meilen.«

»Die reißen wir auf einer Backe runter.«

»Dann geh schon los«, sagte Suko, ließ mich die ersten Schritte machen und warf noch einen Blick zurück.

Die letzten Reste des Leihwagens brannten allmählich aus. Nur noch ein dunkler Klumpen war zu sehen.

Und über dem Brandherd schwebte eine Melodie.

Es war der geheimnisvolle Flötenklang. Doch den Spieler sahen wir beide nicht …

Es war ein Fußmarsch, den ich nie vergessen würde. Ungefähr zehn Meilen mussten wir zurücklegen, dann trafen wir einen Bauern, der uns auf seinem Wagen mitnahm, sodass wir unsere brennenden und schmerzenden Fußsohlen ausruhen konnten.

Und die Sonne wanderte weiter. Gleichzeitig stieg sie höher. Es wurde schon sommerlich warm. Auf den Weiden und Wiesen neigte sich das bunte Muster der Frühlingsblumen. Hin und wieder wurde uns ihr Geruch entgegengeweht.

Der Duft passte in die Landschaft. Nicht hinzu passte unser letztes Abenteuer. Es hatte uns bewiesen, dass dieser Friede leider nur äußerlich war.

Drei Meilen vor dem Ort lag der Hof des Bauern. Dort setzte er uns ab. Wir bekamen noch einen Schluck zu trinken und machten uns auf den Rest des Wegs.

»Ich bin nur froh, dass uns keiner gesehen hat«, sagte Suko. »Unsere Freunde, vor allen Dingen Bill, hätte sich schiefgelacht.«

»Da sagst du was.«

Auf dem ungepflasterten Weg hatten die Räder tiefe Rillen gezogen. Das war auch Suko aufgefallen. Er blieb stehen, bückte sich und ließ die Sonne auf seinen gekrümmten Rücken brennen.

»Was hast du?«, fragte ich ihn.

»Die Spuren gefallen mir nicht.«

»Wieso?«

»Schau sie dir mal näher an. Die sehen mir ganz so aus, als würden sie nicht von einem zivilen Fahrzeug stammen.«

Der Inspektor hatte Recht. Auch ich hatte das Gefühl, als

wäre hier kein normaler Truck hergefahren. Solch tiefe Eindrücke hinterließen zumeist Militärfahrzeuge.

»Terroristen?«, fragte ich.

»Bestimmt.«

Nach dieser Antwort rann mir eine Gänsehaut über den Rücken. Ich schaute unwillkürlich nach vorn. Die Gegend hatte ein anderes Gesicht bekommen. Sie war nicht mehr so weit. Dafür erhoben sich höhere Hügel, die Täler wurden tiefer, und es lagen auch erste Waldstücke vor uns, die wie lange, dunkle Schatten auf den Hängen der flachen Berge in die Höhe wuchsen.

Die Gegend um Cockway schien waldreich zu sein. Wenn mich nicht alles täuschte, bestanden die Wälder, die wir sahen, sogar aus Eichenbäumen. Und die Druiden wurden schließlich die Eichenkundigen genannt. Es schien einiges zu passen.

»Wir müssen weiter«, sagte ich. Ob Militär, Terroristen oder Dämonen. Cockway wartete.«

Der Meinung war auch Suko. So machten wir uns wieder auf den Weg und waren sehr vorsichtig. Des Öfteren schauten wir uns um, ob sich irgendwelche Verfolger zeigten.

Uns fiel manchmal ein geheimnisvolles Blinken auf, das einfach nicht in diese Umgebung passen wollte. Leider war es nie an der gleichen Stelle zu sehen. Immer wenn es aufblitzte und ich hinschaute, war es im selben Augenblick schon wieder verschwunden.

»Die haben uns«, stellte Suko fest.

»Er?«

»Das müssen wir eben herausfinden. Jedenfalls senden sie Blinksignale, und das gefällt mir nicht.«

Ich war zu der Überzeugung gelangt, es mit ganz irdischen Gegnern zu tun zu haben. Wir nahmen das Blitzen weiterhin zur Kenntnis, zeigten uns aber nicht nervös, sondern konzentrierten uns auf das Ziel, das bereits nach der nächsten Wegkrümmung zu erkennen war.

In eine Talmulde eingebettet lag Cockway. Ein kleines, hübsches Dorf, wie wir aus dieser Entfernung jedenfalls erkennen konnten. Sauber, ohne Rauchwolken über den Dächern und vom Sonnenlicht umschmeichelt. Alles wirkte so überaus friedlich, aber leider hatte in Irland der Friede schon oft genug getäuscht. Innerhalb einer Herzschlaglänge konnte er durch Tod und Blut brutal zerstört werden.

Einige Häuser waren auf der linken Hangseite in die Höhe gebaut worden und endeten erst dort, wo ein dichter, langer Waldstreifen begann.

Der Ort wurde von einigen Straßen durchkreuzt. Verkehr herrschte aber kaum. Wir entdeckten nur drei fahrende Autos, ansonsten bewegte man sich zu Fuß oder mit dem Rad fort.

Nicht mehr als eine Meile mussten wir gehen. Und was uns in Cockway erwarten würde, wusste keiner von uns.

Zum Ort hin verbreiterte sich auch die Straße. Vor den ersten Häusern sahen wir bereits die Gehöfte und Ställe der Bauern. Scheunenartige Bauten, oft genug mit langen Holz- oder Grasdächern versehen, die manchmal den hügeligen Boden berührten.

Auch die Steinwälle als Windschutz waren vorhanden, und der Turm einer Kirche stach noch in den blauen Himmel. Sogar den Hahn erkannten wir auf seiner Spitze.

»Sollte man uns friedlich nach Cockway reinlassen«, sagte ich, »genehmige ich mir zunächst einmal ein großes Bier. Darauf kannst du dich verlassen, Suko.«

»Und ich auch.«

Die Aussicht auf ein kühles Getränk mobilisierte wieder unsere Lebensgeister, und so gingen wir schneller als bei dem hinter uns liegenden Marsch.

Wohl fühlte ich mich nicht. Die warmen Sonnenstrahlen hatten den Schweiß aus meinen Poren getrieben. Ich dachte daran, dass vor fast zwei Wochen noch Schnee gefallen war, und nun hatten wir dieses überaus warme Wetter. Da spielte die Natur wieder einmal verrückt.

Aber das machte nichts. Schließlich gehörte zum Jahr nicht nur der Winter.

Vielleicht war es der lange Marsch, der mich so gezeichnet

hatte, dass ich mich mit solchen Gedanken beschäftigte und nicht so recht auf die Umgebung achtete. Jedenfalls fiel es mir kaum auf, dass wir mittlerweile bereits die ersten Scheunen erreicht hatten. Das Holz war durch die Witterung bleich geworden. Fenster existierten keine, nur kleine Luken. Auch einen alten Wassertrog sahen wir neben dem Eingang, der von einem weit vorspringenden Dach fast verdeckt wurde.

Ich hatte vor Minuten noch an den Frieden gedacht, der radikal unterbrochen werden konnte.

Das erlebten wir in der Praxis.

Blitzschnell flog die Tür der Scheune auf und spie zwei in grünen Tarnzügen steckende und bewaffnete Gestalten aus. Bevor wir uns versahen, hatten sie uns eingekreist. Wir wurden von den dunklen »Augen« schwerer Maschinenpistolen angeglotzt ...

Suko und ich kannten die Spielregeln. Wir blieben stehen und hoben die Arme.

Es war immer besser, zunächst einmal nachzugeben und nichts zu tun, was die andere Seite als Angriffsversuch oder Affront werten konnte. Dafür kamen wir auch in den Genuss, uns die beiden genau anschauen zu können. Es waren junge wilde Burschen, die Schirmmützen trugen, Hass in den Gesichtern hatten und sich nur mehr auf ihre Waffen verließen. Ihre Lippen waren zusammengekniffen, deshalb bekamen sie auch einen grausamen Zug um die Mundwinkel.

Sie sprachen nicht, standen da und starrten uns an.

Ich übernahm das Wort. »Begrüßen Sie Gäste immer so in diesem Ort?«, erkundigte ich mich höflich.

»Shut up!«

Sie wollten, dass wir schwiegen. Meinetwegen. Sollten sie ruhig. Aber auch die beiden Rebellen oder Terroristen schienen unsicher zu sein, was sie tun sollten, sonst hätten sie sich längst bewegt. So schauten sie uns von oben bis unten an, bis ich es leid war und abermals eine Frage stellte.

»Ist etwas? Können wir euch helfen?«

»An die Wand!«

»Welche? Hier an die Scheune?«

»Ja.«

Als wir uns in Bewegung setzten, vernahmen wir den nächsten Befehl. »Abstützen und so stehen bleiben.«

»Die müssen wir einmachen!«, flüsterte Suko, »sonst ist unsere Mission schon jetzt gescheitert.«

»Die haben MPi's ...«

Eine knatternde Salve unterbrach mich. Wer von den beiden geschossen hatte, wusste ich nicht. Jedenfalls trafen uns die Kugeln nicht, aber sie hämmerten dicht neben uns in den Boden und rissen dort kleine Staubfontänen in die Höhe.

Die beiden Burschen, mochten sie auch noch so jung sein, meinten es verdammt ernst. Womöglich waren sie wegen ihrer Unerfahrenheit gerade so gefährlich wie unberechenbar.

»Einer links, der andere rechts neben den Eingang!«, hörten wir ihren weiteren Befehl.

Ich wandte mich nach rechts, Suko ging in die andere Richtung. Einen halben Schritt vor der Wand blieb ich stehen. Meine Füße verschwanden im Gras, aus dem kleine Frühlingsblumen wuchsen. Das überhängende Dach gab mir Schatten, und ich rechnete eigentlich mit einer weiteren Aufforderung, noch einen Schritt zurückzutreten, aber sie erfolgte nicht.

Die beiden waren doch nicht so gut. Obwohl ich meine Handflächen gegen das glatte Holz stemmte, konnte ich noch immer schnell sein, wenn es darauf ankam.

Hinter mir hörte ich Schritte. Wer von den beiden jungen Typen sich mir näherte, wusste ich nicht. Jedenfalls kam er heran, ich roch seinen Schweiß und vernahm die flüsternde Stimme.

»Wenn du dich nur einmal falsch bewegst, bist du tot. Ich werde dich nach Waffen untersuchen ...«

Natürlich würde er meine Beretta finden. Auch Suko war nicht ohne Schießeisen unterwegs, und mein Einsatzkoffer, der noch am Straßenrand stand, würde sie bestimmt auch interessieren.

Der junge Bursche war doch geschickter, als ich angenommen hatte. Er stieß mir den Lauf nicht in den Rücken, sodass ich nicht feststellen konnte, in welcher Höhe sich die Mündung der MPi befand.

Das war schlecht.

Seine Hand glitt über meine Schulter hinweg und näherte sich der linken Brustseite, wo die Beretta steckte. Wenn er noch ein Stück tiefer fasste, würde er sie bekommen.

Nicht gerade günstig ...

Und dann hatte er sie.

Bevor er sie mir aus der Halfter ziehen konnte, drückte ich mich ein wenig vor, zur Wand hin. Er musste mir zwangsläufig folgen, tat das auch, und die Waffenmündung berührte mich an der Hüfte.

War das die Chance?

Ich rate keinem, es zu versuchen. So etwas kann ins Auge gehen, aber ich war trainiert, man hatte uns gewisse Standardsituationen eingepaukt, und eine solche Situation war hier gegeben.

An der linken Hüftseite spürte ich die Berührung der Waffe. Einen Zentimeter weiter nur, und sie würde ins Leere stoßen.

Dafür sorgte ich mit einer gedankenschnellen Bewegung. Mehr einem Reflex, aber der reichte, um der Kugelgarbe zu entgehen.

Sie hackte in die äußere Holzwand, durchschlug sie, hinterließ ein Muster an Löchern, doch das nahm ich später wahr, denn ich durfte den verblendeten jungen Mann nicht zu einer zweiten Garbe kommen lassen.

Als er herumfahren wollte, traf ihn mein Tritt. Ich hörte ihn schreien, er kippte zurück, fiel auf den Rücken, der MPi-Lauf war gegen den Himmel gerichtet, und in ihn jagte die zweite Garbe wirkungslos.

Niemand wurde getroffen, nicht mal ein paar weiße Wolkenfetzen.

Er kam nicht mehr dazu, die Waffe zu senken. Mit zwei Sätzen hatte ich ihn erreicht, und mein dritter Sprung nagelte seine beiden Hände auf dem Boden fest.

Ich hatte die Gelenke erwischt. Er konnte die Waffe nicht mehr herumdrehen, weil der Druck einfach zu stark war.

»Lass ihn los! Lass ihn los! Ich vernahm eine kreischende Stimme, drehte den Kopf und schaute auf den zweiten Kerl. Bisher hatte er Suko unter Kontrolle, nun wollte er seinem Kumpan zu Hilfe eilen und auch schießen. Dies erkannte ich an seinem Gesichtsausdruck. Dieser »Soldat« stand genau auf der Kippe. Sein ihm eingeimpfter Hass schäumte über, er konnte einfach nicht anders und reagierte in solchen Situationen automatisch.

Welch eine widerliche Welt …

Diese Schlussfolgerungen schossen mir in Bruchteilen von Sekunden durch den Kopf.

Ich selbst brauchte nicht einzugreifen, dafür Suko.

Ansatzlos kam sein Schlag.

Und der Treffer fegte den jungen Mann von den Beinen. Er kippte weg wie ein Brett, fiel auf den leicht angestaubten Boden und blieb regungslos liegen.

Mein Freund nickte.

Ich stieß erleichtert die Luft aus und wusste gleichzeitig, dass Suko nicht so fest zugeschlagen hatte, dass der andere tot war. Es gibt gewisse Schläge, die töten, andere legen den Gegner für einige Zeit schlafen.

Und einen solchen Hieb hatte mein Partner angewendet.

Ich kam endlich dazu, mich zu bücken und dem zweiten die Maschinenpistole zu entreißen.

Sie unter den Arm geklemmt, ging ich zwei kleine Schritte zurück und deutete dem anderen, sich zu erheben. »Nur vorsichtig, mein Freund. Solltest du noch andere Waffen bei dir tragen, wirf sie lieber jetzt weg, sonst werde ich ärgerlich.«

Ein Messer und eine Armee-Pistole folgten noch. Beides war unter der Kampfkleidung verborgen gewesen.

Der Inspektor kümmerte sich mittlerweile um den zweiten. Er durchsuchte ihn und förderte die gleichen Waffen zutage.

Das ganze Zeug nahm er mit und warf es in eine Holztonne. Anschließend legte er einen Deckel darüber.

Ob wir beobachtet worden waren, wussten wir nicht. Jedenfalls konnten wir nicht mehr länger wie auf dem Präsentierteller draußen stehen. Ich nickte in Richtung Scheuneneingang.

Suko verstand.

Er warf sich den Bewusstlosen über die Schulter und verschwand als Erster in dem Gebäude.

Mein Gefangener konnte allein laufen. Allerdings hatte ich meine Hand in seinen Nacken gedrückt und ließ ihn erst aus dem Griff, nachdem ich ihn ins Stroh geschleudert hatte, das einen Teil der Scheune ausfüllte. Suko war damit beschäftigt, mit gefundenen Stricken den Bewusstlosen zu fesseln. Ich kümmerte mich um den Zweiten.

Er lag auf dem Rücken, hatte die Arme dabei ein wenig angewinkelt und stützte sich auf beide Ellenbogen. Mich bedachte er mit wütenden Blicken, in denen allerdings auch die Angst leuchtete, denn er wusste wohl nicht, wo er uns hinstecken sollte.

»Wer bist du?«, fragte ich ihn.

Er spie aus.

»Willst du nicht reden?«

»Nein! Nein!«, brüllte er mich an. »Ich will nicht reden. Ich will es nicht. Und wenn ihr mich foltert, killt oder vierteilt, aus mir bekommt ihr kein Wort heraus, ihr verfluchten Königstreuen, ihr Engländer, ihr Bastarde …«

»Es reicht«, erklärte ich trocken, und er verstummte auch sofort.

Tief atmete er aus. Dabei schüttelte er den Kopf. Davon ließ ich mich nicht beeindrucken und fragte trotzdem weiter.

»Allein seid ihr nur hier. Wo befinden sich die anderen? Mach den Mund auf, Freund!«

»Sie sind …« Er fing an zu lachen. »Nein, ich sage nichts.«

»Sie halten sich versteckt.«

»Ja.«

»Warten Sie auf die Hand?«

Es war wie der berühmte Schlag des Boxers vor dem großen Knockout. Die Augen des jungen Mannes wurden starr. Scharf holte er Luft, schluckte und presste die Lippen zusammen.

»Es hat keinen Sinn, mein Lieber«, sagte ich zu ihm. »Wir wissen Bescheid. Deshalb sind wir hier.«

Er lachte leise. »Wollt ihr euch zerquetschen lassen?«

»Du gibst also zu, dass du die Hand gesehen hast?«

»Gar nichts gebe ich zu.«

Ich wechselte wieder das Thema, bevor er sich auf irgendetwas einstellen konnte. »Wir suchen Miriam di Carlo.«

»Kenne ich nicht.«

Diese Antwort kam spontan, ohne gelogen zu sein. Das fand ich heraus. Von ihr schien er noch nichts gehört zu haben. Nun ja, er gehörte wohl eher zu den Mitläufern.

»Aber von der Hand weißt du?«

Sein Lächeln wurde breit und lauernd. »Ja, davon weiß ich. Und ich freue mich, wenn sie erscheint, denn sie wird uns helfen.«

»Auch die Männer in Grau?«

»Auch sie.«

Mit dieser Erwiderung hatten weder Suko noch ich gerechnet. Mein Freund kam plötzlich vor, warf mir einen fragenden und gleichzeitig scharfen Blick zu, ohne allerdings etwas zu sagen.

Ich ahnte, was in ihm vorging. Er sprach den Vorwurf nicht aus, aber er dachte wohl das Gleiche wie ich. Die vier Typen hatten uns beide reingelegt und vor ihren Karren gespannt.

»Du kennst sie?«

Der Soldat nickte.

»Wo halten sie sich auf?«

»Teere und federe mich doch, du Schwein!«, schrie er. »Nichts sage ich. Überhaupt nichts. Hast du verstanden?«

»Wer so laut redet, hat zumeist Unrecht«, erklärte ich und nickte Suko zu.

Der Inspektor holte neue Stricke. Die Blicke des jungen Soldaten verfolgten ihn, und ich versuchte inzwischen noch einmal, ihn zu »bekehren«.

»Siehst du eigentlich die Sinnlosigkeit des Kampfes, den du und deine Freunde führen, nicht ein? Zuerst war es ein reiner Glaubenskrieg, auch schon ein Irrsinn, jetzt wehrt ihr euch gegen England ...«

»Halt dein Maul, du verfluchter Spion!«

Es hatte keinen Sinn, mit ihm diskutieren zu wollen. Er war eben zu verblendet. Und so wie ihm erging es auch zahlreichen anderen jungen Leuten. Das empfand ich eben als so furchtbar tragisch. Das Verstehen der Menschen untereinander blieb auf der Strecke.

Wo der Hass regiert, hat der Teufel letztendlich freie Bahn! Lebten die Menschen in Frieden zusammen, würde es die Kraft des Bösen wohl nicht schaffen, die Saat des Krieges auszusäen.

»Leg dich auf den Rücken!« Suko hatte den Befehl gegeben.

Der andere wollte nicht, schaute in Sukos Augen und erkannte dort etwas, das ihn weich machte. Er kam der Aufforderung nach. Sein Gesicht lag im Stroh, während ihn der Chinese fesselte.

»Es ist traurig«, murmelte er, »dass ich mich mit so etwas wie dir herumschlagen muss.«

Die Antwort konnten wir nicht verstehen. Das getrocknete Heu verschluckte sie.

Suko ließ zu, dass sich der Gefesselte wieder auf den Rücken drehte. Dann nieste der junge Mann, und wir überlegten, ob wir die beiden noch knebeln sollten.

Davon nahmen wir Abstand. Es war schon vorgekommen, dass ein Knebel einen Menschen erstickte. Sie würden sowieso bald gefunden werden.

Außer Hörweite der beiden und dicht an der Tür bauten wir uns auf. »Zählen wir zusammen«, meinte Suko. »Es hat sich herausgestellt, dass deine Freunde nicht gelogen hatten. Es gibt die Hand, und es gibt die Männer in Grau. Die Helfer, also. Wenn sie auf der Seite der anderen stehen, weshalb haben sie dich um Hilfe gebeten?«

»Keine Ahnung. Außerdem ist nicht klar, dass sie auf der anderen Seite stehen.«

»Für mich schon.«

»Dann müssen wir die Beweise heranschaffen.«

»Und wo?«

»Ich würde sagen, wir gehen in den Ort. Vielleicht finden wir jemand, der uns weiterhilft. Ich habe das Gefühl, dass wir genau richtig gekommen sind. Mag die Hand da sein oder nicht …«

Suko unterbrach mich. »Hör auf zu philosophieren, John! Ich habe einen anderen Vorschlag.«

»Und welchen?«

»Wir gehen noch nicht sofort und warten ab, bis die Dämmerung oder Dunkelheit hereinbricht. Meines Erachtens geht es erst dann zur Sache. Wie stehst du dazu?«

Ich ließ mir seinen Vorschlag durch den Kopf gehen. »Einverstanden«, sagte ich nach einer Weile …

Es ist normalerweise nicht unsere Art, uns zurückzuziehen, in diesem Fall blieb uns nichts anderes übrig. Wir hatten einen Platz nicht weit von der Scheune entfernt gefunden, gedeckt durch die Reste eines Steinwalls, der aus irgendwelchen Gründen zerstört worden war und nicht mehr so stand wie die anderen. Der Ort war günstig gewählt worden, denn von dieser Stelle aus hatten wir einen guten Überblick in alle vier Richtungen.

Keiner unserer Feinde hatte sich blicken lassen. Hin und wieder hatten wir ein Blinksignal wahrgenommen, das war auch das höchste der Gefühle gewesen.

Weshalb trauten sie sich nicht aus ihren Deckungen hervor? Hatten sie vielleicht nicht bemerkt, dass ihre beiden Komplizen von uns überwältigt worden waren?

Das wollte ich einfach nicht glauben, und Suko erging es ebenso, wobei sich die Gefesselten ruhig verhielten und noch immer in der Scheune steckten.

»Gefällt mir überhaupt nicht«, murmelte Suko. »Das ist alles viel zu ruhig, beinahe artig.«

»Denkst du mir?« Die drei Worte bekam ich hervor,

so kratzig klang meine Stimme. Ich hatte zu viel Staub geschluckt, sehr geschwitzt, und mein Durst war dementsprechend.

Leider befand sich auch kein Bach in der Nähe, an dessen Wasser ich mich hätte laben können.

Die Sonne wanderte weiter, verlor ihre für diese Jahreszeit ungewöhnliche Kraft, und auch der Wind schlief allmählich ein. Erste Wolkenfelder zogen über den Himmel. Die Luft wurde eine andere. Man glaubte sie zu schmecken.

»Das sieht mir nach einem Gewitter aus«, murmelte Suko.

Ich gab ihm Recht. »Kein Wunder nach dieser Hitze.«

»Und wann willst du nach Cockway?«

Das war die Frage. Zumindest wollte ich nicht sofort erkannt werden und abwarten, bis die Dämmerung zugenommen hatte. Dann konnten wir noch immer weitersehen.

Vom Ort her näherte sich ein Wagen. Wir sahen ihn noch nicht, vernahmen nur das Donnern des Motors. Es war mehr ein Tuckern. Wahrscheinlich ein Traktor.

Er tauchte auf. Aus dem in die Luft ragenden Auspuffrohr drangen dunkelgraue Abgaswolken. Sie passten einfach nicht in diese herrliche Landschaft, wo alles so frisch roch.

Da kaum Wind herrschte, blieb die Wolke für eine Weile stehen.

Der Traktor rollte vorbei. Ein junger Mann saß geduckt auf dem harten Federsitz. Er sah uns nicht und fuhr auch an der Scheune vorbei. Allmählich verwehte das Knattern der Maschine.

Ich schüttelte den Kopf, sagte aber nichts.

»Was hast du?«, fragte Suko.

»Im Prinzip gar nichts, und das ist das Schlimme daran. Ich habe nichts, ich sehe nichts, ich weiß nichts …«

»Aha.«

»Unterbrich mich nicht immer, und trotzdem kommt es mir vor, als würden wir in einer gewaltigen Falle hocken, in der alles viel langsamer abläuft als normal.«

»Wie meinst du das denn?«, fragte Suko.

Ich hob die Schultern. »Eine Zeitlupengegend. Ich erinnere

mich irgendwie an Brigadoon und den Friedhof der Verfluchten. Da war auch alles normal und trotzdem nicht.«

»Moment, das war etwas anderes«, widersprach Suko. »Cockway existiert, Brigadoon nicht.«

»War nur eine Vermutung.«

»Und das Resultat?«

»Werden wir später erleben.«

Wieder warteten wir. Suko und ich saßen gewissermaßen Rücken an Rücken, um die verschiedenen Richtungen im Auge behalten zu können. Niemand zeigte sich, auch nicht der seltsame Flötenspieler, der uns auf lebensgefährliche Art und Weise genarrt hatte.

Auch die Sonne verschwand. Sie tauchte hinter die langen Schatten einer allmählich herankriechenden Wand. Ein paar letzte Strahlen lugten noch hervor und warfen lange Bahnen über das grüne Land. Dazwischen sahen wir die breiten Schatten über den Boden fließen und für natürliche Deckungen sorgen.

Die Stunde zwischen Tag und Traum begann. Es wurde noch ruhiger. Jetzt verschmolzen sämtliche Konturen miteinander und gaben dem Menschen gute Deckungen.

Für uns die ideale Zeit.

Fast gleichzeitig standen Suko und ich auf. Auch jetzt ließ sich niemand blicken. Wir kamen uns vor, als stünden wir in einer verwunschenen Umgebung.

Den Weg wollten wir nicht nehmen. Auch während der Dämmerung hätten wir uns zu scharf konturiert abgehoben. Deshalb liefen wir an seinem Rand entlang und versuchten dabei, uns in Deckung der flachen, hügelartigen Erhebungen zu halten.

Unsere Füße schleiften durch das noch frisch riechende Gras. Vögel segelten lautlos und in großer Höhe über unseren Köpfen und zogen dort ihre Kreise.

Der Tag ging, und diesmal kam nicht Johnny Walker, sondern ein ruhiger Abend, dem eine Nacht folgen würde. Ob sie ebenso ruhig blieb, das war die Frage, ich glaubte eher daran, dass sie uns das Grauen bringen würde.

Die Häuser des Ortes standen zwar nicht dicht beisammen, dennoch wirkten sie auf uns wie eine kompakte Masse, da in den Zwischenräumen schon die grauen Schatten lagen.

Wir hatten das Dorf ja von der Höhe aus gesehen und mussten uns auf der Hauptstraße befinden, die das Zentrum durchlief und von der auch einige Gassen abzweigten.

Auch entdeckten wir die ersten Bewohner.

Sie nahmen uns ebenfalls wahr, aber kümmerten sich nicht darum. Sie gingen ihren Beschäftigungen nach, putzten Fenster oder kehrten mit großen Reisigbesen vor den Häusern den Schmutz zusammen.

Zwei Kinder hockten auf einem Gehsteig und malten mit bunter Kreide Figuren.

Normalerweise hätten wir eine gute Sicht gehabt, aber das Ende der Straße verschwamm in der Dämmerung. Obwohl ich einige Laternen sah, blieben sie dunkel.

Das ließ Misstrauen in mir aufkeimen.

»Ob die hier den Strom abgestellt haben?«, murmelte Suko.

»Kann schon sein. Wir werden es erfahren.«

»Dein Durst, wie?«

»Genau.«

Im Laufe der Jahre hatte ich die Erfahrungen gemacht, dass es in den Dorfgasthöfen immer etwas Interessantes zu hören gab. Dort versammelten sich die einflussreichen Einheimischen und redeten über den Klatsch, den sie selbst produzierten

Ich hatte in Gasthöfen schon manch gute Information bekommen und suchte auch hier eine Wirtschaft.

Es gab einige. Kleine Pinten gewissermaßen, doch alle waren verschlossen. Das Schild »closed« sah ich an jeder Tür.

»Es wirkt tatsächlich wie ausgestorben.« Suko schüttelte den Kopf. »Haben die Menschen hier Angst?«

»Klar.«

»Und wovor?« Suko gab sich selbst die Antwort. »Wahrscheinlich vor den Terroristen und auch vor den Männern in Grau. Wir müssen mit zwei Arten von Feinden rechnen.«

»Das tue ich schon lange.«

Die Ruhe wurde plötzlich unterbrochen, weil wir einen Wagen sahen, der anfuhr. Plötzlich standen wir im Licht zweier Scheinwerferlanzen, und so etwas hatten wir nicht gern.

Nach links hin huschten wir zur Seite, gerieten auf einen Gehsteig und blieben stehen.

Der Wagen rollte näher. Noch war es dämmrig, so konnten wir ihn erkennen, als er uns noch nicht erreicht hatte. Es war zwar ein normales Fahrzeug, jedoch für einen besonderen Verwendungszweck konstruiert worden.

Ein Leichenwagen rollte auf uns zu!

Pechschwarz lackiert und mit einer offenen Ladefläche versehen, auf der zwei Särge standen.

Der Fahrer war nur schemenhaft zu erkennen. Ich wollte mehr wissen, löste mich und sprang dem fahrenden Wagen in den Weg, wobei ich mit beiden Armen winkte.

Das Fahrzeug wurde gestoppt. Schnell verließ ich den Lichtteppich der Scheinwerfer, trat an die Tür und öffnete sie.

Der Fahrer trug einen schwarzen Zylinder. Er hatte ein trauriges Gesicht. Die Haut sah aus wie gelbes Fett, und die Mundwinkel waren nach unten gezogen.

Er sprach nicht, deshalb übernahm ich das Reden. »Was haben die beiden Särge zu bedeuten?«

»Sie sind leer.«

»Gut. Und weiter ...«

»Ich fahre sie nur weg.«

»Wohin?«

»Man hat sie für zwei Fremde gedacht, wissen Sie?« Er begann zu grinsen, und bevor ich noch eine weitere Frage stellen konnte, hatte er die Tür schon wieder zugeknallt.

Dann fuhr er so rasch ab, dass ich hastig zur Seite springen musste.

Ich ging zu Suko zurück.

»Der war nicht gerade dein Freund – oder?«

»Das kannst du wohl sagen.« Ich schaute den Heckleuchten des Fahrzeugs nach. »Er hatte Särge geladen, und sie waren für zwei Fremde bestimmt.«

»Ach.«

»Ja, man sorgt sich bereits um unser Ableben. Scheint sich herumgesprochen zu haben. Es wird Zeit, dass wir einiges unternehmen. Allmählich wird mir unwohl.«

Suko ging weiter, und wir blieben auf dieser Straßenseite. Die Häuser rückten jetzt enger zusammen. Es waren alte Bauten, aus wetterfesten Steinen errichtet, und wir gelangten tatsächlich wieder an einen Pub. Der hatte nicht geschlossen.

»Nichts wie rein«, sagte Suko und drückte die rechte Hälfte der scheunenartigen Tür auf.

Fast wie eine Scheune kam mir auch der Innenraum vor. Fliesen auf dem Boden, Gebälk, rauchgeschwärzt und entsprechend riechend unter der Decke, Stehtische, einige Sitzbänke und ein kompakt wirkender Verkaufstresen, der im Lichtschein von der Decke hängender, schwankender Öllampen lag, die Licht und Schatten produzierten.

Wir waren die einzigen Gäste, wie ich mit einem ersten Blick hatte feststellen können.

Langsam gingen wir bis zur Theke vor. Unsere Schritte klangen laut auf dem Fliesenboden.

»Keiner da«, flüsterte Suko.

»Dann nehme ich mir ein Bier und lege das Geld dafür hin. Ich kann kaum sprechen.«

»Wie kühlen die denn hier das Zeug?«, fragte Suko.

Ich deutete auf das Fass und das zerhackte Eis. Fass und Eis befanden sich in einem großen Trog, der seinen Platz auf dem Tresen gefunden hatte. Der Zapfhahn war angeschlossen. Gläser fand ich auch, ich brauchte nur mehr das Bier hineinlaufen zu lassen.

Für Suko goss ich auch ein Glas mit ein. Wir grinsten uns an und prosteten einander zu. Es war ein Genuss, eine Freude, als hätte mir ein Engelchen – pardon – aufs Herz gepinkelt. Mein Krug wurde in einem Zug geleert, und als ich ihn wegstellte, musste ich zunächst einmal Luft holen.

Suko wischte über seine Lippen. Auch er hatte viel getrunken. »Das hat gemundet«, sagte er.

»Und wie.« Ich hatte meinen Krug weggestellt und griff in

die hintere Hosentasche, um meine Geldbörse hervorzuholen. Meine Finger hatten sie kaum ertastet, als wir beide die Frauenstimme vernahmen.

»Lassen Sie das, Mister! Todeskandidaten bekommen ihren letzten Schluck bei mir umsonst …«

Sie wussten, dass es Zeit war, und sie wussten ferner, dass sie zu den Ausgestoßenen zählten. Die Ausgestoßenen aus dem Paradies, denn so nannten sie das Land Aibon.

Man hatte sie nicht mehr haben wollen, denn durch ihr verräterisches Tun hatten sie die Magie der Druiden entweiht. Sie waren Entrechtete, man wollte nichts mehr mit ihnen zu tun haben, denn das Blut Unschuldiger klebte an ihren Händen.

Und nicht allein an ihren Händen. Auch das Mordinstrument, das sie begleiteten, war mit dem Blut Unschuldiger gefüllt.

Es war die Bluthand aus dem Jenseits.

Geschnitzt aus einer mächtigen Eiche, die von geheimnisvollen Erdkräften beschworen worden war, zählte diese gefährliche Hand zu einem besonderen Stück dunkler, unheimlicher Magie.

Sie war ein wahres Meisterwerk. Der Künstler hatte es geschafft, sie natürlich aussehen zu lassen, und wer nicht nahe an sie herangetreten war, konnte den Unterschied zu einer normalen Hand nicht erkennen.

Man wollte die vier nicht mehr haben, hatte sie nicht getötet, aber man wies sie aus.

Und so gingen sie. Aber die Hand ließen sie nicht zurück. Sie war für die vier das Wichtigste. In Aibon hatte sie grausam gewütet, und das sollte sie fortsetzen.

Zudem hatten sie einen gewissen Ruf aus der normalen Welt vernommen. Eine Gruppe von Männern und Frauen hatte erfahren, dass es eine Stelle gab, wo vor langer Zeit das Böse gelauert hatte.

Einen Tanzplatz gefährlicher Druidenmagie. Einen

geheimnisvollen Zauberort, wo Menschen, die sich den Druiden verbunden fühlten, alte Beschwörungen durchführten, und wo man auch etwas über die geheimnisvolle Bluthand aus dem Jenseits erfahren hatte, die als Richter erschaffen worden war, um abtrünnige Druiden zu töten.

So paradiesisch manchmal das Land auch war, es gab ebenso harte Gesetze, die befolgt werden mussten.

Und die Hand wurde zum Henker und zum Richter. Sie durfte nicht zerstört werden, sie musste überleben, und die vier abtrünnigen Druiden, die ausgewiesen worden waren, hatten sie, als die Beschwörung durchgeführt wurde, mitgenommen.

Sie wussten genau, dass es in der normalen Welt eine Gruppe von Menschen gab, die auf sie warteten, und die wollten sie nicht enttäuschen.

Aber noch befanden sie sich in einem anderen Reich. Es hatte hin und wieder Übergriffe gegeben. Ein Vorfühlen der vier Begleiter, Kontaktaufnahmen, und es war ihnen gelungen, die Menschen zu beeinflussen. Sie standen voll auf ihrer Seite.

Auch in Aibon dämmerte es. Lange Schatten fielen über das saftige, dunkle Grün des Landes hinweg und berührten auch die aufrecht stehende Bluthand, sodass diese innerhalb der Schatten allmählich verschmolz.

Sie stand auf einem Wagen. Er war aus Holz gebaut, breit wie ein Floß, und er besaß vier Räder. Der Wagen, auf dem die Hand ihren Platz gefunden hatte, konnte überallhin gezogen werden. Dafür sorgte ein pechschwarzes Pferd, das vor den Wagen gespannt worden war.

Alles war für eine Flucht in die normale Welt bereit. Die Beschwörungen hatten gefruchtet, der Tunnel für die Zeitreise bestand noch, sie brauchten ihm nur mehr zu folgen.

Aber sie wollten noch jemand mit auf die Reise nehmen. Es sollte das erste Opfer in der normalen Welt werden, und es musste eine Person sein, die aus dieser Welt stammte.

Da gab es jemand.

Eine Frau.

Miriam di Carlo!

Eine Person, in deren Adern Druidenblut floss, die auf der normalen Welt nicht mehr sein sollte und heim nach Aibon geholt worden war, wo sich auch für sie das Paradies öffnen sollte.

Die vier Gestalten hatten lange an ihrem Plan gebastelt und waren endlich zu einer Lösung gekommen.

Sie stellten ihr eine Falle.

Es war der Abend, als Miriam di Carlo den geheimnisvollen Lockruf vernahm. Ein wundersames Flötenspiel riss sie aus ihrer Ruhe. Verwirrt richtete sie sich auf.

Sie war eine schöne Frau. Lange, rote Haare, grüne Augen.

Miriam trug ein grünes Kleid, das schon gewandähnliche Formen hatte, und sie befand sich in einem Teil dieser gewaltigen Welt, wo Frieden herrschen sollte und düstere Druidenmagie keinen Platz fand.

Selbst der dünne Himmel über ihr schimmerte grünlich, und im Unterholz raschelte es geheimnisvoll. Die dort lebenden Wesen gab es auch nur in Aibon.

Es waren die, die von den Menschen als Elfen bezeichnet wurden und auf wundersam legendenhafte Weise zu Beginn der Zeiten schon entstanden waren.

Diese Wesen verhielten sich neutral. Sie waren dem Guten ebenso wenig zugetan wie dem Bösen, deshalb brauchte Miriam vor ihnen keine Furcht zu haben.

Sehr oft hatte sie an ihr Leben als Mensch zurückgedacht, als sie noch in London lebte und eigentlich völlig normal war, bis auf eine bestimmte Kleinigkeit.

Miriam di Carlo war sensitiv veranlagt. Sie konnte Dinge erkennen, die in der Zukunft lagen und erst noch geschehen würden. Dafür hatte ihre Abstammung gesorgt, denn in den Adern der Frau floss nicht das Blut der Menschen, sondern das der Druiden.

Obwohl Aibon als das Paradies bezeichnet wurde und Miriam sich auch hier wohl fühlte, dachte sie sehr oft an die Zeit auf der normalen Welt zurück. Sie hatte gut gelebt, bis Aibon sie rief und ihr Blut damit erweckte.

Fast zur gleichen Zeit hatte sie die Bekanntschaft eines außergewöhnlichen Mannes gemacht.

Er hieß John Sinclair, war von Beruf Polizeibeamter und wurde Geisterjäger genannt.

Dieser Mensch hatte sie beeindruckt und auch geprägt. Miriam di Carlo war mit John Sinclair in ein furchtbares Abenteuer verstrickt gewesen. Zusammen waren sie durch ein zerstörtes London gegangen, doch es war glücklicherweise eine Vision gewesen.

Bei einem weiteren Fall war es dann geschehen. Miriam di Carlo hatte sich von John Sinclair verabschieden und dem Ruf ihres Blutes nach Aibon folgen müssen.

Nun lebte sie in dieser Welt, in der sie eigentlich hätte glücklich sein müssen.

Sie war es aber nicht so sehr. Zu stark waren noch die Erinnerungen an ihr Erdenleben, zu sehr war sie Mensch gewesen und hatte alle Leiden und Freuden dieses Daseins ausgekostet.

Aber es gab für sie eine Hoffnung. Hin und wieder bekam sie Kontakt zu dieser anderen Welt. Aibon, das geheimnisvolle Land, war nicht allein das Paradies, auch hier gab es zweierlei Kräfte. Gut und Böse. So kam es vor, dass der Geisterjäger John Sinclair manches Mal in einen Fall mit hineingerissen wurde, dessen Spuren nach Aibon führten.

Daran klammerte sich Miriam di Carlo.

Sie wusste ferner, dass John Sinclair irgendwann einmal kommen musste, denn es gab für ihn ein großes Problem, das er einfach lösen musste.

Zwei Dolche waren verschwunden!

Sie gehörten Sinclairs indischem Freund Mandra Korab, der insgesamt sieben davon besaß. Fünf hatte er zurückbekommen, über die letzten beiden wusste er nicht genau Bescheid. Ihm und dem Geisterjäger war nur bekannt, dass sie sich in Aibon befanden.

Wo genau sich die Dolche befanden, das wussten nur wenige. Miriam di Carlo gehörte nicht zu ihnen. Sie hätte es gern gewusst und ihrem Freund die Waffen zurückgegeben.

Und wieder lauschte sie den Klängen.

Ein geheimnisvolles Spiel und gleichzeitig so lockend, dass sie den Tönen einfach nicht widerstehen konnte. Sie musste ihnen folgen und schritt in diese entsprechende Richtung.

Aibon war weit, war leer, so kam sich Miriam vor wie eine Verlorene ohne Angst innerhalb des Landes. Ihre Füße schleiften durch das dunkelgrüne Gras. Sie sah die hohen Bäume, die prächtigen Kronen, entdeckte seltsame Vögel, die manchmal bunt schimmerten und auch eine grüne Tarnfarbe über ihr Federkleid ziehen konnten.

Aibon war anders. Hier wurden die Märchen und Legenden der Menschen wahr. Vielleicht waren die Geschichten über Elfen, Trolle und Erdmännchen in Aibon entstanden, denn so etwas existierte.

Die Melodie lockte. Nie blieb sie gleich. Mal wehten Miriam di Carlo hohe Töne entgegen, dann wieder dunklere und wie von einer nicht erfüllten Sehnsucht durchweht.

Hatte der für Miriam di Carlo nicht sichtbare Spieler vielleicht Heimweh?

Als sie daran dachte, zuckte ein verlorenes Lächeln um ihre Lippen. Für einen Menschen, den das Heimweh plagte, hatte sie vollstes Verständnis. Auch ihr war es so ergangen. Zwar hatte sie anderen stets von ihrer vollen Zufriedenheit berichtet, die sie hier in Aibon gefunden hatte, aber es waren nur mehr Lippenbekenntnisse gewesen. Im Grunde ihres Herzens sehnte sie sich zurück in die normale Welt, obwohl diese wiederum mit so vielen Fehlern behaftet war.

Vielleicht war es gerade der Feind, dass sie zurückgehen wollte. Nur Ruhe, nur Perfektion, war das etwas für einen Menschen, der noch seinen normalen Körper hatte und nicht in die nächsthöhere Stufe übergegangen war?

Miriam glaubte es nicht mehr. Aus diesem Grunde verstand sie auch die Sehnsucht des Flötenspielers, die er durch seine gespielte Melodie ausdrückte.

Das Lied betörte sie. Miriam lief schneller. Wind packte ihre langen, roten Haare und schaufelte sie fahnenartig in die Höhe. Sie lief der Quelle der Melodie nach, denn sie musste mit dem sprechen, der seinem Instrument diese sehnsuchtsvollen Klänge entlockte.

Das Land war leer.

Kein Druide hielt sich in der Nähe auf. Aber je weiter sie lief, umso mehr verlor sie ihre Hoffnung, denn das Flötenspiel blieb immer gleich. Eigentlich hätte es lauter werden müssen, weil sie sich der Quelle allmählich näherte.

Im Unterbewusstsein spürte sie etwas von einer drohenden Gefahr, die sich über ihrem Kopf zusammenballte. Die innere Stimme warnte sie davor, weiterzulaufen.

Im Gegensatz dazu stand die Melodie, die von einer so großen Sehnsucht erfüllt war und wieder stärker wurde als die warnende Stimme.

Irgendwann »wachte« sie auf, blieb stehen und erkannte, dass sie am Rande einer großen Talschüssel stand und in die Tiefe schauen konnte. Sie wusste von diesem Tal, das gleichzeitig als magische Zone galt, denn hier hatten die Abtrünnigen gelebt und manch finsteren Zauber betrieben. Druiden, die uralt waren, die auch die Erde kannten, denn dort waren sie von den Menschen verehrt worden.

Vor langer, langer Zeit …

Die Abtrünnigen hatte es nicht erwischt. Sie waren nach Aibon zurückgekehrt, in ihr Paradies, das an manchen Orten so wenig paradiesisch war.

»Zeig dich!«, rief Miriam plötzlich, als sie weiterlief. »Zeig dich endlich!«

Es war ein vergebliches Rufen. Niemand gab ihr eine Antwort, und so lief sie als Einsame in das Tal hinein, wobei sie automatisch die magische Zone erreichte.

Und das spürte sie.

Auf einmal blieb sie stehen. Sie spürte die Gefahr sehr deutlich. Etwas rann ihren Rücken hoch, erzeugte eine Gänsehaut und ließ sie frösteln, als wäre ein winterlich kalter Wind gegen ihren Körper geweht.

Erst Sekunden später fiel ihr auf, wie ruhig es geworden war. Kein Flötenspiel mehr, nur eine drückende Stille, die sich ausgebreitet hatte.

Dennoch »redete« diese Ruhe.

Gefahr!

Jawohl, sie berichtete von einer gewissen Gefahr, die sich in ihrer Umgebung festgesetzt hatte.

Eine Falle!

Miriam di Carlo spürte es mit jeder Faser ihres Körpers. Sie steckte plötzlich mittendrin. Das Tal hier, das in einer gewissen Verbindung zur normalen Welt stand, war schon immer für Druiden, die von der gefährlichen Magie nichts wissen wollten, zu einer oft tödlichen Bedrohung geworden.

Sie schaute sich furchtsam um.

Da waren plötzlich Schatten, obwohl keine Bäume in der Nähe wuchsen und auch keine Sonne am Himmel stand, deren Licht die Schatten hätte produzieren können.

Zudem standen sie nicht still. Sie bewegten sich, sie zuckten, und sie kamen auf Miriam zu.

Und das von allen Seiten.

An vier verschiedenen Stellen hatten sie sich gebildet und huschten lautlos näher.

Miriam di Carlo wusste genau, dass sie ihnen nicht mehr entwischen konnte. Deshalb blieb sie stehen, hob in einer müden Geste die Schulter und ergab sich in ihr Schicksal.

Sollten die anderen mit ihr machen, was sie wollten. Ihr war jetzt alles egal geworden.

Lautlos waren sie erschienen und auch näher gekommen. Nun aber flüsterten sie, und Miriam hörte genau ihre Worte.

»Auf dich haben wir gewartet, kleine Miriam. Wir wollen dich, nur dich haben. Hast du verstanden ...?«

Sie schaute in die Runde. Auf ihrem Gesicht zeichnete sich die Verzweiflung ab. »Wer seid ihr?«

»Du müsstest uns kennen«, wurde ihr geantwortet. »Schau genau hin, dann siehst du etwas in den Schatten.«

Sie sah, dass die anderen nicht gelogen hatten.

Es waren tatsächlich Schatten mit den ihr so bekannten Umrissen. Dafür gab es nur eine Erklärung.

Die Männer in Grau!

Die Hüter des Landes Aibon, ihre Wächter, die darauf

achteten, dass die Grenzen nicht von Unbefugten überschritten wurden. Aber die Männer in Grau waren keine Schwarzmagier. Sie standen auf der Seite der normalen Druiden, hatten ihre gefährlichen Steine, durch deren Kraft sie in der Lage waren, Dimensionsbrücken zu schlagen. Und ausgerechnet die hatten sich gegen sie gestellt.

»Was soll ich bei euch?«, fragte Miriam. »Ich habe nichts Unrechtes getan. Ihr seid die Polizisten von Aibon, aber ich habe das Land der Druiden nicht verraten …«

»Wir brauchen dich.«

»Wozu?!«, schrie sie plötzlich und warf ihre Arme in die Höhe. Der Ruf hallte über das weite Land und verklang irgendwo in der wie gläsern wirkenden Ferne.

»Sie will dich. Du hast von ihr gehört. Sie will Opfer haben. Du weißt schon, wen wir meinen.«

»Nein …«, erwiderte Miriam gequält.

Sie bekam keine Antwort von den Wächtern. Ein anderer gab ihr diese. Sie hörte ein Geräusch.

Es klang dumpf, irgendwie gleichmäßig und im ersten Moment nicht zu identifizieren. Bis ihre Augen plötzlich groß und rund wurden.

Jetzt wusste sie Bescheid.

Das war ein Pferd. Dessen Hufschlag hatte sie vernommen. Allmählich wusste sie, was das bedeutete. Sie spürte plötzlich die heiße Angst, die ihre Kehle zusammenpresste. Das konnte doch nicht wahr sein, was die anderen mit ihr vorhatten. Nein, das war einfach zu grausam.

»Schau nach links!«, vernahm sie die flüsternde Stimme. »Schau genau hin, kleine Miriam. Dann wirst du sie sehen, wie sie langsam näher kommt. Sie wartet auf dich.«

Miriam wollte es eigentlich nicht. Wie unter Zwang drehte sie den Kopf.

Das Pferd kam. Es war pechschwarz, nur am Maul schimmerte ein hellerer Streifen. Zwischen seinen Zähnen drang der Dampf hervor und verteilte sich dicht über dem Boden.

Aber das Tier störte sie nicht einmal. Viel schlimmer war das, was es hinter sich herzog.

Die Bluthand!

Man hatte sie auf einem Gestell befestigt, damit sie nicht kippen konnte. Eine riesige Klaue, deren Finger nach oben gereckt und gleichzeitig wie zum Griff gekrümmt waren.

Miriam atmete tief durch. Selbst die klare Luft des Landes Aibon schmeckte plötzlich nach Tod und Verwesung, denn die Frau kannte die genaue Funktion der Hand.

Wer die Hand sah, war verloren. Sie tötete erbarmungslos, bestand aus Holz und war trotzdem lebendig, denn sie gehorchte furchtbaren, schwarzmagischen Gesetzen.

Das Innere eines jeden Fingers hütete ein furchtbares Geheimnis, das diese vier brutalen Bewacher hatte: die Männer in Grau oder die gefährlichen Schatten, wie sie auch genannt wurden.

Zudem besaßen sie die vier Waffen, die, richtig eingesetzt, absolut tödliche Wirkungen zeigten. Vier Steine waren es nur, aber in ihnen steckte die geballte Macht eines verwunschenen Landes mit all seinen Vor- und Nachteilen.

Miriam di Carlo gab auf, obwohl sie sich noch nicht gewehrt hatte. Sie vernahm auch kein Flötenspiel mehr. Der unheimliche Spieler hatte seine Pflicht getan und Miriam in eine Falle gelockt. Er brauchte nicht mehr zu warten.

Sie ging nicht mehr weiter. Die Angst kam, sie bohrte in ihrem Innern. Miriam spürte das drückende Gefühl in ihrer Kehle und auch das Rieseln über der Nackenhaut.

Es war noch dunkler geworden. Ein normaler Vorgang, der die Abenddämmerung einleitete. Manche Bewohner behaupteten, in Aibon würde es nie richtig hell, weil der grünliche Schimmer stets schleierartig über dem Land ausgebreitet lag.

Die vier Schatten bewegten sich, und Miriam di Carlo vernahm dabei einen Laut. Die Füße der Gestalten berührten kaum den Boden, sie huschten und hatten die junge Frau im Nu eingekreist.

So blieben sie stehen.

Gesichter erkannte Miriam nicht. Alles verschwamm in der schwarzgrünen Masse, auch Augen waren für sie nicht zu sehen. Das düstere Glühen drang nicht aus den Pupillen, etwas anderes trug dafür die Verantwortung.

Die Steine!

Sie strahlten ab. Lautlos, gefährlich, breit wie eine Hand und dabei dunkelgrün.

Vier Volltreffer kassierte Miriam.

Sie schrie nicht mal, denn Schmerzen spürte sie nicht. Nur an den Stellen, wo sie getroffen war, rieselte etwas über ihre Haut, als wären sanfte Fingerspitzen dabei, sie zu kitzeln, und es war nicht mal ein unangenehmes Gefühl, obwohl sie wusste, dass sie jetzt endgültig verloren war.

Andere hatten die Kontrolle über ihren Willen und den Körper übernommen.

Für wenige Sekunden stand sie noch unbeweglich auf der Stelle. Auch in ihrem Gesicht regte sich nichts. Gefühle wurden durch die Magie der Strahlen unterdrückt.

Die Steine gehorchten den Befehlen der Schatten in Grau. Miriam konnte nicht daran ändern, aber ihre Füße verloren plötzlich den Kontakt zum Boden.

Und die anderen hatten ein Ziel.

Es war die aufgerichtete, leicht gekrümmte, gewaltige Hand, die fangbereit dastand, um das nächste Opfer zu bekommen. In den Fingern gab es noch genug Platz. Sie würden ihr Blut mit Freuden aufnehmen, um noch mehr zu erstarken.

Auch Miriam schwebte. Wie eine geworfene Puppe befand sie sich in der Luft. Die Sohlen der Schuhe berührten nicht mal die Spitzen des Grases. Sie glitt weiter, die Hand kam näher und wurde für die junge Frau immer größer, sodass sie wie ein gewaltiges Ungetüm wirkte.

Die Schatten wanderten nicht mit. Sie veränderten nur ein wenig die Haltungen ihrer Hände, um sich den neuen Gegebenheiten anzupassen. Schließlich sollte Miriam direkt gegen das harte Holz der Klaue gepresst werden.

Bisher hatte sie dagegen geschaut. Nun drehten die anderen Kräfte sie herum, sodass sie mit dem Rücken gegen die Hand kam. Sie senkte den Kopf ein wenig. Dabei erkannte sie schon das Holz des Fahrgestells unter sich.

Im nächsten Augenblick prallte sie gegen die Blutklaue. Ein kurzer Stoß nur, mehr war es nicht, aber es gelang ihr nicht, sich noch von der Stelle zu rühren.

Sie war und blieb gefangen.

Fesseln wurden ihr nicht angelegt, die Magie der Hand sorgte dafür, dass sie sich nicht mehr bewegen konnte und steif blieb.

Noch immer wurde sie von den Strahlen berührt, aber die sanken einen Moment später zusammen.

Jetzt hätte Miriam weglaufen können, wäre nicht die Magie der Bluthand gewesen, die sie wie eine unsichtbare Fessel hielt, sodass es ihr unmöglich war, sich zu rühren.

Sie musste den anderen Tribut zollen.

Die Hand kannte kein Pardon. Wenn sie wollte, konnte sie die Frau sehr schnell vernichten, aber die Männer oder Schatten hatten etwas anderes mit ihr vor.

»Nicht hier!«, hörte sie die Stimme. Ob einer oder vier gesprochen hatte, war nicht herauszuhören. »Niemals hier. Du lebst in unserem Paradies, aber du hast dich stets danach gesehnt, in eine andere Welt zu gelangen. Das wissen wir, denn wir kennen deine Gedanken. Haben genau gemerkt, was du dir immer ausgedacht und von wem du geträumt hast. Wir werden dich mitschleppen, denn es sind Menschen gekommen, die über uns Bescheid wissen. Sie befinden sich in der magischen Zone, und wir haben beschlossen, dich dort sterben zu lassen, wo du so gern gewesen bist. Auf der Erde …«

Die Überraschungen rissen nicht ab. Wir hatten die Stimme vernommen, es war gesagt worden, was uns erwartete, und dennoch fühlten wir uns nicht als Todeskandidaten.

Ich schaute Suko an. Sein Gesicht zeigte einen nichtssagenden Ausdruck. »Möchtest du sterben?«

»Es wird euch wohl nichts anderes übrig bleiben.« Die Frau hatte eine dunkle Stimme. Gar nicht mal unsympathisch, wenn sie nur andere Worte gewählt hätte.

»Wer sind Sie?«

»Das werden Sie sehen, sobald Sie sich umdrehen.«

Die Aufforderung ließen wir uns nicht zweimal sagen. Auf der Stelle wandten wir uns um und sahen, dass sich aus dem Düstern einer Nische eine Gestalt löste.

Das war die Sprecherin, und sie sah im ersten Moment gar nicht so aus wie eine Frau, denn sie trug die Kampfkleidung irgendwelcher Terroristen. Sollte sie langes Haar haben, musste sie es hochgesteckt und unter ihrer Schirmmütze verborgen haben. Das Gesicht war blass. Ob ihre Züge scharf oder weich geschnitten waren, konnten wir auch nicht erkennen. Jedenfalls besaß sie eine Maschinenpistole, und wie sie die Waffe hielt, ließ darauf schließen, dass sie auch damit umgehen konnte. Die war anders als die beiden Typen an der Scheune.

»Hier scheint ein Nest zu sein«, bemerkte ich. »Anscheinend gibt es in diesem netten Land nur Typen, die sich mit MPi's bewaffnet haben. Das gefällt mir gar nicht.«

»Kann ich mir vorstellen«, erklärte sie. »Aber mir gefällt es auch nicht, dass Sie hier eingedrungen sind.«

Suko lachte leise. »Was heißt hier eingedrungen? Das ist ein freies Land. Hier kann jeder hergehen, der will.«

»Kann er nicht.«

»Ach, und wer bestimmt das?«

»Ich.«

»Dann sind Sie also die Anführerin dieser Bande?«

»So würde ich an Ihrer Stelle nicht sprechen. Wir sind keine Bande, sondern Freiheitskämpfer.«

»Das sagen sie alle«, meinte ich.

»Nur stimmt es bei uns. Wir haben es uns zur Aufgabe gemacht, die Grüne Insel ...«

»Ich kenne die Leier der IRA«, erwiderte ich locker. »Sie brauchen mir nichts zu sagen. Es steht in allen Zeitungen ...«

»Nein«, unterbrach sie mich. »Ich will es euch erklären, damit ihr erkennt, wie wenig Chancen ihr noch habt. Wir haben uns Cockway aus bestimmten Gründen ausgesucht und nicht irgendeinen dieser zahlreichen und verstreut liegenden Orte genommen. Könnt ihr euch vorstellen, weshalb wir dies getan haben?«

»Eigentlich nicht.«

»Dann will ich es euch sagen. Cockway ist der ideale Platz. Hier hat es vor langer, langer Zeit eine gewisse Magie gegeben, die von den Druiden ins Leben gerufen worden ist. Ihr wisst selbst, dass Irland die Heimat der Eichenkundigen ist, und das hat auch mein Vater erfahren, der mich vor seinem Tod durch die Kugeln englischer Soldaten in die Geheimnisse der Druidenmagie einweihte. Das Tal, in dem Cockway liegt, ist eine große, magische Zone. Hier haben sich die Reste einer alten Magie erhalten, man braucht sie nur mehr zu aktivieren und erlebt etwas, das einmalig ist. Kannst du mir folgen?«

»Schlecht ...«

»Dann will ich es euch sagen. Druiden sind ein besonderes Volk gewesen. Sie kannten die Kräfte der Natur, sie haben sie erforscht und ausgelotet, sie kommunizierten mit ihnen, sie ...«

»Schon gut«, unterbrach ich sie. »Kommen Sie zur Sache, denn wir möchten wissen, mit wem wir es zu tun haben.«

»Ich bin Eileen the cat.«

»Die Katze?«, fragte ich gedehnt.

»Ja. Sicherlich wisst ihr von mir.«

Ich hob die Schultern. »Ich glaube, diesen Namen schon einmal in der Zeitung gelesen zu haben. Jedoch in keinem positiven Zusammenhang.«

Sie erwiderte zischend. »Kann ich mir vorstellen. Vielleicht war es ein Anschlag in London.«

»Richtig. Es kamen dabei auch Frauen und Kinder ums Leben.«

»Du sagst es.«

Ich ballte die Hände zu Fäusten. Von diesem Anschlag hatte ich tatsächlich gelesen. Er war mit einer selten gekannten Rücksichtslosigkeit durchgeführt worden und in seinen Folgen schrecklich gewesen. Und die Verantwortliche für dieses Attentat stand jetzt vor mir.

Ich schüttelte den Kopf. Als Terroristin war sie schlimm genug. Erschwerend kam in unserem Falle hinzu, dass ausgerechnet die Anführerin der Terroristen sich auf ein neues Gebiet begeben hatte, das ebenfalls sehr gefährlich war.

Das der Druiden-Magie.

»Und wer seid ihr?«, hörten wir ihre Frage.

Ich hob die Schultern, aber Suko übernahm es, Eileen die Antwort zu geben. »Wir sind Wanderer, Wochenendurlauber, und mehr nicht, Eileen.«

»Wirklich?«

»Was sonst?«

»Vielleicht Spione?«

Ich hatte das Gefühl, dass sie genau wusste, auf was sie sich da eingelassen hatte, und auch über uns irgendwie informiert war. Nur zeigte sie dies nicht.

»Ich wüsste nicht, was wir hier ausspionieren sollten«, erwiderte ich auf ihre Frage.

»Haltet mich nur nicht für dumm.« Ihre Antwort klang ebenso wenig verbindlich wie die Stimme. »Wir haben euch beide beobachtet. Sogar, als ihr noch in eurem Wagen gesessen habt, der plötzlich in die Luft flog ...«

»Das war Pech.«

»Nein«, erwiderte sie mir sehr sachlich. »Kein Pech, sondern eine gefährliche Magie.«

Ich begann zu lachen und beschloss zudem, weiterhin den Unbefangenen zu spielen. »Sie reden immer von Magie. Sie als Terroristin. Glauben Sie denn daran?«

»Sicher.«

»Darüber kann ich nur lachen.«

»Ich nicht mehr«, erklärte sie uns und trat einen Schritt zur Seite. Die Mündung ihrer kurzläufigen MPi blieb in der gleichen Zielrichtung. Wenn wir uns falsch bewegten, würden uns die Kugeln durchlöchern. Es musste eine Waffe sein, die im Ostblock hergestellt wurde. Der Form nach sah sie mir so aus. Es war zudem ein offenes Geheimnis, dass gewisse, an Konflikten interessierte Länder, die IRA mit Waffen versorgten.

Ob sie uns nun besser erkennen konnte oder nicht, war nicht genau festzustellen, jedenfalls wechselte sie das Thema und schüttelte dabei leicht den Kopf. »Irgendwie glaube ich euch nicht«, erklärte sie. »Nein, ihr spielt mir etwas vor. Ich kenne euch!«

Mit keiner Reaktion zeigten wir an, dass uns diese Ankündigung überrascht hatte. »Und wieso?« Meine Frage klang ein wenig lahm, beinahe sogar desinteressiert.

Sie lächelte falsch. »Wir werden mit vielem versorgt, und ich habe auch lange nachgedacht, deshalb lebt ihr auch noch. Wir bekommen nicht allein Proviant, auch Zeitschriften und Zeitungen. Und in einem dieser Blätter habe ich ein Foto gesehen, das eine fatale Ähnlichkeit mit deinem Gesicht aufwies.« Da Eileen in meine Richtung redete, wusste ich auch, wer damit gemeint war.

»Ich in der Zeitung?«, fragte ich.

»Ja, das stimmt. Du vermutest richtig.«

»Daran müsste ich mich erinnern.«

»Vielleicht willst du es nicht. Und dieses Bild war im Zusammenhang mit einer Polizeiaktion geschossen worden. So etwas hasse ich auf den Tod. Polizisten leben, um getötet zu werden. Nicht wahr?«

»Das sehe ich nicht so.«

»Ihr seid Bullen!«

Diese Frau war knallhart und fanatisch. Sie würden wir nicht bekehren können. Die ließ sich auch nichts mehr vormachen. Tatsächlich fühlte ich mich auch verdammt unwohl. Über den Hass der Terroristen auf Polizisten war ich informiert. Die andere Seite machte kurzen Prozess, wenn sie einen Feind vor der Mündung stehen hatte.

Auch bei uns.

Half uns noch ein Bluff?

Eileen sprach weiter. »Ich hatte vorgehabt, euch mit der Druiden-Magie zu konfrontieren. Davon habe ich nun abgesehen. Es gibt Dinge, die sollte man zurückstellen. Bevor wir zu großen Taten schreiten, seid ihr tot. Und jetzt, jetzt gebt eure Waffen ab und auch die Ausweise. Zeigt mir die

Dienstmarken. Aber hübsch vorsichtig, wenn ihr in eure Taschen greift.«

»Was zuerst? Ausweise oder Dienstmarken?«, fragte Suko.

Eileen lachte. »Damit hast du zugegeben, Chinese, dass du zu den Bullen gehörst. Erst die Ausweise, doch zuvor könnt ihr mir eure Namen freiwillig nennen.«

»John Sinclair«, sagte ich.

»Suko«, stellte sich mein Freund vor.

Die Frau zuckte leicht zusammen. »Sinclair«, flüsterte sie. »Fast hatte ich es mir gedacht. Ich wollte es schon sagen, war nur im Augenblick ein wenig überrascht. Nun ist mir alles klar. Dein Name ist bekannt, Sinclair. Nennt man dich nicht noch anders?«

»Geisterjäger.«

Sie lachte hoch und schrill, ohne jedoch unaufmerksam zu werden. »Das ist gut, wirklich. Geisterjäger seid ihr und eigentlich hier genau richtig. Aber ihr werdet nicht mehr dazu kommen, Geister zu jagen, das kann ich euch versprechen. Das Geheimnis dieses Tals bleibt für euch immer verschlossen. Und jetzt packt aus.«

»Gern.« Suko hatte das Wort lässig ausgesprochen. Ich kannte meinen Freund und Partner lange genug, und ich hatte auch den Unterton in seiner Stimme genau gehört.

Er wollte etwas unternehmen …

Ich hob die Schultern. »Es bleibt uns wohl nichts anderes übrig«, erwiderte ich und griff in den Ausschnitt meiner Jacke.

Suko tat das Gleiche.

Eileen behielt uns beide im Auge. Sehr genau beobachtete sie uns. Ich hatte zuerst meinen Ausweis gezogen, streckte den Arm aus, sodass diese Bewegung Eileens Aufmerksamkeit erregte.

Zeit für Suko.

Der hatte nicht seinen Ausweis gezogen, sondern einen anderen Gegenstand, der harmlos aussah, dennoch eine gefährliche Waffe war.

Seinen Stab.

Und Suko rief das Wort.

»Topar!«

Es war wie immer. Plötzlich wurde die ablaufende Zeit für fünf Sekunden gestoppt. Niemand, der sich in Rufweite meines Partners befand, konnte sich mehr bewegen, nur Suko selbst, eben der Träger des Stabs.

Ich stand wie festgeleimt auf dem Fleck, war ein stummer Beobachter und sah Sukos Aktionen.

Der löste sich pfeilschnell. Bevor ich überhaupt nur denken konnte, war er bei unserer »Freundin« aufgetaucht, packte ihre Arme und stemmte sie in die Höhe.

Im nächsten Augenblick hatte er schon zugegriffen. Mit einer Drehung riss er die Maschinenpistole aus den Händen der Frau, ging mit der Waffe einen Schritt zurück, wobei er die Mündung auf Eileen gerichtet hielt.

Noch eine Sekunde hatte er Zeit.

Wir bewegten uns gemeinsam. Ich hielt noch meinen Ausweis in der rechten Hand, die Finger der Terroristin aber waren leer. Sie schaute auf die Hände, selbst bei der schlechten Beleuchtung war zu erkennen, wie sehr sie von Sukos Aktion überrascht worden war, denn sie konnte sich kaum mehr rühren.

Ich lachte leise, und in mein Lachen drangen Sukos Worte. »Das war Pech, Eileen. Falls Sie Ihre MPi suchen, die habe ich. Und die Mündung glotzt Sie an wie ein drittes Auge.«

Sie öffnete und schloss die Hände. Vor Wut konnte sie nicht sprechen. Ein dumpfes Röcheln drang aus ihrem Mund. Die Lippen hatte sie in die Breite gezogen, und es kostete sie Überwindung, endlich eine Frage zu stellen.

»Wie, verdammt, habt ihr das geschafft?«

»Magie«, erwiderte Suko trocken.

»Welche?«

»Das werden wir Ihnen nicht verraten, aber wir sind am Drücker, wie Sie gemerkt haben sollten. Ich an Ihrer Stelle würde mich jetzt schön geschlossen halten.«

Eileen schüttelte den Kopf. »Wie immer ihr das geschafft habt, ich sage euch nur eines: Hier ist das Ende eures Weges. Wir befinden uns in einem Druidental, das mit einer Kraft gefüllt ist, die schon Jahrtausende alt ist. Man kann sie nicht so einfach ignorieren. Das werdet ihr zu spüren bekommen.«

»Vielleicht«, erwiderte ich. »Aber Sie haben meinen Namen vorhin korrekt ausgesprochen. Geisterjäger. Können Sie sich vorstellen, dass wir nicht auch über die von Ihnen so hochgelobte Druiden-Magie Bescheid wissen? Wir kennen auch eine geheimnisvolle Parallelwelt, die sich Aibon nennt, das Paradies der Druiden ist und gleichzeitig dessen Fluch. Na, immer noch so überzeugt?«

»Ja!«

»Dann müssen wir Ihnen das Gegenteil beweisen«, erklärte Suko. »Der Spieß ist umgedreht. Sie, Eileen, werden jetzt tun, was wir von Ihnen verlangen!«

»Und was wollen Sie unternehmen?«

»Einen kleinen Spaziergang mit Ihnen«, erwiderte mein Freund schlicht.

Vor der Antwort klang ihr Lachen glucksend. »Ihr glaubt doch nicht, dass man euch herumspazieren lässt?«

»Wer sollte uns daran hindern?«, fragte ich.

Da Eileen gerade dabei war, so herrlich zu reden, gab sie auch weitere Erklärungen ab. »Wer euch daran hindern sollte? Meine Leute. Wir alle, Sinclair. Cockway sieht zwar aus wie ein normaler Ort, aber das ist er nicht mehr. Wir haben ihn besetzt. Die Bewohner, die sich auf den Straßen zeigen, tun dies auf unsere Befehle hin, damit man nach außen hin nichts bemerkt. Wir waren gezwungen, neue Wege zu gehen, uns andere Helfer zu suchen, und die haben wir gefunden, Sinclair. Es ist die alte Magie. Dieses Land gehört uns, den Iren. Alles in diesem Land wollen wir haben. Auch den Teil, der unter englischer Verwaltung steht. Aus diesem Grunde haben wir uns mit den Kräften beschäftigt, die in den Tiefen des Bodens lauern, die zwar schlafen, aber nur eben schlafen. Wir haben sie wieder geweckt, das werdet ihr zu spüren bekommen …«

»Wie die Bluthand, nicht wahr?«, unterbrach ich sie.

Für einen Moment zeigte das Gesicht der Frau Überraschung. Ihr Mund klappte zu. »Ja, wie die Bluthand«, gab sie flüsternd zurück. »Ihr wisst sehr viel. Also seid ihr Spione, ich habe mich nicht geirrt.«

»Keineswegs. Wir wollten nur etwas klarstellen. Jetzt haben wir den Beweis.«

»Und wie seid ihr ...?«

Ich schüttelte den Kopf. »Keine Erklärungen mehr, Eileen, jetzt wird gehandelt.«

»Bitte.«

Suko wusste, was ich vorhatte, auch ohne dass er eine Erklärung bekam. Er trat einen Schritt zurück, senkte den Lauf der MPi ein wenig und deutete damit zur Tür. »Da ist der Ausgang«, sagte er mit leiser Stimme. »Gehen Sie vorsichtig hin, und unternehmen Sie nichts. Sie wollen ja noch länger leben.«

»Das werde ich auch.«

»Wir warten ab.«

Eileen drehte sich und wollte Sukos Befehl nachkommen. Mein Blick fiel dabei auf ihre rechte Seite. Die lange Drillichhose hatte auch in Höhe der Schenkel schmale Taschen. Aus einer schaute ein Sprechfunkgerät hervor.

Bevor sich die Frau versah, war ich bei ihr, hatte zugegriffen und den Apparat an mich genommen. »Den brauchen Sie ja nicht mehr«, sagte ich und kassierte dafür einen bösen Blick.

»Du bekommst es noch zurück!«, versprach sie mir mit finsterer Stimme.

»Abwarten ...«

»Geh vor, Mädchen, und rede nicht so viel«, sagte Suko.

Sie nickte. Eileen trug Springerstiefel. Als sie ging, hörten wir das dumpfe Hämmern der Sohlen auf dem mit Holz belegten Fußboden. Es war ein schlendernder Gang, der sie in Richtung Tür brachte, und sie gab sich dabei noch immer überlegen.

Suko folgte ihr in einem gewissen Abstand. Die Mündung

der Maschinenpistole wies auf den Rücken der Frau und irrte auch für keinen Moment von diesem Ziel ab.

Vor der Tür blieb sie stehen. Wir befahlen ihr auch nicht, weiterzugehen, denn draußen hatte sich etwas verändert.

Inzwischen war es dunkel geworden, und dennoch zeigte sich eine gewisse Helligkeit. Fackelschein. Schatten werfend und rötlich hell tanzte er über die Straße.

Die äußeren Merkmale der Beschwörung schienen bereitgestellt worden zu sein, und auch Eileen wusste Bescheid. Trotz der auf sie gerichteten Waffe gab sie sich locker und drehte den Kopf. »Es hat sich einiges verändert, ihr beiden«, erklärte sie. »Ihr werdet euch wundern, wenn ihr nach draußen kommt.«

»Das haben wir uns abgewöhnt«, erklärte Suko.

»Überraschungen gibt es immer wieder.« Sie sprach so überzeugt, dass ich ein ungutes Gefühl bekam.

»Gehen Sie«, befahl Suko.

»Also gut«, sagte sie und drückte die Tür auf. »Ihr habt es nicht anders gewollt.«

Die schwere Holztür ächzte, als wollte sie sich gegen den Druck der Hand stemmen, um letztendlich zu verlieren.

Eileen trat als Erste hinaus.

Suko folgte ihr und blieb dicht hinter ihr stehen. Er hatte die MPi in die Rechte gewechselt, mit der Linken fasste er die Schulter der Frau und drückte sie zur anderen Seite hin, um sich selbst und mir freies Sichtfeld zu geben.

Eileen hatte nicht gelogen. In der Tat schauten wir auf eine völlig veränderte Dorfstraße, über der zwar die Dunkelheit lag, die dennoch erhellt wurde.

Man hatte Fackeln angezündet. Die brennenden Scheite standen in mit Sand oder ähnlichem Material gefüllten Fässern, wobei die Flammen vom Wind bewegt wurden und tanzten wie geisterhafte Gestalten, die unruhig von einer Seite zur anderen wischten und ein flackerndes Muster über Fahrbahnen, Häuser und auch Menschen warf.

Das alles waren für mich eigentlich nur Randerscheinungen. Es zählte etwas ganz anderes.

Sie hatten es geschafft und die Magie aktiviert, die in diesem Boden steckte.

Die Kraft der Druiden.

Der eichenkundigen Wesen, die in einem fernen Reich namens Aibon lebten und mit ihrer Magie dafür sorgten, dass auch die normale Erde gestreift wurde.

Das Dorf lag nicht mehr frei. Über ihm befand sich eine gewaltige Kuppel, die aussah wie ein gekrümmter Berg aus Glas, der ebenfalls von dunklen und gleichzeitig auch hellen Schatten übersät war.

Ein phantastisches Bild, und ich sah auf der Straßenmitte das eigentliche Zentrum.

Ein großer grüner Druidenstern, bestehend aus zwei ineinander geschobenen Dreiecken, spannte sich von einer Straßenseite zur anderen, sodass seine Spitzen sogar die Hauswände berührten.

Dieser geheimnisvolle, grünlich leuchtende Druidenstern bildete also das Zentrum.

Bewacht wurde es von Männern, die wie Eileen gekleidet waren.

Das waren ihre Helfer, die Terroristen …

Ich zählte genau sechs, denn an jeder Winkeljacke des Sterns hatten sie Aufstellung genommen.

Die Waffen trugen sie am Körper und nicht in den Händen.

Uns hatten sie wahrscheinlich noch nicht gesehen, da wir drei uns sehr dicht an der Hauswand aufhielten und uns nicht rührten. Auch in unserer Nähe brannte eine Fackel.

Das alles war ungewöhnlich. Für die Menschen aus Cockway sicherlich auch schaurig und schlimm, weil sie so etwas bestimmt zum ersten Mal erlebten. Uns aber schockte etwas ganz anderes.

Der Vorgang spielte sich über unseren Köpfen ab, wo die grüne »Glaskuppel« lag.

Jedenfalls sah diese Verbindung zu Aibon so aus. In der Mitte der Krümmung entstand eine Bewegung. Zuerst sahen wir nur einen Schatten, der aus einer nicht messbaren Ferne zu kommen schien und sich allmählich heranschob.

Nur allmählich kristallisierte sich aus dem Schatten etwas hervor. Es war ein Gegenstand.

Groß, hoch und dunkel.

Dennoch für uns zu erkennen, und ich wurde wieder an die Worte der Männer in Grau erinnert, denn genau sie begleiteten diesen unheimlichen Schatten aus dem Lande Aibon.

Es war die Bluthand aus dem Jenseits!

Etwas war vor dem dunkleren Hintergrund der leicht gekrümmten Holzhand zu sehen.

Eine Frau, die ich kannte, die mit mir zusammen schon einige Abenteuer bestanden hatte, und die sich nun in der Gewalt dieser gefährlichen Blutklaue befand.

Es war Miriam di Carlo!

Auch meinem Freund Suko und der Terroristin war diese Hand nicht entgangen. Eileen sagte nichts, dafür gab Suko seinen flüsternden Kommentar ab. Dem Klang seiner Stimme nach zu urteilen, war er ebenso überrascht und geschockt wie ich.

»John, das ist doch …«

»Miriam di Carlo!«, hauchte ich.

»Genau.«

Jetzt erst meldete sich Eileen. Ihr leises Lachen deutete an, dass sie sich freute. »Ihr kennt sie, nicht wahr?« Als sie keine Antwort bekam, fuhr sie fort. »Ich kenne sie nicht, aber ich habe von dieser Hand gehört. Mein Vater sprach davon. Sie war einmal ein Zeichen des Todes. In den alten Legenden ist sie des Öfteren aufgetaucht, wenn jemand grausam bestraft wurde. Und hier ist es so weit. Da soll eine Frau sterben. Wir können zuschauen …«

Noch immer ließen wir sie reden. Ich konzentrierte mich mehr auf diese Bluthand aus dem Jenseits, während Suko sein Augenmerk auf Eileen the cat gerichtet hielt. Er wollte keine unliebsame Überraschung erleben und hielt sie unter Kontrolle.

Dass die Hand nicht in der Luft bleiben würde, war uns allen klar. Langsam sank sie, kam näher und war immer besser zu erkennen. Sie schwebte nicht so einfach in der Luft, denn sie stand auf einem hölzernen, floßartigen Untergrund. Wie sie dort befestigt worden war, konnten wir nicht erkennen, dafür sah ich, dass man Miriam di Carlo nicht allein gelassen hatte.

Als die Hand den Boden fast berührte, entdeckte ich auch ihre Begleiter.

Es waren vier dunkle Gestalten, die sich nur unscharf vom dunklen Untergrund abhoben.

Die Männer in Grau!

Hüter des Landes Aibon, seine Wächter, seine Aufpasser, die auch mich besucht und von der Bluthand erzählt hatten.

Ich schüttelte leicht den Kopf, denn da kam ich nicht mit. Die Männer in Grau waren gekommen, um mich zu warnen. Sie hatten nicht gewollt, dass die Hand ihre zerstörerische Kraft ausbreitete, und nun begleiteten sie diesen Gegenstand sogar?

Das war unwahrscheinlich, für mich nicht fassbar. Ich wusste einfach keine Erklärung, denn die Männer in Grau waren eigentlich Gegner dieser Hand, und jetzt sah ich sie als Begleiter?

Wie passte das zusammen?

»Da stimmt etwas nicht«, hauchte ich.

Suko hatte mich trotzdem verstanden. »Was denn?«

In zwei Sätzen hatte ich ihm von meinem Verdacht berichtet.

Er hob die Schultern. »Tut mir Leid. Da komme ich auch nicht mit. Wir müssen sehen, wie es weitergeht.«

»Sie wird sterben«, sagte Eileen.

»Halten Sie den Mund!«, fuhr ich sie an.

Sie lachte nur und wartete danach ebenso ab wie Suko und ich. Die Hand senkte sich immer weiter dem normalen Erdboden entgegen. Es waren nur mehr einige Yards, die sie zurückzulegen hatte, um genau im Zentrum des Druidensterns zu landen.

Die sechs Terroristen schauten ebenfalls zu, ohne sich allerdings zu rühren. Sie hatten die Köpfe nur ein wenig in den Nacken gelegt oder schielten zur Seite, das war an ihren Haltungen zu erkennen.

Im nächsten Moment bekam die Bluthand Kontakt.

Sie federte auf ihrem Gestell ein wenig nach, bevor sie endgültig zur Ruhe kam und auch so still stehen blieb.

Tief holte ich Luft.

Es ärgerte mich, dass ich so hilflos war und nichts tun konnte. Die Kräfte eines anderen Landes hatten die volle Kontrolle übernommen und dabei die Menschen zu außergewöhnlichen Statisten degradiert.

»Ich werde zuschauen und mich darüber freuen, wenn die Klaue eure kleine Freundin zerquetscht«, flüsterte Eileen.

»Fragt sich nur, ob Sie dann noch leben!«, konterte daraufhin der Inspektor.

»Ich überlebe alle, denn ich habe einen großen Schutz.«

Es hatte keinen Sinn, mit dieser Frau zu diskutieren, außerdem hatte ich etwas Wichtigeres vor. Unmöglich konnte ich Miriam di Carlo, die Gefangene, in der Hand dieser verfluchten Schattenmänner lassen. Da musste etwas geschehen.

Normalerweise hätten unsere Chancen nicht gut ausgesehen, doch es gab da eine gewisse Chance, die ich nicht außer Acht lassen wollte. Und diese ausgerechnet hieß Eileen. Eileen the cat.

Sie war unsere Geisel, führte die Terroristen an und hatte sicherlich dafür gesorgt, dass der Weg zu Aibon frei wurde. Sie musste eine Beziehung zu den Vorgängen haben, und ich war gespannt darauf, ob die Männer in Grau auch sie schützen würden.

Das Gestell stand. Umrahmt wurde es von den zwei flackernden Fackeln, deren Schein auch über Miriam di Carlos Gesicht glitt, sodass ich trotz der Entfernung ihre Gefühle am Gesicht ablesen konnte. Sie hatte eine schreckliche Angst. Mit der Hand in Berührung zu kommen bedeutete ein Todesurteil, das musste auch Miriam wissen, die lange genug in der Welt zugebracht hatte.

Wie würden die Männer in Grau reagieren? Als sie mich überfielen – ob es die gleichen waren wie in meiner Wohnung, wusste ich nicht –, standen sie trotz allem auf meiner Seite.

Hier sah es so aus, als hätten sie ihre Absicht geändert, und ich fragte mich, ob es sich bei ihnen tatsächlich um die gleichen Personen handelte.

Wir würden sehen …

»Wenn ich die Finger bewege, wird sie zerquetscht!«, hörte ich das raunende Flüstern der Terroristin. »Achte darauf, Sinclair! Ich sage es dir …«

Am liebsten hätte ich ihr ins Gesicht geschlagen, aber ich beherrschte mich. In dieser Lage musste ich die Ruhe bewahren, sonst war Miriam tatsächlich verloren.

Ich dachte auch daran, dass es mir oft genug nicht gelungen war, Gefangene aus dem Würgegriff dämonischer Klauen zu befreien, und diesmal standen die Chancen auch nicht günstig.

Zwei Vorteile hatten wir allerdings. Erstens die Geisel, und zweitens hatte man uns noch nicht entdeckt, da uns der Schatten des vorgezogenen Dachs noch schützte.

Die sechs Bewacher standen da wie Zinnsoldaten. Von den Bewohnern ließ sich noch immer niemand blicken. Die Menschen hatten sich in die Häuser zurückgezogen.

Die vier Männer in Grau bildeten auf der Unterlage ein Quadrat. Auch sie ließen sich nicht in die Karten schauen. Ein jeder von ihnen war für eine bestimmte Aufgabe abgestellt worden, und die wurde von ihnen auch bis zur letzten Konsequenz ausgeführt.

Und dann hörten wir die Stimme. Alle vier redeten, obwohl sich ihre Stimmen vereinigten, sodass sie wie eine klangen.

»Die Beschwörung ist euch gelungen. Ihr habt herausgefunden, dass dieses Tal eine Verbindung zwischen eurer Welt und dem Lande Aibon darstellt. Die Bluthand, die lange Zeit Angst und Schrecken verbreitet hat, ist zurückgekehrt an ihren Platz, wo sie einstmals erschaffen wurde. Sie hat das Blut der Opfer ausgesaugt und es auch behalten. Der Lebenssaft steckt im Holz. Er sorgt dafür, dass die Bluthand bis in alle Ewigkeit existent bleibt. Und ihr werdet sehen, wie sie das erste Opfer seit langer Zeit auf dieser Welt wieder an sich reißt und es vernichtet. Ein Bild, das symbolisch sein soll. Wer es geschafft hat, die Bluthand magisch zu beschwören, dem gehorcht sie sklavisch und macht ihre Gebieter zu den Herren der Welt …«

Leise klang das Lachen der Terroristin. »Ihr habt es gehört«, flüsterte die Frau. »Ihr habt es genau gehört. Jetzt könnt ihr euch danach richten, ihr verdammten …«

»Seien Sie ruhig!«, befahl ich.

»Deine Stimme zittert, Sinclair. Du scheinst Angst zu haben.« Sie wollte noch etwas hinzufügen, doch Suko griff ein. Er hatte mein hartes Gesicht gesehen und ahnte, dass in mir einiges vorging. Deshalb hob er seine Maschinenpistole an und presste den kalten Ring der Mündung in den Nacken der verbrecherischen Frau.

»Reicht das, oder soll ich abdrücken?«

»Ihr macht euch lächerlich.«

Ihre Worte hatten uns wahrscheinlich nur ablenken sollen, denn die Hand blieb nicht mehr ruhig.

Ihre vier Finger, schon leicht gekrümmt, bewegten sich weiter nach unten, um sich zur Faust zu schließen. Nur der Daumen war abgespreizt.

Auf der Straße war es still geworden. Beinahe schwer lastete das Schweigen über dem Dorf, und diese Ruhe wurde von einem stöhnenden Laut der Angst unterbrochen, den Miriam di Carlo abgab.

Sie war nicht sichtbar gefesselt, dennoch gelang es ihr nicht, sich zu bewegen. Demnach konnte sie auch nicht fliehen und musste tatenlos mit ansehen, wie sich die Finger immer mehr ihrem Körper näherten.

Ich stieß Suko an und flüsterte: »Bleib du bei ihr, ich werde hingehen.«

»Das habe ich mir gedacht.«

»Dann Cheerio, Selbstmörder!«, vernahm ich Eileens spöttische Bemerkung, als ich mich in Bewegung setzte und das schützende Dunkel des heruntergezogenen Dachs verließ.

Ich betrat die Straße.

Niemand kümmerte sich um mich oder wollte sich um mich kümmern. Jedenfalls ging ich den ersten Schritt, den zweiten, und ich sah auch, dass die Hand ihre Bewegung nicht gestoppt hatte.

Sie krümmte sich immer mehr zusammen.

So ging ich weiter, umschmeichelt vom flackernden Schein des Feuers, der zuckend über meinen Körper lief und mich hin und wieder blendete.

Ich beeilte mich, aus dem unmittelbaren Bereich der Fackeln zu gelangen, bevor ich mit lauter Stimme meinen Befehl über die lange Hauptstraße rief und hoffte, dass er an die richtigen Ohren gelangte.

»Wer immer ihr seid, hört auf damit! Stoppt die Hand, oder Eileen ist eine Leiche!«

Nach meinen Worten wurde es still. Im Fackellicht suchte ich die Hand.

Es war mir tatsächlich gelungen, einen ersten Erfolg zu erzielen. Die Finger rührten sich nicht.

Ein Zeichen der lauernden Bewegungslosigkeit.

Ich spürte auch den feinen Schweiß auf meiner Haut. Diese Vorgänge waren auch an mir nicht spurlos vorübergegangen. Meine Aktion kostete Kraft, sie kostete Nerven, und dass wir das Spiel noch längst nicht gewonnen hatten, war mir inzwischen mit brutaler Deutlichkeit klar geworden. Aber ich hatte einen Aufschub erreicht, und ich sah, dass sich die Gefangene bewegte, denn auch sie musste durch meine Stimme aufgerüttelt worden sein.

Miriam hob den Kopf.

Es war eine langsame, zögernde Bewegung, als würde sie der Frau große Mühe bereiten. Sie schaute schließlich hoch. Da ich inzwischen näher an sie herangekommen war, konnte ich auch ihr Gesicht besser erkennen.

So etwas von Unglauben in den Zügen eines Menschen hatte ich bisher selten gesehen.

Es musste für sie auch nicht zu fassen sein, mich hier in Cockway zu sehen. Vielleicht wollte sie auch etwas fragen, aber sie war einfach zu schwach, die Worte über die Lippen zu bringen.

So konnte sie nur starren und auf mich schauen, wie ich auf der Straße stand und mich nicht rührte.

Ich hatte damit gerechnet, dass die sechs Terroristen eingreifen würden. Sie aber blieben starr. Möglicherweise standen sie unter einem hypnotischen Bann und waren nur mehr Staffage.

Dennoch fragte jemand.

Es waren die Männer in Grau. Abermals redeten sie zu viert, und wiederum kam es mir so vor, als würde nur einer sprechen. »Du bist John Sinclair. Wir haben von dir gehört, denn in Aibon wird von dir gesprochen. Und wir haben dich nicht umsonst hergeholt.«

Ich zuckte zusammen. Hatte ich richtig gehört? Waren die vier Männer in Grau, die die Hand bewachten, etwa dieselben wie die in meiner Wohnung. So musste ich jedenfalls ihre Worte auffassen, und wahrscheinlich bemerkten sie sogar etwas von meinem Erstaunen, denn sie begannen plötzlich zu lachen.

»Die Überraschungen reißen nicht ab, Geisterjäger!«

»Das kann man wohl sagen. Weshalb habt ihr mich nicht in der Wohnung getötet?«

»Wir wollten es nicht.«

»Und weshalb nicht?«

»Das wird unser Geheimnis bleiben. Du kannst ja versuchen, es zu lösen, wir hindern dich nicht daran.«

Wie sie das sagten, ließ auf einiges schließen. Sie mussten sich ihrer Sache sicher sein, und mich hatten sie aufs Glatteis geführt. Wie dem auch sei, ich ließ mich nicht ins Bockshorn jagen und schaute, bevor ich weiter auf die Hand zuging, noch einmal zurück.

Suko hatte seinen Platz verlassen. Er stand jetzt auf der

Straßenmitte, hielt mit einem Arm die Geisel fest und hatte die Maschinenpistole so angehoben, dass sich die kalte Mündung ins Kinn drückte.

Jetzt konnten auch die anderen Terroristen erkennen, in welch einer Lage sich ihre Anführerin befand. Wenn sie schlau waren, griffen sie nicht ein, denn Rücksicht konnten wir uns diesmal nicht erlauben. Hier ging es um Tod oder Leben.

Klar, es waren einfach zu viele Gegner für uns, aber wenn wir nichts unternahmen, saßen wir fest.

Und deshalb ging ich weiter.

Die Straße war nicht leer. Trotzdem kam ich mir vor wie ein Westernheld, der den schützenden Saloon verlassen hatte und einsam zum letzten Kampf schritt.

Nur ging ich nicht so steifbeinig wie die Leute im Film, meine Bewegungen waren geschmeidiger, wenn auch von einer gewissen Gespanntheit überlagert.

Die Entfernung schmolz. Ich geriet näher an den großen, grünlich leuchtenden Druidenstern heran. Mir kam es auch vor, als hätte sich die Luft verändert. Irgendwie schien sie mir klarer, reiner und besser geworden zu sein. Aibon sollte ja das Paradies sein, und hoch über mir sah ich einen Ausschnitt davon.

Jedoch ein Paradies mit Fehlern, wie ich nun wusste, denn im Garten Eden tötete man nicht.

Wieder erreichte ich den Raum zwischen zwei Fackeln. Für einen Moment wurde ich geblendet, blinzelte mit den Augen, ging weiter und erreichte den Schatten.

Nun konnte ich wieder besser sehen. Fast vor meinen Fußspitzen befand sich der Druidenstern.

Ich schaute auf die grüne Markierung. Sie sah so aus, als hätte sie sich in dem Boden festgefressen, und nur eine Armlänge entfernt sah ich auch den ersten Aufpasser.

Ich blickte in sein Gesicht!

Es war zu einer starren, bewegungslosen Maske geworden, in der kein Muskel zuckte und sich nicht eine Falte bewegte. Selbst der Mund war kaum zu erkennen. Die Lippen lagen hart aufeinander, sie bildeten nur mehr einen Strich und waren ebenso von einem fahlen grünlichen Lichtschein überlagert wie auch der übrige Teil des Gesichts und die Kampfkleidung, die der Mann trug.

Dieser Druidenstern war mit der Magie des Landes Aibon ausgestattet. Davon ging ich aus.

Ich holte das Kreuz hervor. Offen hing es vor meiner Brust. Ich ging etwas zur Seite, dann wieder geradeaus und hatte schon das Innere des Druidensterns betreten.

Augenblicklich überkam mich ein seltsames Gefühl. Es war ein Kribbeln, das über meine Haut lief, mich irgendwie nervös machte, obwohl ich es nicht zu sein brauchte, da sich mein Kreuz wieder einmal auf die andere Magie einstellte und einen grünlichen Farbton annahm.

Die Kraft des Landes Aibon veränderte meinen Talisman, aber es nahm ihm nicht die Kraft. Jedenfalls hoffte ich es. Ausprobiert hatte ich es noch nicht. Auch jetzt sah ich keinen Grund, denn die sechs Terroristen griffen mich nicht an.

Sie interessierten sich überhaupt nicht für mich. Ausdruckslos blieben ihre Gesichter, und sie schauten auch starr an mir vorbei, als wäre ich gar nicht vorhanden.

Die Magie des Druidensterns blieb. Aber sie stellte sich mir nicht in den Weg, sodass ich ohne Zwischenfall das Zentrum durchschreiten konnte.

Ich erreichte den Rand. Noch einen Schritt, dann hatte ich es geschafft. Zurückschauen wollte ich nicht mehr, denn die Hand befand sich dicht vor mir.

Sie wirkte, aus der Nähe betrachtet, noch Furcht einflößender. Eine gefährliche, hochaufgerichtete Todesfalle mit leicht gekrümmten Fingern. Sie war auch nicht so dunkel, wie ich sie in Erinnerung hatte. Das Eichenholz zeigte eine helle Maserung. Ich sah Einschüsse im Holz, die von oben nach unten liefen oder seitlich aufeinander zuführten, sich berührten und an diesen Stellen auslaufende Muster bildeten.

Obwohl die Finger aus Holz bestanden, wirkten sie überhaupt nicht steif oder knochig. Ich hatte das Gefühl, als würden sie sich leicht und sicher bewegen können. Auch die

Handfläche unterschied sich nicht von der einer normalen Menschenhand. Sie war ein wenig nach innen gedrückt, sodass sie eine kleine Mulde bildete, in der die bewegungslose und angststarre Miriam di Carlo ihren Platz gefunden hatte. Sie war nicht in der Lage, auch nur ein Wort über ihre Lippen zu bringen, doch ihre Augen erzählten genug.

Sie brachten mir Angst und Hoffnung entgegen. Miriam wusste genau, dass nur ich es war, der ihr helfen konnte.

Es fiel mir schwer, meinen Blick von ihr abzuwenden, aber ich musste jedes Detail in und auf der Hand wahrnehmen. Auch Fingernägel hatte sie. Sie hoben sich von dem dunkleren Holz der Greifer deutlich ab und schimmerten in einem hellen Ton. Aber auch die dunklen Flecken auf den Innenseiten der Finger blieben mir nicht verborgen.

Die vier Männer in Grau hatten bei ihrem Besuch den Begriff Bluthand erwähnt.

Und eine Bluthand musste sie sein, das erkannte ich an den großen Flecken auf dem Holz.

Das war Blut!

Herausgepresstes Blut der Opfer, die diese Hand sich im Laufe der Zeit geholt hatte.

Noch zwei Schritte, und ich war so weit, das waagerechte Untergestell zu betreten.

Es war sehr fest und schwankte nicht mal, als ich es mit meinem Gewicht belastete. Für einen Moment blieb ich stehen, denn die vier Männer in Grau hatten sich nicht bewegt.

Man konnte bei ihnen nicht von einer natürlichen Haltung sprechen, da sie allesamt den rechten Arm angewinkelt und die Handflächen zu mir hin gedreht hatten.

In ihnen lagen die Steine.

Zum ersten Mal sah ich sie und bekam eine Gänsehaut. Diese Steine waren brandgefährlich. Ich hatte erlebt, wie sie innerhalb eines Gedankensprunges Vampire erledigten und sie zu Staub zerfallen ließen. Mit einer mir unbekannten magischen Kraft waren sie gefüllt und sorgten dafür, dass den Männern in Grau Hindernisse aus dem Weg geräumt wurden.

Meine Sorgen wuchsen, als ich mir die Steine betrachtete. Wenn die Männer sie gegen mich einsetzten, konnte das ins Auge gehen.

Waren es tatsächlich die Gleichen wie die, die mich in meiner Wohnung besucht hatten?

Ich schaute sie mir der Reihe nach an. Unterschiede entdeckte ich nicht bei ihnen, aber ich sah sie auch nicht so wie normale Personen und so, wie ich sie eigentlich kannte.

Bei ihnen stimmten zwar die Umrisse, die eine menschliche Form zeigten, dennoch kamen sie mir vor wie Schatten, die durch irgendeinen Umstand in feste Materie umgewandelt worden waren.

Zwangsläufig stellte sich die Frage, ob ich sie überhaupt als echt bezeichnen konnte.

Da sie mir nichts taten und es auch nicht so aussah, als wollten sie mich angreifen, nutzte ich die Gelegenheit und ging auf Miriam di Carlo zu. Meine Schritte waren zögernder geworden. Ich spürte, dass etwas passieren musste, und auch die Existenz dieser vor mir hochragenden Hand flößte eine gewisse Furcht ein.

Miriam schaute mich starr an. Ihre Lippen zitterten. Sie sah noch immer so aus wie früher. Das lange, rötlich schimmernde Haar umspielte ihren Kopf und das ebenmäßige Gesicht mit den so schönen grünen Augen, die jetzt einen traurigen Ausdruck angenommen hatten.

Mich trennten nur mehr zwei Armlängen.

Die überwand ich auch.

Und dann wollte ich Miriam anfassen.

In diesem Augenblick regten sich die Männer in Grau. Ich sah zuerst das heftige Erschrecken in Miriams Gesicht, wurde dadurch gewarnt und konnte trotzdem nichts unternehmen, denn die vier Steine griffen ein.

Aus vier verschiedenen Richtungen drangen die Strahlen auf mich zu. Es war ein scharf gebündeltes, gefährliches magisches Licht, das meinen Körper traf und ihn innerhalb einer kaum wahrnehmbaren Zeitspanne auf der Stelle bannte.

Ich konnte mich nicht mehr rühren.

Noch einmal, und zwar bei der unmittelbaren Berührung, war ich in die Höhe gezuckt, hatte den Rücken durchgebogen, aber in dieser Haltung blieb ich auch, wobei ich im Zentrum dieses magischen Lichts stand und plötzlich nicht mehr weiterwusste.

So einfach war es nicht gewesen, die junge Frau zu befreien. Sie hatten mich weit genug kommen lassen und mir erst dann ihre Stärke bewiesen.

Zwar war ich körperlich wehrlos, aber mein Gedankenapparat funktionierte. Wenn ich nicht vollständig aus dem Spiel sein wollte, musste es mir gelingen, den Bann zu lösen, der mich und auch Miriam festhielt.

Wir beide befanden uns wie auf einer Insel, in der nur unsere Gedanken zählten und alles andere zweitrangig geworden war.

Ich hörte ihre Stimme.

Es war ein Flüstern, das nur in Gedanken zu vernehmen war.

»Es ist vorbei, John. Sie haben dich. Vor der Bluthand gibt es keine Rettung …«

»Woher weißt du das?«

»Ich spüre es eben. Ich kann mich nicht mehr bewegen, und du schaffst es auch nicht. Nein, du schaffst es nicht …«

Ich kämpfte dagegen an. So einfach wollte ich nicht aufgeben. Mein Gesicht bekam einen Film aus Schweiß, ich spürte das Zittern, als ich den Mund öffnete, um durch das Rufen der Formel den magischen Bann der Bluthand durchbrechen zu können, als mich die Gewalten der uralten Druidenkraft voll packten und mich zu einem regelrechten Spielball degradierten. Ich wurde vom Boden hochgerissen und konnte auch nichts daran ändern, als mich die Kraft genau auf die Bluthand zuschleuderte.

Im ersten Moment hatte ich gedacht, gegen Miriam gestoßen zu werden, ich bekam im letzten Moment eine andere Richtung, sah nur mehr ihr erschrecktes, angsterfülltes Gesicht, wurde gedreht und schlug voll mit dem Rücken gegen die Innenfläche der Holzhand.

Es war ein Hieb wie mit dem Hammer. Nach diesem Schlag gegen den Kopf verlor ich die Übersicht, aber das ging vorbei.

Als ich wieder klar denken konnte, wusste ich auch, wo ich mich befand. An der Bluthand und neben Miriam di Carlo.

Mein rechter berührte sich mit ihrem linken Arm. Ich spürte die Körperwärme dieser Frau, hörte auch ihr leises Schluchzen und ebenfalls die gehauchten Worte.

»Der Weg von Aibon ist frei geworden. Sie haben eine verdammte Verbindung erschaffen, und wir können nichts dagegen unternehmen. Überhaupt nichts, John, auch du nicht durch dein Kreuz. Aibon ist eben zu stark und mächtig. Es ist so grausam geworden.«

Nach diesen Worten schwieg sie. Ich vernahm ihr leises Weinen. Dafür war ein anderes Geräusch lauter.

Nicht Miriam di Carlo hatte es ausgestoßen, es war über unseren Köpfen erklungen.

Ein Knirschen und Brechen, vermischt mit einem seltsamen Brausen, das auch meine Ohren erreichte.

Das Gefühl der Unsicherheit in mir verstärkte sich. Noch konnte ich den Kopf bewegen, legte ihn ein wenig zur Seite und schielte mit einem Auge in die Höhe.

Was ich zuerst nur gehört hatte, sah ich nun. Die Finger der Hand senkten sich allmählich tiefer.

Nicht nur ein Opfer wollten sie, gleich zwei ...

Eileen the cat hatte ihren Spaß. Sie und Suko mussten mit ansehen, wie der Geisterjäger John Sinclair vorging und sich dann in der Falle der Bluthand verfing.

Als das grüne Strahlen aufflammte, wusste der Inspektor endgültig Bescheid. John war in das magische Druidennetz des Landes Aibon voll hineingelaufen und zu einem Gefangenen geworden, den es nicht mehr losließ. Er stand neben Miriam di Carlo auf einer gefährlichen, tödlichen Insel und konnte selbst aus dieser Entfernung zuschauen, wie sich die Finger bewegten und langsam zur Faust schlossen.

Sie würde die beiden zerquetschen.

Über Sukos Nacken rann eine Gänsehaut, und er überlegte, ob der Geisterjäger überhaupt eine Chance hatte?

Miriam di Carlo hatte sie nicht. Und John? Er besaß sein Kreuz, aber Suko hatte erlebt, dass es der Druiden-Magie schon gelungen war, es zu manipulieren und es in einen Zustand zu versetzen, wo es überhaupt nicht mehr reagierte.

Das musste jetzt wieder der Fall sein.

Der Chinese handelte praktisch. Ohne Eileen loszulassen, zog er sich zurück. Er hatte die Frau in einen harten Griff genommen. Sein linker Arm war mit einer Klammer zu vergleichen, die Eileens Kehle umspannte, und er ließ sie auch nicht los, als er sie zurück und in den großen Raum der Gaststätte hineinzog, wo sie den Augen der anderen entschwunden waren.

Hier atmete Suko auf. »Keinen Laut«, wandte er sich an die Terroristin. »Wenn ich nur einen Warnschrei höre, ist es vorbei. Ich schieße sofort.«

Sie versteifte noch mehr in seinem Griff. Suko spürte, dass sie etwas sagen wollte, deshalb lockerte er ein wenig den Griff.

»Das überlebst du nicht, Bulle! Du nicht. Ich garantiere es dir!«

»Abwarten!«

Kaum hatte Suko das Wort gesagt, als er Stimmen hörte. Auf der Straße waren sie aufgeklungen. Raue Männerkehlen schrien sich Befehle zu, und Suko wusste genau, was geschehen war, auch ohne einen Blick aus dem Fenster geworfen zu haben.

Die sechs Terroristen waren aus ihrer Starre erwacht. Wahrscheinlich hatten sie den Befehl bekommen, sich nun um ihre Anführerin zu kümmern. Eileen the cat musste ähnlich denken, das schloss Suko aus ihrem Lachen.

Er ließ sie los, war mit einer geschmeidigen Bewegung vor ihr und fragte nach dem Hinterausgang.

»Den gibt's«, sagte sie.

»Dann nichts wie hin.«

»Wieso? Ich ...«

»Los, verdammt!«

Eileen schaute in die Augen des Chinesen und nickte bedächtig. »Schon gut, Chink, schon gut. Ich tu dir den Gefallen und gehe mit dir. Aber wehe dir ...«

»Los!« Der Inspektor stieß sie mit der MPi an. Eileen drehte sich um. Mit hastigen Schritten durchquerte sie den Raum, ging an dem Tresen vorbei, erreichte einen schmalen Durchgang, und Suko, der über ihre Schulter schaute, sah die Umrisse einer Tür.

»Wo führt der Weg hin?«, fragte er.

»In eine Wohnung.«

»Ist sie belegt?«

Eine Antwort bekam er nicht, denn die Frau drückte die Tür auf. Dahinter sah Suko ein Zimmer, und es war auch eingerichtet, denn alte Möbel standen an den Wänden.

Auf einer Couch saßen drei Menschen.

Ein Mann, eine Frau und ein Kind. Sie waren nicht gefesselt, aber die rührten sich auch nicht vom Fleck, denn sie hatten furchtbare Angst. Suko erkannte die blassen, erstarrt wirkenden Gesichter im Schein einer blakenden Tischleuchte, und er sah auch den gequälten Ausdruck, der sich um die Lippen gelegt hatte.

Und dann peitschten die Schüsse.

So überraschend, dass die Frau auf der Couch aufschrie, halb hochsprang und im nächsten Augenblick die Hände auf den Mund presste, aus Angst, etwas Falsches getan zu haben.

Der Mann zog sie wieder zurück, und Suko wandte sich an die beiden. »Hören Sie zu. Auf den Boden, nur auf den Boden. Gehen Sie in Deckung! Ich will nichts von Ihnen.«

Die beiden Erwachsenen hatten verstanden und nickten. Der Junge aber rief Suko etwas zu.

Er redete gälisch. Suko verstand die Worte zwar nicht, er ahnte jedoch, was sie zu bedeuten hatten.

Und er reagierte richtig. Mit einem Satz sprang er nach hinten, drehte sich dabei, und so wurde er von dem schweren Gegenstand nur gestreift, mit dem sich die Terroristin bewaffnet hatte. Es war ihr gelungen, einen schweren Kerzenständer in die Höhe zu wuchten. An der Brust- und Hüftseite wurde Suko berührt, verspürte auch den plötzlichen Schmerz, aber der brachte ihn nicht um oder behinderte ihn in seinen Aktionen.

Im Gegenteil, er machte ihn wütend. Dieses Weib wollte einfach nicht aufgeben, und der Chinese sorgte dafür, dass sie die Quittung bekam. Der Tritt erwischte sie, als sie noch nach vorn taumelte. Er schmetterte sie auch zu Boden, aber dieses Weib war durch eine harte Schule gegangen. Es rollte sich herum, kam auch wieder hoch, schrie dabei wütend und sah dann etwas Schwarzes auf sich zurasen.

Es war der Waffenlauf.

Kopf und Lauf prallten zusammen, an der Aufschlagseite platzte die Haut, die Bewegung der Terroristin erstarrte, und einen Moment später sackte sie vor den Füßen des Inspektors zusammen.

Regungslos blieb sie liegen.

»Ist sie tot?« Der Junge hatte gefragt, jetzt in der Sprache, die auch Suko verstand.

»Nein, nur bewusstlos.«

Er hörte gleich darauf die Schüsse. Sie klangen verflucht nah. Suko rechnete damit, dass die anderen bereits im Gasthaus waren. »Schließen Sie sich irgendwo ein«, wandte er sich an die Familie. »Beeilen Sie sich aber. Haben Sie so einen Raum?«

Im Hochkommen sagte der Mann: »Die Abstellkammer.«

»Ja, das ist gut.«

Es gab zum Glück eine zweite Tür, durch die die Menschen fliehen konnten. Suko wartete so lange, bis sie nicht mehr zu sehen waren, und wandte sich dem anderen Ausgang zu.

Dahinter hörte er die Schritte. Sie waren lauter geworden. Die Terroristen mussten verdammt nahe sein. Seiner Schätzung nach würde es nur Sekunden dauern, bis sie die Tür erreicht und auch geöffnet hatten.

Dem kam Suko zuvor.

Er riss die Tür nach innen. Während sie sich noch in

Bewegung befand, sprach der Inspektor in den toten Winkel rechts daneben, sodass er von einem Eintretenden nicht entdeckt werden konnte.

Und der Typ kam. Er war entweder von sich überzeugt oder lebensmüde. Jedenfalls taumelte er über die Schwelle und tat rein nichts, um sich eine Deckung zu verschaffen.

Für Suko wurde er eine leichte Beute.

Wieder benutzte der Inspektor die MPi als Schlagwaffe. Der Lauf traf den Nacken des Vorstürmenden, und der Mann konnte sich nicht mehr halten. Er stolperte noch zwei Schritte, bevor ihm die Beine wegknickten und er auf den Bauch fiel.

Mit seinem Scheitel berührte er fast noch die Stiefelsohlen der bewusstlosen Eileen.

Zwei Sekunden geschah nichts. Es herrschte eine unnatürliche Ruhe. Suko stand noch immer mit dem Rücken an der Wand und wartete ab.

Das Schießen war verstummt. Es hörte sich an, als hätten die Terroristen den Gastraum verlassen, aber das schien auch nur so, denn wenig später vernahm Suko ein Flüstern, dann vorsichtige Schritte, deren Geräusche durch den Gang und die offene Tür drangen.

Dann kam jemand.

Jetzt ärgerte sich der Chinese, dass er die Tür nicht geschlossen hatte. Der andere konnte in den Raum schauen und musste zwangsläufig die beiden Bewusstlosen sehen.

Die Schritte verstummten, kaum dass sich Suko mit diesem Gedanken beschäftigt hatte. Er vernahm ein Schnauben, es konnte auch von einem heftigen Atemzug stammen. Er wollte ebenfalls nicht länger bewegungslos an der Wand stehen, deshalb schob er sich ein wenig vor und peilte um die seitliche Türfassung.

Sein Blick fiel auf einen Mann in Kampfkleidung, der unschlüssig etwa zwei Körperlängen entfernt stand und plötzlich zusammenzuckte, als er Suko entdeckte.

Sofort riss er die Waffe hoch und schoss.

Suko sah noch für einen Moment das böse irrlichternde

Mündungsfeuer vor dem Lauf, warf sich sofort zurück, ging zu Boden und sah, als er auf dem Rücken lag, dass an der Türseite das Holz von der Kugelgarbe zerfetzt wurde und ihm als Splitterregen entgegenflog.

Suko rollte sich weiter. Die Maschinenpistole hielt er dabei mit beiden Händen fest. Sein Zeigefinger lag am Abzug, und das war gut, denn der Terrorist kannte keine Rücksicht mehr.

Er wollte töten und dachte nicht an sein eigenes Leben. Schießend stürzte er in den Raum.

Er wirkte dabei wie ein aus der Hölle entsprungener Teufel. In das Krachen der Schüsse fielen seine Schreie, und als er die MPi schwenkte, geriet Suko in höchste Lebensgefahr.

Er hatte hinter einem Tisch eine provisorische Deckung gefunden. Jetzt schoss er zurück.

Gezielt!

Und er traf.

Im Kreuzfeuer der Geschossgarben bäumte sich der Verbrecher auf. Plötzlich schleuderte er die Arme hoch und warf seine MPi in einem von ihm nicht gewollten Reflex so weit fort, dass sie gegen die Decke krachte und dann nach unten fiel.

Sie prallte genau auf den Rücken eines bäuchlings am Boden liegenden Toten.

Ruhe kehrte ein.

Es roch nach Pulverdampf, Öl und Schweiß, aber auch nach Tod.

Suko stand auf und blieb gebückt sowie sprungbereit. Eine Hölle lag hinter ihm. Sie hatte zwar nur Sekunden gedauert, aber Nerven gekostet. So etwas steckte auch Suko nicht so einfach weg.

Sechs Terroristen hatte er gezählt, ohne Eileen the cat. Zwei hatte Suko ausschalten können. Der eine lebte nicht mehr, der andere war bewusstlos, wie auch die Anführerin.

Blieben noch vier.

Sie hielten sich irgendwo verborgen. Das brauchte nicht einmal im Haus zu sein, sie konnten ebenso den taktischen Rückzug angetreten haben und auf der Straße lauern.

Bevor sich Suko auf die Suche machte, entlud er die Waffen der Bewusstlosen und schleuderte die Munition dorthin, wo sie nicht so schnell gefunden werden konnte.

Hinter den kleinen Fenstern sah er keine Bewegungen. Die anderen hielten sich in Deckung. Wahrscheinlich warteten sie darauf, dass sich Suko eine Blöße gab.

Und er musste aus diesem Haus. Sein Freund John Sinclair schwebte in Gefahr. Die Hand hatte sich in Bewegung gesetzt, um sich zur Faust zu schließen. Von den anderen war sicherlich keiner da, der dem Geisterjäger geholfen hätte.

Da momentan Ruhe herrschte und auch nichts darauf hinwies, dass sich dieser Zustand in den nächsten Sekunden ändern würde, riskierte Suko es und ging zu der Familie, die sich im Abstellraum verborgen hatte. Als Suko die Tür öffnete, schaute er in die erschreckten Gesichter, die sich aus dem Düstern hervorschälten.

»Keine Panik, Freunde«, flüsterte der Inspektor. »Ich habe alle bis jetzt unter Kontrolle.«

»Hat es Tote gegeben?«, fragte der Mann.

»Leider musste ich einen Terroristen erschießen. Er oder ich. Aber deshalb bin ich nicht zu Ihnen gekommen. Ich kenne das Haus nicht. Wie sieht es aus? Welchen zweiten Eingang oder Ausgang gibt es noch? Außerdem interessiert mich, wo er liegt.«

Der Wirt schaute seine Frau an. Die gab auch Antwort. »Sie können in den Hof gelangen.«

»Wie?«

»Soll ich es Ihnen zeigen?«

»Nein, nein«, wehrte Suko hastig ab. »Um Himmels willen! Nicht auf diese Art und Weise. Irgendwo lauern noch genug Typen, die mich umlegen wollen. Ich will Sie nicht in Gefahr bringen. Sie brauchen mir den Weg nur zu erklären.«

»Dazu müssen Sie wieder in den Gastraum.«

»Und dann?«

Suko bekam eine Beschreibung. Er hatte die zweite Tür, von der die Rede war, bei seinem ersten Eintreten überhaupt nicht gesehen. So zog er sich zurück, nicht ohne den anderen noch einmal eingeschärft zu haben, wie sehr sie auf der Hut sein mussten und sich um jeden Preis ruhig verhalten sollten.

Die Familie versprach es.

Die beiden Bewusstlosen regten sich nicht, als Suko sie passierte. Er hatte so dosiert zugeschlagen, dass sie mindestens für eine Stunde im Reich der Träume liegen blieben.

Die zweite Tür entdeckte Suko sofort. Er zog sie behutsam auf, schaute in einen düsteren Gang, in dem es seiner Ansicht nach zu viele Schattenstellen gab, was ihm überhaupt nicht gefiel.

Dennoch musste er durch.

Suko ging so lautlos wie möglich. Leider bestand der Boden aus Holz. Fliegen konnte der Inspektor nicht. Oft genug bewegten sich unter dem Gewicht seines Körpers die Bohlen und gaben ächzende Geräusche ab, die in der Stille überlaut klangen.

Um besser sehen zu können, schaltete der Inspektor seine kleine Lampe ein. Er sah mehrere Türen, orientierte sich kurz, zuckte zusammen, weil ihn ein von der Decke herabhängendes Spinnennetz im Gesicht streifte, dann entdeckte er die Hintertür.

Die Tür war nicht verschlossen. In diesem Ort vertraute der eine Nachbar noch dem anderen.

Suko schob sich durch den Spalt. Nach der Hitze des Gefechts tat ihm die Kühle der Nacht besonders gut. Sie streifte seine Wangen, und Suko hörte auch ein leises Klappern. Es klang sehr gleichförmig, für ihn lag der Grund auf der Hand. Irgendwo bewegte der Wind einen Gegenstand in die immer gleiche Richtung.

Der Hinterhof war nicht groß. Er besaß eine Mauer als Grenze, die Suko überklettern musste.

So lautlos wie möglich stieg er darüber hinweg. An der anderen Seite ließ er sich nach unten gleiten, stand auf dem weichen Untergrund eines Wiesenbodens und schaute in Richtung Straße, denn der Widerschein der flackernden Fackeln fiel durch die Lücken zwischen den weiter auseinander stehenden Häusern.

Die Bäume malten sich nur mehr als skurrile Gebilde ab. Ihre Zweige und Äste wirkten wie greiffertige Arme, unter die Suko mit langen, möglichst lautlosen Schritten weghuschte.

Eine Gasse schluckte ihn.

Rechts und links wuchsen die Hauswände in die Höhe. In der Gasse stand noch ein Leiterwagen. Sein Ende bildete mit dem des Durchgangs eine Linie.

Suko erreichte ihn und blieb für einen Moment in seiner Deckung, bevor er sich weiterschob.

An den Rädern des Wagens schlich er vorbei, bis er die Deichsel erreichte, dort in die Hocke ging und mit dem Schatten des abgestellten Wagens verschmolz.

Suko schaute auf die Straße.

Einsam und verlassen lag sie im Licht der qualmenden Fackeln. Von seinem Freund John konnte der Chinese nichts sehen, aber auch die Terroristen zeigten sich nicht.

Erst nach einigen Sekunden fiel Suko das Geräusch auf, das sich ständig wiederholte, wenn auch in unregelmäßigen Abständen. Er kam von der linken Seite, genau dort, wo auch der Geisterjäger und die Frau gefahren sein mussten.

Was tat sich da?

Der Chinese wollte es besser erkennen und schob sich behutsam vor. Er erreichte die Grenze, blickte nach links und sah die Straße hinab.

Am liebsten wäre er aufgesprungen und auf die Hand zugerannt, aber er wusste, dass seine Gegner darauf nur warteten, obwohl sie sich nicht zeigten. Sicher rechneten sie damit, dass der eine den anderen nicht im Stich ließ, aber Suko konnte einfach nichts unternehmen.

Und die Hand bewegte sich.

Es sah schlimm aus, wie die Finger immer weiter nach unten wanderten. Bei jeder Bewegung der hölzernen Knochen knackten die Finger.

Nicht weit von der Hand entfernt brannten zwei Fackeln. Ihr Licht reichte aus, um auch die dunklen Flecken auf dem Holz erkennen zu können. Suko rechnete damit, dass es sich dabei nur um Blut handeln konnte. Das ausgeschwitzte Blut der Opfer …

Er schüttelte sich, holte tief Luft und sah auch den grünen Schein auf der Brust des Geisterjägers. Von dessen Gesicht war nichts zu erkennen, es lag ebenso wie das von Miriam di Carlo bereits im Schatten der sich senkenden Finger.

Wenn sich die Hand weiterhin so schloss, konnte sich Suko leicht ausrechnen, wann die beiden Gefangenen erwischt wurden.

Und das wollte er verhindern.

Auch Johns Kreuz hatte reagiert. Der Chinese konnte zwar nicht dessen genaue Umrisse erkennen, aber er sah den grünen Schein, der von ihm abgegeben wurde.

Ein Beweis dafür, wie stark die Magie der Druiden hier einwirkte. Aibon konnte das Kreuz zwar nicht zerstören, es jedoch manipulieren und für seine Zwecke einsetzen. Dagegen richtete auch dessen Träger oder Besitzer nichts aus.

Wie sollte er John helfen?

Die Straße lag in einer unnatürlichen Ruhe. Der Druidenstern leuchtete in einem schwachen Grün. Dieser fahle Schein vermischte sich mit dem des Feuers.

Auch Schatten wurden produziert. Nur nicht die der Menschen, die Suko suchte.

Um zu John Sinclair zu gelangen, musste er eine freie Strecke überwinden. Auch wenn er Zickzack lief, würden ihn die Kugelgarben der Terroristen immer erwischen. Hinzu kamen noch die vier Männer in Grau, die die Hand bewachten.

Es sah nicht gut aus.

Die Möglichkeit, hinter den Häusern herzulaufen und in den Rücken des Geisterjägers zu gelangen, bestand natürlich auch, aber das hätte zuviel Zeit gekostet.

Da gab es an sich nur eine Chance.

Der Wagen hinter ihm.

Suko schaute ihn sich an. Die vier Holzwände über den Rädern waren stabil und hielten sicherlich auch Kugeln ab. Er gab also Deckung.

Es war riskant, aber Suko musste einfach alles auf eine Karte setzen. Er huschte einige Schritte zurück, hatte das Ende des Wagens erreicht und stemmte sich gegen ihn.

Knirschend setzten sich die relativ großen Räder in Bewegung. Der Wagen rumpelte, verließ den Raum zwischen den beiden Häusern und erreichte die Straße.

Suko blieb an seiner rechten Seite in Deckung. Er wartete darauf, dass sich etwas tat, rechnete mit den ersten Schüssen, aber seine Feinde hielten sich noch zurück.

Erst als Suko die Straßenmitte erreicht hatte und den Wagen drehte, da war es aus mit der Stille.

Plötzlich musste der Chinese den Kopf einziehen, denn erste Kugelgarben zerrissen mit ihren knatternden Detonationen die Stille ...

Und wir waren gefangen!

Weder Miriam di Carlo noch ich hatten eine Chance, aus eigener Kraft von dieser Hand loszukommen. Ich spürte Miriam neben mir und hörte auch ihre flüsternde Stimme.

»Hast du Angst, John?«

»Ja.«

Sie lachte leise auf. »Ich ebenfalls. Nie hätte ich gedacht, dass wir einmal gemeinsam sterben würden. Nie hätte ich das für möglich gehalten ...«

»Noch leben wir.«

»Kannst du rechnen?«

»Weshalb? Ich ...«

»Jede Fingerkrümmung bringt uns dem Tod näher. Jetzt wieder, John. Hörst du es?«

Ja, verdammt, ich hörte es. Und wie ich es hörte. Doppelt oder dreifach so laut, weil wir uns in unmittelbarer Nähe befanden. Dieses widerliche Fingerknacken und auch Krümmen war einfach furchtbar, und ich merkte den Schauer, der sich auf meinem Rücken gebildet hatte und einfach nicht weghuschen wollte.

Unsere Sicht war noch nicht eingeschränkt. Bisher standen

die Finger waagerecht über uns, dennoch war es nur eine Frage der Zeit, bis wir von der Straße nichts mehr sehen konnten.

Einer Straße, die wie leergefegt wirkte, denn auch die sechs Terroristen waren verschwunden. Wir hatten zudem Schüsse vernommen. Salven von Maschinenpistolen. Hin und wieder hatten die Mündungsfeuer fahl geleuchtet, und ich wusste auch, dass mein Freund Suko in diesen heißen Kampf verwickelt war. Ob es einen Sieger gegeben hatte, wusste ich nicht. Von Suko und seinen Gegnern hatte ich nach dem Kampf ebenso wenig etwas gesehen wie von den übrigen Bewohnern des Hauses.

Jetzt herrschte Ruhe.

Bis auf dieses verdammte Knacken, das ich abermals hörte, als sich einer der Finger krümmte. Dieses widerliche Geräusch verursachte bei mir eine Gänsehaut nach der anderen. Jede Fingerkrümmung brachte uns einem schrecklichen Ende näher.

»Ob dein Freund noch lebt?« Miriams Stimme klang leise, ohne Modulation.

»Ich weiß es nicht. Ich weiß auch nicht, aus welchem Grunde man uns töten will. Sind wir so große Gegner dieses Druidenreichs? Ich für meinen Teil eventuell, wenn ich an Guywano denke, aber du doch nicht, Miriam. Du bist in dieses Paradies eingegangen, man hat dich geholt …«

»Es ist nicht immer ein Paradies. Zudem hatte ich Sehnsucht, wieder in die normale Welt zurückzukommen.«

»Da bist du jetzt«, sagte ich bitter.

»Leider, und die Männer in Grau haben es geschafft. Die Terroristen nahmen Kontakt auf, und diese finsteren Gestalten hatten nichts anderes zu tun, als die Bluthand in die Welt zu schicken, die uns den Tod bringen soll.«

»Mich haben die Männer in Grau gewarnt, sogar am Leben gelassen, obwohl sie mich in meiner Wohnung hätten töten können. Das begreife ich einfach nicht.«

Diesmal folgte ein zweimaliges Knacken dicht hintereinander. Wieder hörte es sich an, als würden Knochen gebrochen, und zum ersten Mal sah ich die Schatten der Finger. Sie fielen wie eine schmale Decke von oben herab in meinen Sichtbereich und engten ihn bereits ein wenig ein.

Auch meiner Leidensgenossin war dies aufgefallen. »Bald haben sie uns«, hauchte sie.

»Was geschieht genau?«

»Willst du das wirklich wissen?«

»Ja.«

»Die Finger werden bis zum unteren Ende des Ballens durchgestreckt. Dann schieben sie sich nach innen, auf uns zu, und wenn sie uns berührt haben, werden sie uns in das Holz hineinpressen. Wir werden zu einem Bestandteil der Hand. Unsere Adern können dem Druck nicht standhalten, sie platzen, das Blut wird aus ihnen heraustreten, das Holz nässen und von seiner Maserung aufgesaugt werden. Wir sterben so qualvoll, wie man es kaum beschreiben kann. Auch ich habe eine schreckliche Angst, aber ich kann nichts daran ändern. Auch du wirst es nicht können, obwohl du dein Kreuz trägst.«

»Ich habe es leicht aktiviert.«

»Dann mach es.«

»Sicher. Nur sagt mir die Erfahrung, dass es kaum etwas nutzen wird. Die Magie der Druiden ist einfach zu stark. Aibon hat richtig zugeschlagen. Dieses Land saugt die Magie des Kreuzes auf. Sie pufft praktisch ins Leere, und das gefällt mir überhaupt nicht, wie du dir vorstellen kannst. Es ist schlecht. Zusammengefasst kann ich nur sagen, dass mein Kreuz versagen wird.«

»Wer kann uns dann helfen?«

»Keine Ahnung.«

Ein erneutes Knacken ließ uns ruhig werden. Diesmal bewegte sich nicht nur ein Finger. Vier von ihnen senkten sich weiter dem Boden entgegen und standen bereits nach innen gerichtet, sodass ihre Nägel schon auf die Handflächen zeigten.

»Sterben muss schlimm sein!«, flüsterte Miriam, »der Tod ist es wohl nicht. Nur das Sterben ...«

Ich konnte ihre pessimistischen Gedankengänge gut verstehen, auch wenn ich nicht so dachte. Bisher hatte ich immer eine Chance gesehen, auch hier wollte ich etwas erreichen.

Okay, die Aktivierung war fraglich, dennoch wollte ich wissen, ob mein Kreuz die Magie der Druiden nicht wenigstens lockern konnte.

Deshalb sprach ich die Formel, auch wenn ich zuvor noch anders gedacht hatte.

»Terra pestem teneto – Salus hic maneto!«

Die Erde soll das Unheil halten, das Heil soll hier bleiben. So ungefähr lautete die Übersetzung.

Und es tat sich etwas!

Ich hörte Miriam überrascht aufschreien. Sekundenlang erhellte sich die Umgebung. Wir waren eingehüllt in einen grünsilbrigen Schein, durch den ich schauen konnte.

Die Glaskugel am Himmel schien zerspringen zu wollen, ich schaute in eine endlose Welt, obwohl sich über mir die Finger der Hand befanden, sah geistförmige Gestalten, die mich an die Erzengel erinnerten, und so etwas wie Hoffnung keimte in mir hoch.

Sie zerbrach wie das Licht.

Aibon war stärker, das Kreuz konnte die Magie dieses Druidenreichs nicht durchbrechen. Die Grenzen des Landes hielten eisern, und ich hatte den Kampf verloren.

Es war wieder so wie zuvor. Nein, etwas hatte sich doch verändert. Unser Sichtbereich war noch weiter eingeschränkt worden, und die vier Männer in Grau, die auf der Unterlage standen, hatten ihre Körper zur Seite gedreht und schauten uns an.

Es waren harte Blicke aus schwammigen, kaum sichtbaren Augen. Diese vier wollten die Vernichtung, und die grausame Folter ging weiter, denn die Hand senkte sich tiefer.

»Niemand wird uns helfen!«, hauchte Miriam.

»Auch der Flötenspieler nicht?«

Scharf stieß die Frau den Atem aus. »Du ... du kennst ihn?«, fragte sie.

»Ja.«

»Wann hast du ihn gesehen?«

»Auf dem Weg nach Cockway.«

»Er hat auch mich in die Falle gelockt. Ich bin seiner Melodie gefolgt und erreichte mein Ziel, das sich als die Bluthand aus dem Jenseits darstellte.«

»Wer ist dieser Flötenspieler?«

»Man nennt ihn den roten Ryan.«

»Und wieso?«

»Der Legende nach ist er der Beschützer der Erdgeister. Man kann ihn auch als eine Institution bezeichnen. Der rote Ryan ist ein Machtfaktor. Er weiß über alles Bescheid, ihm gehorchen die Elfen, die Feen und die Trolle ...«

»Das gibt es bei euch?«, fragte ich staunend.

»Ja, wir sind das Land der Legenden. Bei uns werden Märchen wahr. Aber wie in jedem Märchen gibt es Gut und Böse ...«

»Wer ist der rote Ryan?«

»Er steht über oder zwischen den Dingen. Mal tendiert er zu der einen, dann wieder zu der anderen Seite.«

»Er ist also gefährlich?«

»So kann man es ... John!«, rief sie plötzlich. »Was ist da los? Schau dir die vier Männer in Grau an ...«

In der Tat änderte sich etwas bei ihnen. Es waren ihre Hände, mit denen sie die Steine hielten. Diese Waffen, die ich kannte, strahlten plötzlich auf. Aber nicht in unsere Richtung wiesen die Strahlen, sondern an uns vorbei, in die Leere des Raumes.

Nicht ganz, denn soeben noch konnte ich eines der Ziele erkennen, das von den Strahlen erfasst worden war.

Es war ein Mann in Grau!

Wenn ich überlegte und hochrechnete, musste es einfach so sein, dass auch die anderen drei Strahlen ihre Ziele getroffen hatten. Und wahrscheinlich ebenfalls die Grauen.

Dann waren es jetzt acht.

Ich verstand immer weniger. Dafür setzte Miriam zu einer Erklärung an, die letztendlich keine war, denn sie sagte: »Ich glaube, John, jetzt passiert etwas ...«

Davon ging auch ich aus.

Nun geschahen zwei Dinge zugleich. Irgend etwas musste vor uns auf der Straße laufen, denn plötzlich knatterten Schüsse auf.

Gleichzeitig fielen die vier Finger mit einem so heftigen Druck nach unten, dass die Spitzen den Untergrund beinahe berührten.

Wir waren noch immer wehrlos. Ich starrte auf die Innenseiten der hölzernen Finger. Trotz des schlechten Lichts erkannte ich die Maserung und bekam auch mit, wie die Holzhaut an einigen Stellen aufplatzte.

Hervor quoll – Blut …

Kaum waren die ersten Schüsse aufgeklungen, als Suko den Wagen stoppte und sich flach auf den Boden warf. Die Maschinenpistole hielt er dabei im Anschlag, schaute unter dem hochrädrigen Wagen hindurch und entdeckte seine Ziele.

Sie lagen höher als er.

Die letzten Gegner befanden sich zum Glück alle vor ihm. Sie hatten sich in den umliegenden Häusern verschanzt, dort die oberen Etagen »geentert« und die Fenster geöffnet, aus denen sie schräg nach unten feuerten. Sie erwischten auch die Straße, auf der die Kugelgarben tanzten und ihre langen Geschossbahnen zogen.

Staub und Dreck flogen in die Höhe. Kleine Wolken entstanden. Auch der Wagen wurde getroffen.

Suko hörte die Einschläge der Geschosse. Das Gefährt schwankte, wurde durchgeschüttelt, hielt aber stand.

Der Inspektor hatte die Beine angezogen. Er sah auch den grünen Schimmer, der aus den Händen der vier Wächter in den Himmel stieß und dort nach Zielen tastete.

Darauf konnte Suko nicht achten. Es musste ihm gelingen, Sieger zu bleiben.

Er schoss zurück.

Zuerst nahm er sich die rechte Seite vor. Im Liegen kantete

er die Waffe, damit der Lauf schräg in die Höhe wies, und als Suko zurückfeuerte, bewegte sich die MPi in seinen Händen.

Noch schneller tanzten die Geschosse an den Hauswänden entlang. Er hoffte nur, dass keine Menschen an den Fenstern standen, aber so dumm würden sie wohl nicht sein.

In die Echos der Schüsse hinein vernahm Suko das Platzen der Fensterscheiben, sah ebenfalls Mündungsfeuer und hörte plötzlich einen furchtbaren Schrei.

Im nächsten Augenblick löste sich aus einem der Fenster an der rechten Seite eine Gestalt. Es sah so aus, als wollte sie springen, doch zuerst fiel die Waffe nach unten, dann folgte der Körper, der schwer auf die Straße schlug.

Verkrümmt blieb er liegen.

Feuerpause.

Auf Sukos Stirn hatte sich der Schweiß mit dem Dreck vermischt. Der Inspektor atmete durch den Mund. Er drückte sich ein wenig zurück und wunderte sich darüber, dass die anderen drei nicht mehr schossen.

Hatte dies einen Grund?

Noch immer blieb Suko auf dem Boden liegen. Der Wagen war von mehreren Geschossen getroffen worden und sah dementsprechend aus. Ein Teil der Deichsel sah aus wie abgehackt. Überall lagen die Splitter verteilt. Sogar ein Rad hatten die Kugeln zerstört.

Und jetzt diese unnatürliche Ruhe!

Das begriff Suko nicht.

Nachdem einige Sekunden verlaufen waren und Suko noch immer in dieser provisorischen Deckung lag, wollte er sehen, was sich weiterhin abspielte. Deshalb drückte er seinen Oberkörper vorsichtig in die Höhe, denn er wollte über den Rand des Wagens hinwegpeilen.

Die MPi hatte er gekantet. Der Lauf zeigte in den grünlichen Himmel, dennoch war Suko bereit, sie sofort wieder zu senken, um blitzschnell feuern zu können.

Der Tote war fast in den Druidenstern gefallen. An seinem Rand lag der verkrümmte Körper.

Und im Stern tat sich etwas.

Die Strahlen der vier Wächter zielten dabei nach wie vor in vier verschiedene Richtungen und hatten auch Gestalten erfasst.

Ebenfalls vier Wächter!

Männer in Grau, die in der Luft schwebten und sich nicht rührten. Doch die wahren Dinge spielten sich innerhalb des Druidensterns ab.

Dort wölkte zunächst grünweißer Rauch hervor, verteilte sich über der Zeichnung und war eigentlich nicht mehr als ein Deckmantel für eine Gestalt, die aus der Erde und inmitten des Zentrums dieses geheimnisvollen Druidensterns stieg.

Suko wollte seinen Augen kaum trauen, denn er kannte die Gestalt. Er hatte sie schon gesehen. Zusammen mit seinem Freund John Sinclair, als sie auf der Fahrt nach Cockway pausierten.

Es war der Flötenspieler!

Suko wusste nicht, dass er der rote Ryan genannt wurde, doch verändert hatte er sich nicht. Nach wie vor trug er die bunte Kleidung, auch den Schlapphut. Es sah so aus, als würde er von unten geschoben und immer höher gedrückt, bis auch seine Füße zu sehen waren und er inmitten der beiden Dreiecke stehen blieb.

Wie ein Denkmal wirkte er in diesen Augenblicken. Wieder war von seinem Gesicht kaum etwas zu sehen. Dafür winkelte er die Hand an, hob sie gleichzeitig hoch und setzte das Mundstück der geheimnisvollen Flöte an seine Lippen.

Er spielte.

Selbst Suko ließ sich von dieser Melodie anmachen oder faszinieren. Der Inspektor blieb nicht mehr hinter seiner provisorischen Deckung, er schraubte seinen Oberkörper in die Höhe, schaute nach vorn und richtete seinen Blick auf den Flötenspieler.

Die Melodien, durchsetzt mit für menschliche Ohren fremd wirkenden Tönen, schwangen über die ruhige Straße und schienen von der Weite und den Geheimnissen des Landes Aibon zu berichten.

Mal traurig, dann wieder für einen Moment fröhlich und an das Singen der Vögel erinnernd, bis sie in diese tiefen Lagen gerieten und in einer schwermütigen Melodie endeten.

Es war ein fremdartiges, gleichzeitig auch phantastisches Spiel, das alle in seinen Bann zog.

Suko bekam mit, wie sich der geheimnisvolle Flötenspieler in Bewegung setzte. Er ging nicht auf ihn zu, wandte dem Chinesen den Rücken zu und marschierte mit einer stechschrittartigen Bewegung dorthin, wo die Bluthand stand und auch die vier Männer in Grau mit ihren strahlenden Steinen warteten.

Selbst die in den Fenstern lauernden Terroristen ließen sich von diesem Spiel faszinieren und hatten ihre Waffen vergessen.

War es eine Melodie des Friedens? War dieser geheimnisvolle Flötenspieler ein Wesen, das nur Frieden wollte? Suko konnte sich dies nicht so recht vorstellen, schließlich hatte sie dieses Wesen in höchste Lebensgefahr gebracht, nun aber sah es so aus, als sollte alles ganz anders werden.

Der Flötenspieler ging die Straße hinauf. Sein Ziel konnte nur noch die Hand sein oder die vier Wächter, die auf der fahrbaren Unterlage standen.

Suko dachte wieder an seine beiden Freunde. Von Miriam und John sah er nichts, weil sich die Hand bereits so weit gesenkt hatte, dass sie mit ihren Fingern die Unterlage berührte.

Der Inspektor schüttelte den Kopf. Er dachte daran, aus welch einem Grund er all die Schwierigkeiten auf sich genommen hatte. Allein um John und Miriam zu befreien.

Das musste er nachholen.

Suko schlug einen Bogen. Er sah zu, dass er im Schatten der Hauswände blieb, und folgte dem Flötenspieler parallel. So lautlos wie möglich setzte er seine Schritte. Er wurde auch nicht mehr beschossen, denn auch die letzten drei Terorristen hatten sich dem Bann der fremdartigen Melodie nicht entziehen können.

Nach wenigen Schritten erhöhte Suko die Geschwindigkeit. Er überholte den roten Ryan.

Jetzt befand er sich in der Mitte zwischen den vier Wächtern, die ihre grünen Steine festhielten, und dem Flötenspieler.

Es tat sich nichts.

Unnatürlich ruhig blieb es. Suko nutzte die Gelegenheit, sich dem Wagen zu nähern. Da hörte er ein widerliches Knacken und schüttelte sich, denn er hatte gleichzeitig gesehen, dass sich die vier Finger nach vorn bewegt hatten. Da gab es nur einen Grund: Sie wollten die beiden Opfer zerdrücken.

Plötzlich änderte sich schlagartig die Szenerie.

Und es begann mit den vier Männern in Grau!

Wir standen Todesängste aus!

Jede Bewegung, begleitet von diesem hässlichen Knacken der Finger, trieb uns einen erneuten Schauer der Angst über den Rücken. Dieser Falle entkamen wir aus eigener Kraft nicht.

Leider konnte ich nicht mehr die Straße erkennen. Jedenfalls hatten die Schüsse aufgehört.

Dafür war etwas anderes aufgeklungen. Das Flötenspiel und wenig später hastige Schritte.

Jemand lief in unsere Richtung. Ich allerdings wusste nicht, wer das war und wer etwas von mir wollte. Uns interessierte momentan eigentlich nur eines.

Unser Tod!

Und der rückte mit jeder knackenden Bewegung dieser verdammten Finger näher.

Sie dunkelten alles ab. Nur rechts und links der Hand schimmerte ein grüner Schein durch, dessen Ausläufer auch den immer kleiner werdenden Raum zwischen uns und den Fingern ausfüllten.

Ich spürte meinen Herzschlag, der sich verdoppelt hatte. Es war schlimm, unter einem magischen Bann zu stehen und nichts tun zu können. Wieder ruckte die Hand ein Stück vor.

Im gleichen Moment platzte an einer Stelle im Mittelfinger die Maserung auf.

In einer dünnen Fontäne sprudelte uns ein Blutstrahl entgegen und benetzte unsere Gesichter.

»Wir schaffen es nicht!«, ächzte Miriam, »verdammt, wir schaffen es einfach nicht ...«

»Dein Flötenspieler!«, keuchte ich und spürte, wie das Blut an meinen Wangen nach unten rann. »Kann er nicht eingreifen und uns helfen?«

»Wenn er das will ...«

»Und weshalb will er nicht?«

»Ich kann es dir nicht sagen, John. Er lebt in Aibon, und sein Leben ist auf eine andere Basis gestellt worden. Er lässt sich nicht ausrechnen, er tut immer, was er will.«

Dafür ließ sich die Hand ausrechnen, denn sie kam mit der nächsten Bewegung noch näher.

»John, das ist das Ende«, hauchte Miriam. »Wenn sie jetzt nicht stehen bleibt, sind wir verloren ...«

Sie kam nicht zur Ruhe.

Und eine Sekunde später wurden wir berührt!

Obwohl es um Leben und Tod ging, konnte sich Suko nicht überwinden, auf die Unterlage zu springen, denn die vier Männer in Grau lenkten ihn zu sehr ab.

Bisher hatten sie bewegungslos Wache gehalten, nun aber änderte sich dies. Zwar standen sie noch immer auf dem Fleck, allerdings verschwanden die Strahlen ebenso plötzlich, wie sie aufgetaucht waren. Sie zogen sich gedankenschnell zurück, und ihr Ziel waren die Steine, die sie auch produziert hatten.

Nur das Licht der blakenden Fackeln schuf eine gewisse Helligkeit und ließ die langen Schatten geisterhaft zucken.

Suko schlich vor. Er musste etwas tun, das erneute Knacken zeigte ihm an, wie sehr die Zeit drängte.

Der zweite Schritt, der dritte. Jetzt noch einen, dann konnte er auf das Podest klettern.

Das Flötenspiel war leiser geworden. In der Ferne sah er zwei andere Wächter in Grau heranschweben. Ob Feinde oder nicht, bevor sie da waren, musste er es geschafft haben.

Es drang nicht ein Laut aus den Mäulern der vier Gestalten in Grau, obwohl es so aussah, als würden sie ihre Mäuler weit aufreißen.

Dafür drang aus den Öffnungen ein dunkelgrüner, dennoch strahlender Schein hervor.

Und er war vernichtend.

Die Kraft der Steine, geboren, um andere zu töten, kehrte sich nun völlig um.

Sie traf die vier Grauen auf dem Podest. Noch standen sie, aber das grüne Feuer, das ihre Gestalten von innen her durchflutete, besaß eine Kraft, der sie nichts mehr entgegensetzen konnten. Sie schimmerten und leuchteten von innen, bevor ihre Gestalten zitterten und zu einem feinrieselnden Staub wurden, der sich allmählich zu Boden senkte.

Die Steine hatten sie vernichtet. Und auch die blieben nicht fest, sondern wurden zu Staub, der sich mit den anderen vermengte. Das alles bekam Suko mit, und das hielt ihn auch auf. Waren die Wächter auch vernichtet, die Hand existierte noch immer.

Konnte Suko sie schaffen?

Bisher hatte er weder von seinem Freund John Sinclair noch Miriam di Carlo etwas gehört. Im nächsten Moment änderte sich dies, denn er vernahm hinter den Fingern Geräusche, die ihm überhaupt nicht passten und die ihn sogar erschreckten.

Es war ein verzweifelt klingendes Stöhnen und ein leiser Schrei nach Hilfe.

Womit sollte er die Hand vernichten?

Suko zog seinen Stab.

In diesem Augenblick wurde er von hinten gepackt, und auf seine Lippen drückte sich eine Klauenhand …

Wir waren berührt worden!

Noch spürten wir nicht den alles zerstörenden Druck, aber der Kontakt mit den Fingerkuppen reichte uns bereits. Beim nächsten Vorrücken würde er härter werden und uns allmählich zerquetschen. Das alles stand vor meinem geistigen Auge, und abermals bemerkte ich den Ruck nach vorn.

Aus ihm wurde der Druck.

Und der legte sich bereits hart auf meine Brust, sodass ich nicht mehr voll durchatmen konnte.

Neben mir stöhnte Miriam. Sie hatte noch den Mund geöffnet, wie sonst hätte der leise Schrei nach Hilfe über ihre Lippen dringen können? Danach hörte ich ein Flüstern, doch Worte waren aus dem Gestammel nicht herauszuhören.

Die Angst überdeckte alles.

Auch bei mir.

Ich erlebte einen Horror, wie er schlimmer nicht sein konnte. Die Hand dunkelte alles ab, auch der grüne Schein drang nicht mehr durch, selbst der Fackelschein wurde zurückgehalten.

Es waren keuchende Laute. Auch die Luft wurde weniger. Ich bekam noch den nächsten Druck mit. Dicht vor meinem Gesicht platzte eine dieser in der Hand laufenden Blutadern und benässte mich mit dem Lebenssaft der Opfer.

Der Druck wurde schlimmer. Ich hatte das Gefühl, als wäre mein Nasenbein gebrochen. Wenn sich die Hand noch weiter vorschob, musste mein Gesicht zerdrückt werden.

In diesen Sekunden war mir alles egal. Ich wusste nicht einmal, was ich dachte, die Gedanken in meinem Kopf waren zu einem wirren Etwas geworden.

Ich hatte das Gefühl, kein Mensch mehr zu sein und nur diesen verdammten Druck zu spüren, der damit begann, mir sämtliche Knochen zu brechen.

Dabei zischte die Hand noch. War es das Blut, das aus ihr hervordrang?

Eine Antwort auf die Frage konnte ich mir nicht geben, da ich nach wie vor bewegungsunfähig war. Aber der Druck nahm nicht weiter zu. Er blieb konstant.

Das Ziehen hörte ebenfalls nicht auf.

In einem Reflex hatte ich die Augen geschlossen. Jetzt öffnete ich sie wieder und sah etwas vor mir, das mir unbegreiflich erschien. Die Holzhand schmolz dahin …

Jemand musste hinter ihr stehen und mit irgendwelchen Waffen die Zerstörung einleiten.

Das Holz brannte nicht, es verkohlte. Dafür sorgte ein dunkelgrüner Schein, wie ich ihn kannte und wie er von gewissen Steinen abgegeben wurde, die ich ebenfalls schon öfter gesehen hatte.

Ja, mich retteten die Männer in Grau.

Zur gleichen Zeit wie Miriam torkelte ich vor, sah Schatten, die sich veränderten und in die wir hineinfielen.

Dass es Arme waren, wurde mir nicht einmal bewusst …

Man hatte mich auf den Boden gesetzt. Bewusstlos war ich nicht geworden, aber ich sah vor mir das Gesicht meines Freundes Suko, der mir ein Glas Wasser reichte.

Ich trank, und es schmeckte besser als der teuerste Sekt. Bis zum Grund leerte ich das Glas.

»Alles klar?«, fragte mein Freund.

Ich nickte und schüttelte gleichzeitig den Kopf. »Wer hat mich gerettet? Du?«

»Nein, die Männer in Grau!«

»Was?« Ich war überrascht. »Aber sie waren doch meine Feinde. Sie hatten die Bluthand bewacht.«

»Nein, John Sinclair, das waren nicht wir.« Suko trat zur Seite, damit ich freie Sicht bekam.

Sie kamen heran.

Es waren vier, und diesmal sah ich die grauen Gesichter mit den leblos wirkenden Augen. Ich erkannte sie auch. Es waren diejenigen, die mich in der Wohnung besucht hatten.

Sie lieferten mir auch die Erklärung. Allmählich wurde mir klar, dass sie mich als Köder benutzt hatten, um vier Verräter aus den eigenen Reihen fangen zu können. In Aibon war ihnen das, aus welchen Gründen auch immer, nicht möglich gewesen. Sie hatten zu einem Trick gegriffen und uns nach Cockway gelockt, wo eine Gruppe von Terroristen die alten Kräfte des Landes Aibon beschworen hatte, um diese für ihre Ziele einzusetzen. Einiges war zusammengekommen, so hatten wir zwei Fliegen mit einer Klappe schlagen können.

Die vier Verräter waren ebenso vernichtet worden wie auch die mörderische Bluthand aus dem Jenseits.

»So war es«, sagte man mir.

»Und was ist mit Miriam di Carlo?«, fragte ich.

»Der rote Ryan wollte die Hand ebenfalls vernichten. Er hat sich Miriam di Carlo ausgesucht und sie ebenfalls als Köder benutzt. Es hätte also nichts schief gehen können …«

»Nichts schief gehen?«, wiederholte ich und lachte hart auf. »Wir wären fast gestorben, verdammt!«

»Was willst du, Geisterjäger? Risiken gibt es eben überall. So ist das Leben …«

Nach diesen Worten gingen sie, und ich starrte ihnen eine Weile sprachlos nach. Sie verschwanden einfach, so wie auch Miriam di Carlo und der Flötenspieler verschwunden waren.

Die grüne Kuppel gab es ebenfalls nicht mehr, die normale Welt hatte Suko und mich wieder.

Und natürlich die Terroristen. Ihr Plan war fehlgeschlagen, und sie ließen sich von Suko widerstandslos entwaffnen.

»Da werden sich die Behörden freuen«, sagte er zu mir. »Wenn wir ihnen die Typen verschnürt liefern.«

Ich schlug ihm auf die Schulter. »Was willst du überhaupt? Das ist doch eine unserer leichtesten Übungen …«

ENDE

Der Spiegel des Spuks

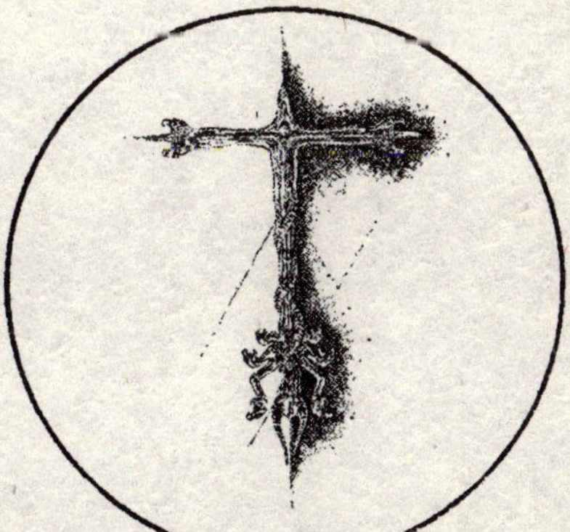

Die siebenjährige Caroline riss die Küchentür so hastig auf, dass ihre am Tisch stehende Mutter erschrak und die Tasse fallen ließ, die sie in der rechten Hand gehalten hatte.

Neben ihrer rechten Fußspitze knallte die Tasse auf den Boden und ging zu Bruch. Die Scherben verteilten sich bis zur Tür hin.

»Kannst du nicht vorsichtiger sein, wenn du die Küche betrittst?«

Caroline holte zweimal tief Luft, ehe sie sprechen konnte. Sie war erregt und rot im Gesicht. »Mummy! Komm! Du musst kommen, schnell!«

»Wohin denn?«

»Zum Denkmal.«

Mrs Jackson begriff es nicht. »Wo soll ich hin? Zum Denkmal? Was gibt es denn dort?«

»Das musst du selbst sehen. Es hat sich verändert.« Die lockenköpfige Caroline war völlig durcheinander. Sie hatte Angst, das sah ihre Mutter sofort. Außerdem lag das Denkmal an einem Ort, der sich nicht gerade für einen Spielplatz eignete.

»Gut, ich komme.« Mrs Jackson hatte andere Dinge zu tun, aber sie konnte ihre Tochter nicht im Stich lassen. Zudem war ihr Mann nicht im Haus. Er hatte im Wald zu tun, um mit einem Vertreter der Regierung die Schäden aufzunehmen, die der saure Regen in den letzten Monaten angerichtet hatte.

Linda Jackson band ihre Schürze ab und zog eine Strickjacke über, da es draußen noch ein wenig kühl war. Viel zu kalt für April, hatten sie im Wetterbericht gesagt. Nach warmen Tagen kam jetzt wieder die Kühle zurück. Mit diesem Thema beschäftigten sich ihre Gedanken. An das Denkmal dachte sie dabei nicht.

Caroline wartete schon draußen. Die Jacksons wohnten sehr idyllisch. Die Gegend war ruhig, der Wald lag nicht weit entfernt, und trotzdem gab es günstige Verkehrsbedingungen.

Caroline war mit dem Rad gekommen. Auch ihre Mutter schwang sich auf den Drahtesel, der an der Hauswand gelehnt hatte. Über einen schmalen Weg fuhren sie, und die

Mutter musste hart in die Pedalen treten, um ihre Tochter einzuholen.

»Was hast du denn genau gesehen?«, wollte sie wissen.

»Das ist ja so komisch. Ich kann es dir nicht erklären. Es ist wie ein großer Spiegel.«

»Wo denn?«

»Im Denkmal.«

Linda Jackson lachte. Es klang allerdings nicht echt. Sie kannte ihre Tochter sehr gut und wusste auch, dass Caroline keine Spinnerin oder Lügnerin war. Sie verfügte zwar über jede Menge Phantasie und trieb sich auch oft genug in der Nähe des Friedhofs herum, der natürlich kein üblicher Spielplatz war, aber dieses Gelände wurde schon lange Jahre nicht mehr als Begräbnisstätte benutzt.

Unter der Erde lagen die so genannten Helden des Krieges. Die Männer, die in den Schlachten der Vergangenheit ihr Leben gelassen hatten und denen man ein Denkmal gesetzt hatte.

Sie mussten am Wald vorbei. Die Bäume zeigten das erste frische Grün. Klar war die Luft. Der Himmel spannte sich weit über ihnen. Fetzenartige Wolken bedeckten ihn wie lange Schleier, und die Sonne erinnerte an einen kalten gelben Ball.

Ihre Strahlen wärmten noch nicht so sehr.

An einer Kreuzung fuhr Caroline nach rechts. Somit radelte sie auf direktem Weg dem Heldenfriedhof entgegen.

Über die Unebenheiten des Weges hüpften die Räder hinweg. Wenig später fielen die Blicke von Mutter und Tochter auf das Gelände, in dem ein Merkmal alles andere überragte.

Das war das Denkmal.

Groß, kantig und nicht zu übersehen. Es bestand aus einem dunklen Stein, der stets bläulich schimmerte, im Gegensatz zu den grauen, eintönig wirkenden Grabsteinen der Soldatengräber, deren Reihen sich hinter dem großen Denkmal hinzogen.

Von einem Spiegel hatte die Frau bisher nichts gesehen. Da

musste sich Caroline wohl getäuscht haben, aber wenn sie schon einmal da waren, konnte sie auch nachschauen.

Sie radelte direkt auf das Grabmal zu. Um es anfassen zu können, musste sie eine breite Treppe hoch, vor der beide ihre Fahrräder hinlegten und zunächst stehen blieben.

»Was jetzt?«, fragte die Frau.

»Ich habe es gesehen.« Caroline stand da und war blass geworden. »Da war ein Spiegel, Mummy.«

»Tut mir Leid, Kind, ich sehe keinen.«

Sie nickte. »Doch, da war einer. Ein runder Spiegel. Ich habe ihn genau gesehen. Glaub mir ...«

»Und wo soll er gewesen sein?«

Der Arm des Kindes glitt langsam in die Höhe. Ein ausgestreckter Zeigefinger deutete in die entsprechende Richtung und zielte auf die Mitte der breiten unteren Steinhälfte.

Das Ehrenmal bestand aus zwei Klötzen. Der untere war wesentlich breiter, hatte die Form eines Quadrats und musste den zweiten Stein tragen. Seine rechteckige Bauweise wirkte wie ein Klotz, der jeden Moment kippen konnte, weil er mit dem vorderen Rand der unteren Hälfte direkt abschloss.

Man hatte die Namen der Gefallenen in das Denkmal eingemeißelt. Im Laufe der Zeit war die Schrift verblichen. Wer jetzt davorstand, konnte kaum noch etwas lesen.

Auch Linda Jackson nicht, in deren Innerem allmählich der Unmut aufstieg. Sie wandte sich an ihre Tochter, und die Stimme klang dabei sehr scharf. »Caroline, ich weiß nicht, was du da gesehen hast oder gesehen haben willst. Ich jedenfalls kann keinen Spiegel entdecken.«

Das Mädchen bekam traurige Augen. »Wenn ich es dir sage, Mummy. Es war ein Spiegel da ...«

»Wo denn?«

»Im unteren Stein.«

»Dann müsste er ja noch zu sehen sein.«

Caroline nickte. »Eigentlich ja, aber ich kann es auch nicht fassen, Mummy. Glaubst du mir nicht?« Die letzte Frage hatte sie flehend gestellt. Sie wollte, dass die Mutter ihr glaubte.

Linda Jacksons Gesicht verhärtete sich. Es nahm dabei

einen kalten, abweisenden Ausdruck an, den das kleine Mädchen überhaupt nicht mochte. Sie wusste, dass sich ihre Eltern oft stritten, und dann sah ihre Mutter auch immer so aus wie jetzt.

Mit einer fahrigen Geste strich Linda Jackson durch ihre Kurzhaarfrisur und drehte sich um. »Wir fahren zurück!«, erklärte sie.

»Ja. Mummy.«

»Und deinen Spiegel, den kannst du dir …« Linda winkte ab, bevor sie das Rad anhob. »Du weißt schon, Caroline.«

»Sicher …« Auch das Kind hob sein Rad auf, hielt es an der Lenkstange fest und dachte darüber nach, dass alles so verkehrt gelaufen war. Sie hatte den Spiegel gesehen, das war keine Täuschung gewesen, aber es war ihr seltsamerweise nicht gelungen, sich darin zu spiegeln.

Davon hatte sie der Mutter erst gar nichts gesagt.

»Willst du nicht, oder kannst du nicht?« Lindas Stimme klang ärgerlich. Sie wollte nicht noch länger an diesem Ort herumstehen, während im Haus Arbeit wartete.

»Ja, ja, ich komme schon.« Das Mädchen schwang sich auf ihr Fahrrad.

Linda war schon vorgefahren. Nur wenige Yards weit kam sie, da holte sie die Stimme ihrer Tochter ein.

»Mummy, der Spiegel!«, kreischte Caroline.

Linda bremste. Auf dem trockenen Weg rutschte das hintere Rad weg. Die Frau drehte sich um, schob das Rad dabei mit und wollte zu einer wütenden Erwiderung ansetzen, als auch sie es sah.

Ihre Tochter stand auf dem Fleck. Wieder lag das Rad neben ihren Füßen. Den Arm aber hatte das Mädchen ausgestreckt. Caroline deutete auf die untere breite Hälfte des Denkmals.

Dort hatte sich etwas verändert.

Wie herausgeschnitten, zeigte sich dort ein kreisrunder Spiegel!

Linda Jackson stand auf der Stelle, wusste nicht, ob sie lachen oder weinen sollte, und merkte nicht mal, dass ihr die Lenkstange aus dem Griff rutschte.

Erst als das Rad zu Boden kippte, zuckte sie zusammen, aber sie kümmerte sich nicht um das Gefährt. Ihr Blick galt einzig und allein dem unheimlich wirkenden Denkmal, das sich von einer Sekunde zur anderen so verändert hatte.

Ein Spiegel im Gestein? Oder war es ein Loch?

Sie ging auf ihre Tochter zu und blieb neben ihr stehen. »Ich habe es dir gesagt, Mummy, da war ein Spiegel. Jetzt siehst du es selbst …«

»Ja, Kleine, du hattest Recht.«

»Und jetzt?«

Linda schluckte. Sie wusste nicht, welche Antwort sie ihrer Tochter geben sollte, da sie selbst ratlos war. Für so etwas gab es keine Erklärung, das war unmöglich.

»Was willst du jetzt tun, Mummy?«, fragte die Kleine.

»Ich weiß noch nicht.«

»Angefasst habe ich ihn noch nicht.«

»Wieso?«

»Ich meine den Spiegel.«

Die Frau war skeptisch. »Ist es überhaupt einer? Wir müssten uns sehen können, Kind, aber ich sehe weder dich noch mich darin. Da stimmt doch was nicht.«

»Und was ist es dann, Mummy?«

»Ein Loch?«

»Nein, nein. Wir können ja nicht hindurchsehen.«

Da hatte Caroline Recht. Wäre im Stein ein kreisrundes Loch gewesen, hätten sie hindurchschauen und die hinter dem Denkmal liegenden Grabsteine sehen müssen.

Sie aber sahen nur diesen seltsamen Spiegel, der ihr Bild nicht zeigte.

Erst jetzt fiel Linda Jackson die Stille so recht auf. Laut war es hier nie gewesen, aber nicht so unnatürlich still wie jetzt. Kein Laut war zu hören, die Ruhe stand über ihnen wie eine Glocke. Nicht ein Vogel zwitscherte im nahen Wald, selbst der Wind schien eingeschlafen zu sein. Am Fuße der Treppe blieb Linda stehen. Sie konnte die Spiegelfläche jetzt besser erkennen und wunderte sich darüber, dass sie wie ausgeschnitten wirkte.

Da musste jemand besonders geschickt gewesen sein und dieses Stück genau herausgefräst haben.

Linda hatte bereits den ersten Fuß auf die unterste Stufe gesetzt, als sie die Stimme der Tochter vernahm. »Wo willst du hin, Mummy?«

»Ich schaue mir den Spiegel mal an.«

»Wirklich?«

»Ja, weshalb nicht?«

»Das ist nicht gut, Mummy. Wer weiß, was da alles lauert. Ich habe Angst.«

»Deshalb bleibst du auch zurück, Kind.«

»Und du, Mummy?«

»Ich gehe.« Linda hatte sich entschlossen und ihrer Stimme auch einen festen Klang gegeben, damit Caroline die Unsicherheit nicht bemerkte, die auch sie umfangen hielt.

Ihr war das alles unheimlich. Gern hätte sie jetzt ihren Mann in der Nähe gewusst, aber der war unterwegs.

Die Knie zitterten ihr schon, als sie die Treppe hinter sich ließ. Auf der Stirn und der Oberlippe lagen dünne Schweißfilme, obwohl es überhaupt nicht warm war. Vielleicht tat sie auch das Falsche, aber ein Zurück gab es nicht mehr.

Und so schlich sie weiter. Sie hörte das Schaben ihrer Sohlen, auch mal ein feines Knirschen, wenn Steine zerbrachen, und sie entdeckte sogar dünne Spinnennetze auf dem Gestein. Sie hatten sich in den Stufenwinkeln regelrecht festgeklammert.

Je weiter Linda vorschritt, umso größer, wuchtiger und auch unheimlicher kam ihr das Denkmal vor. Dieses verdammte Loch wollte überhaupt nicht dazu passen, denn sie war inzwischen fest davon überzeugt, dass es sich nicht um einen Spiegel handelte. Der Winkel zum Kreis selbst war besser geworden. Sie hätte sich längst in der Fläche erkennen müssen, das war nicht der Fall.

Kein Schatten war zu sehen, keine Umrisse. Die runde

Fläche blieb so glatt und glänzend, als hätte sie jemand poliert.

Noch zwei Stufen.

Diesmal steckte sie das Bein weiter vor und nahm die Hindernisse mit einem Schritt.

Jetzt stand sie dicht davor.

Und noch immer konnte sie sich nicht erkennen. Das grenzte schon an Zauberei oder Magie, obwohl sie an diese beiden Dinge überhaupt nicht glauben wollte.

»Mummy?«

Die Stimme ihrer Tochter klang ängstlich und hörte sich an wie ein leiser, im Wind verwehender Schrei.

Linda drehte sich noch einmal um. »Was hast du denn?«

»Komm wieder zurück!« Bittend streckte das Kind die Arme nach vorn. Sein Gesicht war so blass geworden. Wie Caroline vor der Treppe stand, wirkte sie irgendwie verloren.

»Gleich, mein Schatz. Ich schaue nur einmal nach.«

»Und dann?«

»Nichts. Ich werde die Fläche berühren. Dann kann ich feststellen, ob sie überhaupt existiert oder ob wir uns alles nur eingebildet haben.«

»Kommst du danach zurück?«

»Sofort.«

»Und sagen wir auch Daddy Bescheid?«

»Sicher.« Linda konnte die Angst des Mädchens verstehen. Auch ihr erging es nicht anders, nur gelang es ihr, als Erwachsene die Furcht besser zu überspielen.

Um den Spiegel anfassen zu können, drehte sie sich um. Caroline schaute zu und schaute nun auf den Rücken ihrer Mutter. Die drückte den rechten Arm nach vorn und näherte sich mit gespreizten Fingern der Spiegelfläche.

Im nächsten Augenblick bekam sie den gewünschten Kontakt. Sie fühlte etwas, einen leichten Widerstand, mehr nicht, und sie schob ihre Hand noch weiter vor, weil sie die Masse, die ihr weich vorkam, nach innen schieben wollte.

Das gelang nicht. Stattdessen geschah etwas anderes, etwas Unerklärliches und Furchtbares.

Die Hand verschwand.

Ohne sich zu rühren, stand die Frau auf dem Fleck, suchte die rechte Hand und konnte sie doch nicht sehen, weil sie von der glatten, glänzenden Fläche aufgesaugt worden war.

Einfach weg.

Sie sah nur ihr Gelenk und den Beginn des Arms, der bis an die Schulter heranreichte.

Diese Tatsache hatte sie so fasziniert, dass sie nicht mehr an die eventuellen Folgen gedacht hatte.

Das änderte sich schlagartig. Die Angst kam. Sie schoss in ihr hoch. Es war ein brausendes Gefühl, dem sie nicht widerstehen konnte. Dieses Gefühl ließ ihr Herz schneller schlagen.

Zurück. Ich muss zurück. Die Hand muss raus! So dachte sie auf einmal voller Panik.

Nur klappte das nicht.

Sosehr sie sich auch bemühte, es gelang ihr nicht mehr, die Hand aus dem Spiegel zu ziehen. Sie saß einfach fest.

Dabei spürte sie nicht einmal einen Druck, und sie konnte die Finger sogar bewegen.

Nur sehen konnte sie die Hand nicht.

»Mummy, komm doch zurück! Was ist denn?« Carolines Stimme klang gepresst und zittrig. Das Mädchen spürte etwas von der Furcht ihrer Mutter, die so allein am Ende der Treppe stand und ihre Hand im Spiegel versenkt hatte.

»Ich kann nicht.« Linda hatte leise gesprochen. Sie war sich nicht mal sicher, ob ihre Tochter sie überhaupt gehört hatte. Eigentlich hatte sie noch etwas hinzufügen wollen, das gelang ihr nicht mehr, denn die andere, ihr unbekannte Seite war wesentlich schneller. Eine für sie nicht sichtbare und hinter der Spiegelfläche lauernde Kraft hatte die Kontrolle über sie übernommen, und diese Kraft machte mit ihr, was sie wollte.

Sie zog Linda zu sich heran.

Dagegenstemmen wollte sie sich noch. Das gelang ihr nicht mehr. Es war kein schneller, ruckartiger Vorgang, der die Kontrolle über sie bekommen hatte, eher langsam, bedächtig, aber gerade deswegen umso grauenvoller.

So erlebte die Frau das Grauen direkt mit. Linda wurde auf den Spiegel zugezogen, ohne sich dagegen wehren zu können. Ihr Körper kippte nach vorn, die Spitzen der Schuhe schleiften noch über das Gestein, der Arm verschwand immer mehr in der glänzenden Masse, die möglicherweise keine war, und sie sah plötzlich die runde, spiegelnde Fläche dicht vor ihrem Gesicht.

Im nächsten Moment erwischte es sie voll.

Die Spiegelfläche berührte ihr Gesicht. Sie spürte noch die unnatürliche Wärme des Materials und hörte als Letztes den verzweifelten Schrei ihrer Tochter.

»Mummy, komm zurück!«

Die Mutter kam nicht zurück. Der Spiegel saugte sie mit seiner grauenhaften Kraft in sich hinein und damit in eine furchtbare, fremde Dimension ...

Eine andere Gegend, viele Meilen entfernt.

Hohe Hügel, viel Wald, dazwischen Wiesen, ein kristallklarer Bach, der ein schmales Tal durchschnitt, in dem hohe Nadelbäume standen und die Laubbäume frische grüne Blätter zeigten, von denen einige mit ihren Spitzen die Fenster eines Blockhauses berührten, das aus dicken Baumstämmen gezimmert worden war.

Ein Flecken Erde, auf dem man sich wohl fühlen konnte. Eine kleine Idylle in einer hektischen Welt, die für den nor malen Menschen jedoch nicht sichtbar war, obwohl sie in Mittelengland lag.

Diese Oase war ein Hort geheimnisvoller Magie, abgestrahlt und ausgesandt von vier Steinen, die wie kantige Finger in die Höhe ragten, sich gegenüberstanden und somit ein Quadrat bildeten.

Menschen wohnten hier. Besondere Menschen, die die Normalität eines Alltags sprengten.

Es waren ein Mann und eine Frau.

Seltsame Namen trugen sie, auf die kein Kind getauft wurde. Der Mann hieß Myxin, die Frau Kara.

Beide waren uralt. Über zehntausend Jahre existierten sie schon und waren nicht gestorben. Eine geheimnisvolle Kraft hielt sie am Leben, und diese Kraft war in einem längst versunkenen Kontinent geboren worden, der den Namen Atlantis trug.

Kara und Myxin stammten aus dem alten Reich Atlantis.

Sie war die Tochter eines Weißmagiers und wurde auch die Schöne aus dem Totenreich genannt. Myxin war auch bekannt als der kleine Magier. Er hatte damals vor dem Untergang auf der anderen Seite gestanden und versucht, mit seinen schwarzen Vampiren die Kontrolle über den alten Kontinent zu bekommen. Das war ihm nicht gelungen. Ein mächtiger Dämon wie der Schwarze Tod wollte es nicht, er war zu Myxins Feind geworden, doch er hatte es nicht geschafft, den kleinen Magier zu vernichten. So war es ihm nur gelungen, Myxin in einen todesähnlichen Schlaf zu versetzen, aus dem ihn zwei Männer namens John Sinclair und Suko erweckt hatten.

Nach einigen Irrwegen und Missverständnissen hatte sich Myxin bereit erklärt, auf der Seite seiner Lebensretter zu kämpfen, und war für sie zu einem wertvollen Helfer im Fight gegen die Mächte der Finsternis geworden, wobei er durch Kara, die ebenfalls den langen Schlaf hinter sich hatte, Unterstützung bekam.

Die beiden hatten vieles durchgestanden. Manchmal grauenhafte Dinge, aber sie hatten überlebt und sich ein Refugium geschaffen, in das sie sich zurückziehen konnten.

Es war das Gebiet der flaming stones, der Flammenden Steine. Gerade sie, deren Herkunft noch weit im Dunkel einer nicht bewältigten Vergangenheit lag, waren für die beiden zu mächtigen Helfern geworden, denn in ihnen steckte eine Kraft, die kaum erklärbar war.

Die Steine reagierten, sie meldeten und sie handelten, aber sie hatten auch manipuliert werden können, wie von einem gefährlichen Dämon namens Arkonada.

Das jedoch lag einige Zeit zurück, und die Steine hatten wieder ihre normale magische Funktion übernommen.

Und wieder erschien an diesem Morgen der glühende Ball einer gewaltigen Sonnenscheibe und schickte seine blendenden Strahlen über das herrliche Land.

Das Licht tupfte über die Kuppen der Hügel, suchte seinen Weg durch das Grün der Bäume und malte helle Streifen auf den mit Humus bedeckten Waldboden.

Auch in das kleine Tal leuchtete es. Der Bach wurde ebenfalls nicht verschont, sodass die Stellen, die voll im Licht lagen, wirkten, als wären sie mit einer feinen, glänzenden Schicht aus Gold überzogen.

Auch die Steine, markante Zeichen dieses Tals, wurden von den Strahlen erwischt. Ebenfalls ein goldener Glanz lag auf dem Blockhaus, in dem sich Kara und Myxin aufhielten.

Noch schliefen sie.

Sie lagen auf einfachen Betten in einem Raum ohne Luxus, aber der beginnende Tag riss sie aus ihrer Ruhe. Es war fast wie im Märchen, als erste Sonnenstrahlen schräg durch eines der Fenster fielen, auf dem Boden ihre hellen Spuren hinterließen und weiterwanderten, bis zu einem Bett, in dem die dunkelhaarige Frau lag. Sie atmete ruhig und gleichmäßig.

Als die ersten Sonnenstrahlen die Frau streichelten, bewegte sie zuerst die langen, dunklen Wimpern, sie klimperte regelrecht mit ihnen, hob dann träge den rechten Arm und hielt ihn wie schützend vor ihr Gesicht.

Die Sonne ließ sich nicht aufhalten. Sie sorgte mit ihrem Schein dafür, dass die Frau geweckt wurde. Und plötzlich setzte sich Kara, die Schöne aus dem Totenreich, mit einem Ruck auf.

Verwundert schaute sie sich um, blinzelte noch einige Male und lächelte dann.

Plötzlich freute sie sich über die Sonne. Sie war der Bote eines herrlichen Frühlingstages, der nach dem langen Regen von allen besonders begrüßt wurde.

Kara stieg aus dem Bett.

Für einen Moment schaute sie auf ihren Partner. Er schlief in einer dunklen Ecke des Raumes.

Kara ließ ihn schlafen. Barfuß schlich sie zur Tür, öffnete

und drückte sich lautlos über die Schwelle. So einfach das Blockhaus auch war, es besaß trotzdem einen gewissen Komfort. Dazu gehörte auch eine primitive Dusche. Sie war in einer kleinen Kammer eingerichtet worden und bestand praktisch nur aus einem großen, mit Wasser gefüllten Bottich, an dessen unterer Seite eine Duschtasse angebracht war. Durch einen Bandzug konnte die Dusche geöffnet werden, dann strömte durch die feinen Öffnungen das Wasser auf den Sauberkeitsfanatiker. Kara ließ ihr langes Nachtgewand fallen. So wie sie erschaffen worden war, stellte sie sich unter den Bottich und ließ kaltes Wasser über ihren Körper rinnen. Es wäre für jeden eine Freude gewesen, zuzusehen, wie ihr strammer Busen den Strahlen schutzlos ausgeliefert war.

Wenige Minuten später war sie fertig. Nackt hüpfte sie in den Wohnraum. Dort trocknete sie sich ab und zog sich an.

Kara war es gewöhnt, lange Gewänder mit prächtigen Gürteln zu tragen, denn so war sie auch in Atlantis angezogen gewesen. Die Gürtel mussten sein, denn nur sie konnten das Schwert mit der goldenen Klinge halten, das Delio, ihr Vater, seiner Tochter vererbt hatte.

Dieses Schwert war etwas Besonderes. Sie konnte damit kämpfen, es aber auch als magisches Hilfsmittel benutzen, um Dimensionsreisen durchzuführen. Und dies hatte sie oft genug beweisen müssen.

Diesmal streifte sie kein langes Gewand über, sie schlüpfte in eine dunkle Hose und zog einen dünnen Pullover über. Auch das Schwert legte sie nicht an, in dieser friedlichen Welt brauchte sie es nicht.

Mit einer träge wirkenden Bewegung drehte sie sich herum und trat an eines der Fenster, um hinausschauen zu können.

Kara blickte auf den dichten Wald, der das Gelände der Flammenden Steine umgab. Auf dem ansteigenden Hügelboden wuchsen Laub- und Nadelbäume in einer gesunden Einheit.

Es war ein kleines Paradies. Kara hatte sich auch daran gewöhnt, hier zu leben, dennoch sehnte sie manches Mal gewisse Dinge herbei, die für eine normale Frau selbstverständlich waren.

Mal in eine Stadt gehen zu können, einfach nur bummeln, einkaufen, sich umschauen.

Darauf musste Kara verzichten, denn sie hatte andere Aufgaben, und so sah sie ihr Alter nicht mal als Geschenk an. Oft genug wurde es zu einer schweren Bürde.

Aus der Schlafkammer hörte sie Geräusche. Auch Myxin, ihr Partner, war erwacht.

Der kleine Magier gehörte seit einiger Zeit zu ihr, ohne dass die beiden allerdings ein eheähnliches Leben führten, und Kara hatte hin und wieder darunter gelitten.

In den letzten Wochen hatte sich nicht viel ereignet, aber es lag etwas in der Luft. Die Gegner, einige hatten vernichtet werden können, dabei fünf der sechs Großen Alten, lauerten auch weiterhin, denn trotz aller Mühen war es ihnen nicht gelungen, den Würfel des Unheils zu bekommen. Den besaß jetzt der Spuk, und er würde ihn auch einsetzen, obwohl er bisher eine nicht erklärbare Zurückhaltung gezeigt hatte. Das jedoch konnte sich blitzschnell ändern, so ruhig, wie es war, blieb es sicherlich nicht immer.

Sie hörte hinter sich ein bekanntes Geräusch. Myxin hatte die Tür geöffnet. Er blieb auf der Schwelle stehen, sagte seinen Morgengruß und fragte: »Du bist schon angezogen?«

»Ja, die Sonne ließ mich nicht schlafen.«

»Mich auch nicht.« Myxin kam näher. »Während eines seltsamen Traumes wurde ich wach.«

Kara drehte sich um. »Wieso?«

Der kleine Magier mit der leicht grünlich schimmernden Haut hob die Schultern. »Ich weiß es nicht mehr genau. Jedenfalls war es kein guter Traum. Ich spürte die Andeutung einer Gefahr.«

Karas Augenbrauen zogen sich zusammen. »Kannst du genauer werden?«

»Leider nicht. Mein Traum war zu verworren, verschwommen. Ich sah und erkannte nichts.«

»Hatte er etwas mit unserer Vergangenheit zu tun?«

»Möglich.« Myxin legte den Kopf in den Nacken, als wollte er nach nur für ihn hörbaren Geräuschen lauschen. »Wir müssen damit rechnen, dass etwas auf uns zukommt.«

»Sehr bald?«

»Kann sein.«

Kara wandte sich um und lehnte sich mit dem Rücken gegen die Wand. »Kann es etwas mit dem Würfel zu tun haben?«

»Damit rechne ich sogar.« Myxin setzte sich auf einen Stuhl. »Der Spuk will die Macht. Den Würfel besitzt er jetzt, auch den Trank des Vergessens, den du so sehr suchst. Durch den Würfel kann er viel manipulieren und Dinge so verändern, dass sie ihm gehorchen …«

»Woran denkst du da?«

»An die Steine, zum Beispiel.« Myxin lehnte sich zurück. »Was Arkonada damals nicht geschafft hat, dürfte für den Spuk, wo er sich jetzt im Besitz des Würfels befindet, möglicherweise ein Kinderspiel sein, wenn du verstehst.«

»Ja, schon. Aber konkrete Hinweise hast du nicht?«

»Nein.«

»Was sollen oder können wir tun?«

»Abwarten.«

Kara schüttelte den Kopf. »Das gefällt mir ebenso wenig wie dir.«

»Stimmt«, gab der kleine Magier zu. »Nur solange wir nicht wissen, wo er sich aufhält, können wir nichts gegen ihn unternehmen.«

»Es müsste doch herauszufinden sein.«

»Wir haben die Versuche mit den Steinen und der Totenmaske unternommen. Einen Erfolg konnten wir nicht erzielen. Das ist nun mal so. Es tut mir Leid …«

Kara nickte. Mit einer fahrigen Bewegung wischte sie eine Haarsträhne aus der Stirn. Danach begann sie mit einer Wanderung durch den Raum. Sie ging bis zur Tür, kehrte um und schritt dem Fenster entgegen. Anschließend folgte der gleiche Weg.

Beide dachten nach. Und beide wussten, dass sich der

Spuk höchstwahrscheinlich in Dimensionen zurückgezogen hatte, in denen es selbst für sie keinen Zutritt gab. Sogar die Totenmaske, durch die Myxin in die Vergangenheit schauen konnte, hatte versagt. Also blieb ihnen nichts anderes übrig, als den Spuk agieren zu lassen.

Abrupt unterbrach Kara ihre Wanderung. Auch Myxin fiel ihr Zustand auf. Er schaute Kara ins Gesicht, das einen sehr angespannten Ausdruck zeigte. Zudem hielt sie die Augen halb geschlossen.

»Was hast du?«, fragte der kleine Magier.

»Spürst du es nicht?«

»Nein, was …?«

»Es hat sich etwas verändert!«, flüsterte Kara, wobei sich ihre Lippen kaum bewegten. »Ich spüre und sehe es genau. Das Licht ist so anders geworden. Es blendet mich.«

Myxin, der im Schatten saß, schaute zum Fenster. Tatsächlich, das einfallende Sonnenlicht war nicht mehr so wie vor einigen Minuten. Es hatte an Helligkeit zugenommen. Man konnte es als strahlend bezeichnen.

»Das Licht der Sonne muss es sein!«, hauchte der kleine Magier.

Kara widersprach nicht. Allerdings wollte auch sie herausfinden, wieso dieser Vorgang hatte geschehen können, und sie deutete in Richtung Tür. »Komm, lass uns verschwinden!«

»Und dann?«

»Die Ursache muss draußen liegen.« Kara hatte die Tür bereits geöffnet. »Vielleicht bei den Steinen.«

»Hoffentlich nicht«, hauchte Myxin. Er war schnell. Gemeinsam verließen die beiden das Blockhaus.

Es lag ein wenig abseits und wurde durch herumstehende Bäume geschützt.

Als die beiden diesen Schutz verließen, den kleinen, schnell fließenden Bach erreichten und freien Blick auf die Flammenden Steine bekamen, blieben sie abrupt stehen.

Groß wurden ihre Augen.

Mit allem hatten sie gerechnet, nur damit nicht.

Aus den nach innen gekehrten Flächen der Steine waren glänzende Spiegel geworden …

Die siebenjährige Caroline Jackson merkte nicht mal, dass dicht über ihren Kopf eine Krähe strich, so sehr hielt sie noch der Spuk des eben Erlebten gefangen.

Ihre Mutter war verschwunden!

Verschluckt, aufgesaugt von einer Fläche, die aussah wie ein runder Spiegel, in dem man sich selbst nicht sehen konnte. Aber sie war nicht mehr da, einfach weg, und Caroline begriff es noch immer nicht.

Sie stand am Fuß der Treppe, hatte den Kopf in den Nacken gelegt und schaute auf das Denkmal.

Ihre Lippen bewegten sich, und sie flüsterte immer wieder dasselbe Wort. »Mutter … Mummy … Mummy …« Der Schock saß tief bei ihr. Das eben Erlebte hatte die Welt des Kindes völlig durcheinander gebracht.

Minuten vergingen.

Von der jenseits der Wiesenfläche liegenden Straße her hörte sie das Geräusch eines fahrenden Wagens. Der Fahrer dort rollte vorbei, er sah nichts. Wie hätte er dem Kind auch helfen können?

Es stand allein …

Der Vogel kehrte zurück, strich wieder dicht an dem Mädchen vorbei und stieg in den blauen Frühlingshimmel, als wollte er mit ihm zu einer Einheit verschmelzen.

Der Spiegel veränderte sich nicht. Nach wie vor blieb seine Fläche glatt, ohne Risse, Falten oder Einkerbungen. Er sah so aus, als wäre überhaupt nichts geschehen. Das Mädchen kam sich ebenfalls vor wie in einem Traum, aber die Mutter, die es begleitet hatte, war verschwunden. Dass sie bei ihrer Tochter gewesen war, davon zeugte das am Boden liegende Damenfahrrad.

Die Angst kam von innen. Sie war wie ein gewaltiger Schub, der das Mädchen erfasste.

Caroline Jackson spürte den Druck, der sich besonders in

ihrer Kehle und hinter den Augen ausgebreitet hatte. Sie kannte auch dieses würgende Gefühl, das sie stets dann überkam, wenn sie die Tränen nicht mehr zurückhalten konnte.

So wie jetzt.

Ihre Augen wurden nass. Das Tränenwasser strömte in langen Bahnen auf den schmalen Wangen des Mädchens nach unten.

Caroline stand da und weinte. Sie sprach Worte, rief schluchzend nach ihrer Mutter, die sich nicht mehr melden konnte, weil etwas anderes zu stark geworden war.

Komischerweise kam Caroline nicht auf die Idee, ihr Fahrrad zu nehmen und wegzuradeln. Irgendetwas bannte sie an diesen schrecklichen Ort. Das Mädchen ahnte, dass noch etwas geschehen würde.

Das trat tatsächlich ein.

Es war für Caroline, als würde sich der Spiegel öffnen. Zwar glänzte die Fläche nach wie vor wie poliertes Eisen, aber in ihrem Hintergrund sah sie etwas.

Es war eine Bewegung.

Zunächst kaum zu erkennen, mehr schatten- und schemenhaft, als wären Metalleinschlüsse in Bewegung geraten, um sich an einer anderen Stelle wieder festsetzen zu wollen.

Sie wanderten aufeinander zu und wurden mit jeder Sekunde, die verstrich, deutlicher.

Etwas entstand.

»Mummy?« Automatisch sprach Caroline den Namen aus. Sie konnte sich keine andere vorstellen, denn sie rechnete noch immer mit der Rückkehr ihrer Mutter.

Antwort bekam sie keine.

Dafür änderte sich die Form der Einschlüsse innerhalb des Spiegels. Sie wurden zusammengedrückt, sodass sie eine Figur bilden konnten, die einem Halbkreis glich.

Damit konnte das Mädchen noch immer nichts anfangen, auch nicht mit den bogenförmigen Auswüchsen zu beiden Seiten der Halbkugel, die nie ruhig blieben und anfingen zu zittern.

Gleichzeitig wurde die Fläche dunkler.

Caroline spürte, dass etwas auf sie zukommen würde. Sie ging zurück, dachte nicht mehr an ihr Rad, stolperte darüber und fiel zu Boden. Sie lag auf dem Rücken, die Beine schwangen in die Luft, und sie drückte ihren Körper wieder vor.

Diese kleine Zeitspanne hatte ausgereicht, um den Spiegel in ein Denkmal zu verändern.

In seiner kreisrunden Fläche malte sich genau der Gegenstand ab, der sie im nächsten Augenblick lautlos verließ.

Es war eine riesige Spinne.

Groß wie ein Bernhardiner, dabei asphaltgrau, mit acht Beinen, die winkelartig vom Körper abstanden, mit den Enden den Boden berührten und sich zuckend in Bewegung setzten.

Die Spinne verließ den Spiegel. Es geschah mit einem grotesk anmutenden Sprung. Auf einmal stand sie im Freien und wartete für einen Moment auf der obersten Stufe.

Caroline hatte sich wieder fangen können. Sie wäre am liebsten weggelaufen, vor diesem Monster musste sie einfach Furcht haben, wenn es da nicht etwas gegeben hätte, das für sie unfassbar war und sie kaum glauben wollte, obwohl es existierte.

Die Spinne hatte einen Kopf.

Sogar mit einem Gesicht.

Und das kannte Caroline nur zu gut.

Es gehörte ihrer Mutter!

Der sehr frühe Termin im Innenministerium hatte mich zeitig aufstehen lassen. Zu Dienstbeginn stand ich bereits auf der Matte, hatte einige Kontrollen über mich ergehen lassen müssen und war schließlich bei einem verantwortlichen Sektionsleiter gelandet, der sich mit dem IRA-Terrorismus beschäftigte.

Ich hatte seine Fragen beantwortet, denn Suko und ich waren bei unserem letzten Fall mit dieser verbrecherischen

Begleiterscheinung des irischen Freiheitskampfes konfrontiert worden.

Ich mochte den glatzköpfigen Typ hinter dem mit Telefonen überladenen Schreibtisch nicht, und diese Antipathie beruhte auf Gegenseitigkeit. So hielt sich unser Dialog immer nur in dienstlichen Bahnen. Er dauerte zum Glück nicht länger als eine Dreiviertelstunde.

»Sollten noch Fragen sein, werde ich Sie anrufen«, sagte der Typ zum Schluss und erhob sich.

Er reichte mir kaum bis zur Schulter und hatte einen Kugelbauch. Ich winkte lässig ab. »Ich bitte nicht darum!«

Er war irritiert. »Was sagten Sie?«

»Schönen Tag noch, Mister.«

Im Flur atmete ich tief durch. Auf dem Gang hockte ein Uniformierter, wahrscheinlich ein Wächter. Böse schaute er mir entgegen. Ich hatte an diesem Morgen gute Laune, begann plötzlich zu bellen, und der Kerl schreckte zusammen, als hätte ihm jemand eine spitze Nadel in sein Hinterteil gestoßen.

Sein Blick irrte ab, als er meine Stimme hörte: »Ich bin der Hund, Meister, keine Panik.«

Der Knabe sprang auf. »Finden Sie sich witzig?«

»An einem Tag wie diesem immer. Schauen Sie mal aus dem Fenster. Wir haben Frühling.«

»Na und?«

Während ich auf den Lift wartete, unterhielt ich mich weiter mit dem Aufpasser. »Bei diesem Wetter sollte man dichten.«

»Das sagen Sie, wie?«

»Klar.«

»Dann dichten Sie doch! Meinetwegen auch die Rohrleitung, aber lassen Sie mich in Ruhe.«

Der Lift war da, die Türen öffneten sich. Im Hineingehen sagte ich noch. »Geben Sie Acht. In drei Jahren haben Sie Magengeschwüre, wenn Sie nicht aufhören, sich so zu ärgern.«

Seine Antwort hörte ich nicht, da die beiden Türhälften vor meiner Nase zusammenklappten.

Ich rauschte nach unten. Wenig später hatte ich den alten, muffig riechenden Bau verlassen. Der Bentley stand auf dem bewachten Parkplatz.

Ich war froh, wieder abdüsen zu können, auch wenn die Büroluft beim Yard ebenfalls ziemlich trocken war, aber dort arbeiteten wenigstens andere Menschen in meiner Nähe.

Wie Glenda Perkins und Suko.

Mit dem Autotelefon stellte ich eine Verbindung zu meiner Sekretärin her und kündigte mein Eintreffen an.

»Was habe ich damit zu tun?«

»Sei doch nicht so grantig, kleine Glenda. Du hast noch Zeit genug, um Kaffee zu kochen.«

»Und das soll ich tun?«

»Ich bitte darum.«

»Mal sehen.«

»Ist Suko noch da?«

»Ja, er sitzt und schaut.«

»Wohin denn? Doch nicht in deinen Ausschnitt?« Ich lachte los.

»Nein, das tut er nicht. Er heißt schließlich nicht John Sinclair und weiß, was sich gehört.« Mit dieser Antwort legte Glenda auf.

Mein Freund und Kollege Suko schaute noch immer, als ich die Bürotür aufriss. Zuvor hatte ich den leeren Sekretariatsraum durchquert und Glenda nicht gesehen, dafür aber den frischen Kaffee gerochen. Sie war doch ein liebes Mädchen.

»Der Frühling kommt!«, rief ich.

Suko verzog die Lippen. »Ich sehe nur dich.«

»Das ist das Gleiche. Und mir ist auch ein Gedicht eingefallen. Möchtest du es hören?«

»Wenn es dich erleichtert!« Suko breitete die Arme aus. »Bitte sehr.«

»Hör zu.« Ich blieb vor dem Schreibtisch stehen. »Wenn die Eier werden billiger und die Mädchen williger – und wenn dem Knaben juckt der …«

»Lass es!«

Das hatte nicht Suko gesagt, sondern eine Frau, die lautlos hinter mich getreten war.

Ich drehte mich um.

Glenda stand vor mir. Auf einem Tablett trug sie eine Tasse Kaffee. »Dir muss wirklich das Fell jucken. Deine Gedichte sind ja schon jugendgefährdend. Du weißt selbst, wie sich die Behörden …«

»Hör lieber auf«, winkte ich ab, »und sag mir lieber, wie es möglich ist, dass du schon wieder etwas Neues trägst. Wo hast du das gekauft?«

»Erstens ist die bunte Bluse noch vom letzten Jahr, die weiße Hose ebenfalls, und den roten Pullunder habe ich selbst gestrickt. Zufrieden?«

»Erst nach dem Kaffee.«

»Egoist.«

Ich nahm ihr die Tasse ab. Wir lächelten uns an, und ich sah die Erleichterung in Glendas Blick, dass sie mich wieder im Büro hatte begrüßen können. Unser letztes Abenteuer in Irland hätte mich fast das Leben gekostet.

Ich setzte mich auf meinen Platz. In langsamen Schlucken genoss ich den Kaffee, wobei ich von Glenda und Suko beobachtet wurde.

»Ihr könnt auch einen trinken«, sagte ich.

»Ich habe schon«, meinte Suko.

»Und du?«

Glenda schüttelte ihr Haar. Die neue Frisur stand ihr gut, und die farbigen Spangen in der dunklen Pracht lockerten das Ganze auf.

»Weshalb seid ihr so ernst?«, fragte ich.

»Wir sind normal«, erklärte mir meine Sekretärin. »Nur du hast dich verändert.«

»Das glaube ich nicht.« Ich stellte die Tasse weg. »Jetzt mal ehrlich, Freunde. Ist etwas geschehen?«

Suko gab mir die Antwort. Bevor er sprach, nickte er. »Es ist etwas geschehen. Wir haben einen Anruf erhalten. Myxin wollte mit uns reden.«

Ich horchte auf. »Hat sich etwas mit dem Spuk getan?«

»Nein, das nicht, aber etwas anderes ist geschehen. Und zwar bei den Steinen. Sie sind urplötzlich zu polierten Spiegeln geworden …«

Caroline sah die Spinne und ihre Mutter. Zwei verschiedene Dinge, aber ein Monstrum. Die Spinne trug den Kopf ihrer Mutter, daran gab es nichts zu zweifeln. Es war der Kopf, die Gesichtszüge, die Augen, die Nase, der Mund, sogar die Ohren und auch die Haare waren noch vorhanden.

Eine grauenhafte Tatsache, die selbst einen Erwachsenen in den Wahnsinn treiben konnte.

Wie musste sie erst auf ein siebenjähriges Kind wirken?

Caroline wusste nicht, was sie tat. Sie stand da, sah dem Monster entgegen und schrie.

Ein hoher, nicht mal sehr lauter, dafür aber spitzer Schrei drang aus ihrem weit aufgerissenen Mund, wehte der Spiegelfläche entgegen und verhallte.

Lange konnte Caroline diesen Schrei nicht ausstoßen. Irgendwann musste sie wieder Luft holen.

Genau da brach er ab.

Es wurde still. Caroline war allein. Mit sich, ihren Gedanken und dem schrecklichen Spinnenmonster.

Sie wäre am liebsten weggelaufen, doch da war die innere Stimme, die ihr sagte, dass sie bleiben müsse, schließlich befand sich die Mutter in der Nähe, und ihr musste man helfen.

Aber sie war ein Monster.

»Monster, Monster …«, hauchte das Mädchen, schüttelte sich und musste mit ansehen, wie sich die acht Beine der Spinne allmählich in Bewegung setzten.

Es geschah zuckend und ruckartig, obwohl der Gang dieses Mutanten gleitend wirkte, als würde die Spinne von einem Faden oder Band gezogen und nicht aus eigener Kraft laufen.

Für sie gab es nur eine Möglichkeit.

Nach vorn!

Da war die Treppe. Mit geschmeidigen, auch schaukelnden Bewegungen glitt sie die ersten breiten Stufen hinab. Das Gesicht der Mutter war für Caroline nun deutlicher zu erkennen. Das Mädchen stellte fest, dass sich die Bewegungen des Körpers auf den menschlichen Kopf übertrugen und dieser im Laufrhythmus schwankte.

Sie kam näher!

Das Gesicht verzog sich. Die Haut hatte eine andere Farbe bekommen. Sie wirkte ebenfalls so unnatürlich grau, wie auch der gesamte Körper mit seinem hornigen Panzer.

Auch die Augen sahen nicht so aus wie die eines Menschen. Pupillenlos waren sie geworden, dafür wirkten sie künstlich und unecht, als wären sie aus zahlreichen Glasstücken zusammengesetzt worden. Sie bewegten sich nicht. Wenn sie aber von einem Sonnenstrahl getroffen wurden, begannen sie mit einem irrlichternden Funkeln.

Noch stand das Mädchen am Fuße der Treppe und ließ es zu, dass die Entfernung zusammenschmolz. Caroline Jackson wusste, dass sie fliehen musste, denn die Spinne war nicht gekommen, um sie zu schützen. Solche Monstren wollten immer etwas anderes.

Den Tod …

Aber sie stoppte.

Gerade in dem Augenblick, als sich Caroline zurückwerfen wollte, um die Flucht zu ergreifen. So blieb das Mädchen stehen und schaute ängstlich und mit klopfendem Herzen zu, was die Spinne nun vorhatte.

Sie drehte sich, wobei vier ihrer Beine auf der vor ihr liegenden Stufe Halt fanden. In dieser Lage verharrte dann auch das Monstrum.

Irgendeinen Grund musste es einfach haben, sonst wäre es weitergegangen, so aber blickte es auf den Spiegel und harrte der Dinge, die da kommen würden.

Es tat sich etwas.

Innerhalb der Fläche bildete sich abermals ein Muster aus feinen Linien, das erst nach und nach ausgefüllt wurde. Auch Caroline sah dies und stellte fest, dass ihr die Umrisse diesmal bekannter vorkamen.

Da entstand ein Mensch!

Aus einem nicht sichtbaren Hintergrund schob er sich hervor, wurde deutlicher und erreichte genau die obere Spiegelfläche.

Dort malte er sich ab.

Das war ein Mann, ein Mensch sogar. Dunkel gekleidet. Mit einer Hose und einem Hemd, das metallisch schimmerte. Das kleine Mädchen hatte noch nie etwas von einem Kettenhemd gehört, deshalb kam es auch nicht auf den Begriff.

Für einen Moment blieb der dunkelhaarige Mann mit dem schattenhaften Gesicht unbeweglich stehen. Er trug ein Schwert in der rechten Hand, trat einen Schritt nach vorn, hob dabei den Arm, und im nächsten Augenblick stach die Schwertklinge als Erste aus dem Spiegel, wobei sie von einem Sonnenstrahl getroffen wurde und genau an dieser Stelle aufleuchtete.

Caroline, die dastand und mit unbewegtem Gesicht beobachtete, atmete laut und manchmal auch stöhnend. Sie hatte jetzt nur noch Augen für den Mann und sein Schwert.

Damit konnte er sicherlich die Spinne töten. Aber wäre dann nicht auch die Mutter vernichtet?

Caroline schüttelte den Kopf. Obwohl ihre Mutter sich auf so grauenvolle Art und Weise verwandelt hatte, durfte der andere sie nicht vernichten. Vielleicht ließ sich ja noch alles rückgängig machen, sodass sie wieder normal wurde.

»Nicht töten!«, flüsterte das Mädchen. »Du darfst sie auf keinen Fall töten. Ich will das nicht. Nein ...«

Wenn der andere das Kind gehört hatte, was durchaus sein konnte, so zeigte er es nicht. Seine Aufgabe war klar, das bekam Caroline sehr bald zu sehen. Er schritt auf die Spinne zu.

Weit brauchte er nicht zu laufen. Nur mehr eine Stufe trennte ihn von seinem Ziel, neben dem er stehen blieb, das rechte Bein in die Höhe schwang und sich auf den Rücken der Spinne setzte, als wäre sie ein völlig normales Pferd.

Das Mädchen traute seinen Augen nicht. Ihr Gesicht war

vor Staunen erstarrt, der Mund stand offen, in den Winkeln hatten sich kleine Speichelbläschen gebildet.

Instinktiv erfasste Caroline, dass sie der großen Gefahr noch längst nicht entronnen war, denn der andere drehte plötzlich seinen Kopf so, dass er das Mädchen anstarren konnte, während sich die Spinne zur gleichen Zeit umwandte.

Die Blicke trafen sich.

Sie waren hart, fordernd und gnadenlos. Ein Erwachsener hätte vielleicht gesagt, vernichtend.

Das spürte auch die Kleine.

Ihr kam es in den Sinn, nur eines zu tun. Umdrehen, das Rad nehmen und wegfahren. Irgendwohin, wo Menschen lebten, die sie beschützen konnten.

Sie wohnten einsam, am Waldrand, der Vater war Förster und unterwegs im Revier.

Wer konnte ihr helfen?

Caroline schaltete diesen Gedanken ab, da die Spinne sich in Bewegung gesetzt hatte und einen neuen Kurs einnahm.

Der zielte auf sie.

Das Monstrum und der Mann mit dem Schwert wollten ihr beide ans Leben. Trotz ihrer jungen Jahre stand dies für Caroline fest. Möglicherweise hatte sie sich auch in den letzten Sekunden geistig mehr entwickelt als während der letzten zwei Jahre.

Sie sprang zurück, erreichte ihr Rad, stellte es hin und schwang sich auf den Sattel. Beim ersten Fahrversuch verfehlte sie die linke Pedale, schrammte ihren Fußknöchel, doch sie kümmerte sich darum nicht. Sie wollte nur noch weg.

Raus aus diesem Horror!

Das Mädchen fuhr schnell wie noch nie. Manchmal schaute sie auch auf das sich drehende Vorderrad, dann wieder nach vorn auf den schmalen Pfad, dessen Unebenheiten sie Stoß um Stoß im Sattel spürte.

Es war ein verzweifeltes Rennen gegen die Zeit.

Hinter ihr die Spinne, vor ihr der Wald, die Felder oder

schmale Trampelpfade, die nur recht langsam befahren werden konnten.

Jetzt stand Caroline in den Pedalen. Die Angst trieb sie an, ebenso der Wunsch, nicht so zu werden wie ihre Mutter.

Diese Spinne musste gefräßig sein …

Für einen Moment kam es ihr in den Sinn, einfach in den Wald hineinzufahren. An einigen Stellen wuchsen die Bäume sehr dicht zusammen, da kam das Monstrum kaum durch, aber auch als Radlerin würde sie es dort mehr als schwer haben.

Deshalb blieb sie auf dem Feldweg, der sich bald gabelte, wobei es links zum Haus ging.

Kurz nur bremste das Mädchen ab, weil sie sich nicht entscheiden konnte, in welche Richtung sie fahren sollte. Caroline warf noch einen Blick über die Schulter zurück.

Die Spinne kam und hatte bestimmt auch aufgeholt. Auf ihrem gepanzerten Rücken hockte der Mann mit dem Schwert. Er schwang seine Waffe wie ein großer Krieger.

Das Kind fuhr nach rechts, die Angst wurde immer schlimmer.

Dort führte der Weg, wenn man ihn weit genug durchfuhr, bis in die nächste Ortschaft, und da konnte sie unter Umständen Rettung finden, denn dort wohnten Freunde.

Sie war eigentlich schon erschöpft, aber die so schreckliche Angst mobilisierte weitere Kraftreserven in ihr, und so radelte sie mit doppeltem Eifer weiter.

Die Spinne oder deren Reiter waren schlau. Sie hatten freies Feld vor sich und nutzten die Gelegenheit aus, indem sie dem Mädchen den Weg abschnitten.

Caroline erkannte es mit einem schnellen Seitenblick, aber sie sah gleichzeitig noch mehr.

Ihr kam ein Wagen entgegen, ein japanisches Geländefahrzeug der Marke Nissan.

Und so einen Wagen fuhr ihr Vater. In Dunkelgrün, wie es sich für einen Förster gehörte.

Und er fuhr herbei. Noch weit entfernt, vielleicht hatte der Fahrer das Mädchen auf dem Rad noch nicht entdecken können, das aber würde sich ändern. Der Vater war kein langsamer Fahrer, das wusste Caroline auch. Er würde sie sehr schnell erreicht haben, und das Mädchen trat noch härter in die Pedale.

Es wechselte dabei auch die Fahrbahn. Auf der rechten Seite rollte Caroline weiter. Durch das hastige Treten und die Gewichtsverlagerung nach vorn war es Caroline nicht möglich, das Rad gerade und in der Spur zu halten. Sie fuhr einen Zickzackkurs.

Und sie wurde langsamer.

Die Spinne dagegen schneller.

Der Unbekannte hockte auf ihrem Rücken. Mit Schwertstreichen, die dicht am Frauengesicht des Monsters vorbeipfiffen, trieb es sie immer weiter an. Manchmal redete er auf den Mutanten ein. Es waren keine normalen Worte. Heiser klingende Laute drangen aus seiner Kehle, und mit diesen rauen Worten trieb er die Spinne zu immer höheren Leistungen an.

Im spitzen Winkel würde er die Straße erreichen, aber auch der Nissan näherte sich.

Wer war schneller? Diese Frage entschied über Leben und Tod eines siebenjährigen Kindes, das allmählich seine Kraft verlor. Die Beine wollten nicht mehr so. Caroline sah das graue Band der Straße vor sich wie eine hin- und herpeitschende Schlange. Das Blut war in ihren Kopf gestiegen. Er rauschte dort und hämmerte hinter den Schläfen. Die Sicht des Mädchens wurde beeinträchtigt. Caroline merkte auch nicht, dass der Lenker immer schwerer wurde und sie ihn kaum noch halten konnte. Die beiden Gummigriffe an den Enden waren feucht vor Schweiß, und jetzt bereits schlug die Lenkstange von einer Seite zur anderen, ohne dass Caroline es eigentlich merkte.

Und auch nicht das Abrutschen!

Plötzlich hatte sie den Halt verloren. Sie rollte noch einige Yards weiter, bis der Lenker plötzlich nach rechts hin ausschlug. Dies geschah in einem solch harten Winkel, dass Caroline nichts mehr dagegen unternehmen konnte.

Sie fiel kopfüber nach vorn.

Zusammen mit dem hinter ihr gebliebenen Rad krachte sie zu Boden, spürte den schmetternden Schlag, und ein gütiger Schutzengel hatte seine Hand über sie gehalten, denn sie prallte nicht mit dem Gesicht auf, sondern mit der linken Schulter und den Ellenbogen, die sie sich aufschrammte.

Sie schrie und weinte. Die Angst peitschte in ihrem Körper hoch, dabei hörte sie außer ihrer eigenen Stimme auch noch andere Geräusche. Typische Bremslaute, die entstehen, wenn Autoreifen über Asphalt radieren.

Der Wagen rutschte näher.

Caroline hatte den Kopf erhoben, sich mit einer Hand aufgestützt und sah das Auto wie einen gewaltigen Koloss, der alles überrennen wollte, immer größer werden.

Würde er sie vernichten?

Der Wagen rutschte. Zwei Männer saßen in seinem höher gebauten Vorderteil. Die Gesichter hinter den Scheiben waren verzerrt. Fred Jackson, der Fahrer, hatte seine Tochter längst erkannt gehabt, jedoch nicht mit dieser so überraschten Reaktion gerechnet. Da sein Augenmerk nur auf sie gerichtet gewesen war, hatte er die graue Monsterspinne mit dem Schwertkämpfer auf dem Rücken nicht gesehen.

Dafür der Mann neben ihm.

»Daaa!!!« Sein gellender Alarmschrei fiel zusammen mit dem heftigen Kreischen der Reifen, die graublaue Streifen auf die Asphaltdecke malten und davon zeugten, was hier geschehen war.

»Caroline!« Ächzend stieß Fred Jackson den Namen seiner Tochter hervor. Er hielt das Lenkrad noch umklammert, obwohl der Wagen schon stand, doch er traute sich nicht auszusteigen, da er seine Tochter wegen der vorgeschobenen Kühlerschnauze nicht sehen konnte. Zudem war der Winkel einfach zu spitz.

Dafür handelte der Mann auf dem Beifahrersitz. Er gehörte zu den Beamten vom Umweltministerium, war mit dem Förster unterwegs gewesen, um sich die Schäden an Ort und Stelle ansehen zu können.

Wuchtig rammte er die Tür auf.

Der Mann hatte Caroline einmal gesehen, und so wusste er auch, wer das Mädchen war, das durch das heftige Bremsen vom Rad gefallen war. Als er nach draußen sprang, sah er im gleichen Augenblick die Monsterspinne und den Reiter.

Sie hatten es nicht mehr weit zur Straße. Die acht Beine der Spinne bewegten sich hektisch. Sie wurde noch schneller, und der Mann hörte sogar die Schreie, die aus dem Mund des Frauengesichts drangen. Sie waren hoch und schrill.

Normalerweise wäre der andere stehen geblieben. So ein Bild bekam er nicht oft geboten, aber er dachte auch an das Mädchen, das irgendwo vor den beiden Vorderreifen lag.

War es tot, lebte es noch?

Der Mann lief hastig hin. Er sah den verkrümmten kleinen Körper, hörte das Weinen, bückte sich und riss Caroline hoch.

Erst jetzt hatte Fred Jackson seine Lethargie überwunden und stieß die Fahrertür auf. Mit einem Satz sprang er nach draußen, schrie den Namen seiner Tochter, eilte auf den Begleiter zu und riss ihm Caroline aus den Armen.

In diesem Augenblick hatte die Monsterspinne den Straßenrand erreicht und betrat die Fahrbahn.

Von nun an überschlugen sich die Ereignisse. Die Spinne und auch der Mann auf ihrem Rücken wollten das Opfer auf keinen Fall aus ihren Klauen lassen und reagierten dementsprechend. Sie stoppten den Lauf kaum und wandten sich dem zu, der ihnen am nächsten stand.

Das war der Naturschützer aus dem Innenministerium. Der Mann drehte sich um; er wollte wieder einsteigen, als er die Spinne praktisch vor sich hochwachsen sah.

Und mit ihr auch den Kämpfer auf ihrem Rücken und dessen gefährliches Schwert.

Die Klinge fuhr nach unten. Wuchtig geschlagen, zielte sie genau auf den Menschen, der das Falsche machte, nicht zurücksprang, sondern die Arme schützend hob.

Die Wirkung war mörderisch.

Dieses Schwert hielt nichts auf. Erst recht kein menschlicher Arm. Die Schneide drang hindurch, auch noch weiter, und so musste Fred Jackson mit ansehen, wie der Mann, der ihn auf seinem Trip begleitet hatte, blutend und sterbend zu Boden sank.

Caroline lag auf seinen Armen, Jackson hatte über die Kühlerhaube hinweggeschaut, war noch geschockt, wobei ihm plötzlich klar wurde, dass er als Nächster an der Reihe war.

Tatsächlich. Der Spinnenkörper drehte sich.

Und Fred Jackson sah zum ersten Mal das Gesicht.

Es gehörte seiner Frau!

Myxin, der kleine Magier, hatte seinem Freund, dem Geisterjäger John Sinclair, Bescheid gegeben und war wieder an den Ort des Geschehens zurückgekehrt.

Jetzt stand er da und starrte wie auch Kara auf die so veränderten Flammenden Steine.

Sie sprachen nicht miteinander. Jeder gab dem anderen Gelegenheit, sich mit den eigenen Gedanken zu beschäftigen und Folgerungen daraus zu ziehen. Eines hatte sich verändert.

Kara trug wieder ihre Waffe. Der Griff des Schwerts mit der goldenen Klinge schaute aus der Scheide hervor, und die feingliedrige, dennoch starke rechte Hand der Frau lag auf dem Griff, als wäre sie damit verwachsen.

Der Tag war bereits fortgeschritten. Noch hatte die Sonne ihren höchsten Stand nicht erreicht, schickte ihre Strahlen in schrägen Winkeln auf die Erde, und auch die Steine wurden nicht verschont, sodass die spiegelnde Fläche selbst zu einer Art strahlender Sonne wurde, so sehr funkelte und gleißte sie.

Zu sehen war nichts.

»Bist du zu einem Entschluss gekommen?«, unterbrach Kara nach einer Weile das Schweigen.

»Ich habe mit John gesprochen und ihn gewarnt.«

»Wovor?«

»Vor dem Spiegeltrick des Spuks.«

Kara zuckte zusammen. »Aber du kannst nicht sicher sein, dass er ihn angewendet hat.«

Myxin nickte und widersprach gleichzeitig. »Ich bin mir sicher. Er muss ihn angewendet haben.«

»Ihn kennen nur wenige!« Kara steigerte ihre Stimme.

»Der Spuk ist mächtig.«

»Hat er in Atlantis mitbestimmt?«

»Nein, aber er besitzt den Würfel. Ich traue ihm nicht. John Sinclair habe ich noch nicht eingeweiht, ihm nur gesagt, dass er sich bereithalten soll. Es kann gefährlich werden.«

»Sicher.« Kara lachte hart. »Fragt sich nur, was wir jetzt unternehmen sollen?«

Myxin wurde durch ein schleifendes Geräusch aufmerksam, das entstanden war, als Kara ihre Waffe gezogen hatte.

Sofort ging er zu ihr und fasste nach dem Handgelenk. »Was willst du mit dem Schwert?«

Sie lächelte kalt. »Man könnte die Fläche einritzen.«

»Und die Steine zerstören!«

Myxin hatte so ernst gesprochen, dass Kara aufhorchte. »Wie kommst du darauf?»

»Ich weiß mehr als du. Sie sind sehr sensibel, auch wenn es sich lächerlich anhört. Wenn du versuchst, gegen sie und die fremde Magie, von der sie beherrscht werden, anzugehen, kann es sich zum Gegenteil umkehren. Diese Spiegel sind eine Besonderheit. Man kann sie auch als Dimensionstore bezeichnen …«

»Durch die wir schreiten können?«

»Möglicherweise.«

Myxin hatte eine derartige Betonung in seine Antwort hineingelegt, dass Kara gar nicht erst fragte, ob sie es versuchen sollten. In diesem Falle wusste der kleine Magier tatsächlich mehr. Er hatte in Atlantis die größten Erfahrungen gesammelt, und sie wollte auf seinen Rat hören, das war besser so.

»Gibt es denn keine Chance, es auf eine andere Art und Weise zu versuchen?«, fragte Kara dennoch.

»Vielleicht.«

Sofort horchte die Frau auf. »Welche?«

Akustisch gab der kleine Magier keine Antwort. Er griff

stattdessen unter seinen Mantel und holte einen ungewöhnlichen Gegenstand hervor.

»Die Totenmaske!«, hauchte Kara.

»Was sonst?«

Diese Maske stammte aus dem versunkenen Atlantis. Mancher behauptete, dass man durch sie hinter die Zeiten schauen und Blicke in andere Dimensionen werfen könnte. Was es genau mit ihr auf sich hatte, das sagte auch Myxin nicht. Er hatte die Maske lange gesucht, sie gefunden und setzte sie immer dann ein, wenn eine fremde Magie in der Nähe war.

Man konnte sie als besonderes Stück ansehen. Fünfeckig in der Form. Sie hatte eine Nase, Augenhöhlen, einen sichelartig gekrümmten, schmalen Mund und an den Ecken fünf Augen, die jeweils in verschiedenen Farben schimmerten.

Blau, Rot, Violett, Braun und Grün.

Die genaue Bedeutung dieser Farben war selbst Myxin unklar. Für ihn zählte allein, dass die Maske auch existierte und sich in seinem persönlichen Besitz befand.

»Und was erhoffst du dir davon?«, erkundigte sich Kara leise.

Der kleine Magier zeigte sich unschlüssig. »Ich kann dir auch keine Ergebnisse im Voraus verraten«, gab er ehrlich zu, »trotzdem hoffe ich, die Spiegel zu nutzen.«

Kara hatte verstanden, sie fragte trotzdem nach. »Das heißt«, sagte sie, wobei ihr Gesicht einen lauernden Ausdruck angenommen hatte, »du erhoffst dir einen Blick hinter den Spiegel, um die sich dort befindliche Welt erkennen zu können.«

»So ist es.«

»Dann bitte!«

Myxin setzte die Maske auf. Sie veränderte ihn völlig. Er sah aus wie ein kleiner Dämon, der zu irgendeinem Tanzfest schritt, um Menschen in Angst und Schrecken zu versetzen.

Kara wartete.

Myxin ging an ihr vorbei. Seine Schritte waren auf dem Grasboden nicht zu hören. Noch immer schickte die Sonne ihre Strahlen in das kleine Tal und berührte auch die Steine, die sie zu glänzenden, langen Gegenständen veränderte.

Die Flammenden Steine hatten ihre Farbe wegen ihrer feuerartigen Farbe bekommen, die sie annahmen, wenn sie magisch aufgeladen wurden. Davon war diesmal nichts zu sehen.

Myxin trat in das Quadrat. Damit hatte er die magische Zone zwischen den Steinen erreicht. Wenn Beschwörungen durchgeführt wurden, so stets innerhalb des Quadrats.

Die Maske veränderte sich nicht. Sie blieb auf Myxins Gesicht, als wäre sie dort festgewachsen. Der kleine Magier ging von einem Stein zum anderen. Er stellte sich dicht davor, dass er sie fast berührte, und blickte gegen die Flächen.

Kara ließ ihn nicht aus den Augen. Sie wollte sehen, ob sich an der Maske etwas tat. Das trat nicht ein. Sie blieb, auch die Augen veränderten sich nicht. Kein Strahlen, kein Leuchten sandten sie ab. Bewegungslos lagen die farbigen Pupillen innerhalb der Masse.

Hatte es überhaupt Sinn, was der Magier dort unternahm?

Er ging zurück.

Es war ein unsicherer Schritt, den er da tat. In den Knien zitterte er, seine Arme hoben sich, die Hände flatterten, und er drehte sich blitzschnell herum.

Schatten flogen über die Spiegel. Zunächst war es nur mehr ein Hauch, für Kara trotzdem zu erkennen, denn die Schatten bewegten sich dunkel auf der hellen Fläche, aber sie bildeten keine Szene oder Umrisse, sodass die Schöne aus dem Totenreich nichts erkennen konnte.

Vielleicht Myxin?

Noch immer war er sehr unsicher. Sein Gang zeugte davon. Er drehte sich und verließ mit hastigen Schritten die Zone der Magie zwischen den flaming stones.

Kara eilte ihm entgegen, legte die Hände auf seine Schultern, schaute ihn an und fragte: »Was ist geschehen? Hast du etwas sehen können?«

Myxin nahm die Maske ab. Der kleine Magier sah blass

aus. Er nickte sehr bedächtig. »Ja, ich habe etwas gesehen. Es ist schlimm, unsere Befürchtungen sind eingetroffen.«

»Der Spuk?«

»So ist es. Zwar habe ich ihn nicht gesehen, aber nur er kann sich so etwas ausgedacht haben. Er ist dabei, die Spiegeltore zu öffnen.«

»Was heißt das?«

Myxin räusperte sich. »Spiegeltore sind Dimensionseingänge. Es gibt sie überall auf der Welt an bestimmten Stellen. Sie sind einfach da, verstehst du? Und sie sind zumeist geschlossen, was sie auch bleiben sollen. Aber es gibt eine Möglichkeit, sie zu öffnen und die Gestalten zu entlassen, die hinter ihnen lauern.«

»Welche Möglichkeit?«

Myxin lächelte verloren. »Der Würfel, Kara. Es ist allein der Würfel. Ihn hat der Spuk manipuliert. Er gehorcht seinem Besitzer. Man kann den Würfel des Unheils verändern, das weißt du. Bisher haben wir nicht viel von seiner Kraft bemerkt, der Spuk wird uns etwas anderes zeigen. Er hat das erste Spiegeltor bereits aufgestoßen ...«

»Die Steine hier.«

»Ja und nein. Sie wehren sich noch dagegen, aber auch sie müssen in der fernen Vergangenheit, in der sie entstanden sind, geheimnisvolle Spiegeltore gewesen sein.«

»Hast du etwas Konkretes gesehen?«, wollte Kara wissen.

»Leider, und die Warnung an unsere Freunde war gut. Jemand hat bereits ein Spiegeltor verlassen. Der Erste befindet sich auf dieser Welt, so grausam sich dies anhört. Ein Zweiter und Dritter lauern. Es gibt einen Zombie-General, den der Spuk ebenfalls holen wird, dann existieren noch ...«

»Hör auf!«, rief Kara. »Wo befindet sich der Erste?«

»Nicht mal weit von hier. Ich sah ihn. Er ritt auf einer Spinne, die einen Frauenkopf trägt. Die Frau war zu unvorsichtig. Sie wollte den Spiegel berühren, der hat sie geschluckt. Anders kann ich es mir nicht vorstellen ...«

»Und wer genau sitzt auf der Spinne?«

Myxin lächelte. »Ein gefährlicher Dämon, obwohl er aussieht wie ein Mensch. Ihm gehört eine Dimension, eine Welt, und er hat auch einen Namen bekommen. Man nennt ihn Bri-Onya.«

Kara runzelte die Stirn. »Den kenne ich nicht.«

»Das habe ich mir gedacht. Du kannst auch nicht alle kennen. Allerdings wirst du ihn sehen, denn ich habe das Gefühl, dass er zu uns reiten will. Und zwar auf seiner Spinne.«

»Und dann werden wir ihn …«

»Ob wir ihn vernichten oder zerstören können, weiß ich nicht. Bri-Onya kommt aus einer besonderen Welt. Es ist die Dimension der Metallmenschen. Sein Körper hat einen guten Schutz bekommen. Er ist unter einer schrecklich heißen Dämonensonne aufgewachsen, die ihn so verändert und ihre Kraft auf seine Haut gebrannt hat, dass er aussieht wie ein metallenes Monster.«

»Das wir also nicht töten können.«

»Nein.« Myxin hob die Schultern, bevor er seine Antwort abschwächte. »Sagen wir mal so. Ich weiß es nicht genau. Wir müssen zuerst die Zusammenhänge aufklären.«

Kara deutete auf ihr Schwert. »Meine Waffe wird ihn besiegen«, erklärte sie überzeugt.

Myxin hatte seine Bedenken. Er wiegte zweifelnd den Kopf. »Ich glaube nicht daran. Für mich steht eher fest, dass du deine Klinge an seiner Haut verbiegen wirst. Der Spuk hat diesmal einen harten Trumpf ausgeschickt, dem andere noch folgen werden.«

Kara nickte. »Ich weiß jetzt Bescheid. Wir müssen uns zunächst um Bri-Onya kümmern, aber ich will wissen, ob es tatsächlich keine Waffe gibt, die ihm gefährlich werden kann.«

»Niemand ist unbesiegbar.«

»Du sagst es, Myxin.« Kara lächelte. »Das gibt mir Mut. Weißt du Genaueres?«

Der kleine Magier senkte seinen Blick, bevor er anfing, im Kreis zu laufen. »Ich kann wirklich nur raten«, flüsterte er. »Nur raten.« Er strich über sein schütteres Haar und fuhr anschließend mit zwei Fingern über sein Gesicht. »Ich habe nachgedacht und glaube, dass es trotz allem eine Waffe gegen ihn gibt.«

»Ist die greifbar?« Karas Stimme zitterte.

»Nicht im Moment, aber wir könnten sie kriegen. Es ist die goldene Pistole ...«

Sein Begleiter war tot. Daran konnte Fred Jackson nichts mehr ändern. Er hatte sich auch damit abgefunden oder die Tatsache einfach zurückgedrängt. Eine andere jedoch machte ihm viel mehr zu schaffen. Die Spinne mit dem Menschengesicht war eine furchtbare Mutation, und an ihrem vorderen Körper hatte er das Gesicht seiner Frau gesehen.

Jawohl, da gab es keine Täuschung. Es war Lindas Gesicht gewesen. Sie musste mit der Spinne eine Verbindung eingegangen sein.

Er brauchte für diese Erkenntnis nur eine Sekunde. Auf den Armen trug er die weinende Caroline, deren Gesicht vom Strom der Tränen nass geworden war.

Er selbst stand da wie eine Eins, schluckte den würgenden Kloß hinunter und musste feststellen, dass dieser immer wieder hochkam. Ebenso hoch wie der Mann auf dem Spinnenrücken, der sein Schwert schwang, über die Kühlerschnauze des Wagens hinwegschaute und seinen Blick auf das Gesicht des Försters richtete.

Fred Jackson wusste diesen Blick zu deuten. Aus ihm sprach der Tod. Der Mann hatte erlebt, wie brutal der andere vorging. Sein Schwert setzte er rücksichtslos ein, und er würde auch Fred nicht verschonen. Danach war Caroline an der Reihe ...

Der Gedanke an seine Tochter ließ ihn alles andere vergessen. Die Mutter war eine andere geworden, er hatte seine Frau verloren, die Tochter wollte er behalten, und noch hatte er eine winzige Chance. Fred Jackson stand sehr günstig zur offenen Fahrertür seines Wagens, bei dem der Motor noch lief.

Fred handelte. Er überlegte kaum, seine Bewegungen glichen denen eines Automaten. Nur sein keuchender, wilder Atem war zu hören, als er auf die offen stehende Tür zueilte, seine Tochter anhob und sie wie ein Paket in den Wagen hineinschleuderte.

Das Mädchen prallte auf dem Sitz des Beifahrers, federte noch einmal hoch, blieb liegen und stützte sich ab, um nicht vom Sitz zu rutschen.

Gleichzeitig wollte sich das Mädchen aufstützen, aber ihr Vater hatte etwas dagegen. »Bleib so! Bleib so!«, schrie er, während er zur gleichen Zeit die Tür zuhämmerte.

Er schnallte sich auch nicht an. Stattdessen startete er den Wagen. Für ihn war wichtig, aus dieser mörderischen Gefahrenzone wegzukommen. Er konnte sich auch nicht erklären, wie er da hineingeraten war, für ihn gab es keine schwarze Magie, keine Dimension des Schreckens, die ihre Tore öffnete, er war Realist, ein Mensch, der sich der Pflege und Hege der Natur gewidmet hatte, alles andere hatte bisher für ihn nicht gezählt.

Fred Jackson war nervös. Oder überreizt, jedenfalls nicht mehr so ausgeglichen wie sonst. Deshalb passierte es ihm auch, dass er den Motor gleich nach dem Anfahren abwürgte.

Er schrie, während er gleichzeitig nach dem Zündschlüssel griff und sich die Gedanken in seinem Kopf überschlugen. *Das war Wahnsinn,* dachte er. *Völlig idiotisch und verrückt. Wie im Kino, wenn ein Verfolgter sein Fahrzeug nicht in Gang bekommt. Hier passiert mir das Gleiche.*

Er versuchte es weiter.

Es klappte auch.

Aber da war noch der Mann mit dem Schwert. Er hatte seinen Platz auf dem Rücken der Spinne nicht verlassen. Zwar lag die Waffe ruhig in seiner Hand, den Arm bewegte er trotzdem. Kreisend waren seine Bewegungen. Sie schwangen auf den Wagen zu, denn plötzlich sah der Förster die Klinge dicht vor der breiten Fensterscheibe.

Das war der Moment, in dem er startete. Der Wagen fuhr

der Klinge entgegen, die nicht zurückgezogen, sondern nur zur Seite geschwenkt wurde.

Dabei erwischte sie das Fenster.

Es bestand aus Sicherheitsglas, das in unzählige Krümel zerbröselte, aus dem Rahmen fiel und sich über Vater und Tochter ergoss.

Caroline begann laut zu schreien, ihr Vater biss die Zähne zusammen und gab Gas.

Es war ihm jetzt egal, wen er erwischte. Da konnte diese verfluchte Spinne hundertmal den Kopf seiner Frau tragen. Er wollte nur weg und dieses Grauen so rasch wie möglich hinter sich lassen.

Sein Gegner befand sich nicht direkt vor ihm. Er hielt sich rechts der Kühlerschnauze auf, allerdings noch im Bereich des Kotflügels mit der Rammstoßstange.

Und die erwischte ihn.

Plötzlich verschwand der Typ vor den weit aufgerissenen Augen des Försters. Er musste zu Boden gefallen sein, aber die Spinne war nach wie vor da.

Sie reagierte schnell. Fred konnte es nicht sehen, sie brachte sich mit raschen Bewegungen aus der Gefahrenzone, sodass sie nicht überrollt wurde. Der Mann entdeckte nur noch einen Schatten, dann war er vorbei und spürte, als er beschleunigte, den durch das offene Fenster wehenden Fahrtwind.

Verbissen hockte der Förster hinter dem Lenkrad. Er hielt es mit beiden Händen so stark umklammert, dass seine Knöchel auf den Handrücken hervorsprangen. Die Augen hatte er zu Schlitzen verengt. Sie tränten ihm bereits. Eigentlich hätte er stoppen müssen, das Gegenteil war der Fall. Fred Jackson jagte weiter. Er musste unbedingt ein Telefon erreichen und die Polizei alarmieren.

Der nächste Apparat stand in seinem eigenen Haus. Dass er Carolins Fahrrad überfuhr, bekam er kaum mit, dafür hörte er die weinende Stimme seiner Tochter.

Das Mädchen machte Schlimmes durch. Ihr Vater konnte ihr nur Mut zusprechen, und er redete mit Worten, die er selbst kaum glauben wollte.

»Wir schaffen es, Kind, wir schaffen es. Warte einen Moment, nicht mehr lange, dann haben wir es hinter uns. Wir sind bald zu Hause, da wird alles wieder gut werden. Wieder gut …«

Er hörte sich reden und verstand kaum, was er sagte. Alles tat er automatisch. Er gab Gas, er schaltete, bremste ab, als er den Wagen in eine Kurve zog und vor ihm der große Rand und der Schatten des Waldes erschien.

Die Pneus jaulten wie kreischende Geister und verloren einiges an Profil, was für den Fahrer keine Rolle mehr spielte. Er jagte weiter und fuhr auch nicht mehr auf einem so breiten Weg, sondern hatte den Nissan schon auf die schmale Hauszufahrt gelenkt.

Er sah schon den frisch und hellgrün gestrichenen Gartenzaun, dahinter den Vorgarten, auch die beiden Bänke, die Apfelbäume, die schon Knospen bekommen hatten, die Vogelhäuschen, den Hund, der in der Sonne lag und jetzt aufsprang.

Das alles wirkte so anheimelnd, so gemütlich. Es fehlte nur, dass seine Frau die Tür öffnete und vor das Haus trat, um die Ankömmlinge zu erwarten.

Das aber würde nie mehr geschehen. Hinter Fred lag eine Hölle, vor ihm die trügerische, heile Welt.

Er merkte kaum, dass er weinte. Er fuhr nur weiter. In seinem Kopf wirbelten die Gedanken, und er schreckte erst durch den Krach und das Bellen zusammen.

Da stellte er fest, dass er die Zufahrt verpasst hatte und durch den Zaun gerast war. Die dünnen Latten flogen weg wie Streichhölzer. Sie überschlugen sich in der Luft und hatten den Boden des Vorgartens noch nicht berührt, als der Fahrer bereits das Bremspedal hart nach unten trat, sodass der Wagen gestoppt wurde.

Fast hätte er noch eine der beiden Bänke mit umgerissen. Erst dicht davor kam er zum Stehen.

»Raus!«, schrie der Mann.

Caroline hatte ihn zwar gehört, aber nicht verstanden. So packte der andere zu, als er ausgestiegen und um den Wagen herumgelaufen war. Er holte die Tochter hervor, die wie apathisch in seinen Armen lag, und er zerrte sie auf die Haustür zu.

Der Dackel lief laut bellend neben ihnen her. Das Tier verstand nichts, aber es spürte, dass etwas schief gelaufen war.

Die Tür war nicht mal verschlossen. Mit dem Fuß stieß der Mann sie weiter auf, stolperte mit seiner Last in den Flur, schaute nach links, sah in die Küche und erkannte, dass seine Frau die Vorbereitungen für das Mittagessen getroffen hatte.

Dieser Anblick trieb ihm abermals die Tränen in die Augen und den dicken Kloß in die Kehle.

Der Flur verbreiterte sich zu einer Diele, wo einige alte, dunkle Möbelstücke standen, die sie geerbt hatten. Unter anderem auch ein Sofa, auf das er Caroline legte.

Einen Schritt davon entfernt stand auch das Telefon. Fast hätte der Mann den Apparat noch umgestoßen. Er war so durcheinander, dass ihm selbst die Notrufnummer der Polizei nicht einfiel und er erst noch überlegen musste.

Dann wählte er mit fliegenden Fingern. Sein Atem ging noch immer keuchend, sodass er Mühe hatte, überhaupt einige Worte zu sprechen.

Was er berichtete, ließ den zuständigen Beamten erst auflachen, dann aber wurde der Mann in Alarmbereitschaft versetzt, denn der Förster blieb bei seiner Meinung.

»Warten Sie im Haus!«, hörte er den Polizisten sagen. »Wir werden alles Nötige in die Wege leiten.«

Damit begann der Beamte auch. Er wählte eine andere Telefonnummer. Sie gehörte zu einer der besten Polizeiorganisationen der Welt.

Zu Scotland Yard!

Steine wurden zu polierten Flächen, zu Spiegeln. Darüber dachte ich nach, und meine gute Frühlingslaune war von einer Sekunde zur anderen verflogen.

Die harte Realität hatte uns wieder. Ohne darüber diskutiert zu haben, wussten wir beide, dass sich ein neuer Fall anbahnte. Irgendetwas war in einer fremden Dimension geschehen, das auch auf uns zukommen konnte, denn Myxin warnte nicht ohne Grund.

Suko sagte etwas sehr Richtiges. »Und wir sitzen hier, tun nichts, warten ab ...«

»Was willst du denn machen?«, fragte ich.

Der Inspektor hob die Arme und ließ sie wieder fallen. »Das weiß ich ja eben nicht.«

Von den anderen Vorgängen, die mit der Familie Jackson in einem unmittelbaren Zusammenhang standen, ahnten wir zu diesem Zeitpunkt noch nichts. Wir waren nicht eingestiegen und hockten in unserem gemeinsamen Büro wie zwei Gefangene.

»Zumindest eine gefährliche Sache«, fuhr Suko fort.

Ich stand an der Tür und hatte mich dort gegen die Wand gelehnt. »Wie groß?«

»Atlantis-Dimensionen.«

»Nimmst du an.«

»Ja, und ich denke dabei an Arkonada, als es ihm gelungen war, die Steine zu manipulieren. Ich weiß noch genau, wie Myxin und Kara darunter gelitten haben. Okay, sie haben alles wieder in den Griff bekommen, aber jetzt scheint im Prinzip das Gleiche passiert zu sein. Wer könnte dafür verantwortlich sein?«

»Die Großen Alten ...«

»Gibt es nicht mehr.«

»Moment«, sagte ich. »Du vergisst einen: den Spuk. Er ist der Namenlose, der gefährlichste, und solange es ihn gibt, haben wir keine Ruhe. Wir werden immer wieder mit dem Erbe dieser verdammten Götter konfrontiert werden. Ich jedenfalls sehe das so.«

»Wäre auch ein Wunder, wenn er sich ruhig verhalten würde«, meinte Suko, »wo er doch den Würfel hat.«

»Eben.«

Glenda hatte sich wieder in das Vorzimmer zurückgezogen. Sir James, unser Chef, war ebenfalls nicht da. Er saß in irgendeiner Konferenz. Wenn sich etwas tat, mussten wir sofort handeln, auch ohne vorher unseren Vorgesetzten zu fragen. Aber wir konnten uns zum Glück darauf verlassen, dass er uns immer Rückendeckung geben würde.

Zeit verging.

Ich wurde nervös. Myxin wollte sich wieder melden, wenn es etwas Neues gab. In seiner Blockhütte befand sich zwar kein Telefon, aber der kleine Magier verfügte über Kräfte, von denen andere nur träumten. In der heutigen Zeit waren die Telepathie, die Teleportation oder Telekinese längst vergessen. Im alten Atlantis jedoch hatten sich zahlreiche Menschen auf diese Kräfte verlassen. Unter anderem Myxin. Es war für ihn schwer gewesen, sie zurückzubekommen, aber er hatte es schließlich geschafft. Und er setzte diese Begabungen nun zu seinem und unserem Vorteil ein.

Ich zündete mir eine Zigarette an und schaute den blauen Wolken nach. Dabei dachte ich an Myxin. Er sollte sich beeilen und dank seiner geistigen Macht das Telefon läuten lassen.

Der Apparat blieb stumm.

Ich starrte ins Leere. Mein Blick fiel auf den überladenen Schreibtisch, ohne ihn eigentlich bewusst zur Kenntnis zu nehmen, und ich strich immer wieder nervös über mein Haar, während die Zigarette zwischen zwei Fingern verqualmte. Schließlich drückte ich sie aus. Mein Finger befand sich noch auf der Kippe, als das Telefon anschlug. Ich wollte zupacken, aber Suko war schneller.

Er meldete sich und hörte zu. Mir kann man zumeist vom Gesicht ablesen, welche Nachricht mich erreicht, bei Suko war das nicht der Fall. Sein Ausdruck blieb gelassen, aber seine Stimme klang bei der letzten Bemerkung stahlhart.

»Wir kommen sofort!« Der Hörer flog zurück. Ich fragte den Freund, was passiert war, er schüttelte nur den Kopf und erwiderte: »Später, John, alles im Auto. Und beeil dich!«

Den Gefallen wollte ich ihm gern tun.

So brausten wir mit Rotlicht und Sirene los …

Der frische Wind strich über das Land, brachte Kühle mit und konnte trotzdem den Blutgeruch nicht vertreiben, der in unsere Nase stieg. Wir standen auf einer Straße und starrten beide in die offene Zinkwanne, in der ein Toter lag, der unter schrecklichen Umständen ermordet worden war. Nicht weit entfernt lag ein verbogenes Kinderrad, wir sahen Glassplitter und Reifenspuren auf dem Asphalt und warteten dabei auf den Mann, der uns alles erklären sollte.

Er hieß Fred Jackson, war Förster, hatte die Polizei alarmiert und von einer Riesenspinne gesprochen, auf deren Rücken ein mordender Krieger hockte.

Mehr hatten wir nicht in Erfahrung bringen können. Der Tatort war abgesperrt worden. Mehrere Fahrzeuge standen in einem großen Halbkreis. Natürlich auch der Wagen der Mordkommission. Es waren Spuren gesichert worden, doch aus ihnen hatte keiner von uns herauslesen können, was tatsächlich passiert war.

Jedenfalls eine schreckliche Bluttat. Um sie aufklären zu können, brauchten wir die Aussage eines Zeugen, des einzigen Zeugen wohlgemerkt, aber der war noch nicht vorhanden.

Ich hatte mit den Beamten geredet, die allesamt vor einem Rätsel standen. Der Tote konnte uns keinen Hinweis mehr geben. Er war mit einem scharfen Gegenstand getötet worden.

Die Gegend war flach und waldreich. In der Ferne entdeckte ich einen Wagen. Als er näher kam, erkannten wir die Automarke. Es war eine Ente, ein 2CV.

»Das ist der Arzt«, erklärte man mir. »Er war bei dem Förster. Hoffentlich hat er ihn mitgebracht!«

Er hatte ihn nicht mitgebracht. Allein stieg der Arzt aus und schüttelte den Kopf. »Der Zeuge hat einen Schock erlitten. Ich habe nicht gewagt, ihn an den Ort des Geschehens zu transportieren …«

Ich wies mich aus und stellte gleichzeitig eine Frage. »Können wir im Haus mit ihm reden?«

Der Arzt hob die Schultern. »Gern sehe ich es nicht.«

»Wir müssen aber mehr wissen.«

»Das leuchtet ein.« Der Mediziner überlegte. Er war noch jung. Das braune Haar reichte ihm bis über die Ohren. Schließlich nickte er. »Okay, kommen Sie mit. Allerdings muss ich bei dem Patienten bleiben.«

»Das ist klar.«

Der Doc fuhr vor. Suko und ich folgten ihm in meinem Bentley. Die anderen Beamten blieben zurück.

Wenig später erreichten wir das Forsthaus. Ein idyllisch gelegenes Gebäude, von Bäumen umgeben, aber am Vorgarten war der hellgrün gestrichene Holzzaun zersplittert, und dicht dahinter stand ein japanischer Geländewagen in einem schrägen Winkel zur Haustür. Der Fahrer musste den Zaun durchbrochen haben.

Wir gingen auf das Haus zu. Die Tür war nicht verschlossen. Als der Arzt sie aufdrückte, sprang uns ein bellender Dackel entgegen, der sich kaum beruhigen wollte und uns umkreiste.

»Das Kind schläft zum Glück«, sagte der Arzt. »Die Kleine muss auch Schreckliches hinter sich haben.« Kopfschüttelnd redete er weiter. »Ich selbst habe so etwas auch noch nicht gesehen.«

Wir sagten nichts. Es hatte auch keinen Sinn, Spekulationen anzustellen. Wir wollten auf Mr Jacksons Erklärung warten.

Er lag in der Diele auf einer alten Couch oder einem Sofa. Dort stand auch das Telefon.

Ich schaute mir den Förster an. Er war sehr blass. Der Schweiß hatte sein braunes Haar zu Strähnen verklebt, die ihm bis in die Stirn hingen und mit ihren Spitzen fast die Augenbrauen berührten. In den Augen des Mannes lag ein matter Glanz. Er schaute uns entgegen, ohne uns eigentlich zu registrieren.

»Ich habe ihn ruhig gestellt«, erklärte der Doc.

Das war in dieser Situation wohl notwendig. Einen Stuhl holte ich mir heran, nahm Platz, und Suko setzte sich auf die wulstige Lehne des Sofas.

Der Arzt ging, weil er nach dem Kind schauen wollte.

Ich sprach Fred Jackson an. »Sie können mich hören?«

»Ja.«

Dann erklärte ich ihm, wer wir waren. Und ich bat ihn, uns einen Bericht zu geben, soweit ihm dies möglich war.

Er redete auch. Wir mussten schon sehr genau hinhören, um seine leise Stimme zu verstehen. Immer wieder machte er Pausen. Dann wechselte der Ausdruck seiner Augen, die Angst kehrte zurück. Dennoch sprach er weiter, sodass Suko und ich uns ein gutes Bild von den Vorfällen machen konnten.

Es war eine unglaubliche Geschichte, aber gerade solche Dinge stellten sich oft als Tatsachen heraus.

Ein Spinnenmonster mit dem Kopf von Linda Jackson!

»Und es war Ihre Frau?«, fragte ich.

»Ja, Sir …«

»Haben Sie vielleicht über eine Erklärung nachgedacht, Mr Jackson? So etwas kommt ja nicht von ungefähr. Da muss einfach ein Motiv oder ein Anlass dahinterstecken.«

»Ich weiß nichts.«

Suko und ich schauten uns gegenseitig an. Mein Freund hob die Schultern. Auch er wusste nicht mehr weiter, stellte dennoch die nächste Frage. »Hat Ihre Frau sich irgendwann einmal für schwarze Magie interessiert?«

»Wie meinen Sie?«

Ich ging näher darauf ein. »Wissen Sie, manchen Menschen macht es Spaß, in magische Zirkel einzutreten. Dazu gehört die Kunst, hinter die Dinge zu schauen, sich durch Beschwörungen in andere Welten zu versetzen. Solche Leute eignen sich durch Fachliteratur ein Spezialwissen an und …«

»Nein, nie!« Diesmal klang seine Antwort nicht so apathisch, eher schreiend.

»Also war Ihre Frau völlig normal.«

»Ja.«

»Wie ist es dann möglich, dass ihr so etwas passierte? Es muss einen Grund gegeben haben.«

»Ich habe keine Ahnung!«, stöhnte er. »Ich konnte nur meine Tochter retten. Sie wurde von der Spinne verfolgt und hat eine furchtbare Angst gehabt. Schauen Sie in die Küche.

Da steht noch alles. Meine Familie muss gestört worden sein. Gestört, wissen Sie …?«

Der Ansicht waren auch wir. Mittlerweile hatte es sich auch herausgestellt, dass uns der Förster kaum weiterhelfen konnte. Wichtig war eigentlich seine Tochter.

Der Arzt kehrte zurück. Er ging sehr leise, sodass wir ihn erst bemerkten, als er uns schon fast erreicht hatte.

»Wie sieht es bei dem Mädchen aus?«

»Sie schläft, Mr Sinclair.«

»Und wie lange?«

Der Doc hob die Schultern. »Kann ich Ihnen nicht sagen. Vielleicht bis in die Nacht.«

»Aber wir müssen mit ihr reden.«

»Nein, auf keinen Fall!« Er schüttelte den Kopf. »Ich kann sie jetzt nicht aufwecken. Wie stellen Sie sich das vor?«

»Ja, Sie haben Recht«, murmelte ich.

Der Arzt kam an das Sofa. »Ich weiß selbst, wie dringend die Sache ist. Vielleicht kann ich Ihnen trotzdem helfen. Das Mädchen schläft zwar, aber Caroline hat auch im Schlaf gesprochen. Ihr Unterbewusstsein muss die Erlebnisse erst verarbeiten, wenn Sie verstehen …«

»Natürlich.«

»Falls Sie sich ruhig verhalten, Mr Sinclair, könnten wir einen Versuch starten.«

»Kommen Sie.« Ich war sofort dabei. Auch Suko erhob sich von seinem Platz. Er folgte uns in das kleine Kinderzimmer, in dem die zahlreichen Plüschtiere und die bunte Kindertapete mit den Märchenmotiven auffielen.

In einem hell gebeizten Bett lag das Mädchen. Wir schauten in ein blasses Gesicht. Die kleine Caroline hatte die gleiche Haarfarbe wie ihr Vater, nur sehr viele Locken.

Das Gesicht eines Schlafenden ist normalerweise entspannt. Bei Caroline war es nicht der Fall. Hin und wieder lief ein Zucken über ihre Wangen, sie bewegte sogar die Finger, stöhnte und hatte anscheinend schwere Gedanken zu verarbeiten.

Wir hatten uns neben dem Bett aufgebaut, verhielten uns

sehr ruhig und warteten darauf, dass die kleine Caroline etwas sagte.

»Vorhin hat sie geredet«, hauchte der Doc.

Bei uns stöhnte sie nur. Es vergingen gut zwei Minuten. Ich hatte mir fünf als Limit gesetzt, so lange brauchten wir nicht zu warten, denn Caroline sprach.

Wir hörten sehr genau hin und verstanden auch die ersten Worte. »Mummy, Mummy, nicht ...«

Pause.

»Du darfst das nicht tun! Bleib bei mir! Wir müssen weggehen, nicht hinein, nicht in den Spiegel!«

Spiegel!

»John«, vernahm ich Sukos Stimme. »Hast du gehört? Sie hat von einem Spiegel geredet.«

»Ja.«

»Und Myxin hat ebenfalls von spiegelnden Steinen gesprochen. Ich glaube, da haben wir einen roten Faden gefunden.«

Mein Freund hatte Recht. Auch ich war davon überzeugt, dass so zwei verschiedenartig aussehende Fälle nicht nur Parallelen aufwiesen, sondern zusammengehörten. Aus diesem Grunde wuchs unsere Spannung, und wir lauerten auf die nächsten Worte der Schlafenden.

Das Kind atmete scharf. Es verzog abermals gequält das Gesicht. Wahrscheinlich spülte das Unterbewusstsein grauenhafte Erlebnisse wieder hoch.

Die nächsten Worte ließen nicht lange auf sich warten. »Der Mann ... der Mann ... er kommt aus dem Spiegel mit der Spinne, und sie hat Mutters Gesicht. Nein, Mummy, nein! Ich will nicht sterben!« Das letzte Wort schrie sie und bäumte sich unter der drückenden Last der Erinnerung auf. Caroline hatte die Augen geöffnet. Sie saß im Bett. Der Arzt stand am nächsten, redete beruhigend auf sie ein und stützte ihren Rücken ab.

Sie entspannte sich. Allmählich fielen ihr die Augenlider wieder zu, und sie wollte sich zurücklehnen. Bevor ihr Hinterkopf noch das Kissen berührte, sagte sie ein Wort.

»Denkmal …«

Es war das Letzte, was wir von ihr hörten. Dann schloss sie die Augen und schlief ein.

»Ich hoffe, dass sie jetzt durchschläft«, sagte der Arzt und trat einen Schritt zurück. Er schaute uns abwechselnd an. »Haben Sie etwas erfahren?«

»Ja«, erwiderte Suko, »das haben wir. Caroline hat von einem Spiegel geredet. Der wird uns weiterhelfen.«

»Wieso?«

»Es lohnt nicht, es Ihnen zu erklären, aber es gibt da Parallelen.« Suko wandte sich an mich. »Sie muss aus dem Spiegel gekommen sein, wenn Caroline Recht hatte.«

»Und zwar als Veränderte.«

»Fragt sich nur, wo wir den Spiegel finden können.«

Ich dachte scharf nach und ging dabei einige Schritte auf und ab. An der Tür fiel es mir ein. »Hat die Kleine nicht von einem Denkmal gesprochen?«

Suko nickte.

»Ich habe es auch gehört«, sagte der Doc. »Aber …« Er hob die Schultern. »Ich hielt es für unwichtig.«

»Gibt es so ein Denkmal?«, wollte ich wissen.

»Hier in der Gegend, meinen Sie?«

»Klar.«

Der Arzt brauchte nicht lange zu überlegen. »Ja, wir haben hier einen alten Heldenfriedhof. Da sind Soldaten aus mehreren Zeitepochen begraben worden. Direkt am Beginn des Friedhofs, der sich übrigens harmonisch in die Landschaft einfügt, steht ein Ehrenmal für die Gefallenen. Das kann man ruhig als Denkmal bezeichnen.«

Da hatten wir schon die Spur.

»Und wie sieht es mit einem Spiegel aus?«, fragte Suko.

Der Doc lächelte. »Tut mir Leid, da bin ich überfragt. Spiegel gibt es in den Wohnungen, aber nicht …«

»Könnte es sein, dass sich das Gestein des Denkmals verändert hat?« Die Frage hatte ich mir selbst gestellt, doch der Arzt gab die Antwort.

»Nein, auf dem Friedhof gibt es keinen Spiegel.«

»Schon gut.« Der Mann wusste ja nichts von einem Magier namens Myxin und dessen Aussagen. Selbst die Flammenden Steine hatten sich in Spiegelflächen verwandelt. Aus welch einem Grund sollte das am Denkmal anders gewesen sein?

»Das Ding sehen wir uns mal an«, sagte Suko.

»Und wie.«

»Wenn Sie jetzt gehen«, sagte der Doc, »können Sie mir ungefähr sagen, wann Sie zurückkehren?«

»Nein, das ist ...«

Ich sprach nicht mehr weiter, denn wir hatten dumpfe Geräusche vernommen. Im nächsten Moment steigerten sich diese Laute. Sogar die Hauswand begann zu zittern.

»Was ist das?«

Weder Suko noch ich gaben auf die Frage des Docs eine Antwort, denn wir hatten das Splittern einer Fensterscheibe vernommen. Und dieser Laut war dort aufgeklungen, wo auch der Förster lag.

Wir hörten seinen Schrei noch auf dem Flur. Dann erreichten wir die Diele, sahen den Mann auf dem Sofa sitzen und schauten auf das zerbrochene Fenster.

Die Riesenspinne hielt sich noch außerhalb des Hauses auf, hatte zwei ihrer Beine erhoben und sie auf die breite Fensterbank gesetzt, über die sie auch mit dem Frauenkopf schaute, während auf ihrem Rücken eine dunkel gekleidete Gestalt hockte, die ein Schwert in der rechten Hand hielt und deren Gesicht einen Schimmer besaß, der zwischen einem stählernen Blau und dem grauen Farbton des Asphalts lag.

»Lindaaa!« Der Förster konnte sich nicht mehr beherrschen und brüllte den Namen seiner Frau ...

Es gibt Menschen, die lassen sich das Holz für ihren Kamin fertig geschnitten kommen und sogar einsortieren. Dann gibt es welche, die gehen in den Wald und sammeln Abfallholz. Und eine Gruppe lässt sich das Holz anliefern, um es selbst zu zerhacken, als Sport.

Dazu gehörte auch der Reporter Bill Conolly.

Er hatte sich schon seit Tagen vorgenommen, die Stämme kaminfertig zu zerkleinern, und so hörte man an diesem Morgen das dumpfe Schlagen der Axt und das helle Splittern der Holzscheite dazwischen.

Bill Conolly sah auch zünftig aus. Er trug eine alte Manchesterhose, einen Pullover und hatte noch den alten Hut mit der heruntergezogenen Krempe über das Haar gestülpt.

So hackte er und geriet ins Schwitzen. Die Ärmel des Pullovers streifte er bald schon hoch, sodass die blanke Haut zu sehen war und die Muskeln, die bei jeder Bewegung angestrengt wurden. In der ersten Zeit hatte der Reporter keine großen Probleme mit dem Material gehabt, später wurde es schlechter, denn da kamen die Teile an die Reihe, die von zahlreichen Ästen durchzogen waren. Sie konnte man nicht mit einem Schlag zerteilen.

Bill strengte sich an. Manchmal blieb der Stamm stecken, wenn er die Axt wieder hob, dann wuchtete er ihn auf den Holzklotz und machte sich selbst durch heisere Schreie Mut.

Zuschauer hatte er keine.

Seine Frau Sheila befand sich im Haus, zusammen mit einer Putzfrau. Die beiden wollten mal wieder die Schränke gründlich auswaschen. Johnny war noch in der Schule. Er würde später kommen, da der Unterricht erst gegen zehn Uhr begonnen hatte.

Eigentlich gab es doch einen Zuschauer: Nadine, die Wölfin mit der Seele eines Menschen. Sie schob ihren Kopf hin und wieder hinter der Scheibe des Kinderzimmerfensters hervor, um Bill Conolly zu beobachten, der nach einigen besonders harten Schlägen die Axt fallen ließ und eine kurze Pause einlegte.

Er bog den Rücken durch, holte tief Luft und wischte sich den Schweiß von der Stirn. In der Nähe stand eine Flasche Mineralwasser.

Bill setzte die Öffnung an die Lippen und nahm einen kräftigen Zug. Danach stieß er auf.

»Zur Gesundheit«, sagte jemand hinter ihm.

Fast hätte Bill die Flasche fallen lassen, so sehr hatte er sich erschreckt, drehte sich um und schaute in das lächelnde Gesicht einer kleinen Gestalt mit grünlich schimmernder Haut.

»Myxin!«, flüsterte der Reporter.

»Du hast mich noch erkannt?«

»Witzbold«, erwiderte Bill. »Denk nur mal an den Fall deiner Mutter Macha Rothaar …«

Das Gesicht des Magiers verdüsterte sich. »Ich weiß, Bill, aber deswegen bin ich nicht hier.«

Bill schloss die Flasche. »Sondern?«

»Du musst mir helfen.«

Der braunhaarige Reporter lachte. »Ich?«

»Ja.«

»Das ist zwar eine große Ehre für mich, nur wüsste ich nicht, wie ich dir helfen könnte. Ich bin ein normaler Mensch, du aber …«

»Geschenkt.« Myxin winkte ab und deutete sofort danach auf das Haus. »Sollen wir nicht lieber hineingehen?«

»Wenn du willst.«

»Es ist besser. Du bist allein mit Sheila und …«

»Nein, unser Putzmädchen ist noch da. Ich werde dich ihr vorenthalten. Die Kleine soll sich nicht erschrecken. Wir gehen am besten in mein Arbeitszimmer. Dort sind wir ungestört.«

»Das wäre gut.«

Bill und Myxin hörten aus einem Nebenraum das Geräusch eines Staubsaugers.

In bequemen Sesseln nahmen die beiden Platz. Sie waren umrahmt von hohen Regalen, die nicht nur die Decke erreichten, auch mit Büchern vollgestopft den Eindruck machten, dass hier jemand lebte, der sich zwischen seinen Büchern wohl fühlte.

»Kann ich dir etwas anbieten?«, fragte der Reporter.

»Nein, ich bin gekommen, um dich um etwas zu bitten, Bill. Ich möchte von dir eine Waffe haben. Und zwar die goldene Pistole vom Planet der Magier. Du hast sie in Verwahrung genommen, deshalb tu mir den Gefallen und überlasse sie mir.«

Bills Gesichtsausdruck veränderte sich von Sekunde zu Sekunde. »Du willst die Pistole haben?«

»Ja.«

Er lachte. »Weshalb soll ich sie dir geben? Hast du nicht viel stärkere Waffen zur Verfügung? Was willst du ausgerechnet mit der Pistole? Das verstehe ich nicht.«

»Es ist dringend, Bill.«

»Kann ich mir vorstellen. Trotzdem möchte ich gern wissen, worum es eigentlich geht.«

»Das sollst du.« In wenigen Minuten legte Myxin dem Reporter das Problem dar.

Bill Conolly war ein sehr aufmerksamer Zuhörer. Er nickte hin und wieder, und Myxin sah ihm an, dass er sich bereits seine Gedanken über den Fall machte.

»Genau aus diesem Grunde möchte ich sie haben«, sagte der kleine Magier.

»Und du kennst diesen Bri-Onya wirklich?«

»Nein und gleichzeitig ja. Ich habe von ihm gehört. Damals, als ich noch in Atlantis lebte. Ich weiß auch von der Dämonensonne, die ihn verbrannt und gleichzeitig so widerstandsfähig gemacht hat, dass seine Haut alles abhält. Man kann ihn nicht aufhalten.«

»Auch nicht durch geweihte Silberkugeln?«

»Vergiss sie.«

»Weiß John denn Bescheid?«

»Ich habe mit ihm telefoniert. Über Einzelheiten ist er nicht informiert, das muss ich nachholen.«

»Das werden wir gleich haben.« Da sich das Telefon in Reichweite befand, brauchte Bill nur den Arm auszustrecken, um die Wählscheibe zu erreichen.

John meldete sich nicht, dafür Glenda, und mit ihr redete der Reporter einige Zeit. Als er auflegte, hob er die Schultern. »John und Suko sind nicht mehr im Büro.«

Myxin schüttelte den Kopf. »Das ist nicht gut.«

»Wieso nicht?«

»Sie hätten warten sollen.«

»Ein dringender Fall rief sie ab. Aber weshalb wolltest du sie dabei haben?«

»Ganz einfach. Ich habe das Gefühl, dass hinter diesem Krieger Bri-Onya der Spuk steckt, dem es gelungen ist, den Würfel des Unheils so einzusetzen, dass er genau in seinen Plan passt. Und John wollte den Würfel haben. Ich hatte vor, ihm diese Chance zu geben.«

»Die nun vorbei ist.«

»Mal sehen. Aber kommen wir zum Thema. Bist du bereit, mir die goldene Pistole zu geben?«

Bill lächelte. »Bleibt mir etwas anderes übrig, wenn ich so gefragt werde?«

»Es ist deine Entscheidung.«

»An die ich eine Bedingung knüpfe.«

»Du willst mit?« Myxin kannte den Reporter sehr gut. Der brauchte ihm nichts mehr zu sagen.

»Genau.« Bill erhob sich und blieb neben dem Sessel stehen, eine Hand auf die Lehne gelegt. »Glaubst du, dass ich mir eine solche Chance entgehen lasse?«

»Denkst du auch an die Gefahr?«, fragte Myxin.

»Ich habe so viel hinter mir, dass mich alles andere überhaupt nicht schrecken kann.«

»Ich möchte trotzdem allein gehen.«

Bill lachte nur. Er trat an seinen Safe, stellte die Kombination ein und öffnete die Klappe. Im Safe lagen einige Papiere, auch ein wenig Bargeld und die goldene Pistole.

Er hatte sie lange nicht mehr eingesetzt. Sie war mit einer gefährlichen, mörderischen Flüssigkeit geladen, die eigentlich alles zerstörte, was von ihr getroffen wurde. Eine Art Säure, die auch Ghouls vernichtet hatte. Bill besaß eine solche Waffe und auch Professor Chandler, der auf einem Schloss in Österreich lebte und dort in aller Ruhe seinen Forschungen über Magie und Mathematik nachging. Er suchte dort noch immer nach der Verbindung zwischen beiden Gebieten.

Bill wog die Waffe in der Hand. Sie war unförmig, hinzu kam ihre Schwere, und sie sah so aus, als hätte jemand die

Pistole aus einem Stück Holz geschnitzt, jedoch vergessen, daran noch zu feilen und sie in dem Urzustand zurückgelassen.

Myxin war ebenfalls aufgestanden und neben dem Sessel stehen geblieben. »Du hast sie gut verwahrt.«

»Ja.« Bill lächelte und drehte sich dem kleinen Magier zu. »Dann werden wir beide mal gehen.«

»Nein, du nicht.«

»Aber ich …« Weiter kam der Reporter nicht. Plötzlich wurden seine Augen groß. Er hatte auf einmal das Gefühl, schweben zu müssen, und er konnte seinen Blick nicht mehr von Myxins Gesicht abwenden, das immer größer wurde, denn der kleine Magier schritt direkt auf ihn zu, blieb vor ihm stehen, sagte einige für Bill nicht verständliche Worte und legte dem Reporter beide Hände auf die Schultern.

Conolly sackte in die Knie. Bevor er aber zu Boden fiel, fing Myxin ihn auf, legte ihn sachte auf den Teppich und nahm auch die goldene Pistole an sich.

»Ich bringe sie dir wieder«, erklärte er und wandte sich zur Tür, um das Zimmer zu verlassen.

Er hatte kaum geöffnet, als er den Lärm des Staubsaugers vernahm. Zwar nur mehr ein Summen, aber Sheila stand mit dem Gerät auf dem Gang und sah den kleinen Magier aus dem Zimmer kommen.

Sie wurde vor Schreck blass.

Myxin nickte ihr zu. »Ich grüße dich!«, rief er gegen das Summen des Saugers an.

Sheila stellte den Apparat aus. Sie trug Jeans, ein T-Shirt und ein buntes Tuch auf dem Kopf. »Was machst du denn hier?«

Myxin hielt die Pistole hoch. »Ich habe mir etwas von deinem Mann geliehen.«

»Und Bill?«

»Musste ich ein wenig behandeln. Er wollte nämlich mit mir gehen, und das konnte ich nicht zulassen. Es ist ihm nichts Schlimmes passiert. Er wird in wenigen Minuten wieder aufwachen.«

Sheila war noch immer durcheinander. »Das begreife ich alles nicht«, hauchte sie. »Weshalb hast du das getan?«

»Um ihn zu schützen. Ich möchte ihn nicht mitnehmen.«

Sie nickte. »Das kann ich verstehen. Worum geht es?«

»Ich weiß es selbst nicht genau, Sheila, aber es ist ein schwieriger Fall, sagen wir mal so.« Myxin schob sich an ihr vorbei. »Und jetzt entschuldige mich bitte. Auch noch bei Bill, ja?«

Sheila nickte automatisch und schaute staunend zu, wie der kleine Magier verschwand, als wäre er niemals da gewesen.

Nur als sie das Arbeitszimmer ihres Mannes betrat, sah sie Bill am Boden liegen und hörte ihn stöhnen und gleichzeitig auf sich selbst schimpfen. Da wusste Sheila, dass sie keinen Traum erlebt hatte.

Wir waren beide von dem Anblick der Spinne und dem auf ihrem Körper hockenden Reiter so sehr überrascht, dass wir zunächst einmal nichts taten und nebeneinander stehen blieben.

Eine Spinne mit dem Kopf eines Menschen. Das kannte ich, aber ich hatte nie eine Spinne von solch einer grauen, hässlichen Farbe gesehen wie die, die ins Zimmer klettern wollte.

Um das zu erreichen, musste sich der Reiter auf ihrem Rücken bücken, damit er mit dem Schädel nicht gegen die Kante stieß.

Das war für uns ein Zeichen.

Während Fred Jackson auf dem Sofa hockte, geschockt war und den Namen seiner Frau flüsterte, zogen Suko und ich unsere Berettas, denn die geweihten Silberkugeln sollten den verdammten Mörder vom Rücken der Spinne hinwegfegen.

Wir standen nebeneinander, warteten noch so lange, bis die Beine der Spinne wieder nachgefasst hatten, und drückten ab.

Der Raum war von den krachenden Echos erfüllt. Fahl blühten vor den Mündungen die Feuerblumen. Die geweihten Silbergeschosse jagten aus dem Lauf und hieben gegen die Gestalt auf dem Spinnenrücken.

Wir sahen die Treffer.

Zwar kaum zu fassen, aber es stimmte.

Wo die Kugeln trafen, hinterließen sie aufsprühende Funken, bevor sie als Querschläger durch die Decke jagten, in die Wand oder in die Decke hieben, wo sie auch stecken blieben.

Fiel der Reiter?

Nein! Er blieb auf dem verfluchten Spinnenrücken hocken, als wäre er dort festgewachsen. Unsere geweihten Geschosse hatten nichts bei ihm erreichen können. Diese Gestalt war kugelfest. Sie ließ sich überhaupt nicht beirren, und die Spinne ging ebenfalls weiter. Sie schob ihren Oberkörper über die Fensterkante.

Suko schwenkte seine Beretta und schoss auf das Tier. Dicht neben dem Frauengesicht traf die geweihte Silberkugel den Panzer. Wieder funkte es auf, bevor die Kugel den entsprechenden Drall bekam und als Querschläger davonsirrte.

Keine Chance für uns.

»Es hat keinen Zweck!«, rief ich Suko zu. »Die beiden schaffen wir auf diese Art nicht.«

Hinter mir hörte ich den Arzt reden. Ich fuhr herum. »Mann, verschwinden Sie, Doc. Schnell. Rennen Sie aus dem Haus! Hier wird gleich die Hölle los sein.«

Ob er meiner Aufforderung nachkam oder nicht, konnte ich nicht erkennen, da ich mich um Fred Jackson kümmern musste, den das Monstrum und der Reiter sicherlich als nächstes Opfer auserwählt hatten. Ich sprang auf den Mann zu, fasste in seine Achselhöhlen und riss ihn hoch. Mit einer Drehung nach rechts schleuderte ich ihn vom Sofa. Seine Füße schlugen hart auf den Boden. Er wollte sich noch wehren, da riss ich ihn herum, brachte ihn durch einen genau dosierten Schlag zur Vernunft und sah noch immer den Arzt an der Tür.

»Hier!«, brüllte ich.

Bevor sich der Doc versah, flog Jackson schon auf ihn zu.

Instinktiv wurde er aufgefangen und auch festgehalten, sodass ich jetzt einigermaßen beruhigt war.

Suko hatte inzwischen Zeit gehabt, die Dämonenpeitsche zu ziehen. Mit einer kreisförmigen Bewegung ließ er die Riemen ausfahren.

»Damit packe ich ihn!«, erklärte er und schüttelte den Kopf, weil ich das Kreuz hervorholte.

Spinne und Reiter hatten es tatsächlich geschafft, die Diele zu betreten. Kaum bekamen die Spinnenbeine Kontakt mit dem Holzboden, als der Reiter schon sein Schwert mit der langen, dunklen Stahlklinge schwang, eine Blumenvase erwischte, sie zerteilte, gegen eine Glasvitrine hieb und weiterritt.

Ich hielt mich zurück und konnte ihn jetzt besser sehen. Er hatte ein seltsames Gesicht. Die Haut schien aus Metall zu bestehen. Eine Mischung aus Gusseisen und Stahl, die zudem noch einige Einschüsse zeigte, denn hin und wieder schimmerte das Gesicht farbig auf. Es kam darauf an, wie der Reiter den Kopf drehte.

Die gleiche Farbe hatte auch das Frauengesicht der Monsterspinne angenommen. Ebenfalls grau und manchmal bunt, jedoch sehr schwach schillernd. Plötzlich war mein Vertrauen in Sukos Dämonenpeitsche gar nicht mehr so groß. Ich hatte erlebt, wie beide unseren Kugeln widerstanden, das mussten besondere Dämonenarten sein.

Ob die Spinne von allein reagierte oder ob sie Befehle bekam, war für uns nicht feststellbar. Jedenfalls drehte sie sich und nahm Kurs auf den ihr am nächsten stehenden Feind.

Das war Suko.

Spinnen können langsam und schnell sein. Diese hier war schnell, und der Reiter schwang bereits seine Killerklinge gegen den Inspektor.

Auch Suko war kein heuriger Hase. Ein Mann, der sich in zahlreichen Kämpfen bewährt hatte und der wusste, wie man diesen gefährlichen Schlägen auswich.

Dennoch fürchtete ich mich. Es war ein unheimliches Gefühl, dessen ich mich nicht erwehren konnte. Diesmal hatte man uns einen verdammt harten Gegner geschickt, der sich durch nichts von seinem Vorsatz abhalten ließ. Ich hörte das Pfeifen des Stahls, wenn er zuschlug, und dann geriet er nahe an Suko heran, wobei er es mit einem Hieb versuchte, der von oben nach unten gezielt war und meinen Freund praktisch in zwei Längshälften spalten sollte.

Suko wartete bis zum letzten Augenblick, bevor er zur Seite sprang, dem Treffer entging und für einen Moment selbst freie Schlagbahn hatte. Das nutzte er aus.

Suko konnte mit seiner Peitsche umgehen. Hatte er einmal ein Ziel anvisiert, traf er auch, das bewies er in diesen Augenblicken wieder einmal, als er zuschlug.

Volltreffer.

Die drei aus Dämonenhaut gefertigten Riemen waren auf dem Weg zu ihrem Ziel auseinander gefächert und trafen, wie vom Inspektor beabsichtigt, den Spinnenkörper und den Krieger.

Jetzt hätte die Gestalt schreien und von ihrem Reittier kippen müssen. Das jedenfalls wäre normal gewesen, aber es geschah nicht. Der Reiter blieb sitzen, und auch der Spinnenpanzer zerbrach an der Stelle nicht, an der er erwischt worden war.

Ich war nicht mal überrascht. Hier hatte man uns ein Kuckucksei ins Nest gelegt, dessen Schale wir mit den herkömmlichen Mitteln nicht knacken konnten.

Und Suko fightete weiter. Er musste weg, denn der Reiter drehte sich bereits und mit ihm auch die gefährliche Klinge, da sie durch eine Rückhand geschlagen wurde.

Mein Freund fiel zu Boden. Über ihm wischte das Schwert hinweg, und Suko rollte sich auch sofort weiter, da sich die Spinne auf ihren acht Beinen in Bewegung setzte und auf meinen Partner stürzen wollte. Dieses mutierte Tier war verdammt schnell, zu schnell für Suko.

Ich musste etwas tun.

Zum Glück hatte sich der Reiter auf meinen Freund konzentriert und drehte mir den Rücken zu. Diese Spanne nutzte ich aus.

Wie ein Weltmeister startete ich. Ich brauchte nur drei kurze Sätze, um ihn zu erreichen. Nach dem zweiten schon stieß ich mich ab. Ich sah im Flug, dass er bereit war, zuzuschlagen. Von hinten her und über einen Teil des Spinnenkörpers hinweg hechtete ich auf ihn zu.

Mit beiden Armen bekam ich ihn zu packen und riss ihn mit einem wuchtigen Ruck nach hinten.

Für den Bruchteil einer Sekunde kamen mir Zweifel, da ich merkte, wie schwer diese Person war. Sie hockte auf dem Spinnenkörper, ließ sich kaum bewegen, und ich musste noch einmal nachdenken, um ihn nach hinten zu bekommen.

Endlich kippte er.

Leider fiel auch ich. Ich konnte es mir dabei nicht leisten, dass er auf mich prallte, deshalb ließ ich ihn los und warf mich dabei nach rechts, während Suko soeben wieder auf die Beine kam, sich aber noch im Fangbereich der Spinne befand und aus der Drehung heraus plötzlich zutrat. Sein Fuß hatte das Gesicht der Spinne getroffen.

Er hatte es tun müssen, denn als Suko mit einem gewaltigen Satz nach hinten auf das offene Fenster zusprang, sah ich den gefährlichen Netzfaden, der aus dem Mund geschossen sein musste und auf den Chinesen zielte. Zum Glück konnte sich Suko noch zur Seite drehen. Der Faden wischte an ihm vorbei und fuhr durch das zerstörte Fenster nach draußen.

Auch Suko sprang hinaus. Ich hörte seine Stimme, als er gelandet war und mir zuschrie: »John, ich bring das Mädchen weg!«

»Okay!«, brüllte ich zurück.

Schon längst stand ich wieder, denn mein Gegner hatte sich ebenfalls halb erhoben.

Noch kniend führte er einen blitzschnellen Hieb durch. Sein Arm wurde durch die Schwertklinge verlängert, und die Spitze hätte mich noch erwischt, wäre ich nicht zur Seite gesprungen.

So wischte sie vorbei und ritzte eine Seite an der Couch, wo der Förster noch vor kurzem gelegen hatte.

Zu schießen hatte keinen Sinn, deshalb wollte ich es mit dem Kreuz versuchen. Mit dem Bumerang wäre meine Chance größer gewesen, aber ihn hatte ich nicht bei mir.

Das Kreuz half mir auch nicht. Es strahlte nicht einmal auf, als ich es meinem Gegner zeigte.

War er tatsächlich unbesiegbar?

Er stand auf seinen stämmigen Beinen. Zudem trug er noch einen Umhang, ebenfalls von blaugrauer Farbe.

Für einen Moment starrten wir uns an.

In seinem graublauen Gesicht entdeckte ich überhaupt keine Regung. Manchmal wirkte die Haut wie Gusseisen, dann wiederum so, als wäre sie mit einer dünnen Farbe überstrichen worden.

Wer war diese lebende Figur?

Ich ging zurück, da sich auch die Spinne bewegte und zu ihrem Herrn und Meister wollte.

»Wer bist du?«, sprach ich ihn an.

Er öffnete den Mund. Reden konnte er nicht. Dafür schaute ich in seinen Rachen und entdeckte das rötliche Schimmern, als wäre der Schlund an beiden Seiten mit einer feurigen Lavaschicht ausgelegt worden. Zudem kam er mir im Innern wie verbrannt vor.

Die Spinne huschte heran. Das Gesicht der Frau hatte sich verzerrt. Ihr Mund stand sehr weit offen. Ich ahnte die Gefahr, huschte zurück und riss den kleinen Telefontisch hoch, dessen runde Platte ich als Deckung vor meinen Körper hielt.

Der wuchtig geschleuderte Spinnenfaden traf diese Deckung. Hinter dem Treffer saß eine so große Kraft, dass es mir nicht gelang, den kleinen Tisch zu halten. Er wurde mir aus den Händen geschleudert und fiel zu Boden.

Der Faden klebte an der Platte wie festgeleimt.

Ich musste das Zimmer verlassen. Gegen diese beiden kamen wir nicht an, und wie ein Schatten tauchte ich in den schmalen Flur, wobei ich an der Tür des Kinderzimmers stoppte, um einen Blick hineinzuwerfen.

Das Bett war leer.

Mir fiel ein Stein vom Herzen. Mein Freund Suko hatte also Wort gehalten.

Fragte sich nur, wo die beiden steckten. Ich gab mir noch ein paar Sekunden, um sie zu suchen. Als ich den Kopf drehte, sah ich die Verfolger näherkommen.

Der Kämpfer hatte wieder auf dem Panzerrücken der Spinne seinen Platz gefunden und kam mir nach. Ich dachte wieder an die gefährlichen Netzfäden und zog es vor, mich zurückzuziehen. Dieses Monstertier feuerte einen Faden so rasch ab, dass ich in der Enge des Flures kaum ausweichen konnte.

»John!«

Mein Freund hatte von draußen her gerufen. Mit wenigen Schritten war ich im Vorgarten.

Beide Vordertüren des Bentley standen offen. Suko lehnte an der Fahrertür und winkte mir zu. »Los, weg jetzt!«

»Und das Kind und der Förster?«

»Sind in Sicherheit. Der Arzt hat sie mitgenommen.«

Erst jetzt fiel mir auf, dass die Ente verschwunden war.

Ich warf mich auf den Beifahrersitz. Gemeinsam mit Suko hämmerte ich die Tür zu. Der Motor lief schon, und mein Freund sagte: »Du willst zum Denkmal, wie?«

»Ja, aber …«

Er winkte ab. »Keine Panik, Alter. Ich kenne den Weg inzwischen. Der Doc hat ihn mir erklärt.«

»Dann ist es okay.«

Mein Freund startete. Er wollte nicht rückwärts fahren und wendete. Deshalb mussten wir auch an der offenen Haustür vorbei, in dem genau in diesem Moment die mutierte Spinne und dieser gefährliche Reiter erschienen.

Und dann sah ich den Faden!

Er schoss auf das weit aufgerissene Maul des Frauenkopfes und traf dicht unter der Scheibe einen Punkt auf der Beifahrertür. Ich hörte den Aufschlag, merkte auch den Zug, denn unser Bentley sollte durch diesen Faden gestoppt werden.

»Gas!«, rief ich.

Suko drückte auf das Pedal. Die Kraft des Motors war

stärker als die der Spinne. Als der Silbergraue Fahrt bekam, konnte auch der dicke Faden nicht mehr mithalten.

Er riss.

Endlich hatten wir freie Bahn und rollten auf das Tor zu. Ich schielte in den zweiten Rückspiegel und erkannte, dass unsere beiden Gegner das Haus verlassen hatten.

»Verfolgen Sie uns?«, fragte Suko.

»Wahrscheinlich.«

»Das sollen sie auch.«

Ich wusste, was mein Freund damit meinte. Der seltsame Friedhof musste in diesem Fall eine Rolle spielen. Dort stand auch das geheimnisvolle Denkmal …

Myxin besaß die goldene Pistole. Darauf allein war es ihm angekommen. Wenn es eine Chance gab, den unter einer gnadenlosen Dämonensonne »gestählten« Bri-Onya zu vernichten, dann mit dieser Waffe, die ebenfalls in einer anderen Welt hergestellt worden war. Auf dem geheimnisvollen Planet der Magier, im Reich der Ghouls, dieser schleimartigen Leichenfresser, die selbst von den anderen Dämonenarten nur widerwillig akzeptiert wurden.

Die goldene Pistole war nicht mit Kugeln geladen. Sie verschoss eine Flüssigkeit, die wie eine alles zerfressende, mörderische Säure wirkte und den Opfern keine Chance ließ, wenn sie sich erst einmal um die Gegner gehüllt hatte.

Durch Telekinese war es dem kleinen Magier gelungen, sich vom Ort des Geschehens zu den flaming stones zu schaffen, wo Kara bereits gespannt auf ihn wartete.

Stolz lächelnd zeigte ihr Myxin die Pistole.

Die Schöne aus dem Totenreich hob die fein geschwungenen Augenbrauen. »Was hat Bill gesagt?«

»Nun, er war nicht gerade glücklich.«

»Kann ich mir vorstellen. Wollte er mit?«

»Und wie, aber das ist zu gefährlich. Wir müssen es schon allein durchstehen.«

»Und John Sinclair?«

»War nicht greifbar«, erwiderte Myxin. »Auch er ist momentan nicht wichtig. Uns muss einzig und allein die Vernichtung Bri-Onyas interessieren.«

»Nicht die der Spiegel?«

»Die natürlich auch.«

Nach den letzten Worten hatte der kleine Magier den Schutz der Bäume verlassen. Er war so weit vorgetreten, dass er auf die Flammenden Steine schauen konnte, bei denen sich nach wie vor eine Seite als glänzender Spiegel präsentierte.

Der kleine Magier dachte nach. Er spürte die Hand seiner Gefährtin auf der rechten Schulter und erkundigte sich leise: »Denkst du das Gleiche wie ich, Kara?«

»Möglich.«

»Dann sag es.«

»Mich interessiert, was geschieht, wenn wir die Steine magisch aktivieren.«

»Sie sind doch magiegeladen.«

»Klar. Aber ich will unsere Magie gegen die des Spuks stellen. Die Spiegel des Spuks, Kara. Wer das schafft, der besitzt auch den Würfel des Unheils. Nur er allein ist der Ausgangspunkt für die Magie.«

»Und wieso?«

»Du kennst ihn nicht«, sagte Myxin, »ich weiß besser über ihn Bescheid als manch anderer. Denk an Atlantis und daran, auf welcher Seite ich gestanden habe. Der Würfel kann zu vielem ge- und missbraucht werden. Der Spuk wird ihn missbrauchen. Diese Steine sind nicht der einzige Spiegel, das habe ich durch meine Totenmaske gesehen.«

»Weißt du, wie viele es noch gibt?«

»Leider nein. Vielleicht hundert oder zweihundert. Möglicherweise auch nur zwei. Darüber bin ich nicht informiert.«

»Tu dein Bestes.«

»Und du auch.«

Kara wusste, was ihr Partner damit gemeint hatte, und sie zog ihr Schwert aus der Scheide. Spiegel und Klinge wurden von einem Sonnenstrahl getroffen und funkelten auf. Über Karas Lippen glitt ein Lächeln, das jedoch zerbrach, als sie in das ernste Gesicht des kleinen Magiers schaute, der dabei noch den Kopf schüttelte.

»Was ist los mit dir?«

Myxin schaute auf seine Pistole, er blickte die Steine an und nickte sehr ernst und nachdenklich. »Ich glaube, dass es so weit ist, um ein Geheimnis aufzuklären.«

»Und welches?«

»Bisher habe ich es für mich behalten, aber sollte mir etwas passieren, möchte ich, dass du es auch weißt und an die entsprechende Person weitergibst. Versprichst du mir das?«

»Natürlich.«

Myxin sah noch immer ernst aus. »Du musst es mir hoch und heilig versprechen, Kara, denn was ich dir jetzt sagen muss, weil die Zeit einfach reif ist, rüttelt gewissermaßen an den Grundfesten der Magie. Vielleicht sogar an einer ganzen Welt. Aber ich sehe keine andere Möglichkeit.«

Kara lachte laut. Es klang nicht echt. »Meine Güte, du machst es heute wieder spannend.«

Der kleine Magier trat einen Schritt zurück. »Nicht spannend, Kara, angemessen.«

»Bitte ...«

»Also gut, ich werde es dir jetzt sagen. Du weißt, wie der Würfel des Unheils entstanden ist. Die stummen Götter haben unter anderem daran mitgewirkt. Da sie auf der Seite des Rechts stehen, ist dieser Quader nicht allein schwarzmagisch beeinflusst.«

»Das ist mir klar.«

»Die stummen Götter dachten damals noch weiter. Viel weiter als wir heute, und sie haben noch eine Sicherung eingebaut, eine Sicherung, die für sie und für uns sehr wertvoll sein kann. Sie haben Folgendes getan: Bevor die alten Welten verschwanden, ist es ihnen gelungen, einen zweiten Würfel herzustellen.«

»Was?« Kara war völlig perplex.

»Ja, meine Liebe, du hast richtig verstanden. Es gibt einen zweiten Würfel ...«

»Nichts zu sehen«, meldete mein Partner. »Vielleicht hat unser Verfolger es aufgegeben.«

»Glaube ich nicht.«

Suko lachte. »Ich auch nicht, ehrlich gesagt, aber man soll die Hoffnung eben nicht aufgeben.«

Wir rollten über einen schmalen Weg, den der Förster meinem Freund beschrieben hatte. Der Friedhof war noch nicht in Sicht gekommen. Er gehörte zu den Gedenkstätten, die in der heutigen Zeit nicht mehr benutzt wurden. Niemand wurde dort mehr begraben. In der Vergangenheit hatte die Erde genug Blut, Tod und Trauer gesehen. Dort lagen die Gefallenen unnützer und widerlicher Kriege, durch die die Menschen sich gegenseitig zerstörten und wo der angebliche Sieger auch ein Verlierer war. Niemand konnte in einem Krieg gewinnen, das war mir klar geworden, und deshalb hasste ich ihn auch. Möglicherweise auch deshalb, weil ich ihn tagtäglich erlebte, wenn auch nicht im Großen, denn das Jagen und Kämpfen gegen Dämonen glich ebenfalls einem Krieg.

»So nachdenklich?«, fragte Suko, der nichts von meinen Gedanken wusste.

»Ja. Es ist schwer, eine Linie zu ziehen, da ich nicht weiß, was noch auf uns zukommen wird.«

»Jedenfalls etwas Schwieriges.«

»Das ist leicht untertrieben. Denk daran, dass es nicht einmal die Dämonenpeitsche geschafft hat, dieses Wesen zu vernichten. Wer hat schon je dieser deiner Waffe widerstehen können?«

»Ich könnte mich nicht erinnern.«

»Genau, aber der andere kann es, und das ist für mich ein Hammer. Daran habe ich zu knacken.«

»Wir haben ja so etwas wie eine Rückendeckung!« Suko versuchte, mich aufzumuntern.

»Wen meinst du?«

»Myxin.«

Ich kam nicht mehr dazu, näher auf dieses Thema einzugehen, da sich mein Autotelefon meldete. Mit einem bedauernden Blick auf meinen Freund hob ich ab.

»Ah, John.«

So meldete sich eigentlich nur einer. Das war mein alter Spezi Bill Conolly.

»Kannst du anständige Menschen nicht in Ruhe lassen?«, beschwerte ich mich.

»Wenn man mich auch in Ruhe lässt.«

»Was ist geschehen?« Ich war sachlich geworden, denn der Unterton bei Bills Antwort hatte mich aufmerksam werden lassen.

»Dein Freund Myxin hat mich außer Gefecht gesetzt …« Bill begann mit seinem Bericht.

Aufmerksam hörte ich zu, schüttelte den Kopf, unterbrach den Reporter allerdings nicht und gab ihm erst eine Erwiderung, als er mir seine letzte Frage stellte.

»Was sagst du denn dazu? Hast du eine Erklärung?«

»Eigentlich nicht.«

»Aber du weißt etwas.«

»So gut wie nichts«, erwiderte ich. »Uns hat Myxin nur gewarnt.«

»Vor wem?«

»Den magischen Steinen.«

Der Reporter lachte. »Das begreife ich nicht, John. Tut mir Leid. Vielleicht bin ich noch zu benommen.«

»Ich steige auch nicht dahinter. Es muss jedoch so sein. Die magischen Steine sind zum Teil verspiegelt worden, und wir befinden uns auf der Fahrt zu einem alten Ehrenfriedhof, um die Sachlage zu überprüfen.«

»Wo liegt der Acker?«

Ich erklärte ihm die Lage.

»Da komme ich hin.«

»Nein, Bill, bleib zu Hause. Ich weiß nicht, was uns noch alles begegnet. Diesmal scheinen wir tief drinzuhängen. Nicht mal Sukos Dämonenpeitsche hat gegen den Feind gewirkt. Diese schwarzmagische Kreatur scheint allem überlegen zu sein …«

»Dann schafft ihr sie auch nicht.«

»Davon kannst du sogar ausgehen. Immerhin wissen wir

Myxin unsichtbar als Rückendeckung. Du kannst uns aber trotzdem helfen. Rufe am besten Sir James an und gib ihm eine Erklärung, uns wird kaum Zeit bleiben. Wenn der Alte nicht im Büro sein sollte, wird Glenda alles aufnehmen.«

»Mach ich.«

»Dann bis später, Bill.«

»Hoffentlich gibt es das noch.«

»Wirf das Gewehr nicht ins Getreide«, erklärte ich. »Wenigstens nicht so schnell.« Mit diesen Worten legte ich auf und sah Sukos ausgestreckten linken Arm.

»Da ist das Gelände.«

Auch ich schaute nach vorn. Wir hatten die Nähe des Waldes verlassen und befanden uns auf einem brettflachen Areal, über das der Wind pfiff.

Der Himmel zeigte nicht mehr die wolkenlose Weite. Inzwischen waren graue Gebilde aufgezogen, mit denen der Wind sein Spiel trieb.

Es sah nach Regen aus. Typisches Aprilwetter eben. Und so grau wie die Wolkenberge wirkte auch das hohe Ehrenmal hinter dem Eingang des Heldenfriedhofs.

Wir schauten auf zwei wuchtige, graue Steinklötze, die aufeinander gesetzt worden waren. Der untere von beiden war breiter als der über ihm, und jeder Klotz hatte an der oberen Seite einen vorspringenden Rand, ähnlich wie die Rinne eines Dachs bei einem Haus.

Sogar eine Steintreppe mit breiten Stufen führte zum Ehrenmal hin. Von einem Spiegel aber sahen wir nichts.

Suko fuhr nicht bis dicht an das Mal heran, sondern rollte nach rechts. Dort hielt er.

Wir stiegen aus.

Und diesmal vergaß ich nicht, meinen Bumerang mitzunehmen. Ich holte ihn aus meinem Einsatzkoffer, der im Kofferraum lag. Als ich ihn in der Hand wog, stand Suko noch neben dem Silbergrauen und lächelte knapp. »Hoffentlich schaffst du es.«

Ich hob die Schultern. »Bisher hat er mich noch nie enttäuscht.«

»Mich die Peitsche auch nicht.«

»Du hast eine besondere Art, einem Menschen Mut zu machen.«

»Aus meinen Worten spricht die Erfahrung.«

Mir war das egal. Ich machte mich daran, das Ehrenmal zu umrunden, und Suko tat das Gleiche.

An der Rückseite trafen wir zusammen. Hier sahen wir keine Treppenstufen mehr. Vor uns wuchs das Gestein glatt in die Höhe, aber es war auch beschriftet.

Namen von Gefallenen hatte man auf dem Stein verewigt. Einige Krieger kamen hier zusammen.

Ich drehte mich um und suchte nach einem Gräberfeld. Es war kaum etwas zu sehen. Nur hin und wieder sahen wir einen kantigen Grabstein aus der Erde wachsen. Ansonsten war das Gelände eingeebnet worden. Niemand schnitt das Gras. Es wogte wie eine Dünung unter den Windstößen.

Suko hob die Schultern. »Da habe ich schon andere Friedhöfe kennen gelernt.«

»Ja, nichts Unheimliches.«

»Keine Ghouls …«

»Hör auf! Nicht noch die!« Ich löste mich von meinem Freund und schritt um das Ehrenmal herum.

Weit brauchte ich nicht zu gehen, um den zu sehen, den wir praktisch erwartet hatten.

Es war der Reiter auf dem Spinnenrücken!

Und der war bestimmt nicht nur gekommen, um uns einen guten Tag zu wünschen …

Kara schluckte zweimal, obwohl sie es überhaupt nicht mitbekam. Ansonsten stand sie steif auf der Stelle, war noch blasser geworden und fragte flüsternd: »Es gibt also zwei Würfel?«

Myxin nickte.

»Und weshalb hast du mir nichts davon erzählt?«

»Ich hielt es nicht für nötig, wollte dich auch nicht beunruhigen.«

»Wer weiß noch davon?«

»Sicherlich auch der Spuk.«

»Ich meine die, die auf unserer Seite stehen.«

»Keine Ahnung.«

»Der Eiserne Engel?« Kara ließ nicht locker.

»Möglich.«

Die Schöne aus dem Totenreich konnte es noch immer nicht fassen. Sie setzte sich in Bewegung, lief dabei einen Kreis und bewegte den Kopf von einer Seite auf die andere. »Verflixt, Myxin, damit hast du mich geschockt oder aus der Ruhe gebracht.«

»Das hatte ich nicht vor …«

»Glaube ich dir sogar.« Kara blieb stehen. Zweifel lagen auf ihrem Gesicht, als sie den kleinen Magier anblickte. »Wieso, Myxin? Weshalb gibt es zwei Würfel? Nenne mir den Grund!«

»Frag die stummen Götter.«

»Die sind stumm, wie schon der Name sagt.«

»Ich weiß es auch nicht. Mir ist nur bekannt, dass es einen zweiten Würfel geben muss.«

»Der aber noch nicht gefunden worden ist.«

»So sieht es aus. Ich kenne den Ort auch nicht, wo man ihn verborgen hat. Alles liegt im Dunkel der Vergangenheit. Wahrscheinlich wird der Spuk auch nicht Bescheid wissen. Sonst hätte er ihn schon längst an sich genommen und triumphiert.«

»Das heißt, wir müssen ihn vor ihm finden.«

»So ist es.«

Kara wischte über ihre Stirn. »Mein lieber Schwan, das ist nicht einfach, wie mir scheint. Nein, tatsächlich nicht. Wobei sich die Frage stellt, ob wir den zweiten Würfel überhaupt in dieser normalen Welt oder in anderen Dimensionen suchen sollen.«

»Das alles könnte auf uns zukommen.« Myxin deutete auf die spiegelnden Steine. »Wenn wir dies überleben.«

Kara war dafür, klare Verhältnisse zu schaffen. »Du hast die goldene Pistole, Myxin, also werden wir etwas unternehmen.

Wir müssen die Spiegelung wieder verschwinden lassen. Ihre Kraft werden die Steine nicht verloren haben. Versuchen wir es.« Bevor der kleine Magier noch eine Antwort geben konnte, hatte sie sich in Bewegung gesetzt und war in den Raum zwischen die Steine getreten.

Jeder Stein war mit dem anderen durch eine Linie verbunden. Normalerweise unsichtbar, erst wenn die von Myxin und Kara eingesetzte Magie wirkte, waren auch die Verbindungslinien sichtbar. Dann strahlten sie in einem dunklen, geheimnisvollen Rot.

Myxin nahm die Totenmaske mit, Kara verließ sich auf ihr Schwert. Als sie den Schnittpunkt der noch unsichtbaren Linien erreicht hatte, blieb sie stehen und schüttelte sich. Die Schöne aus dem Totenreich fühlte sich nicht wohl. Eine Gänsehaut rann über ihren Rücken. Noch nie war es ihr so ergangen. Wenn sie aber auf die spiegelnden Flächen schaute und sich selbst nicht darin erkennen konnte, war das schon mehr als ungewöhnlich.

Sie hatte das Schwert so aufgestellt, dass es mit der Spitze den Boden berührte. Beide Hände der Frau lagen auf dem Griff. Die Augen hatte sie halb geschlossen.

Myxin trat zu ihr.

Die Totenmaske hielt er noch in der Hand. Erst als er stehen blieb, setzte er sie auf.

»Bereit?«, fragte Kara.

»Ja.«

»Du weißt auch, dass es schief gehen kann und wir dann in den Bann des Würfels geraten?«

»Sicher.«

Es war das letzte Wort, das die beiden miteinander sprachen. Anschließend konzentrierten sie sich und setzten ihre magischen Kräfte ein, um die fremde Magie damit zu überwinden …

Da stand er also, und es sah beileibe nicht so aus, als würde er die Spur einer Angst vor uns zeigen.

Das merkten auch Suko und ich. Mein Freund meinte: »Es wäre besser, wenn wir nicht so dicht beisammen stünden.«

Der Meinung war ich ebenfalls. Suko ging nach links weg, ich nahm den rechten Weg.

Mein Freund und Partner griff noch einmal in die Tasche und holte seinen Stab hervor. Wenn er ihn einsetzte, gelang es ihm, die Zeit für fünf Sekunden anzuhalten. Zuvor musste er ein bestimmtes Wort rufen, damit es auch klappte.

Noch hatte Suko dies nicht gebraucht, und vielleicht schafften wir den Reiter auch so.

Ich versuchte die Entfernung zu schätzen.

Zwanzig Schritte?

Das kam ungefähr hin. Rechnete ich hinzu, wie schnell die Spinne laufen konnte, war das ein Klacks. Sie würden bei uns sein, bevor wir uns noch richtig auf sie eingestellt hatten.

So schnell und brutal dieser Reiter auch innerhalb des Hauses reagiert hatte, umso mehr Zeit ließ er sich hier. Ich hatte das Gefühl, als würde er auf etwas warten. Zudem war sein Blick auch nicht direkt auf uns gerichtet, er interessierte sich mehr für das Ehrenmal in unserem Rücken, als käme von dort die Lösung irgendeines Problems.

Ich drehte mich schnell um.

Grau lag das Mal vor uns. Nichts hatte sich daran verändert. Der Wind umfuhr es, und er hob auch den langen Umhang unseres Gegners in die Höhe, wobei der Wind den Stoff knattern ließ.

Es war gut, dass sich die Kreatur auf der Spinne noch nicht bewegt hatte. So bot sie für mich und meinen Bumerang ein gutes Ziel. Mit keiner anderen Waffe wollte ich es noch versuchen.

Ich holte aus und schob den rechten Arm dabei nach rechts. Einen letzten Blick warf ich dem abgespannt herumstehenden Suko zu.

Der nickte kurz.

Er war also einverstanden.

Und ich auch.

Wuchtig schleuderte ich die Waffe. Ich hatte sie schon

gegen zahlreiche Dämonen eingesetzt, und von meinem Bumerang waren auch mächtige Gegner vernichtet worden. Immer wieder hatte es die silberne Banane geschafft, meine Gegner zu vernichten, doch in diesem Falle war ich skeptisch. Ich hatte erlebt, wie der Mann auf der Spinne meinen und Sukos Versuchen widerstand, und auch der Flug der silbernen Banane wurde von mir zitternd verfolgt.

Ein silberner Kreisel wischte durch die Luft. Der Hauch jagte dem Ziel entgegen. Ich hatte die Waffe leicht »angeschnitten« geschleudert, sodass sie während ihres Fluges an Höhe gewann, und sie traf voll ihr Ziel.

Es war genau die Stelle zwischen Kopf und Schultern.

Die halbmondförmige Waffe wurde zum rotierenden Messer, aber in diesem Fall machte sie mir einen Strich durch die Rechnung.

Zwar hatte mein Bumerang getroffen, er wollte den Hals auch durchschlagen, nur bestand diese Person aus einem Material oder Stoff, der selbst dieser mächtigen Waffe etwas entgegensetzte.

Der Kopf blieb.

Und er bekam einen Ring.

Es war ein feuriger, ovaler Streifen, der sich um den Hals der Gestalt legte, und innerhalb dieses Ovals befand sich der Hals mit dem aufgesetzten Kopf.

Der Planet Saturn sah so ähnlich aus wie dieses vor mir auf dem Rücken einer Spinne sitzende Wesen, und ich hätte ebenso einen Stein schleudern können. Die Wirkung wäre im Endeffekt gleich gewesen.

Für einen Moment bekam ich schreckliche Angst um meine Waffe. So etwas hatte ich noch nicht erlebt. Selbst dem Schwarzen Tod war es damals nicht gelungen, dem Bumerang zu widerstehen.

Und jetzt das …

Das Oval nahm die Farbe an, wie ich sie kannte. Als meine Kugel und die Riemen der Dämonenpeitsche den Gegner berührt hatten, war auch dieses rötliche Schimmern entstanden.

Das Gleiche erlebte ich hier.

Und dann war es verschwunden. Mit einem strahlenden Aufblitzen zogen sich auch die letzten Funken zurück, und ich starrte auf meinen Gegner, der sich nach wie vor nicht rührte und auf dem Rücken der frauenköpfigen Monsterspinne hocken blieb.

Auf mich wirkte er, als hätte man ihn dort angeleimt. Mit keinem Teil seines Körpers zuckte er. Triumph strahlte seine Sitzhaltung aus, während ich meinen Blick von ihm weg auf den am Boden liegenden Bumerang richtete, der mir wie weggeworfen vorkam.

Langsam strömte die Luft aus meinen Lungen. Ich ließ sie über die Lippen fließen und hörte auch das Flüstern meines links von mir stehenden Freundes.

»Ich glaube, John, das war es wohl.«

»Verdammt, ich verstehe das nicht …«

»Er ist besser als wir!«

»Nein, vielleicht stärker, aber nicht besser.«

»Trotzdem müssen wir uns etwas einfallen lassen.«

Da hatte er Recht. Nur konnte er mir auch nicht sagen, was wir beide gegen diesen Feind unternehmen sollten. Er sah aus wie ein Mensch, doch er war keiner. In ihm mussten Kräfte stecken, von denen wir bisher noch nichts gehört hatten.

Das Schwert hielt er in der rechten Hand. Die Helligkeit des Tages hatte sich verändert. Sie war grauer geworden, denn mittlerweile waren die vorhin noch losen Wolkenberge zu einer zusammenhängenden Wand geworden, die den Himmel bedeckte.

Grau kam mir alles vor. Ein neutraler Hintergrund, vor dem sich das schillernde Gesicht des anderen deutlich abhob. Mir schien es manchmal, als wäre es aus zahlreichen Pailletten zusammengesetzt, die jemand übereinander geschoben hatte.

Zum ersten Mal sprach er. Wir hörten seine Stimme, aber er nannte nur einen Namen.

»Bri-Onya!«

Damit konnte ich nichts anfangen, Suko auch nicht, und er wollte von mir wissen, was es wohl bedeuten könnte.

»Das ist vielleicht sein Name.«

»Kann sein.«

»Okay, einigen wir uns darauf.«

Und Bri-Onya machte ernst. Ohne dass er ein sichtbares Zeichen gegeben hätte, setzte sich die Spinne plötzlich in Bewegung. Ihre acht Beine bewegten sich zur gleichen Zeit, und das Tier war verflucht schnell, sodass es fast ein Drittel der Entfernung überwunden hatte, bevor es mir gelang, endlich zu reagieren.

Ich huschte zur Seite und schaute gleichzeitig auf Suko.

Der traute sich nicht, seinen Stab einzusetzen. Ich erkannte an seinem Gesicht, wie er sich quälte. Er dachte darüber nach, hielt ihn auch in der Hand, wobei das entscheidende Wort einfach nicht über seine Lippen wollte.

Er hatte erlebt, dass unsere Waffen nichts ausrichteten. Wer so wie Bri-Onya reagierte, war unter Umständen auch gegen die Magie des Stabes resistent.

So schnell ich auch war, gegen die Laufleistung der Spinne kam ich nicht an. Zudem verkürzte sie mir den Winkel. Ich blieb dann stehen, schaute ihr entgegen und sah auch, dass sich Bri-Onya auf dem Rücken des ungewöhnlichen Reittieres aufgerichtet und sein Schwert schlagbereit erhoben hatte, um es auf mich niedersausen zu lassen.

Das tat er auch.

Ich sprang zur Seite. Es war ein wilder, heftiger Sprung gewesen, und ich kam auch gut weg, sodass mich die gefährliche Waffe verfehlte. Sie hackte in den Boden, riss dort eine Furche, aber das bekam ich nicht mit, da ich mich bereits in einer Drehung befand, um dem nächsten Treffer entgehen zu können.

Er wurde flacher angesetzt. Zudem mit einem Rundschlag zu vergleichen, sodass ich den Kopf einziehen musste, um diesem Streich zu entkommen.

Vorbei!

Zum Aufatmen kam ich nicht. Zwar konnte ich einige

Schritte laufen, aber ich wollte dem anderen nicht den Rücken zudrehen und wandte mich um.

Noch in der Drehung erkannte ich die Gefahr.

Und ich wusste auch, dass es einfach zu spät war. Der Typ auf dem Spinnenrücken hatte nicht allein sein Schwert als Waffe, er konnte sich auch auf die hinterlistigen und verdammt gefährlichen Kräfte seiner Spinne verlassen.

Das bewies sie mir.

Der Faden aus dem Frauenmund war einfach zu schnell. Zwar kam ich noch weg, aber er traf mich mitten im Sprung. Den Schlag an der rechten Brustseite bekam ich voll mit. Er schüttelte mich durch, ich ächzte, auch ein leiser Schrei wehte über meine Lippen, dann konnte ich mich nicht mehr halten und wurde zu Boden geschleudert.

Hilflos landete ich auf dem Rücken.

Zudem »angekettet« an meinen Gegner, der nun leichtes Spiel mit mir hatte.

Es war furchtbar.

Ich hing an dem Faden, doch dies war der Spinne nicht sicher genug. Sie schoss mir einen zweiten entgegen, der mich hart traf und nachzitterte wie die Stahlsaite einer Gitarre.

Ich kam nicht mehr hoch.

Allein meine Arme konnte ich bewegen. In diesem Augenblick kam mir wieder sehr deutlich zu Bewusstsein, wie sehr mir mein Silberdolch fehlte. Mit ihm hätte ich die Netzfäden vielleicht in kürzester Frist kappen können, da mir keine Zeit mehr blieb, denn Bri-Onya wollte ein Ende machen.

Ich hing an den Fäden seiner Spinne wie an einer langen Leine von ihm, und er kam näher.

Mir hatte der Anblick des Toten gereicht, der von dieser Gestalt hinterlassen worden war. Ein Schauer rann über meinen Rücken. Die Angst stieg hoch. Übergroß kam mir sein Schwert vor, denn er hatte den rechten Arm erhoben und brauchte die Entfernung nur minimal zu verkürzen, um mich erschlagen zu können.

Mit einer verzweifelten Bewegung drehte ich den Kopf

nach links. Dabei blieb er noch auf dem Boden liegen, da ich sehen wollte, was mein Freund Suko tat.

Er griff nicht ein.

Womit hätte er mich auch retten können, aber in seiner rechten Hand befand sich nach wie vor der Stab.

Es gab nur die eine Chance.

»Topar!«

Suko hatte das Wort genau in dem Augenblick gerufen, als der andere den Mordangriff startete.

Und plötzlich stand er still!

Auch mir war es nicht mehr möglich, mich zu bewegen. Ich lag auf dem Rücken, hatte die Augen weit aufgerissen, war zur Bewegungslosigkeit erstarrt und musste erkennen, dass sich auch mein Gegner nicht mehr bewegte, sondern wie angeklebt auf dem panzerartigen Spinnenrücken hockte.

Erstarrt in der Schlaghaltung …

Aber Suko handelte.

Der Chinese wusste, dass ihm nur mehr fünf Sekunden blieben, um etwas zu erreichen. Er hatte selten eine Szene erlebt, in der es wirklich auf alles ankam. Dabei wusste der Inspektor nicht, wo er zuerst anfangen sollte.

Wichtig war das Schwert.

Wenn Suko diesen Bri-Onya entwaffnete, bekam John Sinclair die Chance, wenigstens im Augenblick dem Tod zu entgehen. Um die Spinnenfäden zu lösen, würde ihm sicherlich nicht mehr die Zeit bleiben, es zählte die Waffe.

Um an sie heranzukommen, musste auch Suko auf den Spinnenrücken. Das gelang ihm mit einem geschmeidigen Sprung.

Er stand neben Bri-Onya, packte das Gelenk dieses Kämpfers und Mörders und stellte fest, wie schwer es ihm fiel, den Arm herumzudrehen. Das konnte einfach kein Mensch sein. Suko wurde das Gefühl nicht los, gegen einen metallenen Roboter zu fighten, so hart und fest saß der verdammte Arm. Er hörte es auch knirschen, und einen Moment später war die Zeit, die Suko zur Verfügung gestanden hatte, verstrichen.

Bri-Onya bewegte sich wieder.

Und Suko stand noch immer auf dem Spinnenrücken.

Er hatte das Gesicht aus der Nähe gesehen, erkannte innerhalb der Haut die glänzenden, manchmal direkt spiegelnden Einschlüsse, und dieses Bild war das Letzte, das er vorerst mitbekam, denn die Kraft des anderen lag weiter über der des Chinesen.

Suko bekam einen Stoß, den er nicht mehr ausgleichen konnte. Er rutschte von der runden Seite ab und fiel zu Boden.

Das bekam ich ebenfalls mit.

Da die fünf Sekunden vorbei waren, konnte auch ich meine Umgebung wieder aufnehmen. Die Szene hatte sich verändert. Das Schwert schwebte nicht mehr in unmittelbarer Nähe über mir, Suko hatte es geschafft, den Arm zur Seite zu drehen. Mehr war ihm auch nicht gelungen, obwohl er sich nur als Einziger während der Zeitspanne hatte bewegen können.

Die Gefahr war nach wie vor da!

Suko lag am Boden, kam zwar mit einem Sprung wieder hoch und wollte auch nicht aufgeben.

Er sprang den anderen an.

Plötzlich lag mein Freund in der Luft. Ich sah noch sein verzerrtes Gesicht, in dessen Zügen sich der Kampfeswille widerspiegelte, dann nahm mir Bri-Onyas Körper die Sicht auf meinen Freund, der unseren gemeinsamen Gegner von hinten anging.

Suko packte zu. Seine Arme umklammerten in einem bestimmten Winkel den Hals des anderen. Ich kannte diesen Griff. Ein Fachmann setzte ihn nur in außergewöhnlichen Notlagen ein, denn durch diese Klammer war es möglich, einem Menschen das Genick zu brechen.

Nur war der andere kein Mensch mehr, auch wenn er so aussah. Er war ein Monstrum, ein Wesen aus einer Substanz, die Suko und ich nicht kannten.

Mein Freund bekam ihn nicht nach hinten gezogen. Auch

hörte ich kein Knacken oder Knirschen. Im Gegenteil, der andere schüttelte sich, als wollte er meinen Freund abstreifen.

Inzwischen versuchte ich verzweifelt, mich zu befreien. Ich hatte die rechte Hand um den einen Faden geschlungen und versuchte, ihn zu zerreißen.

Er widerstand meinen Bemühungen.

Hart wie eine Stahlseite kam er mir vor, und er schnitt auch in meine Haut, sodass ich das Gefühl hatte, die Hände würden anfangen zu brennen.

Suko kämpfte weiter.

Auch er setzte Tricks ein, um sich nicht abschütteln zu lassen, das alles half nichts.

Auch wenn Bri-Onya sein Schwert nicht gegen uns beide einsetzte, er hatte trotzdem einen Helfer: die schwarze Magie.

Eine uns unbekannte Kraft griff ein, und ich spürte sie wie einen brausenden Wind, der sich in meinem Rücken hochstellte.

Suko konnte an mir vorbeischauen. Er sah es deshalb besser als ich und schrie: »John, der Spiegel!«

Mir rann es kalt den Rücken hinab. Bisher hatten wir von einem Spiegel nichts gesehen, nur davon gehört. Trotz meiner schlechten Lage drehte ich den Kopf, konnte endlich das Ehrenmal erkennen und sah auch die kreisrunde, schwach glänzende Fläche.

Das musste der Spiegel sein!

Er und Bri-Onya standen miteinander in Verbindung. Die Kraft des Spiegels ging auch auf ihn über, wir wurden ebenfalls mit hineingezogen, und ich merkte, dass die andere Kraft mit mir machte, was sie wollte.

Auf dem Boden blieb ich nicht mehr liegen. Plötzlich schwebte ich darüber, sah für einen Moment Sukos erschrecktes Gesicht, das sich über der rechten Schulter Bri-Onyas zeigte, und einen Augenblick später packte uns der gewaltige Sog.

Wir wurden hochgeschleudert. Schon jetzt kam ich mir vor wie in einer Röhre, als mich die Kraft hochriss und auf den kreisrunden Spiegel zuschleuderte.

Für die Länge einer Sekunde sah ich noch die normale

Umgebung, dann tauchte ich in die Fläche, die mich verschlang wie ein gieriges Maul.

Noch in der gleichen Sekunde folgten Suko, Bri-Onya und die Spinne!

Er saß in einem Reich, das keine normalen Grenzen besaß, das fließend war, sich verändern konnte, mal groß wurde, sich dann verkleinerte, und er triumphierte.

Denn er besaß den Würfel!

Es hatte eine lange Jagd nach ihm gegeben. Nach mehreren Versuchen erst war es ihm endgültig gelungen, diesen Gegenstand an sich zu reißen, um mit ihm zu spielen.

Der Würfel des Unheils oder des Heils!

Sein neuer Besitzer lachte, als er daran dachte. Er wollte den ersten Namen groß herausheben. Dieser Würfel sollte, ja, er musste einfach Unheil verbreiten.

Sein Besitzer war der Spuk!

Einer der mächtigsten Dämonen überhaupt. Der Letzte der Großen Alten, denn die anderen fünf waren vernichtet worden, als sie versucht hatten, auch die Kontrolle über die Hölle zu bekommen.

Das lag hinter ihm. Nur der Spuk hatte überlebt, und er würde den Würfel so einsetzen, wie er es für richtig hielt.

Lange hatte er überlegt, ihn betrachtet, ihn analysiert, nachgedacht und sich der alten Magie erinnert, die es schon gegeben hatte, als das Gebiet des heutigen Europa noch fast menschenleer gewesen war.

Der Besitzer des Würfels konnte ihn manipulieren. Kraft seiner Gedanken würde ihm dies gelingen, aber der Würfel war auch noch zu anderen Dingen nutze.

Man konnte ihn verändern.

Genau das hatte der Spuk vorgehabt.

Er selbst war ein gestaltloses Wesen, eine schwarze Wolke, die sich verändern konnte, wie es gerade nötig war. Auch für ihn gab es im schwarzmagischen Reich kaum Grenzen, und er hatte sich wieder an eine Dimension erinnert, in der besondere Dinge geschahen. Allein aus dem Grund, weil in ihr an einem unendlichen weiten Himmel keine normale Sonne stand, sondern ein glühender Ball.

Eine gnadenlose Dämonensonne!

Angefüllt mit einer Kraft, die kaum zu messen war, die Hitze abstrahlte und trotzdem nicht verbrannte.

Sie veränderte nur.

Zumeist bestimmte Gegenstände, die magisch aufgeladen waren. Diese Dämonensonne hatte die Eigenschaft, eine Haut so zu brennen, dass sie fast nichts vernichten konnte.

Jedenfalls wusste der Spuk keine Waffe, und der Würfel war ihm genau richtig gekommen.

Er hatte ihn der anderen Dämonensonne ausgesetzt.

Es dauerte nicht einmal lange, als mit dem Quader eine Veränderung vor sich ging.

War der Würfel zuvor von einer rotvioletten Farbe gewesen, so verschwand diese allmählich, je länger der Würfel vom Spuk den Strahlen dieser außergewöhnlichen Sonne ausgesetzt wurde.

Die Farbe wurde aus dem Gegenstand regelrecht weggeätzt. Sie bekamen einen anderen Glanz, der viel heller war und immer heller wurde, sodass er zum Ende dieses Vorgangs einem Spiegel glich.

Alle Seiten des Würfels waren davon erfasst worden. Der Spuk konnte zum Schluss auf einen spiegelnden Quader schauen, der die Welt der hart brennenden Dämonensonne zwar nicht veränderte, aber, manipuliert durch die gedankliche Kraft des dämonischen Wesens, bis auf die Erde zurückstrahlte und dort eine Magie zum Leben erweckte, die längst verschollen und nur noch in Überresten vorhanden war.

Durch die Kraft des Spiegels wurden diese Überreste wieder reaktiviert und geweckt.

Magie breitete sich aus.

Eine alte, schreckliche Magie, die bisher in einem tiefen Schlaf gelegen hatte.

Spiegel entstanden!

An bestimmten magischen Orten lauerten sie darauf, die

Kräfte der Welt mit der Dämonensonne auf die Erde zu bringen und sie in Besitz zu nehmen.

Diese dimensionsartigen Spiegeltore waren so raffiniert angelegt worden, dass man sie nicht allein von einer Seite betreten konnte, nein, sie schleusten auch die gefährlichen Kräfte einer anderen Dimension in die Welt der Menschen.

Bri-Onya war der Beginn und das beste Beispiel dafür. Er lebte in dieser entarteten Welt, die von den Kräften eines Spiegels beherrscht wurde und die der Würfel nun voll kontrollierte.

Es war die Welt ohne natürliches Leben. Eine Welt ohne Schatten, da weder Berge, Hügel, Täler noch Vegetation vorhanden waren. Der Schrecken an sich. So stellte man sich die absolute Einöde vor, und nur einer warf in dieser Welt einen Schatten.

Der Spuk persönlich.

Wenn er erschien, verdunkelte sich die gnadenlos brennende rote und dennoch spiegelnde Sonne für die Dauer der Anwesenheit des Spuks, aber die Strahlen taten ihm nichts, ebensowenig wie dem Würfel, dessen Spiegelflächen getroffen wurden und die Kraft der Dämonensonne wieder zurückschleuderten.

Diese Welt war nicht für Menschen, es sei denn, sie sollten sterben, wie die Frau, die durch den Spiegel unter die Kraft der Dämonensonne geraten war und eine schreckliche Veränderung über sich hatte ergehen lassen müssen.

Aus der staubigen Tiefe der Welt war eine Riesenspinne gekrochen und hatte sich das Opfer auf schlimme Art und Weise vorgenommen.

Die Spinne besaß jetzt den Frauenkopf, während der Schädel des Tieres zu Staub zerfallen war.

Einen Austausch hatte es nicht gegeben.

Für den Spuk war dies alles nur ein Vorspiel gewesen. Er wollte etwas ganz anderes.

Seine eigentlichen Feinde!

Die Männer und Frauen um John Sinclair!

Der Dämon wusste genau, wie scharf der Geisterjäger

hinter dem Würfel her gewesen war. Er würde jede Spur aufnehmen, um ihn wieder in seine Hände zu bekommen.

Nun, die Spur war gelegt, so konnte der Spuk nur hoffen, dass Sinclair sie auch fand.

Für den Gestaltlosen war der Würfel gleichzeitig der Gegenstand, der ihm die Mitteilung machte, wie es auf der Erde aussah.

Dabei freute er sich diebisch, dass es ihm sogar gelungen war, die flaming stones zu verändern. Auch sie waren Reste einer längst versunkenen Zeit und für die Kraft des Spiegels empfänglich.

Darüber konnte sich der Spuk freuen, falls man überhaupt bei einer Erscheinung, wie er sie darstellte, von Freude reden konnte. Jedenfalls dachte er daran, zwei Fliegen mit einer Klappe zu schlagen.

Der Würfel lag irgendwo in der Welt unter der anderen Sonne und strahlte ab.

Ein helles, glänzendes Licht, eine Reflexion, und gleichzeitig waren seine Seiten so durchsichtig, dass der Spuk auch hineinsehen und etwas erkennen konnte, das in einer anderen Welt lag.

In der normalen …

Er sah die Flammenden Steine, erkannte die Ratlosigkeit des kleinen Magiers und der Schönen aus dem Totenreich und amüsierte sich darüber köstlich. Für ihn bedeuteten die beiden keine Gefahr. Er würde sich um sie auch später kümmern, andere Dinge waren wichtiger.

Sinclair und Co …

Die magische Spur war gelegt. Wie er den Geisterjäger kannte und einschätzte, würde er darauf abfahren und versuchen, den Kontakt aufzunehmen. Dann sollte er sein blaues Wunder erleben.

Der Spuk wusste genau, wie stark die Gegner waren, die in dieser leergebrannten Welt geboren wurden. Daran würden Sinclair und seine Freunde verzweifeln.

So brauchte der Spuk nur zuzuschauen und zu warten, bis seine Pläne erfüllt wurden.

Und Sinclair biss an.

Der Würfel zeigte ihm den verzweifelten Kampf der beiden Geisterjäger gegen Bri-Onya, eines der Wesen aus dieser Welt, der auf einer Spinne ritt und vernichten wollte.

Sie kamen gegen ihn nicht an, sosehr sie es auch versuchten. Und als der Spuk sah, dass die beiden fast verzweifelten, griff er ein.

Es bereitete ihm Genuss, dank seiner magischen Kraft die Verbindung zwischen dem verspiegelten Würfel des Unheils und dem Spiegel auf der Welt herzustellen.

Ein magischer Sog entstand, dem niemand widerstehen konnte.

Auch Sinclair und Suko nicht!

Die Welt der Dämonensonne wartete auf sie …

Und wir drangen hinein!

Es war keine angenehme »Reise« gewesen, die hinter uns lag. Eine dämonische Kraft hatte mit uns gespielt und uns praktisch zu Statisten degradiert.

Als wir landeten, war alles anders.

Verschwunden war Bri-Onya. Er musste sich von Suko gelöst haben, ohne dass mein Partner es gemerkt hatte. Auch die Spinne war nicht mehr zu sehen, und als wir beide uns dann umschauten, sahen wir überhaupt nichts. Oder so gut wie nichts.

Eine Weite, die mich erschreckte. Eine Leere, die mich depressiv machte.

Leblos, kalt, grausam und erfüllt von einer erbarmungslosen Hitze, die seltsamerweise die Haut traf, sie aber nicht verbrannte, sondern durch die kleinen Poren drang und ihr »Feuer« erst innerhalb unseres Körpers entfachte.

Während ich mich nicht bewegte, machte Suko die ersten Schritte in meine Richtung. Sein Gesicht war verzerrt, die Füße schleiften über den Boden. Auf seinem Gesicht lag Schweiß, und seine Stimme klang stöhnend, als er mich fragte: »Fühlst du dich auch so mies wie ich?«

»Noch mieser.«

Mein Freund lachte. »Das kannst du wohl sagen. Irgendwas hat uns erwischt, John.«

»Klar, aber wer?«

Er hob die Schultern.

Jetzt bewegte auch ich mich, ging zur Seite und hatte das Gefühl, Zentnerlasten an den Beinen hängen zu haben. Ich wusste nicht, woran es lag. Nach einem Blick zur Dämonensonne wusste ich jedoch Bescheid.

Sie allein trug daran die Schuld.

Sie war so schrecklich, so grausam, so heiß, alles verbrennend, aber dennoch nicht so schlimm, dass sie unsere Haut zerstörte. Sie sorgte nur für eine entsprechende Mattheit, die sich in unserem Innern ausbreitete, wobei wir das Gefühl hatten, als wäre unser Blut doppelt oder dreifach so dick geworden, sodass jede unserer Bewegungen von einer Trägheit begleitet wurde, die für uns kaum erklärbar war.

»Wenn das so weitergeht, schaffen wir es nie«, sagte auch Suko. »Wir werden ausgebrannt, regelrecht geleert, innerlich verdampft …« Er hob die Schultern.

»Du hast wirklich eine besondere Art, mir den entsprechenden Mut zu machen«, erwiderte ich.

»Siehst du es anders?«

»Nein.«

»Na bitte.«

»Ich frage mich nur, wo sich unser Freund Bri-Onya befindet.« Während meiner Worte ließ ich den Blick über die verbrannte Leere dieser Welt wandern und sah nichts als nur die rötlich braun schimmernden Steine und den trockenen Boden, über dem die gnadenlose Hitze schleierartig waberte.

»Sei froh, dass er nicht da ist«, erwiderte Suko. »Jetzt hätten wir erst recht keine Chance gegen ihn.

»Das kann stimmen.«

Wir erholten uns nicht. Im Gegenteil. Je mehr Zeit verstrich, umso matter fühlten wir uns. Diese Welt fraß uns auf. Sie war das Niemandsland schlechthin und würde uns aussaugen.

Glücklicherweise konnten wir atmen. Es musste sich auch

der so lebenswichtige Sauerstoff in der Luft befinden, aber die Atemluft war nicht normal. Bald hatte ich das Gefühl, Sirup in den Lungen zu haben. Hier passte sich eben alles an.

Nur wir nicht.

»Irgendetwas müssen wir tun«, sagte Suko und wischte über sein Gesicht.

Ich hob nur die Schultern. Ratlosigkeit kennzeichnete diese Geste. In dieser Dimension war es einfach nicht möglich, sich zurechtzufinden. Wir hingen hier regelrecht fest und waren auf Gedeih und Verderb unseren Gegnern ausgeliefert.

»Etwas müssen wir unternehmen«, sagte Suko, der sich aktiver gab als ich. »Es kann nicht so weitergehen.«

»Das geht auch nicht so weiter«, erklärte ich. »Schau mal nach vorn, Alter.«

Im nächsten Augenblick vergaßen wir unsere persönlichen Sorgen, denn vor uns, über dem Untergrund, etwa in der Mitte zwischen Sonne und Horizont, schwebte ein Gegenstand.

Es war ein geometrisches Gebilde, das drehte sich während des Flugs und strahlte fast wie ein Stern. Es blendete aber nicht, sodass wir prima beobachten konnten.

»Ich werde verrückt!«, flüsterte Suko. »Weißt du, was das ist, John?«

»Ja«, gab ich flüsternd zurück. »Der Würfel!«

Er genau war es, hatte sich verändert und war trotzdem der Gleiche geblieben, denn seine Größe, die Umrisse und die Kantenlängen stimmten überein.

Der Würfel des Unheils!

Und damit war uns klar, in welch eine schreckliche Abhängigkeit und Gefangenschaft wir geraten waren.

In die des Spuks!

Gedacht hatten wir es schon, nur gehofft, dass wir uns irrten. Seit dem Anblick des Würfels war uns klar geworden, dass wir leider richtig getippt hatten.

Wir standen da und schauten dem Würfel entgegen. Ich wusste nicht, wie es Suko erging, mir aber schossen tausend Gedanken durch den Kopf. Ich dachte an den Würfel, an die lange Reise, die er hinter sich hatte, die für uns zu einer Jagd geworden war, die wir letztendlich doch verloren hatten, weil der Spuk ihn an sich nahm.

Er hatte ihn verändert.

Ich kannte ihn als einen rotvioletten Quader, milchig und farblich abgestimmt in seinem Innern, mit Schlieren versehen, die auf mich wie peitschenartige gefrorene Einschlüsse gewirkt hatten. Durch die verspiegelten Seiten war davon nichts mehr zu sehen.

»Ich habe etwas«, sagte Suko. Er wollte mir den Bumerang reichen. »Den konnte ich noch mitnehmen.«

»Na und?«

»Versuch mal, ihn gegen den Würfel zu schleudern.«

Ich schaute ihn mit einem langen Blick an. »Sonst hast du keine Wünsche, wie?«

»Wieso? Ich …«

»So kraftlos, wie ich bin, bekomme ich ihn kaum hoch. Wirf ihn meinetwegen weg …«

»Wie gut du deine Lage einschätzen kannst, John Sinclair!« Wir beide vernahmen eine düstere Stimme, die aus der Tiefe und Leere dieser Welt erschallte und deutlich zu verstehen war.

Ich schaute hoch und gleichzeitig auch nach vorn.

Es wurde düsterer.

Vor die Sonne hatte sich eine gewaltige dunkle Wolke geschoben. Eine stumme, gefährliche Drohung, die ebenso vorschwebte wie der Würfel des Unheils, der vor dem jetzt dunkleren Hintergrund für uns besser zu erkennen war.

Wie auch die Wolke, die einen bestimmten Namen hatte.

Es war unser Erzfeind, der Spuk!

Seltsam, weder Suko noch ich waren von seinem Auftauchen überrascht. Irgendwie hatten wir damit gerechnet, dass sich derjenige zeigte, der alles an der langen Leine hielt.

Das war er nun einmal, denn ihm gehörte auch der Würfel, und er hatte ihn für seine Zwecke manipuliert.

So wie die Wolke sich nicht mehr bewegte, so stand auch der Würfel plötzlich still. Wir kamen in den Genuss, ihn länger betrachten zu können, aber unsere Aufmerksamkeit wurde durch die Worte des Spuks wieder abgelenkt.

»Ich heiße euch unter der alles verbrennenden und verändernden Dämonensonne willkommen. Jeder, der sich hierher gewagt hat, wurde zu einem anderen. Auch euch wird es so ergehen. Die Strahlen der Sonne werden euer Blut verdampfen, es dauert nur seine Zeit und verlängert die Qualen. In dieser Dimension ohne einen Tropfen Wasser regieren andere Kräfte. Die Sonne hat euch den Weg gewiesen. Sie verdampft nicht allein euer Blut, sie sorgt auch dafür, dass ihr mit normalen Waffen nicht mehr zu schlagen seid. Dafür ist Bri-Onya das beste Beispiel. Ihr habt ihn nicht geschafft, aber er kann euch schaffen ...«

»Was willst du?« Ich hatte das Gefühl, nur noch zu flüstern, so schwer fiel es mir bereits, die Worte auszusprechen.

Die Wolke zog sich zusammen. Die Stimme aber blieb. Sie klang jetzt noch höhnischer als bei der ersten Ansprache.

»Du wolltest doch den Würfel, Sinclair. Jetzt hast du ihn, nein, jetzt siehst du ihn. Wenn du in dieser Welt allmählich verbrennst, wirst du ihn stets vor Augen haben. Seine Flächen sind von mir beeinflusst worden. Du kannst während deines Todeskampfes in die normale Welt zurückschauen und dort sehen, wie verzweifelt man versucht, euch zu finden. Der Würfel wurde durch mich verändert, und ich habe die Verbindung zu den Spiegeltoren und Dimensionsdurchlässen auf deiner Welt herstellen können, sodass ich abermals einen Teil der Kontrolle über gewisse Gebiete besitze. Das ist mein erster Schritt.«

»Und der zweite?«, fragte Suko.

»Die Vernichtung und gleichzeitige Herrschaft!«

Bei manch einem Gegner hätten wir gelacht. Beim Spuk wagten wir es nicht, weil wir ihn einfach zu gut kannten. Er hatte uns schon mehr als einmal bewiesen, wie mächtig er war.

Lange Zeit hatte er abgewartet. Gewissermaßen zwischen

den Fronten. Auf der einen Seite hatten die Hölle und Asmodis gestanden, auf der anderen die Großen Alten, zu denen der Spuk auch gehörte, doch er hatte es stets verstanden, sein eigenes Spiel zu treiben und zu intrigieren, wobei er die verschiedenen Dämonenarten gegenseitig ausspielte.

»Ich habe euch beobachtet«, fuhr er fort. »Und ich habe auch eurer Unterhaltung zugehört. Ihr habt versucht, Bri-Onya zu töten. Es ist euch nicht gelungen, trotz eurer starken Waffen. Dies ist ein Beweis dafür, dass die Welt unter der Dämonensonne eine Stärke enthält, die für Menschen nicht mehr angreifbar ist ...«

»Und die Frau, was hatte sie damit zu tun? Weshalb hast du sie geholt?« Ich musste ihn einfach unterbrechen.

»Sie war ein Zufallsopfer.« Der Spuk lachte donnernd. »Sie und das Mädchen hielten sich ausgerechnet zu dem Zeitpunkt am Grabmal auf, als der Spiegel sichtbar wurde. Ihr Pech ...«

»Weshalb die Spinne?«

»Angst, Sinclair?« Wieder lachte er. »Auch das hat eine einfache Erklärung. So leer diese Welt euch scheinen mag, in ihrem Innern lauern Feinde, unter anderem die Spinnen, die sich eingegraben haben und einen dämonischen Ursprung besitzen. Sie sind in der Lage, Menschen zu verändern, das hat sie bewiesen. Nur der Kopf der Frau lebt noch. Ihr Körper ist längst verdorrt und zu Staub geworden. Vielleicht findet ihr noch ein paar bleiche Knochen, mehr kann von ihr nicht mehr zurückgeblieben sein.«

Dieser Zynismus des Spuks bereitete mir Angst. Hätte ich nur eine Waffe gehabt, ich hätte es mit allen Mitteln versucht. Mein Kreuz hatte ihn schon einmal gestoppt, da war er wohl zu unvorsichtig gewesen und hatte zudem auch nicht die Kraft besessen wie jetzt.

Der Würfel bewegte sich nicht mehr weiter. Er stand schräg über uns in der Luft. Seine Seiten glänzten matt. In der Farbe hatte er nichts mehr mit seinem Urzustand gemeinsam. Ich stellte mir sogar die Frage, ob ich ihn überhaupt noch besitzen wollte.

So weit war es inzwischen gekommen.

»Zum Schluss möchte ich euch noch sagen, dass mir ein Sieg gelungen ist«, erklärte der Spuk. »Ich habe gewonnen, ihr seid meine Gefangenen, trotz eurer Waffen chancenlos, und ich werde euch noch den schicken, den ihr vermisst habt. Bri-Onya!«

Er hatte das letzte Wort kaum ausgesprochen, als die Wolke dünner wurde, sich gleichzeitig verbreitete und bald nur noch wie ein Schatten wirkte, der etwas ausstrahlte, das uns Angst machte.

Es war das Grauen.

Diese Ära des Schreckens, die sich über das flache Land legte und auch uns unangenehm berührte.

Ich kannte so etwas. Dieses Gefühl trat immer dann auf, wenn sich der Spuk in der Nähe aufhielt.

Vor uns bewegte sich etwas.

Es schien so, als würde ein halbrunder Stein mit einem darauf sitzenden Menschen über den flachen Boden kriechen.

Leider war es kein Stein. Wir kannten die Spinne mit dem Menschenkopf bereits, und sie war es, die über den trockenen Boden eilte und einen direkten Kurs auf uns nahm.

Suko hielt noch immer meinen Bumerang. Ich sah, dass sein rechter Arm vor- und zurückschwang.

»Du schaffst es nicht!«, keuchte ich.

»Klar, John, klar!«, stieß Suko aus. »Ob du es glaubst oder nicht, ich will es auch nicht.«

Mattheit und Resignation hatten in seiner Antwort gelegen. Besser fühlte ich mich auch nicht, obwohl ich mein Kreuz trug, meine Hand hob und danach tastete.

Es hatte sich tatsächlich erwärmt. Vielleicht war es die Umgebung, die dafür gesorgt hatte, wohl kaum die Magie.

Auch ich merkte, wie die Kraft allmählich aus meinem Körper rann. Selbst das Stehen fiel mir schwer. Das Gleiche galt für die Atmung. Aber ich brauchte Sauerstoff.

Schwindel packte mich, weil ich die Luft nicht vertrug. Ich ging einige Schritte zurück, torkelte dabei und konnte mich wieder fangen.

So wie mir musste es einem Verdurstenden in der Wüste ergehen. Irgendwann war Schluss, da hatte man nicht mehr die Kraft, sich auf den Beinen zu halten.

Noch stand ich.

Ich starrte nach vorn. Seltsamerweise brannte mein Gesicht nicht. Die verfluchten Strahlen dieser Dämonensonne gingen durch die Haut in das Innere des Körpers. Dort saugten sie mich leer, nahmen mir die Kraft und auch die Sehschärfe.

So deutlich wie noch beim Gespräch mit dem Spuk erkannte ich den Würfel nicht mehr. Für mich war es nur mehr ein Klumpen ohne Kanten oder Flächen.

Dann hörte ich den Fall.

Mühsam drehte ich meinen Kopf auf die linke Seite und konnte erkennen, was geschehen war.

Suko lag auf dem Boden.

Bei normaler Reaktion hätte mir der Schreck fast den Herzschlag gesprengt. So aber dauerte es einige Zeit, bis ich meine träge fließenden Gedanken sortiert hatte und feststellte, dass es Suko zuerst von uns beiden erwischt hatte.

Er lag auf dem Bauch, das Gesicht in der verbrannten Erde, und rührte sich nicht mehr. Ich war verzweifelt, wusste, dass ich für meinen Freund nichts mehr tun konnte. Selbst das Ausstrecken des Arms bereitete mir allergrößte Mühe, und als ich versuchte, auf meinen Freund zuzugehen, um ihm trotzdem zu helfen, da erwischte es auch mich.

Es fing im rechten Bein an. Das Zittern war da. Vom Knöchel drang es hoch, erreichte mein Knie und sorgte dafür, dass ich mich nicht mehr halten konnte.

Ich knickte ein!

Mir hatte keiner das Standbein weggerissen, obwohl es mir so vorkam. Von allein war ich gefallen. Dass ich mich trotzdem noch mit den Händen abstützen konnte, war schon ein kleines Wunder. So gelang es mir wenigstens, in einer knienden Haltung zu bleiben.

Mein Kopf war nach vorn gesunken, der leere Blick fiel auf den steinigen und gleichzeitig schroffen Untergrund, auf dem ein leichter Staubschleier lag.

Es wäre am besten gewesen, mich ebenfalls fallen zu lassen. Was mich dennoch in der Lage hielt, wusste ich nicht. Vielleicht war es ein eingespeicherter Überlebenswille, der sich nun freie Bahn verschaffte, und ich blickte auch auf meinen Freund, der noch hilfloser war als ich.

Ich hörte ihn röcheln und atmete ebenfalls schwer.

Es war nicht mehr still.

Kratzende, rasch aufeinander folgende Geräusche vernahm ich aus einer anderen Richtung, drehte mühsam den Kopf und konnte erkennen, dass sich dort etwas tat.

Bri-Onya kam näher!

Er hockte auf dem Körper der Spinne, sah aus wie das große Bildnis des Siegers, der alles zu Boden schlagen oder stampfen wollte und mit uns den Anfang machte.

Müde, resignierend und auch verzweifelt schaute ich ihm entgegen. Die Beine der Spinne wirbelten den Staub in die Höhe, wenn sie sich schnell bewegten, aber die Wolke wurde nie bis über den hornigen Rücken geschleudert.

Ich blickte in das Gesicht.

Etwas tickte in meinem Hirn, und plötzlich erkannte ich die Übereinstimmung zwischen der Haut Bri-Onyas und der Farbe dieser wüstenartigen Welt.

Beide waren identisch.

Auch Suko und ich würden so aussehen, wenn es uns nicht gelang, dieser unheimlichen, leeren, sonnenverbrannten Welt zu entkommen, doch diese Chance war gleich null.

Bri-Onya kam näher.

Er hatte es nicht mal für nötig gehalten, sein Schwert zu zücken. Unter dem Würfel ritt er hindurch, sogar einen Schatten warf er auf den für mich klumpenartig erkennbaren Gegenstand. So waren es nur wenige Meter, bis er uns erreicht hatte.

Ich kniete vor ihm.

In dieser Lage kam er mir noch größer und wuchtiger vor. Sein Gesicht, das so steinern und gleichzeitig glänzend aussah, blieb ohne Ausdruck. Diese Gestalt wusste, dass nur sie der Sieger sein würde, sie brauchte es nicht mal zu zeigen.

Sogar der Frauenkopf der Spinne befand sich noch etwas höher als mein Gesicht. Auf der Reise in diese Dimension war der Faden, der uns beide verbunden hatte, gerissen.

Eine Verbindung brauchte es nicht mehr zu geben. Ich konnte dieser gnadenlosen Hitze und den mörderisch aussaugenden Strahlen der Dämonensonne nichts entgegensetzen.

Die Haltung, in der ich mich befand, war anstrengend. Zudem wurde immer mehr Kraft aus meinem Körper gesaugt, und wieder einmal begann es mit einem Zittern.

Diesmal in den Armen!

Ich spürte es an den Ellenbogen. Die Adern waren gespannt, sie konnten dem Druck nicht mehr standhalten, weil einfach zu viel Kraft aus ihnen herausgesaugt worden war.

Da musste der Zusammenbruch kommen!

Und er kam.

Es war so, als hätte jemand meine Arme einfach weggeschlagen. Plötzlich war kein Boden mehr da, keine Stütze, ich sackte zusammen und schlug auf den harten Boden.

Dabei gelang es mir nicht mehr, den Kopf zur Seite zu drehen, so schlug ich mit der Kinnspitze auf und spürte den Schmerz durch meinen Kopf ziehen. Da ich auf die Schnelle den Mund nicht geschlossen hatte, war nicht zu vermeiden, dass auch Staub an meine Lippen und von dort auf die Zunge und in die Mundhöhle drang.

Das Zeug schmeckte bitter und nach Metall.

Ich drehte den Kopf auf die linke Seite, sodass ich meine Gegner weiterhin sehen konnte. Vor mir lag Suko und rührte sich nicht. Die Strahlen der Dämonensonne brannten erbarmungslos auf seinen Rücken, auch ich wurde getroffen, und der Hitzeschleier dicht über dem Boden gaukelte mir Dinge vor, die nicht existierten.

Innerhalb des Hitzeschleiers bewegte sich der Boden. Er bildete kleine Hügel aus, schien Blasen zu werfen, platzte an einigen Stellen, sodass mir sogar Staub ins Gesicht geweht wurde.

Das konnte keine Einbildung sein.

Es war auch keine.

Der Spuk hatte von Wesen erzählt, die in der Tiefe dieser Welt lauerten. Es waren die gefährlichen Spinnen, und sie verließen ihre Verstecke, um sehen zu können, wie zwei Menschen ausgedörrt wurden.

Sie kamen herbei.

Von allen Seiten krochen sie. Sehr langsam, regelrecht genussvoll. Ich sah ihre halbrunden Körper als eine auf und nieder wogende Masse, die sich durch nichts stoppen lassen wollte.

Und so fanden sie ihren Weg zu einem Ziel, das praktisch aus zwei Menschen bestand.

Einmal zuckte Suko. Ich konnte erkennen, dass er beabsichtigte, den Kopf zu heben. Es gelang ihm nicht. Er war ebenso kraftlos wie ich. Aus unseren offen stehenden Mündern drang ein Stöhnen. Reste einer akustischen Verzweiflung.

Und der Spuk meldete sich wieder. Ob er als Wolke über unseren Rücken schwebte oder nicht, war für uns nicht mehr feststellbar. Selbst sein dumpfes Organ schien durch den Hitzeschleier gefiltert zu werden.

»Die Kraft der Dämonensonne hat es geschafft! Es gibt kein Zurück mehr für euch. Diese Dimension mit dem Würfel des Unheils wird euer Schicksal sein. Vielleicht hättet ihr irgendwann einmal eine Chance gehabt, die jedoch ist vorbei. Ich bin der Sieger, und ihr beide werdet sterben!«

»Wenn du dich da nicht mal irrst!«

Beide hörten wir die helle Frauenstimme, kannten sie auch, aber ich glaubte nicht, dass wir beide richtig begriffen, was sich eigentlich in unserer Nähe abspielte.

Jedenfalls waren zwei Gestalten erschienen, die es mit dem Spuk und seiner Welt aufnehmen wollten.

Myxin und Kara!

Die Magie der veränderten Flammenden Steine hatte diese magische Reise ermöglicht, und beide standen in der Welt wie zwei gefährliche, rächende Engel.

Sie wussten auch, dass die Zeit drängte. Vielleicht hatten sie nur Sekunden, und davon durfte keine einzige verloren gehen.

Myxin besaß die goldene Pistole. Er hatte sie sich nicht umsonst besorgt. Wenn es eine Waffe schaffen konnte, sich den Weg freizuschießen, dann sie.

Das Moment der Überraschung nutzten die beiden aus. Bevor sich die zahlreichen Spinnen auf ihre neuen Gegner einstellen konnten, hatte sich die schwarzhaarige Kara bereits in Bewegung gesetzt und huschte, einen Bogen schlagend, auf die beiden am Boden liegenden Freunde zu, um ihnen zu helfen.

Die Schöne aus dem Totenreich hatte mit einem Blick erkannt, dass kaum noch Zeit blieb. Deshalb beeilte sie sich so sehr, erreichte Suko und mich, und ich fühlte plötzlich eine starke Hand in meiner rechten Achselhöhle.

Ich wurde hochgerissen und festgehalten.

»John!«

Es war ein Schrei, der wie ein Messer durch mein Gehirn schnitt, regelrecht schmerzte und mich gleichzeitig wieder mobil machte.

Irgendwie war noch ein Rest alter Energie in meinem Körper. Es gelang mir, auf den Beinen zu bleiben. Kara ließ mich los. Ich hob sogar noch meinen Bumerang auf, geriet dabei in torkelnde Bewegungen, während Kara Suko in die Höhe hievte und ihn stützen musste, weil er noch schwächer war als ich.

»Kommt her!«

Myxin hatte den Befehl geschrien. Die Worte waren an uns gerichtet, aber auch ein anderer fühlte sich angesprochen.

Bri-Onya, der Mann auf der Spinne!

Er hatte erst jetzt seine Überraschung hinter sich gebracht und bewegte sich auf den kleinen Magier zu.

Das alles nahm ich aus den Augenwinkeln wahr, als ich neben Kara hertorkelte. Kara unterstützte meinen Freund Suko, der verzweifelt nach Luft rang. Ihm erging es da wie mir.

Myxin war der Held der Stunde.

So ruhig, als hätte er schon immer in dieser Welt gestanden, schaute er der Spinne und Bri-Onya entgegen. Dabei hielt er den rechten Arm mit der goldenen Pistole ausgestreckt und wartete, bis er abdrücken musste.

Bri-Onya schwang sein Schwert. Wie der Würfel und der Spuk reagierten, sah ich nicht, weil ich meinen Blick auf die Waffe in Myxins Hand fixiert hatte.

Mit jedem torkelnden Schritt, den ich zurücklegte, kam sie mir größer vor. Die Hand des kleinen Magiers schien nur mehr aus der goldenen Pistole zu bestehen, und plötzlich drückte er ab.

Es war nicht wie bei einer normalen Waffe. Die goldene Pistole verschoss auch keine Kugeln. Aus ihr drang eine gallertartige, schleimige Masse, die sich auf dem Weg zu ihrem Ziel taumelnd drehte, sich dabei noch überschlug – und traf.

Sie klatschte gegen den Reiter und auch vor die Spinne. So musste es sein, nun konnte sie ihre eigentliche Kraft entfalten und sich verteilen. Dies ging rasend schnell. Der Reiter kam nicht dazu, dagegen etwas zu unternehmen, denn die Masse blähte sich auf wie ein Ballon, umfasste sowohl Spinne als auch Reiter und bekam an ihrem unteren Ende noch zwei kleine, dünne, stelzenartige Füße, die sie trugen, wobei das Opfer innerhalb des Blasenovals schaukelte.

Es war ein Bild, wie ich es kannte, denn die Masse hatte schon manchen vernichtet.

Schaffte sie auch den bisher unbesiegbaren Bri-Onya?

Wenn nicht, waren wir endgültig verloren.

Bri-Onya kämpfte.

Er schlug mit seiner scharfen Waffe um sich. Eigentlich hätte es kein Problem sein müssen, die Haut zu trennen, zu zerstückeln oder zerstören, aber diese »Pelle« bestand aus einem ganz besonderen Material, das sehr widerstandsfähig war.

Bri-Onya schaffte es nicht.

Er schlug dagegen, und es war so, als hätte er gegen eine

Mauer aus Hartgummi gedroschen, denn die scharfe, spitze Klinge prallte jedes Mal ab und wurde zurückgeschleudert.

Sie kippte nach hinten, der Arm des Kämpfers wuchtete wieder nach vorn, das Schwert traf, prallte abermals ab, und so ging das Spiel einige Male hin und her.

Bis die Spinne plötzlich zerbrach.

Das geschah von einem Augenblick zum anderen und hatte auch seinen Grund. Auf dem Boden der gewaltigen Blase hatte sich eine Flüssigkeit abgesondert, die von den inneren Seiten produziert worden war.

Sie war das eigentlich Gefährliche!

Eine mörderische Säure, die alles bisher Bekannte übertraf und vernichtend wirkte.

Auch bei der Spinne.

Plötzlich konnten wir von ihr nicht mehr viel erkennen, da sich während des Auflösungsprozesses erste Dampfschwaden bildeten, die unsere Sicht verschleierten.

Ich hörte Myxin sprechen. »Nur so kann man ihnen beikommen. Nur so …«

Und Bri-Onya versuchte alles.

Er hatte zwangsläufig vom zusammenbrechenden Rücken der Spinne rutschen müssen. Mit beiden Beinen stand er in der Säure, schaukelte durch die Gehbewegungen der Blase nach vorn und nach hinten, schlug dabei verzweifelt um sich, traf auch die Spinne und zerstörte das menschliche Gesicht, bevor die Säure es übernehmen konnte.

Es war ein verbissener, brutaler und letztendlich erfolgloser Kampf einer dämonischen Kreatur gegen ein ebenfalls dämonisches, künstliches Wesen, das stärker war als Bri-Onya.

Bei der nächsten Schaukelbewegung der Blase kippte er nach hinten, rutschte, verlor den Halt und fiel.

Er landete rücklings in dieser gefährlichen Säure.

»Das ist sein Ende!«, hörte ich mich rau krächzen, und ich hatte mich nicht geirrt.

Bri-Onya bekam nicht die Spur einer Chance. Die Säure war zu aggressiv.

Das Schicksal, das er uns so sehr gewünscht hatte, traf jetzt ihn. Die Säure löste ihn auf.

Immer mehr Flüssigkeit sonderte die Blase von innen her ab. Sie fiel wie ein zerstörender Regen nach unten und ließ den Pegel steigen. In der Masse schwammen Knochen. Es war nicht zu erkennen, ob sie Bri-Onya gehörten oder die schon zum größten Teil zerstörten Beine der Monsterspinne waren.

Die übrigen Spinnen hielten sich zurück. Sie schienen sich instinktiv vor dieser alles fressenden Flüssigkeit zu fürchten, die auch den Rest Bri-Onyas vernichtete.

Noch einmal drehte sich die Blase so, dass wir durch sie in das Gesicht des Mörders schauen konnten. Die Dämpfe wurden weggeweht, sodass wir sein Ende mitbekamen.

Von der Spitze löste sich ein Tropfen.

Dick und schwer fiel er nach unten – und traf genau.

Den klatschenden Laut hörten wir nicht, aber wir sahen den »Erfolg« dieses Tropfens.

Erst verteilte er sich auf der Stirn, dann rann er über das Gesicht der Gestalt, und auf dem Weg schon sorgte er für die grauenhafte Auflösung. Die Haut setzte kaum Widerstand entgegen. Der Kopf und das Gesicht zerliefen, wurden zu einer schaurigen Fratze, die nach vorn kippte und in dem kleinen, mit Knochen gefüllten Säureteich am Boden liegen blieb.

»Weg!«

Myxin wusste, was er sagte. Diese Welt war trotzdem eine Falle. Der Spuk würde sich bestimmt eine neue Teufelei ausdenken, und dem wollten wir entgegenwirken.

Karas magische Kraft, vereinigt mit der Magie ihres Schwertes, sorgte für unser Verschwinden.

Wir hatten uns gegenseitig angefasst, und die Schöne aus dem Totenreich hielt die Verbindung zu ihrem Schwert aufrecht.

Die Welt der Dämonensonne verschwand.

Zuletzt sahen wir noch einen dunklen Würfel und vernahmen ein wütendes Fauchen.

Dann wusste ich wenigstens nichts mehr …

Ich trank, trank und trank!

Herrlich kühles Wasser, das aus einer Flasche in meine Kehle rann. Gleichzeitig fror ich auch, aber das war nicht wichtig, ich brauchte das Wasser wie ein Fisch.

Suko erging es nicht anders, auch er musste trinken, denn irgendwie kamen wir uns innerlich verbrannt vor.

Aber wir hatten es überstanden. Wieder einmal …

Später saßen wir zusammen. Keiner von uns lachte, denn jetzt wusste ein jeder, wozu der Spuk in der Lage war. Er hatte den Würfel so manipulieren können, dass ich wohl kaum noch etwas mit ihm hätte anfangen können.

Als ich dies sagte, hoben die anderen die Schultern. »Vielleicht«, meinte Myxin.

»Wieso?«

Der kleine Magier hob die Schultern. »Es gibt Dinge, John, davon weißt auch du nichts.«

»Du denn?«

»Ja – und Kara auch.«

»Dann erzähle sie mir.«

Er wollte nicht. »Nein, noch nicht. Später vielleicht. Wahrscheinlich muss ich noch einige Dinge regeln und möchte erst nachschauen, ob ich mich nicht geirrt habe. Erlaubst du mir das?«

Ich lachte auf. »Bleibt mir etwas anderes übrig?«

»Wohl kaum, John, wohl kaum. Aber ihr solltet euch darauf einstellen, dass der Spuk mit Helfern agieren wird, gegen die eure Waffen machtlos sind.«

Das hatten wir inzwischen gemerkt. Wenn ich ehrlich war, fühlte ich mich verdammt unwohl.

Meinem Freund Suko erging es nicht anders. Das las ich von seinem ernsten Gesicht ab …

ENDE

Sehr geehrte Leserin, sehr geehrter Leser,

Falls Ihr Buchhändler die **John Sinclair-Taschenbücher** nicht regelmäßig führt, bietet Ihnen die ROMANTRUHE in Kerpen-Türnich mit diesem Bestellschein die Möglichkeit, diese Taschenbuch-Reihe zu abonnieren.

Hiermit bestelle ich bis auf Widerruf bei ROMANTRUHE,
Röntgenstr. 79, 50169 Kerpen-Türnich, Tel-Nr. 02237/92496,
Fax-Nr. 02237/924970 oder Internet: www.Romantruhe.de
die **John Sinclair-Tachenbücher** zum Preis von 45,00 Euro
für 12 Ausgaben.
Die Zusendung erfolgt jeweils zum Erscheinungstag. Kündigung jederzeit möglich. Auslandsabonnement (Europa/Übersee) plus Euro 0,51 Porto pro Ausgabe.

Zahlungsart: ☐ - jährlich ☐ - 1/2-jährlich ☐ - 1/4-jährlich
☐ - monatlich (nur bei Bankeinzug)
Bezahlung per Bankeinzug bei allen Zahlungsarten möglich.
Bitte Geburtsdatum angeben: ___ /___ /19___
Name und Ort der Bank: ______________________________

Konto-Nr.: ________________ Bankleitzahl: ____________________

Name: __________________ Vorname: ____________________

Straße: ____ Nr.: ______

PLZ/Wohnort: ______________________________________

Unterschrift: __________________________ Datum: ____________
(bei Minderjährigen des Erziehungsberechtigten)

Die Bestellung wird erst wirksam, wenn sie nicht innerhalb von zwei Wochen ab dem auf die Aushändigung dieser Belehrung folgenden Tag schriftlich (zweckmäßigerweise per Einschreiben bei: Romantruhe, Röntgenstr. 79, 50169 Kerpen-Türnich) widerrufen wird. Zur Wahrung der Frist genügt die rechtzeitige Absendung des Widerrufs. Dies bestätige ich mit meiner

2. Unterschrift: ________________ Datum: ________________

Wenn Sie das Buch nicht zerschneiden möchten, können Sie die Bestellung natürlich auch gerne auf eine Postkarte schreiben.

In Ewigkeit verflucht

Gerüchte hatte es schon immer gegeben. Die hatten Reto Kirchner zunächst nicht gestört. Doch sie mehrten sich. Man flüsterte sich zu, dass seine Verlobte, die schöne Elisa, fremdging und sogar mehrere Freunde hatte.

Reto ging den Gerüchten auf den Grund. Er fand Elisa in einer alten Kirche. Nackt lag sie dort.

Zugleich fuhren Bill Conolly und ich in die Schweiz, um das Verschwinden von sechs Studenten aufzuklären. Es war kein Zufall, dass wir auf Reto und seine schöne Verlobte trafen, denn sie hatten sich anderen Mächten verschrieben und waren auf Ewigkeit verflucht …

ISBN 3–404–73274–X

BASTEI LÜBBE

Selbstmord der Engel

Glenda Perkins hatte mich in dieser heißen Sommernacht zu der Bootsparty auf der Themse mitgenommen. Mal ausspannen, mal an keine Dämonen denken und einfach nur feiern.
Dazu kam es nicht. Das Schicksal hatte etwas anderes vor. Aus dem Himmel fiel zwar kein Dämon, dafür ein Engel, der Selbstmord begangen hatte und praktisch vor unseren Füßen auf dem Deck landete.
Der zweite Selbstmord geschah in Schottland. Auch dort gab es eine Zeugin, das Vogelmädchen Carlotta. Es lag auf der Hand, dass aus zwei Fällen einer wurde, und wir merkten sehr schnell, wer im Hintergrund die Fäden zog. Es war Belial, der Engel der Lügen …

ISBN 3–404–73273–1

BASTEI LÜBBE

Die Farbe der Finsternis

Mit einer Gesamtauflage von 250 Millionen ist ›*Geisterjäger John Sinclair*‹ die erfolgreichste Horror-Serie der Welt, und Jason Dark zählt zu den meistgelesenen Autoren deutscher Sprache. In dieser Taschenbuchausgabe erscheinen acht seiner atemberaubenden Romane:

General Zombie
Masken-Terror
Todesfalle unter Wasser
Ich und der Poltergeist
Die schwebenden Leichen von Prag
Höllenfriedhof
Londons Gruselkammmer Nr. 1
Skylla, die Menschenschlange

ISBN 3–404–73948–5

BASTEI LÜBBE